DU MÊME AUTEUR

Du monde entier

ORHAN PAMUK

CETTE CHOSE ÉTRANGE EN MOI

La vie, les aventures, les rêves du marchand de boza
Mevlut Karataş et l'histoire de ses amis
et
Tableau de la vie à Istanbul entre 1969 et 2012,
vue par les yeux de nombreux personnages

r o m a n

*Traduit du turc
par Valérie Gay-Aksoy*

nrf

GALLIMARD

Titre original :

KAFAMDA BIR TUHAFLIK

À Ash

Je fus parfois troublé de soucis de prudence,
Et, plus que tout, d'un sentiment d'étrangeté,
L'impression que je n'étais pas pour cette heure,
Ni pour ce lieu.

William WORDSWORTH, *Prélude*

Le premier qui, ayant enclos un terrain, s'avisa de dire : « Ceci est à moi », et trouva des gens assez simples pour le croire, fut le vrai fondateur de la société civile.

Jean-Jacques ROUSSEAU,
Discours sur l'origine et les fondements
de l'inégalité parmi les hommes

La profonde divergence entre l'opinion personnelle de nos concitoyens et les lignes officielles est la preuve de la puissance de notre État.

Celâl SALIK, *Écrits*

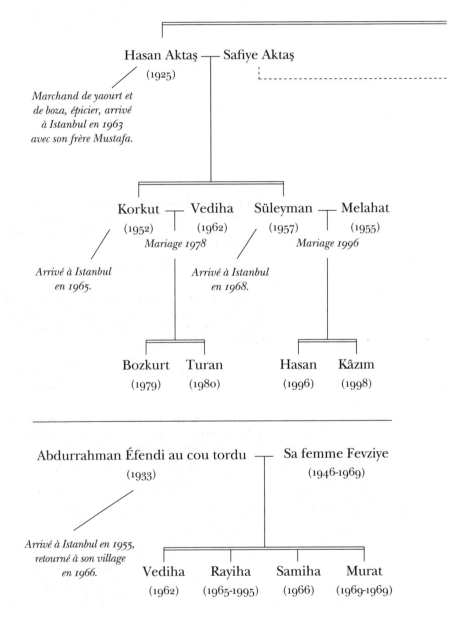

Hasan Aktaş —— Safiye Aktaş
(1925)

*Marchand de yaourt et
de boza, épicier, arrivé
à Istanbul en 1963
avec son frère Mustafa.*

Korkut —— Vediha   Süleyman —— Melahat
(1952)   (1962)   (1957)   (1955)
        Mariage 1978   *Mariage 1996*

*Arrivé à Istanbul   Arrivé à Istanbul
en 1965.*   *en 1968.*

Bozkurt   Turan   Hasan   Kâzım
(1979)   (1980)   (1996)   (1998)

Abdurrahman Éfendi au cou tordu —— Sa femme Fevziye
(1933)   (1946-1969)

*Arrivé à Istanbul en 1955,
retourné à son village
en 1966.*   Vediha   Rayiha   Samiha   Murat
                 (1962)   (1965-1995) (1966)   (1969-1969)

Familles des frères Hasan Aktaş et Mustafa Karataş, marchands de yaourt et de boza

(mariés aux sœurs Safiye et Atiye)

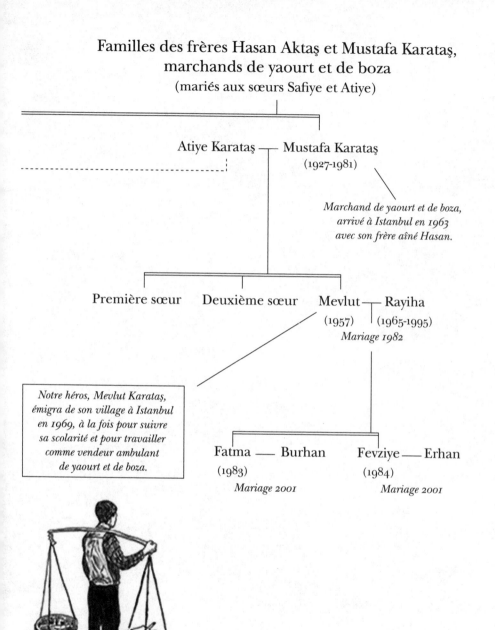

Atiye Karataş —— Mustafa Karataş
(1927-1981)

*Marchand de yaourt et de boza,
arrivé à Istanbul en 1963
avec son frère aîné Hasan.*

Première sœur   Deuxième sœur   Mevlut —— Rayiha
(1957) (1965-1995)
Mariage 1982

*Notre héros, Mevlut Karataş,
émigra de son village à Istanbul
en 1969, à la fois pour suivre
sa scolarité et pour travailler
comme vendeur ambulant
de yaourt et de boza.*

Fatma —— Burhan   Fevziye —— Erhan
(1983) (1984)
Mariage 2001 *Mariage 2001*

PARTIE I

Jeudi 17 juin 1982

Il n'est guère d'usage d'accorder la main de sa plus jeune fille alors que l'aînée n'est pas encore mariée.

Ibrahim ŞiNASİ,
Le Mariage d'un poète

Le mensonge qui doit être proféré ne restera pas dans la bouche, le sang qui doit être versé ne restera pas dans les veines, la fille qui doit fuguer ne restera pas au foyer.

Proverbe populaire de Beyşehir
(région d'Imrenler)

Mevlut et Rayiha

Enlever une fille est une entreprise difficile

Voici l'histoire de Mevlut Karataş, vendeur de yaourt et de boza. L'histoire de sa vie et de ses rêves. Mevlut naquit en 1957, dans un pauvre petit village d'Anatolie centrale donnant sur un lac brumeux, quelque part dans la partie la plus occidentale de l'Asie. Il arriva à Istanbul, la capitale du monde, à l'âge de douze ans et, dès lors, y passa le reste de sa vie. À vingt-cinq ans, il enleva une fille de son village ; ce fut quelque chose d'étrange qui détermina toute son existence. Il retourna à Istanbul, se maria et eut deux filles. Il travailla sans relâche, exerçant des métiers aussi divers que marchand de yaourt, glacier, vendeur de pilaf ou serveur. Mais jamais il ne cessa d'arpenter les rues d'Istanbul, le soir, pour y vendre de la boza et s'absorber dans d'étranges rêveries.

Mevlut était un bel homme au corps vigoureux et bien charpenté, grand et élégant. Il avait un visage poupin qui suscitait l'affection des femmes, des cheveux châtains, un regard attentif et intelligent. Pour une bonne compréhension de notre histoire, je reviendrai de temps à autre sur ces deux caractéristiques essentielles de notre héros que sont sa figure enfantine, aussi bien dans sa jeunesse qu'après la quarantaine, et la propension des femmes à le trouver beau. Quant à son caractère foncièrement optimiste et plein de bonne volonté – sa naïveté selon certains –, vous pourrez le constater par vous-même sans que j'aie spécifiquement besoin de le rappeler. Si mes lecteurs avaient eu comme moi l'heur de le connaître, ils donneraient raison aux femmes

sensibles à sa beauté et à son charme enfantin, et ils concéde-
raient que je ne force pas le trait en vue de rehausser mon récit.
Je précise d'ailleurs à cette occasion que, tout au long de ce livre
entièrement fondé sur des faits réels, je n'exagérerai rien et me
contenterai d'inventorier certains faits étranges s'étant effectivement produits, d'une manière qui puisse en faciliter la lecture
et la compréhension à mes lecteurs.

Afin de relater au mieux la vie et les rêves de notre héros, je
vais commencer son histoire quelque part au milieu et raconter
comment, en juin 1982, Mevlut enleva une fille du village de
Gümüşdere (un village voisin du sien et rattaché à la bourgade
de Beyşehir dans la province de Konya). Cette fille, qui était
d'accord pour s'enfuir avec lui, Mevlut l'avait vue pour la première fois quatre ans plus tôt, lors d'un mariage à Istanbul. Celui
de Korkut, l'aîné de ses cousins paternels, qui eut lieu en 1978
à Mecidiyeköy. Mevlut ne put jamais croire qu'il plaisait également à cette très jolie fille – qui n'était encore qu'une enfant
(treize ans). C'était la plus jeune sœur de l'épouse de Korkut, et
c'est à la faveur de leur mariage qu'elle découvrait Istanbul pour
la première fois. Mevlut lui écrivit des lettres d'amour pendant
trois ans. Elle n'y répondit pas, mais Süleyman, le frère cadet de
Korkut, qui se chargeait de les lui transmettre, entretint l'espoir
de Mevlut et l'encouragea à continuer.

Quand vint l'heure de l'enlever, Süleyman offrit à nouveau son
aide à son cousin : au volant de sa camionnette Ford, Süleyman
conduisit Mevlut jusqu'au village où il avait passé son enfance.
Veillant à ce que personne ne surprenne leur fuite, les deux
cousins avaient mis sur pied leur plan d'enlèvement. Süleyman
attendrait le couple dans la camionnette garée à une heure de
Gümüşdere ; alors que tout le monde penserait que les deux
amants auraient pris la direction de Beyşehir, il les conduirait
vers le nord, passerait les montagnes et les déposerait à la gare
d'Akşehir.

Ce plan, Mevlut l'avait passé quatre ou cinq fois en revue. Il
était déjà venu par deux fois repérer en secret des endroits aussi
cruciaux que la fontaine, le ruisselet, la colline arborée, le jardin
derrière la maison de la fille. Une demi-heure avant de passer à

l'action, Mevlut était descendu de la camionnette, il était entré dans le cimetière, à la sortie du village, il avait contemplé les stèles funéraires et avait prié, implorant Dieu que tout se passe bien. Il n'osait pas se l'avouer, mais il éprouvait de la défiance envers Süleyman. Et s'il ne venait pas à l'endroit convenu, devant la fontaine… Comme cette peur risquait de semer la confusion dans son esprit, il s'interdit d'y penser.

Mevlut était vêtu d'une chemise bleue et d'un pantalon de toile neuf qu'il avait dégotés dans un magasin de Beyoğlu qu'il connaissait depuis qu'il était collégien, à l'époque où il vendait du yaourt avec son père, et il portait aux pieds des chaussures achetées à Sümerbank juste avant son service militaire.

Peu après la tombée de la nuit, Mevlut s'approcha du mur éboulé. La fenêtre à l'arrière de la maison blanche d'Abdurrahman au cou tordu, le père des filles, était sombre. Mevlut avait dix minutes d'avance. Il se sentait nerveux, fébrile, il gardait les yeux rivés sur la fenêtre toujours plongée dans l'obscurité. Il repensait à ces anciennes histoires d'enlèvements où les fuyards, pris au piège de la vendetta, finissaient par se faire abattre ou rattraper parce qu'ils s'étaient trompés de chemin en courant dans la nuit. Se rappelant le sort de ceux qui se voyaient ridiculisés parce que la fille renonçait au dernier moment à partir avec eux, il eut un sursaut d'impatience et bondit sur ses pieds. Il se dit que Dieu le protégerait.

Les chiens aboyèrent. La fenêtre s'éclaira un instant puis s'éteignit. Les battements de son cœur se précipitèrent. Il avança vers la maison. Il entendit un bruissement dans les arbres, la fille susurra son nom :

« Mev-lut ! »

C'était la voix affectueuse de quelqu'un qui avait lu les centaines de lettres qu'il lui avait écrites de l'armée, de quelqu'un qui avait confiance en lui. Mevlut se rappela avec quel amour, quel désir il avait écrit chacune de ces lettres ; il se rappela qu'il avait voué toute son existence à convaincre cette jolie fille, ses rêves de bonheur… Il avait finalement réussi à toucher son cœur. Il n'y voyait rien mais, dans cette nuit magique, il marchait tel un somnambule en direction de cette voix.

Ils finirent par se trouver. Se prenant spontanément la main, ils se mirent à courir dans le noir. Mais quand, au bout de dix pas à peine, les chiens recommencèrent à aboyer, Mevlut s'égara et perdit son chemin. Il essaya de s'orienter en se fiant à son instinct, mais il était en proie à la confusion. Les arbres ressemblaient à des murs de béton qui surgissaient puis disparaissaient dans la nuit, et, comme en rêve, ils passaient à côté sans jamais s'y cogner.

Au bout du sentier, Mevlut s'engagea comme il l'avait prévu dans la montée qui se dressait au-devant d'eux. Cette voie étroite qui débouchait sur les coteaux en serpentant à travers les rochers devint aussi abrupte que si elle menait jusqu'au ciel, noir et nuageux. Pendant près d'une demi-heure, ils gravirent la colline, puis, une fois à son sommet, ils marchèrent main dans la main sans s'arrêter. De là, on distinguait les lumières de Gümüşdere, et, plus loin, le village de Cennetpınar où il était né et avait grandi. Mevlut avait instinctivement pris la direction opposée, pour ne pas qu'on les ramène dans son propre village au cas où ils seraient poursuivis, ou pour contrer un éventuel plan secret tramé par Süleyman.

Les chiens aboyaient encore comme des fous. Mevlut réalisa qu'il était désormais étranger à cette campagne, qu'aucun chien ne le reconnaissait. Peu après, une détonation retentit du côté de Gümüşdere. Ils gardèrent leur calme et continuèrent à la même allure. Mais quand les chiens qui s'étaient tus un instant recommencèrent à aboyer, ils se mirent à dévaler la colline. Les feuilles, les branches leur fouettaient le visage, les ronces s'accrochaient à leurs vêtements. Mevlut ne voyait rien dans l'obscurité, il avait l'impression qu'à tout moment ils allaient heurter une pierre mais cela ne se produisit pas. Il avait peur des chiens mais il avait compris que Dieu les protégeait, lui et Rayiha, et qu'ils auraient une vie très heureuse à Istanbul.

Lorsque, tout essoufflés, ils atteignirent la route d'Akşehir, Mevlut était certain qu'ils n'étaient pas en retard. Et dès que Süleyman arriverait avec sa camionnette, nul ne pourrait plus lui ravir Rayiha. Chaque fois qu'il commençait une lettre, Mevlut pensait au beau visage de Rayiha, à son regard inoubliable, il écrivait son joli nom en haut de la page, avec soin, avec émoi. Ces souvenirs le transportaient de joie et son pas s'en trouvait accéléré.

Pour l'instant, il lui était impossible, dans le noir, de voir la fille qu'il avait enlevée. Il voulut au moins la toucher, l'embrasser, mais Rayiha le repoussa doucement avec son baluchon. Cela plut à Mevlut. Il était résolu à ne pas approcher avant le mariage la personne avec qui il passerait toute sa vie.

Main dans la main, ils franchirent le petit pont qui enjambait la rivière Sarp. La main de Rayiha était aussi gracile et légère qu'un oiseau. Un air frais chargé d'effluves de thym et de laurier s'élevait du bourdonnant ruisseau.

La nuit s'illumina d'une lueur violette ; puis le tonnerre gronda. Mevlut eut peur que la pluie ne les surprenne avant leur long voyage en train. Mais il ne pressa nullement le pas.

Dix minutes plus tard, près de la fontaine crachotante, ils aperçurent de loin les feux arrière de la camionnette. Mevlut crut s'étrangler de joie. Il regretta d'avoir douté de Süleyman. La pluie avait commencé à tomber. Ils se mirent à courir, tout contents, mais ils étaient fatigués, et la camionnette Ford beaucoup plus loin qu'ils ne le pensaient. Le temps qu'ils arrivent jusqu'à elle, ils étaient trempés.

Rayiha monta à l'arrière avec son baluchon. Comme convenu au préalable entre Mevlut et Süleyman : au cas où la gendarmerie, informée de l'enlèvement, procéderait à des contrôles routiers et pour éviter que Rayiha ne voie et ne reconnaisse Süleyman.

« Süleyman, l'amitié, la fraternité que tu m'as témoignées, je ne les oublierai jamais de ma vie ! » s'exclama Mevlut tandis qu'ils prenaient place à l'avant. Et il ne put s'empêcher de serrer de toutes ses forces son cousin dans ses bras.

Voyant que Süleyman ne répondait pas à son élan avec le même enthousiasme, Mevlut interpréta cela comme le signe que sa méfiance envers lui l'avait blessé.

« Jure-moi que tu ne diras à personne que je t'ai aidé », dit Süleyman.

Mevlut promit.

« Elle a mal claqué la portière », lança Süleyman. Mevlut sortit et se dirigea dans le noir vers l'arrière de la camionnette. Alors qu'il refermait la portière sur la jeune fille, il y eut un éclair ; le ciel, les montagnes, les massifs rocheux, les arbres et tous les environs s'illuminèrent brièvement, avec l'éclat de vieux souvenirs. Ce fut la première fois que Mevlut aperçut de près le visage de celle qui s'apprêtait à lier son existence à la sienne.

Souvent au cours de sa vie, il se rappellerait cet instant, cette impression d'étrangeté.

Après avoir démarré, Süleyman tendit à Mevlut un bout de chiffon qu'il avait sorti de la boîte à gants en lui disant : « Prends ça, sèche-toi. » Mevlut le renifla et, s'étant assuré qu'il n'était pas sale, il le passa à la fille par la lucarne séparant la cabine du fourgon.

« Tu ne t'es pas séché, dit Süleyman un long moment après. Et il n'y a pas d'autre chiffon. »

La pluie crépitait sur le toit du véhicule, les essuie-glaces couinaient sur le pare-brise, mais Mevlut savait qu'ils s'acheminaient vers un profond silence. Dans la forêt qu'éclairait la lumière jaune orangé des phares, il régnait une obscurité dense. Mevlut avait entendu beaucoup d'histoires sur les rassemblements qui avaient lieu après minuit entre loups, chacals, ours et esprits du monde souterrain. La nuit, dans les rues d'Istanbul, il avait souvent croisé la silhouette de créatures légendaires et diaboliques. Ces ténèbres étaient celles du monde souterrain où démons à queue fourchue, géants à grands pieds et cyclopes cornus précipitaient les égarés, les fourvoyés et les pécheurs impénitents.

« Tu es muet comme une tombe », le taquina Süleyman.

Mevlut avait compris que l'étrange silence dans lequel il se retranchait était voué à durer des années.

Au fur et à mesure qu'il essayait de démêler les tenants et les aboutissants du piège que la vie lui avait tendu, il échafaudait des logiques du genre : « C'est parce que les chiens aboyaient et que je me suis perdu en route dans le noir », et il avait beau savoir que cette logique était fausse, du moment qu'elle le consolait, il s'évertuait à y croire.

« Quelque chose te tracasse ? demanda Süleyman.

— Non. »

Tandis que rochers, arbres fantomatiques, silhouettes indéterminées et formes mystérieuses apparaissaient dans la lueur des phares de la camionnette, forcée de ralentir dans les lacets de la route étroite et boueuse, Mevlut regardait avec toute l'intensité de l'attention de qui a la claire conscience que ces merveilles resteront à jamais gravées dans sa mémoire. Au gré de cette voie très étroite, ils montaient parfois en zigzaguant puis, soudain, ils redescendaient et traversaient aussi furtivement que des voleurs un village enfoncé dans le noir et dans la boue. Les chiens aboyaient dans les hameaux, puis tout retombait dans un silence tel que Mevlut se demandait si c'était en lui-même ou dans le monde que résidait l'étrangeté. Il perçut dans l'obscurité l'ombre d'oiseaux légendaires. Il distingua le tracé bizarre de lettres indéchiffrables, vestiges des armées du diable, passées des siècles plus tôt par ces régions désolées. Il vit la silhouette de gens pétrifiés à cause de leurs péchés.

« N'aie surtout pas de regret, dit Süleyman. Il n'y a rien à craindre. Et vous n'avez personne à vos trousses. À part le père au cou tordu, les autres savent sûrement que la fille s'est sauvée. Ne parle de moi à personne. Comme ça, ce sera facile de convaincre Cou tordu. D'ici un ou deux mois, il vous aura pardonnés. Avant la fin de l'été, ta fiancée et toi, vous pourrez venir lui baiser les mains.

La camionnette négociait un virage serré dans un raidillon quand les roues arrière se mirent à patiner dans la boue. Mevlut imagina l'espace d'un instant que tout était terminé, que chacun retournerait chez soi comme si de rien n'était, Rayiha dans son village et lui à Istanbul.

Mais la camionnette continua sa route.

Une heure plus tard, les phares balayèrent quelques maisons éparses, puis les étroites ruelles d'Akşehir. La gare ferroviaire était de l'autre côté de la bourgade, à l'extérieur.

« Ne vous séparez pas l'un de l'autre », dit Süleyman lorsqu'il les déposa. Il jeta un coup d'œil vers la fille qui attendait dans le noir, son baluchon à la main. « Mieux vaut qu'elle ne me voie pas, je ne vais pas descendre de voiture. Moi aussi je suis mouillé, dans cette affaire. Je compte sur toi pour la rendre heureuse, compris Mevlut ? Rayiha est ta femme maintenant, les dés sont jetés. Cachez-vous quelque temps à Istanbul. »

Mevlut et Rayiha regardèrent s'éloigner la camionnette de Süleyman jusqu'à ce que la lumière rouge des feux arrière disparaisse dans la nuit. Ils entrèrent sans se tenir la main dans le vieux bâtiment de la gare ferroviaire d'Akşehir.

L'intérieur reluisait sous l'effet des éclairages aux néons. Mevlut regarda pour la seconde fois celle qu'il venait d'enlever, il scruta son visage de près, attentivement. Cet examen confirma ce qu'il avait déjà entrevu sans parvenir à y croire au moment où il refermait la portière arrière de la camionnette, et il détourna les yeux.

Ce n'était pas la fille que Mevlut avait vue au mariage de son cousin Korkut, mais sa grande sœur, celle qui était assise à côté. Ils lui avaient montré la plus jolie pendant le mariage, et lui avaient expédié l'autre à la place. Comprenant qu'on l'avait trahi, Mevlut avait honte, il était incapable de regarder la fille dont il n'était même pas sûr qu'elle s'appelait Rayiha.

Qui lui avait joué ce mauvais tour, de quelle façon ? Pendant qu'il marchait vers le guichet pour prendre les billets, il entendait l'écho de ses pas résonner au loin comme si c'étaient les pas d'un autre. Dès lors, les vieilles gares évoqueraient toujours à Mevlut le souvenir de ces quelques minutes.

Il acheta deux billets pour Istanbul, mécaniquement, comme dans un rêve.

« Il arrive bientôt », avait dit l'employé. Mais le train ne venait pas. Assis au bout d'un banc dans une petite salle d'attente remplie de valises, de sacs, de paniers et d'une foule de gens fatigués, ils gardèrent une expression mutique et n'échangèrent pas un seul mot.

Mevlut se rappelait que Rayiha avait une grande sœur. Ou plus exactement la belle que Mevlut appelait ainsi. Car la fille qui était actuellement près de lui se dénommait Rayiha. C'est ce prénom que Süleyman avait utilisé peu avant en parlant d'elle. C'est également à une dénommée Rayiha que Mevlut avait adressé ses lettres d'amour, mais en ayant quelqu'un d'autre en tête, un autre visage du moins. Mevlut se fit la réflexion qu'il ne connaissait pas le prénom de la jolie sœur qui occupait ses pensées. Il n'arrivait pas à comprendre clairement de quelle façon il s'était fait berner, il ne parvenait même pas à s'en souvenir, ce qui contribuait à transformer le sentiment d'étrangeté qui l'habitait en une part constitutive du piège dans lequel il était tombé.

Tandis qu'ils attendaient le train assis sur leur banc, ses yeux se posèrent sur la main de Rayiha. Cette main, il l'avait amoureusement tenue dans la sienne un peu plus tôt. Conformément au désir qu'il avait d'ailleurs exprimé dans ses lettres. C'était une jolie main, de forme régulière et bien proportionnée. Elle restait sagement posée sur les genoux de Rayiha, rectifiant de temps à autre le pli de sa robe.

Mevlut se leva et alla au buffet, sur la place de la gare. Il acheta deux petits pains briochés, qui n'étaient plus de la première fraîcheur. En regagnant sa place il observa à nouveau, de loin, la tête coiffée d'un foulard et le visage de Rayiha. Ce n'était pas le beau visage qu'il avait vu au mariage de Korkut, où il s'était rendu en dépit de l'interdiction de son père. Mevlut fut de nouveau convaincu que c'était la première fois de sa vie qu'il voyait ou remarquait Rayiha. Mais comment une telle chose avait-elle pu se produire ? Rayiha savait-elle que Mevlut avait écrit ces lettres en pensant à sa sœur ?

« Tu en veux ? »

Rayiha tendit sa jolie main et saisit le pain brioché. L'expression qu'il lut sur son visage était non pas l'émoi des amoureux en fuite mais de la gratitude.

Rayiha commença à manger sa brioche avec lenteur et précaution, l'air de commettre un péché. Mevlut s'assit à côté d'elle. Il observa ses gestes du coin de l'œil. Il entama lui aussi le pain brioché un peu rassis qu'il avait dans la main. Il n'en avait pas envie, mais cela lui donnait une contenance.

Ils restaient assis là, sans se parler. Mevlut se sentit comme un gamin qui se dit que le temps ne passe pas et que l'école ne finira jamais. De façon automatique, sans arrêt, son esprit fouillait dans le passé à la recherche de la faute à l'origine de ce déplorable état de fait.

Le mariage où il avait vu la jolie fille à qui il avait écrit tant de lettres lui revenait constamment en mémoire. Son défunt père, Mustafa Éfendi, lui avait interdit de s'y rendre, mais Mevlut était parti en douce du village pour venir à Istanbul. Est-ce cette faute qu'il payait à présent ? Le regard braqué au fond de lui-même tels les phares de la camionnette de Süleyman, Mevlut fouillait parmi les souvenirs et les ombres de ses vingt-cinq ans d'existence, à la recherche d'un élément susceptible d'éclairer la situation actuelle.

Le train n'arrivait toujours pas. Mevlut se leva et retourna au buffet, mais celui-ci était fermé. Deux voitures à cheval étaient garées sur le côté dans l'attente de voyageurs à conduire en ville à leur descente du train. L'un des deux cochers fumait une cigarette. Un profond silence régnait sur la place. Mevlut remarqua un grand platane devant la vieille gare et s'en approcha.

Un écriteau était planté sous l'arbre, et la lumière provenant de la gare l'éclairait d'une lueur pâlotte.

SOUS CE PLATANE CENTENAIRE,
LE FONDATEUR DE LA RÉPUBLIQUE TURQUE
MUSTAFA KEMAL ATATÜRK
BUT DU CAFÉ
LORS DE SA VENUE À AKŞEHIR EN 1922

Le nom d'Akşehir avait été cité plusieurs fois dans ses cours d'histoire à l'école, et Mevlut avait parfaitement saisi l'importance dans l'histoire turque de cette bourgade voisine de son village, mais, pour l'heure, il était incapable de se remémorer ces données livresques. Il se reprocha ses insuffisances. Il n'avait pas fourni assez d'efforts pour devenir un élève tel que souhaité par les professeurs. C'est peut-être en cela que résidait sa faute. Il avait vingt-cinq ans et, optimiste, il se dit qu'il parviendrait bien à combler ses lacunes.

Lorsqu'il revint s'asseoir auprès de Rayiha, il la regarda de nouveau. Non, il ne se rappelait pas l'avoir vue, même de loin, à ce mariage quatre ans plus tôt.

Dans le train gémissant et piqué de rouille qui finit par arriver avec quatre heures de retard, ils trouvèrent une voiture vide et, bien qu'il n'y eût personne dans leur compartiment, Mevlut s'assit non pas en face mais à côté de Rayiha. Au gré des mouvements du train qui roulait vers Istanbul en brimbalant sur les fourches et les heurts de la voie ferrée, Mevlut effleurait de son bras, de son épaule, le bras ou l'épaule de Rayiha. Même cela lui apparaissait comme quelque chose d'étrange.

Il se rendit aux toilettes et, comme dans son enfance, il écouta les tac-tac tac-tac du train qui remontaient par la cuvette métallique. Lorsqu'il revint auprès de Rayiha, elle s'était assoupie. Comment faisait-elle pour dormir tranquillement la nuit où elle avait fugué de chez elle ? « Rayiha, Rayiha ! » lui dit-il à l'oreille. Elle se réveilla avec un naturel que seule une personne s'appelant réellement Rayiha pouvait montrer, et lui sourit avec douceur. Mevlut s'assit près d'elle en silence.

Comme un vieux couple marié n'ayant plus rien à se raconter, ils regardèrent par la fenêtre sans souffler mot. De temps à autre, ils apercevaient les réverbères d'une petite bourgade, les phares d'un véhicule roulant sur une route déserte, les feux de signalisation ferroviaire rouges ou verts, mais l'extérieur était le plus souvent plongé dans le noir et ils n'avaient pour tout paysage que leur propre reflet dans la vitre.

Deux heures plus tard, à la pointe du jour, Mevlut aperçut des larmes couler sur le visage de Rayiha. Ils étaient seuls dans le compartiment et le train roulait bruyamment à travers un paysage violet hérissé de précipices.

« Tu veux rentrer chez toi ? demanda Mevlut. Tu regrettes ? »

Rayiha se mit à pleurer de plus belle. Mevlut lui passa maladroitement le bras autour des épaules. Mal à l'aise, il le retira. Rayiha pleura longuement, amèrement. Mevlut éprouvait autant de culpabilité que de remords.

« Tu ne m'aimes pas, finit par dire Rayiha.

— Pourquoi dis-tu cela ?

— Tes lettres étaient pleines d'amour, tu m'as trompée. Est-ce vraiment toi qui les as écrites, ces lettres ?

— Oui, c'est moi qui les ai toutes écrites. »

Mais Rayiha continua à pleurer.

Une heure plus tard, en gare d'Afyonkarahisar, Mevlut descendit rapidement du train et courut au buffet acheter un pain, une boîte de fromage à tartiner et un paquet de biscuits. Tandis que le train longeait la rivière Aksu, ils prirent leur petit-déjeuner en buvant le thé qu'ils avaient acheté à un gamin qui en vendait sur un plateau. Mevlut était content de voir comment Rayiha regardait les villes, les peupliers, les tracteurs, les charrettes tirées par des chevaux, les enfants qui jouaient au football, les fleuves enjambés par des ponts métalliques qui défilaient par la fenêtre du train. Chaque chose était intéressante, le monde entier était une découverte.

Le train était entre les gares d'Alayurt et d'Uluköy quand Rayiha s'endormit, en appuyant sa tête contre l'épaule de Mevlut. Il en éprouva un sentiment de responsabilité et de bonheur qu'il ne put se cacher. Deux gendarmes et un vieillard vinrent s'asseoir dans le compartiment. Pylônes électriques, camions filant sur les routes asphaltées, ponts neufs en béton apparaissaient à Mevlut comme autant de signes de l'enrichissement et de l'essor du pays ; il n'aimait pas les slogans politiques inscrits sur les murs des usines et des quartiers pauvres.

Surpris de sentir le sommeil le gagner, il s'assoupit.

Quand le train marqua l'arrêt en gare d'Eskişehir, ils s'éveillèrent en même temps ; ils eurent un sursaut de panique, comme si les gendarmes étaient sur le point de leur mettre la main au collet. Une fois tranquillisés, ils échangèrent un sourire.

Rayiha avait un sourire empreint de sincérité. On ne l'imaginait pas dissimuler quoi que ce soit ni tramer des coups en douce. Son visage était ouvert, clair et régulier. Rationnellement, Mevlut pensait qu'elle était de mèche avec ceux qui l'avaient berné, mais, lorsqu'il regardait son visage, il ne pouvait s'empêcher de l'innocenter.

Alors que le train se rapprochait d'Istanbul, ils parlèrent des usines disséminées tout le long de la route, des flammes qui jaillissaient des hautes cheminées de la raffinerie de pétrole d'Izmit, de la taille impressionnante des bateaux de transport de marchandises et de toutes ces destinations qui les attendaient au bout du monde. Rayiha avait, tout comme sa sœur aînée et sa petite sœur, fini l'école primaire. Elle pouvait égrener sans peine les noms des pays lointains de l'autre côté de la mer. Mevlut se sentit fier d'elle.

Rayiha était déjà venue une fois à Istanbul, pour le mariage de sa sœur aînée, voilà quatre ans. Mais elle demanda quand même humblement :

« Sommes-nous déjà à Istanbul ?

— Kartal fait désormais partie d'Istanbul, répondit Mevlut, avec l'assurance de bien connaître le sujet. Mais nous ne sommes pas encore arrivés. »

Il lui montra les îles qui étaient en face. Un jour, pensa-t-il, ils iraient sûrement se promener dans les îles des Princes.

Mais durant la brève existence de Rayiha, ils n'eurent pas le loisir de le faire, pas même une seule fois.

PARTIE II

Mercredi 30 mars 1994

> C'est toujours ainsi chez les Asia-
> tiques. Ils s'abreuvent d'abord de
> *bouza*, puis se tranchent la gorge.
>
> Michel LERMONTOV,
> *Un héros de notre temps*

Mevlut, chaque soir d'hiver
depuis vingt-cinq ans

Laissez le marchand de boza tranquille

Douze ans après s'être enfui à Istanbul avec Rayiha, par une nuit très sombre, en mars 1994, Mevlut faisait sa tournée quand il se retrouva nez à nez avec un panier qu'on avait fait descendre rapidement mais sans bruit du haut d'un immeuble.

« Monsieur le marchand, monsieur le marchand, de la boza pour deux personnes ! » lancèrent des voix d'enfants.

Le panier avait surgi devant lui dans le noir tel un ange descendu du ciel. L'étonnement de Mevlut tenait peut-être au fait que les Stambouliotes avaient perdu l'habitude de faire leurs achats auprès d'un vendeur ambulant en laissant descendre par la fenêtre un panier retenu par une corde. Il se souvint de l'époque où il vendait du yaourt et de la boza avec son père vingt-cinq ans auparavant, alors qu'il était collégien. Dans le récipient en émail posé au fond du panier en osier, il versa non pas deux verres, comme le lui avaient demandé les enfants, mais presque un kilo de boza. Et il se sentit aussi bien que s'il avait été frôlé par un ange. Il arrivait parfois à Mevlut d'être préoccupé par des questions religieuses, ces derniers temps.

Pour bien comprendre notre histoire, à l'intention des lecteurs étrangers qui ne sauraient pas ce qu'est la boza, ou des lecteurs turcs des générations futures qui, je suppose, l'auront probablement oublié dans les vingt ou trente ans à venir, permettez-moi ici d'expliquer qu'il s'agit d'une boisson asiatique traditionnelle obtenue à partir de millet fermenté, d'une consistance épaisse, de

couleur jaunâtre, agréablement parfumée et légèrement alcoolisée. Autant clarifier ce point d'emblée afin que notre récit, déjà
plein de faits étranges, ne passe pas pour complètement farfelu.

Comme la boza est sensible à la chaleur et tourne rapidement,
elle était vendue en hiver, dans des échoppes du vieil Istanbul
de l'époque ottomane. En 1923, année de la fondation de la
République, les débits de boza étaient depuis longtemps fermés, victimes de la mode allemande des brasseries. Mais grâce à
des marchands ambulants, comme Mevlut, qui vendaient cette
boisson traditionnelle dans les rues, elle ne disparut jamais de
la circulation. Après les années 1950, le commerce de la boza
n'était plus l'affaire que de ces vendeurs qui déambulaient les
soirs d'hiver dans les rues pavées, miséreuses et à l'abandon, en
poussant leur cri de « bozaaa », nous rappelant les siècles passés
et le bon vieux temps.

Mevlut sentit les gamins s'impatienter à la fenêtre du cinquième étage, il prit les billets qui étaient au fond du panier,
les glissa dans sa poche et rendit la monnaie en petites pièces
qu'il posa près du récipient en émail. Comme dans son enfance,
lorsqu'il aidait son père dans sa tournée, il imprima au panier
une légère pression vers le bas puis le lâcha en faisant signe vers
les étages.

Le panier en osier s'éleva aussitôt. Le vent froid le faisait
osciller de droite à gauche, il heurtait légèrement les bords des
fenêtres, les gouttières, et résistait aux enfants qui tiraient sur la
corde. Parvenu au cinquième étage, comme une mouette heureuse d'avoir trouvé un vent favorable, le panier sembla s'immo-
biliser dans les airs. Puis, telle une chose mystérieuse et interdite,
il disparut dans l'ombre et Mevlut continua sa route.

« Boo-zaa, lança-t-il dans la rue obscure qui s'étirait devant
lui. Boonne booozaaa... »

Faire descendre un panier pour les courses était un usage
ancien datant d'une époque où il n'y avait pas d'ascenseurs, pas
d'interphones, et où il était rare de construire des immeubles
de plus de cinq ou six étages à Istanbul. En 1969, quand Mevlut
faisait ses premiers pas comme marchand ambulant auprès de
son père, les femmes au foyer, qui n'aimaient pas descendre de

chez elles et qui désiraient acheter de la boza mais aussi du yaourt tout au long de la journée, et même passer leurs commandes au commis de l'épicier, accrochaient une clochette sous les paniers qu'elles suspendaient au-dessus du trottoir pour que, sans bouger de leur domicile qui n'était pas équipé du téléphone, l'épicier ou le vendeur de passage soit alerté de la présence d'un client dans les étages. Pour signaler que le yaourt ou la boza étaient correctement placés dans le panier, le vendeur agitait la clochette. Mevlut avait plaisir à voir s'élever les paniers tandis qu'on les tirait vers le haut : sous l'effet du vent, ils brimbalaient parfois de droite à gauche, heurtant fenêtres, branches d'arbre, câbles électriques et téléphoniques, cordes à linge tendues entre les immeubles... la clochette tintait joyeusement. Certains clients réguliers mettaient dans le fond du panier un carnet pour y faire noter ce qu'ils devaient ; avant de tirer la corde, Mevlut marquait combien de kilos de yaourt il leur avait livrés ce jour-là. Son père ne savait ni lire ni écrire, et avant que son fils ne quitte le village pour venir travailler avec lui, il tenait les registres avec un système de traits (une barre : un kilo ; une demi-barre : une livre). Il regardait avec fierté son fiston inscrire des chiffres dans le cahier et prendre des notes pour certains clients (yaourt crémeux ; lundi-vendredi).

Mais cela remontait à une époque très lointaine. Istanbul avait tellement changé tout au long de ces vingt-cinq dernières années que ces souvenirs lui semblaient tout droit sortis d'un conte. Les rues, qui étaient presque toutes pavées lorsqu'il était arrivé dans cette ville, étaient désormais goudronnées. Les bâtisses à trois niveaux entourées d'un jardin et qui constituaient la majorité de l'habitat de la ville avaient pour la plupart été détruites et remplacées par de hauts immeubles où les habitants des derniers étages ne seraient plus en mesure d'entendre la voix d'un vendeur passant dans la rue. Les postes de radio avaient cédé la place à des téléviseurs allumés toute la nuit et dont le volume sonore couvrait la voix du marchand de boza. Les petites gens tranquilles, ternes et mal fagotées, qu'on croisait habituellement dans ces rues s'étaient fait évincer par des foules bruyantes, remuantes et arrogantes. Vu qu'il vivait cette transformation à petite dose au jour le jour, Mevlut l'avait à peine remarquée, il n'en avait pas tout de suite mesuré l'ampleur, et il ne s'était jamais attristé comme d'autres qu'Istanbul ne soit plus ce qu'elle était. Il avait toujours veillé à s'inscrire dans le sillage de ce grand changement, et il allait dans des quartiers où il serait toujours apprécié et bien accueilli.

À Beyoğlu par exemple, le quartier le plus proche de chez lui et le plus populeux ! Quinze ans plus tôt, à la fin des années 1970, alors que ses rues reculées étaient encore truffées de cafés-concerts miteux, de boîtes louches et de bordels plus ou moins clandestins, Mevlut pouvait y vendre de la boza jusqu'au milieu de la nuit. Aux femmes qui travaillaient comme chanteuses ou entraîneuses dans des bouges ou des caves chauffées par un poêle, à leurs admirateurs, aux moustachus d'âge mûr, l'air usé, qui étaient venus d'Anatolie faire des achats et qui offraient ensuite un verre à des entraîneuses dans un boui-boui, à ces pauvres diables qui étaient sans doute les derniers d'Istanbul à considérer comme une formidable distraction de pouvoir s'asseoir à proximité de femmes dans une boîte de nuit, aux touristes arabes et pakistanais, aux serveurs, aux videurs, aux concierges… Mais au bout de dix ans, comme cela se produit constamment dans cette ville au contact du démon du changement, ce tissu urbain avait disparu, ces gens étaient partis, ces lieux de distraction de style ottoman et européen où l'on interprétait des chansons *alla turca* et *alla franga* avaient fermé, et leur avaient succédé des établissements bruyants où l'on servait du kebab, des brochettes Adana sur le gril et du raki. Comme les jeunes qui venaient en foule pour s'amuser avaient plus d'intérêt pour la danse du ventre que pour la boza, le soir, Mevlut n'approchait même plus de l'avenue Istiklal.

Chaque soir d'hiver depuis vingt-cinq ans, il commençait à se préparer vers huit heures et demie, à la fin du journal télévisé, et sortait de l'appartement qu'ils louaient à Tarlabaşı. Il enfilait le pull-over en laine marron que sa femme lui avait tricoté, vissait sa calotte sur sa tête, passait le tablier bleu qui en imposait à ses clients, saisissait le bidon rempli de boza que sa femme ou ses filles avaient sucrée et aromatisée d'épices et le soupesait rapidement (« Vous en avez mis peu, il fait froid ce soir », disait-il parfois), enfilait son manteau noir et disait au revoir à la maison-née. « Ne m'attendez pas, allez vous coucher », disait-il à ses deux fillettes autrefois. Dorénavant, il leur lançait simplement « Je ne rentrerai pas tard », alors qu'elles regardaient la télévision.

Dehors, dans le froid, la première chose qu'il faisait, c'était d'installer sur sa nuque et ses épaules la perche en chêne dont il se servait depuis vingt-cinq ans, puis d'accrocher à chaque extré-mité par leur sangle les bidons en plastique emplis de boza. Tel un soldat contrôlant une dernière fois ses munitions avant d'aller sur le champ de bataille, il vérifiait les sachets de pois chiches et de cannelle qu'il avait rangés dans sa ceinture et dans les poches intérieures de sa veste (à la maison, c'était soit sa femme, soit ses filles impatientes ou lui-même qui emplissaient de pois chiches et de cannelle ces sachets grands comme le doigt), et il attaquait sa marche sans fin.

« Booonne bozaaaaaa... »

Il parvenait très vite aux quartiers hauts, bifurquait sur Taksim et accélérait le pas vers la destination qu'il s'était fixée ce jour-là. Hormis la pause d'une demi-heure qu'il s'accordait dans un café pour fumer sa cigarette, il poursuivait sa tournée sans répit.

Il était neuf heures et demie quand le panier surgit devant lui comme un ange descendu du ciel ; c'était à Pangaltı. À dix heures et demie, alors qu'il se trouvait dans les petites rues parallèles de Gümüşsuyu, il repéra au coin d'une ruelle sombre débouchant sur la mosquée une meute de chiens qu'il avait déjà remarquée quelques semaines plus tôt. Comme les chiens errants n'appro-chaient pas les marchands ambulants, Mevlut n'avait pas peur d'eux, jusqu'à récemment. Mais quand son cœur se mit à battre précipitamment sous l'effet d'un étrange aiguillon, il s'affola. Il suffisait que quelqu'un ait peur pour que les chiens le sentent et l'attaquent. Il le savait. Il essaya donc de se concentrer sur autre chose.

Il s'efforça de penser aux plaisanteries qu'il échangeait avec ses filles lorsqu'ils étaient ensemble devant la télévision, aux cyprès dans les cimetières, au plaisir d'être bientôt de retour à la maison et de papoter avec sa femme, aux propos de Son Excellence qui enjoignait de « garder le cœur pur », à l'ange qu'il avait vu en rêve dernièrement. Mais il n'arrivait pas à chasser sa peur des chiens.

« Ouah ! ouah ! ouah ! ouah ! »

Un chien approcha. Un autre lui emboîtait lentement le pas. Il était difficile de les distinguer dans le noir ; leur pelage était sombre comme la boue. Mevlut aperçut un autre chien noir plus loin.

Les trois chiens, et un quatrième qu'il n'avait pas vu, se mirent à aboyer en même temps. Mevlut fut saisi par une peur d'une intensité qu'il n'avait éprouvée qu'une ou deux fois durant toute sa carrière de vendeur, quand il était enfant. Il n'arrivait pas à se remémorer les prières et les versets à réciter contre les chiens, il était figé sur place. Les chiens continuaient à aboyer.

Mevlut cherchait des yeux une allée ouverte, un pas de porte où se réfugier. Devait-il se délester de sa perche et s'en servir comme d'un bâton ?

Une fenêtre s'ouvrit. « Oust ! s'exclama quelqu'un. Laissez le marchand de boza tranquille… Allez, oust… »

Les chiens eurent un sursaut puis ils cessèrent d'aboyer et s'éloignèrent sans bruit.

Mevlut éprouva de la gratitude envers l'homme qui avait paru à une fenêtre du troisième étage.

« Il ne faut pas avoir peur, bozacı, dit l'homme du troisième étage. Ces chiens sont des scélérats. Si quelqu'un a peur, ils le sentent aussitôt. Tu comprends ?

— Merci, répondit Mevlut, prêt à reprendre son chemin.

— Viens par là, que je t'achète un peu de boza. »

Mevlut n'apprécia pas sa façon de le prendre de haut, mais il avança vers la porte.

La porte de l'immeuble émit un grésillement et s'ouvrit automatiquement. Dans l'allée, il régnait une odeur de gaz, de friture et de peinture à l'huile. Mevlut grimpa les trois étages sans se presser. En haut, on ne le laissa pas sur le palier et on le traita avec la gentillesse des bonnes gens de l'ancien temps.

« Entre bozacı, tu dois avoir froid. »

Des rangées de chaussures étaient alignées devant la porte. Alors qu'il se baissait pour délacer les siennes, il repensa à ce que son vieil ami Ferhat lui avait dit une fois : « Il y a trois catégories d'immeubles à Istanbul : 1. Ceux où les habitants enlèvent leurs chaussures à l'entrée, font leurs prières et pratiquent la religion. 2. Ceux habités par des gens riches et européanisés et où tu peux entrer sans te déchausser. 3. Les hauts immeubles neufs où cohabitent des familles des deux catégories. »

Cet immeuble était situé dans un quartier riche, et par ici les gens n'avaient pas l'habitude de déposer leurs chaussures à la porte d'entrée. Pourtant, Mevlut eut l'impression de se trouver dans un de ces hauts immeubles neufs où vivaient des familles aussi bien religieuses qu'européanisées. Mais par respect, que le foyer soit riche ou modeste, Mevlut retirait toujours ses chaussures sur le seuil, même si, de l'intérieur, on lui enjoignait de les garder.

Une intense odeur de raki flottait dans l'appartement, qui résonnait du joyeux brouhaha de gens déjà éméchés avant le dîner. Six ou sept convives, femmes et hommes, assis autour d'une grande table qui occupait quasiment tout le salon, discutaient en buvant et riant, tout en regardant, comme dans chaque foyer, la télévision au volume trop fort.

Dès que l'on aperçut Mevlut entrer dans la cuisine, un silence se fit autour de la table.

Dans la cuisine, un homme passablement ivre – ce n'était pas celui qu'il avait vu à la fenêtre – lui dit :

« Bozacı, sers-nous donc un peu de boza. Tu as aussi de la cannelle et des pois chiches grillés ?

— Oui ! »

Mevlut savait qu'à un tel client, on ne demandait pas « Combien de kilos ? ».

« Pour combien de personnes ?

— Vous êtes combien ? » lança l'homme d'un ton goguenard à ceux qui étaient dans le salon et qu'on ne voyait pas depuis la cuisine.

Entre les rires, les blagues et les chamailleries, il fallut beaucoup de temps à ceux qui étaient assis autour de la table pour se compter.

« Bozacı, si ta boza est trop amère, je n'en veux pas, lui lança une femme dont il n'entendait que la voix.

— La mienne est sucrée, répondit Mevlut.

— Dans ce cas, n'en mets pas pour moi, dit une voix d'homme. La meilleure boza est amère. »

Un débat commença entre eux.

« Viens par là, bozacı », dit quelqu'un d'autre, d'une voix imbibée.

Mevlut passa de la cuisine au salon. Là, il se sentit pauvre et déplacé. Il y eut un silence, un moment de flottement. Tous les convives le regardaient avec un sourire intrigué. Ce regard, qui trahissait leur curiosité face à quelque chose de désuet, tout droit sorti de l'ancien temps, Mevlut le connaissait bien pour y avoir été souvent confronté ces dernières années.

« Bozacı, quelle est la vraie boza, la douce ou l'amère ? » demanda un homme à moustache.

Les femmes étaient toutes les trois teintes en blond. L'homme qui avait paru à la fenêtre et qui l'avait sauvé des chiens était assis en bout de table, face à deux d'entre elles. « La boza se boit aussi bien douce qu'amère », dit Mevlut. C'était la réponse invariable qu'il donnait depuis vingt-cinq ans.

« Bozacı, tu arrives à gagner de l'argent avec ça ?

— Oui, Dieu merci.

— Donc, c'est une affaire qui rapporte... tu fais ce travail depuis combien de temps ?

— Je travaille comme marchand de boza depuis vingt-cinq ans. Autrefois, je vendais aussi du yaourt le matin.

— Si tu fais ce métier depuis vingt-cinq ans et que tu gagnes de l'argent, tu dois être riche, n'est-ce pas ?

— Malheureusement, je n'ai pas réussi à devenir riche.

— Pourquoi ?

— Ceux de ma famille qui sont montés avec nous de la campagne sont tous riches aujourd'hui, mais cela n'a pas été mon destin.

— Pour quelle raison ?

— Parce que je suis honnête, dit Mevlut. Je ne dis pas de mensonges, je ne vends pas de produits avariés dans le but de m'acheter une maison ou d'offrir de belles noces à ma fille, je ne mange pas d'aliments illicites.

— Tu es croyant ? »

Mevlut avait conscience de la dimension politique que comportait désormais cette question chez les riches. Le parti islamiste, qui s'attirait essentiellement les suffrages des pauvres, avait remporté les élections municipales qui avaient eu lieu quelques jours plus tôt. Mevlut aussi avait voté pour le candidat désormais élu à la mairie d'Istanbul, autant parce que c'était un homme pieux que parce qu'il avait fréquenté l'école Piyale Paşa de Kasımpaşa, où étaient scolarisées ses filles.

« Je suis marchand ambulant, rusa Mevlut. Un marchand peut-il être pratiquant ?

— Pourquoi ne le serait-il pas ?

— Je travaille tout le temps. Comment veux-tu faire tes cinq prières par jour en étant dans la rue du matin au soir...

— Tu fais quoi dans la matinée ?

— J'ai tout fait... J'ai vendu du pilaf aux pois chiches, j'ai travaillé comme serveur, comme glacier, comme gérant... Je peux tout faire.

— Gérant de quoi ?

— Du restaurant Binbom. Dans Beyoğlu, mais l'endroit a fermé. Vous connaissez ?

— Et maintenant, tu fais quoi le matin ? demanda l'homme qui avait paru à la fenêtre.

— Rien pour l'instant, je suis libre.

— Tu n'es pas marié, tu n'as pas de famille ? demanda une blonde au doux visage.

— Si. Et grâce à Dieu, j'ai deux filles jolies comme des anges.

— Tu vas les envoyer à l'école, n'est-ce pas ? Tu leur demanderas de porter le voile quand elles seront grandes ?

— Nous sommes de pauvres paysans, nous sortons d'un milieu rural. Nous restons attachés à nos traditions.

— C'est pour cela que tu vends de la boza ?

— La plupart des gens de chez nous sont venus à Istanbul pour vendre du yaourt et de la boza, alors que, au départ, nous ne connaissions ni la boza ni le yaourt dans notre village.

— Autrement dit, c'est en ville que tu as vu de la boza pour la première fois ?

— Oui.

— Comment as-tu appris le cri du marchand de boza ?

— Grâce à Dieu tu as une très belle voix, comme un bon muezzin.

— C'est la voix rocailleuse du vendeur qui donne envie d'acheter de la boza, dit Mevlut.

— Bozacı, tu n'as pas peur la nuit dans les rues sombres ? Tu ne t'ennuies pas ?

— Le Très-Haut vient à l'aide du misérable marchand de boza. J'ai toujours de belles choses en tête.

— Pas même à la vue des cimetières, des chiens, des djinns, des fées que tu croises la nuit dans les rues noires et désertes ? »

Mevlut se tut.

« Comment t'appelles-tu ?

— Mevlut Karataş.

— Mevlut Éfendi, allez, montre-nous comment tu dis "bozaaa" ! »

Mevlut avait déjà vu beaucoup de tablées bien arrosées comme celle-ci. Durant ses premières années dans le métier, il avait entendu nombre de gens ivres lui poser des questions telles que : « Il y a l'électricité dans votre village ? » (il n'y en avait pas à l'époque de son arrivée à Istanbul, mais aujourd'hui, en 1994, si), « Tu n'es jamais allé à l'école ? », « Qu'est-ce que ça t'a fait la première fois que tu as pris l'ascenseur ? Quand es-tu allé au cinéma pour la première fois ? ». À cette époque, pour plaire aux clients qui le faisaient entrer dans leur salon, Mevlut répondait de manière à susciter leurs rires, n'hésitant pas à se montrer plus naïf, plus bête et moins rompu aux usages de la ville qu'il ne l'était. Et sans qu'il soit besoin de beaucoup insister, il offrait aux habitués qui le lui demandaient une interprétation du cri du marchand de boza.

Mais cela, c'était avant. À présent, Mevlut éprouvait une colère dont il ignorait la raison. Sans la gratitude qu'il devait à l'homme qui l'avait délivré des chiens, il aurait coupé court à la discussion, et serait reparti aussitôt après leur avoir servi leur boza.

« Combien de personnes en veulent ? demanda-t-il.

— Ah, tu ne l'as pas encore donnée à la cuisine ? Nous pensions que c'est de là qu'on nous l'apporterait.

— Où l'achètes-tu, cette boza ?

— Je la prépare moi-même.

— Non... Tous les marchands de boza vont l'acheter chez Vefa Bozacısı.

— Depuis cinq ans, il y a aussi une usine à Eskişehir qui en produit, dit Mevlut. Mais moi, j'achète de la boza à l'ancienne, la meilleure, en vrac chez Vefa Bozacısı, ensuite je la travaille, j'y ajoute mes propres ingrédients pour lui donner la consistance et le goût désirés.

— Tu rajoutes donc du sucre à la maison ?

— La douceur comme l'amertume de la boza sont naturelles.

— Allons bon ! C'est impossible, la boza est une boisson amère. Et comme pour le vin, c'est la fermentation qui lui donne son amertume, c'est son alcool.

— Il y a de l'alcool dans la boza ? s'étonna une femme en haussant les sourcils.

— Tu es vraiment ignare ma pauvre fille ! répondit l'un des hommes. La boza est la boisson des Ottomans, qui prohibaient par ailleurs l'alcool et le vin. Du coup, le sultan Mourad IV, celui qui se déguisait pour circuler la nuit dans la ville, a ordonné la fermeture des débits de vin et de café mais aussi des débits de boza.

— De café ? Pourquoi ça ? »

Ils se lancèrent alors dans une de ces discussions d'ivrognes telles que Mevlut en avait beaucoup entendu aux tables de fêtards, dans les tavernes, et ils l'oublièrent un instant.

« Bozacı, dis-le-nous, la boza est-elle alcoolisée ou pas ?

— Il n'y a pas d'alcool dans la boza », répliqua Mevlut, sachant pertinemment que ce n'était pas vrai. Son père aussi répondait la même chose à ce sujet, en toute connaissance de cause.

« Bozacı... il y a de l'alcool dans la boza, mais très peu. À l'époque ottomane, les gens pieux désireux de s'égayer un peu affirmaient au contraire qu'il n'y a pas d'alcool dans la boza, comme ça, en toute bonne conscience, ils pouvaient descendre une dizaine de verres et goûter à l'ivresse. Mais quand Atatürk a libéralisé la consommation du raki et du vin à l'époque républicaine, la boza a perdu sa raison d'être, c'est une affaire finie depuis.

— Peut-être que les interdits islamiques et la boza vont faire leur retour, déclara un homme éméché et au long nez fin en jetant un regard provocateur à Mevlut. Que penses-tu du résultat des élections ?

— Non, il n'y a pas d'alcool dans la boza, répondit Mevlut sans se démonter. D'ailleurs, s'il y en avait, je n'en vendrais pas.

— Tiens, tu vois, il n'est pas comme toi, il est fidèle à sa religion, lança l'un des convives à celui qui venait d'intervenir.

— Parle pour toi. Moi, j'aime à la fois ma religion et boire mon raki, rétorqua l'homme au nez fin. Bozacı, c'est par peur que tu dis qu'il n'y a pas d'alcool dans la boza ?

— Je n'ai peur que de Dieu, dit Mevlut.

— Vlan. Tiens ta réponse.

— La nuit, tu n'as pas peur des chiens et des brigands qui rôdent dans les rues ?

— Personne ne s'en prend à un misérable marchand de boza », dit Mevlut en souriant. C'était là aussi une de ses fréquentes réponses. « Les brigands, les pickpockets, les voleurs ne touchent pas à un marchand de boza. Voilà vingt-cinq ans que je suis dans le métier. Je ne me suis jamais fait voler. Tout le monde respecte le marchand de boza.

— Pourquoi ?

— Parce que la boza est quelque chose de très ancien, c'est un legs de nos ancêtres. Cette nuit, les vendeurs de boza ne sont même pas une quarantaine dans les rues d'Istanbul. Les gens comme vous qui en achètent sont très peu nombreux. La plupart écoutent la voix du marchand de boza, et cela leur fait du bien de songer à l'ancien temps. C'est d'ailleurs ça qui fait tenir le bozacı et qui le rend heureux.

— Et toi, tu es pieux ?

— Oui, je crains Dieu, dit Mevlut, sachant que ces mots les impressionneraient.

— Tu aimes Atatürk aussi ?

— Son Excellence le maréchal Gazi Mustafa Kemal Pacha est venu chez nous, à Akşehir, en 1922, dit Mevlut. Ensuite, après avoir fondé la République à Ankara, il vint à Istanbul et descendit au Park Hotel, à Taksim… Là, alors qu'il se penche à la fenêtre de sa chambre, il se rend compte qu'il manque quelque chose à Istanbul, une musique, une rumeur joyeuse. Il interroge son aide de camp. "Votre Excellence, pour vous plaire, nous avons interdit l'accès de la ville à ces vendeurs de rue dont on ne voit plus trace en Europe", s'entend-il répondre. C'est justement contre cela qu'Atatürk se met en colère : "Les vendeurs ambulants sont les rossignols des rues, dit-il, c'est eux qui font la joie et la vie d'Istanbul. Ne vous avisez surtout pas de les interdire." Depuis ce jour-là, la vente ambulante est libre dans Istanbul.

— Vive Atatürk, s'exclama l'une des femmes.

— Vive Atatürk, lui firent écho plusieurs personnes autour de la table, et Mevlut aussi joignit sa voix à la leur.

— La Turquie ne va-t-elle pas devenir comme l'Iran si les islamistes arrivent au pouvoir ?

— Mais non, l'armée ne les laissera pas faire. Les militaires organiseront un coup d'État, ils feront interdire leur parti et les jetteront tous en prison. Pas vrai bozacı ?

— Je ne suis qu'un humble vendeur de boza, dit Mevlut. Je ne me mêle pas de politique. La politique, c'est votre affaire à vous, les grands de ce monde. »

Ils étaient ivres, mais ils comprirent que Mevlut leur envoyait une pique.

« Bozacı, moi aussi je suis comme toi. Je n'ai peur que de Dieu et de ma belle-mère.

— Tu as une belle-mère, bozacı ?

— Je ne l'ai hélas pas connue, répondit Mevlut.

— De quelle façon t'es-tu marié ?

— On est tombés amoureux, et on s'est sauvés. Ce n'est pas donné à tout le monde.

— Vous vous êtes rencontrés comment ?

— Au mariage d'un parent, nous nous sommes regardés de loin et nous sommes tombés amoureux l'un de l'autre. Je lui ai écrit des lettres pendant trois ans.

— Chapeau, bozacı. T'es vraiment un phénomène, toi.

— Et ta femme, elle fait quoi ?

— Elle fait des travaux de couture à domicile. Ce qu'elle fait, tout le monde ne peut pas le faire.

— Serons-nous encore plus ivres si nous buvons de ta boza, bozacı ?

— Ma boza ne saoule pas, répondit Mevlut. Vous êtes huit, je vous en mets deux kilos. »

Il retourna dans la cuisine mais servir la boza, les pois chiches, la cannelle et récupérer son argent prit beaucoup de temps. Mevlut remit ses chaussures avec la vivacité déterminée héritée de l'époque où il devait servir des files de clients et constamment se dépêcher.

« Bozacı, il pleut et les rues sont boueuses, fais bien attention, lui lancèrent-ils de l'intérieur. Méfie-toi des voleurs et des chiens !

— Bozacı, repasse quand tu veux », dit une des femmes.

Mevlut savait pertinemment qu'ils ne lui rachèteraient pas de boza. Ce n'est pas pour cela qu'ils lui disaient de revenir mais pour entendre sa voix, véritable divertissement pour un groupe d'ivrognes. Le froid vif du dehors lui fit du bien.

« Booo-zaaa ! »

Des foyers, des personnes, des familles de ce type, il en avait vu beaucoup en vingt-cinq ans. Ces questions, il les avait entendues des milliers de fois et, à force, il s'y était habitué. Il s'était souvent retrouvé face à ce genre de tablées bien arrosées dans les sombres ruelles du Beyoğlu, du Dolapdere de la fin des années 1970, essentiellement fréquentées par les clients des cabarets, des boîtes de nuit et des tripots, par les ruffians, les souteneurs et les prostituées. Mevlut traversait ces lieux sans jamais se prendre le bec avec les ivrognes, « ni vu ni connu », pour reprendre l'expression des petits malins à l'armée, avant de regagner sans perdre de temps la sortie.

Cela faisait quelques années maintenant qu'il n'était presque plus convié à entrer dans les appartements, dans l'intimité des familles. Vingt-cinq ans plus tôt, presque tout le monde le laissait franchir le seuil de son foyer. Dans la cuisine, les gens lui demandaient : « Tu as froid ? Tu vas à l'école le matin ? Tu veux un thé ? » Certains l'invitaient à venir jusque dans le salon, et même à s'asseoir à leur table. Une hospitalité et une gentillesse qu'il ne prenait même pas le temps de savourer tant, en cette époque bénie, il avait de travail et de clients réguliers à livrer. Mevlut comprit que s'il avait fait montre de faiblesse tout à l'heure, c'est parce que c'était la première fois depuis très longtemps qu'on lui témoignait autant d'attention. C'était de plus une étrange assemblée. Autrefois, dans les foyers des familles classiques, on ne voyait guère de tablées de femmes et d'hommes boire ensemble du raki et tenir des conversations d'ivrognes. « Maintenant que tout le monde picole en famille son raki à quarante-cinq degrés couvert par le monopole d'État, pourquoi est-ce qu'on boirait ta boza à trois degrés ? Cette affaire est terminée, Mevlut. Laisse tomber, pour l'amour du Ciel, le taquinait son ami Ferhat, misérieux, mi-ironique. Ce peuple n'a plus besoin de ta boza pour se saouler. »

Mevlut s'engagea dans les petites rues parallèles qui descendaient sur Fındıklı. Il servit rapidement une livre de boza à un habitué et, en ressortant du bâtiment, il aperçut deux silhouettes douteuses sur le seuil d'un immeuble. S'il prêtait attention à ces individus qu'il jugeait douteux, comme les personnages d'un rêve, les suspects comprendraient que Mevlut ruminait à leur propos et ils pourraient s'attaquer à lui. Pourtant, il ne put oublier leur présence.

Par un mouvement instinctif, il se retournait pour voir s'il n'avait pas de chiens à ses trousses quand, soudain, il eut l'impression très vive que les ombres le suivaient. Sans toutefois y croire complètement. Il agita la clochette qu'il avait à la main, par deux fois avec force, puis deux fois encore de façon précipitée et sans conviction. « Boo-zaa », cria-t-il. Il décida de rentrer sans tarder, sans prendre par Taksim, en dévalant les escaliers jusqu'au Bosphore qu'il longerait ensuite jusqu'à Cihangir, où il remonterait par un autre chemin.

Il descendait l'escalier quand l'une des ombres l'interpella :

« Bozacı, bozacı, attends un peu. »

Mevlut fit comme s'il n'avait pas entendu. Sa perche à l'épaule, il descendit prudemment quelques marches. Mais dans un coin non éclairé par les réverbères, il fut obligé de ralentir.

« Bozacı, on t'a dit de t'arrêter, on n'est pas des ennemis, pas vrai ? On veut t'acheter de la boza. »

Honteux d'avoir pris peur, Mevlut s'arrêta. Comme la lumière des réverbères était occultée par le feuillage d'un figuier, ce palier entre deux volées de marches était passablement sombre. C'est à cet endroit qu'il garait pour la nuit sa carriole à trois roues à l'époque où il vendait des glaces, l'été où il avait enlevé Rayiha.

« C'est combien, ta boza ? » demanda d'un air bravache un des hommes qui descendaient l'escalier.

Ils étaient à présent tous trois sous le figuier, dans l'obscurité. Quiconque désirait une boza pouvait demander le prix, mais il le faisait à mi-voix, poliment, pas sur ce ton agressif. Suspicieux, sur ses gardes, Mevlut annonça la moitié du prix normal.

« Eh ben, c'est pas donné, fit le plus costaud des deux. Sers-nous-en deux verres pour voir. Tu en gagnes de l'argent, dis donc. »

Mevlut déposa ses bidons. Il sortit un grand verre en plastique de la poche de son tablier et l'emplit de boza. Il le tendit à l'homme qui était le plus petit et le plus jeune des deux.

« Tenez.

— Merci. »

L'étrange silence qui régnait pendant qu'il remplissait le second verre le poussa presque à se sentir coupable. Le grand costaud le sentit.

« Tu es tout le temps en train de courir, bozacı, il y a beaucoup de boulot ?

— Nooon, dit Mevlut. C'est calme. La boza, c'est fini maintenant, on ne travaille plus comme avant. Plus personne n'en achète. Ce soir, d'ailleurs, je n'avais pas prévu de sortir. Mais il y a un malade à la maison, ils attendent que je rapporte de quoi lui faire une soupe.

— Tu gagnes combien par jour ?

— Comme dit le proverbe, on ne demande pas son âge à une femme ni son salaire à un homme. Mais maintenant que vous l'avez demandé, je vais vous le dire. » Il tendit au grand costaud son verre de boza. « Le jour où on arrive à faire des ventes, on gagne tout juste de quoi se nourrir. Quand on ne vend rien, comme aujourd'hui, on rentre chez soi le ventre vide.

— Tu n'as pas l'air d'un type qui ne mange pas à sa faim. Tu es de quelle région ?

— De Beyşehir.

— Beyşehir ? C'est où, ça ? »

Mevlut ne répondit pas.

« Tu es à Istanbul depuis combien de temps ?

— Cela fait vingt-cinq ans.

— Cela fait vingt-cinq ans que tu vis là, et tu te dis encore de Beyşehir ?

— Non... C'est vous qui m'avez posé la question.

— Tu as dû gagner pas mal depuis tout ce temps.

— Hélas non... À minuit, regarde, je suis encore au boulot. Et vous, vous êtes de quelle région ? » demanda-t-il.

Voyant qu'ils ne répondaient pas, Mevlut prit peur.

« Vous voulez de la cannelle ? demanda-t-il.

— Donne. C'est combien la cannelle ? »

Mevlut prit le flacon en laiton dans son tablier. « Rien. Cannelle et pois chiches sont offerts par la maison, dit-il tandis qu'il en saupoudrait leur verre. Il sortit deux sachets de pois chiches de sa poche. Au lieu de leur mettre le sachet dans la main comme il le faisait chaque fois avec ses clients, il l'ouvrit pour eux et, dans le noir, tel un serveur prévenant, il en versa le contenu dans leur verre.

« La boza se marie très bien avec les pois chiches grillés », dit-il.

Les hommes échangèrent un regard et burent leur verre jusqu'au bout.

« En ce mauvais jour, tu auras aussi travaillé pour nous », dit le plus baraqué et le plus vieux des deux, une fois sa boza terminée.

Comprenant où l'homme voulait en venir, Mevlut l'interrompit.

« Vous me réglerez une autre fois si vous n'avez pas l'argent. Qu'est-ce qu'on deviendrait dans cette grande ville si nous ne sommes pas capables de nous entraider, entre compagnons de misère, dans les moments difficiles. Allez, c'est offert par la maison, comme tu voudras. »

Il replaçait sa perche sur ses épaules et s'apprêtait à reprendre sa route quand le grand baraqué lui dit :

« Arrête-toi, bozacı. On t'a bien dit que tu auras aussi bossé pour nous, non... File-nous l'argent que tu as.

— Je n'ai pas d'argent sur moi, l'ami. Juste la somme des deux bozas vendues à un ou deux clients. Et ça doit servir à acheter un médicament pour la personne malade à la maison, autrement... »

Le petit sortit un couteau à cran d'arrêt de sa poche. Une pression, et le couteau s'ouvrit avec un claquement sec qui résonna dans le silence. Il appuya la lame sur le ventre de Mevlut. Le grand costaud était passé derrière Mevlut au même moment et il le tenait fermement par les bras. Mevlut se tut.

Tout en maintenant la lame du couteau pressée contre son ventre, avec des gestes précis et rapides, le petit jeune fouilla d'une seule main les poches du tablier de Mevlut, chaque recoin de sa veste, et fit disparaître dans sa propre poche petites coupures et pièces de monnaie qu'il y trouvait. Mevlut vit qu'il était très jeune et laid.

Alors qu'il tournait les yeux vers le visage du gamin, le grand costaud qui lui maintenait les bras lui ordonna de regarder devant lui. « Tu vois, tu avais plein d'argent. C'est pour ça que tu détalais devant nous, pas vrai ?

— Ça suffit maintenant, dit Mevlut en tentant de se dégager.

— Ça suffit ? dit le jeune qui était passé derrière lui. Mais non, ça ne suffit pas. Pas du tout. Toi, tu déboules y a vingt-cinq ans, tu ratisses la ville, et quand vient notre tour, tu dis ça suffit ? C'est de notre faute si on arrive en retard ?

— Non, ce n'est la faute de personne, dit Mevlut. Ne parlez pas ainsi, je vous en prie.

— Qu'est-ce que tu as dans Istanbul, une maison, un immeuble ?

— Grand Dieu, nous n'avons même pas un pied-à-terre, nous ne possédons rien, mentit Mevlut.

— Pourquoi ? Tu es stupide ou quoi ?

— C'est que le destin ne l'a pas voulu.

— Tous les idiots de ton genre qui sont venus à Istanbul il y a vingt-cinq ans se sont construit un *gecekondu*. Aujourd'hui, il y a des immeubles qui s'élèvent sur ces terrains. »

Mevlut s'agita nerveusement, mais cela ne servit à rien d'autre qu'à accentuer la pression du couteau contre son ventre (« Oh, mon Dieu », dit Mevlut), et le gars reprit scrupuleusement sa fouille.

« Dis-nous, tu es un imbécile ou un simulateur qui joue les naïfs ? »

Mevlut se taisait. D'un geste habile et expérimenté, l'homme qui était derrière lui tordit le bras gauche et lui tira la main dans le dos : « Oh, regardez-moi ça. Ce n'est pas dans une maison, un khan ou un hammam que tu as placé ton argent, mais dans une montre, mon frère de Beyşehir. Tout s'explique. »

La montre de marque suisse que Mevlut portait depuis douze ans et qui lui avait été offerte comme cadeau de mariage quitta aussitôt son poignet.

« A-t-on jamais volé un marchand de boza ? dit Mevlut.

— Il faut un début à tout, répondit l'homme qui lui maintenait le bras. Ferme-la, et pas un regard en arrière. »

Mevlut regarda s'éloigner les deux voleurs sans mot dire. L'un jeune, l'autre vieux. Il comprit alors qu'ils étaient père et fils. Celui qui lui avait maintenu les bras dans le dos devait être le père, et celui qui avait pressé la lame sur son ventre devait être le fils. Lui-même n'avait jamais connu ce genre de camaraderie, de connivence coupable avec son père. Jamais il n'avait été le complice de son défunt père, mais toujours son souffre-douleur. Il descendit l'escalier d'un pas lent. Il arriva dans l'une des petites rues débouchant sur la rue Kazancı. Les alentours étaient calmes et déserts. Que dirait-il à Rayiha à la maison ? Parviendrait-il à garder cela pour lui ?

L'idée que cette agression n'était qu'un rêve, que tout était comme avant, lui traversa l'esprit. Il ne dirait pas à Rayiha qu'il s'était fait dépouiller. Parce que cela n'avait pas eu lieu. Les quelques secondes pendant lesquelles il put croire à cette illusion atténuèrent sa souffrance. Il agita sa clochette.

« Boozaaa », cria-t-il par réflexe, et simultanément il sentit sa voix s'étrangler dans sa gorge, comme dans un rêve.

Dans le bon vieux temps, quand quelque chose le chagrinait dans la rue, quand il était en butte au mépris ou à une vexation, Rayiha savait très bien le consoler à la maison.

Pour la première fois au cours de ses vingt-cinq années de carrière dans la boza, Mevlut rentra chez lui à la hâte, sans crier « boozaa » même si ses bidons n'étaient pas encore vides.

Dès qu'il pénétra dans leur logement d'une pièce, il comprit au silence qui y régnait que ses deux filles, qui avaient école le lendemain, étaient couchées et dormaient.

Assise sur le bord du lit, Rayiha travaillait comme chaque soir à ses travaux d'aiguille en levant de temps à autre les yeux sur la télévision dont elle avait baissé le son.

« Je vais arrêter la boza, dit Mevlut.

— Ah bon, quelle idée ? demanda Rayiha. Tu ne pourras pas arrêter. Mais tu as raison. Il est indispensable que tu trouves une autre activité. Mes pièces de trousseau ne suffisent pas.

— Je te dis que j'ai arrêté.

— Il paraît que Ferhat gagne beaucoup d'argent à l'Administration de l'électricité. Appelle-le, qu'il te trouve quelque chose.

— Ferhat ? répondit Mevlut. Plutôt mourir que de l'appeler. »

PARTIE III

Septembre 1968 – Juin 1982

J'ai été haï de mon père, depuis le berceau.

STENDHAL,
Le Rouge et le Noir

1

Quand Mevlut vivait au village

Que dirait ce monde s'il parlait ?

Afin de comprendre la décision de Mevlut, son attachement à Rayiha et sa peur des chiens, revenons à présent à son enfance. Mevlut naquit en 1957 à Cennetpınar, un village de la sous-préfecture de Beyşehir, dans le département de Konya, d'où il n'était jamais sorti avant l'âge de douze ans. Après avoir terminé avec succès l'école élémentaire, il croyait qu'il irait à Istanbul pour y poursuivre sa scolarité et travailler auprès de son père comme les autres enfants dans sa situation. Mais son père refusant de l'emmener avec lui, en automne 1968, il resta dans son village et exerça le métier de berger. Jusqu'à la fin de sa vie Mevlut se demanderait pour quelle raison son père l'avait obstinément laissé au village cette année-là, sans jamais trouver de réponse satisfaisante à cette question. Comme ses amis et ses cousins paternels, Korkut et Süleyman, étaient partis à Istanbul, Mevlut se sentit bien seul et triste cet hiver-là. Il veillait sur un troupeau d'une dizaine de têtes qu'il faisait pâturer le long du ruisseau. Il passait ses journées à regarder le lac lointain et blême, les autocars et les camions qui passaient sur la route, les oiseaux et les peupliers.

Parfois, le frémissement des feuilles d'un peuplier dans le vent attirait son attention, il avait le sentiment que l'arbre lui adressait un signe. Certaines feuilles montraient à Mevlut leur face sombre, d'autres leur face jaunie. Il suffisait qu'une brise légère se lève pour qu'apparaisse la face jaunie des feuilles sombres ou le côté vert sombre des feuilles jaunies.

Sa plus grande distraction consistait à ramasser du bois mort, à retirer les parties humides de chacune des branches et à les entasser pour en faire un feu. Quand le faisceau de branchages s'embrasait, son chien Kâmil se mettait à courir joyeusement autour des flammes, et dès que Mevlut s'asseyait et tendait les mains pour s'y réchauffer, le chien s'asseyait un peu plus loin et, imitant son maître, il restait immobile à contempler longuement le feu.

Tous les chiens du village le connaissaient. Et même si Mevlut s'aventurait dehors en pleine nuit, dans le noir et le silence le plus complets, aucun d'eux n'aboyait contre lui. C'est la raison pour laquelle il avait vraiment le sentiment d'appartenir à ces lieux. Les chiens du village aboyaient seulement contre les gens qui venaient d'ailleurs, qui semblaient représenter un danger, contre les étrangers. Si jamais un chien aboyait contre quelqu'un du village, par exemple contre Süleyman, son cousin et meilleur ami, les autres le taquinaient en disant : « Dis donc Süleyman, tu rumines un mauvais coup, tu as une diablerie en tête, toi ! »

Süleyman. Les chiens du village n'aboyaient jamais après moi. Maintenant, nous avons émigré à Istanbul. Je suis triste que Mevlut soit resté au village, il me manque… Mais les chiens ne se comportaient pas différemment envers moi qu'envers Mevlut. Je tenais à le dire.

Mevlut et son chien Kâmil montaient parfois sur les collines et laissaient paître les bêtes en contrebas. Alors qu'il contemplait depuis un point élevé le vaste panorama qui s'étendait à ses pieds, Mevlut sentait poindre en lui le désir de vivre, d'être heureux, d'occuper une position importante dans le monde. Il se prenait quelquefois à rêver que son père viendrait le chercher à bord d'un autocar pour le ramener avec lui à Istanbul. La plaine dans laquelle il faisait paître son troupeau était coupée par un à-pic rocheux à l'endroit où le ruisseau faisait une boucle. Il lui arrivait d'apercevoir, à l'autre extrémité de la plaine, les fumées d'un feu dont il savait qu'il avait été allumé par les petits bergers du village voisin de Gümüşdere, privés comme lui de la possibilité de poursuivre leur scolarité à Istanbul. Les jours où le temps était venteux et le ciel dégagé, plus particulièrement le matin, les petites maisons de Gümüşdere, sa jolie mosquée blanche et son frêle minaret étaient visibles depuis le sommet que gravissaient Mevlut et son chien.

Abdurrahman Éfendi. Comme je vis ici, dans ce village de Gümüşdere, je prends mon courage à deux mains pour tout de suite intervenir dans la conversation : dans les années 1950, nous autres habitants de Gümüşdere, de Cennetpınar et des trois autres villages alentour, nous étions tous très pauvres. L'hiver, on faisait des dettes à l'épicerie et, au printemps, on avait le plus grand mal à les rembourser. Au printemps, on était quelques-uns à partir à Istanbul pour travailler sur des chantiers. Comme certains d'entre nous n'avaient pas un sou vaillant, c'est l'épicier qui faisait l'avance des billets d'autocar pour Istanbul et il le marquait tout en haut du registre où il inscrivait nos dettes. En 1954, le premier de notre village à s'employer comme manœuvre à Istanbul a été Yusuf, un grand gaillard aux épaules larges. Ensuite, *le hasard* a fait qu'il est devenu marchand de yaourt, et il a gagné beaucoup d'argent avec ce travail de vendeur ambulant. Il a demandé à ses frères et à ses cousins de venir le rejoindre à Istanbul, pour y travailler et vivre dans des foyers de célibataires. Jusque-là, les gens de Gümüşdere n'y connaissaient rien au yaourt. Mais la plupart d'entre nous sommes partis à Istanbul vendre du yaourt. La première fois que j'y suis allé, c'était à vingt-deux ans, après mon service militaire. (Vu que j'avais des problèmes de discipline, que je me suis fait attraper plusieurs fois pour tentative de désertion, que je me prenais des dérouillées et des peines de prison, mon service a duré quatre ans, mais ne vous y trompez pas, j'aime par-dessus tout notre armée et nos valeureux commandants.) Nos militaires n'avaient pas encore pendu le Premier ministre Menderes à cette époque ; il sillonnait toute la journée les rues d'Istanbul en Cadillac, il ordonnait qu'on démolisse les konaks[1] et toutes les vieilles maisons qu'il trouvait en travers de son che-

---

1. Grandes demeures, hôtels particuliers. *(Toutes les notes sont de la traductrice.)*

min et faisait percer de larges avenues. Ce n'est pas le travail qui manquait pour les vendeurs ambulants qui passaient de rue en rue au milieu des décombres ; mais moi, je n'ai pas réussi dans le yaourt. Les gens par chez nous sont robustes et costauds, avec une forte ossature et une carrure large. Moi, j'étais mince et d'une frêle constitution, vous pourrez le constater de vos propres yeux si un jour nous étions amenés à nous rencontrer. Je ployais sous le poids de la perche de vendeur posée du matin au soir sur mes épaules avec un plateau de vingt à trente kilos de yaourt suspendu à chaque extrémité. Et comme la majorité des marchands de yaourt, je ressortais vendre de la boza le soir, histoire de gagner encore quelques sous. Quoi qu'on mette en dessous de la perche, son frottement sur les épaules et la nuque du marchand novice provoque des callosités. Au début, j'étais tout content de ne pas en avoir et de garder ma peau de velours, mais par la suite je me suis rendu compte que cette maudite perche me causait quelque chose d'encore pire, qu'elle me déformait la colonne vertébrale. Je suis allé à l'hôpital. Après que j'eus fait la queue pendant un mois dans les files d'attente, le médecin m'a dit d'arrêter sur-le-champ de porter cette perche. Il fallait bien que je gagne ma vie alors, évidemment, c'est le médecin que j'ai laissé tomber, pas ma perche. C'est comme ça que mon cou s'est mis à se tordre, et que le sobriquet dont m'affublaient les amis est passé de « Abduş la fille » à « Abdurrahman au cou tordu », ce qui me vexait tout autant. À Istanbul, je me suis tenu loin des villageois de chez nous, mais en vendant du yaourt dans les rues, je voyais Mustafa, le père soupe au lait de Mevlut, et son oncle Hasan. C'est à cette période que j'ai commencé à m'accoutumer au raki, j'en buvais pour oublier la douleur de mes cervicales. Au bout de quelque temps, j'ai complètement abandonné le rêve d'avoir une maison à Istanbul, un *gecekondu*, des biens, de mettre de l'argent de côté, et je me suis amusé un peu. Avec ce que j'ai rapporté d'Istanbul, j'ai acheté un peu de terrain au village et je me suis marié avec la fille la plus pauvre et la moins entourée de Gümüşdere. La leçon apprise à Istanbul, c'est que, pour pouvoir tenir dans cette ville, il fallait avoir au moins trois fils qu'on puisse faire venir du village, mobiliser près de soi comme des recrues et faire marner comme des ouvriers. Je me disais qu'il fallait que j'aie trois garçons forts comme des lions, que je parte à Istanbul avec eux, que je construise ma maison sur la première colline et que, cette fois, je pourrais conquérir la ville. Mais au village, ce n'est pas trois fils, mais trois filles qui me sont nées. Il y a deux ans, je suis définitivement revenu au village. J'aime beaucoup mes filles. Je vais tout de suite vous les présenter :

Vediha : je voulais que mon premier fils soit sérieux, travailleur, et j'avais décidé de l'appeler Vedii. Malheureusement ce fut une fille. Alors, au lieu de Vedii, je l'ai appelée Vediha.

Rayiha : elle adore grimper sur les genoux de son père et elle sent très bon.

Samiha : un vrai petit diable, elle n'arrête pas de geindre et de pleurer, elle n'a pas encore trois ans mais elle se déplace à grand fracas dans la maison.

Au village de Cennetpınar, le soir, Mevlut s'asseyait quelquefois avec sa mère, Atiye, et ses deux grandes sœurs qui avaient beaucoup d'affection pour lui, et il écrivait des lettres à son père, Mustafa Éfendi, en lui demandant de rapporter d'Istanbul des chaussures, des piles, des pinces à linge en plastique ou du savon. Comme son père ne savait ni lire ni écrire, il répondait très rarement aux lettres rédigées par Mevlut et, généralement, il ne rapportait rien de ce qui lui avait été demandé en disant que, tout cela, on le trouvait pour moins cher à l'épicerie du village. « Ce n'est pas parce qu'il n'y en a pas chez Kör l'épicier qu'on te les commande, Mustafa, mais parce qu'il n'y en a pas chez nous ! » grommelait parfois la mère de Mevlut. Les lettres que Mevlut écrivait à son père façonnèrent son esprit et lui permirent d'approfondir la notion de sollicitation écrite. Il y avait trois éléments à prendre en compte pour DEMANDER PAR LETTRE QUELQUE CHOSE À QUELQU'UN QUI EST LOIN :

1. Ce que l'on désirait vraiment, bien qu'on ne sache jamais tout à fait de quoi il s'agit.

2. Ce que l'on exprimait formellement et qui nous aidait à comprendre ce que l'on désirait vraiment.
3. La lettre en elle-même, un texte mystérieux au contenu éso-térique, nourri de l'esprit des points 1 et 2 mais comportant un sens tout à fait différent.

Mustafa Éfendi. En rentrant d'Istanbul à la fin du mois de mai, j'ai rapporté aux filles des coupons de tissu violet, vert ou fleuri pour leurs robes ; à leur mère, les chaussons fermés et l'eau de Cologne Pe-Re-Ja qu'elle demandait dans les lettres ; et, à Mevlut, le jouet qu'il m'avait réclamé. Cela m'a blessé de n'avoir droit qu'à un merci du bout des lèvres quand il a vu son cadeau. « Il voulait un pistolet à eau, mais le même que celui du fils du maire… », expliqua sa mère pendant que ses sœurs pouffaient de rire. Le lendemain, Mevlut et moi sommes allés chez l'épi-cier borgne (Kör Bakkal) et nous avons passé en revue la liste des dettes en les biffant une à une. Par moments, j'explosais de colère : « Dis donc, c'est quoi ce chewing-gum Çamlıca ? » Comme celui qui l'avait acheté et fait noter dans le cahier n'était autre que Mevlut, il regardait droit devant lui. J'ai averti l'épi-cier : « Tu ne lui donneras pas de chewing-gum la prochaine fois ! » Mais ce pédant de borgne m'a répondu : « L'hiver pro-chain, il vaudrait mieux que Mevlut aille à l'école à Istanbul ! Grâce à Dieu, il est très doué pour le calcul et les mathématiques. Qu'il y ait au moins une fois quelqu'un de notre village qui fasse l'université. »

La nouvelle de la brouille survenue entre le père de Mevlut et son frère, Oncle Hasan, s'était rapidement répandue dans le village… À Istanbul, aux jours les plus froids du mois de décembre, Oncle Hasan et ses deux fils, Korkut et Süleyman, avaient quitté le logement qu'ils partageaient jusque-là avec le père de Mevlut à Kültepe, ils l'avaient laissé seul pour déménager en face, à Duttepe, dans une autre maison dont ils avaient tous ensemble achevé la construction. Aussitôt après, Safiye – la femme d'Oncle Hasan, qui était à la fois la tante mater-nelle de Mevlut et sa tante par alliance – était arrivée du village pour s'installer en ville dans cette nouvelle maison et s'occuper d'eux. Ces événements signifiaient que, pour ne pas rester seul à Istanbul, Mustafa Éfendi pourrait faire venir Mevlut auprès de lui à l'automne.

Süleyman. Mon père et Oncle Mustafa sont frères, mais nous ne portons pas le même nom de famille. À l'époque où Atatürk avait ordonné que tout le monde en prenne un, le fonctionnaire d'état civil venu de Beyşehir au village avec de gros registres transportés à dos d'âne procédait pour le dernier jour à l'enregistrement du nom de famille que chacun s'était choisi. C'était au tour de notre grand-père, un homme très pieux et très respecté qui, de toute sa vie, n'était jamais allé plus loin que Beyşehir. Après avoir longuement réfléchi, il s'était décidé pour « Aktaş ». Ses deux fils étaient comme d'habitude en train de se bagarrer près de lui. « Et pour moi, écrivez Karataş[1] », avait lancé d'un ton buté Oncle Mustafa, qui n'était alors qu'un petit garçon, mais ni mon grand-père ni le fonctionnaire ne l'avaient écouté. Des années plus tard, avant que Mevlut ne soit inscrit au collège à Istanbul, Oncle Mustafa, d'un tempérament obstiné et acariâtre, descendit à Beyşehir et demanda au juge de changer son nom de famille. C'est ainsi que nous avons gardé ce nom d'Aktaş, et que la famille du côté de mon cousin Mevlut prit celui de Karataş. Le fils de mon oncle, Mevlut Karataş, avait très envie de venir cet automne à Istanbul et d'aller à l'école. Mais jusqu'à présent, aucun des enfants de notre village ou des villages environnants amenés à Istanbul sous prétexte de les faire étudier n'a réussi à aller jusqu'en dernière année de lycée. Dans la centaine de villages et de cantons de notre région, un seul petit campagnard a pu entrer à l'université. Par la suite, ce rat de bibliothèque à lunettes est parti en Amérique et l'on n'a plus jamais eu de ses nouvelles. Des années plus tard, quelqu'un dit avoir vu sa photo dans un journal mais, comme il avait changé de nom, personne n'était sûr qu'il s'agissait bien de notre binoclard. À mon avis, voilà longtemps que ce gredin était devenu chrétien.

---

1. *Aktaş* : pierre blanche ; *karataş* : pierre noire.

Un soir, vers la fin de l'été, le père de Mevlut ressortit la scie rouillée qu'il connaissait depuis son enfance et il entraîna son fils sous le vieux chêne. Lentement, patiemment, ils coupèrent une branche de la largeur du poignet. C'était une très longue branche légèrement incurvée. À l'aide d'un couteau à pain puis d'un canif, son père en retira un à un les rameaux.

« Ce sera ta perche de vendeur ! » dit-il. Il prit des allumettes dans la cuisine et demanda à Mevlut d'allumer un feu. Tandis qu'il faisait doucement noircir et brûler les nœuds du bois au-dessus des flammes, il fit sécher la perche en la recourbant. « Ça ne se fait pas en une fois. Il faut la laisser au soleil jusqu'à la fin de l'été, et la faire sécher en la tournant et en l'incurvant au-dessus du feu. Comme ça, elle sera dure comme la pierre et douce comme le velours. Voyons un peu si elle tient bien sur tes épaules. »

Mevlut plaça la perche sur ses épaules. Il eut un frisson en sentant la dureté et la chaleur de la perche sur sa nuque, sur ses épaules.

Lorsqu'ils partirent pour Istanbul à la fin de l'été, ils emportèrent avec eux un sac en toile rempli de *tarhana*, des sacs plastique bourrés de piments rouges séchés, de boulgour et de pâte feuilletée, de pleins paniers de noix. Son père offrait le boulgour et les noix aux concierges des immeubles importants pour qu'ils le traitent gentiment et l'autorisent à prendre l'ascenseur. Ils avaient aussi une lampe torche à faire réparer à Istanbul, la bouilloire à thé que son père aimait et avait rapportée d'Istanbul au village, une natte à étaler sur le sol en terre battue de la maison et un tas d'autres babioles. Pendant tout le voyage en train qui dura un jour et demi, les paniers et les sacs plastique remplis à ras bord débordaient des recoins où ils les avaient enfoncés. Absorbé dans la contemplation du monde qu'il voyait par la fenêtre, Mevlut pensait à sa mère et à ses sœurs qui déjà lui manquaient et rattrapait à la volée les œufs durs qui s'échappaient de leur sac et roulaient au milieu du compartiment.

Dans le monde qui apparaissait à la fenêtre du train, il y avait infiniment plus de gens, de champs de blé, de peupliers, de vaches, de ponts, d'ânes, de maisons, de montagnes, de mosquées, de tracteurs, d'inscriptions, de lettres, d'étoiles et de pylônes électriques que Mevlut n'en avait vu durant ses douze ans d'existence. Le défilé des poteaux électriques qui se succédaient à grande vitesse lui donnait parfois le vertige, il posait la tête sur l'épaule de son père et s'endormait ; en s'éveillant, il constatait que les champs jaunes, les meules de blé ensoleillées avaient disparu, que tout était cerné de rochers violacés, et par la suite, en rêve, il voyait Istanbul comme une ville construite avec ces roches violettes.

Il apercevait alors une rivière verte et des arbres verts, il sentait son âme changer de couleur. Que dirait ce monde s'il parlait ? Mevlut avait parfois l'impression que c'était non pas le train qui avançait, mais tout cet univers aligné de l'autre côté de la fenêtre qui défilait. Dans chaque gare, il clamait tout haut leur nom à son père : « Hamam... Ihsaniye... Döğer... » ; quand ses yeux commençaient à larmoyer à cause de l'épaisse fumée de cigarettes qui flottait dans le compartiment, il sortait, se dirigeait vers les toilettes en titubant comme un homme ivre, tirait non sans mal le loquet de la porte et observait les rails et le ballast par le trou de la cuvette métallique. Par cette ouverture, on pouvait entendre le tac-tac tac-tac des roues très fort. Au retour, Mevlut se dirigeait jusqu'à la dernière voiture et se plaisait à observer la foule qui peuplait les compartiments – les femmes endormies, les enfants qui pleuraient, les gens qui jouaient aux cartes, qui faisaient leur prière ou qui mangeaient du *sucuk* en empuantissant tout le wagon d'une odeur d'ail.

« Tu y vas bien souvent, qu'est-ce que tu fais aux toilettes ? lui avait demandé son père. Il y a l'eau courante ?

— Non, il n'y en a pas. »

Dans certaines gares, de tout jeunes vendeurs montaient dans le train pour y vendre des raisins secs, des pois chiches grillés, des biscuits, du pain, du fromage, des amandes et des chewing-gums entre deux villes ; Mevlut couvait des yeux leurs marchandises puis il mangeait le *gözleme* que sa mère avait soi-gneusement rangé dans son sac. Parfois il voyait les bergers qui avaient repéré le train de loin dévaler la côte avec leurs chiens, il entendait les enfants de bergers crier « journaux ! » pour embal-ler cigarettes et tabac de contrebande, et le train qui passait près d'eux à toute allure donnait à Mevlut un étrange sentiment de fierté. Puis le train pour Istanbul stationnait alors au milieu de la steppe, et Mevlut se rappelait combien le monde pouvait être paisible et silencieux. Pendant cette attente qui semblait, dans ce silence, ne jamais devoir prendre fin, il apercevait par la vitre de la voiture des femmes cueillant des tomates dans le petit potager d'une maison de village, des poules marchant le long des rails, deux ânes qui se grattaient mutuellement près d'une pompe à eau électrique, un homme barbu dormant sur l'herbe un peu plus loin.

« On repart quand ? avait-il demandé au cours d'une de ces attentes interminables.

— Patiente mon fils, Istanbul ne va pas se sauver.

— Ah, on repart.

— Ce n'est pas nous, c'est le train d'à côté », avait répondu son père en riant.

Durant tout le voyage, Mevlut essaya de se représenter où ils étaient sur la carte de Turquie ornée du portrait d'Atatürk et de drapeaux, affichée juste derrière le maître, qu'il avait eue sous les yeux pendant ses cinq années d'école au village. Il s'endor-mit avant que le train n'arrive à Izmit et n'ouvrit plus les yeux jusqu'à Haydarpaşa.

À cause de tous leurs bagages, du poids de leurs sacs et de leurs paniers, il leur fallut une heure pour sortir de la gare de Haydarpaşa, descendre les marches et prendre le vapeur pour Karaköy. C'est là que Mevlut vit la mer pour la première fois, dans l'obscurité du soir. La mer était aussi sombre que les rêves, aussi profonde que le sommeil. Une doucereuse odeur d'algue flottait dans la brise fraîche. La rive européenne était tout illumi-née. L'image qui s'imprima pour toujours en lui ne fut pas celle de la mer, mais ces lumières qu'il découvrait pour la première fois de sa vie. En arrivant côté européen, comme ils n'étaient pas autorisés à monter dans un bus municipal à cause de leurs paquets et de leur chargement, père et fils firent le chemin à pied et mirent quatre heures pour gagner leur maison derrière Zincirlikuyu.

2

La maison

Les collines, là où s'arrête la ville

La maison était une bicoque de bidonville, un *gecekondu*. Son père utilisait ce terme quand il s'énervait contre l'aspect fruste et miséreux de cet endroit ; lorsqu'il n'était pas en colère – ce qui était très rare –, il employait davantage le mot « maison », avec une tendresse que Mevlut aussi ressentait. Une tendresse qui lui donnait l'illusion de refléter quelque chose de la maison éternelle dont ils seraient un jour propriétaires, ici, en ce bas monde, mais il était difficile d'y croire. Le *gecekondu* consistait en une grande pièce. Avec toilettes attenantes – un trou au milieu du sol. La nuit, par la lucarne sans vitre des toilettes, on entendait les hurlements et les bagarres des chiens des quartiers éloignés.

La première nuit, vu qu'un homme et une femme étaient présents dans la maison lorsqu'ils y entrèrent, Mevlut pensa que c'était chez quelqu'un d'autre. Il comprit par la suite qu'il s'agissait du couple de locataires que son père avait installé ici pour l'été. Après quelques échanges verbaux assez vifs avec eux, son père étendit dans le noir un autre matelas dans un coin pour y dormir avec son fils.

Quand Mevlut se réveilla le lendemain vers midi, il n'y avait personne. Son père, son oncle et ses cousins venus les rejoindre ces dernières années avaient tous habité ici. Se remémorant ce que Korkut et Süleyman lui avaient raconté pendant l'été, Mevlut essaya de se représenter la façon dont ils vivaient tous ensemble

dans cette pièce, mais l'endroit avait tout d'une maison abandonnée et hantée. Une vieille table, quatre chaises, deux lits, l'un
avec sommier, l'autre sans, deux armoires, deux fenêtres et un
poêle. C'était là tout ce que possédait son père dans la ville où il
venait travailler tous les hivers depuis six ans. L'année dernière,
lorsqu'ils s'étaient disputés avec son père et installés ailleurs, son
oncle et ses cousins avaient embarqué leurs matelas et tout leur
barda. Mevlut ne trouva pas un seul objet à eux dans la maison.
Cela lui fit plaisir de voir dans l'armoire quelques affaires rapportées du village par son père, les caleçons longs et les chaussettes
en laine tricotées par sa mère, la paire de ciseaux qu'il avait
vus entre les mains de ses sœurs au village – même s'ils étaient
rouillés à présent.

Le sol de la maison était en terre battue. Mevlut vit qu'avant
de sortir le matin son père avait déployé la natte rapportée du
village. Son oncle et ses cousins avaient dû embarquer l'ancienne
natte en partant l'année dernière.

La table sur laquelle son père avait déposé un pain frais le
matin était faite en bois et en contreplaqué, vieille et non peinte.
Pour la stabiliser, Mevlut glissait une boîte d'allumettes sous son
pied plus court ou de petites cales en bois mais, de temps à autre,
elle recommençait à bouger ; ils renversaient leur soupe et leur
thé sur eux, son père s'énervait. Son père s'énervait contre beaucoup de choses d'ailleurs. Durant toute la période où ils vécurent
là après 1969, son père répéta souvent qu'il réparerait la table
mais il n'en fit jamais rien.

Ses premières années à Istanbul surtout, Mevlut ressentait du
bonheur à s'installer le soir à table avec son père et à manger,
même rapidement, avec lui. Mais comme il fallait ressortir le soir
vendre de la boza, soit ensemble, soit uniquement son père, ces
repas n'étaient pas aussi gais que ceux qu'il prenait en riant et
s'amusant avec ses sœurs et sa mère au village. Mevlut percevait
constamment dans les gestes de son père son souci pressant de
partir le plus vite possible pour sa tournée. Dès que Mustafa
Éfendi avait avalé sa dernière bouchée, il allumait une cigarette
et il en avait à peine fumé la moitié qu'il disait : « Allez. »

Le soir, après être rentré de l'école et avant de ressortir vendre de la boza avec son père, Mevlut aimait préparer la soupe sur le poêle ou, s'il n'était pas allumé, sur le réchaud à gaz. Une fois l'eau arrivée à ébullition, il mettait une cuillerée de margarine Sana dans la casserole, il y jetait les légumes qu'il avait sous la main, carottes, céleri, pommes de terre découpés en morceaux, il ajoutait deux poignées de boulgour et de poivron séché rapportés du village puis, en écoutant le bruit du bouillonnement, il observait les mouvements à l'intérieur de la casserole. Les morceaux de pommes de terre et de carottes tournoyaient follement dans la soupe comme des créatures brûlant dans le feu de la géhenne, Mevlut croyait entendre leurs cris et leurs soupirs d'agonie émaner du fond de la casserole, parfois il se formait des tumescences inattendues semblables à des projections de lave sortant de la bouche d'un volcan, les morceaux de carotte et de céleri s'élevaient et approchaient de son nez. Mevlut aimait observer le jaunissement des pommes de terre à mesure qu'elles cuisaient, l'orangé des carottes teinter toute la soupe, les variations du son produit par le bouillonnement, le mouvement frémissant à l'intérieur de la casserole parfaitement comparable au tournoiement des planètes comme expliqué en cours de géographie au lycée de garçons Atatürk où il était devenu élève, et il méditait ensuite sur le fait que lui aussi ne cessait de tourner dans le monde à l'image de ces petits morceaux. C'était si bien de se réchauffer avec la vapeur chaude et agréablement odorante qui provenait de la casserole.

« Bravo, la soupe est très bonne, merci à toi ! disait chaque fois son père. Et si nous te placions comme commis auprès d'un cuisinier ? » S'il ne ressortait pas vendre de la boza le soir et restait à la maison pour faire ses devoirs, Mevlut débarrassait la table aussitôt son père sorti, il s'attelait avec détermination à apprendre par cœur tous les noms de pays et de villes de son livre de géographie, il rêvassait en regardant des images de la tour Eiffel et des temples bouddhistes de Chine. S'il était allé à l'école et était parti tout l'après-midi vendre du yaourt avec son père en transportant de lourds plateaux, de retour à la maison, il mangeait un morceau, s'écroulait sur son lit et s'endormait aussitôt. Au moment où il partait, son père le réveillait.

« Enfile ton pyjama et glisse-toi sous la couette pour dormir, mon fils. Tu seras gelé quand le poêle s'éteindra.

— Moi aussi je viens, attends-moi papa », disait Mevlut, mais il continuait à dormir, comme s'il prononçait ces mots en rêve.

Les nuits où il restait seul à la maison, malgré tous ses efforts pour essayer d'oublier le hululement du vent filtrant par la fenêtre, le crissement incessant des souris ou des djinns, le bruit des pas à l'extérieur et les aboiements des chiens, il n'arrivait pas à se concentrer sur son livre de géographie. Les chiens des villes étaient plus acrimonieux, plus lugubres et inquiétants que ceux de la campagne. Il y avait souvent des coupures d'électricité, Mevlut ne pouvait pas réviser ses leçons, les flammes et les craquements du bois dans le foyer du poêle prenaient plus d'ampleur dans l'obscurité, et il avait alors la certitude qu'un œil l'observait depuis les ombres tapies dans les coins. Persuadé que si jamais il levait les yeux de son livre de géographie, le propriétaire de cet œil lui sauterait dessus en se rendant compte qu'il était repéré, Mevlut était parfois incapable de se lever de table pour aller se coucher, il posait la tête sur sa page et s'endormait.

« Pourquoi n'éteins-tu pas le poêle et ne te mets-tu pas au lit pour dormir, mon fils ? » disait son père lorsqu'il rentrait en pleine nuit, fatigué et énervé.

Comme il avait eu très froid dans les rues, son père était content de trouver la maison bien chauffée, mais il ne voulait pas qu'on brûle des bûches jusqu'à cette heure. Mais cela, il ne pouvait pas le dire, et il lançait simplement : « Éteins le feu si tu dois dormir. »

Les bûches qu'ils mettaient à brûler dans le poêle, son père les achetait à la petite épicerie d'Oncle Hasan, ou il débitait lui-même un gros tronc avec la hache empruntée à un voisin. Bien avant l'arrivée de l'hiver, il montra à Mevlut comment allumer le poêle à bois avec de petites branches sèches et des feuilles de papier journal, à quel endroit il pourrait trouver petit bois, vieux journaux et morceaux de papier sur les collines environnantes. Les premiers mois de l'installation de Mevlut en ville, quand son père rentrait après avoir vendu du yaourt, il l'emmenait sur les hauteurs de Kültepe, où ils habitaient.

La maison était située en contrebas d'une colline boueuse à moitié chauve avec quelques mûriers et d'épars figuiers sur ses flancs, à la limite de la ville. Un ruisseau étroit et au faible débit coulant d'Ortaköy vers le Bosphore en serpentant entre les autres collines déroulait un ruban à son pied. Tout le long de ce ruisseau, les femmes des premières familles ayant émigré des villages pauvres des régions d'Ordu, de Gümüşhane, de Kastamonu et d'Erzincan vers ces collines au milieu des années 1950 cultivaient du maïs et lavaient le linge comme elles le faisaient dans leurs villages. En été, les enfants se baignaient dans ses eaux peu profondes. En ce temps-là, il portait encore le nom de Buzludere qui lui venait de l'époque ottomane, mais en raison de l'arrivée depuis l'Anatolie d'une population de plus de quatre-vingt mille personnes, de la pollution provoquée par les diverses industries petites ou grandes qui s'étaient implantées en cinq ans sur les collines environnantes, son nom ne tarda pas à se transformer en Bokludere[1]. Mais dans les années où Mevlut arriva à Istanbul, ni le nom de Buzludere ni celui de Bokludere n'étaient plus dans les mémoires, parce que tout le monde avait oublié l'existence en ville de ce cours d'eau, depuis longtemps couvert de béton sur toute sa longueur, de l'amont jusqu'à l'aval.

Au point le plus élevé de Kültepe, où Mevlut était monté sur les instances de son père, il y avait les restes d'un ancien incinérateur de déchets ainsi que des cendres qui donnaient son nom à la colline. De là, on apercevait les autres collines qui se couvraient rapidement de *gecekondu* (Duttepe, Kuştepe, Esentepe, Gültepe, Harmantepe, Seyrantepe, Oktepe, etc.), le plus grand cimetière de la ville (Zincirlikuyu), de nombreuses usines de tailles diverses, des garages automobiles, des ateliers, entrepôts, fabriques de produits pharmaceutiques et d'ampoules, et à l'horizon, la silhouette fantomatique de la ville, ses hauts immeubles et ses minarets. La ville elle-même, les quartiers où son père et lui vendaient du yaourt le matin et de la boza le soir et où Mevlut allait à l'école se devinaient au loin, à l'état de taches mystérieuses.

Plus loin encore, il y avait les collines bleutées du continent

---

1. *Buzludere* : ruisseau glacé ; *Bokludere* : ruisseau merdeux.

anatolien. Le Bosphore était entre ces collines mais, hélas, on
ne le voyait pas. Pourtant, lors de ses premiers mois à Istanbul,
chaque fois qu'il gravissait les flancs de Kültepe, Mevlut croyait
apercevoir un instant l'azur de la mer entre les monts bleutés. Sur
chacune des collines orientées vers la mer, il y avait d'énormes
pylônes électriques portant des lignes à haute tension qui acheminaient l'électricité vers la ville. Le vent émettait de drôles de
sons dans ces immenses poteaux métalliques. Quand le temps
était humide, les câbles électriques produisaient des grésillements
qui effrayaient Mevlut et ses amis. Sur les fils de fer barbelés qui
entouraient les poteaux, il y avait un panneau avec une image
de tête de mort où il était écrit DANGER DE MORT, et qui était
criblé de balles. Les premières années, chaque fois qu'il venait
ramasser du bois sec et des morceaux de papier et qu'il regardait
d'ici le panorama, Mevlut devinait que le danger de mort venait
non pas de l'électricité mais de la ville elle-même. On disait beaucoup que s'approcher des pylônes électriques était interdit et que
cela portait malheur, mais le quartier tirait la plus grande part
de son électricité de branchements sauvages habilement reliés à
cette ligne principale.

Mustafa Éfendi. Pour faire comprendre à mon fils combien
notre vie était dure ici, je lui ai expliqué que, hormis Kültepe
et Duttepe en face, aucune autre colline n'avait encore officiellement l'électricité. J'ai raconté que lorsque son oncle et
moi étions arrivés ici pour la première fois il y a six ans, nulle
part il n'y avait d'électricité, de canalisations d'eau ni de réseau
d'égouts. Le doigt pointé vers les autres collines, je lui ai montré
le plateau qui servait de terrain de chasse aux padichahs ottomans et d'entraînement au tir pour les militaires ; les serres où
les Albanais cultivaient des fraises et des fleurs ; la bouverie dont
s'occupaient ceux qui vivaient à Kâğıthane ; le blanc cimetière
où les corps des soldats emportés par une épidémie de typhus
durant la Première Guerre balkanique en 1912 furent enterrés
dans la chaux ; j'ai montré tout cela à mon fils pour qu'il ne se
laisse pas aveugler par le côté clinquant et chatoyant d'Istanbul
et n'aille pas s'imaginer que la vie est facile. Pour ne pas le dépri-

mer et faire s'envoler son enthousiasme, j'ai également montré
à Mevlut le lycée de garçons Atatürk où nous allions l'inscrire,
le terrain en terre battue ouvert pour l'équipe de football de
Duttepe ; au milieu des mûriers, le cinéma Derya au projecteur
un peu faiblard qui avait ouvert cet été et le chantier de la mosquée de Duttepe dont les travaux de construction duraient depuis
quatre ans grâce au soutien du boulanger-fournier originaire de
Rize, de l'entrepreneur Hadji Hamit Vural et de ses hommes,
qui se ressemblaient tous avec leurs fortes mâchoires. En bas du
versant à droite de la mosquée, je lui ai aussi montré la maison
que son oncle et ses cousins avaient terminée l'année dernière,
sur le terrain qu'Oncle Hasan et moi avions délimité avec des
pierres peintes à la chaux. Je lui ai dit : « Quand ton oncle et
moi sommes arrivés ici il y a six ans, toutes ces collines étaient
complètement vides ! » Je lui ai expliqué que le souci de tous les
miséreux venus de loin qui immigraient ici, c'était de trouver du
travail en ville et d'y vivre, et que c'est pour cela, pour pouvoir
accourir en ville avant tous les autres le matin, que tout le monde
construisait sa maison à l'endroit le plus proche de la route, c'est-
à-dire au pied des collines, et je lui ai montré comment l'habitat
sur les collines s'accroissait à une vitesse presque visible à l'œil
nu du bas vers le haut.

3

La personne entreprenante
qui construit une maison sur un terrain vague

Ah mon garçon, Istanbul t'a fait peur

Ses premiers mois à Istanbul, Mevlut prêtait l'oreille au lointain bourdonnement de la ville lorsqu'il était couché le soir dans son lit. Quand parfois il se réveillait en sursaut, les aboiements des chiens lui parvenaient de très loin dans le silence, il réalisait que son père n'était pas rentré et tâchait de se rendormir en enfouissant sa tête sous l'édredon. À cette époque, sa peur nocturne des chiens prit une telle ampleur que son père l'emmena chez un cheikh qui habitait une maison en bois à Kasımpaşa et qui souffla sur lui en récitant des prières. Ce dont Mevlut se souviendrait encore des années plus tard.

Une nuit, il rêva de « Squelette », l'assistant du directeur du lycée de garçons Atatürk, et découvrit que son visage ressemblait à la tête de mort affichée sur le pylône électrique. Il avait fait la connaissance de Squelette lorsque son père était venu donner le certificat d'études rapporté de la campagne pour l'inscrire au lycée. Par peur de croiser le regard du djinn qu'il imaginait en train de l'observer par la fenêtre obscure, Mevlut ne relevait jamais la tête de ses mathématiques. Et c'est la raison pour laquelle il n'allait même pas se mettre au lit pour dormir.

Kültepe, Duttepe et les quartiers d'autres collines, Mevlut les découvrit avec l'aide de Süleyman, qui s'était bien familiarisé avec les lieux en l'espace d'un an. Il vit beaucoup de *gecekondu* aux fondations jetées tout récemment pour certains, aux murs déjà construits jusqu'à mi-hauteur pour d'autres ou bien dont la

construction était en cours d'achèvement. Ils étaient en majorité habités par des hommes seuls. La plupart des hommes qui
affluaient depuis cinq ans à Kültepe, à Duttepe, en provenance
de Konya, de Kastomonu ou de Gümüşhane, avaient comme
le père de Mevlut laissé femme et enfants au village, ou bien
c'étaient des hommes célibataires, sans le sou, sans travail, sans
patrimoine, et dans l'incapacité de prendre épouse au village.
En apercevant par les portes ouvertes six ou sept hommes qui se
reposaient, allongés comme des cadavres sur leur couchette dans
leur logis d'une seule pièce, Mevlut pressentait la présence des
chiens méchants rôdant alentour. Ils devaient forcément sentir
les effluves de sueur, d'haleine et de sommeil qui s'exhalaient
de ces taudis. Vu leur caractère querelleur, bourru et renfrogné,
Mevlut avait généralement peur d'eux.

Plus bas, dans le centre de Duttepe, sur l'artère principale qui
servirait à l'avenir de terminus aux lignes d'autobus, il y avait une
épicerie dont son père traitait le patron d'« escroc », un magasin
vendant des sacs de ciment, des portes de récupération, de vieilles
tuiles, des tuyaux de poêle, des objets en ferraille et des bâches en
plastique, ainsi qu'un café construit en planches où traînaient
jusqu'au soir les hommes qui n'avaient pas trouvé à s'employer en ville
le matin. Oncle Hasan avait aussi ouvert une petite épicerie sur la
route qui montait au sommet de la colline. À ses moments perdus,
Mevlut y allait et, avec ses cousins Korkut et Süleyman, il pliait de
vieilles pages de journaux pour en faire des pochettes en papier.

Süleyman. Comme Mevlut avait bêtement gâché une année au
village à cause du mauvais caractère de mon oncle Mustafa, il
s'est retrouvé une classe au-dessous de moi au lycée de garçons
Atatürk. Quand je le voyais seul dans la cour pendant les pauses,
j'allais le rejoindre et tenir compagnie au cousin, petit nouveau
à l'école et dans Istanbul. Mevlut, nous l'aimons beaucoup, et
nous faisons la distinction entre lui et son père. Un soir, avant
la rentrée scolaire, Oncle Mustafa et son fils étaient venus chez
nous à Duttepe. Dès que Mevlut aperçut ma mère, il se blottit
contre elle avec toute la nostalgie qu'il éprouvait pour sa propre
mère et ses sœurs.

« Ah, mon garçon, Istanbul t'a fait peur, toi ! dit ma mère en le serrant contre elle. N'aie pas peur, regarde, nous sommes toujours là. » Elle embrassa Mevlut sur les cheveux, comme le faisait sa mère. « Dis-moi un peu, je serai quelle tante maintenant à Istanbul ? Safiye Yenge ou Safiye Teyze ? »

Ma mère était à la fois la femme de l'oncle paternel de Mevlut (*yenge*) et la sœur de sa mère (*teyze*). En été, sous l'influence des sempiternelles disputes entre son père et le mien, Mevlut l'appelait Yenge, mais quand mon oncle Mustafa était à Istanbul en hiver, avec la douceur de sa mère et de ses sœurs, il lui disait Teyze.

« Tu restes toujours Safiye Teyze, dit sans détour Mevlut à ma mère.

— Que ton père n'aille pas se fâcher après ! répondit ma mère.

— De grâce, Safiye, sers-lui de mère, dit Oncle Mustafa. Ici, il est comme orphelin. Il pleure la nuit. »

Mevlut baissa la tête.

« Nous le faisons inscrire à l'école, continua l'oncle Mustafa. Mais les livres, les cahiers, ça coûte cher. Il lui faut une veste en plus.

— C'est quoi ton numéro scolaire ? demanda Korkut, mon frère aîné.

— 1019. »

Mon frère passa dans la pièce d'à côté, fouilla au fond de la malle et en ressortit une de nos anciennes vestes à tous deux. Il la tapa pour en retirer la poussière, la défroissa et, tel un couturier, il la fit soigneusement passer à Mevlut.

« Ça te va très bien, 1019, dit Korkut.

— Oui, grâce à Dieu, pas besoin d'acheter une veste neuve, dit Oncle Mustafa.

— Elle flotte un peu, mais c'est mieux, dit mon grand frère Korkut. Une veste étroite apporte de la gêne dans les bagarres.

— Non, Mevlut ne va pas à l'école pour se battre, dit Oncle Mustafa.

— S'il parvient à ne pas se battre, évidemment, a rétorqué Korkut. Des fois, il y a des profs maniaques à tête d'âne qui vous tapent tellement sur les nerfs qu'il n'est pas possible de se retenir. »

Korkut. Ça m'a piqué d'entendre dire à Oncle Mustafa que Mevlut ne se battait avec personne, j'ai senti comme du mépris envers moi. Moi, j'ai quitté l'école il y a trois ans, quand j'habitais avec mon père et Oncle Mustafa dans la bicoque qu'ils avaient construite ensemble sur le terrain qu'ils s'étaient accaparé à Kültepe (là où Mevlut habite maintenant avec son père). Mes derniers jours d'école, pour ne jamais être tenté d'y retourner, j'ai collé deux baffes et trois coups de poing à ce frimeur de prof de chimie avec une gueule d'âne, je lui ai mis une bonne raclée devant tout le monde ; ça faisait un moment qu'il la méritait sa correction. L'année précédente, il s'était fichu de moi, il m'avait descendu devant toute la classe parce que je n'avais pas su répondre à sa question et dire ce qu'était le Pb_2SO_4, et il m'avait recalé pour rien. De toute façon, je n'ai plus aucun respect pour un lycée où tu peux retourner ton prof et lui taper dessus en cours – que ce lycée porte le nom d'Atatürk ou pas.

Süleyman. « Il y a un trou dans la doublure de la poche gauche, mais ne le recouds surtout pas, j'ai dit à Mevlut, hébété. Tu y cacheras tes antisèches pendant les examens. D'ailleurs, cette veste nous a été bien plus utile le soir en vendant de la boza qu'à l'école. Personne ne résiste à la vue d'un gamin en veste d'écolier qui fait le vendeur le soir dans les rues froides. Ils te demandent : "Tu vas à l'école mon enfant ?" et ils te donnent des chocolats, des chaussettes en laine, de l'argent. De retour à la maison, tu retournes tes poches et tu récupères tout ce qu'il y a dedans. Ne va surtout pas dire que tu as arrêté l'école mais que, plus tard, tu veux être médecin.

— Mevlut n'arrêtera pas l'école ! dit son père. Et il deviendra vraiment médecin. N'est-ce pas Mevlut ? »

Comprenant que l'affection qu'on lui témoignait était mêlée de pitié, Mevlut n'arrivait pas à se réjouir. Cette maison que son oncle et ses cousins avaient construite à Duttepe avec l'aide de son père, et où ils avaient tous emménagé l'année dernière, était beaucoup plus propre et plus claire que leur taudis d'en face à Kültepe. Son oncle et sa tante, qui mangeaient sur une nappe étalée par terre au village, étaient maintenant assis autour d'une table agrémentée d'une toile cirée à fleurs. Le sol était non pas en terre battue mais couvert de dalles de pierre. Ça fleurait bon l'eau de Cologne, les rideaux propres et bien repassés donnaient à Mevlut l'envie d'appartenir à cette maisonnée. La bâtisse où ils vivaient comptait déjà trois pièces et Mevlut voyait bien que toute la famille Aktaş qui avait émigré au complet de son village en vendant tout (bétail, jardin et maison) mènerait ici une existence heureuse ; et il éprouvait de la colère, de la honte envers son père qui n'avait encore rien réussi de tel et dont le comportement ne témoignait pas d'une quelconque intention d'y parvenir.

Mustafa Éfendi. Je mettais Mevlut en garde en lui disant : « Je sais que tu vas chez eux en cachette, que tu vas plier des journaux dans l'épicerie de ton oncle Hasan pour ses pochettes papier, que tu manges à leur table, que tu joues avec Süleyman, mais n'oublie pas ceci : ils nous ont spolié de la part qui nous revient. Quelle douleur pour un père de voir son fils se détourner de lui pour prendre le parti des faux jetons qui l'ont trompé et qui font tout pour lui enlever le pain de la bouche ! Ne te recroqueville pas comme ça parce qu'ils t'ont donné cette veste. Elle te revient de droit ! Sache qu'à te montrer trop proche de ceux qui ont ouvertement dépossédé ton père du terrain qu'ils avaient délimité avec lui tu n'obtiendras jamais leur respect, ne t'ôte jamais cela de l'esprit, tu as compris Mevlut ? »

Six ans auparavant, trois ans après le coup d'État militaire du 27 mai 1960, quand son père et son oncle Hasan arrivèrent à Istanbul pour chercher du travail et gagner de l'argent pendant que Mevlut apprenait à lire et à écrire au village, ils avaient d'abord pris un logement en location à Duttepe. Ils y avaient habité ensemble pendant deux ans et en étaient repartis dès que le loyer s'était mis à augmenter. C'est alors que, transportant parpaings, ciment et tôle, ils avaient construit de leurs propres mains la maison que Mevlut et son père habitaient actuellement sur la colline d'en face, à Kültepe, qui commençait à peine à se peupler. Son père et Oncle Hasan s'entendaient très bien les premiers temps de leur arrivée à Istanbul. Ensemble, ils avaient appris les finesses du métier de marchand de yaourt et, à leurs débuts, c'est ensemble que ces deux grands gaillards – comme ils le raconteraient plus tard en riant – sortaient arpenter les rues pour vendre leur marchandise. Par la suite, ils distribuèrent dans des quartiers différents, mais pour éviter toute jalousie quant à savoir lequel des deux avait le plus vendu, ils mettaient en commun leurs gains quotidiens. La raison de cette proximité naturelle tenait sans doute au fait que les femmes qu'ils avaient épousées étaient sœurs. Mevlut se rappela toujours avec un sourire la joie de sa mère et de sa tante lorsqu'elles recevaient un mandat par la poste. À cette époque-là, son père et son oncle Hasan passaient le dimanche ensemble à flâner dans les parcs d'Istanbul, au bord de la mer, dans les maisons de thé ; deux fois par semaine, ils utilisaient le même appareil et la même lame pour se raser le matin ; et en rentrant au village au début de l'été, ils rapportaient les mêmes cadeaux à leurs enfants et à leur femme.

En 1965, l'année où ils s'installèrent dans le *gecekondu* qu'ils avaient construit à Kültepe, avec l'aide de Korkut, le fils aîné d'Oncle Hasan qui était venu les rejoindre en ville, les deux frères s'approprièrent des terrains, l'un à Kültepe et deux autres à Duttepe. Sous l'effet de l'atmosphère tolérante d'avant les élections de 1965 et des rumeurs laissant entendre que le Parti de la Justice promulguerait une amnistie pour les constructions illégales après les élections, ils avaient également entrepris la construction d'une maison sur le terrain de Duttepe.

À cette époque, à Duttepe comme à Kültepe, personne n'avait de titre de propriété pour les terrains. La personne entreprenante qui construisait une maison sur un terrain vague plantait ensuite un ou deux arbres, peupliers ou saules pleureurs, montait un semblant de mur afin de délimiter son terrain autour de la construction, puis allait trouver le maire du quartier, lui donnait de l'argent, et obtenait un document attestant qu'elle était bien propriétaire de la maison construite sur ce terrain et des arbres qui y étaient plantés. Sur ces documents figurait aussi un croquis rudimentaire de la main du maire, tracé à la règle, comme sur les vrais titres de propriété remis par la Direction des titres fonciers et du cadastre. Un croquis sur lequel le maire ajoutait de son écriture enfantine des annotations comme « contigu au terrain d'untel », « maison d'untel en contrebas », « fontaine, mur (la plupart du temps une ou deux pierres en faisaient fonction), peuplier », et si vous lui mettiez un peu plus d'argent dans la main, il ajoutait des termes permettant de modifier la délimitation du terrain et de le faire paraître plus grand qu'il n'était, et il apposait son tampon au bas du document.

Mais comme les terrains étaient la propriété du Trésor ou de l'Administration des forêts, la validité des documents obtenus auprès du maire n'était nullement garantie. La maison construite sur un terrain occupé sans titre de propriété risquait à tout instant d'être détruite par les services de l'État. Un cauchemar qui hantait les gens la nuit où ils dormaient pour la première fois dans la maison qu'ils avaient construite de leurs propres mains. Cependant, ces papiers prendraient un jour toute leur importance dans l'hypothèse où l'État, au moment des élections, déciderait de donner des titres de propriété aux habitants des bidonvilles comme il le faisait une fois tous les dix ans. Car c'est au regard de ces documents établis par le maire que seraient distribués les titres de propriété. Par ailleurs, celui qui obtenait auprès du maire un papier attestant que tel terrain était bien le sien pouvait alors revendre ce terrain à quelqu'un d'autre. Dans les périodes où un grand nombre de miséreux, sans travail et sans logis, affluaient chaque jour en ville en provenance d'Anatolie, le coût de ces papiers faits par le maire augmentait aussitôt, les terrains dont le prix avait grimpé étaient divisés et rapidement vendus en parcelles, le pouvoir politique des maires s'accroissait proportionnellement au rythme des migrations.

En dépit de cette intense activité, les forces gouvernementales agissaient à leur guise et, si cela servait les intérêts politiques du jour, elles pouvaient arriver avec les gendarmes, traîner le propriétaire d'une maison de bidonville devant les tribunaux ou démolir sa maison. L'essentiel était d'en achever la construction au plus tôt, de s'y installer et d'y vivre. Parce que pour démo-

lir une maison habitée, il fallait une décision de justice, ce qui
demandait beaucoup de temps. S'il était intelligent, celui qui
s'emparait d'un terrain sur une colline ou une autre en décrétant
« c'est à moi » appelait à la première occasion sa famille et ses
amis à la rescousse pour monter quatre murs et y emménager
en l'espace d'une nuit, afin que les démolisseurs n'y touchent
pas le lendemain. Mevlut aimait entendre les histoires de ces
mères et de ces enfants qui passaient leur première nuit dans
leur habitation stambouliote sans toit, aux murs et aux fenêtres
pas terminés, où l'on disait avoir les étoiles pour couverture,
et pour toit le firmament. D'après la légende, le premier dans
l'histoire à utiliser le mot *gecekondu* était un maçon d'Erzincan
qui en une nuit avait érigé les murs de douze maisons et les avait
rendues habitables, et, lorsqu'il mourut de vieillesse, des milliers
de personnes allèrent prier sur sa tombe au cimetière de Duttepe.

Les travaux que le père et l'oncle de Mevlut avaient entrepris
pour construire une maison, comme les y incitait le climat de
tolérance qui régnait avant les élections, restèrent finalement en
plan du fait de la soudaine flambée des prix des matériaux de
construction et de récupération qui résulta également de cette
atmosphère. Suite à la rumeur qu'une amnistie sur les constructions illégales serait promulguée après les élections, une intense
activité de construction clandestine avait commencé sur les terrains appartenant au Trésor public et à l'Administration des
forêts. Même ceux qui n'avaient jamais pensé faire un *gecekondu*
allèrent sur les collines bordant la ville, achetèrent un bout de
terrain auprès des maires en charge de ces secteurs et des poten-
tats, mafieux ou organisations politiques, qui leur étaient associés, et se mirent à construire des maisons dans les coins les plus
reculés et les plus improbables. Et en centre-ville, on ajoutait un
nouvel étage illégal à presque tous les immeubles. Les terrains
vagues qui se multipliaient dans Istanbul s'étaient quant à eux
transformés en d'immenses chantiers. Les journaux qui s'adressaient à un lectorat bourgeois et possédant des biens immobiliers déploraient l'urbanisme sauvage, mais tout le monde en
ville participait joyeusement à la construction illégale. Les petites
usines produisant les briques bas de gamme pour les maisons de

bidonvilles, les magasins vendant du ciment et des matériaux de construction travaillaient jusqu'à la tombée de la nuit ; voitures à cheval, camionnettes chargées de tuiles, de ciment, de sable, de tôle, de vitres et minibus sillonnaient les routes poussiéreuses et les collines en jouant du klaxon de quartier en quartier. « La maison d'Oncle Hasan, j'y ai travaillé des jours et des jours le marteau à la main », disait le père de Mevlut lorsqu'ils allaient rendre visite à Duttepe pour les fêtes. « C'est pour que tu le saches que j'en parle. Naturellement, pas la peine d'être ennemi avec ton oncle et tes cousins. »

Süleyman. Ce n'est pas vrai. Mevlut sait très bien que si ce chantier est resté en plan, c'est à cause d'Oncle Mustafa qui a préféré rapporter au village l'argent qu'il avait gagné à Istanbul plutôt que de le mettre dans la maison. Quant à ce qui s'est passé l'année dernière, mon grand frère et moi avions très envie qu'Oncle Mustafa soit avec nous pendant les travaux, mais mon père, à juste titre, en a eu marre de sa mauvaise humeur, des disputes qu'il provoquait toutes les deux secondes, de ses bouderies et même de ses mauvais comportements envers nous, ses neveux.

Ce qui troublait le plus Mevlut, c'est quand son père disait « Un jour, ils te trahiront ! » en parlant de son oncle et de ses cousins, Korkut et Süleyman. Les jours de fête, pour les occasions particulières – le premier match de l'équipe de football de Duttepe, par exemple –, quand les Vural rassemblaient tout le monde pour le chantier de la mosquée, Mevlut avait du mal à se réjouir pleinement d'aller chez les Aktaş avec son père. Il avait très envie d'y aller pour les gâteaux que Tante Safiye lui fourrerait dans les mains, parce qu'il verrait Süleyman, et aussi Korkut de loin, parce qu'il goûterait au réconfort, aux plaisirs d'une maison propre et bien tenue. Mais les discussions fielleuses entre son père et Oncle Hasan lui procuraient un tel sentiment de solitude et de catastrophe qu'il n'avait plus aucune envie d'y aller.

Les premières fois qu'ils vinrent chez les Aktaş, pour bien rappeler à Mevlut quels étaient leurs droits d'antan, son père regardait attentivement les fenêtres ou la porte de la maison de trois pièces et, au bout d'un moment, il lançait quelque chose comme : « Il faut peindre ça en vert, il faut mettre de l'enduit sur le mur à côté », de façon que tout le monde entende et comprenne bien que Mustafa Éfendi et son fils Mevlut avaient eux aussi des droits dans cette maison.

Plus tard, Mevlut entendit son père dire à son oncle Hasan « Si tu touchais de l'argent, tu l'investirais tout de suite dans un terrain minable ! — Un terrain minable, ça ? s'insurgeait Oncle Hasan. On m'en propose dès maintenant une fois et demie sa valeur, mais je ne vends pas. » Au lieu de se conclure gentiment, la discussion ne faisait généralement que s'enflammer. Avant que Mevlut n'ait pu boire le sirop de fruit servi à la fin du repas ni manger son orange, son père se levait, il le prenait par la main et disait : « Debout mon fils, on y va ! » Dès qu'ils se retrouvaient dans l'obscurité de la nuit, son père grommelait : « Est-ce que je ne t'ai pas dit depuis le début qu'il valait mieux ne pas venir ? Nous ne reviendrons plus. »

Tandis qu'ils se mettaient en chemin pour regagner leur logis sur la colline de Kültepe, en face de Duttepe, Mevlut distinguait les lumières brillantes de la ville dans le lointain, le velouté de la nuit, les néons d'Istanbul. Parfois, dans le ciel d'un bleu nuit profond constellé d'étoiles, une seule d'entre elles attirait son attention et, sa main dans la grosse patte de son père qui ne cessait de grommeler, Mevlut imaginait qu'ils marchaient en direction de l'astre. On ne voyait pas du tout la ville quelquefois, mais les lueurs pâles et orangées des dizaines de milliers de petites maisons sur les collines environnantes lui montraient ce monde désormais familier comme beaucoup plus chamarré qu'il n'était. D'autres fois encore, les lumières de la colline à proximité disparaissaient dans l'atmosphère brumeuse et, dans un brouillard de plus en plus dense, Mevlut entendait les aboiements des chiens.

4

Mevlut fait ses débuts de vendeur

Tu n'es pas là pour prendre de grands airs

« En l'honneur de ton premier jour de travail, je vais me raser, mon enfant », lui dit son père un matin au réveil. Leçon 1 : si tu vends du yaourt, tu te dois d'être propre, et à plus forte raison encore si tu vends de la boza. Certains clients regardent tes mains, tes ongles. D'autres ta chemise, ton pantalon, tes chaussures… Si tu entres chez quelqu'un, tu dois tout de suite enlever tes chaussures, tes chaussettes ne doivent pas avoir de trou, tu ne dois pas sentir des pieds. Mais mon fils fort comme un lion, mon fils à l'âme d'ange sent merveilleusement bon, n'est-ce pas ? »

Imitant maladroitement son père, Mevlut avait rapidement appris à fixer et à équilibrer les plateaux de yaourt à droite et à gauche de la perche, à mettre des tasseaux entre les plateaux et à les recouvrir d'un couvercle en bois.

Comme son père avait allégé son chargement de yaourt, Mevlut n'en sentit pas le poids au début, mais, en avançant sur le chemin de terre qui reliait Kültepe à la ville, il comprit que vendre du yaourt ne différait guère du métier de portefaix. Ils marchèrent une demi-heure durant sur la route poussiéreuse où circulaient une foule de camions, de charrettes à cheval et d'autobus. Quand la route devenait asphaltée, il s'amusait à lire les panneaux publicitaires, les manchettes des journaux suspendus aux vitrines des épiceries, les petites affiches des circonciseurs et des cours privés collées sur les poteaux électriques. À mesure qu'ils entraient dans la ville, ils voyaient les grands konaks en bois qui n'avaient

Cette chose étrange en moi

pas encore été détruits par des incendies, les casernes militaires
de l'époque ottomane, les *dolmuş* à damier penchant de droite
et de gauche, les minibus de passagers qui passaient en soule-
vant un nuage de poussière et de fumée dans un joyeux concert
de klaxons, les groupes de soldats qui marchaient en rangs, les
enfants jouant au football dans les rues pavées, les mamans avec
des poussettes, les vitrines regorgeant de bottes et de chaussures
de toutes sortes, et les agents de la circulation qui réglaient avec
leurs gants blancs le ballet des véhicules en soufflant furieuse-
ment dans leur sifflet.

Avec leurs gros phares ronds (Dodge, 1956), certaines voitures
ressemblaient à des vieillards aux yeux écarquillés ; avec leur
grille à l'avant (Plymouth, 1957), d'autres faisaient penser à des
hommes à la lippe épaisse et portant la moustache en brosse ;
d'autres encore à des femmes acariâtres dont le rire pétrifié
de méchanceté laissait apparaître d'innombrables petites dents
(Opel Rekord, 1961). Mevlut associa les camions à long nez à
de gros chiens-loups ; les autobus municipaux de marque Skoda
qui roulaient en geignant à des ours marchant à quatre pattes.

Alors que Mevlut regardait les jolies femmes, sans foulard
comme dans ses manuels scolaires, lui adresser un sourire depuis
les immenses affiches publicitaires couvrant toute une façade sur
les immeubles de six ou sept étages (tomato ketchup Tamek,
savon Lux), son père bifurquait à droite de la place, il s'engageait
dans une rue ombreuse et criait « Yaourtier ! ». Mevlut sentait le
regard de tout le monde posé sur eux dans l'étroite ruelle. Sans
ralentir le pas, son père lançait encore son cri, il agitait sa clochette (il ne se retournait pas vers son fils pour le regarder mais,
à la détermination qui se peignait sur son visage, Mevlut sentait
que son père pensait à lui) et, peu après, une fenêtre s'ouvrait
dans les étages.

« Yaourtier, viens donc par là », lui disait un homme ou une
vieille dame à la tête couverte. Père et fils entraient dans l'immeuble, gravissaient les marches de la cage d'escalier qui sentait
l'huile de friture et s'arrêtaient devant une porte.

C'est ainsi que Mevlut apprit à tendre l'oreille au bruit émanant
des cuisines stambouliotes où il serait amené à entrer des mil-

liers de fois durant sa carrière de vendeur, des femmes au foyer, des tantes, des enfants, des grands-mères, des grands-pères, des retraités, des gens de maison, des enfants adoptés, des orphelins :

« Bienvenue Mustafa Éfendi, mets-nous-en donc une livre dans cette assiette », « Oh, Mustafa Éfendi, nous t'avons guetté dans les rues, tu n'es pas revenu du village de tout l'été », « Dis-moi yaourtier, ton yaourt n'est pas aigre, n'est-ce pas ? Mets-en un peu dans cette assiette pour voir. Ta balance n'est pas truquée, n'est-ce pas ? », « Mustafa Éfendi, c'est qui ce beau garçon, c'est ton fils ou quoi ? Félicitations », « Ah, yaourtier, ils t'ont fait monter pour rien, ils avaient déjà pris du yaourt chez l'épicier, il y en a un plein pot dans le réfrigérateur », « Il n'y a personne à la maison, note ce qu'on te doit dans ton cahier », « Mustafa Éfendi, nos enfants n'aiment pas la crème, n'en rajoute surtout pas », « Mustafa Ağbi, attendons que ma plus jeune grandisse, et on la mariera avec ton fils », « Où es-tu donc passé, yaourtier ? Tu as besoin d'une demi-heure pour monter deux étages ? », « Yaourtier, tu le mets dans ce récipient ou je te passe cette assiette ? », « Yaourtier, le prix du kilo était moins élevé la dernière fois... », « Yaourtier, le gérant de l'immeuble a interdit l'ascenseur aux vendeurs, tu as compris ? », « Il vient d'où ton yaourt ? », « Mustafa Éfendi, tire bien la porte de la rue derrière toi, on n'a plus de concierge », « Mustafa Éfendi, écoute-moi bien, cesse de traîner ce gamin avec toi dans les rues comme un portefaix, tu vas l'inscrire au collège et l'envoyer à l'école. Sinon, je ne t'achète plus de yaourt », « Yaourtier, apporte-nous une livre de yaourt tous les deux jours. Il suffira de faire monter le gamin », « N'aie pas peur mon enfant, n'aie pas peur, le chien ne mord pas. Il ne fait que renifler, regarde, il t'aime bien », « Asseyez-vous un instant, Mustafa Ağbi, il n'y a personne, ma femme et les enfants ne sont pas là. Il y a du pilaf à la tomate, je vais le faire chauffer, vous en mangerez ? », « Yaourtier, avec le son de la radio, on vient tout juste de t'entendre. La prochaine fois que tu passes, crie un peu plus fort, d'accord ? », « Ces chaussures sont devenues trop petites pour mon fils. Enfile-les donc pour voir, mon garçon », « Mustafa Éfendi, ne prive pas cet enfant de sa mère, tu n'as qu'à la faire venir du village, qu'elle s'occupe de vous ».

Mustafa Éfendi. En sortant de la maison, je disais en m'inclinant : « Que Dieu vous bénisse, madame. » « Que Dieu transforme en or tout ce que tu touches, Yenge », disais-je, pour que Mevlut voie bien par son père comme il était difficile de gagner son pain, pour qu'il apprenne qu'il fallait la jouer humble et modeste, qu'il fallait courber l'échine pour devenir riche. « Merci monsieur, soyez béni, saluais-je en m'abaissant de façon exagérée. Mevlut mettra ces gants toute l'année, que Dieu vous garde. Baise donc la main du monsieur… » Mais Mevlut ne le faisait pas, il regardait droit devant lui. Une fois dans la rue, je lui disais : « Mon fils, tu ne feras pas le fier, tu ne feras pas la grimace devant un bol de soupe, une paire de chaussettes. C'est en échange du service que nous leur offrons. Nous leur apportons sur un plateau le meilleur yaourt du monde. Et ils nous donnent une contrepartie, c'est tout. » Là-dessus, il s'écoule un mois et cette fois une dame lui donne une calotte en laine. Il commence par faire une mine de trois pieds de long, puis, par peur de son père, il dit qu'il va lui embrasser la main, mais il ne le fait pas. « Écoute-moi bien, tu n'es pas là pour prendre de grands airs. Quand je te dis de baiser la main d'un client, tu le fais. En plus, ce n'est pas une simple cliente, c'est une gentille mamie bien intentionnée. Tout le monde n'est pas comme elle, crois-moi. Si tu savais combien cette ville compte de gens assez mesquins et méprisables pour t'acheter du yaourt à crédit alors qu'ils savent pertinemment qu'ils vont déménager. Si tu te comportes comme un orgueilleux avec les bonnes gens qui te témoignent de l'affection, tu ne deviendras jamais riche. Tiens, ton oncle et tes cousins, regarde comment ils s'aplatissent devant Hadji Hamit Vural. Si tu as honte en pensant que cux, ils sont riches, tu as tort. Ceux dont on dit qu'ils sont riches, ce sont juste des gens arrivés à Istanbul avant nous et qui ont gagné de l'argent avant nous. C'est juste ça la différence. »

 Chaque matin de la semaine, de huit heures cinq à une heure et demie, Mevlut était au lycée de garçons Atatürk. Après la dernière sonnerie, il se précipitait vers la sortie en fendant la foule des vendeurs massés devant le portail et des élèves pressés de tomber la veste pour en découdre avec ceux qui n'avaient pas voulu leur souffler les bonnes réponses, et il allait rejoindre son père en train de faire sa tournée. L'endroit où ils se retrouvaient était un restaurant, le Fidan. Mevlut y laissait son cartable rempli de livres et de cahiers, puis il partait avec son père vendre du yaourt jusqu'à la tombée de la nuit.

Dans divers quartiers de la ville, son père comptait dans sa clientèle régulière plusieurs restaurants comme le Fidan auxquels il livrait des plateaux de yaourt deux ou trois fois par semaine. Il lui arrivait fréquemment de se disputer avec leurs patrons qui négociaient et marchandaient les prix à l'excès ; parfois, il rompait avec eux et faisait affaire avec d'autres. Bien que le bénéfice fût faible au regard du travail que cela demandait, ces restaurants constituaient une base d'acheteurs réguliers à laquelle son père ne pouvait renoncer car leurs cuisines, leurs grands réfrigérateurs, leurs balcons et leurs arrière-cours lui servaient à entreposer ses plateaux de yaourt et ses bidons de boza. Dans ces restaurants où l'on ne servait pas d'alcool et qui proposaient aux artisans, aux commerçants du quartier une cuisine familiale, du *döner* et du sirop de fruit, les patrons et les serveurs étaient tous des amis de son père. Parfois, ils installaient père et fils à une table dans l'arrière-salle, ils versaient une louche de sauté de légumes à la viande ou de pilaf aux pois chiches dans l'assiette posée devant eux et ils taillaient une bavette. Mevlut aimait bien ces discussions autour d'un repas. Un vendeur de billets de tombola et de Marlboro, un policier à la retraite parfaitement au courant de ce qui se tramait dans les rues de Beyoğlu ou l'apprenti du photographe d'à côté venaient s'asseoir avec eux, et l'on parlait de choses et d'autres : des prix qui n'arrêtaient pas d'augmenter, du loto sportif, des pressions exercées contre les revendeurs de cigarettes de contrebande et d'alcools étrangers, des derniers développements politiques à Ankara, des contrôles effectués par la police et la municipalité dans les rues d'Istanbul. En écoutant les récits de ces hommes à moustache qui avaient tous la cigarette au bec, Mevlut avait l'impression de pénétrer les secrets de la vie des rues d'Istanbul : une branche d'une tribu kurde de la

région d'Ağrı s'implantait peu à peu dans le quartier des menuisiers derrière Tarlabaşı. La mairie voulait chasser de Taksim les
colporteurs de livres qui occupaient la place sous prétexte qu'ils
étaient de mèche avec les organisations gauchistes. La bande des
gardiens de parking qui extorquaient de l'argent aux conducteurs qui garaient leur voiture dans les rues en contrebas s'était
lancée dans une guerre ouverte pour le contrôle du territoire, à
coups de bâtons et de chaînes, contre le gang rival des gardiens
de parking originaires de la mer Noire qui tenaient le quartier
de Tarlabaşı.

Quand ils se retrouvaient confrontés à des situations telles que
bagarres de rue, accidents de la circulation, vols à la tire ou har-
cèlement de femmes, son père s'éclipsait dès que les cris, les
insultes, les menaces commençaient à fuser et qu'on sortait les
couteaux.

Mustafa Éfendi. Attention, disais-je à Mevlut, ils vont vouloir
nous faire déposer comme témoins. Une fois que tu es enregistré
par l'État, tu es grillé. Et si tu donnes ton adresse, c'est encore
pire. Tu reçois une convocation au tribunal. Et si tu n'y vas pas,
c'est la police qui vient te chercher. Les flics qui viennent chez toi
ne te demandent pas seulement pourquoi tu ne t'es pas présenté
à l'audience, mais ils cherchent aussi à savoir ce que tu fais dans
la vie, si tu paies tes impôts, où tu es inscrit, ce que tu gagnes, si
tu es de droite ou de gauche.

Certaines choses échappaient à Mevlut. Il ne comprenait
pas pourquoi son père bifurquait tout à coup dans une
rue perpendiculaire, pourquoi il s'enfermait soudain dans
un long mutisme alors qu'il était en train de crier « Yaourtier »
à pleins poumons, pourquoi il faisait semblant de ne pas entendre
le client qui l'appelait de sa fenêtre « Yaourtier, yaourtier, c'est
à toi que je parle ! », pourquoi après avoir embrassé et serré dans
ses bras des gens d'Erzurum il parlait d'eux en les traitant de
« types exécrables », pourquoi il vendait deux kilos de yaourt à
moitié prix à un client. Quelquefois, alors qu'il leur restait encore
quantité de clients à livrer et qu'on les attendait dans beaucoup

de foyers, son père déposait sa perche et son chargement de yaourt à l'entrée d'un café qui se trouvait sur leur chemin. Il s'asseyait à une table, l'air fantomatique, il commandait un thé et restait là sans bouger. Cela, Mevlut le comprenait.

Mustafa Éfendi. Un marchand de yaourt passe sa journée à marcher. On ne te laisse monter dans aucun autobus avec tes plateaux de yaourt, que ce soit ceux des lignes municipales ou ceux des compagnies privées ; et tu n'as pas l'argent pour prendre un taxi. Chaque jour, tu te tapes une trentaine de kilomètres avec une charge de quarante ou cinquante kilos sur le dos. Marchand de yaourt, c'est essentiellement un travail de porteur.

Deux ou trois fois par semaine, le père de Mevlut faisait à pied le trajet de Duttepe à Eminönü. Il en avait pour deux heures. Une camionnette pleine de yaourt en provenance d'une ferme de Thrace arrivait sur un terrain vague près de la gare de Sirkeci. Le déchargement de la camionnette, la cohue des vendeurs de yaourt et des restaurateurs qui se pressaient autour du véhicule, les comptes, les calculs, les paiements, le retour des plateaux d'aluminium vides au milieu des bidons de fromage et d'huile d'olive (Mevlut en aimait beaucoup l'odeur) dans l'entrepôt qui se trouvait un peu plus loin... toutes ces actions s'opéraient dans l'effervescence et s'arrêtaient soudain, à l'image du sempiternel tumulte qui régnait autour du pont de Galata, des sirènes de bateau, des sifflements de train et des ronflements d'autobus. Dans ce chaos, le père de Mevlut lui avait demandé de consigner leurs achats dans le livre de comptes. C'était une tâche tellement facile que Mevlut avait pensé que son père, qui ne savait ni lire ni écrire, l'amenait ici pour lui mettre le pied à l'étrier et le montrer aux gens.

Dès que les achats étaient terminés, avec résolution, son père bandait ses forces et installait sur son dos son chargement de yaourt qui frisait les soixante kilos, et quarante minutes durant, sans s'arrêter, en sueur, il marchait jusqu'à Beyoğlu pour déposer une partie de son fardeau dans un restaurant, puis encore une autre dans un restaurant de Pangaltı, après quoi il retournait à

Sirkeci, rechargeait sur son dos le même poids de yaourt qu'il repartait déposer dans les mêmes restaurants ou dans un troisième relais. Ensuite, à partir de ces points-là, il rayonnait vers divers quartiers, vers des rues qu'il connaissait jusqu'au moindre recoin pour distribuer ce yaourt aux particuliers chez eux. Au début du mois d'octobre, avec la soudaine arrivée du froid, Mustafa Éfendi commença à faire la même chose deux jours par semaine pour la boza. Il fixait à sa perche les bidons qu'il avait fait remplir de boza brute chez Vefa Bozacısı, il allait les déposer dans des restaurants amis à un moment adéquat, il repassait ensuite les chercher et les rapportait à la maison ; là, il préparait la boza, l'édulcorait avec du sucre en poudre, l'accommodait avec d'autres épices et aromates, et il repartait chaque soir, à sept heures, pour la vendre. Parfois, aidé par son fils, le père de Mevlut ajoutait sucre et épices à la boza brute dans les cuisines ou dans l'arrière-cour des restaurants amis et, ainsi, il gagnait du temps. Mevlut était admiratif devant la capacité de son père à se rappeler à quels endroits il avait laissé les plateaux de yaourt et dans quel état (vides, à moitié vides ou pleins), l'emplacement des bidons de boza, à retenir tout ce circuit, à sentir, à trouver la logique qui lui permettrait de faire le maximum de ventes en marchant un minimum de temps.

Mustafa Éfendi appelait beaucoup de ses clients par leur nom, il avait en tête les goûts de chacun (yaourt crémeux ou non, boza aigre ou jeune). Mevlut était ébahi que son père connaisse à la fois le patron et le fils de la maison de thé sentant le moisi où ils entraient s'abriter au hasard quand la pluie se mettait à tomber, qu'il donne l'accolade et embrasse le brocanteur qui passait avec sa carriole à cheval tandis qu'ils marchaient distraitement dans la rue, qu'il soit comme cul et chemise avec l'agent municipal qu'il traiterait ensuite de dernier des fumiers. Comment son père pouvait-il retenir tous ces détails à propos des rues, des immeubles où ils entraient, des portes de chacune de ces bâtisses, des sonnettes, des portails de jardin, des drôles d'escaliers en colimaçon, du fonctionnement des ascenseurs, du mécanisme d'ouverture et de fermeture des portes, des boutons à presser, des verrous à tirer. Mustafa Éfendi instruisait constamment son fils.

« Ici, c'est un cimetière juif, tu dois passer sans faire de bruit. » « Quelqu'un du village de Gümüşdere travaille comme garçon de bureau dans cette banque, c'est un chic type, sache-le. » « Si tu traverses ici, à l'endroit où se croisent les rails et non par là, c'est moins dangereux par rapport à la circulation et tu auras moins à attendre ! »

« Tiens, regarde ce qu'il y a ici », disait son père sur un palier d'immeuble sombre et sentant l'humidité, où ils avançaient presque à tâtons. « Oui, là. Ouvre voir ce couvercle. » Avec la même délicatesse que s'il soulevait le couvercle de la lampe magique d'Aladin, Mevlut ouvrait doucement la porte du garde-manger qu'il avait aperçu dans la pénombre près d'une porte d'appartement, et à l'intérieur de cet obscur espace, il trouvait un récipient avec un papier à côté. « Lis donc ce qu'il y a sur ce papier ! » Mevlut tendait le papier arraché à un cahier d'écolier vers la lueur falote de la cage d'escalier, comme s'il s'agissait d'un plan indiquant l'endroit où était enterré un trésor, et il lisait à voix basse : « Une livre de yaourt, crémeux ! »

Voyant son fils le considérer comme un savant parlant avec la ville une langue particulière et s'impatienter d'en apprendre les secrets, le père de Mevlut s'emplissait de fierté et accélérait le pas. « Toi aussi tu apprendras tout cela petit à petit… Tu deviendras en même temps un homme qui voit tout et un homme qu'on ne voit pas. Tu entendras tout, et tu feras comme si tu n'avais rien entendu. Tu marcheras dix heures par jour, mais tu n'auras pas l'impression d'avoir marché. Tu es fatigué mon fils, on s'assoit ?

— Asseyons-nous. »

Comme le froid s'était installé à peine deux mois après leur arrivée en ville et qu'ils sortaient également le soir vendre de la boza, Mevlut commença à peiner. Après sa matinée d'école, son après-midi passé à vendre pendant quatre heures du yaourt avec son père et ses quinze kilomètres de marche, Mevlut s'endormait dès qu'il rentrait à la maison. Parfois, lorsqu'ils s'asseyaient dans un restaurant ou une maison de thé pour se reposer, Mevlut posait la tête sur la table et faisait une sieste, mais son père le réveillait, par peur que le patron n'apprécie guère ce déplaisant tableau digne des cafés où les fêtards s'échouaient au petit matin.

Le soir, avant de sortir vendre sa boza, le père réveillait Mevlut. (« Papa, demain j'ai un contrôle d'histoire, je dois réviser mes cours », disait Mevlut.) Un ou deux matins, incapable de se sortir de son lit, Mevlut avait dit : « Papa, il n'y a pas école aujourd'hui », et ces jours-là son père avait été très heureux qu'ils vendent du yaourt ensemble et gagnent plus d'argent. Parfois, son père n'avait pas le cœur à le réveiller, il chargeait les bidons de boza et s'en allait en tirant la porte sans bruit. En s'éveillant tout seul dans la maison, Mevlut entendait à nouveau le même bruissement venant par la fenêtre sombre, et il regrettait de ne pas être sorti, non seulement parce qu'il avait peur mais parce que sa camaraderie avec son père, ce qu'il ressentait quand il prenait sa main dans la sienne, lui manquait. Il se sentait coupable d'avoir dormi et, toute la place dans son esprit étant occupée par cela, il n'arrivait pas à se concentrer sur son travail, ce qui ne faisait qu'aggraver son sentiment de culpabilité.

5

Le lycée de garçons Atatürk

*Une bonne éducation abolit la différence
entre riches et pauvres*

Le lycée de garçons Atatürk de Duttepe se trouvait sur une étendue plane à l'entrée de la route qui reliait Duttepe et les autres collines à Istanbul. Il était implanté de telle façon que dans les quartiers récents qui s'alignaient le long du Bokludere, sur les collines environnantes qui se couvraient rapidement de bidonvilles, les mères de famille qui étendaient leur linge dans les jardins, les mamies qui étalaient la pâte au rouleau, les chômeurs qui jouaient aux cartes et au okey dans les maisons de thé pouvaient parfaitement distinguer le bâtiment orangé de l'école, le buste d'Atatürk et les élèves, semblables de loin à de petits points de couleur animés, et constamment en train de faire du sport (baskets aux pieds, en chemise et pantalon) dans la vaste cour de l'école, sous la houlette de Kerim le Borgne, qui était à la fois leur prof de gym et leur professeur de religion. Inaudible depuis les collines lointaines, une sonnerie retentissait toutes les quarante-cinq minutes et, en un instant, des centaines d'élèves se déversaient dans la cour puis, sur l'injonction d'une autre sonnerie toujours inaudible, tous disparaissaient en un clin d'œil. Mais chaque lundi matin, l'écho de la *Marche de l'Indépendance* entonnée en chœur par les mille deux cents élèves qui se rassemblaient autour du buste d'Atatürk résonnait avec force entre les collines et s'entendait dans les milliers de foyers des environs.

Avant l'hymne national, Fazıl Bey, le directeur du lycée, paraissait sur le perron du bâtiment et faisait un discours sur Atatürk, sur la nation, sur l'amour de la patrie, les mémorables victoires militaires passées (il affectionnait particulièrement les batailles de conquête sanglantes comme celle de Mohács), et demandait à ses élèves de prendre exemple sur Atatürk. Comme les lycéens les plus âgés et les plus turbulents profitaient d'être noyés dans la masse pour lancer des moqueries dont Mevlut ne saisissait pas le sens les premières années et que certains malpolis émettaient des bruits bizarres, voire carrément dégoûtants, Squelette, debout à côté du directeur en tant qu'adjoint, les tenait tous à l'œil, un à un, comme un policier. Du fait de ce contrôle extrême, c'est seulement un an et demi plus tard, à l'âge de quatorze ans, à l'époque où il commencerait à douter du bien-fondé de l'ordre scolaire établi, que Mevlut parviendrait à faire la connaissance de ces élèves animés par un esprit d'opposition et capables de péter sur commande dans de grandes assemblées, admirés et respectés par les élèves aussi bien de droite et islamistes que de gauche et nationalistes (les étudiants de droite étaient tous islamistes, et les gauchistes étaient tous nationalistes).

Le grand crève-cœur pour le directeur soucieux de l'avenir de l'école et de la Turquie, c'était l'incapacité de ces mille deux cents élèves à chanter la *Marche de l'Indépendance* à l'unisson. Entendre chacun l'entonner dans son coin et à sa sauce, ou même certains dégénérés ne pas la chanter du tout le faisait sortir de ses gonds. Parfois, les élèves debout dans un coin de la cour arrivaient à la fin de l'hymne alors que ceux qui étaient à l'autre bout n'étaient pas encore parvenus à la moitié ; qu'il pleuve, qu'il vente, qu'il neige, le directeur qui voulait l'entendre chanté à l'unisson comme « un seul coup de poing » le faisait reprendre encore et encore aux mille deux cents élèves ; par provocation et par plaisir de mettre le bazar, certains cassaient l'harmonie, ce qui provoquait des rires et des bagarres entre les élèves patriotes grelottant de froid et les éternels fauteurs de troubles.

Mevlut regardait ces bagarres de loin, et lorsqu'il riait des blagues des petits insolents, il se mordait les joues pour ne pas être surpris par Squelette. Mais quand le drapeau rouge avec un croissant de lune et une étoile s'élevait lentement sur son mât peu après, la culpabilité lui faisait monter les larmes aux yeux et il chantait l'hymne national avec sincérité. Jusqu'à la fin de sa vie, chaque fois qu'il verrait hisser le drapeau turc – même dans les films –, Mevlut continuerait à avoir les yeux embués de larmes.

Conformément au vœu du directeur, Mevlut aussi désirait ardemment être comme Atatürk qui avait tout fait pour sa patrie. Pour cela, il lui fallait faire trois ans de collège et trois ans de lycée. Chose qu'aucun membre de sa famille ni même du village n'avait réussi à faire jusqu'à présent. Si bien que ce but lui apparut dès les premiers jours d'école comme quelque chose de sacré, quelque chose d'aussi beau à imaginer et difficile à atteindre que le drapeau, la patrie et Atatürk. Les élèves venant des quartiers de bidonvilles travaillaient pour la plupart avec leur père dans la vente ambulante ou auprès d'un artisan. Ils savaient que, dès qu'ils seraient un peu plus vieux, ils quitteraient l'école et la majorité d'entre eux attendaient chacun leur tour d'être engagé comme apprenti auprès d'un boulanger, d'un carrossier, d'un soudeur.

La préoccupation majeure du directeur Fazıl Bey était d'instaurer la discipline dans l'école, de veiller à l'ordre et à l'harmonie entre une foule d'élèves pauvres et les enfants de bonne famille assis au premier rang. C'est pourquoi il avait développé une philosophie qu'il aimait exprimer en une formule laconique pendant la cérémonie du drapeau : « Une bonne éducation abolit la différence entre riches et pauvres ! » Que voulait dire Fazıl Bey par ces mots ? Que si les enfants pauvres travaillaient bien et suivaient leur scolarité jusqu'au bout, ils pourraient devenir riches eux aussi, ou bien qu'on verrait moins combien ils étaient pauvres ? Mevlut ne saisissait pas très bien.

Pour prouver à tout le pays la qualité de l'instruction dispensée au lycée de garçons Atatürk, le directeur souhaitait conduire l'équipe du lycée jusqu'au niveau du concours inter-lycées de la radio d'Istanbul et, pour atteindre cet objectif, il passait le plus clair de son temps à faire apprendre par cœur les dates de naissance et de mort des sultans ottomans à l'équipe qu'il avait formée avec des enfants de bonne famille des quartiers du haut (les « hafiz », comme les appelaient les jaloux et les paresseux). Lors des cérémonies du drapeau, il réprouvait les anciens élèves qui avaient abandonné l'école pour devenir apprentis réparateurs ou soudeurs, en les présentant comme des faibles, coupables de trahison envers la science et les lumières ; il morigénait ceux qui, à l'instar de Mevlut, allaient à l'école le matin et vendaient du yaourt l'après-midi ; « Ce ne sont pas les marchands de pilaf, de *döner* kebab et les vendeurs ambulants qui sauveront la Turquie, mais la science ! grondait-il pour remettre sur le droit chemin les élèves obnubilés par leurs soucis d'argent. Einstein aussi était pauvre ; il avait même redoublé sa classe de physique, mais jamais il n'a quitté l'école pour gagner trois francs six sous, et il eut tout à y gagner, lui et son pays. »

Squelette. En réalité, notre lycée de garçons Atatürk de Duttepe avait été fondé pour que les enfants de fonctionnaires, d'avocats et de médecins vivant dans les maisons coopératives modernes et à l'européenne de Mecidiyeköy et des quartiers hauts des environs bénéficient d'une bonne éducation nationale. Malheureusement, avec l'invasion d'enfants pauvres originaires d'Anatolie venus des bidonvilles qui se sont déployés de façon illégale derrière les collines vides depuis ces dix dernières années, diriger ce beau lycée est devenu une tâche presque impossible. Même si les élèves qui sèchent les cours parce qu'ils travaillent comme vendeurs, qui se désinscrivent dès qu'ils trouvent du travail, qui volent, se battent, menacent, harcèlent les professeurs et autres voies de fait ne sont pas très nombreux, nos classes sont plus que bondées. Des salles de classe modernes conçues pour trente élèves sont malheureusement contraintes d'en contenir cinquante-cinq ; les bancs prévus pour deux élèves en accueillent trois qui se heurtent du coude ; ceux qui courent, marchent et jouent dans la cour pendant les récréations se rentrent constamment dedans comme des autos tamponneuses. On nous ramène dans la salle des professeurs les élèves les plus fragiles qui se retrouvent écrasés, pris de suffocation ou de malaise dans la cohue qui se produit dans les couloirs et les escaliers dès que sonne la cloche, qu'éclate une bagarre ou que survient un mouvement de panique, et, tout attristés, on les ranime en leur faisant sentir un peu d'eau de Cologne. Face à une telle quantité d'élèves, faire classe avec la méthode du parcœur est beaucoup plus efficace que l'explication des leçons. En effet, l'apprentissage par cœur a le double mérite de développer la mémoire de l'enfant et de lui inculquer le respect de ses aînés.

Mevlut passa un an et demi de collège, toute sa sixième et la première moitié de sa cinquième, à éprouver de grandes hésitations concernant la place où s'asseoir en classe. Les moments où il s'attachait à résoudre ce problème, il se retrouvait en proie à des crises existentielles comme les philosophes de l'Antiquité en quête du sens de la vie. Dès le premier mois suivant la rentrée scolaire, il avait compris que devenir « un homme de science digne d'Atatürk », comme disait le directeur, nécessitait aussi qu'il devienne ami avec les enfants de bonne famille des quartiers du haut, dont les cahiers, la cravate et les devoirs étaient toujours en ordre et impeccables. Mevlut n'avait pas encore rencontré de camarade vivant comme lui dans un *gecekondu* (soit deux tiers des élèves) qui soit en même temps très performant en classe. Il avait bien croisé dans la cour quelques individus de son genre qui, tout en habitant dans un bidonville, prenaient l'école au sérieux parce qu'ils s'étaient entendu dire « Ce gosse est très intelligent, il faut absolument qu'il fasse des études », mais dans la foule compacte du lycée Mevlut n'avait pas réussi à tisser de liens avec ces âmes solitaires, qui étaient réparties dans d'autres classes et traitées de fayots par les autres. Et l'une des raisons pour lesquelles ces fayots se montraient récalcitrants, c'était la méfiance que leur inspirait quelqu'un vivant comme eux dans un *gecekondu*.

Copiner et s'asseoir avec certains enfants de bonne famille installés aux premiers rangs et faisant régulièrement leurs devoirs permettait à Mevlut de se sentir mieux. Accéder aux rangs de devant exigeait de garder les yeux constamment rivés sur les professeurs, de rester suspendu à leurs lèvres, et de terminer tout haut les phrases que, dans une logique éducative, ils laissaient sciemment en suspens. Même si Mevlut n'avait pas la réponse à la question posée par l'enseignant, il levait systématiquement la main, dans une attitude résolument optimiste.

Mais les enfants des quartiers du haut auxquels il essayait de se mêler étaient bizarres et pouvaient à tout instant vous briser le cœur. Un jour de neige, en première année de collège, Damat, à côté de qui Mevlut avait obtenu le privilège de s'asseoir, avait failli se faire écraser dans la cohue des élèves qui jouaient au football dans la cour de récréation (avec une balle faite avec de vieux journaux serrés par une corde parce qu'il était interdit d'introduire des ballons à l'école), qui couraient comme des fous, criaient, se battaient, chahutaient et se poussaient, ou qui s'amusaient à parier (en misant des images de footballeurs, de petits crayons, ou des morceaux de cigarettes coupées en trois). Dans un élan de colère, Damat avait lancé à Mevlut : « Cette école s'est remplie de péquenots, mon père va m'inscrire ailleurs, je vais aller dans un autre lycée. »

Damat. J'ai écopé de ce surnom de Damat, « le Marié », dès le premier mois d'école. Parce que je veille scrupuleusement à l'élégance de ma veste et de ma cravate et que, certains matins, j'arrive en classe en m'étant généreusement aspergé de la lotion après rasage de mon père, qui est gynécologue. Dans cette classe qui sent la crasse, la sueur et la mauvaise haleine, ça fait du bien à tout le monde de sentir mon parfum, et les jours où je n'en mets pas, ils me disent : « Damat, il n'y a pas de mariage aujourd'hui ? » Je ne suis pas la petite chose délicate qu'imaginent certains. Le jour où j'ai étalé d'un coup de poing dans la mâchoire le petit rigolo qui essayait pour se moquer de fourrer son nez dans mon cou, comme si j'étais un pédé, sous prétexte de mieux sentir l'odeur de la lotion après rasage, j'ai gagné le respect des caïds des rangs du fond. Si je suis là, c'est parce que mon radin de père refuse de payer une école privée.

Une fois, j'en parlais en cours avec Mevlut, on se plaignait mutuellement de nos soucis quand la prof de biologie, la Grosse Melahat, avait lancé : « Mevlut Karataş, tu bavardes beaucoup, passe derrière !

— Maîtresse, nous ne parlions pas ! » avais-je répondu. Non parce que j'avais l'âme chevaleresque comme le pensait Mevlut, mais parce que je savais pertinemment que Melahat n'exilerait jamais au fond de la classe un enfant de bonne famille comme moi.

Se voir reléguer au dernier rang n'affligea pas Mevlut outre mesure. Cela lui était déjà arrivé auparavant, mais grâce à la candeur de son visage d'enfant sage, à son zèle participatif qui le poussait constamment à lever le doigt, il trouvait toujours le moyen de se faufiler jusqu'aux premiers rangs. Quelquefois, par mesure de prévention contre le chahut qui régnait dans la classe, un professeur faisait changer tout le monde de place. Dans ces moments-là, Mevlut tournait son doux visage vers le professeur, il le regardait au fond des yeux d'un air implorant et docile, et parvenait ainsi à s'asseoir devant, mais le sort voulait ensuite qu'il fusse de nouveau renvoyé au fond.

Une autre fois, Damat avait courageusement contesté la décision de Melahat, la prof de biologie aux gros seins, de renvoyer Mevlut au fond.

« Maîtresse, qu'est-ce que ça peut faire qu'il s'asseye devant, il adore votre cours.

— Tu ne vois pas que c'est une grande perche ? avait répondu la cruelle Melahat. Il empêche ceux de derrière de voir le tableau. »

Comme son père l'avait laissé un an pour rien au village après l'école primaire, Mevlut était plus âgé que la moyenne de la classe. En quittant le premier rang pour rejoindre celui du fond, il était mortifié et établissait mentalement un lien étrange entre son grand corps et son habitude toute récente de se masturber. Les élèves des derniers bancs accueillaient son retour parmi eux avec des applaudissements et des slogans : « Mevlut, bienvenue à la maison ! »

Les bancs du fond étaient le coin attitré des vauriens, des fainéants, des têtes sans cervelle, des désespérés pris de vertige à force de redoubler, des grands costauds, des « trop âgés » et de ceux qui seraient bientôt virés. Si beaucoup de ceux qui trouvaient du travail et abandonnaient l'école étaient issus de ces rangs, certains autres y usaient leur fond de culottes sans jamais trouver de travail à l'extérieur. D'autres encore allaient d'eux-mêmes s'asseoir au fond dès le premier jour d'école car ils se savaient déjà fautifs, stupides, trop vieux ou trop grands. Quant à ceux qui, à l'instar de Mevlut, refusaient obstinément d'admettre que les bancs du fond étaient leur destinée, ce n'est qu'après de longs efforts et maintes déceptions qu'ils saisissaient l'amère vérité, comme ces pauvres gens ne comprenant qu'au crépuscule de leur vie qu'ils ne seront jamais riches. De nombreux enseignants, à commencer par le professeur d'histoire, Ramsès (il ressemblait vraiment à une momie), savaient d'expérience qu'il était vain d'essayer d'enseigner quelque chose aux élèves assis dans les rangs du fond. Quant aux autres (Nazlı Hanım par exemple, la jeune et timide prof d'anglais dont Mevlut était tout heureux de croiser le regard depuis le premier rang et dont il était inconsciemment amoureux), ils craignaient tellement d'entrer en conflit avec les rangs du fond ou d'avoir à se disputer avec un de ces élèves qu'ils ne regardaient quasiment jamais dans cette direction.

Aucun enseignant, ni même le directeur qui réussissait parfois à faire peur à mille deux cents garçons en même temps, ne souhaitait devoir se confronter de façon directe avec les rangs du fond. Parce que ces tensions pouvaient rapidement tourner à la vendetta et pousser non seulement les derniers rangs mais la classe entière à se retourner contre le professeur. L'accent des élèves qui venaient des quartiers de bidonvilles, leur aspect physique, leur ignorance et les boutons d'acné qui s'épanouissaient chaque jour sur leur visage comme des fleurs, étaient autant de sujets sensibles avec lesquels il ne fallait surtout pas s'aviser de plaisanter au risque de provoquer la colère de toute la classe. Comme certains élèves faisaient constamment des blagues et racontaient des histoires bien plus amusantes que les explications qu'eux-mêmes donnaient en cours, les professeurs avaient envie de briser leur prestige, de les faire taire à coups de règle et d'humiliations. Chaque fois que Fevzi le Fanfaron, le jeune prof de chimie que tout le monde avait pris en grippe à une époque, se retournait pour écrire la formule de l'oxyde de plomb au tableau, il devenait la cible d'une pluie de grains de riz tirés sur lui comme des balles depuis les tubes de stylos bille transformés en sarbacanes. Tout cela parce que, dans sa volonté d'assimilation, il s'était moqué de l'accent et de la tenue vestimentaire d'un élève originaire de l'Est (personne n'employait le mot « kurde » à l'époque).

Parfois, pour le simple plaisir de faire peur à un enseignant timide qu'ils considéraient comme un faible, ou juste parce que cela leur avait traversé l'esprit, les caïds des rangs du fond lui coupaient la parole : « C'est bon, maître, tu nous barbes avec ton cours, et si tu nous parlais de ton voyage en Europe !

— Maître, c'est vrai que tu es parti tout seul en train jusqu'en Espagne ? »

Les élèves du fond passaient leur temps à commenter tout haut ce qui se passait et se disait en cours, comme les spectateurs d'un film projeté sur l'écran des cinémas d'été en plein air. Ils racontaient des histoires et éclataient de rire si bruyamment que, parfois, le professeur qui posait une question devant le tableau et l'élève qui lui répondait depuis le premier rang ne réussissaient même plus à s'entendre. Chaque fois qu'il se retrouvait exilé dans les rangs du fond, Mevlut peinait à suivre ce que le professeur racontait au tableau. Mais pour éviter tout malentendu, précisons que le bonheur scolaire parfait pour Mevlut consistait à pouvoir à la fois rire des plaisanteries que faisaient les élèves des rangs du fond et écouter la professeure Nazlı.

6

Collège et politique

Il n'y a pas école demain

Mustafa Éfendi. À l'automne suivant, Mevlut était en deuxième année de collège, il avait encore honte de crier « Yaourtier ! » dans les rues mais il s'était habitué à avoir une perche sur le dos et à porter plateaux de yaourt et bidons de boza. Les après-midi, suivant mes indications, il transportait tout seul les plateaux vides d'un endroit à l'autre, par exemple d'un restaurant des petites rues de Beyoğlu jusqu'à l'entrepôt de Sirkeci, puis il retournait à Beyoğlu pour déposer chez Rasim dont les cuisines sentaient la friture et l'oignon les plateaux pleins de yaourt qu'il avait récupérés au dépôt ou les bidons de boza encore brute prise chez Vefa, et il rentrait ensuite à Kültepe. Si je trouvais Mevlut assis tout seul devant la table encore en train de travailler quand j'arrivais le soir à la maison, je lui disais : « Grâce à Dieu, tu seras le premier professeur à sortir de notre village à ce rythme-là. » S'il avait bien travaillé, il me disait « Papa, tu m'écoutes maintenant ? », et, les yeux fixés au plafond, il se mettait à réciter ses leçons. Lorsqu'il bloquait, il détournait les yeux du plafond et les posait sur moi. Je m'exclamais : « N'attends pas de secours de ton père illettré, mon enfant, ce n'est pas écrit sur ma figure. » En deuxième année de collège, ni l'école ni le métier de vendeur ne l'avaient refroidi. Certains soirs, il disait : « Je vais venir vendre de la boza avec toi, il n'y a pas école demain ! » Je ne mouftais pas. Et d'autres jours, il disait : « J'ai des devoirs pour demain, je rentrerai directement après l'école. »

Comme la majorité des élèves du lycée de garçons Atatürk, Mevlut conservait le secret sur sa vie en dehors de l'école ; ce qu'il faisait une fois sorti du dernier cours, il ne le partageait même pas avec ceux qui faisaient comme lui de la vente dans les rues. Parfois, alors qu'il vendait du yaourt avec son père, il croisait un de ses camarades d'école mais il faisait mine de ne pas le voir et, lorsqu'ils se retrouvaient en classe le lendemain, il se comportait comme si de rien n'était. Mais Mevlut observait ensuite avec attention la façon dont ce camarade s'impliquait dans son travail scolaire, il guettait les signes susceptibles de trahir son activité de marchand ambulant, et il se demandait ce que cet élève deviendrait à l'avenir, ce qu'il ferait dans la vie. Mevlut l'avait remarqué. C'est en fin d'année, en le croisant dans Tarlabaşı, que Mevlut avait remarqué ce garçon de Höyük qui sillonnait les rues avec son père, tenant par la bride le cheval qui tirait leur attelage, pour collecter vieux journaux, bouteilles vides, tôles et boîtes de conserve en fer-blanc. Quatre mois après la rentrée en deuxième année de collège, Mevlut s'était rendu compte un jour que ce garçon, qui regardait constamment par la fenêtre d'un air rêveur, n'était pas là, qu'il ne mettait plus les pieds à l'école et que personne ne s'était une seule fois enquis de lui et de son absence. Simultanément, il comprit qu'il ne tarderait pas à s'effacer de sa mémoire à lui aussi, comme tous leurs camarades qui quittaient le collège lorsqu'ils trouvaient un travail, un patron qui les prenait comme apprentis.

Sa jeune professeure d'anglais Nazlı Hanım avait le teint blanc, de grands yeux verts et un tablier à motifs de feuilles vertes. Mevlut comprenait qu'elle venait d'un autre monde, et, pour se rapprocher d'elle, il voulait devenir délégué de classe. Les délégués de classe pouvaient, à coups de pied, de gifles et de menaces, faire rentrer dans le rang les chenapans qui n'écoutaient rien pendant les cours et dont les professeurs craignaient les représailles s'ils leur collaient une claque ou un coup de règle. De nombreux élèves des derniers rangs se portaient candidats pour offrir ce service dont des professeures comme Nazlı Hanım avaient grand besoin, tant elles étaient démunies face au bruit et à l'indiscipline. Pour apporter leur aide, certains se levaient spontanément de leur siège et remettaient au pas les petits semeurs de troubles en leur envoyant une claque sur la nuque ou en leur tirant les oreilles. Pour que l'enseignante remarque bien le service qu'ils rendaient, ces volontaires criaient tout haut « Écoute le cours ! » ou « Ne manque pas de respect à la prof » avant de flanquer un bon coup de poing dans le dos des élèves turbulents. Si Mevlut se rendait compte que la professeure Nazlı était satisfaite de ces coups de main, même si elle ne regardait pas vers les rangs du fond, il était envahi par la colère et la jalousie. S'il était désigné délégué de classe par la professeure Nazlı, Mevlut n'aurait pas à employer la force pour faire taire les agités, son simple statut d'élève pauvre issu d'un bidonville lui suffirait à se faire écouter par les paresseux et les vauriens. Malheureusement, les événements politiques à l'extérieur du lycée firent tomber à l'eau les espérances politiques de Mevlut au sein de l'école.

En mars 1971, il y eut un coup d'État militaire. Demirel, le Premier ministre de l'époque, fut poussé à la démission. Les organisations révolutionnaires pillaient les banques, prenaient des diplomates en otage ; le gouvernement passait son temps à décréter la loi martiale et le couvre-feu, les militaires et les policiers à faire des perquisitions. Les personnes recherchées et suspectées avaient leurs photos affichées sur les murs de la ville, les étals des bouquinistes étaient interdits sur la voie publique. Et rien de tout cela ne faisait l'affaire des marchands ambulants. Son père maudissait ceux qui étaient cause de cette anarchie. Mais après que des dizaines de milliers de personnes eurent été jetées en prison et torturées, la situation des marchands ambulants et des vendeurs à la sauvette ne s'améliora pas pour autant.

Les militaires badigeonnèrent de chaux tous les trottoirs, tous les endroits qui leur paraissaient sales et chaotiques (la ville entière l'était en réalité), les troncs des grands platanes et les murs datant de l'époque ottomane. Ainsi peinte en blanc, toute la ville prit des allures de garnison. Les taxis collectifs se virent interdire l'arrêt, la descente ou l'embarquement de passagers où bon leur semblait et les vendeurs ambulants l'accès aux grandes places, aux avenues, aux jolis parcs agrémentés de bassins, aux bateaux et aux trains. Des descentes de police médiatisées eurent lieu dans des tripots plus ou moins clandestins, dans des bordels contrôlés par de célèbres membres de la pègre, dans des entre- pôts qui vendaient cigarettes et alcools européens.

Après le coup d'État militaire, quand Squelette évinça des postes administratifs les enseignants gauchistes de l'école, il ne resta plus aucune possibilité que la professeure Nazlı désigne Mevlut délégué de classe. Parfois, elle ne venait même pas faire cours, on disait que son mari était recherché. Ordre, discipline, propreté... tous ces mots entendus à la radio et à la télévision exerçaient leur influence sur les gens. Si bien que les slogans politiques, les obscénités, les diverses histoires grivoises courant sur les professeurs et les dessins suggestifs (l'un deux montrait Squelette et la Grosse Melahat en plein acte sexuel) griffonnés sur les murs de la cour, les portes des toilettes et dans les recoins isolés, furent tous dissimulés sous une couche de peinture. Ceux qui se révoltaient contre les enseignants, qui semaient la pagaille, qui scandaient constamment des slogans politiques ou ceux qui s'acharnaient à tirer chaque cours vers le débat politique ou la propagande furent annihilés. Pour que tout le monde puisse entonner à l'unisson la *Marche de l'Indépendance* pendant les céré- monies du drapeau, le directeur du lycée et Squelette avaient installé de chaque côté de la statue d'Atatürk un de ces haut- parleurs qu'on pose sur les minarets, mais cela n'eut d'autre effet que d'ajouter une voix nouvelle et métallique à ce chœur disharmonieux. De plus, comme le niveau sonore du haut-parleur supplantait toutes les autres voix, le nombre des élèves qui chan- taient la *Marche de l'Indépendance* avait encore diminué. Dans ses cours, le professeur d'histoire Ramsès parlait plus que jamais des victoires sanglantes, de la couleur rouge sang du drapeau turc et du sang des Turcs si différent de celui des autres peuples.

Mohini. Mon vrai nom est Ali Yalnız. Mohini, c'est le nom du joli éléphanteau dont le Premier ministre indien Pandit Nehru avait fait cadeau aux enfants turcs en 1950. Pour mériter ce surnom de Mohini dans les lycées d'Istanbul, il ne suffit pas d'être aussi mas- sif et costaud qu'un éléphant, de paraître vieux dès la naissance et de marcher en se balançant lourdement comme je le fais. Il faut de plus être pauvre et sensible. Comme ordonné par le prophète Abraham, en effet, les éléphants sont des animaux d'une grande sensibilité. La conséquence politique la plus grave du coup d'État de 1971 dans notre école, c'est qu'on nous imposa de nous couper les cheveux, nous qui luttions héroïquement contre Squelette et divers professeurs pour les garder longs. C'était une catastrophe qui fit couler beaucoup de larmes parmi les lycéens à la belle chevelure, aussi bien chez les fils de médecins, d'employés et de fonctionnaires qui étaient fans de musique pop que chez les gamins venant des quartiers de *gecekondu*. Pendant les cérémonies du drapeau le lundi, le directeur et Squelette vilipendaient régulièrement les garçons qui gardaient les cheveux longs comme les femmes à l'exemple de chanteurs européens dégénérés et ils les sommaient fréquemment de les faire couper, mais ce n'est qu'après le coup d'État, avec l'arrivée des militaires dans notre école, qu'ils réussirent à mettre leurs menaces à exécution. Le lieutenant descendu d'une jeep militaire était venu selon certains pour organiser l'aide aux victimes du tremblement de terre qui s'était produit dans l'est du pays. Mais l'opportuniste Squelette en profita illico pour faire venir le meilleur coiffeur de Duttepe. Et pris de peur à la vue des militaires, je me suis malheureusement fait couper les cheveux moi aussi. Une fois la boule à zéro, j'ai commencé à me trouver encore plus laid, et comme la peur des militaires m'avait tout de suite fait plier l'échine devant l'autorité et que j'étais allé m'asseoir sur la chaise du coiffeur en traînant les pieds, certes, mais de mon plein gré, je me suis encore plus haï.

Devinant les aspirations de Mevlut à devenir délégué de classe, Squelette confia à cet élève modèle la charge d'aider Mohini pendant les récréations. C'était une occasion de sortir dans le corridor pendant les cours et de se démarquer des autres, Mevlut s'en réjouit. Chaque jour, Mevlut et Mohini sortaient de classe avant la longue récréation de onze heures dix, ils traversaient les couloirs sombres et humides, empruntaient les escaliers et descendaient au sous-sol. Là, Mohini se rendait tout d'abord dans les toilettes des lycéens attenantes au dépôt de charbon et dont Mevlut avait peur rien qu'à voir la porte ; dans cet endroit nauséabond empli d'un épais nuage de fumée bleue, il quémandait un quart de cigarette et, s'il trouvait une bonne âme pour le lui donner, il l'allumait, le fumait puis, à Mevlut qui l'attendait patiemment à la porte, il lançait avec un regard entendu : « Ça y est, j'ai pris mon calmant pour les nerfs. » Après avoir longuement fait la queue dans la cuisine, Mohini chargeait sur son dos un bidon presque aussi grand que lui, il remontait l'escalier et le posait soigneusement sur le poêle de la classe.

Dans le gros bidon, il y avait du lait bouilli à l'odeur infecte confectionné dans les cuisines sentant le remugle à partir du lait en poudre que l'Unicef distribuait gratuitement dans les écoles de ce pauvre pays. Pendant la récréation, alors que Mohini, avec l'attention d'une mère de famille, en remplissait les verres en plastique multicolores et variés que les élèves avaient rapportés de chez eux, le professeur de service distribuait soigneusement à chacun d'eux, comme s'il leur remettait un joyau, les gélules d'huile de foie de morue rangées dans une boîte bleue, elles aussi fournies gratuitement par l'Unicef. Et pour s'assurer que les élèves avalaient bien ce truc nauséabond que tous avaient en horreur, le professeur circulait entre les rangs comme un policier. La plupart des élèves balançaient les gélules par la fenêtre, à l'endroit de la cour où s'entassaient les détritus et où se faisaient les paris, ou alors, pour le plaisir d'empuantir la classe, ils les jetaient par terre et marchaient dessus. Certains transformaient le tube d'un stylo à bille en sarbacane et projetaient les gélules d'huile de foie de morue sur le tableau noir. Suite à ces innombrables bombardements d'huile de poisson, les tableaux du lycée de garçons Atatürk de Duttepe avaient tous un aspect visqueux et une mauvaise odeur qui incommodait fort les étrangers. Une fois, le portrait d'Atatürk de la classe 9 C à l'étage du dessus s'étant retrouvé pris pour cible, Squelette avait cédé à la panique. Il avait demandé à la préfecture de police d'Istanbul et à la Direction des services de l'Éducation nationale d'envoyer des inspecteurs et de diligenter une enquête, mais l'expérimenté et débonnaire directeur académique avait classé l'affaire en expliquant aux commandants de la loi martiale que personne n'avait la moindre intention d'insulter le fondateur de la République ni une quelconque figure de l'État. Les tentatives de politiser les séances de distribution de lait en poudre et d'huile de foie de morue s'étaient soldées par un échec à cette époque mais, des années plus tard, islamistes, nationalistes ou gauchistes, tous se répandraient en récriminations contre l'obligation qui leur avait été faite d'avaler des remèdes toxiques et nauséabonds dans leur enfance, par décret gouvernemental et sous la pression des puissances occidentales, et ils écriraient même des livres, des mémoires à ce sujet.

Dans les cours de littérature, Mevlut était heureux de lire les vers de Yahya Kemal décrivant l'exultation des soldats de la cavalerie ottomane alors qu'ils conquéraient les Balkans le sabre à la main. Lorsqu'ils chantaient tous ensemble pour passer le temps pendant les heures creuses entre les cours, même les élèves les plus turbulents des bancs du fond se drapaient parfois dans une innocence angélique et, bien au chaud dans la classe tandis que dehors il pleuvait (ses pensées allaient un instant à son père en train de vendre du yaourt), il se disait qu'il pourrait éternellement rester assis là, à chanter des chansons, et que même s'il était loin de sa mère et de ses sœurs, la vie en ville était beaucoup plus belle qu'au village.

Quelques semaines après le coup d'État militaire, conséquemment à l'instauration de la loi martiale, du couvre-feu et des opérations de fouille des domiciles, des dizaines de milliers de personnes furent incarcérées. Peu après, l'étau commença comme toujours à se desserrer, les vendeurs se mirent à circuler plus tranquillement dans les rues d'Istanbul, les marchands de graines et de pois chiches grillés, de *simit*, de berlingots, de barbe à papa se postèrent à nouveau le long du mur du lycée de garçons Atatürk. Mevlut se montrait respectueux des règles, mais, par une chaude journée du printemps, un gamin de son âge parmi ceux qui enfreignaient l'interdiction de commercer lui donna envie de l'imiter. Le garçon, dont le visage ne lui était pas inconnu, avait une boîte en carton à la main sur laquelle il était écrit BONNE FORTUNE en grosses lettres. Dans la boîte, Mevlut avait vu un gros ballon de football et des cadeaux attrayants – soldats en plastique, chewing-gums, peignes, images de footballeurs, miroirs de poche, billes.

« Tu ne sais pas qu'il est interdit de faire des achats auprès des marchands ? dit-il d'un ton qu'il voulait ferme. C'est quoi, ce que tu vends ?

— Il y a des gens que Dieu aime plus que d'autres. À la fin, ils deviennent riches. Et il y en a certains qu'Il aime moins, ceux-là restent pauvres. Tu grattes un de ces trous colorés avec la pointe d'une aiguille, et tu découvres en dessous quel est ton cadeau, si tu as de la chance ou pas.

— C'est toi qui as fabriqué ce jeu ? demanda Mevlut. Où achètes-tu les cadeaux ?

— Le jeu se trouve prêt à vendre, avec les cadeaux. L'ensemble te coûte trente-deux livres. Si, en te promenant dans les rues, tu parviens à vendre cent trous à gratter à soixante centimes l'unité, tu touches soixante livres. Il y a pas mal d'argent à faire le week-end dans les parcs. Tu veux essayer ? Tu veux voir maintenant si tu deviendras quelqu'un de riche ou de pauvre et insignifiant ? Grattes-en un et lis la réponse. C'est gratuit pour toi.

— Je ne serai pas pauvre, tu verras. »

Sans hésitation, Mevlut tendit le bras vers l'épingle à tête que lui présentait adroitement le petit vendeur. Il y avait beaucoup de cercles qui n'avaient pas encore été grattés sur le carton. Il choisit un trou avec soin, le gratta.

« Pas de chance ! Il est nul, dit le petit vendeur.

— Donne, fais voir ça », dit Mevlut, énervé. Sous l'aluminium coloré qu'il venait de gratter, il n'y avait ni message ni cadeau.

« Et maintenant ?

— À ceux qui tombent sur un nul, on offre ça », dit le petit vendeur.

Il donna à Mevlut un morceau de gaufrette de la taille d'une petite boîte d'allumettes.

« Oui, la chance n'est pas au rendez-vous, mais malheureux au jeu, heureux en amour. Le truc, c'est de gagner en perdant. Tu comprends ?

— J'ai compris, dit Mevlut. Tu t'appelles comment, c'est quoi ton numéro ?

— 375. Ferhat Yılmaz. Tu vas me dénoncer à Squelette ? »

Mevlut fit un geste de la main pour dire « ça va pas non ? », Ferhat arbora à son tour une expression telle que tous deux comprirent aussitôt qu'ils deviendraient bons amis.

La première chose qui impressionna Mevlut, c'était que Ferhat, qui avait le même âge que lui, connaisse aussi bien la langue de la rue, l'emplacement des magasins en ville et les secrets des gens. Ferhat disait que la coopérative de l'école était un nid de magouilleurs, que le professeur d'histoire Ramsès était le dernier des imbéciles ou que les enseignants étaient pour la plupart des personnes détestables qui ne pensaient à rien d'autre qu'à sortir indemnes des cours et à toucher leur salaire.

Par une froide journée, avec la petite armée qu'il avait soigneusement mise sur pied, et qui se composait de garçons de bureau, d'agents de nettoyage, de cuisiniers chargés de faire bouillir le lait et du surveillant du dépôt de charbon, Squelette organisa une attaque en règle contre les vendeurs postés le long du mur d'enceinte du lycée. De là, Mevlut et les autres élèves observèrent la bataille. Tout le monde était du côté des vendeurs, mais l'État et l'école étaient les plus forts. Un vendeur de graines et de pois chiches grillés et Abdülvahap, le gardien du dépôt de charbon, se battirent à coups de poings. Squelette menaça d'appeler la police, de téléphoner au commandement du gouvernement de l'état de siège. Tout cela se grava profondément dans la mémoire de Mevlut, comme autant d'illustrations du comportement général des dirigeants de l'État et de l'institution scolaire envers le petit peuple des marchands.

La nouvelle que la professeure Nazlı avait quitté l'école eut quant à elle un effet désastreux sur Mevlut. Il ressentit un grand vide et mesura à quel point il pensait à elle. Pendant trois jours il n'alla pas à l'école, et, à ceux qui lui en demandaient la raison, il disait que son père était malade. Mevlut appréciait beaucoup l'humour de Ferhat, son sens de la repartie et son optimisme. Il sortit avec lui vendre des cartes de bonne fortune à gratter, ils firent ensemble l'école buissonnière, ils allèrent à Beşiktaş et au parc de Maçka. Mevlut apprit de lui pas mal de phrases toutes faites tournant autour de l'« intention » et de la « destinée », de plaisanteries et d'aphorismes à ressortir aux clients auxquels il livrait du yaourt, de la boza, et qui l'aimaient bien. À ceux qui lui achetaient de la boza, le soir, il commença à dire des phrases du genre : « Si tu ne montres pas quelle est ton intention, tu ne sauras pas quel est ton destin. »

Que Ferhat puisse entretenir une correspondance avec de jeunes Européennes représentait une autre réussite suscitant son admiration. Ferhat avait même leurs photographies dans sa poche. C'est par le biais de la revue pour les jeunes du journal *Milliyet*, *Hey*, que Damat apportait en classe, dans la rubrique « Jeunes recherchent correspondants », qu'il obtenait leur adresse. Pour ne pas provoquer l'ire des familles conservatrices, *Hey*, qui se flattait d'être le premier magazine jeunesse de Turquie, publiait seulement l'adresse de jeunes filles européennes, et non pas turques. Ferhat faisait écrire les lettres par quelqu'un d'autre, sans révéler de qui il s'agissait, et il cachait également aux jeunes filles qu'il était vendeur de rue. Mevlut réfléchit beaucoup à ce qu'il écrirait lui-même s'il devait envoyer des lettres à des Européennes, mais il ne trouva pas. Certains de ceux qui voyaient leurs portraits en cours en tombèrent amoureux, d'autres tentèrent de prouver qu'elles n'étaient pas réelles, et des jaloux abîmèrent leurs photos en y griffonnant des ajouts à l'encre.

À cette même période, Mevlut lut une revue dans la bibliothèque de l'école qui eut une grande influence sur sa vie de vendeur. Au lycée de garçons Atatürk, pour éviter tout débordement dans les cours non assurés du fait de l'absence d'un professeur, on emmenait les élèves à la bibliothèque. Aysel, la bibliothécaire, leur distribuait les vieilles revues dont des médecins et des avocats retraités des hauts quartiers avaient fait don à l'école.

La dernière fois que Mevlut se rendit à la bibliothèque, Aysel leur distribua d'anciens numéros aux pages jaunies de revues datant de vingt ou trente ans telles que *Le Bel Atatürk*, *Art et Archéologie*, *L'Âme et la Matière*, *Notre Turquie*, *Le Monde de la médecine*, *Le Trésor des Connaissances*. Après s'être assurée qu'il y avait bien un exemplaire pour deux, elle leur fit son fameux laïus sur la lecture que Mevlut écouta avec grand sérieux.

La première phrase bien connue de ce discours que les rail-

leurs imiteraient souvent était ON NE PARLE JAMAIS EN LISANT.
« Vous lirez pour vous-mêmes, en silence, mentalement. Sinon,
ces connaissances ne vous seront d'aucun profit. Une fois arrivés
en bas de la page, ne la tournez pas tout de suite, attendez d'être
certains que votre camarade a également terminé. Puis tournez la
page sans humecter votre doigt de salive et sans froisser le papier.
N'écrivez pas sur les pages. Ne griffonnez pas de moustache, de
lunettes, ou de barbe sur les images. Il ne faut pas uniquement
regarder les images d'une revue, il faut aussi en lire les textes.
À chaque page, commencez d'abord par le texte et ne regardez
les images qu'après. Si vous avez lu votre revue du début à la fin,
levez la main sans bruit, je le verrai et je viendrai vous l'échanger.
De toute façon, vous n'aurez pas le temps de la lire en entier. » La
bibliothécaire Aysel marqua une pause et tenta d'évaluer l'impact
de ses paroles sur le visage de Mevlut et de ses camarades. Elle
enfonça les mains dans les poches de son tablier fait maison et,
tel un pacha ottoman donnant l'ordre d'attaquer et de piller à
ses soldats impatients, elle conclut par ces mots : « Maintenant,
vous pouvez lire. »

Une rumeur s'éleva, on entendit le bruissement des pages jaunies qu'on tourne avec empressement et curiosité. À Mevlut et
à Mohini assis à son côté était échu un numéro de la première
revue de parapsychologie turque, *L'Âme et la Matière*, datant de
vingt ans (juin 1952). Alors qu'ils le feuilletaient soigneusement
sans mouiller leur doigt de salive, ils tombèrent en arrêt devant
l'image d'un chien.

Le titre de l'article était : « Les chiens peuvent-ils lire dans
les pensées des hommes ? » Mevlut le lut une première fois sans
y comprendre grand-chose, mais le cœur battant étrangement
vite. Il demanda ensuite à Mohini la permission de relire le texte
avant de tourner la page. Des années plus tard, c'est moins des
idées et des concepts énoncés dans cet article que des émotions
que sa lecture avait suscitées en lui que Mevlut se souviendrait.
Il avait senti que, dans le monde, tout était lié. Et en lisant ce
texte, il avait compris que, la nuit, les chiens errants l'observaient
bien plus qu'il ne l'imaginait depuis les cimetières et les terrains
vagues. Et si cela lui avait fait si forte impression, c'est peut-être

aussi parce que le chien figurant sur l'image était non pas un élégant caniche européen, comme souvent dans d'autres revues du même genre, mais un de ces sombres molosses au pelage couleur boue sillonnant les rues d'Istanbul.

Au moment de la distribution des carnets de notes durant la première semaine de juin, Mevlut vit qu'il était recalé en anglais et qu'il devait passer l'examen de rattrapage.

« Ne le dis pas à ton père, il va te tuer », dit Ferhat.

Mevlut était du même avis mais il savait que son père exigerait de voir de ses propres yeux son diplôme de collège. Il avait entendu dire que la professeure Nazlı, qui travaillait dans une autre école d'Istanbul, viendrait peut-être surveiller l'examen de rattrapage. Pour pouvoir finir le collège, Mevlut travailla tout l'été l'anglais au village. Dans l'école primaire de Cennetpınar, il n'y avait pas de dictionnaire anglais-turc ni personne au village qui puisse l'aider. Au mois de juillet, il commença à prendre des cours avec le fils d'un Turc d'Allemagne venu au village voisin de Gümüşdere avec une Ford Taunus et une télévision. Pour pouvoir s'asseoir une heure sous un arbre, un livre dans les mains, avec ce collégien scolarisé en Allemagne qui parlait turc et anglais avec un fort accent allemand, Mevlut devait faire la route à pied et l'aller-retour lui prenait chaque fois trois heures.

Abdurrahman Éfendi. Profitant que l'histoire de l'enfant du pays, du chanceux Mevlut qui prenait des cours d'anglais avec le fils du Turc émigré en Allemagne, fasse un crochet par notre humble village de Gümüşdere, permettez-moi, sans abuser de votre temps, de rapidement vous raconter ce qui nous est arrivé, à nous autres infortunés. En 1968, l'année où nous avons eu l'honneur de faire votre connaissance, mon Dieu comme nous étions heureux, mes trois jolies filles, leur paisible et angélique maman et moi. Après la petite dernière, notre jolie Samiha, j'ai cédé à la tentation, au rêve d'avoir un garçon et nous n'avons pas dit non à un quatrième enfant. Finalement, j'ai eu un fils à qui j'ai donné le nom de Murat à la naissance. Mais une heure après, quand le Très-Haut rappela à Lui mon petit Murat et sa mère saisie d'hémorragie, ils partirent rejoindre les anges, me laissant veuf, seul avec trois petites orphelines. Les premiers temps, mes trois filles s'allongeaient le soir à mon côté dans le lit de leur défunte mère, elles respiraient son odeur et pleuraient jusqu'au matin. Et voilà comment, même bébés, je les ai toujours traitées comme des princesses, aussi bien que si c'étaient les filles de l'empereur de Chine.

Je leur ai acheté des habits de Beyşehir, d'Istanbul. Aux radins qui me reprocheraient de dilapider mon argent, j'aimerais répondre que la meilleure garantie pour assurer l'avenir de quelqu'un au cou tordu à force de vendre du yaourt dans les rues, c'est trois filles, chacune plus précieuse qu'un trésor. Désormais mes trois petits anges parleront mieux d'elles-mêmes que je ne le fais, se raconteront bien mieux que je ne le fais. Vediha, la plus grande, a dix ans, et la plus petite, Samiha, a six ans.

Vediha. Pourquoi le professeur me regarde-t-il plus que les autres pendant qu'il fait son cours ? Pourquoi n'osé-je dire à personne que j'ai envie d'aller à Istanbul, de regarder la mer et les bateaux ? Pourquoi est-ce toujours moi qui dois commencer à débarrasser la table, à faire les lits, à servir mon père ? Pourquoi cela m'énerve-t-il tant de voir mes sœurs bavarder et rire entre elles ?

Rayiha. Je n'ai jamais vu la mer de ma vie. Certains nuages ont l'apparence d'autres choses. J'ai hâte d'arriver à l'âge de ma mère et de me marier. Je n'aime pas les topinambours. J'imagine que mon défunt petit frère Murat et ma mère nous observent. J'aime m'endormir en pleurant à chaudes larmes. Pourquoi tout le monde aime-t-il me dire « mon intelligente fille » ? Quand les deux grands frères lisent sous le platane, Samiha et moi nous les regardons de loin.

Samiha. Il y a deux hommes sous le sapin. Rayiha me tient par la main. Je ne lâche pas la sienne. Ensuite, nous sommes rentrées à la maison.

 Mevlut et son père retournèrent à Istanbul plus tôt qu'à l'accoutumée, pour arriver à temps aux examens de rattrapage qui avaient lieu fin août. En cette fin d'été, leur maison de Kültepe sentait l'humidité et la terre, comme lorsque Mevlut y avait mis les pieds pour la première fois trois ans plus tôt.

Trois jours plus tard, en entrant dans la plus grande salle du lycée de garçons Atatürk où se tenait l'examen, il vit que la professeure Nazlı n'y était pas venue comme surveillante. Mevlut en eut le cœur brisé. Il réussit malgré tout à se concentrer et à répondre correctement aux questions. Au moment de la rentrée, deux semaines après, il entra dans le bureau de Squelette pour récupérer son diplôme.

« Bravo 1019, tiens, le voilà ! » dit Squelette.

Le soir, Mevlut montra à son père le diplôme que, toute la journée, il avait sorti et ressorti de son sac pour le contempler.

« Dorénavant, tu peux devenir policier ou vigile », dit son père.

Toute sa vie, Mevlut se remémora avec nostalgie ses années de collège. Il y avait appris qu'être turc était la plus belle chose au monde et que vivre en ville était beaucoup mieux que vivre à la campagne. Parfois, se rappelant l'expression angélique qui se peignait sur le visage des élèves, même des pires garnements, quand toute la classe chantait en chœur après tant de bagarres et de menaces, il souriait.

7

Le cinéma Elyazar

Une question de vie ou de mort

Un dimanche matin du mois de novembre 1972, alors que son père et lui passaient en revue le circuit de distribution de yaourt qu'ils suivaient cette semaine-là, Mevlut comprit que désormais ils ne feraient plus de vente ensemble dans les rues. Les entreprises productrices de yaourt qui étaient en pleine expansion pouvaient à présent livrer les plateaux de yaourt par camionnette à Taksim, à Şişli, et les acheminer directement aux pieds des vendeurs. Le métier n'était plus fondé sur l'habileté, sur la force de transporter comme un portefaix sur ses épaules un fardeau de cinquante ou soixante kilos d'Eminönü jusqu'à Beyoğlu ou Şişli, mais sur la capacité à récupérer rapidement le yaourt à l'endroit où les camionnettes l'avaient déchargé, et à le distribuer sur-le-champ dans les rues ou au domicile des particuliers. Ils avaient remarqué que si père et fils se choisissaient des itinéraires distincts, leurs revenus globaux augmenteraient. Idem pour la boza. L'un ou l'autre en rapportait à la maison deux fois par semaine, ils la sucraient et la préparaient chez eux, mais le soir ils se répartissaient des rues différentes pour la vendre.

Cette nouvelle organisation procura à Mevlut un sentiment de liberté, mais il ne fut pas long à comprendre que ce n'était qu'une illusion. En effet, entretenir de bonnes relations avec les propriétaires de restaurants, les ménagères de plus en plus exigeantes, les concierges, les établissements où il entreposait les plateaux de yaourt et les bidons de boza lui prenait beaucoup plus de temps qu'il n'eût imaginé. De ce fait, il était moins assidu à l'école.

En réalité, cela lui plaisait de marchander le prix du kilo de yaourt avec celui qu'il appelait Oncle Torullu Tahir, ou encore tout simplement Tonton, pendant qu'il tenait les registres auprès de son père et mettait les poids sur la balance. Et quand, en cours de chimie, il regardait le tableau sans comprendre grand-chose, il avait l'impression d'être quelqu'un de beaucoup plus important qu'il n'était. Les ingénieux et puissants frères Béton, originaires du village voisin d'Imrenler, avaient commencé à mettre la main sur tous les restaurants et snack-bars du secteur Beyoğlu-Taksim, comme un monopole. Pour ne pas perdre leurs anciens clients dans les rues que lui avait allouées son père à Feriköy et Harbiye, Mevlut faisait des rabais et nouait de nouvelles amitiés. Un garçon d'Erzincan, que Mevlut connaissait de Duttepe et du collège, avait commencé à travailler dans un restaurant de Pangaltı où l'on servait des boulettes de viande et beaucoup d'*ayran*. Ferhat connaissait pour sa part les propriétaires de l'épicerie adjacente, des Kurdes alévis de Maraş. Mevlut avait désormais le sentiment d'avoir grandi en ville.

À l'école, il avait pris du galon et avait maintenant accès aux toilettes en sous-sol fréquentées par les élèves qui fumaient ; et le chemin le plus court que Mevlut avait trouvé pour se faire adopter, ce fut de leur apporter des paquets de Bafra. Sachant qu'il gagnait de l'argent et qu'il débutait dans la cigarette, les autres attendaient qu'il fournisse des paquets et les mette à disposition des taxeurs. La première année de lycée, Mevlut en vint à se dire que lorsqu'il était au collège il s'était fait une image exagérée de cette foule de fanfarons des toilettes, qui n'avaient rien d'autre à faire qu'aller à l'école mais qui redoublaient, qui ne travaillaient pas à l'extérieur et passaient leur temps à dire du mal d'autrui. Le monde des rues était beaucoup plus vaste et authentique que celui de l'école.

L'argent des ventes qui entrait dans ses poches, Mevlut le restituait toujours « tel quel » à son père. Cependant, il en dépensait un peu pour acheter des cigarettes, des tickets de cinéma, des billets de loto sportif ou de loterie nationale. Il n'éprouvait aucune honte à cacher ces menus frais à son père, mais aller au cinéma Elyazar générait en lui de la culpabilité.

Le cinéma Elyazar était situé dans une des artères principales entre Galatasaray et Tünel. Ce bâtiment avait été construit pour une compagnie de théâtre arménienne (son premier nom était l'Odéon) en 1909, suite au vent de liberté qui avait soufflé après la destitution d'Abdülhamid II par les Jeunes-Turcs. Après la fondation de la République, l'endroit fut converti en une salle de cinéma (le Majestik) essentiellement fréquentée par des Grecs d'Istanbul et des familles turques de la classe moyenne supérieure. Cette salle prit ensuite le nom d'Elyazar et, depuis ces deux dernières années, elle projetait des films pornographiques, comme tous les cinémas de Beyoğlu. Dans l'obscurité (l'air était chargé d'une étrange odeur d'haleine et d'eucalyptus), Mevlut s'installait sur un siège en bout de rangée, à l'écart de tout le monde pour ne pas être vu des chômeurs, des hommes âgés et tristes et des solitaires désespérés qui venaient des quartiers du bas jusqu'ici, et presque en cachette de lui-même. Tout en essayant de comprendre de quoi parlait le film, ce qui n'avait au fond pas grande importance, il se recroquevillait et se faisait tout petit dans son fauteuil.

Vu que les scènes de sexe dans les films de production locale attiraient des ennuis aux acteurs auréolés d'une petite notoriété qui vivaient dans les environs, les premiers pornos nationaux où les hommes turcs apparaissaient en caleçon n'étaient pas projetés à l'Elyazar. Il s'agissait pour la plupart de films d'importation. Dans les films italiens, Mevlut n'aimait pas que les femmes licencieuses, doublées en turc, soient montrées comme des idiotes naïves. Dans les films allemands, cela le dérangeait que les personnages fassent sans cesse des plaisanteries, comme si ces scènes qu'il attendait avec le plus grand sérieux étaient drôles et dérisoires. Dans les films français, la facilité des femmes à se mettre tout de suite au lit sans même un prétexte le surprenait, l'énervait même. Comme ces femmes et les hommes qui les poursuivaient de leurs assiduités étaient toujours doublés en turc par les mêmes voix, Mevlut avait parfois l'impression de voir tout le temps le même film. Ces scènes pour lesquelles les spectateurs venaient au cinéma tardaient toujours à arriver. C'est ainsi qu'il comprit à quinze ans que la sexualité était un miracle qui n'avait lieu qu'au prix d'une très, très longue attente.

Avant le début de la scène de sexe, la foule des hommes qui attendaient à l'entrée en fumant leur cigarette s'engouffraient bruyamment dans la salle. À l'approche de cette scène cruciale, les placeurs lançaient « Ça commence ! » pour avertir les spectateurs qui s'impatientaient à l'extérieur. Mevlut était étonné que ces hommes ne soient pas pétrifiés de honte de devoir croiser leurs regards. En passant dans la foule après avoir pris son billet, il gardait les yeux rivés sur ses chaussures (mes lacets sont-ils bien faits ?), et ne relevait plus du tout la tête.

Quand les images impudiques apparaissaient à l'écran, toute la salle s'enveloppait dans le silence. Mevlut sentait son cœur s'accélérer, la tête lui tourner légèrement, la sueur perler rapidement, il essayait de conserver son calme. Comme les scènes indécentes qui étaient projetées étaient tirées d'autres films puis recollées là selon un montage hasardeux, il savait que les trucs stupéfiants qu'il était en train de voir n'avaient aucun rapport avec le film dont il tentait jusque-là de comprendre le sujet. Mais il faisait quand même le lien entre les scènes de sexe et l'intrigue du film. Cela était encore plus excitant de penser que les femmes à la bouche mi-ouverte, aux seins et aux fesses dénudés qui se livraient à des obscénités étaient les mêmes que celles qu'il voyait dans le film avec une histoire, et, honteux du renflement qui gonflait son pantalon, il se renfonçait encore plus sur son siège. Pendant ses années de lycée, Mevlut était très souvent allé au cinéma Elyazar, mais pas une seule fois il n'avait mis la main dans sa poche et joué avec son sexe comme les autres. On racontait que ceux qui déboutonnaient leur pantalon pour se masturber pendant le film s'exposaient à ce que, à la faveur de l'obscurité, les vieux pédérastes qui venaient dans ces cinémas exprès pour cela se jettent sur leur engin. Mevlut avait lui-même reçu des avances de vieux messieurs qui avaient cherché à l'approcher avec des phrases comme « Quel âge as-tu mon garçon ? », « Tu es encore un enfant », mais il avait fait la sourde oreille. Comme avec un seul billet on pouvait rester toute la journée au cinéma

Elyazar et regarder plusieurs fois les deux films qui tournaient en boucle, Mevlut avait du mal à en ressortir.

Ferhat. Au printemps, quand la foule a commencé à réinvestir les maisons de thé, les jardins d'enfants, les ponts et les trottoirs et que rouvraient les Luna Parks et les cafés-concerts en plein air, Mevlut s'est lancé dans la vente de billets de bonne fortune le week-end avec moi. Nous avons fait ce travail très sérieusement pendant deux ans et nous avons gagné beaucoup d'argent. Nous allions ensemble acheter les boîtes en carton à Mahmutpaşa et nous n'avions pas encore redescendu la côte que déjà nous commencions à en vendre aux enfants sortis faire des courses avec leurs parents. Lorsque nous arrivions à Karaköy après avoir traversé le bazar égyptien, la place d'Eminönü et le pont, nous constations avec joie que près de la moitié des ronds dans nos boîtes avaient été vendus et grattés.

Mevlut repérait à son regard le client intéressé, de loin, alors même qu'il était installé à une table dans une maison de thé. Sans faire de distinction entre petits et grands, il approchait avec bienveillance et trouvait chaque fois une nouvelle phrase d'accroche qui surprenait son interlocuteur. « Tu sais pourquoi tu dois tenter ta chance ? Parce que tes chaussettes sont de la même couleur que le peigne que nous offrons en cadeau », disait-il au gamin ébahi qui ne savait pas de quelle couleur étaient les chaussettes qu'il avait aux pieds. « Regarde, le 27 dans la boîte de Ferhat est comme un gros œil rond, mon 27 à moi n'a pas encore été gratté », lançait-il au petit malin à lunettes qui connaissait ce jeu et hésitait. Certains jours de printemps, nous travaillions tellement sur les embarcadères, les vapeurs et dans les parcs que nous devions repartir à Kültepe, car nous avions écoulé toutes nos boîtes. Au moment de l'inauguration du pont du Bosphore en 1973, nous y étions restés trois beaux après-midi ensoleillés et avions fait de très bonnes ventes, mais après cela on ne nous a plus jamais autorisés à passer sur le pont, désormais « interdit aux vendeurs » – de même qu'il serait interdit plus tard aux piétons à cause de plusieurs suicides. D'ailleurs, il nous arrivait fréquemment de nous faire refouler : des cours des mosquées où les barbus nous criaient « Ce n'est pas un jeu de hasard, mais un jeu d'argent ! » aux portes des cinémas à cause de notre jeune âge alors qu'on pouvait y entrer sans encombre pour regarder des films licencieux, des tavernes, des casinos dont l'accès était interdit aux vendeurs.

Quand on distribua les carnets de notes la première semaine de juin, Mevlut vit qu'il avait complètement raté sa première année de lycée. La partie « Appréciations » de son carnet en papier cartonné jaune comportait une note manuscrite : « Redoublement sans appel. » Mevlut relut cette phrase dix fois. Il n'avait pas été assez assidu en cours, il avait été absent à pas mal d'examens, il avait même négligé de se faire plaindre et de pousser les professeurs à s'apitoyer sur son sort de pauvre, de misérable vendeur de yaourt, afin qu'ils lui donnent au moins la moyenne. Comme ses notes étaient insuffisantes dans trois matières, ce n'était même pas la peine qu'il révise pendant l'été pour le rattrapage. Quand il sut que Ferhat était passé dans la classe supérieure du premier coup, Mevlut se sentit dépité, mais à l'idée de tout ce qu'il pourrait faire en restant à Istanbul cet été, il ne s'affligea pas trop. Le soir, en apprenant la nouvelle, son père lui dit :

« Tu fumes aussi, non ?

— Non papa, je ne fume pas, répondit Mevlut, son paquet de Bafra dans la poche.

— Non seulement tu fumes comme un pompier, mais tu passes ton temps à te branler comme un soldat et en plus tu mens à ton père.

— Je ne mens pas.

— Va au diable », dit son père, et il lui colla une gifle. Puis il partit en claquant la porte.

Mevlut se jeta sur son lit.

Il était tellement terrassé par le chagrin qu'il fut longtemps incapable de se relever. Mais il ne pleura pas. Le plus dur pour lui, ce n'était pas de redoubler ni de prendre une gifle… Ce qui lui avait brisé le cœur surtout, c'était que son père puisse évoquer avec une telle aisance son grand secret qu'était la masturbation, qu'il ne le croie pas et le traite de menteur. Mevlut pensait que personne ne savait qu'il pratiquait ce genre de chose. Cette désillusion généra en lui une telle colère qu'il comprit aussitôt qu'il était fort probable qu'il ne remette pas les pieds au village cet été. De même qu'il avait compris qu'il n'y aurait que lui qui puisse donner une forme à sa propre vie. Un jour, il ferait de grandes choses. Son père et tous les autres comprendraient alors que Mevlut était quelqu'un de bien plus spécial qu'ils ne l'imaginaient.

Lorsque son père retourna au village au début du mois de juillet, Mevlut argumenta une nouvelle fois en disant qu'il ne voulait pas prendre le risque de perdre leurs clients réguliers de Pangaltı et Feriköy. Il continuait à donner ce qu'il gagnait à son père. Mustafa Éfendi disait qu'il mettait cet argent de côté pour la maison qu'ils construiraient au village. Autrefois, Mevlut donnait succinctement le détail de ses recettes. Désormais, il ne rendait plus de tels comptes à son père, il se contentait de lui remettre de l'argent à intervalles réguliers, comme il l'aurait fait au guichet des impôts. Son père avait cessé de son côté de répéter que cet argent était destiné à leur maison au village. Mevlut voyait que son père s'était fait à l'idée qu'il ne rentrerait pas au village et passerait le restant de ses jours à Istanbul comme Süleyman et Korkut. Dans les moments où il se sentait seul au monde, Mevlut s'offusquait contre son père, incapable de s'enrichir en ville et de s'enlever de la tête son projet de retourner au village. Son père percevait-il les sentiments qui habitaient son fils ?

L'été 1973 fut l'un des plus heureux que Mevlut ait connus de sa jeune vie. Ferhat et lui gagnèrent pas mal d'argent avec le jeu de bonne fortune qu'ils vendaient l'après-midi et le soir dans les rues de la ville. Avec une partie de son argent, Mevlut acheta des pièces d'or de vingt marks chez un bijoutier de Harbiye où l'avait conduit Ferhat, et il les cacha dans son matelas. Ce fut le premier pas dans son habitude de cacher de l'argent à son père.

La plupart du temps, il ne bougeait pas de Kültepe le matin, il ne sortait pas de la maison qu'il n'avait à partager avec personne d'autre, et il se masturbait, en se jurant à maintes reprises que c'était la dernière fois. Ces jeux solitaires généraient de la culpabilité, mais comme il n'avait pas de petite amie ou d'épouse avec qui faire l'amour, cela ne se transformait pas en un sentiment douloureux ou de frustration, comme ce serait le cas des années plus tard. Personne n'oserait brocarder un lycéen de seize ans parce qu'il n'avait pas de petite amie. Et même si on le mariait maintenant, Mevlut ne savait pas vraiment ce qu'il faudrait faire avec une fille.

Süleyman. Par une journée très chaude de juillet, je me suis dit : « Passons voir Mevlut. » J'ai frappé et frappé à la porte, personne n'a ouvert. Il ne pouvait pas être sorti vendre du yaourt à dix heures du matin ! J'ai fait le tour de la maison en toquant aux fenêtres. J'ai lancé un caillou ramassé par terre contre la vitre. La cour était poussiéreuse et mal entretenue, la maison ressemblait à une ruine.

Dès que la porte s'est ouverte, j'ai accouru. « Que se passe-t-il ? Où étais-tu passé ?

— Je m'étais endormi ! » a répondu Mevlut. Mais il avait l'air trop fatigué pour avoir dormi.

À un moment, j'ai cru qu'il y avait quelqu'un à l'intérieur, j'ai été envahi par une étrange jalousie. Je suis entré. La pièce unique manquait d'air et sentait la sueur. Comme c'était petit, ici. La même table, le même lit, deux-trois meubles…

Je lui ai dit : « Mevlut, mon père nous demande d'aller le rejoindre dans son magasin. Il a un travail à faire et il m'a dit "Tu n'as qu'à aller chercher Mevlut".

— Quel travail ?

— Un truc facile, ne t'inquiète pas. Bon, allons-y. »

Mais Mevlut ne bougeait pas. Peut-être qu'il s'était renfermé depuis l'annonce de son redoublement sans appel. Comprenant qu'il ne viendrait pas, je me suis énervé contre lui : « Ne te masturbe pas trop, ça abîme les yeux, ça affaiblit la mémoire, compris ? »

Mevlut tourna les talons, il tapa dans la porte et rentra dans son antre. Il ne passa plus à Duttepe pendant un long moment. Sur l'insistance de ma mère, c'est moi qui ai dû retourner le chercher. Au lycée de garçons Atatürk de Duttepe, les canailles

des rangs du fond rabaissent les petits en disant « Regarde, tu
as encore des cernes violets sous les yeux, tes mains tremblent,
bravo, tu n'as pas beaucoup de boutons, tu t'es paluché ou quoi,
espèce de mécréant ! », ils leur font peur et leur balancent même
des claques. Il arrivait même à Hadji Hamit Vural de renvoyer
au village certains des ouvriers qu'il hébergeait avec ses hommes
dans les foyers de célibataires de Duttepe parce qu'ils ne tenaient
plus debout et n'avaient plus la force de travailler à force de se
masturber, est-ce que Mevlut le savait, est-ce qu'il savait que c'était
une question de vie ou de mort ? Son ami Ferhat ne lui disait-il
pas que même dans l'alévisme la masturbation était interdite ?
Pour l'école malikite, la masturbation n'est licite en aucune circonstance. Pour nous, les hanafites, la masturbation est tolérée
seulement pour éviter de commettre un péché encore plus grand,
celui de l'adultère. L'islam est une religion non pas répressive,
mais de tolérance et de logique. Notre religion t'autorise même
à manger du porc plutôt que de mourir de faim. Se masturber
pour le plaisir est une chose immonde mais cela, je n'ai pas pu
le dire à Mevlut, car il aurait fait de l'humour : « Si ce n'est pas
pour le plaisir, pourquoi le faire, Süleyman ? », et il aurait de
nouveau cédé au péché, j'en suis certain. À votre avis, quelqu'un
d'aussi prompt que Mevlut à dévier du droit chemin peut-il réussir à Istanbul ?

8

La hauteur de la mosquée de Duttepe

Il y a des gens qui vivent là-bas ?

Mevlut se sentait beaucoup mieux en vendant des billets de bonne fortune avec Ferhat que lorsqu'il était au côté de Süleyman chez les Aktaş. Il pouvait spontanément lui dire tout ce qui lui traversait l'esprit, Ferhat renchérissait et ils riaient. Mais dans la maison des Aktaş, où il se rendait les soirs d'été pour tromper sa solitude, il savait que chaque parole sortant de sa bouche constituerait pour Süleyman ou pour Korkut une occasion de le rabaisser et de lui lancer une pique, si bien qu'il préférait ne pas décrocher un mot de tout le repas. « Eh, bande de chacals, arrêtez donc d'importuner mon petit Mevlut, laissez-le tranquille », disait très souvent Tante Safiye. Mevlut gardait bien présent dans un coin de sa tête que s'il voulait tenir en ville, il lui fallait rester en bons termes avec Oncle Hasan, Süleyman et Korkut. Après quatre ans passés à Istanbul, Mevlut nourrissait le rêve de monter sa propre affaire, sans être à charge de la famille ni de qui que ce soit. Et ce projet, c'est avec Ferhat qu'il le réaliserait. « Sans toi, je n'aurais jamais pensé à venir jusque-là », lui avait dit Ferhat un après-midi, tandis qu'ils comptaient l'argent qu'ils avaient dans leurs poches. Ils avaient pris le train à Sirkeci et étaient allés à l'hippodrome Veliefendi (en évitant les contrôleurs dans les voitures et en faisant quelques ventes) et, grâce aux turfistes qui avaient jeté leur dévolu sur leurs cartes à gratter, ils avaient liquidé toutes leurs boîtes en deux heures. C'est ainsi que leur était venue l'idée de se rendre aux abords des stades de foot, aux cérémonies d'ouverture de la saison, aux tournois d'été, au Palais des Sports et des Expositions pour les matchs de basket. Dès qu'une idée nouvelle leur faisait gagner de l'argent, ils rêvaient à l'affaire qu'ils monteraient ensemble plus tard. Et le rêve qui leur tenait le plus à cœur, c'était d'être un jour patrons d'un restaurant, ou tout au moins d'un snack-bar à Beyoğlu. Quand Mevlut lançait de nouvelles idées susceptibles de générer des gains, Ferhat lui assenait : « Tu as l'esprit gravement capitaliste ! » Mevlut ne pensait pas que ce soit un compliment mais il en tirait fierté.

À l'été 1973, un deuxième cinéma en plein air ouvrit à Duttepe. Le film était projeté sur la façade latérale d'un ancien *gecekondu* de deux étages. Certains soirs, Mevlut y allait avec ses boîtes de bonne fortune et, là-bas, il apercevait Süleyman ou bien Ferhat. Ils cherchaient tous un moyen de se faufiler sans payer. Les premiers temps, Mevlut acheta des billets et entra avec sa boîte de jeu de bonne fortune. Il put ainsi faire de bonnes ventes tout en regardant des films avec Türkân Şoray. Par la suite, son enthousiasme se refroidit. Tout le monde le connaissait dans le quartier. Et lorsqu'il parlait de chance et de bonne fortune, personne ne parvenait à donner crédit à ce qu'il disait.

En novembre, une fois que la mosquée de Duttepe eut ouvert ses portes et que son sol fut couvert de tapis tissés à la machine, vu qu'il se faisait invectiver par les vieillards à cause de son « tripot ambulant », Mevlut ne se promenait plus dans les parages avec sa boîte. Les hommes âgés, les retraités très pratiquants de Duttepe et de Kültepe sortaient de chez eux et de leur petite salle de prière, une pièce tenant davantage du bidonville que du lieu de culte, pour se rendre cinq fois par jour dans la nouvelle mosquée. Les prêches du vendredi attiraient une foule de nombreux et fervents fidèles.

Au début de l'année 1974, le matin de la fête du Sacrifice, eut lieu une cérémonie d'inauguration officielle de la mosquée de Duttepe. Mevlut, qui avait pris soin de laver ses vêtements la veille et de repasser sa chemise d'écolier, se leva de bonne heure avec son père. Une demi-heure avant la cérémonie, les milliers d'hommes venus des collines environnantes avaient déjà pris d'assaut la mosquée et le péristyle, et ils eurent du mal à entrer. Mais son père, qui tenait absolument à prendre place devant pour assister à cette journée historique, joua si bien des coudes en disant « Excuse-moi, compatriote, j'ai un message à transmettre » qu'ils réussirent à atteindre les premiers rangs.

Mustafa Éfendi. Pendant que nous faisions notre prière, Hadji Hamit Vural, le fondateur de la mosquée, se trouvait deux rangs devant nous. Ce matin-là, j'ai rendu grâce à cet homme qui était de toutes les magouilles, lui et sa clique, des gars qu'il avait ramenés du village, et je lui ai dit « Que Dieu te garde ». La rumeur de la foule qui emplissait la mosquée, l'émoi des fidèles parlant tout bas... cela m'a rendu heureux quelques instants. La prière pratiquée dans une commune ferveur, la présence de cette paisible et digne armée de fidèles surgie de l'ombre m'ont fait autant de bien que si j'avais lu le Saint Coran depuis des semaines. Avec humilité et sur plusieurs tons, j'ai dit : « Allah-ü Ekbeer » et « Allaaah-ü Ekber ». Une phrase du sermon de Hodja Éfendi m'est allée droit au cœur : « Mon Dieu, protège ce peuple, protège cette communauté et tous ceux qui travaillent du matin au soir sans ménager leur peine, qu'il vente, qu'il pleuve ou qu'il neige. » Il a dit : « Mon Dieu, protège tous ceux qui ont quitté leurs lointains villages d'Anatolie pour venir ici gagner leur pain comme vendeurs. » Il a dit : « Donne-leur la réussite, pardonne leurs péchés. » Les larmes me montaient aux yeux. Alors que le prêche continuait en ces termes : « Mon Dieu, accorde la force à notre État, la puissance à notre armée, la patience à notre police », j'ai moi aussi cédé à l'enthousiasme et clamé « Amen ! » en chœur avec les autres. Une fois la prédication terminée, les membres de l'assistance ont commencé à se souhaiter bonne fête au milieu des rires, des plaisanteries et des embrassades, et j'ai jeté dix lires dans la boîte de l'Association pour la construction de la mosquée. J'ai pris Mevlut par le bras et je l'ai entraîné vers Hadji Hamit Vural pour qu'il lui baise la main. Oncle Hasan, Korkut et Süleyman avaient déjà pris place dans la file. Mevlut a d'abord embrassé ses cousins, puis il a baisé la main de son oncle Hasan qui lui a donné cinquante lires pour ses étrennes.

Il y avait une telle presse autour de Hadji Hamit Vural, il était à ce point assailli par la foule de ses hommes et de tous ceux qui venaient lui baiser la main que nous avons dû attendre notre tour une demi-heure. Du coup, nous avons aussi fait attendre ma belle-sœur Safiye, qui avait préparé du *börek* dans la maison de Duttepe. C'était un beau repas de fête. À un moment, je n'ai pas pu m'empêcher de dire : « Il n'y a pas que moi, Mevlut aussi a des droits sur cette maison », mais Hasan a fait semblant de ne pas entendre. Les enfants avaient fini leur *börek* et comme ils pensaient que leur père et leur oncle allaient une nouvelle fois se prendre le bec pour des histoires d'argent et de propriété, ils ont filé dans le jardin. Mais on ne s'est pas disputés à cette fête.

Hadji Hamit Vural. La mosquée a finalement fait le bonheur de tout le monde. En ce jour béni, tout ce qu'il y a de pauvres diables à Duttepe, à Kültepe (ça aurait été encore mieux si les alévis étaient venus), a fait la file pour me baiser la main. J'ai donné à chacun un billet de cent lires, que je sortais avec un doux crissement de papier des liasses que nous avions retirées à la banque pour la fête. Avec des larmes dans les yeux, j'ai rendu grâce au Très-Haut de m'avoir permis de voir ce jour. Dans les années 1930, mon défunt père passait avec son âne de village en village à travers les montagnes de Rize. Il était quincaillier ambulant, il vendait les articles de mercerie et de quincaillerie qu'il avait achetés en ville. Juste au moment où je prenais la relève de mon père, la Seconde Guerre mondiale a éclaté et j'ai été appelé sous les drapeaux. On m'a envoyé à Çanakkale. La Turquie n'est pas entrée en guerre mais nous sommes restés quatre ans à Çanakkale pour surveiller le Bosphore et nos positions. Mon commandant, un officier chargé de l'approvisionnement et qui était originaire de Samsun, m'a dit : « Hamit, tu es très intelligent, ne retourne pas au village, ce serait du gâchis. Viens à Istanbul, je te trouverai du travail. » Que son âme repose en paix et dans la lumière éternelle. Après la guerre, grâce à lui, j'ai débuté comme commis dans une épicerie de Feriköy. À l'époque, le métier de commis d'épicerie n'existait pas, pas plus que le service de livraison à domicile. J'allais chercher le pain à la boulangerie et je le distribuais dans des hottes portées par un âne. Ce travail, j'ai vu que moi aussi je pourrais le faire et j'ai ouvert une épicerie à proximité de l'école primaire Piyale Paşa de Kasımpaşa. Là-dessus, je me suis lancé dans la viabilisation de terrains bon marché prêts à construire. J'ai aussi ouvert un petit fournil à Kağıthane. À cette époque, la main-d'œuvre ne manquait pas en ville, mais ces hommes étaient tous un peu rustauds. Et les gens ne se fient pas à des culs-terreux.

J'ai fait venir des hommes du village, à commencer par ceux de ma famille. Il y avait alors des baraquements à Duttepe ; nous y faisions dormir les jeunes qui arrivaient en ville (tous me baisaient la main, ils étaient respectueux), nous bornions de nouveaux terrains, Dieu merci, les affaires marchaient bien. Comment faire pour que tous ces hommes célibataires puissent prier, remercier Dieu, et trouver suffisamment de bien-être pour être ensuite efficaces dans leur travail ? La première fois que je suis allé en pèlerinage à La Mecque, j'ai prié Dieu et le Saint Prophète, et j'ai réfléchi à cette question. Je me suis dit « Je vais le faire », j'ai mis de côté une partie de l'argent que me rapportaient la boulangerie et les chantiers, j'ai acheté du ciment, des tiges filetées. Je suis allé voir le gouverneur, je lui ai demandé un terrain, je suis allé voir nos riches, je leur ai demandé de l'argent. Certains ont donné, que Dieu les bénisse, d'autres ont dit : « Duttepe ? Il y a des gens qui vivent là-bas ? » Du coup, je me suis dit : « Je vais ériger une mosquée au sommet de Duttepe telle que lorsque tu la verras de la rue Valikonağı à Nişantaşı, ou du haut de ton immeuble à Taksim, tu comprendras qu'il y a des gens qui vivent là-bas, à Duttepe, à Kültepe, à Gültepe et à Harmantepe. »

Après avoir creusé les fondations de la mosquée et commencé à en ériger la partie supérieure, à chaque prêche du vendredi, ma boîte à la main, je me plantais devant la porte pour collecter de l'argent. Les pauvres disaient : « Les riches n'ont qu'à donner ! », les riches disaient : « Le ciment provient de ton propre magasin », et ils ne donnaient pas. Moi aussi j'ai payé de ma poche. Si j'avais trois ouvriers qui restaient inemployés sur un chantier, ou bien un surplus de ferraille, je les envoyais à la mosquée. Les jaloux ont dit : « Hé, Hadji Hamit, ton dôme est devenu bien grand, bien présomptueux. Dès que les échafaudages en bois seront retirés, Dieu le fera s'écrouler sur ta tête, histoire que tu comprennes combien tu es gonflé d'orgueil. » Au moment d'enlever les coffrages en bois, je suis resté sous la coupole. Elle ne s'est pas effondrée. J'ai rendu grâce à Dieu. Je suis monté au sommet du dôme, j'ai pleuré. Puis j'ai eu le vertige. J'étais comme une fourmi sur un ballon de football. Au sommet du dôme, tu vois d'abord un cercle, puis le monde entier en contrebas. En le regardant en surplomb, tu ne peux pas distinguer le dessous du dôme, on dirait que la ligne de démarcation entre le monde et la mort s'efface, ça fait peur. Les hypocrites de passage ont dit : « Où est ton dôme ? Nous ne le voyons pas. » Du coup, j'ai mis le paquet sur les minarets. Trois ans ont passé, et on a dit : « Tu te prends pour un padichah pour construire trois minarets à tourelle ? » Le maître d'œuvre et moi nous élevions chaque fois davantage par l'étroit escalier du minaret. En haut, j'étais pris de vertige, ma vue s'obscurcissait. Ils ont dit : « Duttepe est un village, a-t-on vu une mosquée de village avec trois minarets, dont deux à tourelle ? »

J'ai dit : « Si Duttepe est un village, que la mosquée Hadji Hamit Vural de Duttepe soit la plus grande mosquée de village de Turquie. » Ils n'ont pas daigné répondre. Un an s'est écoulé, et cette fois ils ont dit : « Duttepe n'est pas un village, c'est Istanbul, nous vous avons même fait une mairie, et maintenant, vote donc pour nous. » Avant les élections, ils ont tous commencé à débouler, à boire mon café, à mendier des voix en disant : « Comme la mosquée est belle, félicitations », et à me mettre la pression : « Hadji Hamit, dis bien à tes hommes de voter pour nous. » De mon côté, j'ai répondu : « Oui, ce sont mes hommes, c'est exact. C'est d'ailleurs pour cela qu'ils n'ont aucune confiance en vous, et ils voteront pour le candidat de mon choix. »

9

Neriman

Ce qui fait qu'une ville est une ville

Une fin d'après-midi de mars 1974, Mevlut marchait de Pangaltı vers Şişli après avoir laissé son attirail de marchand de yaourt sous l'escalier d'un ami quand soudain, devant le cinéma Cité, il croisa une jolie femme dont le visage lui était vaguement familier. Sans même réfléchir à ce qu'il faisait, il revint sur ses pas et se mit à la suivre. Mevlut n'ignorait pas que certains de ses camarades de classe, des garçons de Duttepe de son âge, s'amusaient à suivre de loin des inconnues croisées dans la rue, comme une sorte de passe-temps de jeunesse. Les récits qu'ils en faisaient ensuite étaient soit assez abjects, soit bien trop vantards (« Elle se retournait, elle me regardait comme pour m'inviter à la suivre ») pour que Mevlut les approuve ou y accorde crédit. Cependant, il prit très au sérieux ce qu'il ressentit lui-même en suivant son inconnue. Il y prenait plaisir en effet, et il craignit fort d'être capable de recommencer.

La femme entra dans un immeuble tout au bout du quartier d'Osmanbey. Mevlut se rappelait y être venu plusieurs fois pour livrer du yaourt, c'est probablement à ce moment-là qu'il l'avait vue, mais il ne comptait pas de clients réguliers dans cet immeuble. Il ne chercha pas à savoir à quel étage, à quel numéro elle habitait. Mais il guetta les occasions de retourner à l'endroit où il l'avait croisée la première fois. Un autre jour où son chargement de yaourt n'était pas trop lourd, il l'aperçut de loin un midi. Sa perche sur le dos, il lui emboîta le pas et la vit s'engouffrer dans une agence de British Airways à Elmadağ.

C'est là qu'elle travaillait. Mevlut lui donna le nom de Neriman. La Neriman du film qu'il avait vu à la télévision était une femme vaillante qui donnait sa vie pour son honneur.

Neriman n'était pas anglaise, naturellement. Mais elle pourvoyait British Airways en clients de Turquie. Parfois, elle était au rez-de-chaussée de l'agence, assise à un bureau où elle recevait les gens qui venaient acheter des billets. Mevlut aimait bien le sérieux qu'elle mettait dans son travail. Il arrivait aussi qu'elle ne paraisse pas du tout. Mevlut était dépité dès qu'il ne la voyait pas au bureau, et il détestait attendre. Quelquefois, il avait l'impression qu'il existait un lien de complicité entre eux, quelque secret péché. Et il ne fut pas long à découvrir que ce sentiment de culpabilité jouait un rôle dans son attachement à elle.

Neriman était grande. Mevlut était capable de repérer de très loin sa chevelure châtain, même à l'état de tache de couleur parmi de nombreuses têtes. Neriman ne marchait pas très vite, mais elle marchait d'un bon pas, aussi dynamique et déterminé que celui d'une lycéenne. Neriman devait avoir une dizaine d'années de plus que lui. Lorsqu'il la suivait, même lorsqu'elle était à bonne distance devant, Mevlut arrivait à deviner les pensées qui lui traversaient l'esprit. Il se disait : « Maintenant, elle va tourner à droite » et, de fait, Neriman tournait à droite et regagnait son domicile situé dans une petite rue d'Osmanbey. Savoir où elle habitait, quel travail elle faisait, qu'elle s'achetait des briquets au snack du coin (c'est donc qu'elle fumait), qu'elle ne mettait pas tous les jours les chaussures noires qu'elle avait aux pieds, qu'elle ralentissait le pas chaque fois qu'elle passait devant le cinéma As pour regarder les affiches et les photos conférait à Mevlut un étrange pouvoir.

Trois mois après l'avoir croisée pour la première fois, Mevlut commença à souhaiter que Neriman apprenne qu'il la suivait et qu'il savait pas mal de choses à son sujet. Au cours de ces trois mois, Mevlut l'avait suivie seulement sept fois. Ce n'était pas un bien grand chiffre, mais Neriman n'apprécierait sûrement pas de découvrir le pot aux roses, elle pourrait même le prendre pour un pervers. Une réaction qui, de prime abord, ne serait pas totalement injustifiée, Mevlut en convenait. Si jamais quelqu'un s'avisait de suivre ses sœurs au village comme lui-même le faisait avec Neriman, il aurait grande envie de mettre une raclée à ce bâtard.

Mais Istanbul n'était pas un village. Et en ville, celui qu'on s'imaginait en train de suivre une inconnue pouvait être une personne comme Mevlut, une personne habitée par de grandes pensées et capable de grandes réalisations un jour. En ville, on pouvait être seul au milieu de la foule. Et ce qui fait qu'une ville est une ville, c'est justement la possibilité de se fondre dans la foule et d'y cacher son étrangeté.

Quand Neriman marchait dans la foule, Mevlut ralentissait parfois le pas et laissait sciemment la distance se creuser entre eux. Un jeu dans lequel il se complaisait pour deux raisons :

1. Savoir que, quel que soit son éloignement dans la foule, cette petite tache châtain était Neriman, savoir comment elle se mouvait lui donnait l'impression qu'il existait entre eux une proximité spirituelle très particulière.

2. Les bâtiments, les magasins, les vitrines, les gens, les publicités, les affiches de cinéma qui s'immisçaient entre eux lui apparaissaient comme autant d'éléments faisant partie d'une vie qu'il partageait avec Neriman. Et à mesure que le nombre de pas qui les séparaient augmentait, c'était comme si leurs souvenirs communs se faisaient plus nombreux.

Parfois il imaginait que quelqu'un importunait Neriman, que des voleurs à la tire tentaient de lui arracher son sac bleu marine, ou bien qu'elle laissait tomber son mouchoir... Il accourait aussitôt à son secours, il sauvait Neriman de ses agresseurs ou lui rendait délicatement le mouchoir qui lui avait échappé. Tandis qu'elle le remerciait, les gens autour d'eux s'extasiaient de voir ce jeune garçon se comporter en gentilhomme, et Neriman prenait alors conscience de l'intérêt qu'il lui portait.

Une fois, un des jeunes qui essayaient de vendre des cigarettes américaines aux passants (ils étaient pour la plupart originaires d'Adana) se montra un peu trop insistant. Neriman se tourna vers lui et lui lança quelques mots (Mevlut imagina qu'elle disait : « Laisse-moi tranquille »). Mais le jeune importun continua à la suivre. Mevlut accéléra d'emblée l'allure. Soudain, Neriman se retourna et, dans un mouvement presque simultané, elle donna au jeune homme le billet qu'elle avait dans la main et fourra dans sa poche le paquet de Marlboro rouge qu'il lui tendait.

En arrivant à hauteur de ce jeune vendeur clandestin, Mevlut s'imagina lui lancer une phrase du genre : « Que je ne t'y reprenne plus, compris ? » et jouer les protecteurs de sa belle. Mais cela ne valait pas la peine avec des gens comme ça. Et cela lui avait fortement déplu de voir Neriman acheter des cigarettes de contrebande dans la rue.

Au début de l'été – il était enfin venu à bout de la première année de lycée –, Mevlut suivait Neriman dans le quartier d'Osmanbey et il vécut une autre expérience qu'il n'oublia pas pendant des mois. Sur le trottoir, deux hommes se mirent à interpeller Neriman et à l'entreprendre. Alors qu'elle passait son chemin en faisant mine de ne pas entendre, ils lui emboîtèrent le pas. Mevlut s'approchait en courant quand soudain, Neriman s'arrêta, elle fit volte-face et, les reconnaissant, elle sourit aux deux hommes. Avec l'enjouement de quelqu'un qui retrouve d'anciens amis, elle commença à deviser joyeusement avec eux en accompagnant ses paroles de gestes des mains et des bras. Une fois qu'ils eurent pris congé de Neriman, les deux hommes passèrent devant lui en bavardant et en riant. Mevlut tendit l'oreille pour saisir leur conversation mais il n'entendit rien de désobligeant à l'égard de la jeune femme. Seulement quelque chose comme : « C'est plus dur au second semestre », mais il ne savait pas vraiment s'il avait bien compris ni même s'ils parlaient de Neriman. Qui étaient ces deux hommes ? Au moment où il les croisa, il eut envie de leur dire : « Messieurs, cette dame, je la connais mieux que vous. »

Parfois il boudait contre elle parce qu'ils étaient restés longtemps sans se croiser, et il se mettait en quête d'autres Neriman parmi les passantes. Il en trouva quelques-unes à plusieurs reprises, alors qu'il n'avait pas sa perche de yaourtier sur le dos, et il marcha derrière elles jusqu'à leur domicile. Une fois, il sauta dans un autobus à l'arrêt Ömer Hayyam et se rendit jusqu'à Laleli. Cela lui plaisait d'être entraîné dans d'autres quartiers, d'apprendre des choses sur ces nouvelles femmes et de se laisser

aller à la rêverie, mais il n'éprouvait pour elles aucun attachement. Les fantasmagories de Mevlut étaient en réalité du même
ordre que ce que racontaient ses camarades de classe et autres
fripouilles qui prenaient les femmes en filature. Pas une seule fois
Mevlut ne s'était masturbé en pensant à Neriman. Ses sentiments
pour elle reposaient sur la candeur, la fidélité et le respect qui
l'habitaient.

Il fréquenta peu l'école cette année-là. Aucun professeur ne
voulait se risquer à donner à nouveau des notes pénalisantes à un
redoublant qui se tenait correctement et se comportait suffisamment bien avec ses enseignants pour ne pas s'en faire des ennemis.
Car l'élève risquait alors le renvoi définitif de l'établissement. Se
fiant à cela, Mevlut s'organisait pour que son nom ne soit pas inscrit sur la liste des absents et il se désintéressait totalement de sa
scolarité. Quand il passa en classe supérieure à la fin de l'année,
Ferhat et lui prirent la décision de vendre ensemble des tickets
de bonne fortune pendant l'été. Ce qui le rendit encore plus
heureux, ce fut de vivre seul à la maison quand son père repartit
au village. De plus, Ferhat et lui gagnaient pas mal d'argent.

Un matin, Süleyman frappa à la porte et, cette fois-ci, Mevlut
ouvrit immédiatement. Son cousin lui dit : « La guerre a éclaté,
fils, les Turcs prennent l'île de Chypre. » Mevlut partit avec lui à
Duttepe, dans la maison de son oncle. Tout le monde était devant
la télévision. On entendait des marches militaires, on voyait des
images de chars et d'avions, Korkut donnait aussitôt leur type en
s'exclamant : « C-160, M47 ! » Puis l'image d'Ecevit qui déclarait :
« Que Dieu soit favorable à notre peuple, à tous les Chypriotes et
à l'humanité » repassait en boucle. Korkut, qui traitait jusque-là
Ecevit de communiste, lui avait pardonné. Quand Makarios ou
les généraux grecs apparaissaient à l'écran, il lançait un juron et
ils partaient tous d'un éclat de rire. Ils descendirent jusqu'au ter-
minal de bus de Duttepe et ils firent la tournée des cafés. Chaque
endroit était bondé, une foule joyeuse et fébrile se repaissait
des mêmes images d'avions de chasse, de chars et de drapeaux,
d'Atatürk et des pachas. À intervalles réguliers, les déserteurs
étaient appelés à rejoindre leurs casernes et chaque fois Korkut
disait : « C'est justement ce que je comptais faire. »

À l'état d'urgence, qui était de toute façon une situation habituelle dans le pays, s'ajoutait maintenant le couvre-feu, proclamé à Istanbul. Mevlut et son cousin Süleyman aidèrent Oncle Hasan à assombrir les lampes de son magasin, par peur du veilleur de nuit et d'une amende. Dans un papier kraft bleu, ils découpèrent des ronds de la taille d'un verre et les placèrent soigneusement comme des chapeaux autour des ampoules nues. « Est-ce que ça se voit du dehors ? », « Tire le rideau », « Les avions grecs ne verront rien, mais le veilleur, si », disaient-ils en riant. Ce soir-là, Mevlut sentit qu'il appartenait à ces Turcs venus d'Asie centrale dont parlaient ses manuels scolaires.

Mais à peine rentré chez lui à Kültepe, il se trouva dans un tout autre état d'esprit. « La Grèce, qui est bien plus petite que la Turquie, ne nous attaquera pas, et si jamais elle le fait, elle ne bombardera pas Kültepe », raisonna-t-il, et il songea à sa place dans le monde. Il n'avait pas allumé les lampes de la maison. Comme les premiers temps de son arrivée à Istanbul, la foule des gens vivant sur les autres collines n'était pas visible mais il sentait leur présence dans l'obscurité. Les collines, encore à moitié inhabitées cinq ans auparavant, s'étaient désormais couvertes de maisons, et même les collines vides dans le lointain étaient coiffées de pylônes électriques et de minarets. Comme Istanbul et toutes ces banlieues étaient pour l'heure plongées dans le noir, Mevlut voyait les étoiles dans le ciel de juillet. Il s'allongea par terre et, contemplant longuement la voûte étoilée au-dessus de sa tête, il pensa à Neriman. Avait-elle également fait le noir chez elle ? Mevlut sentait que ses jambes le porteraient plus souvent dans les rues où marchait Neriman.

10

Coller des affiches communistes
sur les murs de la mosquée et ses conséquences

Que Dieu protège les Turcs

Mevlut sentait croître les tensions entre Duttepe et Kültepe, il était témoin des querelles qui tournaient à la vendetta, mais il ne voyait pas approcher la bataille digne d'un film de guerre qui se profilait entre les deux collines. Car entre les habitants de ces deux collines qui se faisaient face, il n'y avait pas, de prime abord, de différences susceptibles de donner lieu à un conflit si profond et si sanglant.

- Sur chacune des deux collines, les premiers *gecekondu* avaient été construits au milieu des années 1950 avec un mélange de briques, de parpaings, de boue et de tôle. Ceux qui s'étaient installés dans ces maisons étaient des migrants venus des villages pauvres d'Anatolie.

- Sur chacune des deux collines, la moitié des hommes mettait un pyjama à rayures bleues pour dormir (même si les rayures pouvaient être d'une épaisseur différente), l'autre moitié ne portait jamais de pyjama et se débrouillait avec une chemise, un gilet ou un pull passé sur un vieux maillot de corps – à manches longues ou sans manches selon la saison.

- Sur chacune des deux collines, quatre-vingt-dix-sept pour cent des femmes se couvraient la tête en sortant dans la rue, comme le faisaient leurs mères au village. Toutes étaient nées à la campagne mais à présent elles découvraient que « la rue », en ville, était tout autre chose qu'au village, et dès qu'elles sortaient, même en été, elles mettaient sur elles un ample pardessus, d'un bleu marine délavé ou d'un brun fané.

- Sur chacune des deux collines, la majorité des gens voyait sa maison non pas comme un lieu où l'on resterait jusqu'à la fin de sa vie, mais comme un refuge où abriter sa tête avant de retourner au village une fois qu'on serait devenu riche, ou bien comme un endroit qu'on occupait en attendant que se présente l'opportunité de déménager dans un appartement en ville.

- Les habitants de Kültepe comme ceux de Duttepe voyaient les mêmes personnes en rêve, à intervalles réguliers et avec d'étonnantes similitudes :

  Les petits garçons : leur maîtresse d'école primaire
  Les petites filles : Atatürk
  Les hommes adultes : le prophète Mahomet
  Les femmes adultes : une star de cinéma occidentale, sans nom
      précis et de grande taille
  Les hommes âgés : un ange buvant du lait
  Les femmes âgées : un jeune facteur apportant de bonnes nou-
      velles.

  Après de tels rêves, ils se sentaient fiers d'avoir reçu un message, ils se percevaient comme des personnes spéciales et singulières, mais il leur arrivait rarement de partager leurs rêves avec d'autres.

- L'électricité (en 1966), l'eau courante (en 1970) et la première route goudronnée (en 1973) étaient arrivées exactement aux mêmes moments à Kültepe et à Duttepe, et la concomitance de l'amélioration de ces équipements avait évité toute jalousie entre les deux collines.

- À Kültepe comme à Duttepe, au milieu des années 1970, une maison sur deux possédait un téléviseur noir et blanc à l'image brouillée (pères et fils se débattaient tous les deux jours pour régler les antennes de leur fabrication). Et lorsque étaient diffusés des programmes importants comme un match de foot-ball, le concours de l'Eurovision ou un film turc, les voisins qui n'avaient pas de téléviseur s'invitaient chez eux, et, dans les foyers de chacune des deux collines, c'étaient les femmes qui servaient le thé à la nombreuse assemblée.

- Sur chacune des deux collines, les besoins en pain étaient couverts par le fournil de Hadji Hamit Vural.

- Sur chacune des deux collines, les cinq denrées alimentaires les plus consommées étaient, dans l'ordre : 1. du pain au-dessous du poids légal 2. des tomates (en été et en automne) 3. des pommes de terre 4. des oignons et 5. des oranges.

Mais selon certains, ces statistiques étaient aussi trompeuses que le poids du pain de Hadji Hamit. Car les points importants qui déterminaient la vie des sociétés émanaient des aspects par lesquels les gens se distinguaient les uns des autres, et non par lesquels ils se ressemblaient. Et, en l'espace d'une vingtaine d'années, des différences fondamentales étaient apparues entre Duttepe et Kültepe :

- L'endroit le plus ostensible de Duttepe était dominé par la mosquée construite par Hadji Hamit Vural. Durant les chaudes journées d'été, les élégantes fenêtres du haut filtraient la lumière et, à l'intérieur, l'atmosphère était fraîche et agréable. On était enclin à rendre grâce à Dieu d'avoir créé ce monde et, de la sorte, on maîtrisait ses sentiments de révolte. Quant à Kültepe, le meilleur endroit pour admirer le paysage était surplombé de l'immense pylône électrique rouillé que Mevlut avait vu dès son arrivée à Istanbul, et placardé d'une tête de mort.

- Officiellement, quatre-vingt-dix-neuf pour cent des habitants de Duttepe et de Kültepe observaient le jeûne du ramadan. Mais à Kültepe la proportion de ceux qui jeûnaient réellement pendant le ramadan n'excédait pas les soixante-dix pour cent. Car à Kültepe il y avait aussi des alévis arrivés à la fin des années 1960 des régions de Bingöl, Dersim, Sivas ou Erzincan. Et les alévis de Kültepe n'allaient pas prier à la mosquée de Duttepe.

- Kültepe comptait aussi beaucoup plus de Kurdes que Duttepe. Mais comme c'était un terme que personne, y compris les

Kurdes, n'aimait employer à tort et à travers, les habitants des deux collines laissaient cette donnée sommeiller dans un coin de leur tête, telle une opinion personnelle, telle une langue parlée uniquement dans l'intimité du foyer.

- Des jeunes qui se définissaient comme nationalistes-idéalistes avaient commencé à se réunir à une table du fond dans le café Memleket, à l'entrée de Duttepe. Leur idéal était de libérer les Turcs d'Asie centrale du joug des États communistes russe et chinois (Samarcande, Tachkent, Boukhara, Sincan). Et pour cela, ils étaient prêts à tout, même à tuer.

  Des jeunes qui se définissaient comme gauchistes-communistes avaient commencé à se réunir à une table du fond dans le café Yurt[1], à l'entrée de Kültepe. Leur idéal était de créer une société libre comme en Russie et en Chine. Et pour cela, ils étaient prêts à tout, même à mourir.

Lorsqu'il vint à bout de sa seconde après avoir redoublé une année, Mevlut cessa complètement de suivre les cours. Même les jours d'examen, il ne venait plus au lycée. Son père était conscient de la situation. Et Mevlut ne prenait même plus la peine de faire semblant de travailler en disant « demain, j'ai des examens ».

Un soir, il eut envie d'une cigarette. Il sortit subitement de chez lui et se rendit chez Ferhat. Dans le jardin derrière la maison, un autre jeune était à son côté, il versait quelque chose dans un seau et le remuait. « C'est de la soude caustique, dit Ferhat. En ajoutant un peu de farine, ça devient de la colle. On part coller des affiches. Tu peux venir si tu veux. » Il s'adressa à l'autre jeune homme : « Ali, je te présente Mevlut. Mevlut est un bon garçon, il est des nôtres. »

Mevlut serra la main à Ali, qui était très grand. Ali prit une cigarette, c'était une Bafra. Mevlut se joignit à eux. Il pensait qu'il fallait être vaillant pour se livrer à cette tâche dangereuse, et vaillant, il l'était.

---

1. *Memleket* et *yurt* désignent de la même façon le pays natal, le foyer, la patrie.

Ils avancèrent doucement dans les rues sombres sans que personne ne les voie. Dès qu'il apercevait un endroit propice pour l'affichage, Ferhat s'arrêtait, il posait son seau au sol et appliquait la colle à coups de brosse réguliers sur un support, sur un mur. Au même instant, Ali sortait l'une des affiches qu'il transportait sous le bras, il la déroulait et la plaquait d'un geste véloce contre le mur. Pendant qu'il l'étalait de la main pour bien la faire adhérer, Ferhat passait un rapide coup de brosse sur le recto de l'affiche en insistant sur les bords.

Mevlut, lui, faisait le guet. À un moment, tous retinrent leur souffle. De retour d'une soirée télévision chez des voisins des quartiers en contrebas de Duttepe, un couple et leur petit garçon hurlant qu'il ne dormirait pas passèrent devant eux en bavardant et en riant (ils faillirent presque leur rentrer dedans, mais ils ne virent pas les colleurs d'affiches).

Le collage d'affiches ressemblait à la vente ambulante de nuit. On mélangeait chez soi certains liquides et certaines poudres comme un sorcier et on sortait dans les rues sombres. Mais tandis que le vendeur fait du bruit, crie et agite sa clochette, le colleur d'affiches doit se faire aussi discret que possible et se fondre dans la nuit.

Ils firent un assez long détour pour ne pas passer par le bas, devant les cafés, le marché et la boulangerie de Hadji Hamit. Une fois arrivés dans Duttepe, Ferhat se mit à parler en chuchotant et Mevlut eut l'impression d'être un guérilléro infiltré en terrain ennemi. Ferhat se chargea de faire le guet, et c'est Mevlut qui transportait le seau et encollait les murs. La pluie commença à tomber, les rues étaient à présent totalement désertes, Mevlut sentit une étrange odeur de mort.

Des détonations retentirent quelque part au loin et résonnèrent dans les collines. Tous trois se figèrent et se regardèrent. Se concentrant pour la première fois un peu sérieusement sur le sujet, Mevlut lut ce qui était écrit sur les affiches qu'ils étaient en train de coller : LES ASSASSINS DE HÜSEYIN ALKAN RENDRONT DES COMPTES. Au-dessous, il y avait une sorte de frise faite de drapeaux rouges, de motifs de faucille et de marteau. Mevlut ignorait qui était ce Hüseyin Alkan mais il comprenait qu'il était alévi comme Ferhat et Ali, et que ces derniers tenaient à se définir comme des gauchistes. Et comme lui-même n'était pas alévi, Mevlut éprouvait une culpabilité qui se mêlait d'un sentiment de supériorité.

La pluie redoubla de violence, les rues se firent encore plus silencieuses, les chiens cessèrent d'aboyer. Ils se réfugièrent sous un auvent et Ferhat expliqua à voix basse : deux semaines plus tôt, alors qu'il rentrait du café, Hüseyin Alkan s'était fait abattre par les idéalistes de Duttepe.

Ils s'engagèrent dans la rue où habitait son oncle. Cette maison où il était venu des centaines de fois depuis son arrivée à Istanbul, où il avait passé des moments heureux en compagnie de Süleyman, de Korkut et de sa tante, Mevlut la considéra un instant avec l'œil du gauchiste furieux collant des affiches, et il trouva que la colère de son père était justifiée. Son oncle, ses cousins, la famille Aktaş au grand complet les avait ouvertement dépossédés de cette maison qu'ils avaient construite ensemble.

Personne ne rôdait dans les parages. Mevlut badigeonna généreusement de colle l'endroit le plus en vue de la façade arrière. Ali y colla deux affiches. Comme le chien dans la cour avait reconnu Mevlut à son odeur, il remuait la queue sans émettre le moindre jappement. Ils collèrent des affiches sur le mur de derrière mais aussi sur les murs latéraux.

« Ça suffit, ils vont nous voir », chuchota Ferhat. Il avait peur que Mevlut se fâche. Mais ce dernier était grisé par le sentiment de liberté que lui donnait le fait de commettre un acte interdit. Le bout des doigts, le dessus des mains lui brûlaient à cause de la soude caustique, il était trempé par la pluie, mais il s'en fichait. Tout en collant des affiches dans les rues désertes, ils parvinrent sur les hauteurs de la colline.

Sur le mur de la mosquée Hadji Hamit Vural donnant sur la place on pouvait lire : DÉFENSE D'AFFICHER, écrit en très grosses lettres. Au-dessus de cette inscription étaient collées des publicités pour des savons et des détergents, des affiches d'associations nationalistes, de « foyers idéalistes » clamant « Que Dieu protège les Turcs » et des annonces pour des cours de Coran. Mevlut se fit un plaisir de badigeonner de colle tous ces papiers et, en un rien de temps, ils recouvrirent tout le mur de leurs affiches. Il n'y avait personne dans la cour, ils en placardèrent aussi le mur à l'intérieur.

Ils entendirent un bruit. C'était celui d'une porte qui claquait dans le vent mais, croyant qu'il s'agissait d'une détonation d'arme à feu, ils détalèrent. Mevlut sentait sur lui, sur sa tête, les éclaboussures de colle qui jaillissaient du seau, il courait quand même. Ils s'éloignèrent de Duttepe mais, sur les autres collines, pour se racheter de leur honte d'avoir eu une telle frousse, ils s'employèrent à coller jusqu'à la dernière toutes les affiches qui leur restaient. Vers la fin de la nuit, à cause de l'acide contenu dans la colle, ils avaient les mains en feu, voire en sang par endroits.

Süleyman. Comme dit mon frère aîné, un alévi qui va jusqu'à coller des affiches communistes sur le mur de la mosquée est prêt à mourir. En réalité, les alévis sont des gens tranquilles et travailleurs, ils ne font de mal à personne, mais certains aventuriers de Kültepe financés par les communistes cherchent à semer la zizanie entre nous. La préoccupation première de ces marxistes-léninistes, c'est de rallier à la cause du communisme et du syndicalisme les types célibataires que le clan Vural ramène de Rize. Les travailleurs non mariés originaires de cette région viennent ici pour gagner de l'argent, pas pour se lancer comme eux dans des trucs insensés. Ils n'ont aucune intention de s'embrigader dans des camps de travail en Sibérie et en Mandchourie. C'est comme ça que ces communistes alévis se sont fait rembarrer par les lascars de Rize. De leur côté, les Vural ont signalé les communistes alévis de Kültepe à la police. Des flics en civil et des membres de l'Organisation nationale du renseignement ont commencé à venir dans les cafés, à y regarder la télévision en tirant sur leur mégot de cigarette (comme tout bon fonctionnaire, ils fumaient des Yeni Harman). Derrière tout ça, il y a en fait la question des anciens terrains que les Kurdes alévis s'étaient appropriés à Duttepe des années plus tôt, et dont les Vural s'étaient emparés pour leurs chantiers de construction.

Les anciens terrains de Duttepe, les parcelles de Kültepe sur lesquelles avaient été érigées des habitations leur appartenaient ! Ah oui ? Mais si tu n'as pas de titre de propriété, mon frère, c'est la parole du maire qui fait foi, compris ? Le maire Rıza de Rize est de notre côté. D'ailleurs, si tu avais raison, tu aurais l'esprit tranquille, et si tu avais l'esprit tranquille, tu ne viendrais sûrement pas rôder en pleine nuit dans nos rues pour y coller des affiches de propagande communiste ou pour placarder des slogans athéistes sur les murs de la mosquée.

Korkut. Il y a douze ans, quand j'ai quitté le village et rejoint mon père, Duttepe était à moitié vide, et les autres collines l'étaient presque totalement. À l'époque, c'est non seulement les nécessiteux dans notre genre, les sans-abri, qui ne disposaient même pas d'un endroit où dormir dans Istanbul, mais aussi les habitants du centre-ville qui avaient du travail et des moyens, qui ont fait main basse sur ces collines. Comme il fallait des terrains inoccupés où construire des dortoirs, des logements pour les ouvriers qui travailleraient à bas salaire dans les fabriques d'ampoules, de produits pharmaceutiques le long de la route principale et dans les nombreuses usines qui ouvraient chaque jour, personne ne s'opposa à ce que le premier venu s'approprie à sa guise des terrains inoccupés appartenant à l'État. C'est ainsi que la nouvelle qu'il te suffisait de borner un terrain pour qu'il soit à toi s'est répandue comme une traînée de poudre, et que beaucoup de gens malins, qui travaillaient en ville comme fonctionnaires ou enseignants, et même des patrons de magasin, sont venus borner des terrains sur nos collines en se disant que, un jour, cela pourrait rapporter. Comment veux-tu prouver que tu es personnellement propriétaire d'un terrain si tu ne détiens pas d'acte de propriété ni aucun document officiel ? Soit tu profites d'un moment où l'État ferme les yeux pour poser en une nuit une maison sur ton terrain, tu t'installes dedans et tu y vis, soit tu restes devant ton terrain à monter la garde avec un fusil. Ou alors, tu donnes de l'argent à des hommes armés pour qu'ils le surveillent à ta place. Mais cela non plus ça ne suffit pas, il faut aussi que tu partages ta table, que tu boives, que tu manges et que tu deviennes ami avec le gars, pour qu'il s'implique de tout cœur dans la surveillance de ton bien et que, le jour où l'on remettra des titres de propriété, il n'aille pas dire : « Monsieur le fonctionnaire, ce terrain m'appartient, j'ai des témoins. » Hadji Hamit Vural de Rize, notre grand homme à tous, est celui qui s'est le mieux acquitté de cette tâche. Il a donné du travail sur ses chantiers et dans son fournil aux hommes célibataires qu'il ramenait du village, il leur a donné du pain (le pain aussi, c'est eux qui le faisaient cuire), et il les a employés comme vigiles pour protéger ses chantiers et ses terrains. Ces types sortaient tout droit de leur campagne de Rize et les mettre de but en blanc sur ces boulots de gardes armés n'était pas une chose facile en réalité. Pour les former, nous les avons aussitôt inscrits gratuitement à l'association et à la salle de karaté et taekwondo de l'Altaï, pour qu'ils apprennent ce que cela signifie d'être turc, ce qu'est l'Asie centrale, qui est Bruce Lee, ce qu'est une ceinture bleue. Pour que ces gars qui s'exténuaient au travail sur les chantiers et au fournil ne tombent pas dans les griffes des prostituées des bouges de Beyoğlu, ou des prosoviétiques des organisations gauchistes, nous leur projetions de bons films de famille que nous faisions venir à notre association de Mecidiyeköy. C'est moi qui inscrivais comme adhérents de l'association ces garçons de bonne étoffe, qui croyaient en la cause et dont les yeux s'embuaient de larmes à la vue de la carte des Turcs prisonniers du communisme en Asie centrale. La conséquence de nos efforts, c'est que notre organisation idéaliste de Mecidiyeköy et notre milice nationaliste se sont développées et renforcées, aussi bien militairement qu'intellectuellement parlant, et qu'elles ont tout naturellement commencé à étendre leur influence aux autres collines. Les communistes n'ont compris que très tardivement qu'ils avaient perdu leur suprématie sur notre colline. Le premier à le comprendre, ça a été le père de ce satané Ferhat dont Mevlut aime tant la compagnie. Pour affirmer son droit de propriété sur les terrains qu'il avait bornés, cet homme avide et ambitieux y a tout de suite construit une maison, et il a fait déménager toute sa famille de Karaköy pour s'y installer. Ensuite, il a fait venir auprès de lui d'autres camarades kurdes alévis de Bingöl pour qu'ils puissent reprendre ses terrains de Kültepe. Hüseyin Alkan, celui qui s'est fait tuer récemment, est lui aussi de leur village, mais je ne sais pas qui lui a tiré dessus. Quand un communiste qui provoque des problèmes se fait assassiner, ses camarades commencent d'abord par organiser une marche de protestation, par scander des slogans et par coller des affiches ; et après l'enterrement, ils attaquent tous azimuts et brisent quelques vitrines. (Et comme cela leur permet de satisfaire leur besoin de casser et de détruire, ces gens-là raffolent des enterrements.) Mais après, quand ils comprennent que leur tour approche, ils reprennent leurs esprits et soit ils déguerpissent, soit ils renoncent à leur engagement communiste. Comme ça, ils te laissent le champ libre pour propager tes idées.

Ferhat. Notre martyr Hüseyin Ağbi était quelqu'un de très bien. C'est mon père qui l'avait fait venir du village et installé dans une des maisons qu'on avait construites. Quant à celui qui lui a tiré dans la nuque en pleine nuit, c'est évidemment un des hommes nourris par Vural et son clan. À la fin de son interrogatoire par la police, il a en plus lancé des accusations contre nous. J'ai beau savoir que les fachos soutenus par les Vural vont bientôt attaquer Kültepe et nous liquider un à un, je n'arrive pas à l'expliquer, ni à Mevlut (par peur qu'il n'aille naïvement le rapporter aux Vural) ni aux nôtres. Comme les jeunes gauchistes alévis sont pour moitié prosoviétiques et maoïstes pour l'autre moitié, ils en viennent souvent à se taper dessus et à vouloir régler leurs divergences de vue à coups de pied et à coups de poing, et moi, je perds ma salive à leur répéter que, à force, ils vont perdre Kültepe. Malheureusement, je ne crois pas en la cause à laquelle je suis censé croire. Plus tard, j'aimerais me lancer dans le commerce et monter ma propre affaire. Et puis j'aimerais beaucoup réussir le concours d'entrée à l'université. Mais comme la plupart des alévis, je suis de gauche et laïc, et je n'aime pas du tout les nationalistes d'extrême droite qui nous tirent dessus, ni les types de la contre-guérilla. Quand quelqu'un tombe dans nos rangs, je me rends à ses funérailles moi aussi, je scande des slogans en brandissant le poing, tout en sachant très bien que nous finirons par perdre. Comme mon père est conscient de ces dangers-là, il se demande s'il ne vaudrait pas mieux vendre la maison et partir de Kültepe, mais comme c'est lui qui nous a tous amenés ici, il n'arrive pas à s'y résoudre.

Korkut. Au grand nombre d'affiches collées sur le mur de notre maison, j'ai compris que c'était quelqu'un qui nous connaissait qui avait fait le coup, et pas une organisation. Deux jours plus tard, quand Oncle Mustafa est venu chez nous et qu'il nous a dit que Mevlut désertait la maison, qu'il disparaissait même la nuit et qu'il séchait l'école, ça m'a vraiment mis la puce à l'oreille. Oncle Mustafa a essayé de tirer les vers du nez à Süleyman pour savoir si Mevlut et lui allaient traîner ensemble. Mais moi, je pressentais que c'était ce salaud de Ferhat qui entraînait Mevlut sur une mauvaise pente. J'ai dit à Süleyman de convaincre Mevlut de venir dîner à la maison dans deux jours, qu'il y aurait du poulet.

Tante Safiye. Mes fils, surtout Süleyman, veulent être amis avec Mevlut et, en même temps, ils ne peuvent pas s'empêcher de le brimer. Le père de Mevlut n'a pas plus réussi à mettre de l'argent de côté pour améliorer leur maison au village que pour agrandir leur gourbi de une pièce de Kültepe. Parfois, je me dis que je devrais aller à Kültepe, histoire qu'une femme s'occupe un peu de leur intérieur, une vraie porcherie depuis toutes ces années que le père et le fils y vivent en célibataires, mais j'ai peur que ça me démoralise. Son père s'est entêté à laisser toute la famille au village et après avoir fini l'école primaire, mon petit Mevlut a passé toute sa vie à Istanbul, tout seul comme un orphelin. Les premières années après son arrivée en ville, il venait me voir quand sa mère lui manquait. Je le prenais dans mes bras, je le câlinais et l'embrassais, je lui disais « Comme tu es intelligent ». Korkut et Süleyman étaient jaloux, mais je n'y accordais pas d'importance. Maintenant, son visage reflète toujours la même innocence, j'aimerais l'embrasser et le serrer contre moi, je sais qu'il aimerait bien lui aussi, mais c'est devenu une grande bourrique, il a la figure pleine de boutons, et il a honte devant Korkut et Süleyman. Je ne lui demande plus comment va l'école, parce que je vois bien à sa mine que tout se mélange dans sa tête. Dès qu'il est arrivé à la maison, je l'ai entraîné dans la cuisine, je l'ai embrassé sur les joues sans que Korkut et Süleyman le voient, et je lui ai dit : « Bravo, tu as beaucoup grandi, un vrai échalas, mais n'aie pas honte de ta taille, tiens-toi droit. » Il répondait : « Ma tante, ce n'est pas à cause de ma grande taille, mais à cause de la perche de marchand de yaourt que je suis déjà voûté à mon âge. Je vais bientôt arrêter de toute façon. » Au repas, il avait une façon de dévorer son poulet qui me fit mal au cœur. Pendant que Korkut expliquait que les communistes allaient chercher des naïfs de bonne volonté qu'ils amadouaient avec de douces paroles pour les attirer dans leurs rangs, Mevlut gardait le silence. Dans la cuisine, j'ai demandé à mes fils : « Dites donc, espèces de chacals, pour quelle raison cherchez-vous à effrayer ce malheureux orphelin ?

— Maman, nous avons des soupçons sur lui, ne t'en mêle pas ! a répondu Korkut.

— Allez, à d'autres… vous avez trouvé votre bouc émissaire… Comment pourrait-on soupçonner mon petit Mevlut de quoi que ce soit ? Il n'a rien à voir avec ces méchants ennemis.

— Pour nous prouver qu'il ne collabore pas avec les maoïstes, Mevlut va sortir cette nuit avec nous inscrire des slogans sur les murs, dit Korkut en revenant à table. N'est-ce pas Mevlut ? »

De nouveau, ils étaient trois, de nouveau l'un d'entre eux portait un grand seau, rempli non pas de colle, cette fois, mais de peinture noire. Quand ils arrivaient à un endroit qui s'y prêtait, Korkut commençait à tracer des lettres au pinceau dans un coin bien en vue. Tout en lui avançant le seau de peinture, Mevlut essayait de deviner quel slogan il inscrivait sur le mur. QUE DIEU PROTÈGE LES TURCS était celui qui lui plaisait le plus et il l'avait tout de suite retenu. Il l'avait vu plusieurs fois en ville. Ce slogan sous forme de vœu plaisait à Mevlut car il était empreint d'une bonne intention, et il lui rappelait ce qu'il avait appris en cours d'histoire et son appartenance à la famille des peuples turcs. Or, certains autres slogans étaient lourds de menaces. Alors que Korkut écrivait DUTTEPE SERA LE CIME-TIÈRE DES COMMUNISTES, Mevlut sentait que c'était à Ferhat et à ses amis que cela s'adressait, et il espérait que ces déclarations n'iraient pas au-delà de la provocation bravache.

Une phrase de Süleyman qui se chargeait de faire le guet (« C'est mon grand frère qui l'a ») laissa entendre à Mevlut qu'ils étaient armés. S'il y avait suffisamment d'espace sur le mur, Korkut ajoutait parfois ATHÉES derrière le mot COMMUNISTES. Comme la plupart du temps il n'arrivait pas à bien répartir les mots sur la longueur selon leur nombre de lettres, certaines d'entre elles étaient plus petites que les autres et toutes tordues, et ce mauvais ordonnancement était ce qui tarabustait le plus Mevlut. (Il était d'avis qu'un vendeur qui écrirait le nom de sa marchandise avec des lettres tordues et irrégulières sur la vitrine de sa carriole ou sur son carton de *simit* n'aurait aucun avenir.) Il ne put s'empêcher à un moment d'avertir Korkut qu'il avait fait un K trop grand. Korkut lui flanqua le pinceau dans la main en disant : « Tiens, montre un peu comment tu t'y prends ! » À mesure qu'ils s'enfonçaient dans la nuit, Mevlut écrivit « Que Dieu protège les Turcs » sur les annonces des circonciseurs, sur les murs arborant des mises en garde telles que « Celui qui dépose des ordures est un âne », et par-dessus les affiches maoïstes qu'il avait collées quatre jours plus tôt.

Comme s'ils pénétraient dans une forêt dense et sombre, ils avancèrent au milieu d'un enchevêtrement de bicoques de bidonville, de murs, de jardins, de magasins, sous la surveil-lance de chiens soupçonneux. Chaque fois que Mevlut écrivait « Que Dieu protège les Turcs », il ressentait la profondeur de la nuit, et il sentait aussi que l'écriture était comme un signe, une signature apposée sur l'infinité de la nuit, et que cette signature transformait tout le quartier. Cette nuit-là, Mevlut prit conscience de beaucoup de choses qui lui échappaient quand il partait vagabonder avec Ferhat et Süleyman, non seulement à Duttepe, mais aussi à Kültepe et sur d'autres collines. Les fontaines publiques étaient entièrement couvertes de slogans et d'affiches ; les personnes qui traînaient devant les cafés en fumant leur cigarette étaient en réalité des gardes armés ; la nuit, les gens, les familles fuyaient les rues et semblaient se réfugier dans leur monde intérieur ; en cette nuit pure et sans fin comme dans les contes anciens, se sentir turc valait mieux qu'être pauvre.

11

La guerre Duttepe-Kültepe

Nous, nous sommes neutres

Un soir, à la fin du mois d'avril, par la vitre d'un taxi qui s'approchait du café Yurt, à l'entrée de Kültepe, on tira à l'arme automatique sur les clients occupés à jouer aux cartes et à regarder la télévision. Cinq cents mètres plus loin, dans leur maison située sur l'autre flanc de la colline, Mevlut et son père mangeaient leur soupe aux lentilles, dans une atmosphère cordiale qu'il leur était rarement donné de goûter. Ils échangèrent des regards et attendirent que cessent les claquements des tirs. « Écarte-toi », lança son père alors que Mevlut s'approchait de la fenêtre. Puis, ils entendirent s'éloigner le bruit métallique de la mitraillette et ils replongèrent leur cuiller dans leur soupe.

« Tu as vu ? » dit son père d'un air entendu, comme pour confirmer des propos qu'il aurait tenus auparavant.

Deux cafés fréquentés par les gauchistes et les alévis de Kültepe et d'Oktepe avaient essuyé des tirs de mitraillettes. On dénombrait deux morts à Kültepe, un mort et une vingtaine de blessés à Oktepe. Le lendemain, des groupes marxistes se présentant comme l'avant-garde combattante ainsi que les familles alévies ayant perdu des proches se soulevèrent. Mevlut était également dans la foule avec Ferhat. Il lançait parfois un slogan et, même sans être dans les premiers rangs, il participait aux marches de protestation qui eurent lieu dans le quartier. Il ne mettait pas la même ardeur que les autres à serrer les poings et à chanter des marches dont il ne connaissait pas très bien les paroles, mais il était en colère… Il n'y avait aucun policier en civil ni aucun homme de Hadji Hamit Vural dans les parages. C'est pourquoi les rues de Kültepe comme celles de Duttepe se remplirent en deux jours de slogans marxistes et maoïstes. En ville, ce vent de révolte fit apparaître nombre de nouvelles affiches fraîchement imprimées et de nouveaux slogans de résistance.

Le troisième jour, celui des funérailles des victimes, une cohorte de policiers portant une matraque et une moustache noires descendit d'autocars bleus. La foule des reporters et des photographes, interpellés par des gamins qui faisaient les pitres en disant « Moi, moi aussi ! » pour se faire prendre en photo, ne cessait de croître. Quand le cortège funèbre fut arrivé à Duttepe, une partie de la foule, les jeunes et les gens en colère, se mit – comme attendu – à manifester.

Mevlut ne se joignit pas à eux cette fois-là. Par les fenêtres de la maison qui donnaient sur la place de la mosquée, Oncle Hasan, Korkut, Süleyman et des jeunes hommes de la clique de Vural observaient en fumant leur cigarette la cohue en contrebas. Ce n'est pas que Mevlut avait peur d'eux, il ne craignait pas de faire l'objet de représailles ou d'un rejet de leur part, mais cela lui paraissait bizarre de défiler sous leur nez en scandant des slogans, le poing levé. La politique avait quelque chose d'artificiel lorsqu'elle était poussée à son extrême.

Quand le cortège funèbre qui avait tourné à la manifestation fut stoppé par la police en face de la mosquée, il y eut des remous. Des jeunes parmi la foule lancèrent des pierres contre un magasin arborant des affiches « idéalistes » et cassèrent la vitrine. L'agence immobilière Fatih et le bureau de la petite entreprise en bâtiment d'à côté, tous deux dirigés par la famille de Hadji Hamit, furent rapidement dévastés. Hormis un téléviseur, une machine à écrire et des tables, il n'y avait aucun objet de valeur dans ces locaux où les jeunes de l'extrême droite ultranationaliste, qui régnaient en maîtres à Duttepe, venaient passer le temps en regardant la télévision et en fumant. Mais avec ces attaques, le conflit entre idéalistes et marxistes, entre droite et gauche ou bien entre personnes originaires de Konya et de Bingöl, se manifesta dans toute sa violence aux yeux de tout le quartier.

Les premiers affrontements sanglants durèrent plus de trois jours, et Mevlut les suivit de loin avec la masse des curieux. Il vit les policiers casqués donner l'assaut en brandissant leur matraque aux cris de « Allah, Allah ! » comme les janissaires. Sans être éclaboussé par une goutte d'eau, il regarda les véhicules blindés semblables à des chars d'assaut arroser la foule de leurs canons à eau. Dans l'intervalle, il se rendait en ville pour livrer du yaourt à ses bons clients habituels de Şişli ou de Feriköy et, à la tombée de la nuit, il sortait vendre de la boza. Un soir, il constata que la police avait érigé un barrage de sécurité entre Duttepe et Kültepe mais il cacha son identité de lycéen. Voyant à sa mise que ce n'était qu'un pauvre vendeur, la police ne jugea même pas utile de lui demander quoi que ce soit.

Mevlut retourna en cours habité par un sentiment de colère et de solidarité. En l'espace de trois jours, le climat scolaire s'était politisé à l'extrême. Les élèves gauchistes levaient le doigt, ils intervenaient abruptement dans le cours et déblatéraient leurs discours. Mevlut aimait bien ce sentiment de liberté, mais luimême ne pipait mot.

Squelette avait ordonné à tous les professeurs de faire taire les élèves qui prenaient la parole non pas pour réciter les conquêtes ottomanes et les réformes kémalistes mais pour discourir contre le capitalisme et l'impérialisme américain en introduisant leur propos par : « Hier, un de nos camarades a été tué », et de bien relever leur matricule. Mais les enseignants préféraient éviter les ennuis et ne pas trop s'en mêler. Même la Grosse Melahat, la professeure de biologie pourtant connue pour avoir la main leste, se montrait conciliante avec ces élèves qui lui coupaient la parole pour s'en prendre à l'ordre exploiteur, qui l'accusaient d'être en réalité à la solde du système et d'occulter les réalités de la lutte des classes tandis qu'elle leur expliquait le cycle de transformation des têtards. Mevlut avait écouté tout attristé la professeure Melahat raconter qu'elle avait une vie très difficile, qu'elle travaillait depuis trente-deux ans et qu'elle avait hâte de prendre sa retraite, et il avait intérieurement souhaité que ces rebelles la laissent tranquille. Des élèves plus âgés et plus grands des rangs du fond considérèrent cette crise politique comme une opportunité de jouer les gros durs ; les snobs, les prétentieux, les fayots des premiers rangs se firent laminer, les élèves nationalistes de droite se tinrent cois et commencèrent pour certains à se faire plus rares en cours. L'information qu'il y avait un nouvel affrontement, une descente de police et des tortures leur parvenait parfois depuis les quartiers des élèves ; les militants se mettaient aussitôt à arpenter les étages et les couloirs du lycée de garçons Atatürk en scandant des slogans (« À bas le fascisme », « Turquie indépendante », « Enseignement libre »). Ensuite, arrachant des mains du délégué de classe la feuille d'appel, ils la brûlaient avec leurs cigarettes et partaient rejoindre le champ de bataille de Duttepe ou de Kültepe. Ou alors, s'ils avaient de l'argent en poche ou quelqu'un de leur connaissance à l'entrée, ils allaient au cinéma.

Mais cette atmosphère de liberté et de révolte ne dura pas plus d'une semaine. Deux mois plus tôt, sous les regards chagrins et courroucés de la classe, Fehmi, le détesté professeur de physique, avait humilié un élève originaire de Diyarbakır en imitant sa drôle de façon de parler le turc. Du coup, les élèves, qui exigeaient des excuses, avaient occupé la classe et certains avaient voté le boycott des cours, à l'instar de ce qui se faisait à l'université, en conséquence de quoi Squelette et le directeur avaient rameuté la police. Et, de même qu'à l'université, les agents en uniforme bleu postés aux portes du bas et du haut ainsi que les flics en civil arrivés récemment sur les lieux se mirent à procéder à des contrôles d'identité systématiques à l'entrée. Mevlut sentait planer la même atmosphère de catastrophe qu'après un incendie ou un tremblement de terre, et il ne pouvait se cacher que cela lui plaisait. Il assistait aux réunions qui se tenaient dans les classes mais, dans les moments où cela virait à l'orage, il attendait dans un coin ; dès que le boycott était décrété, il ne mettait plus les pieds à l'école et sortait vendre du yaourt.

Une semaine après l'introduction de la police dans l'établissement, un élève de terminale qui habitait dans la rue des Aktaş barra le passage à Mevlut et l'informa que Korkut l'attendait dans la soirée. Chez son oncle – tout au long du trajet, dans la nuit, Mevlut avait dû montrer ses papiers aux sentinelles de divers groupes politiques de droite ou de gauche, à la police, et se soumettre à des fouilles –, à la table où lui-même mangeait du poulet rôti deux mois plus tôt, il vit l'un des nouveaux civils infiltrés au lycée installé devant un plat de haricots blancs à la viande. Son nom était Tarık. Mevlut comprit d'emblée que Tante Safiye ne l'aimait pas, mais que Korkut lui faisait confiance et lui donnait de l'importance. Korkut enjoignit à Mevlut de garder ses distances avec Ferhat et « les autres communistes ». Les Russes, comme toujours désireux de descendre vers les mers chaudes, cherchaient à provoquer un conflit entre sunnites et alévis, Turcs et Kurdes, riches et pauvres, afin d'affaiblir la Turquie qui faisait obstacle à leurs visées impérialistes. C'est dans ce but qu'ils poussaient à la sédition nos concitoyens kurdes et alévis qui n'avaient même pas un toit au-dessus de la tête. Et c'est la raison pour laquelle il était d'une importance stratégique de déloger de Kültepe et de toutes ces collines les Kurdes et les alévis originaires de Bingöl et de Tunceli.

« Passe le salut à Oncle Mustafa, dit Korkut avec des airs d'Atatürk examinant la carte avant le dernier assaut. Jeudi, ne sortez surtout pas de chez vous. Malheureusement, les innocents aussi paieront pour les coupables. » Devant les regards interrogateurs de Mevlut, Süleyman précisa, avec la fierté de connaître la face cachée des événements avant même qu'ils ne se produisent : « Il va y avoir une opération. »

Cette nuit-là, au milieu des détonations, Mevlut eut du mal à trouver le sommeil.

Le lendemain, il constata que la rumeur s'était répandue, que même les élèves des collèges, même Mohini savaient que jeudi il se passerait des choses horribles. La veille, il y avait eu de nouvelles attaques contre des cafés de Kültepe et d'autres collines essentiellement fréquentés par des alévis, deux personnes avaient été tuées par balles. Cafés et magasins avaient pour la plupart baissé leur rideau, certains n'avaient pas ouvert du tout. Mevlut avait également entendu dire que les maisons alévies à assaillir pendant l'opération seraient marquées d'une croix durant la nuit. D'un côté, il avait envie de s'éloigner, d'aller au cinéma, de se retrouver seul pour se masturber et, de l'autre, il désirait être témoin des événements.

Le mercredi, alors que les organisations de gauche procédaient aux funérailles des leurs en scandant des slogans, la foule s'en prit au fournil des Vural. Comme la police n'intervenait pas, les employés originaires de Rize se défendirent comme ils le purent avec des bûches et des pelles à pain, puis, abandonnant là leurs pains frais et odorants, ils s'échappèrent par la porte de derrière. Mevlut eut aussi vent de rumeurs disant que les alévis avaient attaqué des mosquées, que les foyers idéalistes de Mecidiyeköy avaient été bombardés et qu'on buvait de l'alcool à l'intérieur des mosquées, mais, les jugeant exagérées, il ne leur prêta pas crédit.

« Ce soir, fichons le camp d'ici, allons vendre notre boza en ville, dit son père. Qui donc se soucierait d'un pauvre marchand de boza et de son fils ? Nous, nous sommes neutres. » Ils prirent leurs perches et leurs bidons. Ils sortirent de chez eux, mais le quartier était bouclé par les policiers, ils n'autorisaient personne à passer. À la vue des véhicules de police, des ambulances et des camions de pompiers dont les gyrophares bleus brillaient au loin, Mevlut sentit son cœur s'accélérer. Comme tout un chacun dans le quartier, il avait le sentiment d'être important et il en tirait fierté. Cinq ans auparavant, ni journalistes, ni policiers, ni pompiers ne seraient venus dans ce quartier, même si de grands troubles s'y étaient produits. De retour chez eux, ils se postèrent devant leur écran noir et blanc. Pour rien. Il n'y avait évidemment aucune information les concernant. Le poste de télévision qu'ils avaient réussi à acheter en économisant retransmettait une conférence sur la conquête d'Istanbul. Son père se répandit en jurons contre les anarchistes qui créaient du désordre et empêchaient un malheureux vendeur de gagner son pain, mettant comme chaque fois droite et gauche dans le même panier.

Au milieu de la nuit, père et fils furent réveillés par les cris et les slogans de personnes qui couraient dans les rues. Ils ne savaient pas de qui il s'agissait. Le père de Mevlut contrôla le verrou et, derrière la porte, il poussa la table bancale sur laquelle Mevlut révisait ses cours le soir. Ils aperçurent les flammes d'un incendie qui s'élevait sur l'autre flanc de Kültepe. La lueur des flammes qui se réverbérait sur la couche de nuages sombres et bas teintait le ciel d'une étrange clarté. Cette lueur, qui se propageait jusque dans les rues, tremblotait au rythme des flammes oscillant dans le vent, et avec le jeu des ombres on eût dit que le monde aussi vacillait. Ils entendirent des coups de feu. Mevlut remarqua un second incendie.

« Ne te colle pas comme ça à la fenêtre, gronda son père.

— Papa, il paraît qu'ils mettent un signe sur les maisons à nettoyer, on va voir ?

— Mais nous ne sommes pas alévis !

— Ils peuvent en avoir mis un par erreur », répondit Mevlut, en pensant qu'il s'était un peu trop affiché en présence de Ferhat et d'autres gauchistes dans le quartier. Mais cette inquiétude, il la cacha à son père.

Profitant d'un moment d'accalmie dans la rue, ils ouvrirent la porte et jetèrent un coup d'œil sur sa face extérieure : elle ne portait aucun signe. Mevlut voulut également vérifier les murs pour en avoir le cœur net. « Rentre ! » hurla son père. Dans la nuit, la blanche baraque de bidonville où ils avaient vécu des années ensemble ressemblait à une maison fantôme de teinte orangée. Père et fils tirèrent la porte sur eux et, jusqu'à ce que cessent les détonations au petit matin, ils ne purent trouver le sommeil.

Korkut. À vrai dire, moi non plus je n'ai pas cru à cette histoire de bombe posée par les alévis dans la mosquée, mais le mensonge se répand comme une traînée de poudre. Cependant, comme les paisibles, patients et pieux habitants de Duttepe avaient vu « de leurs propres yeux » les affiches communistes placardées sur les murs de la mosquée et jusque dans les quartiers les plus reculés, leur colère était terrible. Tu veux habiter à Karaköy, tu veux aussi habiter non pas à Istanbul mais à Sivas, à Bingöl, et tu voudrais en plus posséder les terrains des gens qui vivent à Duttepe ! Hier soir, on a bien vu qui était propriétaire des lieux, et qui est réellement maître chez toi. Il est très difficile d'arrêter les jeunes nationalistes dont la religion a été insultée. Beaucoup de maisons ont été détruites. Dans les quartiers du haut, ils ont eux-mêmes allumé un incendie pour monter les événements en épingle, afin que les journalistes écrivent que les nationalistes s'en prennent aux alévis et que les policiers de gauche interviennent. Ils ont divisé la police turque en deux camps, de même qu'ils l'ont fait avec le corps enseignant. Ces gens-là brûlent leur propre maison, ils vont même jusqu'à s'immoler par le feu, comme ça s'est produit dernièrement en prison, histoire d'avoir un bon prétexte pour accuser notre gouvernement.

Ferhat. La police ne s'est mêlée de rien. Et quand elle l'a fait, c'était pour prêter main-forte aux agresseurs. Ils sont arrivés par groupes, le visage dissimulé derrière un foulard, et ils ont commencé à prendre d'assaut les habitations, à frapper, à saccager, et à piller les magasins des alévis. Trois maisons, quatre magasins et l'épicerie des Dersimois ont été réduits en cendres. Dès que les nôtres ont grimpé sur les toits et se sont mis à tirer, ils ont battu en retraite et ont disparu dans la nuit. Mais on pense que dès les premières lueurs du jour ils reviendront.

 « Allez, partons en ville, dit le père de Mevlut au matin.
— Je vais rester, répondit Mevlut.
— Mon enfant, leurs querelles ne finiront pas, ils n'en auront jamais assez de s'entretuer et de faire couler le sang, la politique n'est qu'un prétexte… De notre côté, nous ferions mieux d'aller vendre notre yaourt et notre boza. Ne t'en mêle pas. Tiens-toi loin des alévis, des gauchistes, des Kurdes et de ce Ferhat. Maintenant qu'ils se font extirper d'ici, il ne faudrait pas que notre maison en fasse les frais. »

Mevlut jura sur l'honneur qu'il ne mettrait pas un pied dehors et qu'il resterait là pour surveiller la maison. Mais une fois son père parti, il fut incapable de tenir en place. Il emplit ses poches de graines de courge, il se munit d'un petit couteau de cuisine et, tel un enfant courant au cinéma, il se précipita avec curiosité vers les quartiers du haut.

Les rues étaient noires de monde. Il vit des gens qui marchaient armés d'un bâton. Il vit des jeunes filles qui revenaient de l'épicerie les bras chargés de pain en mâchant du chewing-gum comme si de rien n'était, des femmes qui étendaient leur linge dans la cour. Les pieuses populations venues de Konya, de Giresun et de Tokat ne frayaient pas avec les alévis mais elles ne se battaient pas non plus contre eux.

« Ağbi, ne passe pas par là », dit un enfant à un Mevlut songeur. « Ils peuvent tirer depuis Duttepe jusqu'ici », ajouta son camarade.

Comme s'il se protégeait d'une pluie imaginaire, Mevlut bondit de l'autre côté de la rue en évaluant le périmètre à découvert où pourraient s'abattre les balles. Les enfants suivirent ses mouvements avec autant de sérieux que d'amusement.

« Vous n'êtes pas à l'école ? demanda Mevlut.

— En congé ! » s'écrièrent les enfants tout contents.

Mevlut vit une femme qui pleurait sur le seuil d'une maison incendiée. Elle tirait à l'extérieur un panier en osier et un matelas mouillé semblables à ceux qu'ils avaient chez eux. Tandis qu'il gravissait la côte pentue, deux jeunes, l'un replet, l'autre grand et mince, lui barrèrent la route, mais quand un troisième déclara que Mevlut était de Kültepe, on le laissa passer.

Les hauteurs du flanc de la colline donnant sur Duttepe avaient été transformées en place forte. Les murs crénelés de cette fortification constituée de pans de béton, de portes métalliques, de pots de fleurs remplis de terre, de pierres, de tuiles et de parpaings, s'imbriquaient parfois dans une maison et ils ressortaient de l'autre côté en s'étirant en dents de scie. Les vieux murs des premières maisons construites à Kültepe n'étaient pas assez épais pour arrêter les balles. Mais Mevlut constata que, même depuis ces bâtisses, on tirait sur la colline d'en face.

Les balles étaient chères, on les économisait. Il y avait fréquemment de longs silences ; Mevlut mettait comme les autres ces cessez-le-feu bilatéraux à profit pour passer d'un endroit de la colline à l'autre. Vers midi, il trouva Ferhat sur les hauteurs, sur le toit d'un immeuble en béton de construction récente, à proximité du pylône supportant la ligne à haute tension qui acheminait l'électricité vers la ville.

« Ils vont bientôt arriver avec les flics, dit Ferhat. Impossible de gagner. Les fascistes et la police sont plus nombreux que nous et mieux armés. La presse aussi est de leur côté. »

Ça, c'était l'opinion personnelle de Ferhat. Quand il était avec les autres, il disait « Nous ne laisserons jamais ces enfants de putes venir jusqu'ici ! », et bien que n'ayant pas d'arme, il faisait comme s'il était prêt à tirer.

« Demain les journaux ne titreront pas sur le massacre des alévis à Kültepe, dit Ferhat. Ils écriront que la révolte organisée a été réprimée, et que, par pure méchanceté, les communistes se sont suicidés en s'immolant par le feu.

— Pourquoi se battre alors, puisque ça doit mal finir ? demanda Mevlut.

— Faut-il que nous baissions les bras et que nous capitulions sans rien faire ? »

L'esprit de Mevlut se troubla. Il laissa son regard errer au loin. Kültepe et les versants de Duttepe s'étaient couverts de logements, de rues, de murs entassés les uns sur les autres. Au cours des huit années qu'il avait passées à Istanbul, beaucoup de bâtisses de bidonvilles avaient gagné des étages, certaines initialement construites en terre avaient été démolies puis remontées en parpaings ou même en béton. Maisons et magasins avaient été peints, les jardins avaient verdoyé, les arbres avaient poussé, et les publicités pour des cigarettes, Coca-Cola et des marques de savon fleurissaient sur les flancs de chacune des deux collines. La nuit, certaines d'entre elles étaient éclairées.

« Le chef des gauchistes et celui des nationalistes n'ont qu'à descendre sur la place, vers le fournil des Vural, et s'affronter vaillamment dans un combat singulier, dit Mevlut mi-sérieux, mi-moqueur. Le camp qui l'emportera gagnera aussi la guerre. »

Il y avait quelque chose d'antique dans l'attentisme des belligérants et dans ces barricades qui se dressaient telles des citadelles sur ces deux collines se faisant face.

« Mevlut, qui aimerais-tu voir gagner si un tel combat avait lieu ?

— Je soutiens les socialistes. Je suis contre le capitalisme.

— Mais plus tard, est-ce qu'on ne va pas ouvrir un magasin et devenir capitalistes, nous aussi ? répliqua Ferhat en souriant.

— En fait, j'aime bien que les communistes prennent la défense des pauvres, dit Mevlut. Mais pourquoi ne croient-ils pas en Dieu ? »

Lorsque les hélicoptères jaunes qui survolaient Kültepe et Duttepe depuis dix heures du matin passèrent à nouveau, le silence se fit dans la foule postée de part et d'autre du front. Tous ceux qui s'étaient déployés sur les collines pouvaient voir le militaire mettre son casque dans la cabine transparente de l'hélicoptère, et ils l'observaient. Pour Ferhat et Mevlut, comme pour tous sur les deux collines, l'envoi d'un hélicoptère était un motif de fierté. De loin, avec ses drapeaux rouge et jaune arborant la faucille et le marteau, ses banderoles en tissu tendues entre les maisons, ses hordes de jeunes au visage dissimulé derrière une écharpe et lançant des slogans en direction des hélicoptères survolant la zone, l'apparence de Kültepe, vue en plan large, ressemblait en tous points aux photos d'émeutes violentes publiées dans les journaux.

Les échanges de tirs se poursuivirent toute la journée, il n'y eut aucun mort, juste quelques blessés. Peu avant la tombée de la nuit, la voix métallique des mégaphones de la police annonça que le couvre-feu était décrété sur les deux collines. Puis on avertit qu'il y aurait des perquisitions pour confisquer les armes. De valeureux héros qui possédaient une arme conservèrent leurs positions afin d'en découdre avec la police, mais comme Mevlut et Ferhat n'en avaient pas, ils retournèrent chez eux.

Le soir, Mevlut s'étonna de voir son père revenir sans encombre de sa tournée de yaourt journalière. Père et fils passèrent à table et, tout en discutant, ils mangèrent leur soupe aux lentilles.

Tard dans la nuit, l'électricité fut coupée à Kültepe, et des blindés aux phares puissants pénétrèrent dans les quartiers sombres, semblables à d'énormes crabes aux intentions funestes. Derrière eux, tels des janissaires suivant leurs chars ottomans, des policiers portant armes et matraques gravirent au pas de course les rues en pente et se déployèrent dans le quartier. Des détonations d'armes lourdes retentirent un moment, puis tout replongea dans un irritant silence. À une heure avancée, quand Mevlut regarda par la fenêtre, il aperçut dans l'obscurité épaisse des indicateurs masqués qui montraient aux policiers en civil et aux militaires les maisons à perquisitionner.

Au matin, on frappa à la porte. Deux soldats au nez en patate recherchaient des armes. Le père de Mevlut leur dit qu'ils étaient au domicile d'un marchand de yaourt, qu'il ne s'intéressait pas à la politique, et, s'inclinant respectueusement devant eux, il les fit entrer, les invita à s'asseoir et leur offrit du thé. Les deux soldats avaient le même nez épaté mais ils n'avaient aucun lien de parenté. L'un était de Kayseri, l'autre de Tokat. Ils restèrent assis une demi-heure durant, à discuter de ces déplorables événements dont les innocents comme les coupables auraient à pâtir et de la possibilité que l'équipe de Kayseri remonte en ligue 1 cette année. Mustafa Éfendi leur demanda combien de mois il leur restait jusqu'à la remise de leur attestation de services accomplis, si leur commandant était bien ou s'il leur tapait dessus pour un oui ou pour un non.

Pendant qu'ils buvaient leur thé, toutes les armes de Duttepe, les livres, les affiches et les pancartes de gauche furent rassemblés. La grande majorité des étudiants à l'université et des furieux impliqués dans les événements fut placée en garde à vue. Cette foule de gens pour la plupart en manque de sommeil commencèrent à se faire passer à tabac dès qu'ils furent à bord des autobus, avant d'être soumis à une torture plus systématique, par falaka[1], par ondes électriques ou électromagnétiques. Leurs plaies une fois refermées, on leur coupa les cheveux, on les photographia avec des affiches et des livres et on fournit ces photos aux journaux. Les procès ouverts contre eux, et requérant selon les cas la peine de mort ou la réclusion à perpétuité, s'éternisèrent pendant des années. Certains écopèrent de dix ans de prison, d'autres de cinq, quelques-uns s'évadèrent, plusieurs furent acquittés. Il y en eut que les grèves de la faim ou les mutineries de prisonniers laissèrent aveugles ou estropiés.

Le lycée de garçons Atatürk avait été fermé. Avec la mort de trente-cinq militants de gauche sur la place Taksim le 1er mai et les assassinats politiques commis aux quatre coins d'Istanbul, la

---

1. Supplice qui consiste à donner des coups de bâton sur la plante des pieds.

tension politique ne fit que s'exacerber. Ce qui retarda la réouverture de l'école, et eut pour effet d'en éloigner Mevlut encore davantage. Dans les rues couvertes de slogans politiques, il vendait du yaourt jusqu'à des heures tardives ; le soir, il remettait la plus grosse part de ses gains à son père. Quand l'école rouvrit, il n'eut aucune envie d'y retourner. Désormais, il était le plus vieux non seulement de sa classe mais aussi des rangs du fond.

En juin 1977, au moment de la distribution des carnets de notes, force fut de constater que Mevlut n'avait pas réussi à finir le lycée avec succès. Il passa l'été en proie à l'indécision et à la peur de la solitude. En effet, Ferhat et les siens quittaient Kültepe, de même que d'autres familles alévies. Avant les événements politiques de l'hiver, Ferhat et lui avaient imaginé faire quelque chose ensemble – quelque chose dans la vente – à partir de juillet. Mais requis par les préparatifs de départ, Ferhat s'était replié sur sa famille alévie et désintéressé de leur projet. À la mi-juillet, Mevlut rentra au village. Il resta un long moment avec sa mère mais ne prêta pas l'oreille à ses propos lorsqu'elle lui disait : « Je vais te marier. » Il n'avait pas fait son service militaire, il n'avait pas d'argent ; se marier, ce serait retourner au village.

À la fin de l'été, avant la rentrée des classes, il se rendit au lycée. En cette chaude matinée de septembre, le vieux bâtiment scolaire était sombre et frais. Il déclara à Squelette qu'il voulait reporter son inscription d'une année.

Squelette en était venu à éprouver un certain respect pour cet élève qu'il connaissait depuis huit ans.

« Pourquoi veux-tu reporter ? Serre les dents pendant un an et termine-la, cette école, dit-il avec une surprenante affection. Tout le monde t'aidera, tu es l'élève le plus âgé de notre lycée...

— L'an prochain, je suivrai un cours pour préparer les examens d'entrée à l'université, dit Mevlut. Cette année, je vais travailler et rassembler la somme nécessaire pour le cours. Je terminerai aussi le lycée l'année prochaine. » Ce scénario, il y avait réfléchi dans le train qui le ramenait à Istanbul. « C'est possible.

— C'est possible, mais tu auras alors vingt-deux ans, répondit Squelette, en digne bureaucrate sans cœur. Personne dans l'histoire de ce lycée n'a jamais décroché son diplôme à vingt-deux ans. » Voyant l'expression qui se peignait sur le visage de Mevlut, il dit : « À la grâce de Dieu... Je reporte ton inscription d'une année. Seulement, il faut que tu me rapportes un papier de la Direction de la santé. »

Mevlut ne demanda même pas de quel papier il s'agissait. Il était encore dans la cour de l'école quand, dans son cœur, il comprit qu'il ne reviendrait plus dans ce lycée où il avait mis les pieds pour la première fois huit ans plus tôt. Quant à sa raison, elle lui conseillait de ne surtout pas succomber à l'odeur du lait Unicef qui émanait toujours des cuisines, ni à celle des toilettes en sous-sol que, lorsqu'il était collégien, il regardait avec crainte depuis la porte du charbonnier désormais condamnée, et dans lesquelles une multitude d'élèves venaient lui taxer des cigarettes et fumer lorsqu'il était au lycée. Il descendit les marches sans se retourner, sans un regard vers la porte de la salle des professeurs ni vers celle de la bibliothèque. Lors de ses dernières apparitions, il pensait tout le temps : « De toute façon, je n'irai pas au bout, à quoi bon venir ! » En passant pour la dernière fois auprès de la statue d'Atatürk, il se dit : « Si je l'avais vraiment voulu, j'aurais eu mon diplôme. »

Il cacha à son père qu'il n'allait pas au lycée. Il se le cachait aussi à lui-même. Vu qu'il n'était pas non plus allé à la Direction de la santé récupérer le document requis pour lui permettre de croire en la possibilité de reprendre sa terminale plus tard, son opinion personnelle concernant l'école se muait en une version officielle qu'il se racontait complaisamment. Il arrivait même à être sincèrement persuadé qu'il mettait de l'argent de côté pour ses cours préparatoires à l'examen d'entrée universitaire de l'année suivante.

Parfois, après avoir livré du yaourt à ses clients habituels, dont le nombre se réduisait progressivement, il déposait sa perche, sa balance, ses plateaux de yaourt dans les locaux de quelqu'un de sa connaissance, et il courait dans les rues de la ville, là où ses jambes le menaient.

Il aimait la ville en tant que lieu grouillant de vie où plusieurs choses, toutes plus plaisantes à observer les unes que les autres, étaient en mouvement en même temps. C'est surtout à

Şişli, à Harbiye, à Taksim et à Beyoğlu qu'il se passait le plus de choses. Le matin, il sautait dans un bus, il poussait aussi loin qu'il le pouvait en direction de ces quartiers sans prendre de billet et sans se faire attraper. Puis, libre de tout fardeau, il s'engageait dans des rues où il lui aurait été impossible de circuler avec son attirail de marchand de yaourt, et il prenait grand plaisir à se perdre dans le tumulte de la ville. Il aimait à contempler les vitrines, la façon dont elles étaient agencées avec des mannequins, mettant en scène des mères vêtues de tuniques longues et d'heureux enfants en costume, les pieds et les jambes servant de présentoirs dans les vitrines de marchands de chaussettes et de collants. Sur ce, il se prenait au jeu de la fiction qu'il élaborait alors dans son esprit, il suivait une dizaine de minutes une femme châtain marchant sur le trottoir d'en face, puis, sous le coup d'une subite décision, il entrait dans un restaurant se trouvant sur son chemin et, donnant au hasard le nom d'un copain de lycée qui lui était revenu en mémoire, il demandait s'il était là. « On n'a pas besoin de plongeur ! » l'arrêtait-on parfois d'un ton acerbe avant qu'il n'ait eu le temps de dire quoi que ce soit. De nouveau dans la rue, il repensait un instant à Neriman ; mais, happé par une nouvelle rêverie, il prenait la direction totalement opposée, vers les rues reculées de Tünel par exemple. Ou alors, se disant que le vendeur de tickets était peut-être un parent éloigné de Ferhat, il patientait dans le hall étroit du cinéma Rüya en regardant les affiches et les photos pour tuer le temps.

La sérénité et la beauté que la vie avait à lui offrir ne devenaient manifestes que lorsqu'il rêvait à d'autres mondes lointains et imaginaires. Quand il prenait un ticket de cinéma et regardait un film, une légère pointe de culpabilité lui titillait l'âme, de même que lorsqu'il s'abîmait dans la rêverie. Il culpabilisait de perdre son temps, de rater des sous-titres, de laisser son attention se fixer sur des femmes attirantes ou sur des détails sans importance pour l'intrigue. Tandis qu'il regardait un film et que son sexe se dressait, pour des raisons compréhensibles ou même parfois sans aucune raison, il voûtait le dos, se rencognait dans son fauteuil, et se livrait à des calculs : s'il rentrait à la maison deux heures avant son père, il pourrait tranquillement se masturber sans craindre d'être surpris.

D'autres fois, il n'allait pas au cinéma. Il allait voir Mohini qui travaillait comme apprenti chez un coiffeur de Tarlabaşı, ou bien il passait dans un café fréquenté par des alévis et des chauffeurs gauchistes, il échangeait quelques mots au comptoir avec un serveur que Ferhat lui avait présenté, tout en regardant une tablée d'hommes en train de jouer au okey et en jetant un œil sur la télévision. Il comprenait qu'il ne faisait que passer le temps, qu'il ne faisait rien en réalité, que sa décision d'arrêter le lycée ne mettait pas sa vie sur une bonne voie, mais cette réalité lui était si douloureuse qu'il se consolait en échafaudant d'autres rêves : Ferhat et lui pourraient se lancer dans une nouvelle affaire commune. Il pensait d'abord à de la vente ambulante dans un autre style (une carriole dans laquelle seraient installés les plateaux de yaourt, et dont la clochette tinterait au gré des mouvements) ; ils pouvaient aussi ouvrir un petit bureau de tabac dans un magasin semblable au local vide qu'il venait de voir un peu plus tôt, ou même une épicerie là où se trouvait cette boutique de chemises et de repassage qui ne marchait vraiment pas. Plus tard, il gagnerait tellement d'argent que tout le monde en serait ébahi.

Or, il voyait de ses propres yeux que gagner de l'argent avec la vente ambulante de yaourt devenait de plus en plus difficile, que les familles s'étaient rapidement habituées à acheter le yaourt en épicerie dans des pots en verre servis tels quels à table.

« Ma foi, mon garçon, c'est pour te voir qu'on t'achète ton yaourt de campagne », lui avait dit une vieille dame bien intentionnée. Personne ne demandait plus à Mevlut quand il finirait le lycée.

Mustafa Éfendi. Si l'affaire s'était limitée aux pots en verre sortis dans les années 1960, ç'aurait été facile. Ces premiers pots de yaourt, qui ressemblaient à des pots en terre cuite, étaient épais et lourds, le prix de la consigne était élevé, ils s'ébréchaient par endroits, ils se fissuraient, et alors l'épicier ne rendait pas l'argent quand on les rapportait. Ces pots en verre une fois vides, les maîtresses de maison en faisaient des gamelles pour chat, des cendriers, des récipients pour conserver l'huile de friture usagée, pour s'asperger d'eau au hammam, ou des porte-savons. Après s'en être servi pour toutes sortes d'usages ménagers, elles les rapportaient un jour à l'épicerie afin de récupérer l'argent de la consigne. Et ainsi, ce qui était pour tous une poubelle ou l'écuelle baveuse du chien était rapidement rincé sous un jet d'eau dans un atelier de Kâğıthane puis atterrissait sur la belle et heureuse table d'une autre famille d'Istanbul sous la forme d'un nouveau pot de yaourt, le plus propre et hygiénique qui soit. Quelquefois, si un client posait sur le plateau de la balance un de ces pots à la place de l'assiette vide habituelle pour que j'y mette le yaourt à peser, je perdais mon sang-froid. « Ma sœur, je serais un poltron de ne pas vous le dire et si je le fais, c'est dans votre intérêt, commençais-je. Mais ces pots, il y en a qui s'en servent comme récipients à urines dans les hôpitaux de Çapa, ou comme crachoirs pour tuberculeux au sanatorium de Heybeliada... »

Ensuite, on commercialisa des pots plus fins, et meilleur marché. Il n'y avait pas de système de consigne auprès de l'épicier ; lavé, le pot devenait un verre, qu'on présentait comme un cadeau offert aux maîtresses de maison. Son coût était bien sûr inclus dans le prix du yaourt. Ah, nos courageuses et vaillantes épaules, ah, véritable yaourt de Silivri... Nous étions déjà en concurrence avec ça quand, cette fois, les entreprises de produits laitiers lui ont accolé une étiquette avec un dessin de vache, elles ont écrit le nom du yaourt en grosses lettres et en ont fait la publicité à la télévision. Ensuite, des fourgonnettes de marque Ford arborant le même logo de vache se sont faufilées dans les ruelles étroites et tortueuses pour faire le tour des épiceries et ont commencé à nous voler notre gagne-pain. Heureusement que nous vendons de la boza le soir et que nous arrivons encore à gagner notre vie. Si Mevlut vagabonde moins et travaille un peu plus, s'il donne la totalité de ce qu'il gagne à son père, nous rapporterons un peu d'argent au village pour l'hiver.

12

Prendre femme au village

Ma fille n'est pas à vendre

Korkut. Après la guerre et les flambées de violence de l'année dernière, la majorité des alévis ont quitté le quartier en l'espace de six mois. Certains sont partis vers de lointaines collines, à Oktepe, d'autres vers les faubourgs de la ville, dans le quartier Gazi. Bon vent. Pourvu que là-bas non plus ils ne donnent pas trop de fil à retordre à la police et à la gendarmerie de notre pays. Si tu penses qu'en gueulant « Le seul chemin, c'est la révolution » tu vas pouvoir arrêter une autoroute moderne à six voies qui passe à quatre-vingts kilomètres à l'heure près de ta basse-cour et de ta bicoque de bidonville sans titre de propriété, tu te fourres le doigt dans l'œil.

Dès que cette racaille gauchiste a déguerpi d'ici, le prix des titres de propriété donnés par les maires de quartier s'est mis à s'envoler. On a vu apparaître des combinards cherchant à borner de nouveaux terrains, des gangs armés. Quand le vieux Hamit Vural a annoncé qu'il fallait acheter des tapis pour la mosquée, ceux qui refusaient de mettre la main à la poche et qui lui cassaient du sucre sur le dos en disant qu'il avait chassé les alévis originaires de Bingöl, d'Elazığ, qu'il s'était emparé de leurs terrains et que ses tapis, il n'avait qu'à les payer lui-même, ceux-là ont regroupé leurs terrains et leurs titres fonciers en fonction du nouveau plan de développement urbain, si bien que Hamit Bey s'est lancé dans de nouveaux chantiers à Kültepe. À Harmantepe, il a encore ouvert un nouveau fournil et fait construire, sans lésiner sur les dépenses, un foyer d'hébergement équipé de la télévision, d'un lieu de prière et d'une salle de karaté pour les ouvriers célibataires qu'il faisait venir du village. À mon retour du service militaire, je suis devenu factotum sur le chantier de ce dortoir ouvrier, et le responsable approvisionnement du magasin de matériaux de construction. Les samedis, Hadji Hamit Bey venait manger avec les jeunes célibataires nationalistes dans le réfectoire du foyer d'hébergement, où il partageait avec eux un repas composé de viande et de riz pilaf accompagné d'une salade et d'*ayran*. J'en profite ici pour le remercier de l'aide généreuse qu'il m'a apportée pour mon mariage.

Abdurrahman Éfendi. Ma fille aînée, Vediha, a désormais seize ans, et je ne ménage pas mes efforts pour lui trouver quelqu'un de bien. Bien sûr, il vaudrait mieux que ce genre d'affaires se règle au lavoir, au hammam, au marché ou en visite entre femmes, mais comme mes orphelines n'ont ni mère ni tantes, cette tâche délicate incombe à votre serviteur. Parmi ceux qui savent que c'est dans ce but que je prends l'autocar pour Istanbul, j'en entends qui disent que je recherche un riche parti pour ma jolie Vediha afin d'empocher la dot du gendre, et de la dépenser en raki. La raison pour laquelle ils jalousent un estropié comme moi et médisent sur mon compte, c'est que malgré mon cou tordu, je suis un homme qui vit heureux avec ses filles, qui sait profiter de la vie et prendre du bon temps. Ceux qui racontent que je frappais ma défunte épouse lorsque j'étais saoul, que je partais à Istanbul pour dilapider l'argent avec des femmes à Beyoğlu sans m'inquiéter de mon cou difforme, sont des menteurs. À Istanbul, je suis passé dans les cafés où les marchands de yaourt venaient le matin, j'y ai retrouvé d'anciens amis encore en activité, yaourt le matin, et boza le soir. On ne peut pas déclarer de but en blanc : « Je cherche un mari pour ma fille ! », c'est évident. On commence par demander des nouvelles et si, après quelques échanges amicaux, on se retrouve le soir dans une taverne, un mot en entraîne un autre, une bouteille en appelle une autre, et la conversation s'anime. Il se peut que, à un moment, dans le flot de la discussion et sous l'effet de l'ivresse, j'aie tiré de ma poche la photo de ma petite Vediha prise chez le photographe Billur d'Eskişehir, et que je l'aie montrée avec vantardise.

Oncle Hasan. De temps en temps, je sortais de ma poche la photo de la fille de Gümüşdere et je la regardais. Jolie fille. Un jour, dans la cuisine, je l'ai montrée à Safiye. « Qu'en dis-tu Safiye ? Elle serait bien pour Korkut, non ? C'est la fille de notre Abdurrahman au cou tordu. Il est venu à Istanbul, et il a fait le trajet jusqu'à mon épicerie. Il s'est un peu assis avec moi. Autrefois, c'était un homme travailleur, mais il n'avait pas la force ; il a ployé sous le poids de la perche et il est retourné au village. Il est clair que maintenant non plus il n'a pas d'argent. Cet Abdurrahman Éfendi est le dernier des aigrefins. »

Tante Safiye. Chantier, foyer d'hébergement, voitures, boulot de chauffeur, karaté… Mon fils Korkut s'échine au travail, nous avons grande envie de le marier, mais Dieu qu'il est dur et fier ! Si je lui dis tu vas sur tes vingt-six ans, je vais au village voir si je te trouve une fille, il dira non, je m'en trouverai une tout seul en ville. Si je dis d'accord, trouve toi-même à Istanbul la fille que tu épouseras, cette fois il répondra moi, je veux une fille nickel et obéissante et ça, en ville, ça ne se trouve pas. Du coup, j'ai coincé la photo de la jolie fille d'Abdurrahman au cou tordu sur le poste de radio. Quand Korkut rentre à la maison, de fatigue, il garde les yeux rivés sur la télévision ; à la radio, il écoute seulement les courses hippiques.

Korkut. Personne ne sait que je joue au tiercé, sauf ma mère. Ce n'est pas pour l'argent des paris que je joue, mais par plaisir. Je m'installe tout seul dans la pièce que nous avions ajoutée en une nuit à la maison il y a quatre ans et là, j'écoute les courses de chevaux en direct à la radio. Cette fois-là, alors que je regardais le plafond, j'ai eu l'impression de voir une lueur descendre jusqu'au coin du poste, que cette fille en photo me regardait et que ce regard serait pour moi une consolation ma vie durant. Tout mon être s'est empli de bons sentiments.

Plus tard, j'ai demandé comme ça, l'air de rien : « Maman, c'est qui cette fille en photo sur la radio ?

— Elle est de chez nous, de Gümüşdere ! On dirait un ange, n'est-ce pas ? Je la demande pour toi ?

— Je ne veux pas d'une fille du village. En plus, si c'est le genre à distribuer sa photo à droite à gauche, très peu pour moi.

— Elle n'est pas du tout comme ça. Son père au cou tordu ne montre la photo de sa fille à personne. Il veille jalousement sur elle et flanque tous ses prétendants à la porte à ce qu'il paraît. C'est ton père, sachant que cette fille timide est une beauté, qui lui a presque arraché cette photo des mains. »

J'y ai cru. Peut-être que vous riez de voir avec quelle facilité je me suis fait rouler dans la farine, vous qui savez pertinemment qu'il s'agit d'un mensonge. Je vous dirai donc ceci : ceux qui tournent tout en dérision ne peuvent ni vraiment tomber amoureux ni réellement croire en Dieu. Parce qu'ils sont pétris d'orgueil. Or, au même titre que l'amour pour Dieu, l'émotion amoureuse est un sentiment si céleste que l'on est uniquement obsédé par l'objet de son amour.

Son nom était Vediha. « Je n'arrive pas à oublier cette fille, dis-je à ma mère au bout d'une semaine. Avant d'aller au village et de la voir en secret, j'aimerais parler avec son père. »

Abdurrahman Éfendi. Le prétendant qui demande la main de ma fille est un garçon nerveux et colérique. Il m'a invité dans une taverne. C'est ma fille, ma part secrète… Ces mots, je ne les lui ai pas dits, les gens comme lui ne peuvent pas comprendre. À Istanbul, ils ont commencé à goûter à l'argent, à devenir des enfants gâtés. Cela blesse mon amour-propre de voir un parvenu, un karatéka un peu friqué s'imaginer qu'il peut acheter ma fille parce qu'il adule Hadji Hamit Bey et qu'il roule en Ford. À plusieurs reprises, j'ai dit : « MA FILLE N'EST PAS À VENDRE. » Ils ont entendu à la table d'à côté, ils ont froncé les sourcils et nous ont regardés, puis ils ont souri, comme s'il s'agissait d'une plaisanterie.

Vediha. J'ai seize ans. Je ne suis plus une enfant. Je sais comme tout le monde que mon père veut me marier, mais je fais semblant de l'ignorer. Dans mes rêves, parfois, je vois un homme méchant qui me suit avec de mauvaises intentions... Voilà trois ans que j'ai terminé l'école primaire de Gümüşdere. Si j'étais allée à Istanbul, je serais au lycée cette année ; mais dans notre village il n'y a pas de collège, ni aucune fille qui soit allée jusqu'au secondaire.

Samiha. J'ai douze ans, je suis en dernière classe de primaire. Ma grande sœur Vediha vient parfois me chercher à l'école. Un jour, sur le chemin du retour, un homme s'est mis à nous suivre. Alors que nous marchions ensemble sans rien dire, j'ai fait comme ma sœur, je ne me suis pas retournée pour regarder. Au lieu de rentrer directement à la maison, nous nous sommes dirigées vers l'épicerie, mais nous n'y sommes pas entrées. Nous avons pris par l'arrière du quartier, en passant dans cette rue obscure, devant la maison aux fenêtres borgnes, sous le platane gelé, et nous sommes arrivées tard chez nous. L'homme était toujours derrière nous. Cela n'a pas du tout fait rire ma sœur. « Crétin, ai-je pesté en entrant. Les hommes sont stupides. »

Rayiha. J'ai treize ans. J'ai terminé l'école primaire l'année dernière. Vediha a beaucoup de prétendants. Cette fois, il est d'Istanbul, paraît-il. Ils disent ça mais en réalité c'est le fils d'un marchand de yaourt de Cennetpınar. Vediha adorerait aller à Istanbul, mais je n'ai pas du tout envie que l'homme lui plaise, qu'elle l'épouse et qu'elle parte. Dès que Vediha sera mariée, mon tour viendra. J'ai encore trois ans devant moi, mais quand j'aurai l'âge de Vediha, personne ne me courra après... et même s'il y en avait pour le faire, à la bonne heure, je n'en veux aucun. Les gens me disent souvent : « Comme tu es intelligente, Rayiha. » Mon père au cou tordu et moi, nous avons regardé par la fenêtre Vediha et Samiha qui rentraient de l'école.

Korkut. Plein d'admiration, j'ai contemplé ma belle qui revenait de l'école avec sa sœur. Cette première vision d'elle a empli mon cœur d'un amour encore plus profond que lorsque mon regard avait croisé sa photo. Sa silhouette, sa stature, ses longs bras avaient d'harmonieuses proportions, j'ai rendu grâce au

Très-Haut. J'ai compris que si je ne me mariais pas avec elle, je serais malheureux. Et je fulminais en pensant que cet escogriffe de Cou tordu allait me laisser mariner et marchander mon amour au prix fort.

Abdurrahman Éfendi. Le prétendant a insisté, on s'est de nouveau rencontrés à Beyşehir. Je n'ai pas dit « Quand on est amoureux, on ne monnaie pas son amour ». Sachant que l'avenir et la destinée de ma chère Vediha et de mes autres filles sont entre mes mains, j'étais allé au restaurant en tremblant. Je me suis assis et, avant même d'attaquer le premier verre, j'ai une nouvelle fois déclaré : « Excuse-moi jeune homme, je te comprends très bien mais MA FILLE NE SERA JAMAIS À VENDRE. »

Korkut. Avant même de terminer son premier verre, cet entêté d'Abdurrahman Éfendi m'a fait la liste de ce qu'il voulait. Même en rassemblant nos efforts entre mon père, Süleyman et moi, même si nous prenions un crédit, si nous vendions notre maison de Duttepe et le terrain que nous avons enclos à Kültepe, nous n'arriverions pas à lui donner ce qu'il demande.

Süleyman. À Istanbul, mon grand frère en est venu à la conclusion que l'argent et le pouvoir de Hadji Hamit Bey seraient la seule solution à son problème de cœur. Et lors de sa première visite au dortoir ouvrier, nous avons organisé pour lui une démonstration de karaté. Les ouvriers en tenue de cérémonie, rasés de près et d'une propreté impeccable, ont bien combattu. Au repas, Hamit Bey nous a fait asseoir mon frère et moi à sa droite et à sa gauche. À regarder la barbe blanche de cet homme lumineux, qui est le fondateur de notre mosquée, qui a fait par deux fois le pèlerinage à La Mecque, qui a tant de terrains, de propriétés et d'hommes à son service, je me sentais chanceux d'être si près de lui. Quant à lui, il s'est comporté envers nous comme si nous étions ses enfants. Il s'est enquis de notre père (« Pourquoi Hasan n'est-il pas là ? » a-t-il demandé en mentionnant son nom). Il s'est aussi enquis de notre maison, il nous a posé des questions sur la pièce que nous avions construite der-

nièrement, sur le demi-étage et l'escalier extérieur que nous y
avions ajoutés, et sur l'emplacement du terrain à bâtir que mon
père et Oncle Mustafa avaient délimité ensemble, et pour lequel
le maire leur avait donné à tous deux un titre de propriété. En
réalité, il savait parfaitement où ils étaient situés, à qui appartenaient les terrains qui les bordaient de part et d'autre, le nombre
de maisons qui y avaient été construites ou dont la construction
était restée inachevée, quelles personnes étaient en conflit avec
ses associés, quelles bâtisses et quels magasins avaient été érigés
dans l'année et par qui, il suivait tout au mur près, à la cheminée
près, il savait jusqu'où arrivait le réseau électrique, jusqu'à quelle
rue de quelle colline l'eau était acheminée et par où passerait la
route périphérique.

Hadji Hamit Vural. Je lui ai demandé : « Alors, jeune homme.
Il paraît que tu es pris de passion et que tu souffres le martyre. C'est
bien ça ? » Il a détourné les yeux honteusement : non parce
qu'il avait honte d'être un amoureux transi, mais parce que
ses amis avaient appris qu'il souffrait, et qu'il n'avait pas été
capable de régler son affaire par lui-même. « Si Dieu le veut,
nous trouverons une solution aux peines de cœur de ton frère,
ai-je dit en me tournant vers son frère rondouillard. Mais il a
commis une erreur dont toi, tu te garderas. Quel est ton nom,
dis-moi ? Süleyman, mon garçon, si tu devais aimer une fille de
toute ton âme comme ton frère... aime-la après le mariage. Bon,
disons que tu es très pressé, alors aime-la après t'être fiancé,
ou même après l'échange de promesses, allez... Tout au moins
après que le montant de la dot aura été fixé. Car si tu fais l'inverse comme ton frère, si tu tombes amoureux avant et que
tu discutes le montant de la dot après, les pères les plus retors
te demanderont la lune. Il y a deux sortes d'amour en ce bas-
monde. Le premier, c'est de tomber amoureux de quelqu'un
parce qu'on ne le connaît pas. Si les gens se connaissaient un
peu avant le mariage, la plupart d'entre eux ne tomberaient
jamais amoureux. C'est la raison pour laquelle notre Saint Prophète ne jugeait pas convenables les rapprochements avant le
mariage. Et puis il y a ceux qui s'aiment après le mariage, parce

qu'ils ont passé leur vie ensemble, une conséquence d'ailleurs du mariage sans se connaître. »

Süleyman. J'ai répondu : « De toute façon, je pourrais pas tomber amoureux d'une fille que je connais pas, monsieur.
— Tu as dit d'une fille que je connais, ou d'une fille que je ne connais pas ? a demandé Hadji Hamit Bey au visage lumineux. En réalité, au-delà de connaître ou pas, le plus bel amour est celui qu'on éprouve pour quelqu'un qu'on ne voit pas. Les aveugles, par exemple, font de parfaits amoureux. » Hamit Bey a éclaté de rire. Les ouvriers se sont joints à son rire sans comprendre. En partant, mon grand frère et moi avons baisé avec respect la main bénie de Hadji Hamit Bey. Quand on s'est retrouvés seuls, mon frère m'a flanqué un grand coup de poing dans l'épaule et il a dit : « On verra bien comment tu t'y prendras pour rencontrer en ville une fille à épouser. »

13

La moustache de Mevlut

Propriétaire d'un terrain sans titre de propriété

Mevlut apprit que Korkut allait se marier avec une fille du village voisin de Gümüşdere très tardivement, en mai 1978, en lisant une lettre envoyée à son père par sa sœur aînée. Cela faisait presque quinze ans que, de manière ponctuelle ou régulière, cette dernière lui écrivait à Istanbul. Mevlut lut la lettre à son père avec cette voix sérieuse et appliquée qu'il prenait lorsqu'il lui faisait la lecture du journal. Ils ressentirent tous deux une étrange jalousie, voire de la colère, en apprenant que la raison qui avait motivé la visite de Korkut au village était une fille de Gümüşdere. Pourquoi Korkut ne leur en avait-il rien dit ? Deux jours plus tard, quand père et fils se rendirent à Duttepe et qu'ils apprirent de la bouche des Aktaş les autres éléments de l'histoire, Mevlut se fit la réflexion que s'il avait eu un patron, un protecteur aussi puissant que Hadji Hamit Vural, sa vie à Istanbul eût été facilitée.

Mustafa Éfendi. Deux semaines après être allés chez les Aktaş et avoir appris que Korkut allait se marier grâce à l'appui de Hadji Hamit, mon frère Hasan et moi bavardions de choses et d'autres dans son épicerie quand mon frère est soudain devenu sérieux et m'a expliqué à toute vitesse que le tracé de la nouvelle autoroute passerait par Kültepe, que les employés du cadastre ne s'étaient pas déplacés de ce côté de la colline et que désormais, même s'ils passaient, on aurait beau leur graisser la patte, ils donneraient ces terrains à l'autoroute, ce qui voulait dire que personne sur ces hauteurs ne détenait et ne détiendrait jamais de titre de propriété et que, partant de là, quand l'État ferait passer cette route asphaltée à trois voies dans un sens et à trois voies dans l'autre, il ne donnerait pas un sou de dédommagement aux habitants.

« J'ai vu que notre terrain de Kültepe allait partir en fumée. Du coup, je l'ai moi aussi vendu à Hadji Hamit Vural, qui se charge de récupérer les titres des terrains qui sont sur ces hauteurs. Que Dieu le bénisse, c'est un homme généreux, il en a donné un bon prix !

— Quoi ! Tu as vendu mon terrain sans me demander ?

— Ce n'est pas ton terrain, Mustafa. Il est à nous deux. C'est moi qui ai fait le bornage, et toi tu m'as aidé. Le maire aussi a agi dans les règles. En mettant la date et sa signature sur le papier qu'il nous a remis, il a marqué nos deux noms, de même qu'il l'avait fait sur les autres documents. Et ce document, c'est à *moi* qu'il l'a donné. Et tu n'as pas protesté contre ça. De toute façon, ce papier n'aurait eu aucune valeur dans un an. Tu sais bien que par peur des démolitions de bidonvilles plus personne n'ose construire quoi que ce soit sur ces flancs de colline, je ne te parle même pas de baraques, on n'ose même plus poser une pierre ou planter un clou.

— Tu l'as vendu combien ?

— Calme-toi un peu. Ne crie pas ainsi sur ton frère aîné… », disait-il quand une femme est entrée dans l'épicerie et a demandé du riz. Alors que Hasan plongeait la pelle en plastique dans le sac de riz et en remplissait une pochette papier, de colère, je me suis précipité dehors. Je suis rentré à la maison. Il y a de quoi tuer quelqu'un. Je ne possède rien d'autre ici-bas que cette moitié de terrain et cette bicoque. Je n'en ai parlé à personne. Pas même à Mevlut. Le lendemain, je suis retourné à l'épicerie. Hasan était occupé à plier de vieux journaux pour en faire des pochettes en papier. « Tu l'as vendu combien ? » Il ne me l'a toujours pas dit. Je n'en dormais plus de la nuit. Une semaine plus tard, un matin où il n'y avait pas de client dans l'épicerie, il m'a soudain lâché le prix auquel il avait vendu le terrain. Quoi ? Il m'en donnerait la moitié. Le chiffre était tellement ridicule que j'ai juste pu répliquer : « JE NE PEUX PAS ACCEPTER UN TEL MONTANT !

— De toute façon, je n'ai pas cette somme sur moi, répondit mon frère Hasan. C'est que nous marions Korkut.

— Comment ? Tu veux dire que tu maries ton fils avec l'argent de mon terrain !

— Le malheureux Korkut est gravement épris, on te l'a expliqué, non ? Ne te fâche pas, ce sera bientôt au tour de ton fils. La fille d'Abdurrahman au cou tordu a encore deux sœurs. Mevlut n'aura qu'à en épouser une, il faut aussi penser à son avenir.

— Ne t'occupe pas de Mevlut. Il terminera le lycée et ensuite il fera son service militaire. D'ailleurs, si la fille était potable, tu l'aurais prise pour ton Süleyman. »

C'est par Süleyman que Mevlut apprit que le terrain sans titre de propriété que son père et son oncle avaient enclos à Kültepe treize ans plus tôt avait été vendu. D'après Süleyman, de toute façon, être « propriétaire d'un terrain sans titre de propriété », ça ne se pouvait pas. Comme personne n'avait érigé de maison ni même planté d'arbre sur ce terrain, ce n'est pas un document établi par le maire tant d'années auparavant qui allait arrêter une route d'État à six voies. Quand Mevlut entendit son père aborder le sujet deux semaines plus tard, il fit semblant de le découvrir pour la première fois. Il rejoignait son père dans son courroux, s'insurgeait que les Aktaş aient pu vendre le titre foncier d'un terrain commun sans lui demander son avis. Et ajouté à cela le fait qu'ils réussissaient mieux à Istanbul et qu'ils étaient plus riches qu'eux, Mevlut avait le sentiment d'être la victime d'une injustice et la colère le prenait. Mais il voyait bien qu'il ne pourrait rayer son oncle et ses cousins de sa vie, que sans eux il se retrouverait tout seul dans cette ville.

« Écoute-moi, dit son père. Ne retourne plus jamais chez ton oncle sans ma permission, et ne vois plus tes cousins Korkut et Süleyman, je t'en conjure. C'est compris ?

— D'accord, répondit Mevlut, je le jure. »

Comme il se retrouvait tout seul, loin de la maison de son oncle et de l'amitié de Süleyman, il ne fut pas long à regretter sa promesse. Ferhat, qui était parti de Kültepe avec sa famille après avoir fini le lycée, n'était plus là non plus. En juin, après que son père fut rentré au village, Mevlut se promena quelque temps avec sa boîte de bonne fortune dans les cafés et les parcs fréquentés par les familles avec enfants, mais l'argent qu'il gagnait suffisait tout juste à couvrir ses dépenses quotidiennes, il n'arrivait pas à dégager le quart de ce qu'il gagnait quand il faisait ce même travail avec Ferhat.

Au début du mois de juillet 1978, Mevlut retourna en autocar au village. Les premiers jours, il fut heureux avec sa mère, ses sœurs et son père. Mais tout le village se préparait pour les noces de Korkut, et il en éprouvait du malaise. Il marcha dans les collines avec son ami le chien Kâmil, qui commençait à se faire vieux. Il se rappela l'odeur des plantes séchées au soleil, des chênes, des froids ruisseaux coulant entre les rochers. Mais avec tout ce qui se passait à Istanbul, il n'arrivait pas à s'extraire de ces événements, à se libérer de l'impression que l'occasion de gagner de l'argent et de devenir riche était en train de lui filer sous le nez.

Un jour, il récupéra les deux billets de banque qu'il avait cachés au pied du platane qui ombrageait le jardin. Il annonça à sa mère qu'il partait à Istanbul. « Ton père va se fâcher ! » Mais Mevlut n'en tint pas compte et il répondit : « Il y a beaucoup de travail ! » Dans l'après-midi, il réussit à attraper le minibus qui arrivait de Beyşehir sans avoir croisé son père. Dans la bourgade, dans l'attente de l'autocar pour Istanbul, il mangea de l'aubergine à la viande hachée dans une gargote en face de la mosquée Eşrefoğlu. Dans le bus de nuit pour Istanbul, il sentait qu'il était désormais le seul maître de sa vie et de son destin, qu'il était un homme seul et indépendant, et il pensait avec enthousiasme aux infinies possibilités qui s'ouvraient devant lui.

De retour à Istanbul, il constata qu'il avait suffi d'un mois pour qu'il perde certains clients. Chose qui n'arrivait pas autrefois. Certes, des familles tiraient leurs rideaux et disparaissaient, d'autres partaient pour leur résidence d'été. (Il y avait des marchands de yaourt qui partaient dans le sillage de leurs clients vers les lieux de villégiature tels que les îles des Princes, Erenköy, Suadiye.) Mais comme les snacks et les restaurants achetaient du yaourt pour faire de l'*ayran*, les ventes estivales ne chutaient pas tant que cela. Durant l'été 1978, Mevlut comprit que la vente ambulante de yaourt n'en avait plus que pour quelques années. Dans les rues, il voyait de moins en moins de marchands de yaourt de la génération de son père, en tablier et à l'air bosseur, ou de la génération suivante, comme lui ambitieux et en quête de nouveaux débouchés.

Mais les difficultés du métier ne firent pas de Mevlut quelqu'un d'aigri et de querelleur comme son père. Même dans ses moments les plus sombres, il ne se départit jamais de cette mine avenante et souriante qui lui attirait les bonnes grâces de sa clientèle. Les vieilles dames, les gardiennes croisées dans l'allée des hauts immeubles neufs avec des panneaux « Interdit aux colporteurs » sur la porte d'entrée, les mégères aimant à proclamer que l'usage de l'ascenseur était interdit aux vendeurs... Dès qu'elles le voyaient, toutes s'empressaient de lui expliquer avec force détails comment s'ouvraient les portes de l'ascenseur et sur quels boutons il fallait appuyer. Sur le seuil des cuisines, les paliers, dans les halls d'entrée des immeubles, il voyait beaucoup de domestiques et de filles de concierges en admiration devant lui. Mais il ne savait même pas comment leur adresser la parole. Cette ignorance, il se la dissimulait à lui-même derrière la volonté de se montrer « décent ». Il avait vu dans des films étrangers des jeunes gens sachant parler librement avec des filles de leur âge, il aurait aimé être comme eux. Mais il n'appréciait pas tellement ces films étrangers où l'on ne savait pas très bien qui était le bon et qui était le méchant. Lorsqu'il se masturbait, c'est surtout l'image des femmes étrangères vues au cinéma et dans des revues locales qui occupait son imagination. Le matin, quand le soleil venait doucement chauffer son lit et son corps à moitié dénudé, il aimait bien laisser défiler ces rêveries dans sa tête et tranquillement se masturber, sans passion excessive.

Il aimait bien être seul à la maison. Il était son propre maître, même si c'était seulement jusqu'à ce que son père revienne. Il déplaça la table bancale avec un pied plus court que les autres, il grimpa sur une chaise pour arranger le coin du rideau qui pendouillait sur sa tringle, il rangea casseroles et ustensiles de cuisine dont il ne se servait pas dans le placard. Il balaya et nettoya la maison, beaucoup plus souvent qu'il ne le faisait lorsqu'il y vivait avec son père. Pourtant, il ne put se défaire de l'impression que ce logement d'une seule pièce était plus en désordre et plus nauséabond que jamais. Sa solitude, sa propre odeur – sa mauvaise odeur –, il les aimait, et ce qui poussait son père à l'isolement et à l'irascibilité, il le sentait couler dans ses veines.

Il passa dans les cafés de Kültepe et de Duttepe. Comme il recherchait la compagnie des jeunes de son âge qu'il connaissait du quartier et des gars qui traînaient dans les cafés en regardant la télévision, il se rendit plusieurs fois au marché des travailleurs qui se trouvait à côté. Ce marché se tenait chaque matin, à huit heures, sur un terrain vague à l'entrée de Mecidiyeköy. Y venaient des ouvriers non qualifiés qui, après avoir travaillé quelque temps dans un atelier à leur arrivée du village, s'étaient ensuite fait renvoyer parce que leur patron ne voulait pas les assurer ; des gens prêts à prendre n'importe quel boulot et hébergés par des membres de leur famille sur l'une des collines environnantes ; des jeunes qui vivaient comme une honte de ne pas avoir de travail, des incompétents et des atrabilaires incapables de garder un emploi régulier… Ils se présentaient de bon matin sur le terrain et attendaient cigarette au bec les dirigeants d'entreprise qui arrivaient en camionnette des quatre coins de la ville. Parmi les jeunes qui lanternaient dans les cafés, il y en avait qui s'employaient comme journaliers dans des secteurs éloignés de la ville et qui se vantaient de ce qu'ils gagnaient. Mais ce qu'ils gagnaient en une journée, Mevlut le faisait en une demi-journée en vendant du yaourt.

Une fois, en fin de journée, alors qu'il se sentait seul et désemparé, il déposa ses plateaux, sa perche et tout son matériel dans un restaurant, et il partit à la recherche de Ferhat. À bord d'un autobus rouge IETT empuanti de sueur où les gens étaient serrés comme des sardines, il fit deux heures de trajet pour aller jusqu'à Gaziosmanpaşa, aux confins de la ville. Alors qu'il regardait avec curiosité les vitrines réfrigérées des épiceries, il vit que les entreprises de produits laitiers avaient aussi mis la main sur ces secteurs.

La nuit tombait lorsqu'il parvint en minibus au quartier Gazi, en périphérie de la ville. Il traversa tout le quartier, qui se distribuait de part et d'autre d'une grande rue pentue, et il marcha jusqu'à la mosquée. La forêt derrière la colline constituait une sorte de frontière de verdure marquant la fin d'Istanbul, mais, à l'évidence, et malgré les barbelés, la zone forestière était grignotée de part et d'autre par tous ceux qui émigraient en ville. Mevlut trouva que ce quartier aux murs couverts de slogans révolutionnaires, de représentations d'étoiles rouges, de faucilles et de marteaux, était encore plus pauvre que Kültepe et Duttepe. Dans l'espoir de rencontrer un visage connu parmi ces alévis chassés de Kültepe, comme ivre, mais aussi en proie à une crainte indéfinissable, il arpenta les rues en zigzaguant et fit le tour des cafés les plus populeux. Il eut beau chercher, donner son nom, il n'obtint pas la moindre information sur Ferhat et ne tomba sur personne de sa connaissance. Quand l'obscurité se fut installée, le quartier Gazi aux rues sans réverbères fit naître en lui une tristesse encore plus grande que celle que lui inspiraient les lointaines bourgades d'Anatolie.

De retour chez lui, il se masturba jusqu'au matin. Après avoir éjaculé et s'être soulagé une première fois, il pensa avec un sentiment de honte et de culpabilité qu'il ne le referait pas. Il s'en fit le serment. Au bout de quelque temps, il craignit de ne pas être capable de tenir sa promesse et de s'enferrer dans le péché. La meilleure façon de s'en prémunir, c'était de s'y remettre aussitôt, une bonne fois pour toutes, et de renoncer à cette mauvaise habitude à jamais. C'est ainsi que deux heures plus tard il était toujours en train de se masturber pour la dernière fois.

Son esprit l'amenait parfois à penser à des choses auxquelles il n'avait aucune envie de penser. Il s'interrogeait sur l'existence de Dieu ; les mots les plus obscènes lui traversaient l'esprit, ou alors il imaginait une énorme explosion faisant voler le monde en éclats, comme dans les films. Tout cela, était-ce bien lui qui le pensait ?

Vu qu'il n'allait pas à l'école, il se rasait une fois par semaine. Il sentait que l'ombre qui l'habitait était prête à saisir toute occasion pour se manifester. Il ne se rasa pas pendant deux semaines.

Quand ses bons clients amateurs de yaourt crémeux et à cheval sur la propreté commencèrent à s'effrayer de son aspect hirsute, il prit la décision de se raser. La maison n'était plus aussi sombre qu'autrefois. (Il ne se rappelait pas pourquoi elle l'était.) Mais il sortait quand même le miroir de rasage à l'extérieur, comme le faisait son père. Après s'être rasé la barbe, il accepta ce qui lui trottait dans la tête depuis le début. Il retira la mousse qui recouvrait son visage et son cou. Et il se regarda dans le miroir : il avait une moustache à présent.

Mevlut ne se plut pas en moustachu. Il ne se trouva pas beau. L'enfant au visage poupin et si mignon aux yeux de tous s'en était allé, cédant la place à un homme qu'il voyait en millions d'exemplaires dans la rue. Les clientes à qui il était sympathique, les mamies qui lui demandaient s'il allait à l'école ou pas, les jeunes domestiques à foulard qui le fixaient avec des yeux éloquents l'aimeraient-elles encore sous cette apparence ? Bien qu'il n'ait fait aucune retouche au rasoir, sa moustache avait la même forme que celle de tout le monde. Il n'était plus quelqu'un que sa tante pourrait faire asseoir sur ses genoux et embrasser ; il avait le cœur brisé, il comprenait que cela marquait le début d'un processus irréversible, mais il sentait que ce nouvel état lui donnait de la force.

La chose à laquelle il pensait de façon indirecte en se masturbant – cette chose à laquelle il s'interdisait constamment de penser en réalité – s'imposait hélas sans fard et de plus en plus souvent à lui : il avait vingt et un ans et il n'avait jamais couché avec une femme. Une jolie fille à la tête couverte, de bonne moralité et qu'il souhaiterait épouser ne coucherait jamais avec lui avant le mariage. D'ailleurs, lui-même ne voudrait pas épouser une fille qui couche avant le mariage.

Mais sa préoccupation première n'était pas le mariage, c'était de prendre une femme dans ses bras, de l'embrasser et de faire l'amour avec elle. Ce désir et le mariage, Mevlut les voyait comme deux choses distinctes, mais sans mariage, pas de sexualité. Il pouvait toujours nouer une relation amicale sérieuse avec l'une des filles qui lui portaient de l'intérêt (ils iraient au parc, au cinéma, et boire une limonade quelque part), susciter en elle l'impression qu'il l'épouserait (ce devait être la partie la plus difficile), et après il pourrait coucher avec elle. Mais il n'y avait que des hommes égoïstes et mauvais pour faire preuve d'une telle irresponsabilité, Mevlut n'était pas comme ça. De plus, les frères, le père de la fille éplorée risquaient ensuite de lui tirer dessus. Seules les filles qui ne se couvraient pas la tête pouvaient coucher avec des hommes sans en faire un problème et à l'insu de leur famille. Et Mevlut savait très bien qu'aucune fille née en ville et y ayant grandi ne s'intéresserait à lui (quand bien même la moustache lui irait bien). Il ne lui restait plus, en dernier recours, qu'à se rendre dans les bordels de Karaköy. Mevlut n'y mit jamais les pieds.

Vers la fin de l'été, le lendemain soir de son passage devant l'épicerie d'Oncle Hasan, Mevlut entendit frapper à sa porte en pleine nuit. À la vue de Süleyman, le cœur de Mevlut s'emplit de joie. Tandis qu'il le serrait chaleureusement dans ses bras, il remarqua que son cousin s'était lui aussi laissé pousser la moustache.

Süleyman. « Tu es mon frère », m'a dit Mevlut, et il m'a serré contre lui d'une telle façon que j'en ai eu les larmes aux yeux. Cela nous a fait rire de voir que, sans nous concerter, nous avions tous deux la moustache.

« Mais tu lui as donné un style gauchiste, lui dis-je.

— Comment ?

— Ne fais pas l'innocent, ce sont les gauchistes qui ont une moustache taillée en triangle à l'extrémité. Tu as pris exemple sur Ferhat ?

— Je n'ai pris exemple sur personne. Je l'ai taillée comme ça me venait, sans penser à lui donner de forme particulière... Et toi, tu l'as fait couper comme les nationalistes dans ce cas. »

Nous emparant du miroir sur l'étagère, nous avons mutuellement observé notre moustache.

Je lui ai dit : « Ne viens pas au mariage au village. Tu viendras à la noce de Korkut qui se tiendra deux semaines plus tard dans la salle des mariages Şahika de Mecidiyeköy. Ne cherche pas à faire comme Oncle Mustafa, ne fais pas ta mauvaise tête et ne te fâche pas avec nous, ne divise pas la famille. Vois comme les Kurdes et les alévis sont solidaires les uns des autres. Ils se mettent tous ensemble pour construire la maison de l'un, puis d'un autre et ainsi de suite. Si quelqu'un trouve un boulot quelque part, il rameute tout de suite le reste du village et de la tribu.

— Et alors ? C'est comme ça que nous sommes venus du village, nous aussi, a dit Mevlut. Vous les Aktaş vous en tirez bénéfice, mais malgré tout le travail qu'on abat, mon père et moi, on n'arrive pas à profiter des grâces d'Istanbul. Même notre terrain s'est envolé.

— Nous n'avons pas oublié que tu as des droits sur le terrain, Mevlut. Hadji Hamit Vural est quelqu'un de très juste, de très philanthrope. Sans lui, mon frère Korkut n'aurait pas trouvé l'argent pour se marier. Abdurrahman au cou tordu a encore deux jolies filles. Nous allons te marier à la cadette, elle est très belle. Qui t'aidera à te marier, qui t'abritera, qui te protégera ? Nul ne peut tenir seul en ville.

— Je trouverai une fille et je me marierai par moi-même, je n'ai besoin de personne », a répondu Mevlut, obstiné.

14

Mevlut tombe amoureux

Une telle coïncidence ne se produit que si Dieu le veut

Mevlut alla au mariage de Korkut et Vediha à la fin du mois d'août. Il avait du mal à s'expliquer comment il en était venu à changer d'avis. Le matin du mariage, il enfila la veste qu'il avait achetée en solde chez un tailleur que connaissait son père. Il mit aussi la cravate bleu marine que son père arborait pour les fêtes et ses rendez-vous dans les services administratifs. Avec ses économies, il acheta une pièce de vingt marks chez un joaillier de Şişli.

La salle des mariages Şahika était située dans la rue en pente entre Duttepe et Mecidiyeköy. Les étés où Ferhat et lui faisaient de la vente ensemble, les deux amis s'étaient faufilés quelquefois dans cette salle à la fin des fêtes de circoncision organisées par la municipalité et les syndicats des travailleurs, des fêtes de mariage des ouvriers et des contremaîtres que soutenaient également leurs patrons, et ils y avaient bu de la limonade et mangé des biscuits gratis, mais cet endroit devant lequel il était passé si fréquemment n'avait pas laissé de trace dans sa mémoire. Il descendit l'escalier et quand il entra dans la salle pleine à craquer, la foule, le volume sonore du petit orchestre, la chaleur et le manque d'air lui donnèrent un instant l'impression de suffoquer.

Süleyman. Moi, mon frère aîné, nous tous nous sommes réjouis de voir Mevlut au mariage. Mon grand frère avait mis un costume blanc crème et une chemise violette. Il se comporta très bien avec Mevlut, il le présenta à tout le monde, le fit asseoir à notre tablée de jeunes hommes. « Messieurs, dit-il, ne vous arrêtez pas à son visage de bébé, ce garçon est l'homme le plus solide de notre famille. »

J'ai enchaîné : « Mon cher Mevlut, maintenant que tu te laisses pousser la moustache, boire simplement de la limonade ne te sied pas. » Je lui ai montré la bouteille qui était sous la table, j'ai pris son verre et j'y ai versé de la vodka. « Tu as déjà bu de la vraie vodka russe communiste ?

— Je n'ai même encore jamais bu de vodka turque de ma vie, répondit Mevlut. Si c'est plus fort que le raki, je ne voudrais pas que ça me tape sur la tête.

— Mais non, au contraire, ça te détendra. Peut-être que tu trouveras même le courage de relever la tête et de regarder autour de toi.

— Mais c'est ce que je fais, je regarde », se défendit Mevlut.

Cependant, il n'en faisait rien. Dès que la vodka-limonade toucha sa langue, il eut la même réaction que s'il avait ingurgité du piment, mais il se reprit.

« Süleyman, je vais accrocher vingt marks au revers de la veste de Korkut, mais j'ai peur qu'il trouve ça peu.

— Dis donc, tu les trouves où ces marks ? Il ne faudrait pas que la police te coince et te colle au trou, lui ai-je répondu pour l'effrayer.

— Mais non, tout le monde en achète ! Si tu conserves ton argent en monnaie turque, tu es un idiot. Tu en perds chaque jour la moitié à cause de l'inflation. »

Je me suis tourné vers les autres personnes de la tablée :

« Ne vous fiez pas à son air innocent. Cet homme est le vendeur le plus avisé du monde et le plus près de ses sous. Qu'un radin comme toi offre une pièce de vingt marks… C'est énorme… Mevlut, laisse donc tomber la vente de yaourt. Nos pères étaient marchands de yaourt, mais nous avons notre propre affaire maintenant.

— Ne vous inquiétez pas, moi aussi, un jour, je monterai mon affaire. À ce moment-là, vous vous étonnerez de ne pas avoir pensé à cette idée.

— Et ce sera quoi cette affaire ? Dis voir un peu, Mevlut.

— Mevlut, viens, associons-nous tous les deux ! » a lancé Hidayet le Boxeur. (On lui avait donné ce surnom à cause de son nez de boxeur et parce que, au moment où il était sur le point d'être exclu de l'école, il avait comme mon grand frère balancé un coup de poing au professeur de chimie Fevzi le Fanfaron.) « Moi, je n'ai pas ouvert d'épicerie ou de restaurant de kebab comme eux, je tiens un magasin sérieux de matériaux de construction.

— Eh mon pote, ce magasin n'est pas à toi, mais à ton beau-frère, ai-je dit. Et on en a un pareil.

— Messieurs, les filles nous regardent.

— Où ?

— À la table où est assise la mariée.

— Stop, ne regardez pas tous en même temps. Ces filles font désormais partie de ma famille.

— Nous ne regardons pas de toute façon, dit Hidayet le Boxeur, en continuant à regarder. Ouah, mais elles sont très jeunes ces filles. Nous ne sommes pas des pédophiles.

— Attention, Hadji Hamit est arrivé, messieurs.

— Eh, qu'est-ce qu'on doit faire ?

— Se lever et chanter la *Marche de l'Indépendance* ?

— Cachez la bouteille, ne buvez pas non plus dans votre verre de limonade, il est très affûté, il le remarquera aussitôt. Il ne tolère pas ce genre de choses, il nous mettrait tout de suite à l'amende. »

Quand Hadji Hamit Vural parut sur le seuil avec ses affidés, Mevlut regardait les filles assises plus loin, à la table de la mariée. Tout le monde tourna la tête vers Hadji Hamit, déjà cerné d'hommes qui lui baisaient la main.

Mevlut aussi souhaitait pouvoir se marier comme Korkut à l'âge de vingt-cinq ans, avec une fille aussi belle que Vediha. Ce qui ne pourrait évidemment se faire qu'à condition de gagner de l'argent, de se mettre sous la protection de quelqu'un comme Hadji Hamit. C'est bien pourquoi il lui fallait se libérer au plus tôt de ses obligations militaires, travailler sans relâche, abandonner la vente de yaourt pour prendre une affaire et un magasin.

Finalement, il se mit à regarder sans détour vers la table de la mariée. L'alcool autant que le brouhaha de la foule et l'effervescence de la salle qui allaient en augmentant avaient leur part dans cette hardiesse. Mais il sentait que Dieu le protégerait, que le destin lui sourirait.

Ces minutes et l'animation qui régnait à la table de ces jolies filles qu'il avait parfois du mal à distinguer à cause des gens qui s'interposaient, Mevlut s'en souviendrait encore des années après, aussi précisément que s'il regardait un film. Mais un film aux paroles presque inaudibles et aux images brouillées.

« Ces filles ne sont pas si jeunes que cela, dit quelqu'un de sa tablée. Elles sont toutes en âge de se marier.

— Même celle au foulard bleu ?

— Messieurs, s'il vous plaît, ne regardez pas de façon si directe, intervint Süleyman. La moitié de ces filles retournera au village, et l'autre moitié restera en ville.

— Où est-ce qu'elles habitent en ville, Ağbi ?

— Il y en a qui habitent à Gültepe, et d'autres à Kuştepe.

— Tu nous y emmèneras…

— À laquelle d'entre elles aimerais-tu écrire des lettres ?

— Aucune, répondit en toute franchise un jeune homme que Mevlut ne connaissait pas. Parce qu'elles sont tellement loin que je n'arrive même pas à les distinguer.

— Justement, tu n'as qu'à leur écrire si elles sont loin.

— Sur ses papiers d'identité, notre jeune mariée a seize ans mais elle en a dix-sept en réalité, dit Süleyman. Ses sœurs aussi ont un an de plus, elles ont respectivement quinze et seize ans. Abdurrahman Éfendi au cou tordu a déclaré ses filles plus jeunes, pour les garder à la maison et qu'elles soient aux petits soins avec leur père.

— La plus jeune s'appelle comment ?

— C'est la plus belle, en effet.

— Sa grande sœur n'est pas terrible.

— L'une s'appelle Samiha et l'autre, Rayiha », dit Süleyman.

Mevlut s'étonna de sentir son cœur s'accélérer, il était fébrile.

« Les trois autres aussi sont de leur village… Celle au foulard bleu n'est pas mal non plus… Aucune d'elles n'a moins de quatorze ans.

— Ce sont des gamines, dit le Boxeur. Si j'étais leur père, je ne leur ferais même pas mettre de foulard.

— Dans notre village, les filles portent le foulard dès la fin de l'école primaire, dit Mevlut sans parvenir à maîtriser son émoi.

— Et la plus jeune d'entre elles est sortie de l'école cette année.

— Laquelle, celle qui a le foulard blanc ? demanda Mevlut.

— La mignonnette, là.

— À parler franchement, je ne pourrais pas me marier avec une fille du village, dit Hidayet le Boxeur.

— Et une fille de la ville ne pourrait pas se marier avec toi.

— Pourquoi ? se vexa Hidayet. Tu en connais beaucoup des filles de la ville, toi ?

— J'en connais un paquet.

— Les filles des clients qui viennent au magasin, ça ne compte pas, fils, te la raconte pas. »

Mevlut mangea des biscuits sucrés et but une autre vodka-limonade aux relents de naphtaline. Lorsqu'il prit place dans la file qui s'était formée pour remettre cadeaux et bijoux aux jeunes mariés, il put contempler à loisir la beauté stupéfiante de Vediha. Et Rayiha, sa jeune sœur assise à la table des filles, était aussi belle que son aînée. À mesure que Mevlut lorgnait vers la tablée des filles et qu'il y voyait Rayiha, il découvrait en lui un puissant désir de vivre, et en même temps il avait honte, il avait peur de l'échec, de rater sa vie.

Alors qu'il fixait au revers de la veste de Korkut la pièce de vingt marks avec l'épingle de nourrice que Süleyman lui avait donnée, il n'osa pas regarder le beau visage de sa belle-sœur et il rougit de sa timidité.

En regagnant sa place, il fit quelque chose qu'il n'avait nullement prémédité : il s'approcha d'Abdurrahman Éfendi, attablé en compagnie de villageois de Gümüşdere, pour le congratuler. Il se trouvait tout près de la table des filles, mais il n'y portait pas du tout les yeux. Abdurrahman Éfendi était très chic. Sous une veste élégante, il portait une chemise blanche avec un grand col qui cachait son cou tordu. Il était habitué au comportement bizarre de jeunes vendeurs de yaourt et autres marchands ambulants à qui ses filles faisaient tourner la tête. Il lui tendit la main, tel un agha, et Mevlut la lui baisa. En se demandant si sa jolie fille avait vu la scène.

À un moment, Mevlut ne put s'empêcher de jeter un coup d'œil vers la table des filles. Son cœur se mit à battre follement ; il éprouva un sentiment de peur mêlé de joie. Et simultanément de déception. Une ou deux chaises étaient vides autour de la table. En réalité, de loin, Mevlut n'en avait vu distinctement aucune. C'est pourquoi il marchait les yeux rivés dans leur direction pour tenter de saisir à quoi tenait ce manque quand…

Ils faillirent se rentrer dedans. C'était la plus jolie de toutes. Probablement la plus jeune. Elle avait quelque chose d'enfantin.

Leurs regards se croisèrent un instant. Elle avait de grands yeux noirs, candides et profonds, d'où émanait une grande franchise. Elle se dirigea vers la table de son père et s'éloigna.

Mevlut était troublé mais il comprit aussitôt que c'était un signe du destin. Une telle coïncidence ne se produit que si Dieu le veut, pensa-t-il. Il avait du mal à rassembler ses esprits. Pour la revoir, il regardait vers la table de son père au cou tordu mais la foule l'empêchait de l'apercevoir. Elle était beaucoup trop loin à présent. D'un autre côté, même sans voir son visage, il sentait dans son âme les gestes de la jeune fille, le mouvement de son foulard bleu que la distance réduisait à une tache de couleur. Cette fille, sa beauté, cette rencontre incroyable, cet échange de regards avec ces yeux noirs… Il avait envie d'en parler à tout le monde.

Peu avant que les invités s'égaillent vers la fin de la noce, Süleyman lui glissa : « Abdurrahman et ses filles Samiha et Rayiha resteront encore chez nous une semaine avant de rentrer au village. »

Les jours suivants, Mevlut repensa sans cesse à la fille aux yeux noirs et au visage d'enfant ainsi qu'à cette phrase. Pourquoi Süleyman lui avait-il dit cela ? Que se passerait-il s'il débarquait chez les Aktaş à l'improviste comme si souvent autrefois ? Pourrait-il la revoir encore une fois ? Et elle, l'avait-elle remarqué ? Mais à présent, il lui faudrait trouver un bon prétexte pour passer. Sinon, Süleyman comprendrait tout de suite que Mevlut venait pour la jolie fille, et il chercherait peut-être à la soustraire à sa vue. Peut-être qu'il se moquerait, peut-être qu'il irait jusqu'à faire capoter l'histoire en disant « Ce n'est qu'une enfant ». Si Mevlut avouait en être épris, il était fort probable que Süleyman déclarât en être amoureux lui aussi, qu'il en était même tombé amoureux le premier, et qu'il interdise à Mevlut de l'approcher. Mevlut passa toute la semaine à vendre du yaourt, et il eut beau chercher, il ne trouva pas de prétexte convaincant pour aller chez les Aktaş.

Les cigognes partirent, le mois d'août se termina, la première quinzaine de septembre passa et Mevlut ne mit pas les pieds au lycée, pas plus qu'il ne changea les marks qu'il cachait dans son matelas pour s'inscrire à un cours préparatoire aux examens d'entrée des universités. Il ne s'était pas non plus rendu à la Direction de la santé pour chercher le certificat demandé par Squelette l'an dernier afin de reporter son inscription. Tout cela signifiait que sa scolarité, qui avait déjà effectivement pris fin depuis deux ans, ne pouvait perdurer davantage, pas même en rêve. Bientôt, les gendarmes du bureau de recrutement pourraient se présenter au village.

Mevlut pensait que son père ne ferait rien pour reporter son départ au service militaire, il ne mentirait pas aux gendarmes et leur dirait : « Qu'il fasse donc son armée, et ensuite qu'il se marie ! » Et celui qui dirait cela n'avait pas un sou vaillant pour marier son fils, par-dessus le marché. Or, Mevlut voulait se marier le plus vite possible avec cette fille. Les sœurs avaient un nom qui rimait avec Vediha. Il avait commis une erreur, il s'était dégonflé, il n'avait même pas été fichu d'inventer un prétexte pour aller chez les Aktaş. Quand il en éprouvait des regrets, il se consolait avec des arguments logiques : s'il y était allé et avait vu Rayiha, peut-être qu'elle l'aurait ignoré et lui aurait infligé une grande désillusion. Pourtant, lorsqu'il marchait dans les rues avec sa perche de marchand de yaourt sur le dos, le simple fait de penser à Rayiha suffisait à alléger son fardeau.

Süleyman. Mon frère aîné m'a également fait embaucher dans la société de matériaux de construction de Hadji Hamit Vural il y a trois mois. Désormais, c'est moi qui conduis la camionnette Ford de l'entreprise. L'autre jour, vers dix heures du matin, je repartais de Mediciyeköy, où je m'étais arrêté prendre des cigarettes chez l'épicier originaire de Malatya (comme mon père ne veut pas que je fume, je ne peux pas en acheter chez notre épicier), quand quelqu'un a toqué à la vitre de droite. C'était Mevlut ! Sa perche sur le dos, il allait vendre du yaourt en ville, le malheureux. « Grimpe ! » lui ai-je dit. Il a rangé sa perche et ses plateaux à l'arrière et il est monté. Je lui ai offert une cigarette, je l'ai allumée avec l'allume-cigare. C'était la première fois que Mevlut me voyait au volant, il n'arrivait pas à y croire. Nous foncions à soixante kilomètres-heure sur les routes cabossées que Mevlut parcourait à l'allure de quatre kilomètres-heure avec trente kilos de yaourt sur le dos – lui aussi regardait les compteurs. Nous avons bavardé de choses et d'autres, mais il n'était guère loquace, il avait la tête ailleurs et, finalement, il s'est enquis des filles d'Abdurrahman Éfendi.

« Elles sont retournées au village, évidemment.

— C'était quoi le nom des sœurs de Vediha ?

— Pourquoi demandes-tu cela ?

— Pour rien, comme ça…

— Ne m'en veux pas, Mevlut. Vediha est ma belle-sœur maintenant. Et les deux autres sont les belles-sœurs de mon frère Korkut… Elles font partie de la famille…

— Et moi, je ne suis pas de la famille ?

— Bien sûr que si… c'est pourquoi tu peux tout me dire.

— Je vais te dire bien sûr… Mais jure-moi de ne le répéter à personne.

— Je garderai le secret, je le jure sur mon Dieu, ma nation et mon drapeau.

— Je suis tombé amoureux de Rayiha, dit Mevlut. La plus jeune, celle qui a les yeux noirs, c'est Rayiha n'est-ce pas ? Nous nous sommes croisés alors que j'allais vers la table de son père. Tu as vu, on a failli se heurter. Je l'ai regardée dans les yeux, de près. J'ai d'abord pensé que j'oublierais. Mais je n'ai pas pu oublier.

— Qu'est-ce que tu n'as pas pu oublier ?

— Ses yeux... Son regard sur moi... Tu as vu comme nos chemins se sont croisés au mariage ?

— J'ai vu.

— D'après toi, c'était un hasard ou pas ?

— Toi, tu es tombé amoureux de Rayiha, mon garçon. Moi, je ne suis pas au courant.

— Elle est très belle, n'est-ce pas ? Si je lui écris, tu lui feras passer les lettres ?

— Elles ne sont plus à Duttepe. Elles sont rentrées au village, je t'ai dit... »

Mevlut s'est tellement attristé que je lui ai dit : « Je ferai un geste pour toi. Mais que se passera-t-il si jamais on se fait pincer ? » Ses regards implorants m'ont touché. J'ai dit : « D'accord, fils, on verra. »

En face de la caserne de Harbiye, il a récupéré sa perche, ses plateaux et, tout heureux, il est descendu de la camionnette. Que quelqu'un de notre famille vende encore du yaourt de rue en rue, cela me chagrine, croyez-moi.

15

Mevlut quitte la maison

*Pourrais-tu la reconnaître
si demain tu la voyais dans la rue ?*

Mustafa Éfendi. En apprenant que Mevlut était allé à Istanbul au mariage de Korkut, je n'y ai pas cru. J'en ai eu des sueurs froides. Pour l'heure, je suis en route pour Istanbul, brimbalé dans un autocar où je me cogne la tête toutes les deux secondes contre la vitre glaciale. Je me dis que j'aurais mieux fait de ne jamais mettre les pieds à Istanbul et de ne jamais sortir de mon village.

En rentrant chez lui un soir, au début du mois d'octobre 1978, peu avant l'arrivée du froid et l'ouverture de la saison de la boza, Mevlut trouva son père assis dans le noir. Comme la lumière était déjà allumée dans pas mal de maisons, il ne s'attendait pas à ce qu'il y ait quelqu'un à l'intérieur. Il crut d'abord être en présence d'un voleur, et c'est à cela qu'il rattacha sa frayeur. Mais les battements précipités de son cœur lui rappelèrent la cause réelle de sa peur : son père savait qu'il était allé au mariage. Vu que tous ceux qui y avaient assisté – tout le village en fait – avaient des liens de parenté entre eux, il était impossible que cela ne remonte pas à ses oreilles. Et c'est probablement cette deuxième chose qui mettait le père de Mevlut le plus en colère. Autrement dit, son fils avait bravé son interdiction en toute connaissance de cause, en sachant pertinemment que son père aurait vent de l'affaire.

Voici deux mois qu'ils ne s'étaient pas vus. Depuis l'arrivée de Mevlut à Istanbul neuf ans plus tôt, il n'y avait jamais eu entre eux de si longue séparation. En dépit des sautes d'humeur, des emportements soudains de son père et de leurs sempiternelles dissensions – ou justement grâce à cela –, Mevlut savait qu'ils étaient des amis et des compagnons. Mais force lui était de constater qu'il en avait assez des silences punitifs et des crises de colère de son père.

« Viens ici ! »

Mevlut approcha. Mais la gifle à laquelle il s'attendait ne tomba pas. Son père lui montra le plateau de la table. C'est seulement à cet instant-là que Mevlut distingua les liasses de vingt marks allemands dans la pénombre. Comment son père les avait-il dénichés dans le matelas ?

« Qui t'a donné ça ?

— C'est moi qui les ai gagnés.

— Comment as-tu fait pour gagner autant d'argent ? »

Son père déposait à la banque ce qu'il arrivait à mettre de côté, et comme la banque versait trente-trois pour cent d'intérêt alors que le taux d'inflation était de quatre-vingts pour cent, cet argent fondait comme neige au soleil, mais son père s'obstinait et refusait d'en convenir. De même qu'il refusait d'apprendre comment fonctionnaient les devises.

« Cela ne représente pas grand-chose, dit Mevlut. Mille six cent quatre-vingts marks. Une partie date de l'année dernière. C'est ce que j'ai économisé en vendant du yaourt.

— Cet argent aussi tu me l'as caché. Tu me mènes en bateau ou quoi ? Tu n'as rien fait d'illégal j'espère !

— Sur la tête de...

— Tu avais déjà juré sur ma tête que tu n'irais pas au mariage. »

Mevlut regarda devant lui, il sentit la claque qui se préparait.

« Ne me frappe pas, j'ai vingt et un ans maintenant.

— Tu la vois celle-là ? » dit son père, et il balança une gifle à Mevlut.

La gifle s'abattit. Mais comme Mevlut avait levé les bras pour se protéger le visage, elle atterrit non pas sur sa figure mais sur son bras et son coude. La main douloureuse, fulminant de colère, son père lui flanqua de toutes ses forces deux coups de poing dans l'épaule. Et il hurla : « Dégage de ma maison, bon à rien ! »

Hébété, Mevlut recula de deux pas sous la violence du second coup de poing et tomba à la renverse sur le lit. Il se plia en deux et se recroquevilla, comme quand il était petit. Il tourna le dos à son père, il tremblait légèrement. Son père prit cela pour des pleurs, Mevlut ne le détrompa pas.

Mevlut avait envie de ramasser ses affaires sur-le-champ et de ficher le camp (à cette idée, il imaginait son père pris de remords et cherchant à le retenir), et en même temps il avait peur de s'engager sur une voie sans retour. S'il partait de cette maison, ce serait non pas maintenant, sous le coup de la colère, mais demain, avec tout son sang-froid. Pour l'heure, la seule chose qui lui donnait du courage, c'était Rayiha. Il fallait qu'il loge seul quelque part et qu'il réfléchisse à la lettre qu'il lui écrirait.

Mevlut ne bougea pas de là où il était. Il avait conscience qu'en se levant il risquait une nouvelle confrontation avec son père. Au cas où une telle altercation surviendrait, une nouvelle gifle ou un nouveau coup rendraient impossible leur cohabitation sous le même toit.

De là où il était allongé, il entendait son père faire les cent pas dans l'unique pièce de la maison, se remplir un verre d'eau, un verre de raki, allumer une cigarette. Durant les neuf ans qu'il avait passés dans cette maison – surtout à l'époque du collège –, cela le calmait et le rassurait d'entendre les sons produits par son père entre veille et sommeil, ses soliloques, le bruit de sa respiration, ses interminables quintes de toux les jours d'hiver où il vendait de la boza, et même ses ronflements nocturnes. Mais les sentiments qu'il éprouvait envers lui avaient bien changé désormais.

Mevlut s'endormit tout habillé. Dans son enfance, quand son père le frappait et le faisait pleurer, ou quand il tombait de fatigue après avoir fait de la vente dans les rues et révisé en prime ses leçons, il aimait s'endormir dans son lit avec tous ses vêtements.

Lorsqu'il se réveilla le matin, son père n'était pas à la maison. Il rangea ses chaussettes, ses chemises, ses accessoires de rasage, son pyjama, sa veste et ses pantoufles dans la petite valise qu'il prenait pour aller au village. Après y avoir fourré tout ce qu'il devait emporter, il s'étonna qu'elle fût encore à moitié vide. Il enveloppa les liasses de marks restées sur la table dans un vieux journal qu'il mit ensuite dans un sac plastique portant l'inscription « Vie » et le rangea dans sa valise. Quand il sortit de la maison, son cœur était habité par un sentiment non pas de peur et de culpabilité, mais seulement de liberté.

Il alla tout droit vers le quartier Gazi, à la recherche de Ferhat. Il demanda son adresse à deux personnes et trouva facilement, contrairement au soir où il y était allé pour la première fois, un an plus tôt. Quelques mois après les massacres perpétrés contre les alévis, Ferhat et ses parents avaient réussi à vendre leur maison, sans trop se faire avoir, à l'un des affidés de Hadji Hamit Vural. Ils s'étaient ensuite installés dans le quartier Gazi, où Kurdes et alévis migraient d'un peu partout dans la ville et dans tout le pays.

Ferhat. Mevlut n'a pas terminé le lycée mais de mon côté, heureusement, j'ai réussi à aller jusqu'au bout. Je n'ai pourtant pas obtenu assez de points à l'examen d'entrée de l'université. Après mon arrivée ici, je suis resté un moment sur le parking de l'usine de sucre et de chocolat où les nôtres travaillent au service comptabilité, mais un voyou originaire d'Ordu m'a cherché des noises. Avec des camarades du quartier, on s'est liés un temps à une organisation. Pourquoi est-ce que je dis « organisation », comme les journaux qui n'écrivent pas le nom des partis pour ne pas en faire la publicité ? Elle s'appelait TMLKHP-MLC. Cela ne me convenait pas. Mais j'avais beau voir que ces gens ne me correspondaient pas, je restais, autant par peur que par respect pour eux, et, du coup, je culpabilisais. Ce fut une bonne chose que Mevlut débarque avec un petit pactole. Nous comprenions bien tous deux que nous n'avions guère plus à espérer du quartier Gazi que de Kültepe. En décembre 1978, le saccage, le pillage des quartiers alévis de Kahramanmaraş et le massacre des populations alévies provoquèrent des remous dans le quartier Gazi, ainsi que l'afflux de forces nouvelles et une politisation des habitants. Avant de partir au service militaire, nous avons pensé qu'en nous installant en centre-ville, quelque part dans le périmètre de Karaköy ou Taksim, nous pourrions travailler plus et gagner davantage, et qu'au lieu de gaspiller notre temps dans les autobus et les trajets, nous en ferions meilleur usage en arpentant les trottoirs populeux pour gagner de l'argent.

Le restaurant Karlıova était une ancienne petite taverne grecque de Beyoğlu, côté Tarlabaşı, derrière la rue Nevizade. Kadri Karlıova, un serveur kurde alévi originaire de Bingöl, avait racheté ce restaurant à son propriétaire obligé de quitter la ville en 1964, quand les Grecs, en une seule nuit, avaient été chassés d'Istanbul sur les instances du Premier ministre Ismet Pacha. Le midi, il servait des plats mijotés aux tailleurs et joailliers des rues avoisinantes et aux petits commerçants de Beyoğlu et, le soir, du raki et des mezzés aux gens de la classe moyenne qui allaient au cinéma et sortaient boire un verre. Au bout de quinze ans, il s'était retrouvé au bord de la faillite. La raison pour laquelle ce lieu était menacé de fermeture ne tenait pas seulement aux salles de cinéma porno qui éloignaient les classes moyennes de Beyoğlu ou au terrorisme politique qui sévissait dans les rues. Radin et irascible, le patron du restaurant avait voulu renvoyer un jeune plongeur qu'il soupçonnait de voler dans les cuisines, ainsi que le serveur d'âge moyen qui avait haussé le ton pour prendre sa défense. Sur ces entrefaites, dans un élan de solidarité, quatre employés mécontents de leurs conditions de travail avaient demandé leur compte et claqué la porte. Comme ce vieux patron de restaurant achetait du yaourt au père de Mevlut et qu'il était également une connaissance de la famille de Ferhat, les deux amis décidèrent de l'aider à redresser son activité jusqu'à leur départ au service militaire. Cela pourrait aussi être une opportunité pour eux.

Ils emménagèrent dans un vieil appartement où le patron du restaurant logeait ses jeunes serveurs et les gamins travaillant comme plongeurs ou commis. Il était presque vide depuis la démission d'une partie des employés. Cet immeuble grec de trois étages à Tarlabaşı avait été construit il y a quatre-vingts ans, pour une seule famille. Mais après que les églises orthodoxes des alentours eurent été incendiées, et que les magasins juifs, grecs et arméniens eurent été pillés et saccagés lors des événements des 6 et 7 septembre 1955, il avait été déclassé, à l'instar de l'ensemble du quartier, et divisé par des murs de plâtre en petits appartements. Celui qui empochait les loyers à la place du véritable propriétaire en titre, qui vivait désormais à Athènes et ne pouvait aisément revenir à Istanbul, était un gars de Sürmene que Mevlut n'avait pas vu une seule fois.

Une des chambres de l'appartement équipée de lits superposés était occupée par deux gamins de Mardin, l'un âgé de quatorze ans, l'autre de seize, tout juste titulaires du certificat d'études et travaillant comme plongeurs au restaurant. Mevlut et Ferhat allèrent prendre un lit dans les autres pièces, et, avec ce qu'ils récupérèrent à droite et à gauche, chacun des deux s'aménagea une chambre à son goût. Cela serait pour Mevlut la première chambre individuelle de sa vie, et hors de sa famille. Il acheta une vieille table basse chez un brocanteur de Çukurcuma, et fut autorisé par le patron à rapporter une chaise du restaurant. Lorsqu'ils fermaient boutique, vers minuit, ils dressaient quelquefois une table garnie de raki, fromage, Coca-Cola, pois chiches grillés, glaçons et de quantité de cigarettes. Ils buvaient en riant pendant deux ou trois heures en compagnie des plongeurs. C'est par eux qu'ils apprirent que la vraie raison de l'ancienne querelle qui avait éclaté dans ce restaurant était non pas les supposées rapines d'un employé à la plonge, mais la relation intime que le patron entretenait avec lui. Une révélation qui avait suscité une vague de colère et de réprobation chez les serveurs qui occupaient les lits superposés de l'appartement. Cette histoire, Mevlut et Ferhat la leur firent raconter encore une ou deux fois. Et pour instiller une haine secrète envers leur vieux patron originaire de Bingöl, ce fut un bon début.

Les deux jeunes plongeurs originaires de Mardin avaient un rêve : vendre des moules farcies. Tous les vendeurs de moules farcies d'Istanbul et de Turquie étaient de Mardin. Ils avaient piqué le filon à tout le monde, alors que là-bas il n'y a même pas la mer. Ce qui était bien la preuve de l'intelligence et de la débrouillardise des gens de Mardin. Les deux gamins ne se lassaient pas de le répéter.

« Qu'y a-t-il d'extraordinaire à cela, fils ? Tous les vendeurs de *simit* d'Istanbul sont de Tokat, mais personne n'y voit la preuve de la vivacité d'esprit des gens de Tokat ! s'exclamait Ferhat lorsqu'il en avait assez de l'enthousiasme chauvin des jeunes garçons.

— Les moules farcies, ce n'est pas comme les *simit*, répondaient ces derniers.

— Tous les boulangers sont de Rize, et ils s'en vantent eux aussi », disait Mevlut pour donner un autre exemple.

L'agitation bruyante de ces jeunes garçons qui avaient sept ou huit ans de moins que lui et qui étaient venus travailler à Istanbul dès leur sortie de l'école primaire, les rumeurs, les ragots peu dignes de foi qu'ils colportaient sans arrêt sur le patron et les autres serveurs avaient une influence sur Mevlut. Et la plupart du temps, il prenait facilement pour argent comptant ce qu'il entendait au sujet des rues, d'Istanbul et de la Turquie.

Derrière les vives critiques du journaliste Celâl Salik contre l'État, il y avait selon eux la guerre entre Russes et Américains et le fait que le patron du journal *Milliyet* était juif. Évidemment que le gros type qui vendait du savon à bulles pour les enfants à l'angle de la mosquée Ağa, et dont le cri « Ballons volants ! » était connu de tous les Stambouliotes, était un policier en civil ; mais son rôle essentiel était de servir de couverture aux deux flics en civil postés à l'angle de la rue d'en face et déguisés l'un en cireur de chaussures et l'autre en marchand de foie à l'albanaise. Chez le pâtissier-traiteur Hünkâr juste à côté du cinéma Saray, les restes de viande des plats de pilaf et des soupes au poulet rapportés dans les cuisines par les serveurs ne partaient pas à la poubelle. Ils étaient nettoyés à l'eau chaude dans des cuvettes en aluminium puis resservis aux clients sous forme de soupes, de garniture pour riz pilaf ou de blanc-manger. La clique de Sürmene qui régnait sur les anciennes maisons des Grecs ayant fui à Athènes louait la plupart de ces habitations à des tenanciers de bordels et ce, grâce au fait que leurs clients étaient en très bons termes avec le commissariat de Beyoğlu. Pour réprimer la révolution iranienne qui commençait à cette époque, la CIA enverrait bientôt en jet privé l'ayatollah Khomeiny à Téhéran. Il se tramait un coup d'État militaire en Turquie, et le commandant de l'armée turque Tayyar Pacha serait proclamé président de la République.

« Vous inventez, n'importe quoi ! réagit une fois Ferhat.

— Pas du tout, quand le commandant de l'armée est allé à la maison de passe au 66 de la rue Sıraselviler, un de nos concitoyens de Mardin y était, c'est comme ça que je le sais.

— Notre grand pacha Tayyar est devenu le commandant de l'armée d'Istanbul, pourquoi irait-il au bordel ? Les souteneurs peuvent lui livrer à domicile toutes les nanas qu'il veut.

— Il doit avoir peur de sa femme, car notre ami de Mardin a vu, de ses yeux vu, le pacha au 66... Tu n'y crois pas, tu tords le nez devant les gens de chez nous, mais si tu venais une fois à Mardin, si tu humais son air, si tu buvais de son eau et si tu goûtais à notre hospitalité, tu ne voudrais plus jamais repartir.

— Si Mardin est un coin si merveilleux, pourquoi en êtes-vous partis pour venir à Istanbul alors ? demandait parfois Ferhat, excédé, tandis que les jeunes plongeurs riaient comme devant une bonne plaisanterie.

— En fait, on est de ton village, déclara ce soir-là l'un d'eux, avec le plus grand sérieux. On n'est jamais passés par Mardin. À Istanbul, il n'y a que les gens de Mardin qui nous aident... C'est notre façon à nous de les remercier. »

Parfois, Ferhat s'en prenait à ces jeunes préposés à la plonge, il les invectivait en disant : « Vous êtes kurdes, et vous n'avez aucune conscience de classe. » Il leur disait « Allez dans votre chambre, filez vous coucher », et eux, ils l'écoutaient.

Ferhat. Si vous suivez attentivement cette histoire, vous aurez sans doute compris que Mevlut ne s'attirait pas facilement la colère des gens, mais moi je me suis fâché contre lui. Un jour, son père est venu au restaurant, Mevlut n'était pas là. Quand je lui ai demandé ce qu'il voulait, Mustafa Éfendi m'a expliqué que Mevlut était allé au mariage de Korkut. En apprenant que Mevlut continuait encore à se coller au clan Vural, alors que ces types avaient le sang de tant de jeunes sur les mains, j'ai pensé que je ne pourrais pas le digérer. Comme je ne voulais pas faire d'esclandre dans le restaurant devant les serveurs et les clients, j'ai couru au logement avant qu'il ne revienne. Dès que je l'ai vu avec sa mine innocente, ma colère s'est dégonflée de moitié.

« Il paraît que tu as épinglé de l'argent au veston de Korkut à son mariage.

— J'ai compris, mon père est passé au restaurant, dit Mevlut en relevant la tête de la boza qu'il préparait pour sa tournée du soir. Il avait des soucis ? Pourquoi est-ce qu'il est venu te raconter que j'étais allé au mariage, d'après toi ?

— Il se sent seul. Il veut que tu reviennes à la maison.

— Il aimerait que je me brouille avec toi, et que je me retrouve comme lui, sans amis et tout seul à Istanbul. Je devrais y retourner ?

— N'y va pas.

— Dès qu'il s'agit de politique, c'est toujours moi le coupable, dit Mevlut. Je n'y comprends vraiment rien, à tout ça. J'ai eu le coup de foudre pour quelqu'un. Je pense tout le temps à elle.

— Qui est-ce ? »

Mevlut commença d'abord par garder le silence, puis il dit : « Je t'en parlerai ce soir. »

Mais avant de retrouver tardivement Ferhat dans le dortoir des employés du restaurant pour bavarder avec lui autour d'un raki, Mevlut avait encore de longues heures de travail devant lui. Pendant l'hiver 1979, une journée ordinaire s'organisait comme suit pour Mevlut : il allait d'abord chercher sa boza brute à Tepebaşı, dans la camionnette de Vefa Bozacısı qui la livrait depuis deux ans dans les quartiers des vendeurs ; il rentrait ensuite la préparer pour le soir en y ajoutant du sucre et en pensant constamment à la lettre qu'il écrirait à Rayiha. De midi à trois heures, il partait travailler comme serveur au restaurant Karlıova. Entre trois et six heures, il livrait du yaourt crémeux à d'anciens clients et à trois restaurants du même genre que le Karlıova. Puis il rentrait dormir un peu en pensant à la lettre qu'il écrirait à Rayiha et, à sept heures, il retournait au Karlıova.

Il y restait trois heures, et juste au moment où commençaient les altercations entre les gens ivres, les furieux, les impatients et les grincheux, Mevlut enlevait son tablier et sortait dans les rues froides et sombres vendre de la boza. Comme il était attendu par les clients amateurs de boza, qu'il aimait marcher seul la nuit dans les rues et qu'il gagnait davantage avec la vente de boza qu'avec son boulot de serveur et celui de marchand de yaourt réunis, il ne se plaignait pas de ce travail en fin de soirée.

Contrairement au recul que connaissait la vente ambulante de yaourt, le désir de consommer de la boza achetée le soir auprès d'un marchand des rues était en progression. Les affrontements armés entre nationalistes et communistes avaient leur part en cela. Les familles, qui avaient peur de sortir dans la rue les samedis soir, prenaient encore davantage plaisir à voir passer de leur fenêtre le marchand de boza sur le trottoir, à songer au temps jadis en guettant sa venue, en écoutant sa voix éraillée et en dégustant leur boza. Bien que la vente de yaourt fût devenue plus difficile, les anciens vendeurs originaires de Beyşehir s'en sortaient encore pas mal grâce à la boza. Mevlut avait entendu dire par Vefa Bozacısı lui-même qu'il y avait désormais pas mal de marchands de boza dans des quartiers comme Balat, Kasımpaşa ou Gaziosmanpaşa, où ils se déplaçaient peu autrefois. La nuit, la ville appartenait aux bandes rivales avec armes et affiches sous le bras, aux chiens, aux collecteurs qui s'étaient fait un métier de la fouille des poubelles et aux marchands de boza ; après le brouhaha du restaurant, après la foule de Beyoğlu, en descendant une rue en pente sombre et silencieuse de Feriköy, Mevlut se sentait comme chez lui, dans son propre monde. Parfois, alors qu'il n'y avait pas le moindre souffle de vent, les branches dénudées d'un arbre bougeaient d'elles-mêmes, les slogans politiques inscrits sur une fontaine hors d'usage au marbre et au robinet cassés lui paraissaient familiers et, en même temps, cela le faisait autant tressaillir que la chouette hululant depuis le petit cimetière derrière la mosquée. « Bozaaa ! » lançait alors Mevlut vers l'infini des temps anciens. Parfois, en jetant un furtif coup d'œil à l'intérieur d'une petite maison à travers les rideaux entrouverts, il s'imaginait vivre dans une maison de ce genre plus tard avec Rayiha et il échafaudait de jolis rêves d'avenir.

Ferhat. « Si la fille – son nom est Rayiha n'est-ce pas ? – n'a comme tu le dis que quatorze ans, elle est encore très jeune, dis-je.

— Mais nous n'allons pas tout de suite nous marier, dit Mevlut. D'abord, j'irai faire mon service militaire... et à mon retour, elle sera en âge de se marier.

— Pourquoi une fille que tu ne connais pas, et une fille très belle en plus, attendrait-elle ton retour du service militaire ?

— J'y ai réfléchi et j'ai deux réponses, dit Mevlut. La première, c'est que je ne pense pas que le fait que nos regards se soient croisés au mariage soit seulement le fruit du destin. Elle aussi devait en avoir l'intention. Pourquoi s'est-elle levée de sa place pour rejoindre son père juste au moment où j'étais là ? Même si c'est une coïncidence, Rayiha aussi a dû penser qu'il y avait une signification spéciale dans notre rencontre, dans le fait qu'on se croise et qu'on se retrouve les yeux dans les yeux.

— Comment vos regards se sont-ils croisés ?

— Comme quand tu te retrouves les yeux dans les yeux avec une personne, et que tu sens que tu passeras toute ta vie avec elle...

— C'est cette émotion que tu dois décrire, dit Ferhat. De quelle façon t'a-t-elle regardé ?

— Elle n'a pas regardé devant elle, d'un air coupable, comme font toutes les filles dès qu'elles voient un homme. Elle m'a regardé droit dans les yeux, fièrement.

— Et toi, de quelle façon l'as-tu regardée ? Montre-moi comment tu as fait. »

Comme si la personne en face de lui était non pas moi mais Rayiha, Mevlut m'a regardé avec un air empreint d'une telle émotion, d'une telle sincérité, que cela m'est allé droit au cœur.

« Ferhat, tu écrirais mieux ma lettre que moi. Même les filles européennes étaient sensibles à tes lettres.

— Bon, mais tu dois d'abord me dire ce que tu lui trouves. Qu'est-ce que tu aimes chez cette fille ?

— Ne dis pas "cette fille" pour Rayiha. J'aime tout en elle.

— D'accord, nomme-moi une de ces choses...

— Ses yeux noirs... Nous nous sommes regardés de très près.

— Je l'écrirai... Quoi d'autre ? Tu vois autre chose ?

— Je n'en sais rien, car nous ne nous sommes pas encore mariés, dit Mevlut en souriant.

— Pourrais-tu la reconnaître si demain tu la voyais dans la rue ?

— De loin, non, je ne la reconnaîtrais pas. Mais je la reconnaîtrais immédiatement si je voyais ses yeux. D'ailleurs tout le monde sait combien elle est belle.

— Si tout le monde sait combien elle est belle… » Ils ne te la laisseront pas, allais-je répliquer, mais j'ai seulement dit : « Ça va être dur.

— Je suis prêt à tout pour elle.

— Mais la lettre, c'est moi qui l'écris.

— Tu écriras cette lettre sans me dévaloriser ?

— Je le ferai. Mais une seule ne suffira pas, tu le sais.

— Je t'apporte du papier et un crayon ?

— Attends, parlons avant, réfléchissons à ce que nous allons écrire. »

Comme les jeunes plongeurs de Mardin entraient dans la pièce, nous avons dû interrompre notre conversation.

16

Comment écrire une lettre d'amour

Les flèches envoûtées qui dardent de tes yeux

Écrire la première lettre à Rayiha leur prit beaucoup de temps. Lorsqu'ils s'y attelèrent, en février 1979, le célèbre chroniqueur Celâl Salik du journal *Milliyet* s'était fait tuer par balles dans une rue de Nişantaşı, le shah d'Iran avait quitté son pays et l'ayatollah Khomeiny était arrivé en avion à Téhéran. Enhardis par la justesse de leurs pronostics, les jeunes plongeurs originaires de Mardin, qui prétendaient avoir prédit ces événements bien avant qu'ils ne surviennent, se joignaient aux discussions nocturnes de Mevlut et Ferhat, et donnaient leur avis au sujet des lettres d'amour.

Ce qui faisait que cet échange d'idées était ouvert à tous, c'était l'inextinguible optimisme de Mevlut. Quand les autres se gaussaient de son amour, il ne le prenait pas mal, il souriait. Lorsqu'ils le mettaient en boîte en disant « Envoie-lui des pommes d'amour en cadeau », ou « Écris que tu es dans l'agroalimentaire, pas que tu travailles comme serveur », ou encore « Dis-lui aussi que ton oncle vous a piqué votre terrain », Mevlut ne se laissait jamais déstabiliser, il leur répondait par un sourire cordial et poursuivait le débat avec sérieux.

Après des mois de discussions, ils décidèrent que les lettres devaient se fonder non pas sur ce que Mevlut imaginait des femmes mais sur ce qu'il savait de Rayiha. Comme la seule chose que Mevlut connaissait d'elle, c'était ses yeux, traiter ce thème leur paraissait le plus logique.

« En marchant la nuit dans les rues obscures, je vois soudain ces yeux en face de moi », dit Mevlut un soir. « Tes yeux », avait corrigé Ferhat, qui aimait beaucoup cette phrase, sur le brouillon de la lettre. Il avait également déclaré qu'il vaudrait mieux ne pas écrire qu'il marchait le soir dans les rues car cela évoquerait par trop la vente de boza, mais Mevlut ne l'avait pas écouté. Parce que viendrait forcément un jour où Rayiha découvrirait que Mevlut était marchand de boza.

En deuxième phrase, après d'infinies hésitations, Ferhat écrivit : « Les flèches envoûtées qui dardent de tes yeux épinglent mon cœur et me retiennent captif. » « Envoûtées » faisait un peu trop livresque, mais quand un des gamins de Mardin expliqua que c'était un mot qu'on employait beaucoup là-bas, dans leur région, il gagna en légitimité. Se mettre d'accord sur ces deux phrases leur avait pris deux semaines. Mevlut se les répétait par cœur le soir, en vendant sa boza, et il était impatient de plancher sur la troisième.

« Je reste ton captif, depuis que tes regards ont labouré mon cœur, je ne pense à rien d'autre que toi. » C'était une phrase sur laquelle Mevlut et Ferhat étaient tout de suite tombés d'accord, car il fallait que Rayiha comprenne pourquoi Mevlut était captif après leur échange de regards.

Une nuit où ils rédigeaient cette troisième phrase, l'un des plongeurs originaires de Mardin, le plus ouvert et le plus décontracté, demanda : « Cette fille, tu y penses vraiment toute la journée ? » Devant le silence de Mevlut, l'air de s'excuser, il expliqua le pourquoi de sa question : « Tu t'appuies sur quoi pour penser à une fille que tu n'as finalement qu'entraperçue ?

— C'est justement ce qu'on est en train d'écrire, espèce d'idiot ! s'emporta inutilement Ferhat en prenant la défense de Mevlut. Il pense à ses yeux, voilà tout…

— Ne le prends pas mal, je donne raison à l'amour de mon frère Mevlut, j'ai du respect. Mais probablement que, excuse-moi d'énoncer cette idée, mais il me semble qu'on est d'autant plus amoureux d'une fille qu'on la connaît.

— Comment cela ? demanda Ferhat.

— Nous avions un copain de Mardin, il travaillait là-haut, à l'usine de médicaments du groupe Eczacıbaşı. À l'emballage. Il voyait chaque jour une fille de son âge. Elle portait une blouse bleue comme les autres employées du service. Notre copain de Mardin et elle travaillaient huit heures par jour l'un en face de l'autre, et ils se parlaient par nécessité professionnelle. Alors, notre copain commence à éprouver de drôles de symptômes, il n'est pas dans son assiette, il se rend à l'infirmerie. C'est-à-dire qu'au début, il ne comprend même pas qu'il tombe amoureux. Surtout, il refuse de l'admettre. Parce que cette fille n'a aucun attrait physique, ni les yeux ni rien. Mais simplement parce qu'il la voit chaque jour et qu'il a une relation amicale avec elle, il s'en éprend terriblement. Vous y croyez, à ça ?

— Que s'est-il passé ensuite ?

— La fille a été donnée en mariage à un autre. Et en rentrant à Mardin, le copain s'est suicidé. »

Mevlut craignit un instant de connaître le même sort. Dans quelle mesure Rayiha avait-elle eu l'intention que leurs regards se croisent ? Les soirs où il ne buvait pas de raki, Mevlut concédait avec réalisme le caractère hasardeux de leur rencontre. Mais dès qu'il était habité par un profond sentiment d'amour, il disait que ce n'est qu'avec la volonté du Très-Haut qu'une si noble émotion pouvait exister. Quant à Ferhat, il désirait vivement que Mevlut convienne qu'il y avait chez Rayiha une part d'intention dans ce fugace croisement de regards. C'est ainsi qu'ils écrivirent la phrase suivante : « Si tu n'avais eu d'intention cruelle, tu ne m'aurais pas barré la route de ton regard éloquent et tu n'aurais pas volé mon cœur tel un brigand. »

S'il était facile de tutoyer Rayiha dans une phrase, ils furent incapables de décider de quelle façon Mevlut s'adresserait à elle en début de lettre. Un soir, Ferhat revint avec un livre intitulé *Les Plus Belles Lettres d'amour et modèles de lettres.* Pour qu'on les prenne au sérieux, il lut à voix haute les différentes formes d'adresses qu'il avait sélectionnées dans les pages du livre, mais chaque fois Mevlut s'y opposait. Il ne pouvait s'adresser à Rayiha en l'appelant « Madame ». Des formules comme « Chère Madame », « Jeune dame » ou « Mademoiselle » étaient tout aussi bizarres. (« Jeune » était encore le terme le plus approprié.) « Mon aimée », « Ma

belle », « Mon amie », « Mon ange », « Mon unique »... Mevlut
trouvait cela par trop familier. (Le livre était plein de mises en
garde et de conseils pour éviter que les premières lettres ne soient
trop familières.) Ce soir-là, Mevlut emprunta le livre à Ferhat et
commença à le lire attentivement. Des formules introductives
comme « Toi aux yeux langoureux », « au regard malicieux »,
« au regard mystérieux » lui plaisaient bien, mais il avait peur
qu'elles soient mal interprétées. Ce n'est que des semaines plus
tard, une fois qu'ils eurent achevé cette lettre qui comportait dix-
neuf phrases, qu'ils décidèrent que « Toi au regard langoureux »
était une bonne forme d'adresse.

Voyant que l'ouvrage qu'il avait apporté avait été une source
d'inspiration pour Mevlut, Ferhat en chercha de nouveaux. Il
farfouilla dans les rayonnages poussiéreux des bouquinistes de
Babıali, qui envoyaient en province des livres sur des sujets très
appréciés comme la poésie populaire, les histoires de lutteurs,
l'islam et la sexualité, ce qu'il faut faire la nuit de noce, Leïla
et Majnoun, l'interprétation des rêves selon l'islam. Il dénicha
encore six livres de conseils pour écrire des lettres d'amour et
il les prit tous pour son ami. Mevlut s'attardait longuement sur
les illustrations de couverture de ces anciennes parutions, sur les
hommes en cravate et les femmes châtains, aux yeux bleus et au
teint blanc, aux lèvres et aux ongles rouges dont les poses rappelaient celles des personnages de films américains. À l'aide d'un
couteau, il découpait avec soin les pages jaunies qui sentaient bon
le papier, et lorsqu'il avait le temps, c'est-à-dire le matin avant de
sortir vendre du yaourt et le soir en rentrant de sa tournée de
boza, et s'il avait la possibilité de rester seul, il lisait attentivement
les modèles de lettres et les conseils des auteurs aux amoureux.

Les livres, qui se ressemblaient beaucoup entre eux, étaient
construits sensiblement de la même façon : les lettres étaient ordon-
nées selon les diverses situations que risquaient de connaître les
amoureux : rencontre fortuite, échange de regards, rendez-vous,
bonheur, manque, querelles... Dans les dernières pages de ces
manuels où il puisait des expressions, des modèles formels à réu-
tiliser dans ses propres lettres, Mevlut apprit que toute histoire
d'amour passait obligatoirement par plusieurs étapes. Rayiha et

lui n'en étaient encore qu'aux prémices. Certains d'entre eux présentaient aussi des modèles de lettres écrites par une femme en réponse à celles qui lui étaient adressées par un homme. Affres de l'amour, minauderies et déceptions... Toutes sortes de gens en proie à ces plaisirs et à ces tourments s'animaient dans son imagination. Comme s'il lisait un roman, il découvrait la vie des autres et, ce faisant, Mevlut comparait sa propre situation à la condition humaine de ces personnages.

Un autre sujet suscitait son intérêt, celui des amours qui se soldaient par un échec, par la rupture. C'est dans ces livres que Mevlut apprit que, au terme d'une aventure sentimentale qui n'avait pas abouti au mariage, chacun des protagonistes pouvait réclamer à l'autre les lettres d'amour qu'il lui avait adressées.

« Dieu nous en garde mais si les choses tournaient mal et que Rayiha souhaitait récupérer ses lettres, je les lui rendrais, dit Mevlut un soir, après un deuxième verre de raki. Mais jamais je ne demanderais à Rayiha de me retourner celles que je lui aurais écrites, elle n'aurait qu'à les garder jusqu'au jour du jugement dernier. »

Sur la couverture d'un de ces guides pratiques, en une mise en scène digne d'un film, on voyait un couple à l'européenne se disputer avec fougue et, sur la table devant eux, une pile de lettres retenues par un ruban rose. Mevlut prit la résolution d'écrire à Rayiha autant de lettres qu'il y en avait dans ce paquet, qui en comptait au moins cent cinquante ou deux cents. Il comprit qu'il fallait aussi la séduire avec le papier, le parfum et l'enveloppe de la lettre, ainsi qu'avec le cadeau que bien sûr il y adjoindrait. Ils en discutaient jusqu'au petit matin. Durant tout ce maussade automne, ils passèrent leurs nuits à réfléchir à la senteur qui conviendrait le mieux pour parfumer la lettre, au magasin où ils iraient l'acheter, et ils testèrent maints parfums bon marché.

À la période où ils décidèrent qu'un nazar boncuk[1] serait le cadeau qui aurait le plus de sens, une lettre d'un tout autre genre mit Mevlut dans l'inquiétude. Quand Süleyman la lui remit un soir, dans une enveloppe en épais papier de chanvre et portant

---

1. Amulette représentant un œil bleu en pâte de verre.

le sceau de l'État, elle était déjà passée entre beaucoup de mains, et de nombreuses personnes en connaissaient le contenu. Vu que Mevlut avait désormais rompu tout lien avec le lycée Atatürk, les services de l'État avaient commencé à le chercher au village pour son incorporation.

Le jour où Mevlut et Ferhat s'étaient rendus dans le secteur du Grand Bazar pour choisir un nazar boncuk et un mouchoir à Rayiha, un policier en civil du commissariat de Beyoğlu se présenta pour la première fois au restaurant où ils travaillaient et s'enquit de Mevlut. Bien que pris au dépourvu, leurs collègues avaient répondu comme tout le monde le faisait à Istanbul dans des circonstances semblables : « Ah, lui ? Il est retourné au village ! »

« Le temps qu'ils envoient des gendarmes au village et qu'ils comprennent que tu n'y es pas, ça va leur prendre deux mois, dit Kadri le Kurde. Les jeunes de ton âge qui fuient le service militaire sont soit des fils à papa qui ne supportent pas d'être menés à la dure, soit des magouilleurs qui ont trouvé un filon qui rapporte et qui ne veulent surtout pas le lâcher alors qu'à vingt ans ils s'en mettent déjà plein les poches. Et toi Mevlut, quel âge as-tu ?

— Vingt-deux ans.

— Tu as largement l'âge d'y aller. Ce restaurant est en train de couler. Et vous ne gagnez pas grand-chose. Tu as peur de l'armée ? tu as peur de prendre des coups ? N'aie pas peur. Des coups, tu t'en prendras un peu, mais l'armée est juste. Si tu es obéissant, avec un visage si pur, tu ne te feras pas trop taper dessus. »

Mevlut décida d'y aller aussitôt. Il descendit vers la caserne militaire de Beyoğlu située à Dolmabahçe et, tandis qu'il montrait sa convocation au commandant, un autre gradé le tança parce qu'il était planté au mauvais endroit. Mevlut eut peur, mais cela n'alla pas jusqu'à la terreur. En sortant dans la rue, il sentit que, une fois que ce serait fait, il pourrait retourner à la vie normale.

Il pensa que son père accueillerait cette décision avec joie. Il alla à Kültepe, son père était là. Ils s'embrassèrent, ils se réconcilièrent. La maison lui parut encore plus vide, plus triste et lugubre qu'autrefois. Mevlut comprit à cet instant combien il aimait cette pièce où il avait passé dix ans de sa vie. Il ouvrit le placard de la cuisine, et la vue de la vieille casserole déformée, du bougeoir rouillé et de la fourchette édentée le toucha profondément. Le mastic séché autour de la fenêtre donnant sur Duttepe dégageait dans le soir pluvieux une odeur de vieux souvenir. Mais passer la nuit ici avec son père lui fit peur.

« Tu vas chez ton oncle et tes cousins ?

— Non, je ne les vois plus du tout », répondit Mevlut en sachant parfaitement que son père n'était pas dupe. Concernant un sujet aussi sensible, jamais il n'aurait eu l'audace de servir du tac au tac un tel mensonge autrefois. Il aurait tergiversé, et répondu quelque chose qui aurait chagriné son père, certes, mais sans mensonge. Sur le seuil, il baisa la main de son père avec respect, comme il le faisait d'une fête à l'autre.

« Quand tu auras fait ton service, tu seras un homme, un vrai ! » dit Mustafa Éfendi en prenant congé de son fils.

Pourquoi, au dernier moment, son père lui avait-il balancé ces mots méprisants et blessants ? Alors qu'il descendait de Kültepe pour rejoindre l'arrêt d'autobus plus bas, sous l'effet de ces paroles et des fumées de briquettes de lignite, Mevlut avait les yeux humides.

Quand trois semaines plus tard il se rendit à la caserne militaire de Beşiktaş, il apprit qu'il ferait ses classes à Burdur. Ne sachant plus où était Burdur, il eut un instant de panique.

« Ne t'en fais pas, Ağbi. Il y a chaque soir quatre autocars qui partent de la gare routière de Harem pour Burdur, lui dit l'un des garçons originaires de Mardin, celui qui était le plus effacé, avant d'égrener les noms des compagnies d'autocars : La meilleure, c'est Gazanfer Bilge, dit-il, puis il reprit : C'est bien, non ? Tu pars au service militaire, mais tu as le nom d'une amoureuse dans ton cœur, et l'image de ses yeux dans ta tête. Si tu as une chérie à qui écrire des lettres, le service militaire glissera tout seul, Ağbi... Comment je le sais ? Un de nos copains de Mardin... »

17

Mevlut au service militaire

Tu te crois chez toi, ici ?

Durant tout son service militaire, qui dura presque deux ans, Mevlut apprit tellement de choses sur l'art de passer inaperçu dans des bourgades de province, au sein de l'armée, au milieu des autres hommes et de la foule, qu'il donna raison au proverbe selon lequel on ne peut devenir un homme sans aller au service militaire. Il commença même à le dire en lui apportant une variante : On ne peut devenir un mâle sans aller au service militaire. Car, en réalité, la chose essentielle qu'il découvrit à l'armée, ce fut la conscience de son propre corps et de sa masculinité, ainsi que sa fragilité.

Autrefois, c'est-à-dire avant de devenir un homme, Mevlut ne faisait pas de distinction entre son corps, son âme et ses pensées, il prenait le tout pour son moi. Mais à l'armée, il comprit dès le premier examen médical que son corps ne lui appartiendrait plus totalement, et qu'en le confiant à ses supérieurs il pourrait au moins sauver son âme et, partant de là, rester maître de ses pensées et de ses rêves. Lors des fameux trois jours où seraient réformés les pauvres diables atteints sans le savoir de maladies et de handicaps divers (vendeurs tuberculeux, ouvriers myopes, fabricants d'édredons sourds) de même que les roublards en bonne santé désireux d'échapper au service militaire et assez riches pour graisser la patte aux médecins, un vieux docteur qui avait remarqué que Mevlut avait honte de se déshabiller lui avait dit : « Enlève donc tout ça, mon garçon, c'est un foyer militaire ici, nous sommes tous des mâles. »

Se fiant à cet affable médecin, Mevlut s'était déshabillé en pensant être rapidement examiné, mais on le fit se mettre en rang avec d'autres mâles démunis n'ayant plus que leur caleçon sur eux. Pour empêcher les vols, personne n'était autorisé à laisser son maillot de corps et son pantalon dans un coin. Tels des fidèles entrant à la mosquée, tous ceux qui attendaient dans la file tenaient leurs chaussures à la main, les talons collés l'un contre l'autre, et portaient sur les bras leurs vêtements pliés l'un sur l'autre, avec, au-dessus de la pile, le document sur lequel les médecins chargés de les examiner apposeraient leur signature et un coup de tampon.

Après deux heures d'attente dans une file qui s'étirait le long d'un couloir glacial sans progresser d'un iota, Mevlut apprit qu'il n'y avait toujours pas de médecin dans le bureau. Quant à savoir de quel examen il s'agissait, ce n'était pas clair. Certains parlaient d'un contrôle ophtalmologique. Ceux qui mimaient habilement la myopie soutenaient qu'ils seraient réformés, d'autres assenaient d'un air menaçant : « Quand le docteur sera là, ce n'est pas les yeux mais le cul qu'il nous examinera, et les pédés se feront tout de suite dégager. » Mevlut eut tellement la trouille que d'autres portent le regard voire la main à l'endroit le plus secret de son anatomie, ou qu'ils le mettent à l'écart en disant qu'il était homosexuel (cette deuxième peur ressurgirait de façon récurrente durant tout son service militaire), qu'il en oublia la honte de sa nudité et se mit à discuter avec les autres hommes, tout aussi nus que lui. Il découvrit que la plupart d'entre eux étaient issus d'un village, qu'ils vivaient dans un bidonville et que tous, du plus pitoyable au plus idiot, se vantaient d'être pistonnés. Se rappelant Hadji Hamit Vural, qui n'était même pas au courant de son départ au service militaire, Mevlut déclara à son tour qu'il avait un très bon piston qui lui permettrait de faire son service pépère.

C'est ainsi que, dès le premier jour, il comprit que répéter à l'envi qu'il était pistonné le protégerait contre l'agressivité et les railleries des autres recrues. Dans la queue, il racontait à un gars portant comme lui la moustache (« J'ai bien fait de la laisser pousser », pensait Mevlut) que Hadji Hamit Vural était connu comme le loup blanc, que c'était quelqu'un de très juste, de très charitable, un grand bienfaiteur, quand un commandant leur hurla : « Taisez-vous ! » Tous se turent en tremblant. « Arrêtez de papoter comme des bonnes femmes au hammam. Fini la rigolade. Tenez-vous droits. Ici, c'est l'armée. Cessez de glousser comme des gonzesses. »

Dans l'autocar qui l'emmena ensuite à Burdur, tandis qu'il somnolait, cet épisode de l'hôpital lui revint sans arrêt à l'esprit. Quand le commandant avait paru, certains avaient caché leur nudité derrière leurs vêtements et leurs chaussures, d'autres avaient fait semblant d'avoir eu peur de lui, mais dès que le commandant eut tourné les talons ils s'étaient mis à rire de plus belle. Mevlut savait qu'il parviendrait à s'entendre avec les hommes adoptant ces deux types de comportement mais, si tout le monde était comme ça à l'armée, il craignait de se sentir bien seul et étranger.

Mais jusqu'à ce qu'il termine ses classes et prête serment, il n'eut guère le loisir de se sentir seul ou étranger. Chaque jour, il courait avec sa compagnie deux ou trois heures en chantant, il sautait par-dessus des obstacles, exécutait des mouvements de gymnastique semblables à ceux que Kerim le Borgne leur faisait faire au lycée et, à force de répéter le salut des centaines de fois devant des soldats réels ou imaginaires, il apprenait les rudiments de la vie militaire.

Trois jours après son entrée dans la garnison, ce qui avait tant préoccupé Mevlut avant le service militaire, se prendre des coups de la part des supérieurs, était devenu pour lui quelque chose de banal et de routinier. Malgré tous les avertissements du sergent-chef, un crétin mettait son chapeau de travers, il se mangeait une baffe ; une buse pliait les doigts en faisant le salut, il se prenait une beigne ; un autre confondait pour la énième fois sa droite et sa gauche pendant l'instruction, il se faisait traiter de tous les noms par le commandant et se tapait en plus une centaine d'abdos sous les rires de l'unité.

« C'est dingue le nombre d'imbéciles et d'ignares qu'il y a dans ce pays. Même si on me l'avait dit, je n'y aurais pas cru », avait déclaré un soir Emre Şaşmaz d'Antalya, alors qu'ils buvaient du thé. Il tenait un magasin de pièces détachées automobiles, c'était quelqu'un de sérieux, et Mevlut avait du respect pour lui. « Je n'arrive toujours pas à comprendre comment certains peuvent faire pour être aussi bêtes. Et ce n'est pas en leur tapant dessus qu'on les rendra intelligents.

— Est-ce à cause de leur stupidité qu'ils se prennent autant de coups ou est-ce à cause de tous les coups qu'ils se prennent qu'ils deviennent aussi stupides, c'est ça la vraie question », intervint Ahmet d'Ankara. Il tenait quant à lui une quincaillerie. Mevlut comprit qu'il fallait au moins être patron de magasin pour pouvoir émettre des jugements à l'emporte-pièce sur les imbéciles. En réalité, il n'appréciait guère la morgue de ces privilégiés qui s'étaient retrouvés par hasard dans la même section. Le commandant cinglé de la quatrième division avait tellement persécuté un appelé de Diyarbakır (les mots « kurde » et « alévi » étaient interdits dans le foyer militaire) qu'il ne pouvait pas piffer, que le malheureux s'était pendu avec sa ceinture dans sa cellule d'isolement. Vu que les petits commerçants ne déploraient pas ce suicide autant que lui, qu'ils allaient même jusqu'à donner raison au commandant et à traiter d'idiot ce soldat qui avait mis fin à ses jours, Mevlut se mit en colère contre eux. Lui aussi en venait parfois à penser au suicide, comme la majorité des soldats. Et comme tout le monde, il s'en tirait par une pirouette et passait à autre chose. Vers la même période, un jour à l'heure du déjeuner, nos deux boutiquiers Emre et Ahmet sortaient tout guillerets du réfectoire quand ils heurtèrent le commandant, justement de méchante humeur à ce moment-là. En silence et avec un plaisir non dissimulé, Mevlut regarda de loin le commandant leur flanquer deux gifles à chacun, sur leurs joues bien rasées, parce qu'ils avaient mis leur chapeau de travers.

« Une fois que j'aurai fini mon service militaire, je retrouverai ce pédé de commandant, et je lui ferai regretter d'être venu au monde, dit Ahmet d'Ankara, le soir en buvant le thé.

— Moi, Ağbi, je m'en bats l'œil, de toute façon, il n'y a pas de logique à l'armée », rétorqua Emre d'Antalya.

L'habileté politique et le détachement de ce dernier, qui semblait déjà avoir oublié la gifle, forcèrent le respect de Mevlut. Mais les mots « il n'y a pas de logique dans l'armée » étaient moins le reflet de son propre point de vue que la reprise d'un slogan employé par les gradés. Dans les situations où les ordres qu'ils donnaient étaient discutés et remis en cause, les commandants montaient sur leurs grands chevaux, ils hurlaient : « Sans raison ni logique, je vous punirai pendant deux week-ends s'il le faut, je vous ferai tous ramper dans la boue, je vous pourrirai la vie », et ils tenaient parole.

Quelques jours plus tard, Mevlut se prit sa première gifle et il décréta aussitôt qu'un coup, ce n'était pas quelque chose d'aussi grave qu'il l'imaginait. Ce jour-là, comme ils n'avaient rien à faire, ils avaient tous reçu l'ordre d'aller nettoyer la zone. Après avoir ramassé tout ce qui traînait par terre, allumettes, mégots et feuilles mortes, ils s'étaient dispersés et fumaient tranquillement une cigarette dans un coin quand tout à coup un gradé de la taille d'un géant (Mevlut ne savait toujours pas déchiffrer les grades au nombre de galons sur le revers du col) surgit devant eux en criant : « Eh, vous ! C'est quoi ça ! » Il les fit s'aligner et, de sa main large comme un battoir, il balança une énorme baffe à chacun des dix soldats de la section. Mevlut eut très mal, mais il était content d'avoir surmonté sans problème cette première gifle qu'il appréhendait tant. Le grand Nazmi de Nazilli, le premier du rang, avait valdingué sous la violence du coup et, sous l'effet de la colère, il semblait prêt à tuer quelqu'un. Mevlut eut envie de le consoler : « Laisse tomber Ağbi. Regarde, est-ce que je m'en fais ? Ça y est, c'est passé.

— Parce qu'il ne t'a pas frappé aussi fort que moi, répondit le gars de Nazilli, furieux. À cause de ton joli minois de nana. »

Mevlut se dit qu'il avait peut-être raison.

« Beau, laid, pas mal, banal… L'armée ne fait aucune discrimination. Tout le monde en prend pour son matricule, dit un autre.

— Les Orientaux, les noirauds, les bruns au regard sombre s'en prennent encore plus que les autres, messieurs, ne vous y trompez pas. »

Mevlut ne s'engagea pas plus avant dans cette discussion sur les coups. Il s'était convaincu que la gifle qu'il venait d'encaisser n'avait rien de déshonorant vu qu'elle ne découlait nullement d'une faute de sa part.

Cependant, deux jours plus tard, alors qu'il avançait de façon « indisciplinée », la chemise ouverte sur le torse et plongé dans ses pensées (depuis combien de temps Süleyman avait-il fait parvenir la lettre à Rayiha ?), un lieutenant l'arrêta et le gratifia d'un rapide aller-retour. En le traitant d'abruti en prime. « Tu te crois chez toi, ici ? Tu es de quelle unité ? » Et sans même écouter la réponse de Mevlut, il poursuivit son chemin.

Malgré les nombreux coups qui rythmeraient ses vingt mois de service militaire, c'est surtout cette gifle-là qui lui brisa le cœur. Parce que le lieutenant avait raison. À ce moment-là, en effet, il pensait à Rayiha, et il n'avait prêté aucune attention à son chapeau, ni à son salut ni à sa démarche.

Ce soir-là, Mevlut se coucha avant tout le monde, il tira la couverture sur sa tête et il songea tristement à sa vie. Pour l'heure, bien sûr, il aurait préféré être avec Ferhat et les garçons de Mardin dans leur logement de Tarlabaşı, mais là-bas non plus ce n'était pas chez lui. On eût dit que c'est ce point qu'avait visé le lieutenant en disant « Tu te crois chez toi, ici ? ». La seule maison où il se sentait vraiment chez lui, c'était la bicoque de bidonville de Kültepe dans laquelle il se représentait son père, seul, assoupi devant la télévision, et pour laquelle il n'avait toujours pas de titre de propriété.

Le matin, il ouvrait au hasard l'un des livres de modèles de lettres qu'il dissimulait sous ses pulls au fin fond des étagères et, caché derrière la porte du placard, il lisait une minute ou deux une page qui occuperait son imagination toute la journée ; et avec ce qui lui restait à l'esprit, pendant les exercices barbants et les courses interminables, il construisait des phrases pour les lettres qu'il écrirait à Rayiha. Ces belles paroles, il les retenait par cœur à l'instar de ces prisonniers politiques « écrivant » des poèmes sans papier ni crayon et, en fin de semaine, lorsqu'il avait l'autorisation de sortir en ville, il les couchait avec soin sur le papier et les expédiait par la poste à Duttepe. S'installer à une table dans un coin d'une gare routière de lignes interurbaines et écrire des lettres à Rayiha, sans même aller dans les cafés et les cinémas fréquentés par les autres soldats, était pour lui un grand bonheur et il se sentait parfois comme un poète.

À la fin de sa formation militaire initiale d'une durée de quatre mois, Mevlut avait appris à se servir d'un fusil d'assaut G3, à se présenter au rapport (un peu mieux que tout le monde), à saluer, à ne pas attirer l'attention, à se conformer aux ordres (comme tout un chacun), à faire avec, à mentir et être hypocrite au besoin (en moindre proportion que les autres).

Il réussissait moins bien certaines choses, mais il ne savait dire si c'était à cause de son incompétence ou de ses scrupules moraux.

« Écoutez-moi bien, je vais partir maintenant. Je reviens dans une demi-heure et l'unité va continuer ses exercices sans s'interrompre. C'est compris ?

— À vos ordres commandant ! » s'écriait l'unité au grand complet.

Mais dès que le commandant avait disparu à l'angle du bâtiment jaune de l'état-major, la moitié des soldats de l'unité s'allongeaient par terre, allumaient une cigarette et se mettaient à bavarder. Quant aux autres, ils continuaient pour moitié à faire leurs exercices le temps de s'assurer que le commandant ne ressurgirait pas à l'improviste, et pour moitié à faire semblant de continuer (Mevlut était de ces derniers). Vu que ceux qui poursuivaient consciencieusement leurs exercices s'attiraient les moqueries, qu'ils se faisaient chahuter, traiter de dingues et qu'ils se trouvaient contraints d'arrêter, au bout du compte personne n'exécutait les ordres du commandant. À quoi bon tout cela ?

Au cours du troisième mois de son service militaire, Mevlut rassembla son courage et posa cette question philosophico-morale aux deux boutiquiers, un soir où ils buvaient un thé.

« Eh Mevlut, tu es vraiment trop naïf, dit Emre d'Antalya.

— Ou alors, tu es un simulateur qui joue les naïfs », dit Ahmet d'Ankara.

« Si j'étais patron comme eux, même d'un petit magasin, j'aurais à coup sûr terminé le lycée, l'université, et j'aurais fait mon service militaire en tant qu'officier », se disait Mevlut. S'il rompait avec ces boutiquiers qui ne lui inspiraient plus aucun respect, il voyait bien que, parmi les autres camarades qu'il trouverait, le rôle du gentil benêt chargé du service du thé risquait fort de lui incomber. De toute façon, il devrait comme tout le monde se servir de son chapeau pour tenir les théières à l'anse cassée.

Au tirage au sort, il tomba sur le régiment blindé de Kars. Il y avait des chanceux qui tiraient l'Ouest, et même Istanbul. Une rumeur laissait entendre que ce tirage au sort était truqué. Mais Mevlut n'éprouva pas de jalousie ni de colère, il ne s'inquiéta pas d'avoir à passer six mois à l'est, dans la ville la plus froide et la plus pauvre de Turquie, à la frontière avec la Russie.

Il se rendit à Kars en une journée, en changeant d'autocar à Ankara et sans repasser par Istanbul. En juillet 1980, Kars était une ville très pauvre de cinquante mille habitants. Tandis que, valise à la main, Mevlut faisait le trajet de la gare routière jusqu'à la garnison située en plein centre-ville, il vit que les rues étaient couvertes de slogans politiques gauchistes, et les signatures au-dessous de certains lui rappelèrent les murs de Kültepe.

Mevlut trouva la garnison militaire calme et tranquille. Hormis ceux qui appartenaient à l'Organisation nationale du renseignement, les militaires qui étaient en ville restaient en dehors du débat politique. Dans les villages vivant de l'élevage, dans les étables où l'on faisait du fromage, il y avait parfois des descentes de gendarmes pour y arrêter des militants de gauche, mais ces unités de gendarmerie étaient loin.

Un mois après son arrivée en ville, en réponse à une question du commandant lors du rassemblement du matin, Mevlut déclara que dans la vie civile, il était serveur. Et c'est ainsi qu'il commença à travailler au mess des officiers. Ce qui lui épargna les tours de garde dans le froid et les ordres absurdes des commandants atrabilaires de la division. Désormais, il trouvait le temps d'écrire à Rayiha quand personne ne le voyait, sur la petite table du dortoir ou sur les tables de cuisine du mess des officiers, il écoutait les chansons qui passaient à la radio, musique populaire d'Anatolie et musique traditionnelle turque comme *Ce premier regard qui emplit mon cœur*, d'Erol Sayan, interprété par Emel Sayın, et il noircissait des pages. Les recrues en charge de travaux de secrétariat, de peinture ou de réparation dans le quartier général et les dortoirs donnaient l'illusion de faire quelque chose, mais ils avaient pour la plupart un petit poste à transistor caché dans la poche. Grâce à son goût accru pour la musique cette année-là, Mevlut adressa à son aimée de nombreuses lettres pleines de tournures inspirées de chansons populaires d'Anatolie comme « Ma coquette au regard gracieux », « aux yeux de biche », « au regard langoureux », « aux yeux noirs », « au regard alangui », « au regard indolent », « au regard séduisant », « aux yeux comme des poignards », « au regard envoûtant »…

À mesure qu'il lui écrivait, il avait l'impression de connaître Rayiha depuis son enfance, de partager avec elle un univers mental commun. Comme si au fil des lettres, de mot en mot, de phrase en phrase, il construisait une proximité entre elle et lui, et il avait le sentiment que tout ce qu'il imaginait, ils le vivraient dans le futur.

Un jour, à la fin de l'été, il était en train de se disputer avec un cuistot à cause d'un sauté d'aubergines renvoyé en cuisine par un lieutenant furieux que son plat soit froid, quand quelqu'un le tira par le bras. Quelqu'un d'une taille impressionnante. Après un bref instant de frayeur, Mevlut s'exclama : « Mais… c'est toi, Mohini ! »

Les deux amis se prirent dans les bras et s'embrassèrent.

« Les gens maigrissent à l'armée, on devient mince comme un fil, mais toi, tu as pris du poids.

— Je travaille au mess comme serveur, répondit Mevlut. J'ai engraissé dans les cuisines comme un gros chat chez un boucher.

— Et moi, je suis coiffeur au club de l'armée. »

Mohini était arrivé à Kars deux semaines plus tôt. Il n'avait pas réussi à terminer le lycée, son père l'avait placé comme apprenti chez une coiffeuse, c'est ainsi que s'était déterminé son futur métier. Certes, teindre en blond les cheveux des épouses des officiers dans le club de l'armée était aisé comme travail. Mais lors d'une permission de sortie en ville, alors que Mevlut et lui regardaient un match de football dans une maison de thé en face de l'hôtel Asya, Mohini se mit à égrener ses plaintes.

Mohini. Mon travail au salon de coiffure du club de l'armée n'avait en réalité rien de difficile. Mon seul problème, c'étaient

les subtilités consistant à témoigner à chaque femme une attention à la hauteur du grade de son époux. Réaliser les meilleures
coiffures, réserver les propos les plus agréables à l'épouse courte
sur pattes de Turgut Pacha, le commandant de la garnison ; et
en moindre proportion à l'épouse un peu maigrichonne de son
second ; passer moins de temps, faire moins d'efforts avec les
femmes des majors – en veillant à respecter l'ordre de préséance
entre elles –, tout cela me rendait malade des nerfs. J'ai raconté
à Mevlut qu'un jour où j'avais esquissé un compliment sur ses
cheveux à la jolie épouse brune d'un jeune officier, toutes les
autres, la femme de Turgut Pacha en tête, s'étaient mises à froncer le nez, à m'accabler et à m'humilier.

« Je ne veux pas que ma couleur soit plus claire que celle que tu
as faite à la femme de Turgut Pacha », disait l'observatrice épouse
de notre major. Je savais qui jouait au rami et chez qui, je savais
quel était leur jour de réception, quelle série elles regardaient
ensemble et au domicile de laquelle, quels gâteaux elles achetaient et dans quelle boulangerie. J'ai chanté des chansons pour
l'anniversaire des enfants de quelques-unes, j'ai fait le magicien,
j'ai couru les magasins pour faire les emplettes de ces dames qui
n'aimaient pas s'aventurer à l'extérieur de l'enceinte militaire,
j'ai aidé la fille d'une autre pour ses devoirs de mathématiques.

« Eh, Mohini, qu'est-ce que tu y connais en mathématiques !
m'a brutalement interrompu Mevlut. Tu baises la fille du commandant ou quoi ?

— C'est vraiment déplorable, honte à toi Mevlut... Tu es
devenu grossier à l'armée, autant dans ta façon de parler que de
penser. Tous les bidasses qui sortent du quartier général pour
un boulot plus tranquille dans le club de l'armée, qui passent
leur journée à se faire engueuler et humilier dans les maisons
des officiers où ils bossent comme serviteurs et domestiques, se
vantent en rentrant le soir dans leur unité de se taper la fille du
commandant. Tu y crois, toi, à ces fanfaronnades ? Par ailleurs,
Turgut Pacha est un militaire équitable et digne qui ne mérite
vraiment pas des propos d'une telle mocheté. C'est lui qui me
protège constamment des caprices et des vacheries de sa femme.
D'accord ? »

C'étaient les paroles les plus honnêtes que Mevlut eût entendues de la bouche d'un soldat de tout son service militaire. Il eut honte. « Le commandant est un homme bon en fait, dit-il. Excuse-moi. Viens que je t'embrasse, ne te fâche pas. »

À peine eut-il prononcé ces mots qu'il comprit ce qu'il se cachait à lui-même : depuis la dernière fois qu'il l'avait vu au lycée, Mohini s'était efféminé, son homosexualité latente était devenue flagrante. Mohini en avait-il conscience ? Mevlut devait-il montrer qu'il l'avait remarqué ? Ils se scrutèrent mutuellement un instant, en silence, sans bouger.

Turgut Pacha ne fut pas long à apprendre que le soldat qui coiffait sa femme et le soldat qui travaillait comme serveur au mess étaient d'anciens camarades d'école. C'est ainsi que Mevlut commença à fréquenter lui aussi la maison du commandant pour des travaux privés. Parfois, il repeignait les placards de la cuisine, parfois il jouait à la charrette et au cocher avec les enfants (à Kars, les voitures attelées faisaient office de taxis). Le commandant de la division et le directeur du club de l'armée avaient été informés que certains jours Mevlut se rendrait chez Turgut Pacha pour les préparatifs de ses réceptions privées, ce qui avait rapidement hissé Mevlut au rang de « pistonné par le commandant », le stade suprême aux yeux de tous. Mevlut prenait plaisir à voir que, grâce à la rumeur, la nouvelle de ce statut nouveau et respecté s'était rapidement diffusée dans sa compagnie puis dans toute la garnison. Ceux qui l'apostrophaient en disant « Quoi de neuf baby ? », ceux qui lui mettaient des mains aux fesses et voulaient le faire passer pour homosexuel stoppèrent net leurs plaisanteries. Les lieutenants commencèrent à se comporter avec Mevlut avec les mêmes égards qu'envers un gosse de riche arrivé à Kars par erreur. Certains allèrent même jusqu'à le prier d'obtenir de la bouche de la femme du commandant la date secrète des manœuvres qui devaient s'effectuer à la frontière russe. Et personne ne se risqua plus à lui balancer la moindre pichenette.

18

Le coup d'État militaire

Le cimetière du quartier Sanayi

Les manœuvres militaires dont la date secrète constituait un objet de curiosité ne purent avoir lieu en raison du nouveau coup d'État qui survint dans la nuit du 12 septembre 1980. Au vu des rues désertes derrière les murs d'enceinte, Mevlut comprit qu'il se passait quelque chose d'inhabituel. L'armée avait proclamé la loi martiale et le couvre-feu dans l'ensemble du pays. Mevlut suivit toute la journée à la télévision les adresses du général Evren Pacha à la nation. L'aspect vide de ces rues qui d'habitude fourmillaient de paysans, de petits commerçants, de chômeurs, de craintifs citoyens et de policiers en civil lui donnait l'étrange impression que cette anomalie venait de lui. Le soir, Turgut Pacha rassembla toute la garnison. Il déclara que les hommes politiques, négligents et essentiellement préoccupés de leurs intérêts et de leurs suffrages, avaient conduit le pays au bord du gouffre mais que désormais cette sombre période avait pris fin ; que les forces armées, uniques vrais maîtres du pays, ne laisseraient pas sombrer la Turquie ; que tous les terroristes et les politiciens semant la division seraient châtiés. Il discourut longuement sur le drapeau, sur le sang des martyrs qui lui donnait sa couleur et sur Atatürk.

Une semaine plus tard, quand Turgut Pacha fut nommé maire de Kars par un communiqué télédiffusé, Mevlut et Mohini commencèrent également à se rendre dans les locaux de la mairie, à dix minutes de la garnison. Le matin, le commandant restait dans la garnison où, à la lumière des renseignements fournis par les informateurs et l'Organisation nationale du renseignement, il organisait les opérations menées contre les communistes. Avant le déjeuner, il regagnait en jeep la mairie installée dans une ancienne bâtisse russe. Parfois, il faisait le trajet à pied, escorté par ses gardes du corps, il écoutait avec bonheur les petits commerçants qu'il croisait lui dire leur gratitude et tout le bien qu'ils pensaient de ce coup d'État, il tendait sa main à baiser à qui voulait et, une fois au quartier général, il lisait personnellement les lettres qui lui avaient été adressées. Une des tâches importantes qui lui incombaient en tant que maire, commandant de la garnison et de la zone d'état d'urgence, c'était de transférer les suspects devant le procureur militaire après avoir rapidement enquêté sur les lettres de dénonciation pour prévarication et faits de corruption. Vu que le procureur partait comme lui du postulat que s'ils étaient innocents, ils seraient relâchés, il intentait facilement des procès et menaçait toutes les personnes poursuivies de les écrouer sur-le-champ.

Les militaires n'étrillaient pas tellement les riches coupables de malversations. Les accusés de fautes politiques, les communistes, fréquemment qualifiés de « terroristes », étaient quant à eux condamnés à la peine de la falaka. Les hurlements que poussaient ces jeunes gens cueillis dans leurs bidonvilles lors d'une descente de police et soumis à la torture pendant leur interrogatoire s'entendaient jusqu'à la garnison si le vent soufflait dans cette direction. Tandis qu'il marchait en silence vers le club de l'armée, Mevlut regardait par terre d'un air coupable.

À l'heure du rassemblement, un matin après le jour de l'An, Mevlut entendit son nom prononcé par le nouveau lieutenant.

« Mevlut Karataş, Konya, à vos ordres mon commandant ! cria Mevlut. Il salua en se mettant au garde-à-vous.

— *Konyalı*, viens voir là », dit le lieutenant.

« Il n'a pas l'air de savoir que je suis pistonné par le commandant », pensa Mevlut. Il n'avait jamais mis les pieds à Konya, mais comme Beyşehir était administrativement rattachée à Konya, ce *Konyalı*, il l'entendait chaque jour à tout bout de champ, ce qui avait le don de l'agacer même s'il n'en laissait rien paraître.

« Toutes mes condoléances, Konyalı, ton père est mort à Istanbul, dit le nouveau lieutenant. Rejoins ta compagnie, le capitaine te signera une permission. »

On lui accorda une semaine de permission. À la gare routière, il but un raki en attendant le départ de son bus pour Istanbul. Dans l'autocar secoué de tremblements, ses paupières se fermaient d'elles-mêmes avec une étrange pesanteur, il s'assoupissait et rêvait qu'il se faisait engueuler par son père parce qu'il était en retard à l'enterrement, et pour les autres fautes qu'il avait commises dans sa vie.

Son père était mort dans la nuit, pendant son sommeil. Les voisins l'avaient découvert deux jours après. Le lit était défait, comme si son père était sorti en toute hâte de chez lui. À ses yeux de militaire, la maison parut pauvre et désordonnée. Mais il y régnait cette odeur unique et particulière que Mevlut n'avait jamais sentie ailleurs : cette odeur, c'était celle de son père, de son propre corps, de leurs souffles, de la poussière, de la cuisinière, des soupes qu'ils avaient préparées vingt ans durant, du linge sale, des vieux objets, l'odeur de leur propre vie. Mevlut pensait rester des heures dans la pièce à se remémorer et pleurer son père, mais son chagrin fut tel qu'il se précipita dehors.

Les obsèques de Mustafa Éfendi furent célébrées deux heures après l'arrivée de Mevlut à Kültepe, à l'heure de l'*ikindi*, la prière de l'après-midi, à la mosquée Hadji Hamit Vural. Mevlut avait emporté des vêtements civils mais il n'avait pas pu les mettre. Dès qu'ils l'apercevaient dans sa tenue de soldat en permission, tous ceux qui lui adressaient des regards tristes pour le consoler esquissaient aussitôt un sourire.

Mevlut porta le cercueil jusqu'à son emplacement dans le cimetière. Il jeta des pelletées de terre sur la dépouille de son père. À un moment, il crut qu'il allait pleurer, son pied glissa, il tombait dans la fosse. Une quarantaine de personnes assistaient à l'enterrement. Süleyman serra Mevlut contre lui, ils s'assirent sur une pierre tombale voisine. En promenant son regard sur les stèles, Mevlut constata que le cimetière du quartier Sanayi était un cimetière d'exilés. Tandis qu'il lisait distraitement les inscriptions funéraires, il comprit qu'il n'y avait pas une seule personne née à Istanbul dans ce cimetière où tous les morts des collines environnantes étaient inhumés – raison pour laquelle il s'étendait rapidement. La majorité des personnes enterrées ici étaient originaires de Sivas, d'Erzincan, d'Erzurum et de Gümüşhane.

Il s'entendit sans aucun marchandage avec le marbrier à l'entrée du cimetière pour une stèle de taille moyenne. S'inspirant des épitaphes qu'il avait lues quelques instants plus tôt, il écrivit ceci sur un papier qu'il donna ensuite au marbrier : « Mustafa Karataş (1927-1981), Cennetpınar, Beyşehir. Marchand de yaourt et de boza. Paix à son âme. »

Il avait conscience que sa tenue militaire lui attirait autant de sympathie que de respect. En retournant dans le quartier, ils passèrent dans le centre-ville de Duttepe et se rendirent dans les cafés et les magasins. Mevlut sentit combien il était attaché à Kültepe, à Duttepe, et à tous ces gens qui le serraient dans leurs bras. Mais il s'étonna de constater que son cœur était également habité par une colère frisant la haine envers eux, surtout envers son oncle et ses cousins. Il se retenait avec peine de les traiter de tous les noms et de jurer comme un soldat.

Au dîner, sa tante fit remarquer aux personnes qui étaient assises autour de la table combien le costume militaire allait bien à Mevlut et déplora que sa mère n'ait pu venir du village et voir son fils dans cette tenue. Pendant les quatre ou cinq minutes où Mevlut se retrouva seul dans la cuisine avec Süleyman, il ne posa aucune question à propos de Rayiha, même s'il brûlait de le faire. Tout en mangeant en silence son poulet aux pommes de terre, il regarda la télévision avec les autres.

Il rêvait d'écrire une lettre à Rayiha dans la soirée, sur la table bancale de la maison. Mais une fois de retour chez lui à Kültepe, cet endroit fait de bric et de broc où son père ne reviendrait plus jamais lui parut tellement lugubre qu'il se jeta sur son lit et fondit en larmes. Il pleura longtemps, sans arriver à savoir s'il pleurait la perte de son père ou sa solitude dans la vie. Il s'endormit tout habillé, dans sa tenue militaire.

Au matin, il troqua son uniforme contre les vêtements civils qu'il avait remisés dans sa valise presque un an auparavant. Il alla à Beyoğlu, au restaurant Karlıova. Mais l'atmosphère n'y était guère amicale. Ferhat était parti au service militaire dans son sillage, la plupart des serveurs avaient changé ; quant aux anciens, ils étaient occupés avec la clientèle du midi. Si bien que Mevlut ressortit du restaurant sans avoir vécu la scène du « retour au Karlıova » telle qu'il se l'était maintes fois imaginée pendant ses tours de garde et dans ses moments d'ennui.

Il se dirigea vers le cinéma Elyazar, à dix minutes de là. En entrant dans le hall, il n'eut pas honte devant les autres hommes cette fois-là. Il fendit la foule en tenant la tête bien droite et en soutenant le regard de nombre d'entre eux.

Dès qu'il s'assit dans un fauteuil, il fut content d'être enfin libéré du regard des autres, de rester seul dans l'obscurité avec des femmes impudiques à l'écran, de n'être plus qu'un œil se repaissant de ces images. Il sentit aussitôt que le langage ordurier des hommes au service militaire et l'indigence de leur âme avaient changé son regard sur les femmes à l'écran. Il se sentait maintenant plus grossier, mais plus normal aussi. Quand quelqu'un lançait tout haut une blague salace à propos du film, ou répondait aux propos d'un acteur par une phrase à double sens, Mevlut riait désormais avec la foule. Lorsque les lumières se rallumèrent à l'entracte entre deux films, Mevlut lança un coup d'œil sur les spectateurs assis autour de lui ; et il comprit que ces hommes aux cheveux ras qu'il voyait si souvent ici autrefois étaient comme lui des soldats en permission. Il regarda du début à la fin les trois films projetés dans le cinéma. Au moment où revenait la scène d'amour débutant par le grignotage d'une grappe de raisin dans le film allemand au milieu duquel il était arrivé, il sortit. Il rentra chez lui et passa tout l'après-midi à se masturber.

Le soir, passablement fatigué, écrasé par ses sentiments de culpabilité et de solitude, il alla à Duttepe, dans la maison de son oncle.

« Ne t'inquiète pas, tout va bien, lui dit Süleyman lorsqu'ils furent seuls. Rayiha lit tes lettres avec émotion. Comment as-tu appris à écrire d'aussi belles lettres, toi ? Tu en écriras pour moi aussi un jour ?

— Est-ce que Rayiha me répondra ?

— Elle aimerait écrire, mais elle ne le fait pas... Son père ne le tolérerait pas. La dernière fois qu'ils sont venus – c'était avant le coup d'État –, j'ai pu voir de près combien ces filles sont attachées à leur père. Ils ont dormi dans la nouvelle pièce. »

Süleyman ouvrit la porte de la chambre où Abdurrahman au cou tordu et ses deux filles avaient séjourné une semaine lorsqu'ils étaient venus du village, il alluma la lumière et lui montra l'intérieur, tel un guide de musée. Mevlut vit deux lits dans la pièce.

Süleyman comprit ce qui intriguait Mevlut. « Le père dormait dans celui-là et les deux filles ont dormi ensemble dans cet autre lit la première nuit, mais c'était trop petit. Le soir, on étendait un autre matelas pour Rayiha. »

Mevlut lança un bref et timide regard vers l'endroit où la couche de Rayiha avait été étendue. Dans la maison de Süleyman et sa famille, le sol était carrelé et couvert de tapis.

En apprenant que Vediha avait connaissance de cette affaire de lettres, il se réjouit. Vediha ne lui montrait pas qu'elle était au courant, qu'elle jouait les facteurs, et elle ne se permettait aucune familiarité, mais chaque fois qu'elle le voyait elle lui souriait avec douceur. Mevlut en tirait la conclusion qu'elle était de son côté, et il en était très heureux.

De plus, sa cousine par alliance Vediha était vraiment très belle. Mevlut joua un peu avec ses deux fils, Bozkurt, né à l'époque où il travaillait au restaurant Karlıova, et Turan, né pendant qu'il était à l'armée. Vediha avait encore embelli après son deuxième enfant, elle avait gagné en grâce et en maturité. Mevlut était sensible aussi à l'amour qu'elle montrait à ses fils, et il sentait qu'elle lui témoignait une affection semblable, tout au moins l'intérêt d'une grande sœur, et cela lui plaisait. De surcroît, il n'était pas sans penser que Rayiha était au moins aussi belle, voire encore plus belle que Vediha.

Il passa le plus clair de son temps à Istanbul à écrire de nouvelles lettres à Rayiha. En l'espace d'un an, il était devenu étranger à la ville. Istanbul avait changé après le putsch militaire Tous les graffitis politiques sur les murs avaient été effacés, les vendeurs ambulants avaient été écartés des places et des grandes artères, les maisons de passe de Beyoğlu avaient été fermées et les rues

nettoyées des vendeurs de whisky et de cigarettes américaines
de contrebande. La circulation était plus fluide. Les gens ne
s'arrêtaient plus où bon leur semblait. Mevlut trouvait certaines
de ces transformations positives, mais bizarrement il se sentait étranger dans cette ville. Peut-être parce qu'il était
inoccupé, pensa-t-il.

« Je vais te demander quelque chose, mais comprends-moi
bien », dit-il à Süleyman le lendemain soir. Son père n'était plus
là désormais, et Mevlut pouvait tranquillement se rendre chaque
soir chez son oncle.

« Je t'ai toujours bien compris, Mevlut, répondit Süleyman,
mais c'est toi qui as toujours mal pris le fait que je te comprenne
trop bien.

— Tu me trouverais une photo d'elle ?

— De Rayiha ? Impossible.

— Pourquoi ?

— C'est la sœur de ma belle-sœur.

— Si j'avais sa photo, je lui écrirais des lettres encore plus
belles.

— Mevlut, je t'assure que personne ne peut en écrire de meilleures. »

Avec l'aide de Süleyman, il donna la maison de Kültepe en
location à un proche du clan Vural. Son cousin lui ayant dit :
« On le connaît, tu veux payer des impôts ? C'est pas la peine ! »,
Mevlut avait renoncé à établir un contrat. D'ailleurs, il n'était pas
le seul héritier de cette maison sans titre de propriété, il y avait
aussi sa mère et ses sœurs au village. Il n'eut pas envie de creuser
le sujet davantage.

Avant de mettre la maison en location, alors qu'il rassemblait
les chemises, les vêtements de son père, et qu'il les rangeait dans
une valise, il sentit son odeur. Il se roula en boule sur le lit, mais
il ne pleura pas. Il éprouvait du dépit, il en voulait à la terre
entière. Il comprit qu'une fois son service militaire terminé, il
ne reviendrait pas dans cette maison, ni même à Kültepe. Mais
quand l'heure du retour à Kars sonna, il fut saisi par un profond
mouvement de révolte. Il se refusait à passer sa tenue militaire
et à faire les mois de service qui lui restaient. Il détestait ses

supérieurs et toute cette bande de sombres brutes. À son grand
dam, il comprit que certains puissent devenir déserteurs. Il mit
ses vêtements de soldat et prit la route.

Durant ses derniers mois à Kars, il écrivit quarante-sept lettres
à Rayiha. Il avait largement le temps. Il avait été intégré dans
l'équipe de soldats que le commandant avait engagés à ses côtés à
la mairie. Là-bas, Mevlut s'occupait de la cantine et des réchauds
à thé ainsi que du service personnel de Turgut Pacha. Un travail
facile, vu que le commandant ne prenait pas ses repas à la mairie,
autant par méfiance que par maniaquerie : Mevlut se chargeait
lui-même de faire infuser le thé du commandant, de préparer
son café sucré en le faisant mousser deux fois, et il lui servait de
sa propre main son eau et son soda. Le commandant avait avancé
devant Mevlut le gâteau brioché qu'il avait acheté une fois à la
boulangerie, une autre fois un petit four venant de la mairie, et
lui avait enseigné à quoi il fallait faire attention.

« Goûtes-en un bout avant pour voir… qu'on n'aille pas m'empoisonner dans les locaux de la mairie. »

Il avait envie d'écrire à Rayiha ce qu'il vivait au service militaire, mais chaque fois il avait peur et lui faisait des phrases plus
poétiques, égrenant les yeux comme des poignards et les regards
envoûtants. Ces lettres, Mevlut les écrivit jusqu'au dernier jour de
son service militaire. Un jour qui semblait ne jamais devoir venir,
et ne jamais toucher à son terme quand enfin il arriva.

19

Mevlut et Rayiha

Enlever une fille est une entreprise difficile

Ayant terminé son service militaire, le 17 mars 1982, Mevlut revint par le premier autocar de Kars à Istanbul. Il loua un appartement au deuxième étage d'un ancien immeuble grec de Tarlabaşı, deux rues en dessous du dortoir du restaurant Karlıova. Il se fit embaucher comme serveur dans un restaurant sans particularité. Il acheta une table (dont les pieds n'étaient pas bancals) au marché aux puces de Çukurcuma, quatre chaises dont deux identiques auprès d'un brocanteur ambulant, ainsi qu'un grand sommier avec une tête de lit en bois, ancienne et abîmée, mais ornée de feuilles et d'oiseaux. Et il commença peu à peu à préparer leur nid dans cet appartement d'une pièce, au sol en linoléum, en rêvant à l'heureuse vie de famille que Rayiha et lui y mèneraient un jour.

Un soir au début du mois d'avril, Mevlut vit Abdurrahman Éfendi chez son oncle. Il était installé en bout de table, avec son tablier autour du cou, et tout en sirotant son raki, il prenait plaisir à jouer avec ses petits-fils Bozkurt et Turan. Mevlut comprit qu'il était venu seul, sans ses filles, du village. Comme chaque soir, Oncle Hasan était absent. Ces dernières années, il sortait à l'heure de la prière et se rendait ensuite dans son épicerie, où il attendait les clients en regardant tout seul la télévision. Mevlut salua avec respect son futur beau-père. Abdurrahman Éfendi répondit à son salut, mais sans seulement paraître l'avoir remarqué.

Korkut et Abdurrahman Éfendi se lancèrent dans une discussion sur les courtiers et les banquiers. Le courtier Hadji, le courtier Ibo… Mevlut entendit défiler beaucoup de noms. Avec une inflation de cent pour cent, l'argent ne valait plus rien et, si on ne voulait pas tout perdre, il fallait le retirer des banques qui le rémunéraient à des taux très bas et le confier à des courtiers qui avaient tout l'air d'épiciers fraîchement débarqués de leur village. Ils proposaient tous des taux de rémunération très élevés, mais dans quelle mesure pouvait-on leur faire confiance ?

Abdurrahman Éfendi en était déjà à son troisième verre, il vantait l'extraordinaire beauté de chacune de ses filles et la bonne éducation qu'il leur avait assurée au village. « Papa, ça suffit, je t'en prie », l'interrompit Vediha, et, voyant qu'elle emmenait ses enfants se coucher, Abdurrahman Éfendi leur emboîta le pas.

« Sors, et attends-moi au café, dit Süleyman à Mevlut, lorsqu'ils se retrouvèrent seuls à table.

— Qu'est-ce que vous tramez encore ? demanda Tante Safiye. Oh, et puis faites donc ce que vous voudrez, tant que vous ne vous mêlez pas de politique… Il est temps de vous marier, tous les deux. »

Au café, Mevlut apprit par la télévision que l'Argentine et la Grande-Bretagne étaient entrées en guerre. Il contemplait les avions de chasse et les navires de guerre britanniques quand Süleyman vint le retrouver.

« Abdurrahman Éfendi est venu à Istanbul pour transférer son argent chez un courtier encore pire que le précédent… Est-ce qu'il a de l'argent ? On n'arrive pas à savoir si c'est vrai ou si c'est du pipeau. Il dit qu'il y a aussi "une affaire qui se présente bien".

— Quel genre d'affaire ?

— Un prétendant pour Rayiha, dit Süleyman. Un courtier venu du village. Il était dans le thé autrefois. C'est du sérieux. Cet escogriffe au cou tordu est trop vénal pour rater l'occasion de donner sa fille à un banquier. Et il ne voudra rien entendre. Mevlut, il faut que tu enlèves Rayiha.

— Vraiment ? Süleyman, je t'en prie, aide-moi à enlever Rayiha.

— Tu crois que c'est facile d'enlever une fille ? Si jamais tu commets une erreur, que quelqu'un est tué, c'est la vendetta, les gens s'entretuent bêtement des années durant et ils s'en vantent en parlant d'honneur. Es-tu capable de prendre cette responsabilité ?

— Je suis bien obligé, dit Mevlut.

— Oui, tu es obligé, répondit Süleyman. Mais que personne n'aille penser que c'est par pingrerie. Alors que tant de riches donneraient des fortunes pour cette fille, qu'as-tu d'autre à offrir qu'un mouchoir ? »

Cinq jours plus tard, ils se retrouvèrent au même endroit. Pendant que Süleyman regardait les Anglais s'emparer des îles Malouines à la télévision, Mevlut sortit un papier de sa poche et le posa sur la table.

« Tiens, regarde, dit-il fièrement. Prends-le.

— Qu'est-ce que c'est ? demanda Süleyman. Ah, le document du maire pour votre maison. Fais voir. En fait, il y a aussi le nom de mon père dessus. Ils avaient enclos le terrain ensemble. Pourquoi me l'as-tu apporté ? Si c'est pour la frime, ne joue pas avec ça, fils. Si jamais ils distribuent un jour des titres de propriété pour ce versant de Kültepe, c'est avec ce document que tu l'obtiendras.

— Donne-le à Abdurrahman au cou tordu, dit Mevlut. Dis-lui que personne n'aimera sa fille autant que moi.

— Je lui dirai, mais range ça dans ta poche, insista Süleyman.

— Ce n'est pas pour frimer que je l'ai montré, je l'apporte vraiment », dit Mevlut.

Le lendemain matin, quand Mevlut émergea de l'ivresse du raki au réveil, la première chose qu'il fit, ce fut de regarder dans la poche de sa veste. Voyant qu'il était toujours en possession du document que son père et Oncle Hasan avaient obtenu du maire quinze ans plus tôt, il ne sut s'il devait s'en réjouir ou s'en attrister.

« Tu peux nous être reconnaissant, à Vediha et moi, dit Süleyman dix jours plus tard. Elle est partie jusqu'au village pour toi. Nous n'avons plus qu'à attendre de voir si tout se déroulera comme tu veux. Tiens, commande-moi un raki. »

Vediha avait emmené au village ses deux fils, Bozkurt, âgé de trois ans, et Turan, de deux ans. Mevlut pensait que les enfants s'ennuieraient vite dans ce village boueux où ils se rendaient pour la première fois, dans cette maison sans eau courante et où l'électricité était coupée une fois sur deux. Mais apparemment, ce ne fut pas le cas. Mevlut allait deux fois par semaine à Duttepe pour voir si Vediha était rentrée du village, mais il ne trouvait dans la maison personne d'autre que Tante Safiye, plongée dans la pénombre et le silence.

« Tu vois, c'est notre belle-fille qui fait toute la joie de cette maison et on ne s'en rendait pas compte, lui dit-elle un jour où il était passé à une heure tardive. Depuis le départ de Vediha, Korkut non plus ne rentre pas certains soirs. Süleyman n'est jamais à la maison. Il y a de la soupe aux lentilles, je t'en réchauffe ? Nous regarderons la télévision. Tu vois, le banquier Kastelli s'est enfui, et tous les banquiers ont fait faillite. Tu avais de l'argent chez eux ?

— Je n'ai pas un sou, Tante Safiye.

— Ne t'en fais pas... Dans la vie, il ne faut pas s'inquiéter pour l'argent, un jour viendra où tu en gagneras autant que tu veux. L'argent ne fait pas le bonheur. Regarde tout ce que gagne Korkut, mais chaque jour Vediha et lui sont comme chien et chat... Cela me fait vraiment de la peine que Bozkurt et Turan ne connaissent rien d'autre que des disputes... Enfin... Espérons que ton affaire se passera bien.

— Quelle affaire ? » demanda Mevlut. Il détourna les yeux de l'écran de télévision, les battements de son cœur s'accélèrent, mais Tante Safiye ne souffla mot.

« J'ai de bonnes nouvelles, dit Süleyman trois jours plus tard. Vediha est rentrée du village. Rayiha est très amoureuse de toi, mon petit Mevlut. Grâce à tes lettres. Elle ne veut absolument pas du banquier à qui son père voulait la donner en mariage. Quant au banquier, sur le papier il est en faillite mais, avec l'argent de ses clients, il a acheté de l'or et des dollars qu'il a enterrés quelque part. Une fois que cette tempête sera passée et que les journaux auront oublié l'affaire, il récupérera son magot dans le jardin où il l'a planqué et, pendant que les gogos qui lui avaient confié leur fric batailleront dans les tribunaux, Rayiha et lui mèneront la grande vie. Il a proposé de pleins sacs d'argent à Cou tordu. S'il obtient la main de sa fille, il officialisera tout de suite leur union par un mariage civil ; jusqu'à ce que la tourmente se calme, Rayiha et lui résideront en Allemagne. Il paraît que là où il se cache, cet infâme banquier en faillite, cet ex-préposé au thé apprend l'allemand, et qu'il veut que Rayiha apprenne aussi suffisamment d'allemand pour faire les courses dans une boucherie où l'on trouve autre chose que de la viande de porc.

— Sale type, salaud, dit Mevlut. Je le truciderai si je n'arrive pas à enlever Rayiha.

— Pas besoin de trucider qui que ce soit. Je prendrai ma camionnette, nous irons au village et nous enlèverons Rayiha, dit Süleyman. Je vais tout organiser pour toi. »

Mevlut serra son cousin dans ses bras et l'embrassa. Le soir, il était si excité qu'il n'arriva pas à trouver le sommeil.

Quand ils se retrouvèrent de nouveau, Süleyman avait tout préparé : jeudi, après la prière du soir, Rayiha arriverait avec son baluchon dans le jardin derrière sa maison du village.

« Mettons-nous en route immédiatement, dit Mevlut.

— Assieds-toi, fils. Avec ma camionnette, on en aura pour une journée seulement.

— Il pourrait pleuvoir… c'est la période des fortes précipitations. On doit par ailleurs faire des préparatifs à Beyşehir.

— Il n'y a rien à préparer. Tu la trouveras à la tombée de la nuit dans le jardin derrière la maison de son père au cou tordu, comme si tu l'y avais déposée de ta propre main. Je vous conduirai en camionnette jusqu'à Akşehir où je vous déposerai à la gare. Rayiha et toi, vous reviendrez tous les deux en train, moi je rentrerai seul afin de ne pas attirer les soupçons de son père sur moi. »

Le simple fait d'entendre ce « Rayiha et toi » dans la bouche de Süleyman suffisait à rendre Mevlut ivre de bonheur. Il avait déjà demandé des congés à son employeur, qu'il avait prolongés d'une semaine « pour des raisons familiales ». Lorsqu'il demanda une troisième semaine de congés non payés, son patron ronchonna. Mevlut répliqua : « Fais-moi le solde de tout compte dans ce cas ! »

Dans un restaurant aussi banal que celui-là, il pourrait retrouver du travail quand il voudrait. De plus, il avait l'idée de se lancer comme marchand de glace. Il avait rencontré un vendeur qui voulait louer sa carriole à trois roues et son matériel de glacier dès la période du ramadan.

Il rangea la maison, puis il se mit à la place de Rayiha et essaya d'imaginer de quelle façon elle verrait la maison en passant la porte, vers quoi elle poserait son regard et ce qui attirerait son attention. Est-ce qu'il devait acheter un couvre-lit, ou serait-ce à Rayiha d'en décider ? Chaque fois qu'il se représentait Rayiha dans la maison, il se disait qu'elle le verrait en maillot, en chemise et en caleçon ; et cette proximité, il la désirait autant qu'elle le gênait.

Süleyman. Mon frère aîné, Vediha, ma mère... je les ai tous avertis que je prendrais la camionnette et m'absenterais un ou deux jours. La veille du départ, j'ai pris à part notre futur marié qui ne se tenait plus de joie.

« Mon cher Mevlut, ce n'est pas ton meilleur ami ni ton cousin qui te parle, mais le parti de la fille, écoute-moi bien. Rayiha n'a pas encore dix-huit ans. Son père sera furieux, il criera "Je ne pardonnerai jamais à celui qui a enlevé ma fille", il te lancera les gendarmes aux trousses. Toi, tu te cacheras et tu ne concluras pas de mariage jusqu'à ses dix-huit ans. Mais donne-moi dès à présent ta parole d'honneur que, tôt ou tard, tu feras à terme un mariage civil avec Rayiha.

— Je donne ma parole d'honneur, dit Mevlut. Nous ferons aussi un mariage religieux. »

En partant en camionnette le lendemain matin, Mevlut était très enjoué, il faisait des blagues et regardait avec curiosité chaque usine et chaque pont qu'il voyait. « Accélère, plus vite », disait-il, et c'était un vrai moulin à paroles. Au bout d'un moment, il s'est tu.

« Que se passe-t-il, fils ? C'est parce que tu vas enlever une fille que tu as peur ? Je rentre dans Afyon, lui ai-je dit. Si on dort dans la camionnette cette nuit, on risque d'éveiller les soupçons, de se faire interpeller et embarquer par la police. Il vaut mieux aller dans le petit hôtel pas cher que j'ai vu par ici, c'est moi qui t'invite, d'accord ? »

En bas de l'hôtel Nezahat, il y avait un restaurant qui servait de l'alcool. On s'est installés à une table dans la soirée. J'en étais à mon deuxième verre, et j'ai vu que Mevlut en était encore à me parler de la torture au service militaire. N'y tenant plus, je lui ai dit :

« Fils, je suis turc. On ne me fera pas médire de notre armée, compris ? Oui, la torture, les coups, cent mille personnes emprisonnées, c'est peut-être exagéré mais je suis satisfait du coup d'État. Regarde, le calme est revenu non seulement à Istanbul mais dans tout le pays, les murs sont propres ; la guerre droite-gauche, les assassinats politiques, c'est terminé… Maintenant que les militaires ont ramené l'ordre, ça roule beaucoup mieux dans Istanbul. On a fermé les bordels, on a nettoyé les rues de leurs prostituées, des communistes, des vendeurs de Marlboro, des trafiquants du marché noir, des mafieux, les contrebandiers, des souteneurs, des marchants ambulants. Ne va pas te vexer maintenant, mais admets que la vente ambulante n'a pas d'avenir dans ce pays, mon petit Mevlut. Un type paie une location dans le coin le plus beau et le plus cher de la ville, il ouvre un joli magasin de fruits et légumes, et toi, tu vas venir t'installer sur le trottoir devant sa porte pour vendre tes tomates et tes patates rapportées du village… C'est juste, ça ? Les militaires ont mis un peu d'ordre et de discipline dans tout cela. Si Atatürk avait vécu plus longtemps, après avoir interdit la calotte et le fez, il aurait aussi interdit les vendeurs de rue, à Istanbul d'abord, puis dans toute la Turquie. Il n'y en a pas, en Europe.

— Bien au contraire, a répondu Mevlut. En venant d'Ankara, une fois, Atatürk avait trouvé les rues d'Istanbul bien silencieuses et…

— Par ailleurs, si notre armée tapait sur son peuple, soit les gens accorderaient du crédit aux communistes, soit ils se tourneraient vers les islamistes. Et il y a aussi les Kurdes qui veulent diviser le pays. Et ton Ferhat, tu le vois ? Qu'est-ce qu'il devient ?

— Je ne sais pas.

— Ce Ferhat, c'est le dernier des salauds.

— C'est mon ami.

— Très bien. Dans ce cas, je ne t'emmène pas à Beyşehir, mon petit Mevlut, voyons comment tu feras pour enlever la fille.

— Allez, Süleyman, dit Mevlut pour arrondir les angles.

— Écoute mon gars, on t'arrange le coup avec une beauté, une nana comme ça, fraîche comme une rose, tout te tombe tout cuit dans la bouche. Elle t'attend comme convenu dans le jardin, son baluchon à la main. On se met à ton service, on se tape sept cents kilomètres en camionnette jusqu'au village de la fille pour que tu l'enlèves. Les frais d'essence, c'est pour notre poche. L'hôtel où tu dormiras ce soir et le raki que tu bois, c'est encore pour nous. Et toi, pas une fois, même en faisant semblant, tu n'es fichu de dire "Tu as raison Süleyman, Ferhat est mauvais", tu es incapable de dire "Tu dis vrai Süleyman". Puisque tu es si intelligent, puisque tu te crois supérieur comme quand nous étions petits, pourquoi viens-tu vers moi pour me supplier de t'aider ?

— Pardon Süleyman, dit Mevlut.

— Dis-le encore une fois.

— Pardon Süleyman.

— Je vais te pardonner, mais il faut que j'entende ton excuse.

— Mon excuse, c'est que j'ai peur, Süleyman.

— Fils, il n'y a rien à craindre. Dès qu'ils s'apercevront de la fugue de Rayiha… ils courront évidemment tout droit vers notre village. Vous, vous prendrez par la montagne. Peut-être qu'ils tireront, pour la forme. N'aie pas peur, je vous attendrai de l'autre côté de la montagne dans cette camionnette. Pour éviter qu'elle me voie et me reconnaisse, Rayiha montera à l'arrière. Elle est déjà montée dans cette camionnette une fois, à Istanbul, mais c'est une fille, elle ne sait pas distinguer un véhicule d'un autre. Évidemment, pas un mot à mon sujet. Toi, réfléchis plutôt à ce qui se passera après, à votre retour à Istanbul, quand tu te retrouveras tout seul avec elle dans une chambre, c'est surtout de ça que tu devrais avoir peur. Tu n'as jamais couché avec une femme de ta vie, hein Mevlut ?

— Non Süleyman, ce n'est pas de cela que j'ai peur, mais que la fille renonce et refuse de venir. »

Le lendemain matin, nous avons d'abord jeté un coup d'œil

sur la gare ferroviaire d'Akşehir. De là, nous avons roulé pendant trois heures sur des routes de montagne boueuses en direction de notre village. Nous étions très près mais nous n'y avons même pas fait un saut, malgré l'envie que Mevlut avait de voir sa mère, car il ne voulait surtout pas attirer l'attention, et il craignait trop de faire capoter l'affaire. À l'approche de Gümüşdere, nous avons laissé la camionnette un peu à l'écart, nous nous sommes glissés dans le jardin au mur éboulé de la maison d'Abdurrahman Éfendi au cou tordu. Nous sommes revenus sur nos pas. J'ai roulé encore un peu, et j'ai garé la camionnette au bord de la route.

« Il n'y a plus beaucoup à attendre jusqu'à la prière du soir et la tombée de la nuit, dis-je. Il n'y a rien à craindre. Bonne chance, Mevlut.

— Que Dieu te garde, Süleyman, et prie pour moi. »

Je suis descendu avec lui de la camionnette. Nous nous sommes mutuellement serrés dans les bras. Peu s'en est fallu que les larmes me montent aux yeux. Avec affection, je l'ai regardé s'éloigner tandis qu'il avançait sur ce chemin de terre en direction du village, en lui souhaitant d'être heureux toute sa vie. Assurément, il découvrirait bientôt que son destin serait tout autre, et tout en me demandant de quelle façon il réagirait, j'ai conduit la camionnette jusqu'à l'endroit où nous étions convenus de nous retrouver. Si j'avais voulu du mal à Mevlut, si j'avais voulu l'entuber comme le pensent certains d'entre vous, je ne lui aurais pas rendu le papier de la maison de Kültepe qu'il avait voulu me donner pour que j'organise son affaire avec Rayiha, le soir où nous avions bu du raki à Istanbul et qu'il était ivre, n'est-ce pas ? Cette maison pour laquelle j'avais moi-même trouvé un locataire représentait toute la fortune de Mevlut. Je ne prends pas en compte sa mère et ses sœurs au village. En fait, elles aussi sont les héritières d'Oncle Mustafa, mais je ne m'en mêle pas.

Lorsqu'il était collégien, avant un examen important, Mevlut sentait son cœur battre entre ses tempes et ses joues s'empourprer. En se dirigeant vers le village de Gümüşdere à présent, une émotion encore plus puissante s'était emparée de tout son corps.

Sa route croisa le cimetière sur la colline tout de suite à la sortie du village. Il se faufila entre les tombes, s'assit au bord d'une dalle et, contemplant une stèle ancienne, couverte de lichens, ornementée et mystérieuse, il réfléchit à sa propre vie. « Mon Dieu, pourvu qu'elle vienne, qu'elle vienne, par pitié », répéta-t-il. Il eut envie d'implorer, de supplier en récitant une prière, mais aucune de celles qu'il avait apprises ne lui revint correctement en mémoire. « Si Rayiha vient, j'apprendrai le Coran par cœur et je deviendrai un hafiz. Je réciterai toutes les prières sans heurts et sans erreur. » Il pria avec ferveur, avec le sentiment d'être une pauvre petite créature de Dieu. Il avait entendu dire que persévérer dans la prière et implorer avec constance était bénéfique.

Peu après la tombée de la nuit, Mevlut s'approcha du mur éboulé. La fenêtre de derrière de la maison blanche d'Abdurrahman Éfendi était sombre. Il avait dix minutes d'avance. En attendant que la lumière s'allume, ce qui constituerait le signal, il sentit qu'il était au début de sa vie, comme treize ans plus tôt, le jour où il avait quitté le village avec son père et mis pour la première fois les pieds à Istanbul.

Ensuite, les chiens aboyèrent et la fenêtre de la maison s'éclaira, puis elle s'obscurcit à nouveau.

PARTIE IV

Juin 1982 – Mars 1994

> Il était bouleversé d'avoir rencontré, dans le monde extérieur, un signe de ce qu'il avait pris jusque-là pour quelque ignoble maladie particulière à son propre cerveau.
>
> James JOYCE,
> *Portrait de l'artiste en jeune homme*

1

Le mariage de Mevlut et de Rayiha

Seule la mort pourra nous séparer

Süleyman. À quel moment, d'après vous, Mevlut a-t-il compris que la fille qu'il avait enlevée était non pas la belle Samiha dont il avait croisé une fois le regard au mariage de mon frère aîné, mais Rayiha, sa grande sœur pas jolie ? Dès l'instant où il a retrouvé Rayiha dans l'obscurité du jardin au village ? Ou en apercevant son visage pendant qu'ils fuyaient ensemble par monts et par vaux ? Avait-il déjà compris lorsqu'il s'est assis à côté de moi dans la camionnette ? C'est pour en avoir le cœur net que je lui ai demandé si quelque chose le tracassait, pourquoi il était muet comme une tombe. Mais Mevlut n'a rien laissé transparaître.

Après leur descente du train, tandis qu'ils transitaient en bateau de Haydarpaşa à Karaköy avec une foule de gens, Mevlut était préoccupé, moins par le mariage civil et religieux que par l'idée que Rayiha et lui finiraient par se retrouver seuls dans une chambre. Il trouvait enfantine sa façon d'observer la circulation sur le pont de Galata et les fumées des vapeurs blancs, il n'arrivait pas à s'ôter de l'esprit que bientôt ils entreraient dans un logement et y demeureraient en tête à tête.

En ouvrant la porte de l'appartement de Tarlabaşı avec la clef qu'il gardait dans sa poche aussi précieusement qu'un joyau, Mevlut sentit que, durant les trois jours où il était allé au village et en était revenu, la maison avait changé. En ce début d'été, la chaleur était extrême dans cet appartement où, début juin, il faisait presque froid le matin, et le vieux linoléum bon marché dégageait une odeur de plastique, de cire d'abeille et de jute. De l'extérieur leur parvenait le bourdonnement de la foule et de la circulation de ces quartiers de Tarlabaşı et de Beyoğlu si chers à son cœur.

Rayiha. J'ai dit : « Nous avons une très jolie maison, mais il faut l'aérer un peu. » Voyant que je n'arrivais pas à tourner la poignée pour ouvrir la fenêtre, Mevlut est accouru et m'a montré comment fonctionnait l'espagnolette. J'ai tout de suite compris qu'en lavant bien la maison à l'eau savonneuse, en retirant les toiles d'araignées, on la nettoierait aussi des peurs, des désillusions, des diables qui hantaient l'imagination de Mevlut. Dès qu'on est sortis dans la rue pour aller acheter du savon noir, des seaux en plastique et des serpillières, Mevlut et moi étions soulagés, libérés de la tension de devoir rester seul à seul à la maison. En début d'après-midi, nous avons marché dans les petites rues de Tarlabaşı jusqu'au marché aux poissons, en faisant du lèche-vitrine, en entrant dans les magasins, en regardant ce qu'il y avait sur les rayonnages et en faisant des emplettes. Nous avons acheté des éponges, des pailles de fer, des brosses et des détergents pour la cuisine et, à peine rentrés, nous nous sommes lancés dans un grand ménage. Nous nous sommes tellement concentrés sur notre tâche que nous avons oublié la honte que nous éprouvions à l'idée de rester seuls ensemble à la maison.

En fin d'après-midi, j'étais en nage. Mevlut m'a montré comment allumer le chauffe-bain avec des allumettes, comment se servir de la bonbonne de gaz, quel robinet tourner pour faire couler l'eau chaude. Nous sommes montés sur une chaise pour introduire une allumette dans la fente du chauffe-bain. Mevlut m'a également conseillé d'entrebâiller la petite fenêtre en verre dépoli qui donne sur la cour intérieure de l'immeuble quand je ferai ma toilette.

« En ouvrant juste de ça, les émanations de gaz s'évacuent à l'extérieur et personne ne te voit, murmura-t-il. Je sors, je reviens dans une petite heure. »

Mevlut avait compris que tant qu'il serait là, Rayiha, qui n'avait toujours pas changé de vêtements depuis qu'elle s'était enfuie du village, n'oserait pas se déshabiller et se laver. Il entra dans un des cafés donnant sur l'avenue Istiklal. Les soirs d'hiver, l'endroit était bondé de gardiens d'immeubles, de vendeurs de billets de tombola, de chauffeurs et de marchands ambulants éreintés, mais pour l'heure c'était vide. En regardant le thé qu'on posait devant lui, Mevlut pensa à Rayiha en train de se laver. D'où tenait-il qu'elle avait la peau blanche ? En regardant son cou ! Pourquoi avait-il lancé en sortant qu'il revenait « dans une petite heure » ? Le temps ne passait pas. Mevlut aperçut une feuille de thé esseulée au fond de son verre.

Comme il ne voulait pas rentrer avant que le délai d'une heure ne soit écoulé, il but une bière et fit un détour par les rues retirées de Tarlabaşı. Mevlut était content de faire partie de ces rues où les enfants jouaient au ballon en lançant des injures, où les mères assises à l'entrée de petits immeubles de trois étages triaient le riz dans des plateaux posés sur leurs genoux, où tout le monde connaissait tout le monde.

Il marchanda avec un vendeur de pastèques installé sur un terrain vague, sous un auvent recouvert d'une toile noire. Il tapota une à une plusieurs pastèques pour voir si elles étaient mûres. Sur l'une d'elles marchait une fourmi. À mesure que Mevlut faisait tourner la pastèque entre ses mains, la fourmi se retrouvait en dessous, mais elle ne lâchait pas prise ; elle se mettait à courir et ressurgissait en haut. Mevlut fit peser la pastèque sans en faire tomber la patiente fourmi, il rentra sans bruit à la maison et la déposa dans la cuisine.

Rayiha. Je suis sortie de la salle de bains, j'ai enfilé des vêtements propres, j'ai tourné le dos à la porte, je me suis allongée sur le lit sans nouer mon foulard autour de ma tête, et je me suis endormie.

Mevlut approcha doucement. Il contempla longuement Rayiha allongée sur le lit, en sachant que jamais il n'oublierait cet instant. Sous ses vêtements, son corps, ses pieds étaient d'une élégante finesse. Sa respiration imprimait un léger mouvement à ses épaules et à son bras. Mevlut eut la fugace impression qu'elle faisait semblant de dormir. Délicatement, sans bruit, il s'allongea tout habillé à l'autre extrémité du lit deux places.

Son cœur s'accéléra. S'ils commençaient à faire l'amour maintenant – il n'avait pas vraiment d'idée non plus sur la façon de s'y prendre –, cela reviendrait à abuser de la confiance de Rayiha.

Rayiha avait accordé sa confiance à Mevlut, elle avait remis sa vie entière entre ses mains et, bien qu'ils ne soient pas encore mariés et n'aient pas encore fait l'amour, elle avait défait son foulard et laissé apparaître sa longue chevelure. Alors qu'il se perdait dans la contemplation des boucles de ses cheveux, Mevlut sentit que, du simple fait de cette confiance et de cet abandon, il s'attacherait à Rayiha et aurait pour elle beaucoup d'amour. Il n'était pas seul au monde. Il la regardait respirer et il exultait de bonheur. De surcroît, Rayiha avait lu ses lettres, elle les avait aimées.

Ils dormirent tout habillés. Au milieu de la nuit, dans le noir, ils se serrèrent l'un contre l'autre. Mais ils ne firent pas l'amour. Mevlut comprenait que la sexualité trouvait plus facilement à s'exprimer la nuit, dans le noir, mais la première fois qu'il ferait l'amour avec Rayiha, il voulait que ce soit en plein jour, les yeux dans les yeux. Le matin venu, dès qu'ils se regardaient d'un peu trop près, ils étaient tout honteux, et ils s'inventaient un tas de choses à faire.

Rayiha. Le lendemain matin, j'ai de nouveau entraîné Mevlut dans les rues faire des courses. C'est moi qui ai choisi la nappe en toile cirée, la housse de couette bleue à fleurs, la corbeille à pain imitation osier et le presse-citron en plastique. Mevlut était fatigué à force de me voir regarder avec curiosité pantoufles, tasses, bocaux, salières juste par plaisir, sans rien acheter. Nous sommes rentrés à la maison. Nous nous sommes assis au bord du lit. J'ai demandé : « Personne ne sait que nous sommes là, n'est-ce pas ? »

À ces mots, Mevlut m'a regardée d'une façon telle avec son visage d'enfant que j'ai fui à la cuisine en disant : « J'ai une casserole sur le feu. » L'après-midi, alors que le soleil réchauffait le petit appartement, j'ai cédé à la fatigue et je me suis allongée sur le lit.

Quand Mevlut vint se coucher près d'elle, pour la première fois ils s'enlacèrent et s'embrassèrent. En voyant se peindre une expression de culpabilité enfantine sur le visage raisonnable de Rayiha, Mevlut ne l'en désira que davantage. Mais chaque fois que son désir grandissait et devenait manifeste, tous deux étaient saisis de honte et d'affolement. Mevlut passa la main sous la robe de Rayiha et empoigna un instant son sein gauche, la tête lui tourna.

Rayiha le repoussa. Mevlut le prit mal et se leva.

« Ne t'inquiète pas, je ne suis pas fâché, lança-t-il d'un ton déterminé en franchissant la porte palière. Je reviens tout de suite. »

Dans une rue derrière la mosquée Hüseyin Ağa, il y avait un marchand de ferraille kurde diplômé de l'institut religieux d'Ankara. Pour une somme modique, il mariait en deux temps trois mouvements ceux qui voulaient ajouter un mariage religieux à leur union civile : les malheureux qui s'éprenaient d'une femme à Istanbul alors qu'ils en avaient déjà une au village, les jeunes issus des milieux conservateurs qui se morfondaient dans la culpabilité après s'être retrouvés en cachette de leurs parents ou de leurs frères aînés et qui n'avaient pu se maîtriser et avaient poussé l'amitié trop loin. Et vu que seul quelqu'un de l'école hanafite pouvait procéder à l'union de mineurs n'ayant pu obtenir l'autorisation de leurs tuteurs légaux, il se présentait comme hanafite.

Mevlut trouva le bonhomme endormi dans la sombre arrière-boutique de son atelier rempli d'alvéoles de vieux radiateurs, de portes de poêles, de morceaux de moteurs rouillés, la tête enfouie sous le journal *Akşam* qu'il tenait à la main.

« Hodja Éfendi, je veux me marier selon les préceptes de notre religion.

— J'ai compris, dit le hodja, mais pourquoi tant de précipitation ? Tu es pauvre et encore trop jeune pour prendre une deuxième épouse.

— J'ai enlevé une fille ! expliqua Mevlut.

— Avec son consentement, naturellement ?

— On est amoureux l'un de l'autre.

— Il y en a beaucoup qui parlent d'amour et qui enlèvent les filles pour profiter d'elles. Et une fois qu'ils l'ont forcée à coucher avec eux, ces infâmes convainquent même la famille de la malheureuse à consentir à leur mariage...

— Quel rapport avec nous ? répondit Mevlut. Nous, c'est de notre plein gré et, si Dieu le veut, avec amour, que nous nous marierons.

— L'amour est une maladie, répliqua le hodja. Le traitement d'urgence, tu as raison, c'est le mariage. Mais dès que la fièvre est retombée, les gens regrettent amèrement de devoir prendre à vie ce fade remède comme on prendrait de la quinine pour soigner la typhoïde.

— Je ne regretterai pas, dit Mevlut.

— Pourquoi es-tu si pressé dans ce cas ? N'avez-vous pas encore consommé votre nuit de noce ?

— Nous le ferons seulement une fois que nous serons mariés dans les formes, dit Mevlut.

— Soit la fille n'est pas jolie, soit tu es un grand naïf. Comment t'appelles-tu ? Tu es un beau garçon. Prends donc un thé. »

Mevlut but le thé que lui apporta un apprenti aux grands yeux verts et au visage pâlot. Il voulut couper court mais le hodja se mit à dévider ses litanies comme entrée en matière pour négocier le tarif. Tout allait mal, les jeunes qui se mariaient religieusement parce qu'ils s'étaient embrassés et tripotés et qui rentraient chacun chez soi le soir en cachant à leurs parents qu'ils s'étaient mariés le matin étaient hélas de moins en moins nombreux.

« Je ne suis pas très argenté, dit Mevlut.

— C'est pour cela que tu as enlevé la fille ? Une fois qu'ils ont obtenu ce qu'ils voulaient, les beaux gosses de ton genre un peu goujats se débarrassent de la fille en lui disant trois fois "Tu es divorcée". J'en connais combien de ces jolies fleurs sans cervelle qui ont fini par se suicider ou par atterrir au bordel à cause de gars comme toi !

— Nous ferons aussi un mariage civil dès qu'elle aura dix-huit ans, dit Mevlut avec un sentiment de culpabilité.

— Bon. Je célébrerai votre mariage demain, en récompense de tes bonnes œuvres. Je viens où ?

— Le mariage ne sera-t-il pas valide si nous le faisons ici, sans y amener la fille ? demanda Mevlut en promenant les yeux sur le magasin de ferraille poussiéreux.

— Dans ce cas, je ne compte pas les honoraires d'imam, juste la location de la salle », dit le ferrailleur.

Rayiha. Après le départ de Mevlut, je suis sortie de la maison. J'ai acheté deux kilos de fraises, un peu molles mais bon marché, à un vendeur ambulant croisé en chemin et du sucre en poudre à l'épicerie, j'ai nettoyé les fraises et fait de la confiture. En rentrant, Mevlut a humé avec bonheur les vapeurs de fraise sucrée, mais il n'a pas tenté de m'approcher.

En début de soirée, il m'a emmenée au cinéma Lale où passaient deux films turcs. Dans la salle presque suintante d'humidité, entre un film avec Hülya Koçyiğit et un autre avec Türkân Şoray, il m'a annoncé que nous nous marierions le lendemain et j'ai versé quelques larmes. Mais je me suis concentrée sur le second film aussi. J'étais très heureuse.

« En attendant qu'on obtienne l'autorisation de ton père ou que tu aies tes dix-huit ans, faisons au moins le mariage religieux pour que, d'ici là, personne ne s'avise de nous séparer, dit Mevlut quand le film fut terminé. Je connais quelqu'un, un ferrailleur. On célébrera le mariage dans son magasin. Je me suis renseigné, tu n'as pas besoin de venir… Tu n'auras qu'à dire que tu as donné procuration à quelqu'un.

— Non, je veux venir au mariage », ai-je rétorqué en fronçant les sourcils. Et puis j'ai souri, pour ne pas faire peur à Mevlut.

 De retour chez eux, Mevlut et Rayiha troquèrent leurs habits contre un pyjama et une chemise de nuit, sans se montrer, comme deux étrangers obligés de partager la même chambre dans un hôtel de province. Évitant que leurs regards se croisent, ils éteignirent la lumière, se couchèrent doucement côte à côte – Rayiha le dos à nouveau tourné –, en veillant à laisser de l'espace entre eux. Mevlut était en proie à un sentiment de joie mêlé de peur. Il se disait que l'émotion l'empêcherait de fermer l'œil jusqu'au matin, mais il s'endormit presque aussitôt.

Quand il s'éveilla au milieu de la nuit, il avait le nez enfoui dans les effluves de fraise qui émanaient de la peau de Rayiha et l'odeur de biscuit pour bébé de son cou. Ils avaient transpiré à cause de la chaleur, ils s'étaient fait dévorer par les moustiques. Leurs corps s'enlacèrent d'eux-mêmes. À la vue du ciel d'un bleu marine et de la lueur des néons à l'extérieur, Mevlut s'était pris à croire qu'ils flottaient quelque part hors du monde, qu'ils étaient retournés à leur enfance, dans un espace vide non soumis à l'attraction terrestre, quand soudain Rayiha lui dit : « Nous ne sommes pas encore mariés » et le repoussa.

Par un ancien serveur du restaurant Karlıova, Mevlut avait entendu dire que Ferhat était rentré du service militaire. Le lendemain, avec l'aide de l'un des plongeurs originaires de Mardin, il le retrouva à Tarlabaşı, dans un misérable dortoir pour célibataires. Il habitait là avec des serveurs âgés de dix ans de moins que lui, des gamins originaires de Tunceli, de Bingöl – la plupart kurdes et alévis – qui travaillaient comme plongeurs en dehors de leurs heures de collège. Mevlut avait de la peine de voir son ami loger dans ce lieu malodorant où régnait un air vicié et qu'il jugeait inadéquat pour lui, mais en apprenant qu'il allait et venait entre ici et chez ses parents, il fut rassuré. Mevlut devina que Ferhat avait un peu le rôle du grand frère ici et que, derrière cela, il y avait le commerce de cigarettes de contrebande, devenu plus ardu depuis le putsch militaire, le trafic de stupéfiants – « l'herbe » comme on l'appelle –, un peu de colère politique et de la solidarité, mais il s'abstint de poser trop de questions. Ferhat s'était politisé, choqué par ce qu'il avait vu et vécu au service militaire, par les récits de proches enfermés et torturés à la prison de Diyarbakır.

« Il faut que je te marie, avait dit Mevlut.

— Il faut que je rencontre ou que je drague une fille en ville, dit Ferhat, ou que j'aille en enlever une au village. Je n'ai pas un rond pour me marier.

— Moi, je l'ai enlevée, dit Mevlut. Tu n'as qu'à faire pareil. Ensuite, nous monterons ensemble une affaire, nous prendrons un magasin et nous deviendrons riches. »

Mevlut raconta en modifiant et enjolivant les détails comment il s'était enfui avec Rayiha. Dans son récit, il n'y avait plus ni camionnette ni Süleyman. Il raconta que son amoureuse et lui avaient marché une journée entière à travers les montagnes jusqu'à la gare d'Akşehir, main dans la main, dans la boue, avec le père de la fille à leurs trousses.

« Rayiha est-elle aussi belle que nous l'avons écrit dans les lettres ? demanda Ferhat avec émotion.

— Encore plus belle et intelligente, répondit Mevlut. Mais la famille du côté de la fille, les Vural, Korkut et Süleyman nous poursuivent même à Istanbul.

— Salauds de fascistes », dit Ferhat, et il accepta sur-le-champ d'être témoin pour le mariage.

Rayiha. J'ai enfilé ma robe longue en tissu imprimé à fleurs et un jean propre. J'ai mis le foulard violet que j'avais acheté dans les petites rues de Beyoğlu. Nous avons retrouvé Ferhat au restaurant Karadeniz sur l'avenue Istiklal. C'était un homme au front large, de grande taille et poli. Il nous a tendu un verre de jus de cerise à chacun et il a dit : « Félicitations, tu as bien choisi ton mari. C'est un drôle de bonhomme, mais c'est un cœur d'or. »

Quand nous nous sommes rassemblés dans sa boutique, le fer-railleur a ramené un autre témoin de l'épicerie voisine. De son tiroir, il a sorti un vieux cahier tout abîmé à la couverture cou-verte d'inscriptions anciennes. Il l'a ouvert et a demandé à tout le monde son nom, celui de son père, et les a notés avec lenteur. Nous savions tous que cela n'avait aucune valeur officielle mais nous étions impressionnés de le voir écrire si sérieusement, avec les lettres de l'alphabet arabe.

« Quelle dot lui as-tu versée ? Que lui donneras-tu en cas de séparation ?

— Quelle dot ? a demandé Ferhat. Puisqu'il l'a enlevée !

— Que donneras-tu si tu divorces ?

— Seule la mort pourra nous séparer, a dit Mevlut.

— Marque dix *reşat* d'or pour l'un et sept *cumhuriyet* pour l'autre, a proposé le second témoin.

— C'est beaucoup trop, a protesté Ferhat.

— Je ne vais pas réussir à célébrer ce mariage conformément à la charia, on dirait », a bougonné le ferrailleur. Il est retourné dans la partie avant du magasin et s'est posté devant sa balance. « Sans mariage conforme à la religion, toute espèce de rapprochement est fornication. La fille est très jeune en plus.

— Je ne suis pas trop jeune, j'ai dix-sept ans », ai-je protesté, et j'ai montré la carte d'identité que j'avais volée dans le placard de mon père.

Ferhat a attiré le ferrailleur dans un coin et lui a glissé des billets dans la poche.

« Répétez après moi », a dit le ferrailleur.

Mevlut et moi avons longuement répété les mots en arabe en nous regardant au fond des yeux.

« Mon Dieu, bénis ce mariage ! a dit le ferrailleur pour clore la cérémonie. Fais régner l'amitié, la concorde, l'affection entre ces deux étranges créatures et octroie-leur durée et stabilité dans leur mariage. Seigneur, protège Mevlut et Rayiha de la haine, des désaccords et de la rupture ! »

2

Mevlut glacier

Les jours les plus heureux de sa vie

Dès leur retour à la maison, ils se mirent au lit et s'aimèrent. Tous deux étaient soulagés maintenant qu'ils étaient mariés et que cette chose qu'ils n'arrivaient en aucune manière à faire, cette chose qui suscitait en eux tellement d'envie et de curiosité était désormais devenue une sorte de devoir que les autres attendaient d'eux. Ils avaient honte de voir leurs corps dénudés (pas entièrement), de se toucher les bras, la poitrine, les endroits brûlants comme du feu, mais ce sentiment d'inéluctable allégeait leur honte. « Oui, c'est vraiment honteux, semblaient-ils se dire avec les yeux. Malheureusement, nous devons le faire. »

Rayiha. Si seulement la pièce avait été plus sombre ! Je n'aimais pas la honte que je ressentais lorsqu'on se retrouvait les yeux dans les yeux. Les rideaux pâles ne suffisaient pas à occulter le puissant soleil de cet après-midi d'été. Comme Mevlut était trop avide et trop brusque par moments, je l'ai repoussé une ou deux fois. D'un autre côté, cela me plaisait qu'il agisse avec détermination, je m'abandonnais. Deux fois j'ai vu son machin, j'ai eu un peu peur. Pour ne pas fixer les yeux sur ce truc énorme plus bas, je me suis blottie contre lui, j'ai collé mon visage dans le cou de mon innocent et beau Mevlut, je l'ai serré comme un bébé contre moi.

Contrairement à ce qu'ils avaient entendu dire par leurs camarades, Mevlut et Rayiha savaient l'un comme l'autre qu'il n'y avait rien d'indécent entre mari et femme, cela faisait partie de l'éducation religieuse qu'ils avaient reçue au village, mais dès que leurs regards se croisaient, ils étaient pétris de honte. Ils ne tardèrent pas à comprendre que cette honte diminuerait, qu'ils admettraient l'acte amoureux comme quelque chose d'humain et de naturel, et qu'ils le verraient même comme un signe de maturité.

« J'ai très soif », dit Mevlut à un moment, comme au bord de la suffocation.

On eût dit que toute la maison, les murs, les fenêtres, les plafonds étouffaient de chaleur.

« Il y a des verres à côté de la carafe », dit Rayiha en se couvrant bien avec le drap.

Aux regards de Rayiha, Mevlut eut le sentiment qu'elle regardait le monde non pas depuis son propre corps mais de l'extérieur. Tandis qu'il se versait de l'eau dans le verre posé sur la table, lui aussi eut l'impression de n'être plus qu'une âme, de flotter hors de son corps. Et en donnant un verre d'eau à sa femme, il comprit que faire l'amour pouvait être tout aussi impudique et obscène qu'empreint d'une dimension religieuse et spirituelle. Sous le prétexte de boire de l'eau, presque avec l'impression de capituler, ils regardaient mutuellement leur corps nu. Aussi honteux qu'étonnés par la vie.

Mevlut crut voir de la lumière émaner de la peau blanche de Rayiha et se diffuser dans la chambre. La pensée que c'est lui qui avait pu lui faire ces marques roses et violet pâle lui effleura l'esprit. Lorsqu'ils se glissèrent de nouveau sous les draps, ils s'enlacèrent avec la tranquille assurance que tout allait bien. De douces paroles que Mevlut n'avait nullement préméditées franchissaient spontanément ses lèvres.

« Mon âme, dit-il à Rayiha, mon unique, tu es adorable… »

Ces mots, que sa mère et ses sœurs lui claironnaient quand il était petit, il les disait tout bas à Rayiha, avec conviction, comme s'il lui susurrait un secret. On eût dit qu'il l'appelait comme quelqu'un qui craint de s'égarer dans une forêt. Sans allumer les lumières, en s'endormant, en s'éveillant, en se levant dans le noir pour boire de l'eau, ils s'aimèrent jusqu'au matin. Ce qui est le plus prodigieux dans le mariage, c'est la possibilité de faire l'amour quand on veut et autant qu'on veut.

Le matin, en voyant des taches rouge cerise sur le drap, Mevlut et Rayiha eurent honte et en même temps, comme c'était la preuve attendue de la virginité de Rayiha, ils se réjouirent sans se le montrer. Ils n'en parlèrent jamais mais le matin, tandis que Rayiha et lui préparaient la glace à la cerise qu'il allait vendre le soir pendant tout l'été, Mevlut se rappellerait toujours la ressemblance avec cette couleur.

Rayiha. Nous observons chaque année le jeûne du ramadan, Mevlut depuis l'année où il a séjourné au village après avoir terminé l'école primaire et moi un peu plus tôt, depuis l'âge de dix ans. Une fois, quand j'étais petite, alors que Samiha et moi nous étions assoupies en attendant le repas de rupture du jeûne, ma sœur Vediha avait tellement faim qu'elle s'était effondrée avec un plateau dans les mains, comme un minaret pendant un séisme. Après cet incident, on a appris à s'accroupir et s'asseoir par terre dès qu'on sentait qu'on allait tourner de l'œil. Parfois, même sans aucun vertige, par jeu, on titubait légèrement comme si le monde se mettait à tourner, on se jetait par terre et on riait. Tous ceux qui accomplissent le jeûne le savent, même les enfants : les couples ne doivent pas s'approcher de toute la journée. Mais dès le début du ramadan, trois jours après notre mariage, Mevlut et moi avons commencé à douter de ce que nous savions.

« Hodja Éfendi, est-ce que ça annule le jeûne de baiser la main de quelqu'un ? — Non, ça ne l'annule pas ! — Un baiser sur l'épaule ? — Probablement que non. — Dans le cou de sa femme épousée religieusement ? Sur sa joue ? — Tant que ça ne va pas plus loin, la présidence des Affaires religieuses tolère un échange de baisers respectueux. Du moment que la salive ne passe pas, même s'embrasser sur les lèvres n'annule pas le jeûne », nous avait dit le ferrailleur qui nous avait mariés. Mevlut se fiait surtout à lui, il disait : « Vu que c'est lui qui nous a mariés, lui seul est compétent. » Parce que dans notre religion, il y a toujours moyen de donner le change. Vediha m'avait raconté que les enfants qui observaient le jeûne et qui disparaissaient dans la forêt ou le lit des cours d'eau pendant les longues et chaudes journées d'été pour se livrer à des jeux érotiques solitaires argumentaient ainsi : « L'imam dit de ne pas s'approcher entre époux, il n'a pas dit de ne pas s'approcher soi-même »... Peut-être que l'interdiction de faire l'amour pendant le ramadan ne figure même pas dans le Livre.

Bon, vous l'aurez compris : pendant les longues et chaudes journées du ramadan, Mevlut et moi n'avons pas su rester maîtres de nous-mêmes et on a commencé à faire l'amour. Si c'est un péché, je l'assume, j'aime beaucoup mon beau Mevlut. Nous ne faisons de mal à personne ! À ceux qui nous traitent de pécheurs, j'aimerais poser cette question : à la maison, pendant les heures de jeûne qui vous rendent groggy, que croyez-vous que font les dizaines de milliers de jeunes gens mariés à la hâte avant le début du ramadan et qui découvrent l'amour pour la première fois de leur vie ?

Mevlut avait récupéré auprès de Hızır, qui retournait à Sivas pour le ramadan, sa carriole de glacier à trois roues, des cuillers à long manche et un tonneau en bois. Comme beaucoup de vendeurs ambulants qui allaient et venaient entre la ville et leur village et qui ne voulaient pas perdre leurs clients réguliers, Hızır s'arrangeait chaque été avec un autre vendeur à qui il confiait sa carriole et sa clientèle.

Convaincu de l'honnêteté et de la méticulosité de Mevlut, Hızır la lui avait louée à un prix très modique. Il avait invité Mevlut à venir chez lui, dans une rue reculée des confins du quartier de Dolapdere, et, avec son épouse, une petite bonne femme rondouillarde originaire de Gümüşhane qui s'était immédiatement liée d'amitié avec Rayiha, ils leur avaient expliqué comment faire la glace, comment tourner le seau d'un mouvement continu, fluide et harmonieux pour trouver la bonne consistance, comment mettre un peu d'acide citrique dans le jus de citron, et un peu de colorant dans le jus de cerise. D'après Hızır, les enfants et tous ceux qui se prenaient encore pour des enfants aimaient la glace. Le point crucial dans le métier, c'était autant le goût de la glace que la gaieté et les facéties du marchand. Il s'était assis à une table et, sur la carte qu'il avait dessinée avec soin, il avait montré à Mevlut les rues par lesquelles il devait passer, lui expliquant quels coins étaient les plus fréquentés et à quelle heure, quand et où s'arrêter pour faire de bonnes ventes. Chaque soir, alors qu'il passait par le haut de Tarlabaşı en poussant sa carriole vers l'avenue Istiklal et Sıraselviler, Mevlut révisait mentalement cette carte qu'il avait mémorisée.

Sur la carriole blanche du glacier, il était écrit en lettres rouge cerise :

LES GLACES DE HIZIR
Fraise, cerise, citron, chocolat, crème

Parfois, en fin de soirée, alors que Rayiha commençait sérieusement à lui manquer, il arrivait qu'un de ces parfums soit terminé. Le client qui s'entendait répondre « Cerise ? Il n'y en a pas » rétorquait avec pédanterie : « Pourquoi tu écris cerise, alors ? » Comme Mevlut pensait à Rayiha et était heureux, au lieu de dire « Il n'y en a plus », ou « Ce n'est pas moi qui l'ai écrit » comme il en aurait eu envie, il ne répondait même pas. Il laissait à la maison la vieille cloche héritée de son père et se servait de la clochette au timbre plus joyeux et plus clair que Hızır lui avait donnée, l'agitant selon les instructions de ce dernier, comme un mouchoir étendu sur une corde à linge pris dans une tempête ; et il clamait « Crème glacée ! » sur l'intonation que Hızır lui avait enseignée. Cependant, les enfants qui se mettaient à le poursuivre dès qu'ils entendaient la sonnette criaient derrière lui : « Eh, marchand de glace, tu n'es pas Hızır ! »

— Je suis son frère, Hızır est allé à un mariage au village », disait-il aux gamins qui surgissaient comme des djinns aux angles des rues, aux fenêtres des immeubles, de derrière les troncs d'arbres, des cours de mosquées où ils jouaient à cache-cache et de l'obscurité.

Comme Mevlut ne voulait pas laisser sa carriole sans surveillance et qu'il lui était difficile d'accéder dans les foyers et les cuisines, la plupart du temps les familles qui voulaient de la glace envoyaient quelqu'un la chercher en bas, dans la rue. Mevlut ne fut pas long à constater combien il était difficile et délicat de s'acquitter correctement des commandes de glace passées par les familles nombreuses qui lui faisaient descendre une dizaine de verres à thé vides en forme de tulipe dans des paniers suspendus par une corde ou sur de grands plateaux en argent ou incrustés de nacre apportés par des domestiques, commandes notées parfum par parfum sur un papier qu'il déchiffrait à la lueur des réverbères et qui exigeaient une précision d'apothicaire. Parfois, le temps qu'il termine de préparer une commande, deux ou trois nouveaux clients surgissaient dans la rue ; les enfants qui n'arrêtaient pas de parler et qui s'agglutinaient autour de lui comme des mouches sur un pot de confiture se faisaient de plus en plus grognons et turbulents. D'autres fois, comme cela se produisait à l'heure des prières du soir pendant le ramadan, il n'y avait plus un chat autour de sa carriole de glacier ni même dans la rue ; mais du cinquième étage, avec une témérité qui ne laissait pas de le stupéfier, tous les membres de la nombreuse maisonnée qui lui envoyait un domestique avec un plateau – les enfants, les oncles rassemblés pour regarder un match de football à la télé, les joyeux convives, les tantes babillardes, les fillettes gâtées et capricieuses et, pour finir, les petits garçons timides et énervés – braillaient à tue-tête combien de glaces à la cerise, combien à la crème ils voulaient, quel parfum devait être en dessous ou au-dessus dans le cornet. D'autres fois encore, on insistait pour qu'il monte et, autour des grandes tablées familiales, sur le seuil des riches cuisines où régnait le branle-bas de combat, il assistait au bonheur des enfants en train de faire des galipettes sur les tapis. Dans certaines maisons, au tintement de la clochette agitée par Mevlut, on déduisait aussitôt que celui qui passait en bas était Hızır et, depuis l'étage du dessus, le regardant droit dans les yeux, oncles et tantes entamaient la conversation avec Mevlut en disant : « Comment ça va, Hızır Éfendi ? Tu as bonne mine, dis donc. » Mevlut ne les en détrompait pas, il se prêtait aimablement au jeu : « Grâce à Dieu, je suis rentré du mariage au village... Ce mois de ramadan est très bénéfique », et tout de suite après il avait un bref accès de culpabilité.

La raison essentielle de sa culpabilité tout au long du ramadan tenait surtout au fait qu'il cédait à la tentation et faisait l'amour avec Rayiha pendant les heures de jeûne. Comme, à l'instar de Rayiha, il était assez intelligent pour comprendre qu'il vivait là les jours les plus heureux de sa vie et qu'aucune mauvaise conscience n'était de taille à occulter son bonheur, il sentait que cette culpabilité provenait d'une source encore plus profonde : il avait l'impression d'avoir usurpé une place au paradis.

Il était à peine dix heures et demie du soir et il n'avait pas encore parcouru la moitié de l'itinéraire tracé par Hızır sur sa carte que déjà Rayiha lui manquait profondément. Que faisait-elle en ce moment à la maison ? Après les quinze premiers jours du ramadan, pendant le temps libre qu'il leur restait une fois qu'ils avaient préparé la glace et fait l'amour, ils étaient allés deux fois au cinéma, dans les salles des petites rues de Beyoğlu qui, pour le prix d'une grosse glace, passaient trois films comiques avec des acteurs comme Kemal Sunal et Fatma Girik. Si Mevlut achetait une télévision d'occasion, peut-être que Rayiha s'ennuierait moins en l'attendant à la maison.

Chaque soir, sa tournée s'achevait dans un petit parc avec vue sur les dizaines de milliers de fenêtres allumées dans Istanbul. De là, tandis qu'il contemplait les pétroliers sillonnant le Bosphore dans le noir et les filets lumineux tendus entre les minarets – depuis cet endroit où, douze ans plus tard, il se ferait dépouiller par les brigands père et fils comme narré au début de notre livre –, Mevlut pensait combien il avait de la chance d'avoir un logement à Istanbul et, dans ce logement, une femme aussi adorable que Rayiha qui l'attendait. Pour finir la glace qui restait au fond des bacs, il choisissait du regard le plus hardi des gamins qui venaient dans son sillage telles des mouettes affamées derrière un bateau de pêche, et il demandait : « Fais voir un peu ce que tu as en poche. » Même si le compte n'y était pas, il récupérait la petite monnaie de plusieurs gosses comme lui, il leur remettait en échange une énorme glace et il prenait le chemin du retour. En revanche, pour ceux qui n'avaient pas un sou, qui lui criaient « Oncle Hızır, donne-nous au moins un cornet ! », qui le suppliaient, qui l'imitaient en se moquant de lui, Mevlut était sans concession. Il savait que si jamais il donnait gratuitement une glace à quelqu'un, il ne pourrait plus leur en vendre une seule le lendemain.

Rayiha. Quand j'entendais Mevlut revenir et ranger sa carriole dans la cour, je descendais aussitôt ; pendant qu'il l'attachait avec une chaîne à l'amandier par la roue avant, je remontais à la maison les bacs de glace (« Félicitations, ils sont vides ! » m'écriais-je à chaque fois), les cuillers à long manche et les chiffons à laver. Dès qu'il entrait, Mevlut se débarrassait de son tablier et le jetait par terre. Comparé à ceux qui traitaient l'argent qu'ils avaient gagné avec le même respect que si ces bouts de papier portaient le sceau du Prophète et qui le posaient en hauteur comme ils l'auraient fait d'un morceau de pain tombé au sol, cela me plaisait de voir Mevlut impatient de revenir à notre bonheur domestique et envoyer valser ce truc à la poche remplie d'argent. Je l'embrassais.

Les matins d'été, quand Mevlut sortait acheter des fraises, des cerises, du melon et tous les ingrédients nécessaires à la fabrication des glaces chez le primeur albanais ou au marché aux poissons, je mettais également mes chaussures et mon foulard. « Viens, toi aussi », disait Mevlut, en faisant comme si m'emmener dans la rue relevait de sa seule décision. Après le ramadan, Mevlut a également commencé à vendre de la glace les après-midi.

Dans la rue, si je voyais que Mevlut était gêné et ennuyé par ma présence, pendant qu'il bavardait avec ses copains rencontrés devant les coiffeurs-barbiers, les ateliers de menuiserie, de carrosserie, je restais un peu en arrière. Parfois, il me disait « Patiente ici quelques instants », il entrait dans un magasin et me faisait attendre. Par la porte ouverte d'une fabrique où j'avais vu des cuvettes en plastique, je regardais travailler les employés et cela me distrayait. À mesure qu'on s'éloignait de la maison, Mevlut se détendait, il me montrait les mauvais cinémas des petites rues, un autre restaurant où il avait travaillé avec Ferhat, il me racontait des choses, mais à Taksim, à Galatasaray, dès qu'il croisait un visage connu dans la foule, il paniquait. Parce que nous passions lui pour le sale type qui enlève une fille et moi pour l'idiote qui y croit ? « On rentre », disait alors Mevlut en colère, et tandis qu'il marchait devant, j'essayais de le rattraper et de comprendre pourquoi il s'énervait soudain à ce point pour si peu (j'ai passé ma vie à essayer de comprendre pourquoi Mevlut était pris de subits accès d'énervement). Dès que nous nous mettions à trier, laver et écraser les fruits, Mevlut se radoucissait aussitôt, il embrassait mon cou, ma joue, et quand il me disait que les fraises et les cerises les plus suaves étaient ailleurs, il me faisait rire et rougir en même temps. Faisant comme si la chambre était sombre et que nous ne nous voyions pas (nous avions beau tirer les rideaux, nous ne parvenions pas à l'immerger dans l'obscurité), NOUS FAISIONS L'AMOUR.

3

Les noces de Mevlut et de Rayiha

*Le misérable marchand de yaourt
devient marchand de boza*

Abdurrahman Éfendi. Ce n'est pas facile pour un père dont la fille s'enfuit : il faut tout de suite vociférer, pousser les hauts cris et tirer des coups de feu dans le noir pour éviter que les mauvaises langues n'aillent dire que « en fait, son père était au courant ». Il y a quatre ans de cela, une jolie fille du village de Pınarbaşı s'est fait enlever en plein jour par trois bandits armés alors qu'elle travaillait dans les champs. Son père est allé chez le procureur, il a fait émettre un avis de recherche et engager des poursuites par la gendarmerie ; pendant des jours il a versé des larmes de sang en se demandant ce qu'on avait pu faire de force à sa fille, cela ne lui a pas épargné la calomnie laissant entendre que « en fait, il était au courant ». J'ai essayé de tirer les vers du nez à Samiha pour savoir qui avait enlevé Rayiha, je lui ai dit « Écoute, si je m'énerve, ça va vraiment tomber » ; évidemment, je ne leur donnerais même pas une pichenette, on ne m'a pas cru, je n'ai pas obtenu de réponse.

Pour éviter les ragots au village, je suis descendu à Beyşehir, je suis allé voir le procureur. Il a dit : « Tu n'as même pas été fichu de veiller sur la carte d'identité de ta fille. Il est évident qu'elle s'est enfuie de son plein gré. J'engage une procédure si tu veux, mais c'est juste parce qu'elle a moins de dix-huit ans. Je lance la gendarmerie à ses trousses. Mais après, tu vas te radoucir, tu te diras "Bah, qu'ils se marient donc" et tu auras envie de pardonner à ton gendre, mais du coup il y aura une procédure en cours.

Bon, va t'asseoir un moment au café, réfléchis, et si ta décision est ferme, reviens me trouver. »

Sur le chemin du café, je suis entré à la Louche ébréchée, une gargote où j'ai mangé une soupe de lentilles ; en tendant l'oreille aux conversations des tables voisines, j'ai compris que les combats de coqs allaient juste commencer à l'Association des amis des animaux et je les ai suivis. C'est ainsi que ce jour-là je suis revenu au village sans réussir à prendre de décision. Un mois est passé et, juste après le ramadan, j'ai reçu des nouvelles par Vediha : Rayiha était à Istanbul, paraît-il, elle allait bien, elle était enceinte, elle s'était sauvée chez Mevlut, le cousin de Korkut, le mari de Vediha. Cet imbécile de Mevlut est complètement fauché, Vediha l'avait vu. J'ai eu beau dire que je ne lui pardonnerais jamais, Vediha a tout de suite compris que si, je le ferais.

Vediha. Un après-midi après la fête du Sucre, Rayiha est venue chez nous sans en informer Mevlut. Elle a dit qu'elle était très heureuse avec lui, qu'elle était enceinte. Elle s'est jetée dans mes bras et a pleuré. Elle a dit qu'elle se sentait très seule, qu'elle avait peur de tout, qu'elle voulait vivre non pas dans un appartement grand comme un mouchoir de poche où l'on ne peut pas faire un geste sans tout renverser, mais comme au village, avec ses sœurs, la famille, au milieu des arbres et des poules, c'est-à-dire qu'elle voulait habiter une maison dans notre cour à Duttepe. Ce que désirait surtout ma chère petite Rayiha, c'était ne pas entendre dire à son père qu'« une fille qui fugue ne se marie pas » et qu'il lui accorde son pardon ; qu'il l'autorise à se marier civilement, à célébrer ses noces. Est-ce que, avant que l'enfant ne grandisse trop dans son ventre, je pouvais adoucir Korkut et mon beau-père Hasan, et arranger gentiment les choses sans blesser notre père ? J'ai répondu : « On verra. Mais toi, jure-moi encore une fois que tu ne diras jamais à papa ni à personne que c'est moi et Süleyman qui t'apportions les lettres de Mevlut. » L'optimiste Rayiha a tout de suite promis. « En fait tout le monde est content que je me sois sauvée et que je me marie, dit-elle. Parce que maintenant c'est au tour de Samiha. »

Korkut. Je me suis rendu à Gümüşdere et, après un bref marchandage, j'ai convaincu mon beau-père au cou tordu, qui commençait à fondre en larmes, de pardonner à Rayiha. Même si,
au début, il s'est comporté comme si j'étais impliqué dans l'enlèvement de Rayiha, ce qui n'a pas manqué de m'énerver (par la
suite, j'en ai déduit que ma femme Vediha et mon frère Süleyman
avaient leur part dans cette affaire), en réalité mon beau-père
était content que Rayiha se marie ; il était juste fâché de s'être fait
soutirer gratis une fille par Mevlut. Pour trouver une solution à
l'amiable, je lui ai promis que je l'aiderais à faire réparer le mur
éboulé du jardin et que j'enverrais bien sûr Mevlut et Rayiha au
village pour lui baiser la main et se faire pardonner ; ensuite, je
lui ai fait passer deux mille lires par le biais de Vediha.

Dès qu'il apprit que la condition posée par Abdurrahman
Éfendi au cou tordu pour leur pardonner était que Rayiha
et lui viennent au village lui baiser les mains, Mevlut fut
pris d'inquiétude. Lors de cette visite, il croiserait forcément le
regard de la belle Samiha à qui ses lettres étaient adressées, il
rougirait comme un coquelicot et serait incapable de cacher sa
gêne. Dans l'autocar Istanbul-Beyşehir, Mevlut pensa tellement à
cette honte à venir que pendant les quatorze heures de voyage
il ne ferma pas du tout l'œil, alors que Rayiha dormait comme
un bébé. Le plus dur, c'était de réussir à dissimuler son malaise
à Rayiha qui se sentait pousser des ailes tant elle était heureuse
de revoir son père et sa sœur, et que tout se soit arrangé. Il craignait que le simple fait d'y penser ne permette à Rayiha de percer la vérité. C'est d'ailleurs précisément pour cela que le
problème, comme la peur des chiens, ne faisait que s'amplifier
dans sa tête. Rayiha avait remarqué le malaise de son mari. Au
milieu de la nuit, l'autocar fit halte sur l'aire de repos de Dağbaşı
et, tandis qu'ils buvaient un thé, elle finit par lui demander :
« Qu'est-ce qu'il y a ? Pour l'amour du Ciel, dis-le-moi !

— Il y a quelque chose d'étrange en moi, répondit Mevlut. J'ai
beau faire, je me sens terriblement seul en ce monde.

— Tant que je serai à tes côtés, tu ne ressentiras plus jamais ça »,
dit-elle avec une attitude maternelle. Mevlut vit le reflet de Rayiha

sur les vitres de la cafétéria se blottir tendrement contre lui et il
sut qu'il n'oublierait jamais cet instant.

Ils se rendirent d'abord à Cennetpınar, le village de Mevlut, et
y restèrent deux jours. Sa mère prépara le meilleur lit à Rayiha,
elle sortit du *sucuk* aux noix, le préféré de Mevlut. Sans arrêt,
elle embrassait sa bru, lui prenait la main, le bras, et une fois,
lui attrapant l'oreille, elle la montra à Mevlut en disant : « Elle
est belle, n'est-ce pas ? » Cette tendresse maternelle à laquelle il
n'avait pas goûté depuis son départ à Istanbul à l'âge de douze
ans lui plaisait, et en même temps il éprouvait une colère, si ce
n'est un sentiment d'humiliation, dont il ne s'expliquait pas la
raison.

Rayiha. Mon village, ma maison, notre jardin et même la vieille
école du village, les arbres, ma basse-cour m'avaient tellement
manqué en l'espace de cinquante jours que je me suis éclipsée un
moment. Dans la chambre où j'avais allumé et éteint la lumière
pour faire le signal à Mevlut le soir où je m'étais sauvée avec lui,
il a demandé pardon à mon père comme un gentil garçon. J'étais
si heureuse qu'il embrasse la main de mon père, c'est quelque
chose que jamais je ne pourrai oublier. Ensuite, je suis entrée
avec un plateau dans les mains et, telle une fille encore en quête
d'un mari offrant son plus beau sourire aux visiteurs venus faire
leur demande en mariage, j'ai servi le café. De stress, sans souffler
sur son café brûlant ni lui laisser le temps de refroidir, Mevlut a
vidé sa tasse d'un trait comme s'il buvait un verre de limonade,
si bien que les larmes lui ont jailli des yeux. Comprenant au fil
de la conversation que, jusqu'au mariage, je resterais au village
auprès de mon père et de Samiha, et que je ne viendrais à Istanbul que plus tard, avec eux, comme une vraie mariée, pour les
noces, Mevlut s'est rembruni.

Mevlut avait très mal pris qu'on lui cache jusqu'à cet instant que Rayiha resterait au village. D'instinct, il préféra
écourter cette visite et, tandis qu'il marchait d'un pas vif
et coléreux vers son propre village, il se réjouissait de ne pas avoir
vu Samiha dans la maison. Mais vu que ce problème n'était pas

réglé, il se réjouissait autant d'avoir momentanément échappé à la honte qu'il s'inquiétait de devoir à nouveau l'affronter au mariage à Istanbul. Le fait qu'il ne l'ait pas du tout vue dans la maison signifiait-il que Samiha aussi voulait s'éviter la honte et oublier ce sujet ? Rayiha avait bien évoqué le nom de sa sœur mais cette dernière, pour quelque obscure raison, n'avait pas paru.

Le lendemain, sur la route du retour à Istanbul, Mevlut dormit à poings fermés dans l'autocar qui avançait en brimbalant dans l'obscurité comme un vieux vaisseau spatial. Il s'éveilla quand l'autocar s'arrêta sur l'aire de repos de Dağbaşı ; il s'assit à la même table que celle où ils avaient bu du thé à l'aller et il mesura combien il aimait Rayiha. Une seule journée de solitude avait suffi à lui faire comprendre que, en l'espace de cinquante jours, il était tombé amoureux de Rayiha, à un degré qu'il n'avait jamais vu dans aucun film, ni entendu dans aucun conte.

Samiha. Cela nous a tous réjouis que ma grande sœur Rayiha trouve un mari amoureux d'elle, honnête, et beau comme un enfant. Pour le mariage, nous sommes venus ensemble à Istanbul, papa, Rayiha et moi. Et comme lors de ma première venue ici, nous logeons chez ma sœur aînée Vediha. Pour la soirée du henné, nous, les trois sœurs, nous pleurions de rire tellement nous nous sommes amusées avec les autres femmes. Rayiha a imité mon père en train de disputer tout le monde, et Vediha, Korkut en train de conduire, de s'énerver et de jurer dans les embouteillages. Moi aussi j'ai imité les prétendants qui viennent à la maison faire leur demande et qui ne savent pas où poser le paquet de sucre et le flacon d'eau de Cologne qu'ils rapportent de chez Affan, la manufacture en face de la mosquée Eşrefoğlu de Beyşehir. Maintenant que Rayiha va se marier et que mon tour est arrivé, ma vie est devenue plus compliquée : ça me dérange que mon père joue les chaperons et qu'une vingtaine d'yeux nous observent chaque fois que la porte de la salle où nous faisions la soirée du henné s'entrouvrait. Cela me plaît que mes prétendants me lancent de loin des regards langoureux comme des amoureux transis (certains tortillent le bout de leur moustache entre leurs doigts) et fassent mine ensuite de ne pas regarder, mais ceux qui s'imaginent prendre un raccourci en tentant de complaire à mon père et non à moi me tapent sur les nerfs.

Rayiha. J'étais assise sur une chaise au milieu d'une foule de femmes bruyantes. Je portais la robe rose que j'avais achetée à Aksaray avec Mevlut et que ses sœurs avaient ornée de fleurs et de dentelles, le voile que Vediha avait posé sur ma tête avec une voilette à moitié transparente devant les yeux, mais par l'espace entre les pans du tulle je pouvais voir les filles qui chantaient et s'amusaient joyeusement. On appliquait du henné, pendant qu'on me faisait passer au-dessus de la tête des assiettes avec des bougies allumées et des pièces de monnaie, et toutes les filles et les femmes me disaient : « Ah, pauvre Rayiha, tu quittes ton foyer pour une maison étrangère, tu sors de l'enfance, tu deviens une vraie femme, ah, malheureuse », mais, malgré tous leurs efforts pour m'attrister, je n'ai pas du tout pleuré. Vediha et Samiha n'arrêtaient pas de venir soulever ma voilette pour voir si j'avais les larmes aux yeux, et chaque fois je croyais que j'allais éclater de rire. Comme à mesure qu'elles annonçaient « Elle ne pleure pas », les femmes en cercle autour de moi s'exclamaient « Eh bien, elle ne regarde pas en arrière, elle est très motivée », j'ai eu peur que les plus jalouses d'entre elles n'amènent la discussion sur mon ventre rebondi et j'ai essayé de me forcer à pleurer ; j'ai repensé à la mort de ma mère, à notre visite à sa tombe, mais les larmes ne sont pas venues.

Ferhat. Quand Mevlut m'a invité à son mariage, j'ai aussitôt répliqué « Laisse tomber ! ». Ce qui l'a attristé. Mais l'envie m'a pris de revoir la salle des mariages Şahika. Dans cette vaste salle en sous-sol, j'ai participé à beaucoup de réunions gauchistes. Dans ces congrès et ces assemblées générales, qui débutaient par des chants comme *L'Internationale* et qui dégénéraient en coups de poing et en bataille de chaises, ceux qui provoquaient la bagarre étaient moins les nationalistes d'extrême droite armés de matraques qui prenaient les réunions d'assaut que les diverses fractions prosoviétiques et pro-Chine qui passaient leur temps à s'entredéchirer. Après la guerre civile de 1977, quand les gauchistes de Kültepe connurent la défaite et que tous ces coins tombèrent aux mains des droitistes soutenus par l'État, moi non plus je n'y ai plus remis les pieds.

Mevlut cacha à Ferhat que la salle des mariages Şahika était dirigée par un proche du clan Vural et que c'est grâce à eux que la soirée avait pu se tenir.

Ferhat lui glissa quand même une remarque : « Tu t'entends aussi bien avec les gens de droite qu'avec les gens de gauche. Avec ces talents-là, tu as tout pour devenir un bon commerçant.

— J'aimerais bien être patron d'un bon magasin », dit Mevlut. Il s'assit un moment à côté de Ferhat. Sous la table, il lui servit une vodka-limonade puis une autre, sans limonade. « Un jour, toi et moi, dit-il en serrant son ami contre lui et en l'embrassant, nous ouvrirons la plus belle boutique de Turquie. »

Lorsqu'il dit « oui » à l'officier d'état civil qui procédait au mariage, Mevlut sentit qu'il pourrait remettre en toute confiance sa vie entière entre les mains de Rayiha et se fier à son intelligence. Il comprenait que se couler dans le sillage de son épouse sans s'inquiéter de rien – comme ce serait le cas durant tout leur mariage – lui faciliterait la vie et rendrait heureux son enfant intérieur. Une demi-heure plus tard, donc, Mevlut baisa la main de Hadji Hamit Vural – qui, après avoir embrassé tout le monde, s'était installé avec ses hommes à une table où il trônait tel un politicien entouré de ses sbires –, ainsi que la main de tous les hommes de la tablée (ils étaient huit exactement).

Assis au côté de Rayiha sur le canapé doré et tendu de velours rouge installé pour les mariés au centre de la salle, Mevlut aperçut beaucoup de visages familiers dans le groupe des hommes qui occupait une bonne moitié du salon : la plupart étaient des marchands de yaourt de la génération de son père, leurs épaules s'étaient affaissées et ils étaient devenus bossus à force de porter leur perche. Comme le métier de marchand de yaourt touchait à sa fin, ceux qui avaient le moins bien réussi et les plus pauvres d'entre eux travaillaient ailleurs le matin et, le soir, à l'instar de Mevlut, ils vendaient de la boza. Certains avaient construit des maisons dans les quartiers de *gecekondu* éloignés de la ville (des *gecekondu* parfois démolis qu'ils reconstruisaient) ; maintenant que ces endroits avaient pris de la valeur, ils étaient tranquilles, ils avaient pris leur retraite ou étaient retournés au village. D'autres possédaient à la fois une maison au village d'où l'on voyait le lac de Beyşehir au loin, et une autre dans les anciens quartiers de *gecekondu*. Ceux-là fumaient des Marlboro. Ceux qui avaient placé à la banque l'argent économisé sou après sou pendant des années, parce qu'ils avaient prêté foi aux publicités dans les journaux, aux livrets d'épargne de l'Iş Bankası et à ce qu'on leur avait seriné à l'école primaire, avaient vu leur pécule fondre comme neige au soleil lors de la dernière période d'inflation. Et ceux qui avaient placé leur avoir chez un courtier en pensant justement échapper à cela n'avaient plus jamais revu leur argent. Il y en avait dont le fils continuait encore l'activité, à l'exemple de Mevlut, mais ce dernier se rendait bien compte que, après avoir passé un quart de siècle à exercer le métier de vendeur ambulant (comme son père), nombre d'hommes dans cette foule masculine exténuée avaient consumé leur vie sans rien au bout, sans même avoir réussi à s'acheter une maison ou un bout de jardin au village. Sa mère était assise à la même table que les femmes de ces vieux marchands fatigués restés vivre au village. Mevlut n'arrivait pas à regarder dans cette direction.

Quand le tambour et le hautbois se mirent à jouer, Mevlut se mêla à la foule des hommes qui dansaient au centre de la piste. Tout en dansant et en sautillant, il suivait du coin de l'œil les mouvements du foulard violet de Rayiha qu'embrassaient une à une les jeunes filles, les femmes et les grands-mères à la tête couverte d'un foulard au milieu des tables de la partie réservée aux dames. C'est ainsi, en cherchant Rayiha des yeux, qu'il remarqua Mohini qui, de retour du service militaire, arrivait juste à temps pour le mariage. Peu avant le début de la cérémonie de remise des cadeaux, il y eut un mouvement dans la salle qui s'était pas mal échauffée. Comme saoulée par le bruit, la limonade nature, l'air moite et vicié ambiant, la foule sembla se déliter. Mevlut aussi avait bu le verre de limonade à la vodka que lui avait discrètement fait passer sous la table son ami Ferhat, qui se justifiait ainsi : « Avec la clique de Vural sous les yeux chaque fois que je tourne la tête vers leur table, il faut que je boive pour supporter la vue d'autant de fascistes. » À un moment, il crut avoir perdu Rayiha puis, l'apercevant, il courut vers elle. Elle sortait par la porte menant aux toilettes, en compagnie de deux jeunes filles coiffées d'un foulard de la même couleur que le sien :

« Mevlut Ağbi, à mesure que je vois combien Rayiha est heureuse, je me réjouis énormément pour vous deux, dit l'une des filles. Excuse-moi mais je n'ai pas pu te féliciter au village.

— C'est ma sœur Samiha, tu ne l'as pas reconnue ? demanda Rayiha, alors qu'ils regagnaient leur sofa rouge. Ce qu'il y a de plus beau chez elle, ce sont ses yeux. Elle est très contente d'être à Istanbul. Elle a tellement de prétendants, il y en a une ribambelle qui lui écrivent des lettres, mon père et Vediha ne savent plus où donner de la tête. »

Süleyman. Tout d'abord, je me suis dit que Mevlut faisait preuve d'une grande maîtrise pour garder ainsi son calme. En fait, non, il n'avait tout simplement pas reconnu la belle Samiha à qui il avait écrit tant de lettres.

Mohini. Mevlut et Rayiha m'on demandé de tenir près d'eux le rôle à la fois de greffier et d'animateur lors de la cérémonie de remise des cadeaux. Chaque fois que, microphone à la main, je faisais des annonces du genre : « Le vénérable M. Hadji Vural, notre homme d'affaires et entrepreneur originaire de Rize, grand bienfaiteur et fondateur de la mosquée de Duttepe, met au poignet du marié une montre suisse made in China ! », une houle agitait l'assemblée crevant d'ennui. Cigarette à la bouche, limonade à la main, les convives se mettaient alors à applaudir, à s'agiter et à s'amuser, à rire entre eux et à médire. Comprenant qu'ils risquaient de se ridiculiser aux yeux des autres, les radins qui pensaient s'en tirer à bon compte en accrochant une petite coupure sur la robe de la mariée préparaient alors un plus gros billet.

Süleyman. Quand j'ai vu Ferhat dans la foule, je n'en ai pas cru mes yeux. Si j'avais su que Mevlut amènerait ce misérable en disant « C'est mon ami, il s'est adouci » alors que, cinq ans plus tôt, avec l'argent de Moscou, lui et sa bande projetaient de serrer mes frères aînés dans un coin et de leur faire la peau, est-ce que j'aurais pris la peine de transporter ses lettres, d'arranger ce mariage et de célébrer ses noces ?

On dirait que le camarade Ferhat en a beaucoup rabattu. Il ne plante plus ses yeux droit dans ceux des autres comme il le faisait avant, en faisant tournoyer son chapelet comme un porte-clefs dans sa main et en clamant haut et fort « Je sais tout mieux que tout le monde », avec des poses bravaches de communiste fraîchement sorti de prison. Depuis le coup d'État d'il y a deux ans, la plupart de ses camarades communistes croupissent en taule ou sont estropiés par la torture. Les petits malins qui ne voulaient pas tâter de la torture ont filé en Europe. Comme le camarade Ferhat ne parle pas d'autre langue que le kurde et qu'il n'allait pas lécher les bottes des droits-de-l'hommistes ni faire son trou en Europe, il est resté ici et a mis ses idées en veilleuse. D'ailleurs, comme dit mon grand frère, le communiste intelligent oublie ses idées et gagne de l'argent dès qu'il se marie ; mais l'imbécile incapable de gagner un rond à cause de ces inepties s'attache comme Ferhat à des fauchés dans le genre de Mevlut, et il se fait un devoir de leur donner des conseils.

Et puis, je me fais aussi cette réflexion : prenons l'exemple d'un riche parti qui se rend dans un konak pour demander la main de la jolie fille dont il est amoureux. En passant la porte, il découvre que cette dernière a une sœur bien plus belle et plus jeune qu'elle, et aussitôt il réclame à leur père non pas la première de ses filles mais celle qui joue dans un coin à la marelle. Nous, les hommes, nous réprouverions un type pareil, nous le traiterions de dernier des salauds… néanmoins, nous serions capables de le comprendre. Mais comment comprendre un gars comme Mevlut, qui ne souffle mot en découvrant que celle avec laquelle il s'est enfui dans la nuit n'est pas la jolie fille à qui il a écrit des lettres d'amour éplorées pendant des années, mais sa grande sœur ?

Une autre chose qui rendait Mevlut heureux, c'était la joie sans mélange et enfantine de Rayiha. Elle ne faisait pas semblant de s'extasier devant les billets qu'on accrochait sur sa robe comme le faisaient les mariées que Mevlut avait vues dans d'autres mariages, elle s'en réjouissait sincèrement. Pendant que Mohini annonçait chaque billet, pièce d'or ou bijou remis aux mariés en tâchant d'être amusant, « Cinquante dollars américains de la part du plus jeune des grands-pères marchands de yaourt ! », une partie de la foule applaudissait avec une ironique courtoisie, comme dans tous les mariages.

Profitant d'un moment où tout le monde avait les yeux ailleurs, Mevlut coula un regard en coin à Rayiha. Il trouva beaux non seulement son bras, sa main, son oreille, mais aussi son nez, sa bouche et son visage. Pour l'heure, son seul défaut, c'était sa fatigue, mais sa bonne volonté lui allait à ravir. Rayiha n'avait trouvé personne à qui laisser le sac plastique rempli de cadeaux, d'enveloppes et de paquets, et elle l'avait déposé au coin du sofa. Sa jolie petite main reposait à présent sur ses genoux. Mevlut se rappela comment il avait tenu cette main dans la sienne alors qu'ils se sauvaient ensemble dans la montagne et l'attention avec laquelle il l'avait regardée pour la première fois dans la gare d'Akşehir. Le jour où il avait enlevé Rayiha lui semblait à présent remonter à des années. En trois mois, ils avaient tellement fait l'amour, ils s'étaient tellement rapprochés, ils avaient tant parlé et tant ri que Mevlut était ébahi de voir qu'il ne connaissait personne aussi bien que Rayiha, et que les hommes qui dansaient et se donnaient en spectacle pour épater les filles lui apparaissaient comme des gamins ignorant tout des choses de la vie. Outre l'impression de connaître Rayiha depuis des années, Mevlut en venait même parfois à être sincèrement persuadé que c'est à quelqu'un comme elle, voire à elle, qu'il avait écrit ses lettres.

4

Pilaf aux pois chiches

Ce qu'il y a de meilleur, ce sont les restes

Une fois chez eux, Mevlut et Rayiha virent que beaucoup des enveloppes lancées avec ostentation dans le sac des cadeaux pendant le mariage étaient vides, mais ils n'en furent pas surpris. Mevlut, qui n'avait confiance ni dans les banquiers ni dans les courtiers, investit la plus grosse part de leur pécule dans l'achat de bracelets en or pour Rayiha. Il mit aussi de l'argent dans une télévision d'occasion noir et blanc dégotée à Dolapdere pour que Rayiha ne s'ennuie pas le soir en l'attendant. Lorsque mari et femme la regardaient ensemble, ils se tenaient quelquefois la main. Sous prétexte qu'à l'heure de *La Petite Maison dans la prairie* le samedi et de *Dallas* le dimanche il ne restait de toute façon personne dans les rues pour acheter de la glace, Mevlut commença à rentrer plus tôt ces soirs-là.

Au début du mois d'octobre, quand Hızır fut revenu du village et eut récupéré sa carriole de glacier, Mevlut se retrouva désœuvré durant quelque temps. Ferhat avait disparu de la circulation après le mariage. Désormais, il n'était plus là pour lui proposer des bons plans comme autrefois, lorsqu'ils se rencontraient dans les cafés de Tarlabaşı et qu'il lui vantait les mérites d'un nouveau boulot dont personne n'avait jamais entendu parler et où « il y avait beaucoup d'argent à faire ». Mevlut frappa aux portes des restaurants de Beyoğlu où il avait travaillé dans le passé, il alla voir les patrons de restaurants, les chefs de rang qui, les après-midi, papier et crayon à la main, étaient occupés à faire

les comptes, à lire le journal dans un coin et à remplir des grilles
de loto sportif, mais il n'obtint aucune proposition de travail au
salaire qu'il demandait.

De nouveaux et onéreux restaurants s'ouvraient en ville, mais
on y embauchait des gars qui étaient peu ou prou passés par des
écoles de tourisme et connaissaient suffisamment d'anglais pour
faire la différence entre *yes* et *no*, pas des gens formés sur le tas
comme Mevlut, fraîchement débarqués de leur village et prêts
à accepter n'importe quel boulot. Début novembre, après avoir
travaillé une à deux semaines dans un restaurant, Mevlut partit
de sa propre initiative. Il avait envoyé promener un client cravaté
qui le traitait avec arrogance sous prétexte que le *acılı ezme* n'était
pas assez pimenté puis, désolé de son éclat, Mevlut avait rendu
son tablier. Mais cela n'avait rien d'une réaction émotionnelle
de la part de quelqu'un à bout de nerfs et malheureux : il vivait
les plus beaux jours de sa vie, il aurait bientôt un fils et, avec le
capital constitué par les bijoux reçus en cadeau de mariage, il
avait en tête un nouveau projet d'investissement qui assurerait
l'avenir de son fils : le pilaf aux pois chiches.

Un serveur avait présenté Mevlut à un vendeur de pilaf aux
pois chiches originaire de Muş qui, atteint de paralysie après
avoir exercé ce métier de longues années durant, était désormais
incapable de tenir sur ses jambes. Muşlu l'Invalide cherchait à
vendre à la fois sa carriole et son emplacement derrière le quai
des ferries de Kabataş, un endroit qu'il avait toujours occupé
pour y faire de la vente et qu'il considérait désormais lui revenir
de droit. Mevlut savait d'expérience que ce droit d'emplacement
réservé brandi par tous les marchands ambulants cédant leur
carriole était exagéré. Un vendeur qui réussissait à garer plusieurs jours son véhicule quelque part en implorant les policiers
municipaux et en leur glissant un billet commençait à être sincèrement convaincu qu'il s'agissait d'un espace qui lui appartenait
en propre, et non d'un espace public. Mevlut avait beau le savoir,
il n'empêche qu'après avoir déambulé des années dans les rues
avec une perche sur le dos, il caressait le rêve de posséder un
emplacement en ville, comme un vrai patron de magasin, et il
croyait fermement en l'avenir de cette affaire. Il était conscient

de se faire un peu avoir mais il ne put marchander davantage avec le vieux Muşlu. Pour apprendre le métier, Rayiha et lui se rendirent deux fois dans le *gecekondu* qu'il habitait à la périphérie d'Ortaköy avec son fils bègue, au milieu des cafards, des souris et des cocottes-minute. Un jour, Mevlut ramena en la poussant la carriole chez eux. Il acheta chez un grossiste de Sirkeci un sac de riz et un sac de pois chiches qu'il entreposa entre la cuisine et la télévision.

Rayiha. Le soir avant de me coucher, je faisais tremper les pois chiches ; le matin, le réveil sonnait à trois heures, je vérifiais que les pois chiches avaient ramolli et je les faisais cuire à feu doux dans une casserole. Après, j'éteignais le feu et j'allais me recoucher. Mevlut et moi nous blottissions l'un contre l'autre et nous nous rendormions, en écoutant tranquillement le bruissement de la casserole en train de refroidir. Le matin, comme nous l'avait appris le vieux Muşlu, je faisais revenir le riz dans un peu d'huile puis j'ajoutais de l'eau que je laissais lentement s'évaporer à feu doux. Quand Mevlut sortait faire les courses du matin, je faisais rapidement bouillir les poulets puis je les faisais revenir dans de la matière grasse. Ensuite, j'en dépiautais un avec soin, retirant la peau et les os avec mes ongles et le bout de mes doigts ; je faisais griller la viande avec de l'origan, du poivre, du piment, une ou deux gousses d'ail, selon l'inspiration, et je découpais l'autre en quatre morceaux que je disposais en bordure du pilaf.

Quand Mevlut revenait des courses du matin avec des filets de fruits et de tomates, il humait longuement la bonne odeur que Rayiha avait répandue dans la maison, il caressait le bras de sa femme, son dos et son ventre de plus en plus arrondi. Les hommes en costume-cravate et les femmes en jupe employées dans les banques ou les bureaux de Fındıklı, les élèves tapageurs des écoles et des universités environnantes, les ouvriers des chantiers du coin, les conducteurs de ferry et les voyageurs cherchant à tuer le temps tandis qu'ils attendaient en file le départ de leur bateau... tous ces gens qui constituaient la clientèle de Mevlut ne trouvaient rien à redire au poulet de

Rayiha. Mevlut tâchait de bavarder avec les habitués qu'il avait réussi à fidéliser en peu de temps, par exemple le grand type à lunettes noires taillé comme une armoire qui travaillait comme vigile à l'entrée de l'Akbank, Nedim Bey qui vendait dans son uniforme blanc des tickets de bateau sur l'embarcadère, ou les agents d'assurances, hommes et femmes, qui le regardaient toujours avec un petit sourire narquois. Il engageait la conversation sur les derniers événements comme le but sur penalty que Fenerbahçe s'était vu refuser lors du dernier match et la jeune aveugle qui avait su répondre à toutes les questions de culture générale dans le jeu télévisé de la veille. Grâce à son affabilité et aux assiettes bien garnies de poulet qu'il leur distribuait gratuitement, Mevlut s'était fait accepter par les policiers municipaux.

En tant que vendeur expérimenté sachant que la conversation avec sa clientèle fait partie intégrante du travail, Mevlut ne s'aventurait jamais sur des sujets politiques. Ce qui lui faisait plus plaisir encore que le fait de gagner de l'argent – il en avait toujours été ainsi lorsqu'il vendait du yaourt et de la boza –, c'était de voir revenir un client manger à nouveau de ce pilaf au poulet qu'il avait goûté quelques jours plus tôt parce qu'il l'avait aimé (chose qui se produisait rarement) et le lui dire en toute bonne foi (chose plus rare encore).

La grande majorité de ses clients lui faisaient sentir, certains le lui disaient ouvertement, qu'ils venaient chez Mevlut parce que c'était bon marché et à proximité. Si, de temps à autre, juste parce qu'il avait bon cœur, un client lui lançait : « Bravo marchand, ton pilaf a vraiment un goût de revenez-y », Mevlut était tellement heureux qu'il en oubliait pour quelques jours de s'interroger sur la réalité qu'il cherchait à cacher autant à Rayiha qu'à lui-même, à savoir que la vente de pilaf aux pois chiches ne rapportait rien. Il devinait que ce n'était pas en raison d'une quelconque incompétence qu'il n'arrivait pas à faire de bénéfices, et cela valait aussi pour le vieux Muşlu qui avait passé huit ans planté au même endroit et qui, aujourd'hui, se mourait malade et sans le sou.

Rayiha. La plupart du temps, Mevlut rapportait le soir la moitié du pilaf, des pois chiches et des quartiers de poulet que j'avais cuisinés le matin. Ces ailes, cuisses, moitiés de carcasses, morceaux de peau qui avaient changé de couleur et perdu leur aspect doré, je les remettais à cuire avec le repas que je préparais pour le lendemain. Je remettais le riz à cuire à l'étuvée. Le pilaf que je laissais infuser ainsi à feu doux pour la deuxième fois était encore meilleur. Mevlut n'employait pas le terme de « réchauffer » pour qualifier cette méthode, lui préférant celui d'« accommoder », à l'image des caïds des dortoirs et des détenus argentés qui rectifient à leur façon le mauvais repas venu des cuisines de la prison avec l'huile d'olive, les épices et les piments qu'ils conservent en cachette. Cela, il l'avait appris de la bouche d'un riche Kurde originaire de Cizre qui avait séjourné en prison et gérait maintenant des parkings. Pendant que je préparais les plats dans la cuisine, Mevlut aimait à rappeler une réalité bien connue du peuple d'Istanbul qui s'alimente auprès des vendeurs de rue, à savoir que ce qu'il y a de meilleur dans un plat, ce sont les restes et tout ce qui a l'air dégoûtant. Mais ces paroles me mettaient en colère et je répliquais : « Faire réchauffer les restes d'un plat qui n'a pas été mangé, cela n'a rien de dégoûtant. » Les clients en venaient à préférer aux morceaux fraîchement cuisinés le grillé des lamelles de peau de poulet passés deux ou trois fois dans la casserole, le moelleux des pois chiches à la chair délicieusement amollie à force de bouillir et même les abats sautés plusieurs fois à la poêle. Ils y ajoutaient de la moutarde et du ketchup et ils engloutissaient tout.

À partir du mois d'octobre, chaque soir, Mevlut se mit également à vendre de la boza. Pour ce faire, il passait ses nuits à déambuler dans la ville, et il voyait défiler de belles images et d'étranges pensées : c'est à cette époque qu'il découvrit que la nuit, dans certains quartiers, l'ombre des arbres remuait même si pas une feuille ne bougeait, que les bandes de chiens étaient plus hardies et belliqueuses dans les quartiers où les réverbères ne fonctionnaient pas, que sur les annonces pour des cours privés et des cliniques de circoncision affichées sur les poteaux électriques et les portes, les dernières syllabes de chaque phrase rimaient entre elles. Écouter ce que la ville lui disait la nuit, déchiffrer le langage des rues inspirait de la fierté à Mevlut. Cependant le matin, lorsqu'il attendait dans le froid sans bouger, les mains dans les poches, debout derrière sa carriole à pilaf, il sentait se tarir son imagination ; il se rendait compte de la vanité et de l'absurdité de ce monde ; effrayé par la profonde solitude qui grandissait en lui, il désirait immédiatement retourner auprès de Rayiha. Peut-être qu'elle ressentait en ce moment les premières contractions d'un accouchement prématuré. « Patientons encore un peu », se disait Mevlut mais, n'y tenant plus, il se mettait à marcher en rond autour de sa carriole à pilaf, montée sur de grosses roues et pourvue d'une vitrine, puis il s'arrêtait, et tandis qu'il attendait en faisant passer son poids d'un pied sur l'autre, il jetait à nouveau un coup d'œil à la montre suisse qu'il avait au poignet.

Rayiha. « Cette montre, il te l'a mise au poignet pour que ses affaires tournent bien, disais-je à Mevlut dès que je voyais qu'il avait à nouveau l'esprit occupé par le cadeau de Hadji Hamit. C'est juste pour te faire sentir, à toi mais aussi à la famille de ton oncle et à ses fils, que vous lui êtes redevables. » Lorsque Mevlut revenait l'après-midi, je lui préparais une infusion de tilleul avec les feuilles que j'avais cueillies sur l'arbre qui se trouvait dans la cour de l'église arménienne. Il vérifiait que j'avais préparé la boza avec tout le nécessaire, il allumait aussitôt la télévision, il buvait sa tisane bien sucrée en regardant le seul programme qui était alors à l'antenne, un cours de géométrie de lycée, puis il dormait jusqu'au dîner en toussant sans arrêt. Pendant les sept années où Mevlut a vendu du pilaf, c'est moi qui ai préparé le riz et les pois chiches, moi qui ai acheté les poulets, qui les ai cuits dans l'eau bouillante, qui les ai dépiautés et fait griller ; c'est moi qui ai sucré et amené à la bonne consistance la boza qu'il irait vendre dans la soirée, et c'est moi qui ai lavé les ustensiles, les cuillers, les bidons, les assiettes, et qui me suis occupée de toute la vaisselle tout au long de la journée. Parallèlement, je restais attentive au bébé dans mon ventre, je me surveillais pour ne pas vomir dans le pilaf à cause des nausées que me provoquaient les odeurs de poulet pendant la cuisson, et je m'appliquais à organiser le coin où j'avais placé un berceau et des coussins pour l'enfant. Mevlut avait trouvé chez un brocanteur un vieux livre intitulé *Prénoms musulmans pour votre enfant*. Avant le dîner, pendant la pause publicitaire à la télévision, il tournait les pages et lisait tout haut la liste des prénoms, Nurullah, Abdullah, Sadullah, Fazlallah… en me regardant pour guetter mon approbation. Quant à moi, pour ne pas blesser son cœur, je n'arrivais pas à lui dire que l'enfant que nous attendions était une fille.

Je l'avais appris à l'hôpital Etfal de Şişli, quand Vediha, Samiha et moi y étions allées ensemble toutes les trois. « Pour l'amour de Dieu, arrête ça ! avait lancé Samiha en voyant ma tristesse et mon trouble quand nous sommes ressorties. Il y a déjà bien assez d'hommes comme ça dans les rues de cette ville. »

5

Mevlut devient papa

Surtout, ne descends pas de la camionnette

Samiha. Mon père et moi sommes venus à Istanbul pour le mariage de Rayiha, mais après nous ne sommes pas retournés au village. Nous dormons chez ma grande sœur Vediha, dans la même chambre que la dernière fois. Chaque matin au réveil, je plonge dans mes pensées en contemplant la sombre silhouette de la carafe et du flacon d'eau de Cologne sur la table de nuit : mon père s'est dit que vu le nombre de prétendants que j'avais au village, je trouverais sûrement un meilleur parti si nous restions à Istanbul... Mais jusqu'à maintenant je n'ai vu personne d'autre que Süleyman. Je ne sais pas ce que mon père a obtenu de lui et de son frère Korkut, ni quelles promesses ont été échangées. Mais c'est eux qui lui ont payé son dentier. Avant de se coucher, mon père le pose dans un verre ; en attendant qu'il se réveille, j'ai envie de prendre ce dentier et de le balancer par la fenêtre. Le matin, j'aide Vediha aux tâches ménagères, je tricote pour l'hiver, et, l'après-midi, dès que les programmes commencent, nous regardons la télévision. Mon père joue avec Bozkurt et Turan le matin, mais cela finit en dispute parce que ses petits-fils lui tirent la barbe et les cheveux. Une fois, Vediha, mon père, Süleyman et moi sommes partis ensemble au bord du Bosphore, et une autre fois nous sommes allés à Beyoğlu, voir un film et manger du *muhallebi* dans une pâtisserie.

Ce matin, Süleyman s'est pointé devant moi en faisant tourner le porte-clefs de la camionnette Ford dans sa main comme un chapelet, il m'a dit qu'à midi il devait allait acheter de la ferraille et six sacs de ciment à Üsküdar, sur la rive d'en face, que je pouvais venir avec lui si je voulais et qu'il passerait par le pont du Bosphore. J'ai demandé l'autorisation à Vediha. Elle a répondu : « Comme tu veux, mais fais bien attention ! » Que voulait-elle dire ? Dans la salle du cinéma Saray, au milieu du film, j'avais bien remarqué que Süleyman, qui était directement venu s'asseoir à côté de moi sans que Vediha ni mon père ne trouvent rien à redire, avançait doucement la main vers ma jambe, tel un crabe prudent. Quant à savoir si c'était volontaire de sa part ou le simple fait du hasard, je n'ai pas réussi à en avoir le cœur net. Pour l'heure, tandis que nous roulons sur le pont du Bosphore sous le soleil de midi par cette glaciale et claire journée d'hiver, Süleyman se comporte très gentiment avec moi. « Samiha, si tu veux, je vais prendre la file de droite pour que tu voies mieux en bas », dit-il, et il rabat tellement sa camionnette Ford sur la droite que j'ai l'impression que nous allons tomber sur le navire russe à cheminée rouge qui passe juste en dessous.

Après avoir traversé le pont du Bosphore, nous avons roulé sur une mauvaise route cabossée derrière Üsküdar, il n'y avait plus ni sites touristiques superbes ni rien de beau : je ne voyais plus que des usines en béton cernées de fils de fer barbelés, des fabriques aux fenêtres cassées, des bicoques encore plus laides et déglinguées qu'au village et des dizaines de milliers de bidons, à croire qu'une pluie de bidons rouillés s'était abattue sur les gens.

Nous nous sommes arrêtés sur une plaine sans fin couverte de bidonvilles. Chaque coin ressemblait beaucoup à Duttepe, par la pauvreté, mais en plus neuf et en plus moche. « Ici, c'est une filiale de la Société Aktaş Construction montée en commun avec le clan Vural », dit Süleyman. Il était sorti du véhicule et se dirigeait vers un horrible bâtiment quand il se tourna vers moi pour me lancer d'un ton menaçant : « Surtout, ne descends pas de la camionnette ! » Ce qui suscita en moi une terrible envie de sortir, évidemment. Mais il n'y avait pas une seule femme dans les environs, alors j'ai sagement attendu, sans bouger de mon siège à l'avant du véhicule.

Au retour, nous n'avons pas eu le temps de déjeuner à cause

de la circulation et Süleyman n'a pas pu me déposer à la maison. Dès l'entrée de Duttepe, il a vu ses amis et il a stoppé net la camionnette. « Nous sommes arrivés dans notre quartier, tu peux tranquillement remonter la côte maintenant, dit-il. Tiens, prends aussi du pain pour ma mère à la boulangerie ! »

Le pain à la main, tandis que je remontais lentement vers le *gecekondu* des Aktaş, qui avait davantage pris l'aspect d'une maison en béton, j'ai pensé : on a coutume de dire que le plus difficile dans un mariage arrangé, c'est l'obligation pour la femme non pas d'épouser mais d'aimer un parfait inconnu... En réalité, épouser quelqu'un qu'elle ne connaît pas est sûrement ce qu'il y a de plus facile pour une fille, parce que plus on connaît les hommes, plus c'est dur de les aimer, croyez-moi.

Rayiha. La petite fille sans nom qui est dans mon ventre avait pris énormément de volume, au point qu'il me devenait même difficile de m'asseoir. Un soir où Mevlut lisait les pages de son livre en égrenant la liste des prénoms : « Hamdullah, c'est celui qui loue et rend grâce, Ubeydulla, c'est l'esclave de Dieu, Seyfullah, le sabre, le soldat de Dieu », je l'ai soudain interrompu : « Mon petit Mevlut chéri, n'y a-t-il pas de chapitre pour les prénoms de filles dans ce livre ? — Ah, oui, il y en a un, c'est vrai », répondit Mevlut, comme un homme découvrant pour la première fois qu'à l'étage du restaurant qu'il fréquentait depuis des années il y avait aussi une « salle familiale » réservée aux femmes. De même que cet homme jetterait un timide et rapide coup d'œil par l'entrebâillement de la porte à la salle des femmes, il regarda sans s'y arrêter les pages à la fin du livre et revint sans plus tarder aux pages consacrées aux prénoms masculins. À ce propos, bénie soit ma sœur Vediha qui m'a acheté encore deux livres dans un chic magasin de jouets-librairie de Şişli : dans celui où l'on trouve plutôt des prénoms nationalistes venant d'Asie centrale comme Kurtcebe, Alparslan, Atabek, les prénoms masculins et féminins se trouvaient sur des pages différentes, de même qu'hommes et femmes vivaient séparés dans les palais ottomans. Dans le *Guide des prénoms contemporains*, filles et garçons étaient en revanche mélangés comme dans les riches mariages à l'européenne et les lycées privés, mais les prénoms comme Simge, Suzan, Mine ou Irem, Mevlut les survolait en riant, il prenait seulement au sérieux des noms de garçon comme Tolga, Hakan ou Kılıç.

N'allez pas imaginer pour autant que, en avril, à la naissance de notre fille que nous avons appelée Fatma, Mevlut s'est mis à porter le deuil et à mal se comporter avec moi sous prétexte que je n'avais pas été capable de lui donner un garçon. Au contraire. Mevlut était si heureux d'avoir un enfant qu'il se mit de tout son cœur à chanter sur les toits que de toute façon, depuis le début, il voulait une fille. Il fit venir au pas de course à la maison Şakir, qui photographiait les piliers de taverne de Beyoğlu, saouls de vin et de raki, et qui développait ses photos dans son laboratoire à l'ancienne qui se trouvait dans notre rue, et il se fit photographier en souriant de toutes ses dents et en tenant le bébé dans ses bras tel un géant. Montrant la photo du bébé qu'il avait collée sur la vitre de sa carriole à pilaf, il a distribué pas mal d'assiettes gratuitement à ses clients en disant « J'ai une fille ». Chaque soir, dès qu'il rentrait à la maison, il prenait Fatma dans ses bras, il approchait sa main gauche de ses yeux tel un horloger, il contemplait la merveilleuse perfection de ses doigts, il disait : « Elle a aussi des ongles », et, comparant ses propres doigts aux miens et à ceux du bébé, émerveillé par ce miracle de Dieu, et les yeux embués de larmes, il nous embrassait toutes les deux.

Mevlut était très heureux, mais il sentait dans son âme une chose étrange dont Rayiha n'avait pas conscience. Il cachait parfois à certains de ses clients qui s'écriaient « Quel beau bébé ! » en voyant les photos de Fatma amollies par la vapeur sur la vitrine de la carriole à pilaf que c'était une fille. Mais il lui fallut beaucoup de temps pour pouvoir s'avouer que la cause principale de son malaise, c'était la jalousie qu'il éprouvait envers le bébé. Les premiers mois, il avait pensé qu'il était en proie à la colère injuste d'être réveillé chaque fois que Rayiha se levait la nuit pour donner le sein à Fatma. Comme ils n'arrivèrent pas durant tout l'été à empêcher les moustiques de s'infiltrer sous la moustiquaire et de sucer le sang du bébé, Rayiha et lui s'étaient beaucoup disputés. Mevlut comprit aussi que cela lui faisait un drôle d'effet quand Rayiha mettait son sein énorme dans la bouche du bébé et qu'elle lui parlait tout doucement. Voir Rayiha contempler son enfant avec tendresse, avec admiration presque, le dérangeait profondément parce qu'il voulait que Rayiha n'adresse ce genre de regard qu'à lui. Comme il n'arrivait pas à le lui dire, il refoulait sa colère à l'intérieur de lui-même et lui en voulait secrètement. Rayiha ne faisait plus qu'un avec le bébé et n'accordait plus d'importance à Mevlut.

Or, Mevlut avait constamment besoin d'entendre sa femme lui dire à la maison combien il était important. Depuis que Fatma était née, Rayiha ne lui disait plus : « Mevlut, félicitations, tu as fait de bonnes ventes aujourd'hui » ; « Mevlut, comme tu as bien fait d'utiliser le reste de *pekmez* pour sucrer la boza » ; « Mevlut, tu as réussi à mettre les agents municipaux dans ta poche, bravo ! ». Pendant le ramadan, Mevlut restait toute la journée à la maison. Il voulait oublier sa jalousie en faisant tout le temps l'amour avec Rayiha le matin, mais elle était gênée de faire « ça » devant l'enfant. « L'été dernier, tu avais peur que ce soit Dieu qui voie, et cet été, tu as peur que ce soit l'enfant ! cria Mevlut une fois. Allez, lève-toi et mélange la glace. » Mevlut aimait beaucoup regarder sa femme sortir docilement du lit, ivre du bonheur de l'amour et de son enfant, remuer la glace en tenant la cuiller à long manche des deux mains et la veine qui ressortait sur son joli cou sous l'effet de l'effort, tout en balançant de temps à autre le berceau qui était à la tête du lit.

Samiha. Ça fait longtemps que nous sommes à Istanbul. Nous logeons toujours chez ma sœur, à Duttepe. Mon père ronfle beaucoup la nuit et je n'arrive pas à dormir. Ma sœur dit que si nous ne nous fiançons pas maintenant, il va y avoir des commérages. Süleyman m'a acheté un bracelet torsadé en or. J'ai accepté son cadeau.

Rayiha. Mevlut était tellement jaloux que j'allaite Fatma que d'abord ma bonne humeur s'est envolée, puis mon lait s'est tari. Comme j'ai sevré Fatma, en novembre, je suis tombée enceinte. Qu'est-ce que je vais faire maintenant ? Je ne dirai rien à Mevlut, jusqu'à ce que je sache que l'enfant que je porte est un garçon. Mais si ce n'est pas un garçon ? Je me disais que je ne pouvais pas rester seule à la maison, que j'irais chez ma sœur Vediha et que je parlerais avec Samiha. Quand j'ai téléphoné depuis le bureau de poste de Taksim, j'ai été effrayée en apprenant la nouvelle, et je suis rentrée à la maison.

6

La fugue de Samiha

Pourquoi vit-on ?

Vediha. Dans l'après-midi, foulard sur la tête et valise à la main, Samiha a soudain paru sur le seuil de notre chambre. Elle était toute tremblante.

« Que se passe-t-il ? ai-je demandé.

— Grande sœur, je suis tombée amoureuse de quelqu'un d'autre, je m'enfuis avec lui, le taxi est là.

— Quoi ? Tu es folle ? Ne fais surtout pas ça ! »

Elle s'est mise à pleurer mais elle était très déterminée.

« C'est qui ? Il sort d'où celui-là ? Regarde, Süleyman est très amoureux de toi, ne va pas nous mettre en mauvaise posture papa et moi. Et c'est quoi cette façon de s'enfuir en taxi ? »

D'émotion, ma sœur, aveuglée par l'amour, n'arrivait pas à parler. Elle m'a prise par la main et m'a emmenée dans la chambre qu'elle occupait avec papa. Elle avait soigneusement laissé sur la table le bracelet, les foulards mauves à motifs de fleurs et de biches. Elle me les montrait par gestes, comme une muette.

« Samiha, ai-je dit, papa va faire une attaque en rentrant. Il a accepté de l'argent et des cadeaux de Süleyman, pour son dentier, pour plein d'autres choses, tu le sais. Tu ne vas pas faire une chose pareille à notre père ? »

Elle n'a rien répondu, elle regardait devant elle. Je lui ai dit : « Papa et moi nous vivrons dans la honte pour le restant de nos jours.

— Rayiha aussi s'est enfuie, mais en fin de compte, tout s'est arrangé.

— Mais personne n'avait demandé Rayiha en mariage, aucune promesse n'avait été faite à quiconque. Toi, tu n'es pas comme Rayiha, tu es très belle. Pour Rayiha, papa n'avait engagé sa parole auprès de personne et il n'a pas touché un sou pour elle. Là, ça va saigner.

— Il m'a promise à quelqu'un ? Je ne suis pas au courant. Pourquoi est-ce que papa engage sa promesse et prend de l'argent sans me demander ? »

On entendit le taxi klaxonner. Elle marchait vers la porte.

« Samiha, tu le sais n'est-ce pas, que Korkut va me frapper pendant des semaines parce que tu t'es sauvée. Il va me faire des bleus partout sur les bras et les jambes, tu le sais, Samiha ? »

Samiha. Nous sommes tombées dans les bras l'une de l'autre et nous avons pleuré. J'avais tant de peine pour ma sœur et j'avais tellement peur...

Vediha. « Rentrez au village avec papa ! Tu te sauveras après ! Ici, ils vont rejeter toute la faute sur moi, ils vont croire que c'est moi qui ai tout arrangé. Ils vont me tuer, tu le sais Samiha. Qui est cet homme ? »

Samiha. J'ai donné raison à ma sœur. Je lui ai dit : « Attends, je vais renvoyer le taxi. » Mais en sortant sur le seuil de la maison, j'avais quand même pris ma valise. En me dirigeant vers le portail du jardin, Vediha, voyant que j'avais ma valise à la main, m'a suppliée en pleurant : « Ne pars pas Samiha, ma sœur chérie, ne pars pas ! » En passant la porte du jardin et en me rapprochant du taxi, je ne savais plus quoi faire ni quoi dire. Juste au moment où je pensais « Je renonce, ma sœur pleure », la portière du taxi s'est ouverte, et ils m'ont tirée vers l'intérieur. Je n'ai même pas pu me retourner pour regarder ma sœur une dernière fois.

Vediha. Ils ont mis Samiha de force dans la voiture. Je l'ai vu de ma fenêtre, de mes propres yeux. J'ai appelé au secours. À l'aide, ils vont me faire porter le chapeau. Des bandits enlèvent ma sœur, au secours !

Süleyman. En me levant de la sieste, j'avais vu qu'une voiture attendait près de la porte de derrière… Bozkurt et Turan jouaient dans le jardin… J'ai entendu Vediha crier et courir vers le jardin.

Vediha. Comment courir avec des savates aux pieds… J'ai crié : « Arrêtez le taxi ! Samiha, descends ma chérie, descends de cette voiture ! »

Süleyman. J'ai couru derrière eux. Je n'ai pas réussi à les rattraper ! J'allais crever de colère. Je suis revenu sur mes pas, j'ai sauté dans la camionnette, j'ai démarré et appuyé sur la pédale d'accélérateur. Quand je suis arrivé en bas de la côte, devant notre magasin, la voiture noire avait déjà pris le virage en direction de Mecidiyeköy. Mais l'affaire n'allait pas en rester là. Samiha est une fille honorable, elle sauterait bientôt à bas du taxi. Elle ne s'était pas encore enfuie, on ne l'avait pas enlevée. Elle reviendrait. Comprenez-moi bien. J'ai dit : « N'écrivez pas s'il vous plaît, et NE MONTEZ PAS L'AFFAIRE EN ÉPINGLE EN L'ÉCRIVANT. » Ne salissez pas une fille qui a de l'honneur. Je voyais la voiture noire rouler au loin, mais je n'ai pas pu la rattraper. J'ai tendu la main vers la boîte à gants, j'ai sorti le revolver Kırıkkale et j'ai tiré deux coups en l'air. N'écrivez pas, parce que ce n'est pas vrai qu'elle s'est sauvée. On pourrait mal l'interpréter.

Samiha. Non, ils interprètent bien. Je me suis enfuie. Et de mon plein gré. Ce que vous entendez est juste. Moi non plus je n'arrive pas à y croire. Je suis tombée amoureuse ! C'est l'amour qui m'a poussée à cela et, en entendant les coups de feu, je me suis sentie bien. Parce que désormais les dés étaient jetés. Ils ont aussi tiré deux coups en l'air de notre côté, pour faire comprendre que nous aussi nous étions armés, mais en arrivant à Mecidiyeköy, on a rangé les armes. Süleyman était à la maison à cette heure, il s'est lancé à nos trousses à bord de sa camionnette, j'ai peur mais je sais que dans la circulation il ne nous trouvera plus. Je suis très heureuse à présent. Vous avez vu : personne ne peut m'acheter… Je suis très en colère contre tous !

Süleyman. Quand la route s'est dégagée, j'ai accéléré. Nom de Dieu, un camion est arrivé, j'ai braqué le volant à droite et, inévitablement, j'ai foncé dans le mur ! J'étais un peu groggy. Où sommes-nous ? J'essaie de comprendre le monde sans bouger. J'ai été heurté à la tête. Nous sommes là ! Samiha s'est sauvée. Les enfants curieux arrivaient en s'amusant vers la camionnette... Ma tête avait heurté le rétroviseur, du sang coulait sur mon front mais j'ai passé la marche arrière, j'ai accéléré et je les ai pourchassés.

Vediha. En entendant les coups de feu, les enfants ont joyeusement foncé dans le jardin comme si l'on tirait des feux d'artifice. J'ai couru derrière eux en les appelant : « Bozkurt, Turan, rentrez à la maison, fermez la porte. » Ils n'écoutaient pas, j'ai donné une gifle à l'un, j'ai attrapé le bras de l'autre et l'ai tiré de force à l'intérieur. Je voulais appeler la police. Mais c'est Süleyman qui a tiré ; est-il judicieux d'appeler la police ? « Qu'est-ce que vous regardez comme ça, maudits gosses, téléphonez donc à votre père. » En fait, je leur avais interdit de toucher au combiné sans mon autorisation pour qu'ils ne prennent pas le téléphone pour un jouet. Bozkurt composa le numéro et il annonça la nouvelle à Korkut : « Papa, Tante Samiha s'est sauvée avec un autre ! »
    J'ai pleuré, mais je n'ai pas été sans penser que Samiha avait bien fait – que cela reste entre nous. Oui, le pauvre Süleyman était très amoureux d'elle. Mais Süleyman n'est pas l'homme le plus intelligent du monde ni le plus beau. Il est déjà trop gros pour son âge. Ses longs cils incurvés qui pourraient plaire à certaines, Samiha les trouvait absurdes et efféminés. Le problème essentiel est que, malgré tout l'amour que Süleyman a pour elle, il faisait tout ce qui la mettait en boule. Pourquoi les hommes amoureux d'une fille se comportent-ils mal avec elle ? Samiha ne supportait pas chez Süleyman ces airs de mec arrogant, sa façon de frimer et de sans cesse assener des conseils parce qu'il a de l'argent plein les poches. Elle n'a pas pu s'abandonner à un homme qu'elle n'aime pas, bravo ma petite sœur, mais l'homme avec qui elle s'est sauvée aura-t-il la tête sur les épaules ? J'en

doute : enlever une fille en taxi en pleine ville, ce n'est pas malin. Quel besoin dans Istanbul de se pointer à la porte en voiture comme au village !

Samiha. Pendant que la voiture roule dans Istanbul, tout me paraît beau : la foule des citadins, les piétons qui traversent sur le trottoir d'en face en courant et slalomant entre les autobus, les filles qui se sentent libres de porter des jupes, les voitures à cheval, les parcs et les vieux immeubles ; j'aime tout. Süleyman avait beau savoir que j'aimais beaucoup me promener dans Istanbul avec sa camionnette (parce que je le lui ai beaucoup demandé), il m'a très peu emmenée en ville, et vous savez pourquoi (j'y ai beaucoup réfléchi) ? Parce qu'il avait très envie d'être près de moi et, en même temps, son respect envers une fille qui s'approchait trop d'un homme avant le mariage diminuait. Moi, je me marierai avec l'homme que j'aime et à qui je me donnerai, d'accord ? Je n'ai pas regardé l'argent, j'ai écouté la voix de mon cœur et j'assumerai jusqu'au bout les conséquences de mes actes.

Süleyman. Avant que ma camionnette n'arrive à Mecidiyeköy ils étaient déjà passés à Şişli. Je suis rentré à la maison, j'ai garé la camionnette, en essayant de me calmer. Comme je n'avais jamais imaginé que quelqu'un puisse enlever ma promise en plein jour et en plein cœur d'Istanbul, je n'en croyais toujours pas mes yeux. En réalité, personne ne ferait une telle folie sachant qu'il risque de trouver la mort au bout.

Samiha. Duttepe n'est pas en plein cœur d'Istanbul, et moi-même je n'ai jamais fait de promesse à Süleyman. Mais oui, c'est vrai, cela peut se terminer par la mort, mais c'est notre lot à tous, et comme nous ne sommes pas sans le savoir, regardez comme nous fuyons loin. Istanbul n'a pas de fin. Lorsque notre trace est perdue, nous nous arrêtons dans une gargote et nous buvons un *ayran*. Les moustaches de mon amoureux sont blanches d'*ayran*. Ne vous fatiguez pas pour rien, je ne dirai pas son nom et vous ne trouverez pas où nous sommes.

Süleyman. Quand je suis rentré à la maison, Vediha a mis une compresse sur ma blessure au front. Ensuite, je suis sorti dans le jardin et j'ai tiré deux balles avec le Kırıkkale dans le tronc du mûrier. Ensuite, un drôle de silence a commencé. Je pensais sans arrêt que Samiha reviendrait avec sa valise à la main comme si de rien n'était. Le soir, tout le monde était à la maison. Quelqu'un avait éteint la télévision comme si nous étions en deuil et j'ai compris que ce qui m'était le plus douloureux, c'était le silence. Mon frère aîné fumait cigarette sur cigarette. Abdurrahman Éfendi au cou tordu était ivre, Vediha pleurait. Au milieu de la nuit, je suis sorti dans le jardin et, en regardant en contrebas de Duttepe, vers les lumières d'Istanbul, j'ai juré devant Dieu de me venger. Quelque part là-bas, parmi les millions de petites lumières, derrière une de ces fenêtres, se tient Samiha. Comprendre qu'elle ne m'aimait pas m'est si douloureux que je préfère penser qu'elle a été enlevée de force et, du coup, j'ai envie d'abattre ces salauds sur-le-champ. Avant de tuer les coupables, nos ancêtres les torturaient – c'est dans ce genre de moment que l'on comprend mieux l'importance de la tradition.

Abdurrahman Éfendi. Qu'est-ce que ça fait d'être le père de filles qui s'enfuient tout le temps ? Cela me fait un peu honte, mais j'éprouve aussi de la fierté : parce que mes filles épousent non pas le mari que les autres leur imposent mais celui qu'elles ont le courage de choisir par elles-mêmes. Si leur mère était encore là, elles s'ouvriraient à elle de leurs problèmes, et elles choisiraient ce qui est le mieux pour elles sans avoir besoin de s'enfuir... Nul n'ignore que le sentiment le plus important, c'est moins l'amour que la confiance. J'ai peur de ce qu'ils vont faire à Vediha quand je serai rentré au village. Ma fille aînée ne le montre pas mais elle est intelligente, peut-être même qu'elle échappera à la punition.

Süleyman. Après que Samiha s'est enfuie, je suis devenu encore plus amoureux d'elle. Avant sa fuite, j'étais amoureux d'elle parce qu'elle est belle, intelligente et que tout le monde l'apprécie. C'était normal. Mais maintenant, je suis amoureux d'elle parce qu'elle m'a laissé et s'est enfuie. Ce qui est encore plus normal, mais je ne supporte pas la douleur. Le matin, je vais au magasin et je rêve que Samiha est rentrée, que je la trouverai à la maison si je reviens maintenant en courant et que nous ferons une grande fête de mariage.

Korkut. Une ou deux fois j'ai glissé : « C'est difficile d'enlever une fille sans l'aide de quelqu'un dans la maison » mais Vediha n'a pas réagi à cela. « Qu'est-ce que j'en sais, c'est une ville tellement immense », pleurait-elle seulement. Une fois, Abdurrahman Éfendi et moi, nous sommes restés en tête à tête. « Certains pères commencent d'abord par toucher de l'argent de quelqu'un, ils jouent les pique-assiettes, ensuite, s'il se présente un meilleur parti, ils vendent leur fille au plus offrant et vous font ensuite le numéro de la fille qui s'est sauvée. Ne le prends pas mal Abdurrahman Éfendi, tu es un homme honorable, mais Samiha n'y a-t-elle pas pensé en se sauvant ? » lui ai-je demandé. Il a répondu : « C'est moi le premier qui lui en demanderai des comptes. » Ensuite, il m'a fait la tête et il n'est pas rentré à la maison pour le dîner. À ce moment-là, j'ai dit à Vediha : « Je ne sais pas lequel de vous l'a aidée mais jusqu'à ce que je sache où Samiha est partie et avec qui, je t'interdis de sortir de la maison. » Elle a dit : « Eh, de toute façon, tu ne m'autorises jamais à sortir du quartier, du coup je ne sortirai plus de la maison, c'est tout. Je peux sortir dans le jardin ? »

Süleyman. Un soir, j'ai fait monter Abdurrahman Éfendi dans la camionnette et, lui disant que nous avions à discuter, j'ai pris la direction du Bosphore. Nous sommes allés au restaurant de poisson Tarator à Sarıyer, nous nous sommes assis dans un coin éloigné de l'aquarium. « Abdurrahman Éfendi, vous êtes mon aîné, vous le savez », lui ai-je dit tandis que nous buvions chacun un verre de raki, à jeun, avant même que les cassolettes de moules ne soient servies. « Pourquoi vit-on ? » Comme il avait compris dès que nous avions démarré que la discussion pourrait mal tourner, Abdurrahman Éfendi chercha un long moment la réponse la plus anodine. « Pour l'amour mon enfant ! dit-il.

— Et quoi d'autre ? — Pour l'amitié, dit-il après un instant de réflexion. — Quoi d'autre ? — Pour le bonheur mon enfant. Pour Dieu... Pour le pays... » Je l'ai interrompu : « L'homme vit pour son honneur, mon petit père ! »

Abdurrahman Éfendi. Je n'ai pas dit : « Moi, en fait, je vis pour mes filles. » Je l'ai pris un ton en dessous face à ce jeune homme en colère, parce que je lui donnais un peu raison, et il me faisait beaucoup de peine. Nous avons tellement bu que les souvenirs que j'avais oubliés ont commencé à se promener dans l'aquarium comme des hippocampes. Vers la fin de la soirée, je me suis enhardi et j'ai dit : « Süleyman, mon fils, tu es très blessé, très en colère, je comprends. Moi aussi je suis triste et en colère, parce que Samiha nous a mis dans une mauvaise posture. Mais il n'y a rien ici qu'on puisse qualifier d'honneur à laver ! L'honneur n'a en rien été entaché. Samiha n'était pas ta femme ni même ta fiancée. Oui, dommage que vous ne vous soyez pas mariés sans vous connaître. C'est pourquoi, aussi sûr que je m'appelle Abdurrahman, je suis certain que vous serez heureux. Mais pour l'instant, il n'est pas juste que tu en fasses un problème d'honneur. Tout le monde sait que les palabres du genre problème d'honneur sont des prétextes inventés pour pouvoir tranquillement s'entretuer. Tu vas tuer ma fille, toi ? — Excusez-moi mon petit père, s'insurgea Süleyman. N'aurais-je donc pas le droit d'attraper un jour le salaud qui a enlevé Samiha et de lui demander des comptes ? Est-ce que ce type ne m'a pas traité avec mépris ? — Comprends-moi bien, mon fils. — Est-ce que j'ai le droit ou pas ? — Calme-toi mon enfant. — C'est dur de rester calme face à ceux qui nous ont joué la comédie en venant de leur village profiter de ce que nous avons construit dans cette ville ignoble avec notre âme et notre sang. — Mon enfant, si je le pouvais, je ramènerais moi-même Samiha à la maison en la tirant par l'oreille. Elle aussi, elle sait qu'elle a fait quelque chose de mal. D'ailleurs, peut-être que ce soir, alors que nous sommes ici en train de boire, elle a pris sa valise et est revenue vite fait. — Voyons si mon frère et moi on l'accepte. — Si ma fille revient tu ne l'accepteras pas ? — J'ai mon honneur. — Si personne ne l'a touchée... »

Nous avons bu jusqu'à la fermeture de la taverne, au milieu de la nuit. Je ne sais pas comment c'est arrivé mais, à un moment, Süleyman s'est levé, il m'a demandé pardon, il m'a respectueusement embrassé la main, je lui ai promis que cette discussion resterait entre nous. J'ai même dit : « Je n'en parlerai pas à Samiha. » Süleyman a pleuré à un moment. Il paraît que ma façon de froncer les sourcils, mes gestes de bras et de mains ressemblaient beaucoup à ceux de Samiha. « Tel père telles filles », ai-je dit avec fierté.

« J'ai fait beaucoup d'erreurs, j'ai frimé devant elle, je n'ai pas réussi à être son ami, dit Süleyman. Mais elle a la langue acérée. Personne ne nous a appris comment parler aux filles, les secrets de cette chose difficile. Je lui parlais comme à un homme, mais les injures en moins. Ça ne l'a pas fait. »

Avant de reprendre la route, Süleyman est allé se laver le visage et, lorsqu'il est revenu, il était réellement dégrisé. Sur le chemin du retour, on s'est fait arrêter et contrôler par la police à Istinye, ils ont empoché un bon pourboire.

7

La deuxième fille

On eût dit que sa vie arrivait à un autre

Mevlut resta un long moment extérieur à toutes ces nouvelles et comme absent à sa propre vie. Il avait également perdu de son enthousiasme pour le travail. Il était aussi optimiste que « les investisseurs croyant à leur idée » qui étaient les héros favoris des livres du genre *L'homme d'affaires qui réussit* : il était persuadé qu'il réussirait à gagner plus s'il mettait une lampe plus puissante dans la vitrine de sa carriole à trois roues, s'il s'entendait avec les vendeurs d'*ayran*, de thé, de Coca pour réguler ce qu'il y avait ou ce qu'il n'y avait pas et s'il engageait avec ses clients des conversations plus franches et plus sincères. Mevlut mit beaucoup d'énergie à fidéliser sa clientèle dans le secteur de Kabataş-Fındıklı. Il ne s'énervait pas trop de l'injustice des grands centres d'activités qui ne lui accordaient aucune considération et dont beaucoup d'employés venaient chez lui prendre leur déjeuner, qu'ils mangeaient debout, mais il s'énervait que les petits établissements lui demandent des factures. Il essaya de se lier d'amitié avec des comptables et des gérants par l'intermédiaire des concierges, garçons de bureau, gardes du corps et marchands de thé. Un soir, Rayiha dit à Mevlut qu'elle était de nouveau enceinte et que ce serait encore une fille.

« Comment sais-tu que ce sera une fille ? Vous êtes encore allées toutes les trois à l'hôpital ?

— Pas toutes les trois, Samiha n'est pas là. Parce qu'elle s'est enfuie avec un autre pour ne pas épouser Süleyman.

— Quoi ? »

Rayiha raconta ce qu'elle savait.

Le soir de cette journée, Mevlut marchait comme un somnambule dans Feriköy quand ses jambes le conduisirent automatiquement vers le cimetière. Le clair de lune éclairait la nuit.
Les cyprès et les pierres tombales brillaient parfois comme de
l'argent et, par moments, ils étaient tout noirs. Il s'engagea sur
une route en béton au milieu du cimetière, en ayant l'impression
de cheminer en rêve. Mais celui qui marchait dans le cimetière,
ce n'était pas lui mais quelqu'un d'autre. On eût dit que
sa vie arrivait à un autre.

À mesure qu'il marchait, le cimetière s'étendait en boucles
comme un tapis vers le bas de la pente, Mevlut avançait le long
d'une pente de plus en plus raide. Qui pouvait être l'homme
qui avait enlevé Samiha ? Samiha dirait-elle un jour à cet homme
« Après m'avoir écrit des lettres d'amour pendant des années en
pensant à mes yeux, Mevlut s'est marié avec ma grande sœur » ?
Samiha le savait-elle ?

Rayiha. « La dernière fois, tu as épluché toute la liste des prénoms masculins, et finalement nous avons eu une fille », dis-je à
Mevlut en lui donnant son guide des prénoms religieux. « Cette
fois, si tu consultes un à un tous les prénoms de fille, peut-être
que ce sera un garçon. Est-ce qu'il y a des noms de fille avec
Allah ? Regarde ! — Il n'y a pas de nom de fille avec Allah ! » dit
Mevlut. D'après le livre, les filles peuvent tout au plus prendre
le nom des épouses du prophète Mahomet. « À force de manger du riz tous les soirs, nous allons finir par ressembler à des
Chinois », ai-je lancé un soir à Mevlut. Il a ri avec moi, il a pris
le bébé dans ses bras, il a embrassé ses joues, son visage. C'est
seulement quand je l'ai averti que Fatma pleurait parce que ses
moustaches la piquaient qu'il s'en est rendu compte.

Abdurrahman Éfendi. Fevziye, c'est le nom de la défunte mère
de mes filles. Je l'ai proposé à Rayiha pour leur deuxième fille.
Vu que ses trois filles se trouvent maintenant à Istanbul, que deux
d'entre elles se sont révoltées et sauvées de la maison, n'allez

pas vous dire « Qui sait quelles aventures a vécues cette Fevziye », qu'elle repose dans la lumière. Elle s'est mariée à quinze ans avec le premier homme qui a demandé sa main, moi, et jusqu'à ses vingt-trois ans, elle a vécu sereinement sans mettre un pied hors du village. À présent que je reviens au village, après avoir une nouvelle fois constaté, avec des larmes dans les yeux, que moi non plus je ne peux pas trouver ma place à Istanbul, je regarde tristement par la fenêtre de l'autocar et je me dis : « Si seulement j'avais fait comme Fevziye, si seulement je n'étais pas sorti de mon village ! »

Vediha. Korkut parle peu avec moi, il passe peu à la maison et tord le nez chaque fois que je dis quelque chose. Avec leur silence et leurs allusions, Korkut et Süleyman ont si bien rebuté mon père que le pauvre homme a fait sa valise et est rentré au village. J'ai beaucoup pleuré en secret. C'est ainsi que la chambre où dormaient mon père et Samiha s'est vidée en un mois. Parfois, j'entre dans la pièce et, en regardant le lit de Samiha dans un coin, et celui de mon père dans un autre, j'éprouve autant de tristesse que de honte et je verse des larmes. Chaque fois que je regarde la ville par la fenêtre, j'essaie d'imaginer où et avec qui Samiha s'est enfuie. Bravo Samiha, tu as bien fait de te sauver.

Süleyman. Il y a cinquante jours que Samiha s'est enfuie ; et toujours aucune nouvelle. Je n'arrête pas de boire du raki ces derniers temps. Mais pas le soir au dîner, pour que mon frère ne se fâche pas contre moi ; soit dans ma chambre, sans faire de bruit, comme si je prenais un médicament, soit à Beyoğlu. Quelquefois, je prends la camionnette et je roule à fond, en essayant de tout oublier.

Je vais de temps à autre au Perşembe Pazarı de Karaköy acheter des clous, de la peinture et du plâtre pour le magasin. Une fois que la camionnette est prise dans les bouchons et le flot des boutiquiers, il faut des heures pour en sortir. Parfois, sur une colline derrière Üsküdar, je tourne le volant et m'engage dans une rue : des maisons construites en briques, des murs en béton, une mosquée, une usine, une place, je continue, une banque, un restaurant, un arrêt de bus, mais pas de Samiha. Mais le pressentiment qu'elle pourrait se trouver quelque part dans les parages grandit en moi, et pendant que je conduis la camionnette j'ai comme le sentiment de faire la course en rêve.

Fevziye, la deuxième fille de Mevlut et Rayiha, naquit sans difficulté en août 1984, sans générer de frais d'hospitalisation supplémentaires. Mevlut était tellement heureux qu'il écrivit « Le Pilaf des Filles » sur sa carriole. À part le bruit des filles qui pleuraient ensemble dans la nuit, le manque de sommeil et la présence de Vediha qui venait souvent chez eux à cause du deuxième bébé et qui se mêlait de tout, il n'avait pas à se plaindre.

« Laisse tomber cette affaire de pilaf, viens travailler avec nous pour que Rayiha ait une bonne vie, monsieur mon beau-frère », avait dit Vediha une fois.

« Dieu merci mon affaire marche bien », avait répondu Mevlut. Il s'était mis en colère contre Rayiha qui au même moment jetait un regard à sa sœur aînée pour lui faire comprendre que ce n'était pas vrai, et une fois que Vediha fut partie, il avait grommelé dans son dos : « De quoi je me mêle ? » Il avait voulu interdire à Rayiha d'aller à Duttepe voir sa sœur, Süleyman et Korkut, mais comme il savait que ce n'était pas très juste, il n'avait pas trop insisté.

8

Capitalisme et tradition

L'heureux foyer familial de Mevlut

Fin février 1985, après une longue et froide journée durant laquelle les ventes avaient tourné au ralenti, Mevlut avait rangé ses assiettes de pilaf, ses verres, et s'apprêtait à partir de Kabataş pour rentrer chez lui quand Süleyman approcha en camionnette. « Tout le monde a offert un cadeau à ta deuxième fille et lui a donné une amulette contre le mauvais œil, il n'y a que moi qui ne l'aie pas fait, dit Süleyman. Viens t'asseoir dans la voiture que nous bavardions un peu. Comment va le travail ? Tu n'as pas froid dehors ? »

Dès que Mevlut s'assit sur la banquette avant, il se rappela que, un an plus tôt, avant de fuir et de disparaître, Samiha s'était souvent assise sur ce siège, que Süleyman et Samiha aux beaux yeux s'étaient beaucoup promenés ensemble dans Istanbul à bord de cette camionnette.

« Ça fait deux ans que je suis marchand de pilaf, je n'étais jamais monté dans le véhicule d'un client, dit-il. C'est très haut, j'ai la tête qui tourne, je vais descendre.

— Assieds-toi, nous avons à parler ! » dit Süleyman. Il retint la main de Mevlut qui se tendait déjà vers la poignée de la portière. Il planta ses yeux dans ceux de son ami d'enfance avec une expression de défaite et de souffrance amoureuse.

Mevlut comprit à ses regards que son cousin lui disait : « Nous voilà finalement à égalité ! » Il eut de la peine pour lui et il saisit la réalité qu'il essayait de se cacher depuis deux ans et demi :

le fait qu'il ait cru que la fille aux beaux yeux s'appelait Rayiha et non pas Samiha reposait sûrement sur un tour que lui avait joué Süleyman. Si ce dernier avait pu épouser Samiha comme il le projetait, pour ne gêner personne, Mevlut comme Süleyman auraient fait comme si une telle tromperie n'avait jamais eu lieu…

« Félicitations, mon cher Süleyman, l'affaire que tu as montée avec ton frère marche très bien alors que de mon côté on ne peut pas dire que ça décolle. Les nouveaux immeubles des Vural ont déjà été vendus pour moitié avant même que les fondations ne soient terminées.

— Grâce à Dieu nous gagnons de l'argent, dit Süleyman. Mais nous souhaitons que tu en gagnes aussi. Mon frère le pense également.

— Ce travail consisterait en quoi ? Vais-je ouvrir un coin thé dans le bureau des Vural ?

— Tu veux gérer les réchauds à thé ?

— J'ai des clients qui arrivent », dit Mevlut en descendant du véhicule.

Il n'y avait pas un seul client. Mais, tournant le dos à la camionnette de Süleyman, Mevlut fit comme s'il préparait l'assiette d'un client. Il servit du pilaf dans une assiette et tapota du dos de la cuiller le monticule de riz pour l'attendrir. Tandis qu'il éteignait le réchaud à gaz à l'intérieur de sa carriole à trois roues, en sentant que Süleyman était descendu de la camionnette et arrivait derrière lui, il fut content.

« Ne parlons pas si tu n'en as pas envie, mais j'aimerais donner moi-même ce cadeau au bébé, dit Süleyman. Comme ça, je l'aurai vu.

— Si tu ne connais pas le chemin pour venir chez moi, suis-moi, dit Mevlut, et il poussa sa carriole.

— Chargeons-la plutôt à l'arrière de la camionnette, dit Süleyman.

— Ne sous-estime pas ce restaurant à trois roues. Sa cuisine et son réchaud sont très lourds et très fragiles à la fois. »

Tandis qu'il poussait sa carriole de vendeur en soufflant et en ahanant dans la côte Kazancı en direction de Taksim comme il le faisait chaque après-midi entre quatre et cinq heures en rentrant chez lui (ce qui lui prenait vingt minutes par jour), Süleyman approcha derrière lui à bord de sa camionnette :

« Mevlut, je vais l'arrimer au pare-chocs et te tirer doucement. »

Sa proposition était sincère et amicale mais Mevlut continua comme s'il n'avait rien entendu. Quelques pas après, il gara son restaurant sur roues au bord du trottoir et enclencha le frein. « Prends par la place Taksim et attends-moi à l'arrêt de bus de Tarlabaşı. »

Süleyman appuya sur l'accélérateur, il gravit la côte et disparut. Mevlut s'inquiétait à l'idée que Süleyman voie l'état de pauvreté de son foyer. En réalité, cela lui avait plu que Süleyman l'aborde avec humilité. Dans un coin de sa tête, il se disait que grâce à lui il pourrait approcher le clan des Vural et que, dans ce cas, Rayiha, les enfants et lui pourraient connaître une vie meilleure.

Il attacha sa carriole à l'arbre dans la cour du fond. Il s'énerva un peu contre Rayiha qui tardait à descendre et lui cria doucement : « Où es-tu ? » dans l'escalier. Ils se retrouvèrent en haut, dans la cuisine, les ustensiles à pilaf dans les mains. « Nous avons la visite de Süleyman qui a apporté un cadeau pour la petite ! Range un peu, que ça ressemble à quelque chose ! s'exclama Mevlut.

— Qu'y a-t-il ? dit Rayiha. Qu'il voie donc notre situation telle qu'elle est.

— Nous sommes bien », dit Mevlut. Réjoui de voir ses filles, il souriait. « Qu'il n'aille pas se répandre en ragots. Aérons la pièce, ça sent mauvais.

— N'ouvre pas la fenêtre, tu vas faire prendre froid aux filles, dit Rayiha. Tu as honte de notre odeur ? Leur maison de Duttepe ne sent-elle pas pareil ?

— Ça ne sent pas. À Duttepe, dans leur grande maison avec un jardin, ils ont tout, l'électricité, l'eau, tout est bien arrangé. Mais ici, nous sommes beaucoup plus heureux. Tu as préparé la boza ? Enlève au moins ces langes.

— Boza, pilaf, poulet, vaisselle, lessive… Avec deux enfants, je n'arrive pas à tout faire, excuse-moi.

— Korkut et Süleyman veulent me faire une proposition de travail à ce qu'il paraît.

— Quel travail ?

— Nous serons associés. Je tiendrais le buffet et les réchauds à thé des Vural.

— À mon avis, Süleyman n'a aucune proposition de ce genre, il veut juste nous tirer les vers du nez pour savoir avec qui Samiha s'est sauvée. S'ils étaient si admiratifs devant toi, pourquoi n'auraient-ils pas pensé à ce travail plus tôt ? »

Süleyman. En voyant Mevlut attendre les clients à Kabataş, dans le vent et la mine basse, je ne voulais surtout pas l'offusquer. Comme je ne pouvais pas me garer dans la circulation de Taksim, j'ai conduit la camionnette dans une petite rue et, de loin, j'ai regardé avec tristesse Mevlut remonter la côte à grand-peine en poussant sa carriole à pilaf.

Je me suis un peu promené dans le quartier de Tarlabaşı. Après le coup d'État militaire de 1980, le général qui était alors maire d'Istanbul a vu rouge et a rejeté hors de la ville tous les ateliers de menuiserie et de carrosserie. Il a ordonné la fermeture des foyers pour célibataires qui travaillaient comme plongeurs dans les restaurants de Beyoğlu en disant que c'étaient des nids à microbes. C'est ainsi que ces rues se sont vidées. Dans la foulée, les Vural se sont mis à chercher les coins qu'ils pourraient s'octroyer pour pas cher pour en faire des terrains à bâtir à l'avenir mais, comme les droits de propriété étaient détenus par les Grecs renvoyés à Athènes en l'espace d'une nuit en 1964, ils y avaient renoncé. La mafia d'ici est beaucoup plus puissante et impitoyable que les bandits de Duttepe. En cinq ans, des bandes de gens sans feu ni lieu, des foules de miséreux venus à Istanbul d'Anatolie, des Kurdes, des Gitans, des immigrés se sont si bien implantés que les rues sont devenues encore pires que ne l'étaient celles de Duttepe quinze ans plus tôt. Il faudrait un autre coup d'État militaire pour réussir à nettoyer ces quartiers.

Chez eux, j'ai donné à Rayiha le cadeau pour sa fille (une poupée). La pièce unique était dans un tel bazar que j'en avais le tournis : langes de bébé, assiettes, sièges, vêtements, sacs de pois chiches, paquets de sucre, réchaud à gaz, petits pots pour bébé, bouteilles d'eau de Javel, casseroles et ustensiles de cuisine, bouteilles de lait, bidons en plastique, lits, édredons... tout était tellement enchevêtré que l'ensemble paraissait être devenu d'une seule couleur comme du linge tournant dans une machine à laver.

« Mon cher Mevlut, Vediha le disait mais je n'y croyais pas, pourtant, maintenant, je l'ai vu de mes propres yeux ; toi, ma belle-sœur et les enfants, vous avez un tel bonheur familial... C'est cela qui me rend le plus heureux aujourd'hui.

— Pourquoi n'y croyais-tu pas quand Vediha en parlait ? demanda Mevlut.

— En voyant ce bonheur familial, j'aimerais me marier le plus tôt possible moi aussi.

— Pourquoi n'y croyais-tu pas, Süleyman ? »

Rayiha servit le thé : « Süleyman Ağbi, c'est qu'il est difficile de te faire apprécier une fille, glissa-t-elle. Assieds-toi donc ici.

— En fait, c'est surtout moi qui ne plais pas aux filles, ai-je dit sans m'asseoir.

— Ma grande sœur Vediha me dit : "Toutes ces jolies filles sont amoureuses de Süleyman mais lui n'en apprécie aucune."

— Heureusement que Vediha te donne un coup de main, mais elle parle toujours ainsi ? Quelle est donc la jolie fille qui serait amoureuse de moi ?

— Ma sœur Vediha fait preuve de beaucoup de bonne volonté.

— Je sais, cette fille n'était pas pour moi. Elle soutient l'équipe de foot de Fenerbahçe », ai-je aussitôt répliqué. Moi-même étonné de ma réponse toute faite, j'ai ri avec eux.

« Il paraît qu'il y a aussi une grande mince.

— Bravo, tu es au courant de tout... Elle, elle était très moderne, pas faite pour nous, Rayiha.

— Süleyman Ağbi, refuserais-tu de te marier avec une fille belle, correcte et que tu aimes bien juste parce qu'elle a la tête découverte ?

— Rayiha, d'où sors-tu ces sujets maintenant ! De la télévision ? » s'écria Mevlut de l'autre bout de la pièce. Il surveillait la consistance de la boza.

« Rayiha, ne me fais pas passer pour quelqu'un de fier, et qui ne trouve aucune fille à son goût. Pour un peu, je disais oui à la fille de Kasım de Kastamonu qui travaille comme femme de ménage. »

Rayiha fronça les sourcils : « Moi aussi je pourrais travailler comme femme de ménage, dit-elle fièrement. Où est le péché du moment qu'on travaille avec honneur ?

— Encore faudrait-il que je t'y autorise, dit Mevlut.

— En réalité, à la maison, je suis à la fois femme de ménage, domestique, cuisinière du restaurant sur trois roues et je travaille aussi comme cuisinière du marchand de boza », dit Rayiha en riant. Elle se tourna vers Mevlut : « Donne-moi donc un contrat en présence du notaire, sinon je fais grève. Ça existe dans la loi.

— Que ce soit dans la loi ou pas, qu'est-ce que ça change, l'État ne va pas se mêler de ce qui se passe chez nous, trancha Mevlut.

— Félicitations Rayiha, puisque tu sais autant de choses, tu dois savoir aussi quelque chose au sujet de ce qui me préoccupe, ai-je dit en avançant prudemment.

— Süleyman Ağbi, nous ne savons pas où Samiha s'est enfuie ni avec qui. Ne perds pas ton temps à essayer d'en apprendre davantage. Par ailleurs, Korkut Ağbi s'est mal comporté avec mon pauvre père parce qu'il pensait qu'il était au courant... »

« Allez Mevlut, allons nous asseoir un peu à la taverne Çardak qui est à l'angle et parlons, dit Süleyman.

— Mais il ne faut pas que Mevlut boive trop, d'accord ? dit Rayiha. Au bout d'un verre, il raconte tout. Il n'est pas comme moi, lui.

— Je sais très bien jusqu'où je peux boire », répliqua Mevlut.

Cela le dérangeait que sa femme se montre à tu et à toi et trop gentille avec Süleyman, et qu'elle ne mette pas correctement son foulard sur sa tête. Il était évident que Rayiha allait plus souvent à Duttepe qu'elle ne le lui disait, et qu'elle était familière de la joyeuse vie de famille de là-bas.

« Ce soir, ne mets pas les pois chiches à tremper, dit Mevlut d'un ton autoritaire depuis le seuil de la porte en sortant.

— Le pilaf que je t'ai donné ce matin est revenu tel quel de toute façon », dit Rayiha, d'un air buté.

Dehors, Süleyman ne se rappela pas où il avait garé la camionnette. En la voyant au bout de quelques pas, son visage s'illumina.

« Ne te gare pas ici, les enfants pourraient te voler un rétroviseur, dit Mevlut. Ou arracher le logo Ford... Ils les revendent au marchand de pièces détachées qui est plus haut ou se les mettent autour du cou comme pendentif. Si c'était une Mercedes, tu peux être sûr qu'ils t'auraient embarqué le logo.

— J'imagine qu'aucune Mercedes n'est entrée dans ce quartier ?

— Ne sous-estime pas trop ce quartier. Autrefois, les Grecs et les syriaques les plus intelligents et les plus industrieux vivaient ici. Ce sont les artisans et les petits commerçants qui font vivre Istanbul. »

La taverne Çardak se trouvait trois rues plus haut en direction de Beyoğlu, mais Mevlut et Rayiha n'étaient jamais venus y manger ne serait-ce qu'une seule fois. Il était encore tôt et le restaurant était vide. Ils s'installèrent à une table. Süleyman leur commanda un double raki chacun (sans même demander à Mevlut) et des mezzés (feta, cassolettes de moules...) et il entra dans le vif du sujet :

« Laissons de côté les querelles de propriété de nos pères, désormais. Je te transmets aussi le salut de mon frère Korkut... Nous aimerions sérieusement parler travail avec toi.

— Quel travail ? »

Pour toute réponse, Süleyman leva son verre de raki en disant : « Santé. » Mevlut fit de même mais, après en avoir pris une gorgée, il reposa le verre sur la table.

« Qu'est-ce qu'il y a ? Tu ne bois pas ?

— On ne peut pas se présenter ivre devant ses clients. Mes clients vont bientôt commencer à m'attendre pour la boza.

— En plus, tu ne me fais pas confiance, tu crois que si tu bois je vais t'arracher des confidences, n'est-ce pas ? dit Süleyman. Regarde, ai-je jamais répété ton grand secret à qui que ce soit ? »

Le cœur de Mevlut se mit à battre à grands coups :

« Et quel est-il, mon grand secret ?

— Mon cher Mevlut, tu me fais tellement confiance que tu as même oublié de quoi il s'agissait. Moi aussi j'ai oublié, crois-moi, je n'en ai parlé à personne. Mais je vais te rappeler certaines choses pour que tu m'accordes ta confiance : quand tu es tombé amoureux au mariage de Korkut, est-ce que je t'ai conseillé et aidé, oui ou non ?

— Tu m'as aidé, bien sûr...

— Pour que tu puisses enlever la fille, je suis venu avec ma camionnette d'Istanbul à Akşehir, pas vrai ?

— Que Dieu te bénisse Süleyman... Grâce à toi, je suis très heureux aujourd'hui.

— Tu es heureux, vraiment ? Il arrive parfois que les gens aient l'intention d'être heureux mais que ce ne soit pas le cas en réalité... Et ils se disent quand même heureux.

— Pourquoi quelqu'un de malheureux dirait-il qu'il est heureux ?

— Par honte... Parce que reconnaître qu'il n'est pas heureux le rendrait encore plus malheureux. Mais tout cela ne s'applique pas à ton cas. Tu es très heureux de ta vie avec Rayiha... Mais à présent, c'est toi qui vas m'aider pour mon bonheur.

— Je t'aiderai de la même façon.

— Où est Samiha ? Est-ce qu'elle reviendra vers moi d'après toi ? Réponds-moi sans mentir Mevlut.

— Sors-toi cette fille de la tête, répondit Mevlut après un moment de silence.

— Comme s'il suffisait de le dire pour que cela vous sorte de la tête. Au contraire, ça s'accroche encore plus. Mon frère et toi, vous vous êtes mariés avec ses grandes sœurs, vous n'avez pas de souci. Moi, je n'ai pas réussi à choper la troisième. Maintenant, plus on me dit de l'oublier, plus je pense à elle. Ses yeux, sa façon d'être, sa beauté ne me sortent plus de l'esprit. Qu'est-ce que j'y peux ? De toute façon, je n'ai rien d'autre que cette personne qui m'a humilié.

— Quelle personne ?

— Ce fils de pute qui m'a soufflé Samiha. C'est qui ? Dis-moi la vérité, Mevlut. Je me vengerai de ce type. »

Comme Süleyman avait levé son verre de raki avec ce qui semblait être un geste de paix, bon gré mal gré, Mevlut vida son verre
jusqu'à la fin.

« Ah... ça fait du bien, dit Süleyman. N'est-ce pas ?

— Franchement, si je ne devais pas aller au travail ce soir, je
boirais moi aussi, dit Mevlut.

— Mevlut, pendant des années tu m'as traité de nationaliste et
de facho mais tu vois, c'est toi qui as peur du raki, peur du péché,
au fond. Qu'est devenu ton ami communiste qui t'a habitué à
boire du vin ? C'était quoi son nom, à ce Kurde ?

— Süleyman, laisse tomber ces vieilles histoires, parle-moi de
ce nouveau travail.

— Tu aimerais travailler dans quoi ?

— Il n'y a pas de travail ni quoi que ce soit, n'est-ce pas... Tu
es juste venu pour essayer de savoir qui a enlevé Samiha.

— Il existe des triporteurs chez Arçelik, des motos à trois
roues, c'est avec ça que tu devrais vendre ton pilaf, dit Süleyman
d'un ton dénué de toute émotion. Il est désormais possible de
les acheter à crédit. Mevlut, si tu avais un capital, où est-ce que
tu ouvrirais une boutique ? »

Mevlut savait qu'il ne fallait pas prendre cette question au
sérieux, mais il ne put se retenir.

« J'ouvrirais un magasin de boza à Beyoğlu.

— La boza suscite-t-elle tant d'engouement ?

— Si la boza est bien faite et bien présentée, je sais que
quelqu'un qui en boit une en reboira, dit Mevlut avec fougue.
Je te le dis à toi, en tant que capitaliste... La boza a un grand
avenir.

— C'est le camarade Ferhat qui te donne ces conseils capitalistes ?

— Le fait qu'on boive peu de boza aujourd'hui ne veut pas
dire qu'on cessera d'en boire demain. As-tu entendu parler de
cette anecdote historique des deux cordonniers capitalistes qui
allaient en Inde ? L'un avait dit : "Ici, les gens vont pieds nus
et ils n'achèteront pas de chaussures" et il a rebroussé chemin.

— Il n'y avait pas de capitalistes là-bas ?

— L'autre s'était dit : "Ici, il y a un demi-milliard de gens pieds

nus, ce qui veut dire que cela représente un immense marché."
Il s'est montré résolu, il a vendu des chaussures en Inde et fait
fortune. Finalement, ce que je perds le matin dans la vente de
pilaf aux pois chiches, je le récupère largement le soir en vendant
de la boza…

— Tu es devenu un bon capitaliste, dit Süleyman. Mais je
te rappelle que si on buvait de la boza à l'époque ottomane,
c'est parce qu'elle tenait lieu de boisson alcoolisée. La boza, ce
n'est pas la même chose que les chaussures qui manquaient aux
Indiens… Aujourd'hui, ce n'est même plus la peine de nous faire
croire qu'il n'y a pas d'alcool dans la boza. Vu que l'alcool est
en vente libre…

— Non, si on boit de la boza, ce n'est sûrement pas pour donner le change. Tout le monde aime ça, dit Mevlut en s'enthou-
siasmant. Si tu en vends dans une boutique moderne, propre…
Bon, c'est quoi ta proposition de travail ?

— Korkut ne sait pas s'il doit travailler avec ses anciens amis
nationalistes ou être candidat du parti ANAP, dit Süleyman.
Dis-moi pourquoi tu m'as dit "Sors-toi Samiha de la tête" tout à
l'heure.

— C'est qu'elle s'est sauvée avec un autre, murmura Mevlut.
Le dépit amoureux est une grande souffrance, ajouta-t-il en toute
sincérité.

— Toi, tu ne m'apportes pas ton aide mais il y en a qui le
font. Tiens, regarde donc ça… » Süleyman sortit de sa poche une
vieille photo noir et blanc un peu froissée et la tendit à Mevlut.

Sur la photo figurait une femme chantant devant un micro, le
tour des yeux très noir, maquillée à outrance et l'air blasé. Elle
avait la tête couverte. Elle n'était pas belle.

« Süleyman, cette femme a au moins dix ans de plus que nous.

— Non, elle en a seulement trois ou quatre de plus. Si tu la
connaissais, tu verrais qu'elle ne fait pas plus de vingt-cinq ans.
C'est une personne très bien, très compréhensive. Je la vois deux
ou trois fois par semaine. Ne le dis pas à Rayiha ni à Vediha,
naturellement, et que cela ne remonte pas non plus aux oreilles
de Korkut. Toi et moi, nous sommes des confidents sur beaucoup
de sujets, n'est-ce pas ?

— Tu ne voulais pas te marier avec une fille bien ? Vediha et toi êtes bien en quête d'une fille bien à épouser, non ? Qu'est-ce que c'est que cette chanteuse maintenant ?

— Je suis encore célibataire, je n'ai pas encore réussi à me marier. Et ne sois pas jaloux, hein !

— Jaloux de quoi ? » demanda Mevlut. Il se leva : « Il est temps que j'aille m'occuper de ma boza. »

Il avait désormais compris que, comme Rayiha l'avait justement supposé, Süleyman, Korkut et lui ne monteraient aucune affaire, et que Süleyman était seulement venu pour essayer de lui tirer les vers du nez à propos de Samiha.

« Reste assis, au moins une ou deux minutes encore. Combien de verres vendras-tu ce soir d'après toi ?

— Ce soir, je vais sortir avec deux bidons remplis jusqu'à la moitié. Je suis certain de tout vendre.

— Alors je te paie un bidon entier de boza. Ça fait combien de verres ? Tu me feras un prix naturellement.

— Tu les achètes pourquoi ?

— Assieds-toi avec moi, tiens-moi compagnie, et je te donne l'argent pour que tu n'ailles pas te geler dans les rues.

— Je n'ai pas besoin que tu me fasses l'aumône.

— Mais moi, j'ai besoin de ton amitié.

— Dans ce cas, tu me donneras un tiers du prix d'un bidon, dit Mevlut en se rasseyant. Je ne te compte pas les bénéfices, juste le prix de la matière première. Mais ne dis pas à Rayiha que je suis resté boire avec toi. Que feras-tu de la boza ?

— Que veux-tu que j'en fasse ? répondit Süleyman, pensif... Je ne sais pas, je la donnerai à quelqu'un, ou je la jetterai, voilà...

— Où ça ?

— Où ça ? Elle est à moi, non ? Dans les toilettes.

— C'est vraiment du gâchis, Süleyman...

— Quoi ? N'es-tu pas un capitaliste ? Et moi, je te donne ton argent.

— Tu ne mérites pas tout l'argent que tu as gagné à Istanbul, Süleyman.

— Comme si la boza était quelque chose de sacré.

— Oui, la boza est sacrée.

— Va te faire foutre, la boza a été inventée pour que les musulmans puissent boire de l'alcool, on l'a bien camouflé mais c'est une boisson alcoolisée, tout le monde le sait.

— Non, dit Mevlut tandis que ses battements de cœur s'accéléraient. Il n'y a pas d'alcool dans la boza. » Sentant qu'une expression très particulière de sang-froid apparaissait sur son visage, il se calma.

« Tu te moques ? »

Pendant les seize années où il vendit de la boza, Mevlut avait servi ce mensonge à deux sortes de gens :

1) Aux conservateurs qui voulaient boire de la boza et croire en même temps qu'ils ne commettaient pas de péché. Parmi eux, ceux qui étaient intelligents savaient en réalité que la boza était alcoolisée, mais ils faisaient comme si le produit vendu par Mevlut était une invention spéciale telle que le Coca-Cola sans sucre et que, s'il contenait effectivement de l'alcool, le péché en retomberait sur ce menteur de Mevlut.

2) Aux laïcs et aux occidentalisés qui voulaient boire de la boza et éclairer cet idiot de vendeur sorti de sa campagne. Ceux d'entre eux qui étaient un tant soit peu avisés se doutaient bien que Mevlut savait pertinemment que la boza était alcoolisée, mais ils voulaient faire honte à ce paysan bigot et rusé qui leur racontait des sornettes pour gagner de l'argent.

« Non, je ne me moque pas du tout, la boza est sacrée, dit Mevlut.

— Je suis musulman, dit Süleyman, le sacré doit être en accord avec ma religion.

— Ce n'est pas seulement ce qui est islamique qui est sacré, il y a aussi tout ce que nos ancêtres nous ont légué, dit Mevlut. Certains soirs, dans une rue déserte plongée dans la pénombre, je me retrouve devant un vieux mur aux pierres couvertes de mousse. Un sentiment de bonté et de bonheur m'envahit. J'entre dans un cimetière, je ne sais pas lire les anciennes inscriptions en alphabet arabe mais je me sens aussi bien que si je priais.

— Allez Mevlut, tu as peur des chiens qui rôdent dans les cimetières.

— Je n'ai pas peur des meutes de chiens errants. Ils me connaissent, ils savent qui je suis. Tu sais ce que disait mon défunt père à ceux qui soutenaient que la boza était alcoolisée ?

— Il disait quoi ? »

Mevlut se mit à imiter son père : « Si elle était alcoolisée, je n'en vendrais pas, monsieur. »

« Ils ignoraient qu'il y a de l'alcool dedans, répondit Süleyman. Et puis si la boza était bénite comme l'eau de Zamzam, les gens en boiraient des litres, et aujourd'hui tu serais riche.

— Il n'est pas besoin que tout le monde en boive pour qu'elle soit sacrée. Il y a peu de gens qui lisent le Coran en réalité. Mais dans cette immense ville d'Istanbul, il y a toujours quelqu'un qui le lit, et en imaginant cette personne en train de le faire, des millions d'autres se sentent bien. Il suffit que les gens comprennent que la boza est la boisson de nos ancêtres. La voix du marchand de boza le leur rappelle, et ils se sentent bien.

— Pourquoi se sentent-ils bien ?

— Je ne sais pas, dit Mevlut. Mais heureusement, c'est grâce à cela qu'ils boivent de la boza.

— Eh ben… Ce qui veut dire que toi aussi tu es comme une bannière !

— Oui, c'est cela, répondit fièrement Mevlut.

— Mais au final tu es d'accord pour me vendre ta boza au prix de la matière première. Tu refuses juste qu'elle soit jetée dans la cuvette des toilettes. Tu as raison, le gaspillage est un péché dans notre religion, je veux bien la distribuer aux pauvres, mais je ne sais pas si ce bon peuple boirait quelque chose d'alcoolisé et de défendu.

— Après m'avoir inculqué pendant des années ce qu'étaient le nationalisme et le fascisme, tu es sur une mauvaise voie si tu injuries la boza.

— Oui, dès que tu es riche, on te dit que tu es sur une mauvaise voie, par pure jalousie.

— Non, je ne suis pas jaloux de toi. Tu te trompes complètement de femme, Süleyman.

— Tu t'y connais toi pour savoir quelle femme est la bonne ou non ?

— Moi, je me suis marié. Et grâce à Dieu, je suis très heureux, dit Mevlut en se levant. Toi aussi trouve-toi une fille bien et marie-toi le plus vite possible. Allez, bonne soirée.

— Tant que je n'aurai pas fait la peau au salaud qui a enlevé Samiha, je ne me marierai pas, lança Süleyman dans son dos. Dis-lui, à ton Kurde. »

Mevlut marcha en direction de chez lui comme un somnambule. Rayiha avait descendu les bidons de boza. Il n'avait plus qu'à mettre sa perche sur le dos, à y accrocher les bidons et à sortir dans les rues. Mais il remonta à la maison.

Rayiha faisait téter Fevziye. « Il t'a fait boire ? » demanda-t-elle, tout bas pour ne pas effrayer l'enfant.

Mevlut sentait la force du raki dans sa tête.

« Je n'ai pas bu. Il m'a demandé où et avec qui Samiha s'était sauvée. Qui est le Kurde dont il parle ?

— Tu as dit quoi ?

— Que veux-tu que je dise, je n'en sais rien.

— Samiha s'est sauvée avec Ferhat, dit Rayiha.

— Quoi ? Pourquoi me l'as-tu caché ?

— Süleyman est devenu dingue, dit Rayiha. Si tu avais entendu ce qu'il dit chez eux à Duttepe... Il dit qu'il tuera celui qui a enlevé Samiha.

— Non... il ne fait que parler, dit Mevlut. Il ne tuerait personne, c'est de l'esbroufe.

— Pourquoi tu te fâches, qu'est-ce qui te met en colère ?

— Je ne me fâche pas et je ne suis pas en colère ! » cria Mevlut. Il sortit en claquant la porte. Il entendit le bébé pleurer derrière lui.

Mevlut voyait bien que, pour digérer ce qu'il venait d'apprendre, il aurait besoin de marcher de nuit dans les rues sombres. Bien qu'il n'eût pas de clients dans ce secteur ce soir-là, il prit par les petites rues de Feriköy et marcha jusqu'à Kasımpaşa. À un moment, il se perdit en chemin. Il descendit des rues en pente et il tomba sur un petit cimetière coincé entre deux maisons en bois. Il s'assit entre les pierres tombales et alluma une cigarette. À la vue d'une stèle datant de l'époque ottomane et surmontée d'un énorme turban, son cœur s'emplit de sérénité. Il devait oublier Samiha et Ferhat. À force de marcher ce soir-là, il finit par se convaincre de ne pas se tourmenter avec cette nouvelle. D'ailleurs, quand il rentrait chez lui et s'endormait dans les bras de Rayiha, il oubliait tous ses soucis. Tout ce qui le troublait et le chagrinait dans le monde était un reflet de sa propre étrangeté. Toujours est-il que les chiens du cimetière se comportèrent de manière amicale avec lui.

9

Le quartier Gazi

Nous nous cacherons ici

Samiha. Oui, c'est vrai, je me suis enfuie avec Ferhat. Pour ne pas révéler l'endroit où nous vivons, voilà deux ans que je garde le silence. En réalité, j'ai beaucoup à raconter.

Süleyman était très amoureux de moi. Et comme c'est le cas pour beaucoup d'hommes, l'amour rend bête, en effet. Les jours qui précédaient ma fuite notamment, Süleyman était devenu tellement bizarre que, lorsqu'il me parlait, sa bouche s'asséchait sous le coup de l'émotion. Même s'il en avait envie, il était incapable de me dire des mots gentils qui me fassent plaisir. Au contraire, il me faisait des blagues stupides, dignes de celles que ferait un vaurien à son petit frère, et même s'il aimait se promener avec moi, chaque fois que nous montions dans sa camionnette il disait des choses du genre « Pourvu que personne ne nous voie » ou « On a consommé beaucoup d'essence ».

Tous les cadeaux qu'il m'a donnés, je les ai laissés à la maison. Mais mon père ne va sûrement pas leur rendre le dentier qu'ils lui ont payé. Il a reçu d'autres cadeaux encore, d'autres aides… C'est pour cela que mon père m'en veut d'avoir fugué. Mais moi, pour être franche, je suis furieuse que tout le monde ait décidé que j'étais bien pour Süleyman sans même juger bon de me demander mon avis.

La première fois que Ferhat m'avait vue, c'était de loin, au mariage de Rayiha et Mevlut ; je ne l'avais même pas remarqué. Et il ne m'avait plus oubliée. C'est ce qu'il m'a dit un jour. Il était venu à Duttepe. Il s'est mis en travers de mon chemin, et comme ça, bien en face, il m'a déclaré qu'il était amoureux de moi et qu'il m'épouserait.

Avec tous les hommes qui voulaient se marier avec moi mais qui n'avaient même pas le courage de m'approcher, cela m'a plu qu'il se comporte ainsi : il a dit « Je vais à l'université mais je suis restaurateur », il n'a pas pu dire qu'il était serveur. Je ne sais pas comment il s'est procuré le numéro, mais il téléphonait à la maison à Duttepe. Si Süleyman et Korkut l'avaient attrapé, ils lui auraient tapé dessus jusqu'à lui mettre le nez et la bouche en sang, ils lui auraient brisé les os, mais Ferhat s'en fichait, il continuait de téléphoner, il voulait qu'on se voie. Quand Vediha était là, ce n'est pas moi qui décrochais. « Allô… Allô ? Allô, allô ! disait ma grande sœur en dardant ses yeux sur moi. Il ne répond pas… Ce doit être encore le même. Fais attention Samiha, la ville regorge de tocards en quête d'aventures. » Je ne répondais pas. Vediha savait très bien que je préférais un tocard aventureux à un gros riche idiot, elle comprenait.

Si Vediha et mon père n'étaient pas à la maison, c'est moi qui décrochais le combiné, car Bozkurt et Turan n'avaient pas le droit d'y toucher. Ferhat parlait peu au téléphone. Il y avait un endroit derrière le stade Ali Sami Yen, il m'attendait sous un mûrier. C'était l'emplacement d'anciennes écuries, et ceux qui n'avaient nulle part où loger venaient s'y abriter. À l'épicerie d'à côté, Ferhat m'achetait une bouteille de jus d'orange Fruko, nous regardions en dessous du liège au fond du bouchon pour voir s'il y avait quelque chose en cadeau. Je ne demandais jamais ce qu'il gagnait comme restaurateur, s'il avait de l'argent de côté, où nous allions habiter. Et c'est comme ça que je suis tombée amoureuse.

Après que j'ai sauté dans le taxi de son ami, Ferhat et moi n'avons pas filé tout droit dans le quartier Gazi. Pour faire diversion au cas où Süleyman nous suivrait toujours avec sa camionnette, nous avons d'abord contourné la place Taksim si animée, nous sommes descendus à Kabataş, j'ai aimé le bleu de la mer. En traversant le pont de Karaköy, j'ai contemplé les bateaux, les passagers et les voitures avec émotion. Comme je m'éloignais de mon père et de mes sœurs pour un endroit inconnu, j'avais peur, j'avais envie de pleurer, et en même temps, je sentais très clairement dans mon cœur que la ville m'appartenait, et qu'une vie très heureuse s'ouvrait devant moi.

« Ferhat, tu m'emmèneras avec toi dans la rue, nous nous promènerons ensemble ?

— Autant que tu voudras, ma jolie. Mais pour l'instant, nous allons chez nous.

— Abla, tu as fait une très bonne chose, crois-moi, a dit l'ami de Ferhat qui conduisait le taxi. Tu n'as pas eu peur au moment des coups de feu ?

— Elle n'a peur de rien », a répondu Ferhat.

Nous avons dépassé Gaziosmanpaşa, un quartier qui portait autrefois le nom de Taşlıtarla, « le champ de pierres ». Pendant que nous roulions vers les hauteurs sur une route de terre poussiéreuse, j'avais l'impression que, de maison en maison, de cheminée en cheminée, d'arbre en arbre, le monde se faisait plus vieux. J'ai vu des maisons de plain-pied qui paraissaient avoir été vieilles dès leur apparition, de tristes terrains vagues, des murs faits de parpaings, de tôle et de morceaux de bois et des chiens qui aboyaient contre les passants. Les routes étaient en terre battue, les jardins étaient vastes, les habitations clairsemées. C'était comme au village et, en même temps, à la différence du village, les portes, les fenêtres… tout avait été rapporté d'Istanbul, récupéré et prélevé sur d'anciennes constructions. Les gens aussi semblaient n'être là que pour une période temporaire, ils donnaient l'impression de s'activer fébrilement en attendant de pouvoir emménager définitivement dans le logement qu'ils achèteraient un jour à Istanbul. J'ai vu des femmes qui portaient comme moi des jeans délavés sous leur tunique ; de vieilles mamies en *chalvar* et la tête couverte d'un foulard noué bien serré autour du cou ; j'ai vu des pantalons à pattes d'éléphant, des jupes longues, des pardessus.

La maison louée par Ferhat, constituée de quatre murs et percée de deux fenêtres, était à mi-hauteur de la côte. Par la fenêtre de derrière, on voyait au loin le terrain que Ferhat avait enclos avec des pierres. Comme il avait passé les pierres à la chaux, en été, par les nuits de pleine lune, de l'endroit où nous dormions nous pouvions voir le terrain luire comme un squelette phosphorescent. « Le terrain nous appelle », disait Ferhat, et il me parlait de la maison que nous y construirions dès que nous aurions épargné assez d'argent. Il me demandait combien il faudrait de pièces, si la cuisine devait être orientée vers le bas ou vers le haut de la côte, je réfléchissais et je répondais.

Le premier soir après ma fuite avec lui, Ferhat et moi nous sommes couchés sans enlever nos vêtements, et nous n'avons pas fait l'amour. Si je partage en toute honnêteté ces détails intimes avec vous qui lisez ce roman, c'est parce que je souhaite que le lecteur tire une leçon humaine de mon récit. La nuit, cela m'a plu que Ferhat me caresse les cheveux alors que je pleurais. Pendant une semaine, nous avons dormi tout habillés, et nous n'avons pas fait l'amour. Un soir, une mouette est apparue sur le rebord la fenêtre, et comme la mer est très loin j'ai interprété cela comme un signe que Dieu nous pardonnerait. À ses regards, j'ai senti que Ferhat avait compris que je me donnerais à lui.

Du fait qu'il n'avait exercé aucune pression sur moi, mon respect et mon amour pour lui s'étaient encore accrus. Mais je lui ai tout de même dit : « Si à mes dix-huit ans tu ne m'épouses pas par mariage civil, je te tue.

— Par balle ou par empoisonnement ?

— Je saurai bien comment... »

Il m'a embrassée comme dans les films. Comme c'était la première fois que j'embrassais un homme sur la bouche, mon esprit s'est embrouillé et j'ai perdu le fil.

« Il reste combien de temps jusqu'à tes dix-huit ans ? »

J'ai sorti ma carte d'identité de ma valise et, fièrement, j'ai déclaré qu'il restait sept mois et douze jours.

« Si on n'a toujours pas de mari à dix-sept ans, ça veut dire qu'on est vieille fille, dit Ferhat. Dieu a pitié des filles dans ton cas, et si nous faisons l'amour, il ne le comptera pas comme un péché.

— J'ignore s'il le comptera ou pas... Mais si Dieu nous pardonne de nous cacher ici, il le fera parce que toi et moi, nous n'avons personne d'autre que nous-mêmes sur qui compter.

— Non, dit Ferhat. J'ai beaucoup de famille, d'amis et de connaissances sur cette colline. Nous ne sommes pas seuls. »

À peine avait-il prononcé ce dernier mot, « seuls », que je me suis mise à pleurer.

Ferhat m'a consolée en me caressant les cheveux, comme mon père le faisait quand j'étais petite. Je ne sais pas pour quelle raison, mais cela a fait redoubler mes larmes.

Je ne voulais vraiment pas que les choses se passent comme ça mais, honteux et penauds, nous avons fait l'amour. J'ai été un peu déstabilisée mais je me suis rapidement habituée à ma nouvelle vie. Je me demandais ce que pouvaient bien dire mes sœurs et mon père. Ferhat sortait vers midi, il prenait de vieux minibus poussiéreux semblables à ceux de notre village, et il partait travailler comme serveur au restaurant Mürüvvet Modern. Le matin, à la maison, il regardait les cours universitaires à la télévision. Pendant que Ferhat suivait son cours télévisé, je regardais moi aussi le professeur à l'écran.

Ferhat disait : « Ne t'assois pas à côté de moi pendant que je regarde le cours, je n'arrive pas à me concentrer. » Mais si je ne restais pas près de lui, il se demandait où j'étais dans la maison, dans quel recoin de cette pièce unique, si j'étais allée à droite, à gauche, ou sortie dans le poulailler pour donner de la mie de pain aux poules, et il était incapable de concentrer son esprit sur sa leçon.

Comment nous faisions l'amour, les méthodes auxquelles je recourais pour ne pas tomber enceinte avant le mariage... tout cela, je ne vous le raconterai pas, mais quand je descendais en ville et que, à l'insu de Ferhat, j'allais chez Rayiha et Mevlut à Tarlabaşı, j'en parlais avec ma sœur. Comme Mevlut était parti vendre du pilaf avec sa carriole, il n'était pas à la maison. Ma grande sœur Vediha est également venue plusieurs fois. Pendant que Rayiha préparait la boza et faisait cuire le poulet, nous jouions avec les enfants, nous regardions la télévision et nous écoutions les conseils que nous donnait ma grande sœur Vediha.

« Ne faites jamais confiance à un homme », attaquait chaque fois ma sœur Vediha. Elle fumait désormais. « Samiha, fais bien attention à ne pas tomber enceinte de lui avant qu'il ne t'épouse par mariage civil. Si, à tes dix-huit ans révolus, Ferhat ne t'emmène pas à la mairie, ne reste pas une minute de plus avec ce salaud. Ta chambre est prête à Duttepe. Toi aussi Rayiha, prends bien garde de ne pas répéter à Mevlut et à Süleyman que nous nous retrouvons ici toutes les trois, pour rire et nous distraire entre sœurs. Tu veux une cigarette ? Ça calme les nerfs, ça apaise la colère. Un qui ne décolère pas en tout cas, c'est Süleyman. Ça lui reste en travers de la gorge. On n'arrive pas à lui trouver de fille convenable. Il n'y en a aucune qui lui plaise, il n'arrive pas à t'oublier, il écume de rage en disant qu'il va tuer Ferhat – que Dieu nous en garde.

— Vediha, Samiha, allez, occupez-vous de ces bébés que je sorte prendre l'air une demi-heure, dit Rayiha. Ça fait trois jours que je n'ai pas mis le nez dehors. »

Les premiers temps, chaque fois que je rentrais dans notre quartier de Gazi, j'avais l'impression de voir un endroit différent. Par exemple, j'avais fait la connaissance d'une jeune femme qui portait des jeans comme moi. Comme moi, elle s'était enfuie avec un autre pour ne pas épouser l'homme qu'on lui destinait et dont elle ne voulait pas, et comme moi elle faisait un nœud très lâche à son foulard. Il y avait une Kurde qui se disait originaire de Malatya et qui se plaisait à raconter qu'elle était recherchée par la police et la gendarmerie. Pendant que nous revenions de la fontaine en portant des jerrycans pleins d'eau, elle me parlait de ses douleurs aux reins, des scorpions dans le dépôt de bois et des côtes qu'elle gravissait jusque dans ses rêves.

Le quartier Gazi n'était en effet que raidillons et rues pentues. Il y avait des gens de toutes les villes, de tous les pays, de toutes les tribus, de tous les clans, de toutes les langues et de tous les métiers (chômeurs pour la plupart). Derrière la colline, il y avait une forêt, un barrage en contrebas de la forêt, et un lac de couleur verte qui alimentait la ville en eau. Si tu vivais en bonne entente avec les alévis, avec les Kurdes et avec la confrérie religieuse conservatrice venue s'implanter plus récemment, nul ne pourrait aisément détruire ta maison. Comme cette nouvelle s'était rapidement répandue, des hommes et des femmes de tous horizons habitaient sur ces pentes. Mais personne ne disait facilement d'où il venait. Je m'en tenais donc au conseil de Ferhat, et si on me demandait mes origines, je répondais soit une chose, soit une autre.

Ferhat allait à Gaziosmanpaşa, il ne descendait jamais à Istanbul par peur de Süleyman (il ignorait totalement que moi, j'y allais – que cela reste entre nous), il disait qu'il économisait l'argent qu'il gagnait, mais il n'avait même pas de compte en banque. Quand il partait, mes journées se passaient à balayer la maison en terre (à la fin du premier mois, j'ai découvert qu'à mesure que je balayais le sol le plafond devenait plus haut), à changer de place les tuiles et les tôles du toit (qui fuyait même quand il ne pleuvait pas), à essayer d'arrêter le vent qui s'infiltrait par les fissures des murs entre les briques cassées, les pierres et les lézards peureux (même les jours tranquilles sans nuages où pas une feuille ne bougeait), puis le soir arrivait. Certaines nuits, c'était non pas le vent mais les hurlements des loups qui s'engouffraient par les interstices, et ce n'était plus de l'eau qui tombait du toit mais un liquide boueux charriant des clous rouillés. Les soirs d'hiver, lorsque les mouettes qui se posaient sur le tuyau de poêle ressortant par la fenêtre, pour réchauffer leur derrière et leurs pattes orangées, se mettaient à pousser des cris qui couvraient soudain les voix des bandits et des policiers de la série américaine diffusée par le téléviseur noir et blanc, j'avais peur toute seule dans la maison, et j'étais triste en pensant à mon père qui était rentré au village.

Abdurrahman Éfendi. Ma chère enfant, ma belle Samiha à moi. De la table du café du village où je regarde la télévision en somnolant, les oreilles m'ont tinté et j'ai compris que tu étais saine et sauve, que tu n'avais pas à te plaindre du salaud qui t'a enlevée, et j'en ai été heureux, mon enfant. Tant pis pour l'argent. Épouse donc qui tu veux, ma petite, qu'il soit alévi s'il veut, du moment que tu viens avec ton mari au village pour embrasser ma main. Qui sait où tu es… Je ne sais si mes émotions et mes paroles te parviennent.

Ferhat. En voyant que Samiha était prise de peur toute seule à la maison pendant que je travaillais comme serveur jusqu'à une heure tardive au restaurant Mürüvvet Modern, je l'ai autorisée à aller le soir chez nos voisins Haydar et Zeliha et à regarder la télévision avec eux. Haydar était alévi, il travaillait comme gardien d'immeuble dans une construction récente à Gaziosmanpaşa et, cinq jours par semaine, sa femme nettoyait la cage d'escalier et aidait la femme d'un boulanger habitant un des étages du haut pour la cuisine et la vaisselle. Savoir que Haydar et Zeliha partaient ensemble au travail le matin et rentraient le soir par le même autobus, qu'ils passaient toute la journée à se parler et étaient bons camarades faisait grande impression sur Samiha. Un soir, alors que nous gravissions la côte montant jusqu'à chez nous, transis jusqu'aux os par le vent glacial qui soufflait depuis la mer Noire, Samiha me déclara que, dans l'immeuble où travaillait la femme de Haydar, on cherchait d'autres femmes de ménage.

À la maison, j'ai tout de suite coupé court à la discussion. « Je préfère encore qu'on crève de faim plutôt que de te voir travailler comme femme de ménage ! »

J'avais une vieille roue métallique piquée de rouille dans la main. Je l'ai déposée dans le coin où j'entassais les matériaux pour la maison que je construirais un jour sur ce terrain borné de pierres blanches phosphorescentes, parmi les vieilles portes, les morceaux de ferraille, les cordes, les bidons en fer-blanc, les tuiles et les pierres de taille aux formes régulières.

Six ans plus tôt, du fait que le quartier Gazi était majoritairement peuplé de gauchistes, d'alévis et de Kurdes, tout le monde avait commencé à s'entraider à construire sa maison avec les portes, les cheminées, les parpaings patiemment accumulés. Avant leur arrivée, le quartier Gazi était sous le contrôle de Nazmi le Laze. En 1972, au pied de cette colline vide alors couverte de ronces et de buissons, Nazmi le Laze avait ouvert un magasin avec deux de ses acolytes originaires comme lui de Rize. Tuiles, briques, ciments et autres matériaux… Nazmi le Laze vendait tout cela au prix fort aux pauvres hères arrivés d'Anatolie qui voulaient se construire un *gecekondu* sur un terrain de l'État. Les premiers temps, comme il était cordial et de bon conseil avec les visiteurs, son magasin, où l'on servait du thé (une maison de thé ouvrirait par la suite à côté), était devenu un point de rencontre pour ceux qui avaient migré à Istanbul en provenance des quatre coins d'Anatolie, plus particulièrement des régions de Sivas, Kars et Tokat, et qui voulaient planter quatre murs avec un toit au-dessus pour abriter leur tête.

Portes en bois, garde-corps, fenêtres, fragments de marbre et pièces de mobilier, rambardes métalliques de balcon, tuiles anciennes que Nazmi le Laze récupérait auprès des démolisseurs d'Istanbul en circulant avec sa célèbre voiture à cheval équipée de roues à pneumatiques étaient exposés dans le périmètre du magasin et de la maison de thé. De même que le ciment ou les tuiles, Nazmi le Laze vendait très cher ces objets vieux de cent ou de cent cinquante ans, vermoulus et mangés de rouille pour certains. Mais en contrepartie des sommes versées par ceux qui achetaient chez lui, qui louaient son attelage et faisaient transporter des matériaux, Nazmi et ses hommes veillaient ensuite sur leur lopin de terre et sur la maison qu'ils y avaient construite.

Les radins et les malins qui renâclaient à payer le montant demandé pour le bornage d'un terrain, qui prétendaient trouver par eux-mêmes des matériaux de construction meilleur marché, risquaient de retrouver leur bicoque vandalisée une nuit où personne ne traînait dans les parages, ou bien démolie avec l'appui des forces de l'ordre venues du commissariat de Gaziosmanpaşa. Quelques jours après le départ des démolisseurs et des policiers, Nazmi le Laze allait trouver ce compatriote sans cervelle en train de pleurer au milieu des décombres et lui dire combien il était désolé pour lui : le chef du commissariat de Gaziosmanpaşa et lui étaient très bons amis, ils jouaient aux cartes le soir au café, et s'il l'avait su avant il aurait pu faire obstacle à la démolition de sa maison.

Les relations de Nazmi le Laze, cruciales du fait qu'elles se ramifiaient jusqu'à la police et au parti nationaliste au pouvoir, avaient grandement contribué à l'accroissement de la fréquentation de sa maison de thé. À partir de 1978, vu la multiplication des disputes portant sur la délimitation des lots entre voisins qui avaient acheté des matériaux dans son magasin et construit leur habitation sur une terre du domaine de l'État, Nazmi le Laze se mit à tenir un registre à l'instar des chefs du cadastre, dans ses locaux qu'il nommait désormais « le bureau ». Ceux qui lui achetaient l'autorisation de borner un terrain se voyaient remettre un document ressemblant aux titres de propriété officiels. Pour que ces papiers fassent encore plus d'effet, il y agrafait la photo des propriétaires (il avait également ouvert un petit magasin offrant des services de photo express), il inscrivait attentivement le nom de l'ancien propriétaire (là, il mettait fièrement son nom), le nombre de mètres carrés et l'emplacement du terrain et, à l'encre rouge, il apposait son cachet avec le tampon qu'il avait fait faire dans une papeterie de Gaziosmanpaşa.

« Le jour où l'État distribuera des titres de propriété ici, il s'appuiera sur les titres et les documents établis par mes soins », disait-il parfois avec fierté. Haranguant les chômeurs qui jouaient au okey dans sa maison de thé, il expliquait quel bonheur c'était pour lui de rendre service au compatriote qui s'était arraché à son pauvre village de la région de Sivas pour venir à Istanbul, et qui se retrouvait dans une situation de dénuement total, ainsi que de lui permettre tout à coup de devenir propriétaire d'un terrain et détenteur d'un titre de propriété. À ceux qui lui demandaient « Quand est-ce que viendra l'électricité, Nazmi Ağbi ? », il répondait que les travaux étaient en cours, et il donnait à entendre que le jour où il y aurait une mairie à Gaziosmanpaşa, aux législatives, il serait le candidat du parti au pouvoir.

Un jour, à la lisière du quartier, sur les collines inhabitées que Nazmi n'avait pas encore parcellisées, apparut un homme de grande taille, au teint pâle et au regard rêveur. Il s'appelait Ali. Il n'allait pas au magasin ni au café de Nazmi le Laze, il ne se mêlait pas aux autres et ne prenait pas part aux racontars du quartier, mais vivait à l'écart, tout seul, là où la ville finissait, sur le terrain isolé qui débordait peu à peu de briques, de gamelles, de lampes à gaz et de matelas. Deux acolytes de Nazmi le Laze, des moustachus nerveux, voulurent lui rappeler que ce terrain avait un propriétaire.

« Ce n'est ni Nazmi le Laze, ni Hamdi le Turc, ni Kadir le Kurde ni même l'État qui possède la terre, leur répondit Ali. L'unique propriétaire de toute chose, du monde entier et de ce pays, c'est Dieu. Nous autres, nous sommes simplement ses serviteurs et de simples mortels ! »

Une nuit, les hommes de Nazmi le Laze rappelèrent à cet insensé d'Ali la véracité de sa dernière phrase en lui mettant une balle dans la tête. Ils l'enterrèrent soigneusement un peu à distance du lac de barrage, pour ne pas donner de biscuit à la presse citadine qui aimait beaucoup traiter de la question de la pollution par les habitants des bidonvilles de ce beau lac vert qui couvrait les besoins en eau d'Istanbul. Mais les loups que la faim poussait jusqu'aux lisières de la ville les jours d'hiver et les chiens de race kangal du quartier qui se battaient avec eux retrouvèrent son cadavre. C'est ainsi que la police s'empara de l'affaire et plaça en garde à vue non pas les hommes moustachus de Nazmi le Laze mais ceux dont la maison était la plus proche du lac, des gens de Sivas qu'ils soumirent à la torture. La police ne prêta pas l'oreille aux dénonciations anonymes écrites par des gens du quartier laissant entendre que Nazmi le Laze pouvait être derrière cette affaire. Rompus à l'exercice, ils conduisirent les habitants des maisons à proximité du lac au commissariat, ils les passèrent d'abord à la falaka puis les torturèrent à l'électricité avec des appareils rudimentaires.

Lorsqu'un Kurde de Bingöl mourut d'une crise cardiaque sous la torture, tout le quartier se révolta et prit d'assaut la maison de thé de Nazmi le Laze. Ce dernier s'amusait dans un mariage, dans son village de la région de Rize. Pris de panique, ses hommes en armes restèrent indécis sur la marche à suivre, et la seule chose qu'ils purent faire, ce fut de s'enfuir en tirant en l'air. De jeunes gauchistes, marxistes, maoïstes de divers quartiers et universités d'Istanbul eurent vent des événements du quartier Gazi et vinrent diriger ce mouvement populaire spontané.

Ferhat. En deux jours, la maison de thé fut occupée, les étudiants de l'université mirent la main sur les registres de propriété, et la nouvelle que tous ceux qui viendraient dans le quartier Gazi en disant « Je suis pauvre et gauchiste » (tous ceux qui diraient « Je suis athée », écrivaient les journaux nationalistes) pourraient devenir propriétaires d'un terrain se répandit comme une traînée de poudre dans toute la Turquie, plus particulièrement parmi les Kurdes et les alévis. Mon terrain, c'est justement à ce moment-là,

voilà six ans, que je l'ai délimité avec des pierres phosphorescentes. Mais vu que, comme tout le monde, je pensais qu'un jour
Nazmi le Laze reviendrait se venger et récupérer ses terrains avec
le soutien de l'État, je ne m'y suis pas installé. De toute façon,
Beyoğlu, où je travaillais comme serveur avec Mevlut, était tellement loin du quartier Gazi que les trajets aller-retour prenaient
une demi-journée.

Nous avions encore peur de la colère de Süleyman. Personne
d'ailleurs ne faisait rien pour nous aider à faire la paix avec les
Aktaş (sur ce point, j'en voulais à Mevlut, à Rayiha et à Vediha).
C'est ainsi que Samiha et moi avons modestement célébré notre
union dans le quartier Gazi. Contrairement au mariage de Mevlut
et Rayiha, personne n'a accroché de pièces d'or ni de billets de
cent dollars sur nos vêtements. Je n'ai pas pu inviter Mevlut,
j'étais triste que mon meilleur ami n'assiste pas à mon mariage
et en même temps je lui en voulais de s'être tant rapproché des
Aktaş, d'être cul et chemise avec les fascistes par pur intérêt.

10

La poussière de la ville

Grand Dieu,
mais d'où sort donc cette saleté de poussière !

Samiha. Par peur de ce que diraient les autres, et sous prétexte que cela relève de la sphère privée, Ferhat escamote les plus beaux passages de notre histoire. Ce n'était pas l'opulence, mais c'était un joli mariage. On m'a loué une robe à la Maison de la mariée La Sultane blanche, qui se trouve au deuxième étage de l'immeuble bleu, à Gaziosmanpaşa. De même que j'ai fait zéro faute tout au long de la célébration de la noce, je n'ai pas cédé d'un pouce ni courbé la tête devant les femmes fourbues, laides et jalouses qui me disaient sans détour « Ah, mon petit, tu es très belle, quel dommage pour toi ! » ou qui, ne pouvant se montrer si directes, me glissaient des regards interrogateurs exprimant leur incompréhension de voir une si jolie fille se marier avec un serveur sans le sou. Écoutez-moi bien : je ne suis l'esclave, la concubine ou la prisonnière de personne… Regardez-moi bien : comprenez ce que veut dire être libre. Ferhat était complètement ivre à force de boire des rakis en douce sous la table. C'est moi qui ai dû le remettre d'aplomb. La tête bien droite, j'ai crânement regardé cette foule de femmes jalouses et d'hommes en admiration (parmi lesquels s'étaient mêlés des chômeurs et des clampins venus consommer des limonades et des biscuits gratis).

Deux mois plus tard, notre voisin Haydar et sa femme Zeliha sont venus nous voir, et devant leur insistance j'ai commencé à travailler comme femme de ménage dans l'immeuble de Gazios-manpaşa. Ferhat buvait de temps en temps avec Haydar, le couple était également venu à notre mariage. Autrement dit, c'est pour notre bien qu'ils souhaitaient que je travaille. Ferhat s'y est tout d'abord opposé, par honte de passer pour le mari qui envoyait marner la fille qu'il avait enlevée dès leur deuxième mois de mariage. Mais par un matin pluvieux, nous sommes tous descendus ensemble en minibus à Gaziosmanpaşa. Ferhat est venu avec nous jusqu'à la loge du gardien de l'immeuble Civan, où Zeliha, sa famille et d'autres membres de sa parentèle travaillaient. Dans cette loge, encore plus petite que l'unique pièce de notre baraque de bidonville et ne disposant même pas d'une seule fenêtre, nous nous sommes entassés à six, trois hommes et trois femmes, pour boire un thé et fumer une cigarette. Puis Zeliha m'a emmenée travailler au numéro 5. En gravissant l'escalier, j'avais honte parce que j'allais entrer dans une maison étrangère, et j'avais peur de me séparer de Ferhat. Depuis que je m'étais sauvée avec lui, nous étions collés, comme ventousés l'un à l'autre. Les premiers jours, Ferhat m'accompagnait chaque matin au travail. L'après-midi, il m'attendait en fumant dans la loge de gardien. À quatre heures, quand je sortais du numéro 5 et descendais dans cette loge étouffante à l'entresol, soit il me conduisait jusqu'au minibus, soit il me confiait aux proches de Zeliha. Il s'assurait que je sois bien montée dans le minibus, et il filait ensuite au restaurant Mürüvvet. Mais au bout de trois semaines, j'ai commencé à circuler toute seule, d'abord le matin puis, à l'approche de l'hiver, également le soir.

Ferhat. Permettez-moi d'intervenir une minute car je ne voudrais pas que vous vous fassiez de fausses idées à mon sujet : je suis un garçon responsable, travailleur et qui a de l'honneur, et j'aurai toujours du mal à fermer les yeux sur le fait que ma femme travaille à l'extérieur. Cependant, Samiha n'arrêtait pas de se plaindre qu'elle s'ennuyait à la maison, elle a beaucoup répété qu'elle voulait travailler. Elle vous le cache, mais elle a beaucoup pleuré. Par ailleurs, nous formons presque une famille avec Haydar et Zeliha. De leur côté, ils ont des liens familiaux, et très fraternels, avec ceux de l'immeuble Civan. Vu que Samiha me dit : « Je sais me débrouiller maintenant. Toi, travaille ton cours de fac à la télévision ! », je lui ai donné la permission de se rendre toute seule au travail. Ce qui évidemment n'a fait qu'augmenter mon sentiment de culpabilité dans les moments où je n'arrivais pas à me faire entrer dans la tête le cours de comptabilité télévisé et où je ne parvenais pas à poster à temps mes devoirs par correspondance à Ankara. Pour l'heure, devant le cours de mathématiques, je suis fortement préoccupé par la crainte de ne pas réussir à retenir tous les chiffres que marque au tableau le professeur dont les poils blancs qui dépassent de son grand nez et de ses oreilles se voient même à l'écran. Si je m'inflige ce supplice, c'est parce que Samiha croit encore plus que moi que j'obtiendrai un jour mon diplôme universitaire et que, si je trouve un poste dans la fonction publique d'État, notre situation deviendra bien différente.

Samiha. Ma première employeuse du numéro 5, à qui j'avais été recommandée par Zeliha, était une femme triste et nerveuse. « Vous ne vous ressemblez vraiment pas », a-t-elle dit en nous considérant toutes deux d'un air suspicieux. Comme convenu auparavant entre nous, j'avais dit que Zeliha et moi étions apparentées du côté de son père, afin de gagner sa confiance. Nalan Hanım crut d'emblée en ma bonne foi, mais les premiers temps il lui fut impossible de croire en mon efficacité à nettoyer et dépoussiérer. Jusqu'à quatre ans auparavant, c'est elle-même qui se chargeait de le faire, elle n'était de toute façon guère argentée. Mais quand son fils aîné, qui était alors élève de collège, fut emporté par un cancer quatre ans plus tôt, Nalan Hanım avait déclaré une guerre sans merci aux microbes et à la poussière.

« Tu as bien nettoyé le dessous du réfrigérateur, l'intérieur de la lampe blanche ? » demandait-elle alors même qu'elle m'avait vue le faire peu avant. Comme nous avions peur que son deuxième fils attrape aussi un cancer à cause de la poussière, dès que l'heure de son retour de l'école approchait je commençais à m'affoler, je redoublais d'ardeur, je courais régulièrement à la fenêtre pour secouer dehors les chiffons à poussière, avec la fureur des pèlerins s'acquittant du rite de la lapidation de Satan. « Bravo, bravo Samiha ! » m'encourageait Nalan Hanım. Tout en parlant au téléphone, elle m'indiquait du doigt un mouton de poussière qui avait échappé à ma vigilance. « Grand Dieu, mais d'où sort donc cette saleté de poussière ! » s'écriait-elle, désemparée. Vu qu'elle pointait le doigt dans ma direction, je me sentais un peu coupable, comme si la poussière provenait de ma personne ou de mon quartier de bidonville, mais tout de même je l'aimais bien.

Comme à partir du deuxième mois j'avais gagné sa confiance, Nalan Hanım commença à m'employer trois jours par semaine. Désormais elle me laissait seule avec du savon noir, des seaux et des chiffons à son domicile et elle partait faire des courses ou des parties de coinche chez ses amies, avec qui elle parlait tout le temps au téléphone. Parfois, sous prétexte d'avoir oublié quelque chose, elle revenait sans bruit à la maison et, voyant que je m'activais toujours à chasser la poussière, elle se réjouissait et disait : « Bravo, que Dieu te bénisse ! » Quelquefois, alors qu'elle frottait et frottait encore le cadre en argent contenant le portrait de son fils mort qui trônait sur la télévision près d'une statuette de chien en faïence, elle se mettait à pleurer. Du coup, je lâchais mon chiffon à poussière et je la consolais.

Un jour, peu après que Nalan Hanım fut sortie, j'ai reçu la visite de Zeliha. Voyant que je travaillais sans relâche, elle s'est exclamée : « Tu es malade ou quoi ? » Elle a allumé la télévision et s'est installée devant, mais j'ai continué à travailler. Par la suite, chaque fois que sa patronne sortait (la dame qui l'employait et Nalan Hanım partaient ensemble quelquefois), Zeliha venait me retrouver. Pendant que je faisais la poussière, elle me racontait ce qu'elle voyait à la télévision, elle fouillait dans le réfrigérateur et grignotait quelque chose, elle disait que les épinards à l'huile d'olive étaient bien préparés mais que le yaourt (acheté en pot de verre chez l'épicier) avait tourné. Quand Zeliha commençait à s'attaquer aux placards de Nalan Hanım, à faire des commentaires sur ses culottes, soutiens-gorge, mouchoirs et autres objets dont nous ne comprenions pas vraiment ce que c'était, je ne pouvais m'empêcher de la rejoindre et de l'écouter, et je m'amusais beaucoup. Au fond d'un des tiroirs de Nalan Hanım, au milieu des voiles et des foulards en soie, il y avait une amulette consacrée par des prières d'abondance et de prospérité. Dans un autre coin secret, au milieu d'un monceau d'anciens documents d'état civil, de déclarations d'impôts et de photographies, nous avons découvert une boîte en bois sculpté dont l'intérieur sentait très bon, mais nous n'avons pas deviné à quoi elle servait. Dans la table de chevet, parmi les boîtes de médicaments et les sirops contre la toux du mari de Nalan Hanım, Zeliha a trouvé un flacon contenant un drôle de liquide couleur tabac (peut-être un remède, peut-être du poison, comme disait Zeliha). Ce qui nous plaisait surtout, c'était l'odeur qui émanait de cette bouteille rose portant l'image d'une femme arabe aux lèvres charnues, mais nous avions peur et nous n'en versions pas sur nos mains. Un mois plus tard, alors que je farfouillais toute seule dans les recoins de la maison (j'aimais bien regarder les photos et les anciens devoirs d'école du fils défunt de Nalan Hanım), j'ai remarqué que la bouteille n'était plus à sa place.

Deux semaines plus tard, Nalan Hanım me prit à part. Elle me dit que, sur les instances de son mari (le mari de qui... je n'avais pas compris), Zeliha s'était fait renvoyer et que, dans ce contexte, même si elle savait parfaitement que je n'étais pas coupable, elle était au regret de ne pouvoir me garder. Je n'avais pas vraiment saisi toute l'histoire, mais lorsqu'elle s'est mise à pleurer j'ai fondu en larmes moi aussi.

« Ne pleure pas, mon petit, nous avons pensé à quelque chose de bien pour toi ! » déclara-t-elle avec l'optimisme des Gitanes vous prédisant un brillant avenir en vous disant la bonne aventure. À Şişli, une maison très riche et très distinguée recherchait une femme telle que moi, travailleuse, honnête et fiable. Nalan Hanım allait me recommander et, de mon côté, je devais tout de suite accepter sans discuter.

Ce n'est pas moi mais Ferhat qui protestait, parce que c'était trop loin. Le matin, je me levais encore plus tôt qu'auparavant, avant le lever du jour, pour attraper le premier minibus pour Gaziosmanpaşa. Après l'avoir attendu pendant une demi-heure, je prenais le bus pour Taksim. Pendant ce trajet qui durait plus d'une heure, les gens jouaient des coudes et se battaient à l'entrée pour pouvoir trouver une place assise dans cet autobus la plupart du temps plein à craquer. Par la fenêtre, j'aimais bien regarder les gens qui partaient au travail, les vendeurs qui regagnaient leurs quartiers en poussant leur carriole, les bateaux sur la Corne d'Or et surtout les enfants qui allaient à l'école. Je lisais avec attention les grandes lettres sur les journaux affichés sur les vitres des épiceries, les énormes panneaux publicitaires, les affiches sur les murs. Je me répétais distraitement dans ma tête les paroles significatives écrites sur les voitures et les camions, j'avais le sentiment que la ville parlait avec moi. Il m'était agréable de penser que Ferhat avait passé son enfance à Karaköy, en plein centre-ville, et, à la maison, je lui demandais de me raconter cette époque.

Arrivée à Taksim, j'achetais un *simit* à l'un des vendeurs installés devant la poste avant de monter dans un nouvel autobus. Soit je le mangeais pendant le trajet en regardant par la fenêtre, soit je le rangeais dans mon sac plastique pour plus tard, avec un thé fraîchement infusé. « Prends ton petit-déjeuner si tu ne l'as pas fait », disait parfois la maîtresse de maison. Je sortais un peu de fromage et des olives du réfrigérateur. D'autres fois, elle ne disait rien du tout. À midi, tandis que je lui faisais cuire des *köfte* sur le gril, elle me disait : « Mets-en aussi trois pour toi, Samiha. » Elle s'en servait cinq, elle en mangeait quatre et, dans la cuisine, quand je mangeais le *köfte* resté dans son assiette, ça nous en faisait quatre chacune.

Mais Hanımefendi (c'est ainsi que je m'adressais à elle sans dire son prénom) ne s'asseyait pas à la même table que moi, et lorsqu'elle mangeait je ne pouvais pas le faire en même temps qu'elle. Comme elle voulait que je me tienne à une distance où je puisse l'entendre quand elle me dirait « Où est le sel, le poivre ; tiens remporte ça », je restais sur le seuil de la salle à manger et je la regardais prendre son repas, mais elle ne parlait pas avec moi. De temps à autre, elle me posait une question, toujours la même, et elle en oubliait systématiquement la réponse : « Tu es originaire d'où ? » Quand j'ai dit « De Beyşehir » et qu'elle m'a répondu « C'est où ça ? Je n'y suis jamais allée », j'ai commencé à dire que j'étais originaire de Konya. Elle disait : « Ah oui, moi aussi, un jour, j'irai à Konya. Pour visiter le tombeau de

Mevlana. » Par la suite, dans deux autres maisons de Şişli et de Nişantaşı, dès que j'ai prononcé le nom de Konya, on m'a questionnée sur Mevlana, mais jamais on n'aurait accepté de me voir faire mes prières. Zeliha m'avait conseillé de toujours répondre par non si les gens me demandaient si j'étais pratiquante.

Dans ces demeures où Hanımefendi m'avait également recommandé d'aller, ils refusaient d'utiliser les mêmes toilettes que moi. Chacun de ces appartements anciens disposait de toilettes réservées aux domestiques, que je partageais parfois avec un chat, parfois avec un chien, c'est là que je laissais mon sac à main en plastique et mon manteau. Quand Hanımefendi n'était pas là et que je restais seule chez elle avec son chat, tout le temps fourré dans les bras et qui volait de la nourriture dans la cuisine, il m'arrivait de lui taper dessus et, le soir, j'en parlais à Ferhat en rentrant.

À un moment, Hanımefendi tomba malade. Comme elle risquait de trouver quelqu'un d'autre si je n'étais pas continuellement à son chevet, je suis restée chez elle à Şişli. J'avais une petite chambre proprette qui donnait sur une cour intérieure où n'entrait jamais le soleil, j'avais des draps qui sentaient bon. Je l'aimais bien. Ensuite, j'en ai fait une habitude. Comme les allers-retours à Şişli me prenaient quatre ou cinq heures par jour, je restais certains soirs chez Hanımefendi, je lui servais son petit-déjeuner le matin et après j'allais travailler dans d'autres maisons. Mais en réalité j'avais hâte de retourner à Gazi, auprès de Ferhat, il suffisait d'une journée pour que notre maison et notre univers me manquent. J'aimais terminer de bonne heure l'après-midi et me promener en ville sans sauter tout de suite dans un bus ou prendre une correspondance à Taksim. Mais j'avais également peur que quelqu'un de Duttepe me voie dans les rues et en informe Süleyman.

« Samiha, rentre chez toi dès que tu auras fini ton travail. Ne passe pas tout ton temps entre la prière et la télévision », disaient parfois mes patronnes lorsqu'elles sortaient et qu'elles me laissaient seule à la maison. Par moments, je travaillais comme si je voulais enlever toute la poussière de la ville, mais voilà que mon esprit se fixait sur quelque chose, et mon rythme ralentissait. Tout au fond du dernier tiroir de l'armoire où Beyefendi rangeait ses chemises et ses maillots, dans une revue en langue étrangère, j'ai vu des photos d'hommes et de femmes dans des positions obscènes, si bien que j'ai eu très honte de moi rien que de les avoir vues. Sous un peigne, dans la drôle de boîte rangée dans l'armoire à pharmacie de Hanımefendi, à gauche, là où ça sent l'amande amère, il y avait une pièce de monnaie étrangère. J'aimais regarder les albums de famille, les vieilles photos de mariage, d'école ou de vacances d'été entassées dans un tiroir et découvrir à quoi ressemblaient dans leur jeunesse les gens des maisons où je travaillais.

Dans chacune de ces demeures se trouvait un tas de vieux journaux poussiéreux, de bouteilles vides, de boîtes jamais ouvertes, relégués et oubliés dans un coin. On me disait : « N'y touche pas », comme s'il s'agissait de reliques sacrées. Chaque maison avait ainsi des endroits interdits que la curiosité me poussait à explorer dès qu'il n'y avait personne, mais je ne touchais pas aux billets de banque tout neufs laissés en évidence pour me tester, aux *cumhuriyet* en or, aux savons aux parfums étranges, aux boîtes envahies par les mites. Le jeune fils de Hanımefendi collectionnait les petits soldats en plastique, il les disposait en rangs sur son lit, sur le tapis, et s'amusait à les faire s'affronter. J'aimais voir l'enfant absorbé dans son jeu et oublier tout, et lorsque j'étais seule je jouais moi aussi avec les soldats. Pas mal de familles achetaient les journaux pour les coupons et, une fois par semaine, elles me demandaient de les découper. Certaines m'envoyaient une fois par mois chez le marchand de journaux du coin avec ces coupons, et je devais faire la queue une demi-journée pour récupérer des cadeaux tels que théières en émail, livres de cuisine illustrés, taies d'oreiller à fleurs, presse-citrons, stylos bille musicaux. Dans l'armoire à l'odeur de naphtaline où étaient rangés tous les lainages de Hanımefendi, qui passait sa journée à faire des commérages au téléphone, se trouvait un robot ménager, mais jamais on ne le sortait ni ne l'utilisait, même lors de la visite d'un quelconque invité. Toutefois, comme c'était un ustensile de fabrication européenne, on le conservait précieusement. Je contemplais parfois les factures, les coupures de presse, les annonces qui sortaient des enveloppes que je trouvais au fond des placards, ce qui était marqué sur les robes des filles, les sous-vêtements, les carnets, comme si je menais une enquête et étais sur le point de trouver quelque chose. Parfois, j'avais l'impression que ces lettres, ces textes m'avaient été adressés, et que j'étais également présente sur ces photos. Ou bien j'avais le sentiment que si le fils de Hanımefendi volait son rouge à lèvres et le mettait dans son tiroir, c'était moi la responsable ; alors, envers ces gens qui me donnaient accès à leur intimité, j'éprouvais autant d'attachement que de colère.

Parfois, au milieu de la journée, Ferhat, notre maison, l'image du terrain phosphorescent vu depuis notre lit me manquaient. Deux ans après avoir commencé à travailler comme femme de ménage, à l'époque où je restais de plus en plus dormir chez mes employeurs, j'ai commencé à en vouloir à Ferhat de ne pas être capable de me sortir de là, de la vie de ces familles auxquelles j'étais de plus en plus mêlée, des petits garçons cruels et des gamines capricieuses, des commis épiciers et des fils de concierges qui me draguaient parce que j'étais belle, des petites chambres de bonne où je me réveillais en sueur si le chauffage était allumé.

Ferhat. À partir de ma première année au restaurant Mürüvvet de Gaziosmanpaşa, j'ai commencé à occuper la place du caissier. Ce à quoi Samiha accordait tant d'importance, ces études universitaires que je poursuivais, même si c'était par correspondance et par le biais de la télévision, avait eu une influence en cela. Le soir cependant, quand flottait une agréable odeur de soupe et de raki et qu'une bruyante effervescence régnait dans le restaurant, le frère du patron s'installait à la caisse et prenait la direction des opérations... Conformément aux instructions que tout le personnel – des chefs cuisiniers aux plongeurs, en passant par les commis jusqu'aux serveurs – s'entendait répéter une fois par mois par le patron, qui tenait aussi un autre restaurant à Aksaray (nous étions une succursale), chaque assiette de pommes frites sortant des cuisines, chaque salade du berger, chaque plat de *köfte* sur le gril, de poulet sur lit de riz, de poireaux à la viande, chaque verre de raki, chaque bière, chaque soupe de lentilles ou portion de haricots blancs devait impérativement être enregistrée en caisse avant d'arriver sur la table du client.

Comme le Mürüvvet était un établissement réputé, avec quatre grandes baies vitrées (toutes occultées par des voilages) qui donnaient sur l'avenue Atatürk et une nombreuse et fervente clientèle (artisans et petits commerçants qui mangeaient un plat du jour sans prendre d'alcool le midi et, le soir, tablées d'hommes consommant du raki avec modération), il n'était pas facile de respecter cette règle constitutionnelle édictée par le patron. Quand c'est moi qui étais à la caisse, c'était tellement dense même à l'heure du déjeuner que, parfois, j'avais du mal à suivre le rythme et à enregistrer à quelle table devaient aller les assiettes de poulet aux légumes, de céleri à l'huile d'olive, de purée de fèves, de bonite au four apportées par les serveurs. Du coup, ils attendaient en file devant la caisse le temps que je le fasse, comme ordonné par le patron (les clients impatients s'écriaient : « Ça refroidit ! »). Ou bien, différant de quelques minutes la consigne du patron, ils allaient déposer leurs plats sur les tables et dès qu'ils voyaient que j'étais plus tranquille, en passant, ils me dictaient la commande : « Ferhat Ağbi, poivrons farcis et un *börek* cigarette pour la 17, deux blancs-mangers pour la 16. » Mais loin de régler le problème des files d'attente, cela ne faisait que le reporter. Car à ce moment-là les serveurs se mettaient chacun à son tour – tous en même temps en réalité – à s'écrier : « Une salade pour la 6, deux *cacık* pour la 8 » et à me dicter la liste des plats qu'ils avaient apportés. Comme certains le faisaient en courant et les bras chargés d'assiettes, la caisse n'arrivait pas à enregistrer les plats à la vitesse à laquelle ils étaient annoncés. Quelquefois, ils s'en souvenaient de façon approximative. Certaines fois, ils inventaient, comme je le faisais également moi-même. D'autres fois, je lâchais carrément l'affaire, comme quand je ne comprenais pas mes cours à la télé. Sachant que si l'addition était légère, ils se feraient un plus gros pourboire, les serveurs ne se plaignaient pas de certains oublis. Et si le patron tenait tant à ce qu'on applique cette règle, c'était moins par crainte de perdre de l'argent que pour éviter de batailler avec des clients éméchés disant « On a pris une seule cassolette de moules, pas deux ».

Comme j'étais au service le soir, je connaissais toutes les combines que pourraient utiliser les garçons de mauvaise foi. Quand je reprenais ma casquette de caissier le midi, j'étais très vigilant sur ce point. L'une des ruses les plus simples auxquelles je recourais aussi de temps en temps le soir consistait à servir à un client de confiance une portion et demie (c'est-à-dire six *köfte*), à la faire apparaître comme une portion sur l'addition, à le lui dire en toute amitié et à obtenir ainsi un plus gros pourboire. Dans le restaurant Mürüvvet, tous les pourboires récoltés devaient être versés dans une boîte et ensuite partagés prétendument à égalité (le patron se servait le premier), mais en pratique aucun serveur ne mettait la totalité de ses pourboires dans la boîte, ils en cachaient tous une partie dans une autre poche de leur pantalon ou de leur tablier. Ce sujet ne donnait cependant lieu à aucune dispute ou accusation : étant donné que celui qui se ferait prendre risquait le renvoi et que tout le monde le faisait, aucun garçon ne mettait son nez dans les poches de l'autre.

Le soir, je m'occupais des tables à l'entrée, et une autre tâche qui m'incombait consistait à faire l'assistant du patron assis derrière la caisse. Un boulot moins de chef de rang que d'inspecteur en chef. « Va voir si les cassolettes de la 4 sont prêtes, ça râle », disait le patron. Bien que le serveur chargé de la table numéro 4 fût Hadi de Gümüşhane, j'entrais dans les cuisines et, en voyant lambiner le cuisinier noyé dans les fumées grasses de viande sur le gril, je retournais à la table numéro 4. L'air avenant, tout sourire, j'expliquais que les cassolettes seraient bientôt prêtes, que je pouvais demander qu'on les cuise à peine ou qu'on les laisse davantage, qu'on les prépare nature ou à l'ail. Sinon, en entendant quelle était leur équipe de football préférée, je me mêlais à la discussion footballistique de la tablée, disant qu'il y avait eu des manigances contre notre équipe, que les arbitres étaient vendus et que dimanche nos penalties n'avaient pas été accordés.

Lorsque cet imbécile de Hadi créait l'émeute à une table parce qu'il servait en retard des plats qui n'étaient de surcroît pas ceux qui avaient été commandés, j'arrivais aussitôt et, pour rattraper le coup, je posais au milieu de la table une pleine assiette de frites ou une grosse cassolette de crevettes crépitant dans l'huile que j'avais récupérées dans la cuisine, en disant que c'était offert par la maison sans me préoccuper du client auquel ces plats étaient initialement destinés. Quelquefois, j'apportais à des clients éméchés une grosse portion de grillades mixtes restée sans destinataire bien qu'aucun d'eux n'en ait commandé, je la déposais avec cérémonie, en prenant bien soin de dire « Les grillades sont enfin arrivées », et je le notais sur leur addition. Ivres et plongés dans leurs discussions sur le foot, la politique et le coût de la vie, ils n'émettaient aucune contestation. Aux heures avancées de la soirée, j'intervenais pour séparer ceux qui se battaient, pour calmer l'enthousiasme de ceux qui chantaient en chœur et incommodaient tout le restaurant, pour résoudre les conflits entre ceux qui voulaient ouvrir la fenêtre et ceux qui voulaient la fermer, allumer ou éteindre la télévision, je grondais les commis qui n'avaient pas vidé les cendriers débordant de mégots (« Mon garçon, regarde un peu la numéro 12, allez, allez... »), et, d'un regard, je renvoyais à leur poste les serveurs et les plongeurs que je trouvais cachés dans les cuisines, les couloirs, à la porte et dans l'entrepôt du fond pour fumer leur cigarette.

Quelquefois, les patrons des cabinets d'avocats et d'architectes des environs emmenaient déjeuner leurs employés avec des dames, ou une mère à la tête couverte d'un foulard voulait faire manger des *köfte* et boire de l'*ayran* à ses brigands de fils... je les installais aussitôt aux tables que nous réservions aux familles à proximité de la porte. La grande ambition de notre patron, qui avait accroché aux murs trois photos d'Atatürk, une souriante et deux au regard dur et en costume civil, était que le restaurant Mürüvvet soit également fréquenté par les femmes. Qu'une femme puisse tranquillement être attablée avec des hommes, plus particulièrement pendant les dîners bien arrosés, qu'elle puisse profiter d'une soirée sans paroles déplacées, sans querelle, et revenir à nouveau était un grand événement aux yeux du patron. Cette dernière chose ne s'était hélas jamais produite dans l'histoire mouvementée du Mürüvvet. Une cliente était venue un jour au restaurant, et le lendemain, dépité et malheureux, le patron s'était mis à imiter la façon dont les hommes du restaurant la regardaient, « comme des vaches regardant passer les trains ».

À nous autres serveurs, il nous demandait de ne pas céder à l'affolement la prochaine fois qu'une cliente viendrait, de ne pas fondre sur elle comme des mouches, de faire comme s'il s'agissait de quelque chose de parfaitement normal, de prévenir gentiment les hommes qui parlaient comme des charretiers aux autres tables, et de protéger cette dame des lourdauds et de leurs regards gênants. Cette dernière consigne restant la plus difficile à appliquer.

Tard dans la nuit, alors que les derniers clients trop gris pour se lever ne partaient décidément pas, le patron me disait : « Allez, vas-y, tu as beaucoup de trajet. » Sur le chemin du retour, je pensais à Samiha avec nostalgie et culpabilité, je jugeais que c'était une erreur qu'elle travaille comme domestique. Certains matins, quand je voyais à mon réveil qu'elle était depuis longtemps partie travailler, je regrettais, je m'en voulais de l'avoir autorisée à travailler, je pestais contre le manque d'argent. Les après-midi, pendant que le plongeur et les commis qui partageaient tous les trois un même logement écossaient les haricots et épluchaient les pommes de terre en parlant et riant entre eux, je m'installais à la table dans le coin, j'allumais le téléviseur en face de moi et je concentrais toute mon attention sur le programme « Comptabilité par correspondance ». Parfois, j'avais bien compris le cours mais je ne savais vraiment pas quoi mettre dans les espaces destinés aux réponses aux questions posées dans les devoirs qui sortaient des enveloppes. Je me levais, je sortais comme un somnambule du Mürüvvet, et tandis que j'arpentais les rues de Taşlıtarla, en proie à la colère et au désarroi, je m'imaginais braquer un taxi avec une arme, filer à Şişli à la recherche de Samiha, l'enlever de la maison où elle travaillerait et l'emmener dans notre nouvelle maison dans un autre lointain quartier de banlieue. Cette nouvelle habitation se confondait dans mon esprit avec la maison pourvue de quatre portes et de douze pièces que je construirais avec l'argent épargné, sur mon terrain délimité par des pierres phosphorescentes et que nous voyions de chez nous, par la fenêtre de derrière. Ou bien, quand tout le personnel, du plongeur au chef de rang, se réunissait à cinq heures de l'après-midi autour de la casserole de soupe aux légumes, aux pommes de terre et à la viande posée au milieu de la longue table dans le fond du restaurant, et que nous mangions tous notre soupe avec du pain frais avant d'enfiler notre élégant costume de serveur et de prendre notre service, l'aiguillon du remords se faisait sentir : à quoi bon consumer sa vie dans cet endroit si excentré alors qu'il y avait la possibilité de créer sa propre affaire en centre-ville ?

Les soirs où Samiha revenait à la maison, voyant mon impatience à partir de bonne heure du Mürüvvet, le patron disait : « Allez, enlève ton tablier et rentre chez toi, monsieur le jeune marié. » J'avais de la gratitude pour sa bonté. Samiha était venue plusieurs fois au restaurant. Les autres serveurs, les commis, les plongeurs… tous avaient vu sa beauté. À leur façon de rire quand ils m'appelaient le jeune marié, je sentais qu'ils étaient jaloux de ma chance. Le soir, en attendant l'autobus pour Gazi qui n'arrivait pas (les premières lignes jusqu'à notre quartier avaient commencé à fonctionner), je me maudissais de ne pouvoir faire honneur à cette bonne fortune, l'impatience me gagnait et, à l'idée d'avoir commis une erreur, je cédais à la peur.

L'autobus en direction du quartier Gazi roulait si lentement, il traînait tellement aux arrêts que j'agitais les jambes sur mon siège. Quand, à l'un des derniers arrêts, quelqu'un criait dans l'obscurité : « Chauffeur, chauffeur, stop ! » pour ne pas rater le bus, le chauffeur allumait une cigarette, l'autobus attendait, et, n'y tenant plus, je me levais. Oubliant ma fatigue, je gravissais au pas de course la côte qui s'étirait depuis le terminus jusqu'à chez nous. Le silence de la nuit noire, les lumières falotes des maisons de bidonville au loin, les nauséabondes fumées de lignite émanant de quelques cheminées, tout pour moi était devenu des signes me rappelant que Samiha m'attendait à la maison. Vu qu'aujourd'hui c'était mercredi, elle était sûrement là. Peut-être que, comme la plupart du temps, elle s'était couchée et endormie de fatigue. Je pensais à elle, si belle quand elle dormait. Peut-être que, comme elle le faisait parfois, elle m'avait préparé une tisane de tilleul, elle avait allumé la télévision et m'attendait. En me représentant son attitude intelligente et amicale, je me mettais à courir. J'avais en moi la conviction que si je courais, Samiha serait forcément à la maison.

Si elle n'était pas là, je prenais aussitôt un raki pour calmer ma souffrance et ma colère, et je m'accusais. Le lendemain soir, en rentrant du restaurant d'où j'avais réussi à partir encore plus tôt que la veille, j'éprouvais la même impatience.

« Excuse-moi, disait Samiha en constatant mon état. Hier, Hanımefendi avait des invités... Elle a beaucoup insisté pour que je reste dormir et elle m'a donné ça ! » Je posais les billets qu'elle me tendait dans un coin, je lui disais avec émoi :

« Tu n'iras plus travailler maintenant. Désormais, tu ne sortiras plus de cette maison. Ne sortons plus jamais de chez nous tous les deux, jusqu'au jugement dernier.

— Qu'est-ce qu'on mangera dans ce cas ? » disait Samiha les premiers mois. Par la suite, en riant, elle commença à dire : « D'accord, je n'irai plus travailler. »

Elle a naturellement continué à partir travailler le matin.

11

Les filles qui ne se montrent pas
à la marieuse

Nous faisions juste un saut en passant

Süleyman. Hier soir, j'étais à Ümraniye chez Oncle Asım. Oncle Asım est un ancien marchand de yaourt ami de mon père. Il est intelligent. À l'époque, il avait su arrêter la vente ambulante et ouvrir une épicerie. Maintenant, il a pris sa retraite. Le soir, il m'a montré les peupliers qu'il avait plantés dans le jardin de sa maison d'Ümraniye, le grand marronnier qui n'était encore qu'un jeune plant quand il avait délimité ce terrain vingt ans plus tôt. Le bruit et la lumière de l'usine de fabrication de tuyaux donnaient au jardin un aspect étrange et plaisamment mystérieux. Il était plus de minuit et nous étions tous deux pompettes à cause du raki. Sa femme s'était endormie dans la maison.

Oncle Asım m'a montré le jardin et il a dit : « Ils proposent beaucoup pour le terrain mais ils donneront encore plus. J'en ai vendu un coin bon marché, je le regrette maintenant. » Quinze ans auparavant, son épicerie était à Tophane et il louait un appartement dans la rue Kazancı. Il raconta trois fois qu'il avait quitté la ville pour venir délimiter ce terrain en se disant qu'un jour il obtiendrait un titre de propriété et qu'il vaudrait de l'argent. Trois fois aussi, il m'a raconté que ses filles étaient mariées grâce à Dieu, que, même s'ils ne valaient pas autant que moi, ses gendres étaient des gens bien. Ces paroles signifiaient naturellement ceci : « Je n'ai pas de fille à te donner en mariage, alors ce soir, qu'est-ce qui t'a pris de venir jusque-là depuis Duttepe ? »

Ce qui m'a bien sûr rappelé Samiha. Voilà deux ans qu'elle

m'avait fui. Je finirais bien un jour par retrouver le type qui l'avait enlevée, par faire payer à ce salaud de Ferhat l'humiliation et la honte qu'il m'avait infligées devant tous, ça, c'était une chose. Même maintenant, j'imaginais encore Samiha me revenir sa valise à la main mais, en moi, une autre voix me disait que ce n'était pas une bonne chose et je me retenais d'y penser. Melahat et Vediha me tirèrent de ce souci. Vediha, bénie soit-elle, passa à l'action pour me marier.

Vediha. Toute la famille a convenu que le meilleur moyen de faire oublier à Süleyman son chagrin d'amour pour Samiha, c'était de le marier. Un soir, il était à la maison, ivre. Je lui ai dit :

« Süleyman, regarde, Samiha et toi vous êtes promenés ensemble sans être mariés, vous avez été un peu amis, mais finalement ça n'a pas marché. Peut-être que ce serait mieux que tu te maries avec une fille que tu ne connais pas, que tu verrais juste une fois comme ça... L'amour vient après le mariage.

— C'est juste. Il y a une nouvelle fille ? Qui ça ? » a-t-il commencé par se réjouir. Et aussitôt après, il s'est insurgé : « Je n'épouserai sûrement pas une autre fille de marchand de yaourt de notre village.

— Korkut ton frère aîné, ton cousin Mevlut se sont tous deux mariés avec une fille de marchand de yaourt. Quel défaut nous reproches-tu, à nous autres filles de marchand de yaourt ?

— Non, belle-sœur, je ne vous considère pas du tout ainsi toutes les trois.

— Tu nous considère comment, alors ?

— Ne le prends pas mal...

— Je ne te comprends pas, Süleyman. Mais d'où tiens-tu que nous irons te chercher une fille au village ? » l'ai-je réprimandé d'un ton sévère. Süleyman aime bien, au fond, se faire gronder par une femme forte.

« Je ne veux pas non plus d'une fille déjà âgée de dix-huit ans et qui a terminé le lycée à Istanbul. Une fille de ce genre n'aimerait rien de ce que je dis, elle ergoterait sur tout... Ensuite, comme si on s'était rencontrés à l'université et non par l'intermédiaire d'une marieuse, elle voudrait qu'on se promène ensemble, qu'on aille au cinéma, tout en disant mon Dieu, pourvu que mes parents ne nous voient pas, elle voudrait que ce soit comme ci et pas comme ça... je ne m'en sortirais pas. »

J'ai expliqué à Süleyman qu'il ne fallait pas qu'il s'inquiète, qu'Istanbul grouillait de filles souhaitant épouser un célibataire aussi beau, compétent et intelligent que lui.

« Où sont-elles ? demanda-t-il avec spontanéité.

— Elles sont dans leur foyer, Süleyman, auprès de leur mère, elles sortent peu dans la rue. Si tu m'écoutes, j'irai te trouver la plus douce, la plus jolie d'entre elles, je te la montrerai et nous te demanderons la main de celle que ton cœur de pacha trouvera la plus belle et la plus à son goût.

— C'est très gentil à toi, Vediha, mais à examiner les choses de plus près, je ne suis pas du tout attiré par des filles qui restent docilement dans les jupons de leur mère et qui écoutent tout ce qu'on leur dit.

— Puisque tu l'aimais tant, pourquoi n'as-tu jamais rien dit de gentil à Samiha, pourquoi n'as-tu pas su gagner son cœur ?

— Je n'ai pas su, voilà tout, répondit-il en toute honnêteté. Quand j'essayais de le faire, Samiha se moquait de moi avec sa langue acérée.

— Süleyman, Istanbul est le chaudron, et moi je suis la louche : je te trouverai la fille que tu veux. Et si elle te plaît, tu te comporteras bien avec elle, d'accord ?

— D'accord, mais qu'est-ce qui se passera si jamais elle faisait sa mijaurée ? »

Süleyman. Vediha et moi allions tous deux voir des filles avec ma camionnette. Ceux qui s'y entendaient dans ces affaires disaient que nous adjoindre ma mère donnerait plus de poids à notre délégation, mais je ne voulais pas. Parce que, avec sa dégaine et sa façon de s'habiller, ma mère rappellerait trop le village. Quand Vediha mettait un jean sous sa tunique de tous les jours et un long pardessus bleu marine que je ne lui avais jamais vu et dont la couleur était assortie à son foulard, les gens pouvaient la prendre pour un médecin ou une juge portant le voile. Vediha aimait tellement sortir de la maison et se promener que lorsque nous prenions la route et que j'appuyais sur l'accélérateur pour pousser la camionnette à vive allure dans les rues d'Istanbul, elle oubliait le pourquoi et le comment de notre expédition et dévorait des yeux chaque recoin de la ville, elle en repaissait son regard, elle parlait sans arrêt et elle me faisait rire.

« Vediha Abla, là, ce n'est pas un bus municipal, mais un bus de compagnie privée, c'est pour cela qu'il garde la porte toujours ouverte, disais-je quand je roulais au ralenti et que j'essayais de doubler par la gauche le bus qui était devant nous et dans lequel sautaient des voyageurs.

— Ah, attention ! Qu'on n'aille pas heurter quelqu'un, ils sont fous, ceux-là ! » s'exclamait-elle en riant. Me voyant devenir silencieux à l'approche du quartier où nous nous rendions, elle me disait : « Ne t'inquiète pas, Süleyman. C'est une fille bien, elle m'a plu. Mais si elle ne te plaît pas, nous repartirons tout de suite, et puis voilà. Au retour, tu promèneras un peu ta belle-sœur. »

Par le biais des relations amicales que son bon cœur et son caractère chaleureux lui avaient permis de construire, Vediha commençait d'abord par repérer les filles à marier, puis nous nous rendions ensemble dans le quartier. La majorité des filles étaient allées à l'école primaire du village et venues ensuite à Istanbul, comme moi, ou alors elles avaient été scolarisées quelque part dans un bidonville où les conditions de vie étaient encore pires qu'au village. Il y en avait certaines qui avaient vaillamment poussé jusqu'au lycée et d'autres qui savaient tout juste lire et écrire. De toute façon, la plupart n'étaient pas en âge d'avoir terminé le lycée et, lorsqu'elles y parvenaient, aucune d'elles n'avait envie de rester sous le même toit que ses parents, dans ces petites maisons avec un poêle, froides et pauvres. Cela me plaisait d'entendre dire à Vediha que les filles se plaignaient de leurs parents et souhaitaient s'enfuir de chez elles, mais parfois je sentais que cela n'était pas valable pour toutes.

Vediha. Je ne pouvais pas lui dire : « Mon petit Süleyman, les jeunes filles bien sous tous rapports ne sont pas des fortes têtes, et les fortes têtes ne peuvent pas être de gentilles filles bien dociles. » Je ne pouvais pas lui dire : « Si tu cherches une fille qui a de la personnalité comme Samiha, ce n'est pas sagement chez elle en train d'attendre un mari auprès de sa mère que tu la trouveras. » Je ne pouvais pas lui dire : « Qu'elle ait un monde et une personnalité bien à elle, et qu'elle obéisse à tout ce que tu lui diras, ce n'est pas possible, Süleyman. » De même que je ne pouvais pas lui dire : « Tu ne peux pas lui demander d'avoir la décence d'une oie blanche et en même temps de se plier à la furie de tes désirs (je suis mariée avec son frère, ne l'oubliez pas), ça non plus ce n'est pas possible, Süleyman. » « Tu ne t'en rends pas compte, mais c'est une fille non voilée qu'il te faut, Süleyman. Naturellement, celle-ci non plus tu n'en voudras pas. » Cela non plus je ne pouvais pas le dire et je n'abordais jamais ce sujet épineux. Reste que chercher une femme à Süleyman était la meilleure façon pour que Korkut m'autorise à sortir dans la rue. Au bout de quelque temps, Süleyman s'est habitué à la distance qu'il y avait entre la réalité et ses désirs.

Quand les familles veulent marier leurs enfants, ils cherchent d'abord dans leurs villages, dans leur entourage familial, dans leur rue et dans leur quartier. Mais la fille qui ne trouve pas de mari dans sa rue à cause d'une tare connue de tous dans le quartier se tourne alors vers la possibilité d'élargir sa recherche à toute la ville et d'épouser un parfait inconnu. Certains enrobent cela dans de belles paroles en mettant l'accent sur la liberté de choix. C'est pourquoi j'observais avec attention ces filles-là, en me posant toujours la question d'un éventuel défaut. Naturellement, la fille et sa famille nous passaient au crible à cause des mêmes soupçons et pour les mêmes raisons (parce que nous aussi, nous étions sortis de notre périmètre et entrés dans d'autres rues), et elles tâchaient de deviner quels défauts nous cherchions à dissimuler. Si les filles qui n'avaient pas trouvé de mari dans leur entourage n'avaient aucun défaut notoire, c'est qu'elles cachaient une ambition démesurée, avertissais-je Süleyman.

Süleyman. Dans une petite rue d'Aksaray, au deuxième étage d'un immeuble de construction récente, il y avait une jeune lycéenne. Non contente de nous recevoir en uniforme d'écolière (et la tête couverte d'un foulard), elle s'est installée devant ses cahiers et son manuel de mathématiques restés ouverts sur la table à manger et, durant tout le temps de notre visite, elle a fait ses exercices. Adoptant la pose de la fille bien élevée qui daignait, malgré sa masse de devoirs, accorder un peu de sa présence à de lointains parents de passage.

À Bakırköy, une dénommée Behice se leva cinq fois de sa chaise pendant notre brève visite. Tirant les voilages, elle se posta longuement à la fenêtre et regarda les enfants qui jouaient au ballon dans la rue. « Behice aime beaucoup regarder par la fenêtre », expliqua sa mère, d'un ton qui cherchait également à montrer que cette habitude était une preuve certaine qu'elle ferait une excellente épouse.

À Kasımpaşa, dans une maison donnant sur la mosquée Piyale Paşa où nous étions passés rapidement, les deux sœurs qui n'arrêtaient pas de pouffer, qui passaient surtout leur temps à se mordre les lèvres pour ne pas rigoler, et qui nous regardaient en chuchotant n'étaient ni l'une ni l'autre candidates au mariage. La fille pour laquelle nous étions venus – l'aînée aux sourcils froncés comme me l'a précisé Vediha une fois que nous étions dehors – était entrée et passée devant nous alors que nous buvions notre thé et mangions nos gâteaux secs aux amandes, mais d'une façon si discrète que, au-delà même de pouvoir dire si cette possible mariée à la présence fantomatique était jolie ou laide, je n'avais même pas compris qu'elle était passée à un pas de moi. « Il ne faut pas se marier avec une fille qu'on n'a pas remarquée, avait dit ensuite Vediha pendant que nous nous promenions en camionnette sur le chemin du retour. D'ailleurs, je me suis trompée, elle n'est pas bien pour toi. »

Vediha. Jouer les marieuses et rendre les autres heureux, certaines femmes ont cela dans le sang, c'est un don de naissance accordé par le Très-Haut. Ce n'est pas du tout mon cas. Mais j'ai appris. Parce que après la fuite de Samiha, alors que mon père avait profité de l'argent de Korkut et de Süleyman, j'ai eu trop peur de leurs représailles, et puis parce que j'avais de la peine pour ce nigaud de Süleyman. De plus, j'aime bien sortir de la maison et me balader à bord de sa camionnette.

J'abordais le sujet en disant que mon mari avait un frère, et que ce dernier avait fini le service militaire. Prenant mon air le plus sérieux possible, je racontais avec force embellissements combien Süleyman était intelligent, beau, gentil et travailleur.

Comme Süleyman acquiesçait, j'ajoutais : « Ce sont des gens pieux. » Chose qui plaisait aux papas, mais pour les filles je n'étais pas sûre que ce soit un bon argument publicitaire. « Ils se sont enrichis en ville, et ils ne veulent pas prendre femme au village », expliquais-je. Quelquefois, je disais : « Ils ont des ennemis à la campagne », mais cela faisait peur à certaines familles. Dès que je rencontrais quelqu'un, je demandais : « Je cherche une fille, tu en connais ? » Et vu que Korkut me laissait très peu sortir de la maison, je ne rencontrais pas grand monde. C'est ainsi que tout un chacun trouvait sa moitié, mais la plupart des gens se comportaient comme si un mariage arrangé était quelque chose de particulièrement honteux.

La phrase que j'ai le plus entendue, c'était qu'il y avait bien une fille correspondant exactement à ce que je cherchais mais que, malheureusement, elle n'accepterait jamais de passer par une marieuse ni de se montrer au moment de la visite. Nous avons rapidement compris que la meilleure façon de procéder était d'aller voir les filles sans aucune annonce, comme si nous faisions juste un saut en passant. L'entreprise de construction dirigée par Süleyman avait un chantier dans le secteur… Une-telle, notre amie commune, avait tellement insisté pour qu'on vienne quand on passerait par Aksaray… Il nous fallait dire des choses comme ça…

Une autre solution était d'être les hôtes d'une tierce personne, et, pendant que nous l'accompagnions au domicile où nous projetions de nous rendre, il nous était aisé de jouer les visiteurs impromptus. Cette dernière méthode, c'est-à-dire l'aide apportée par une entremetteuse à une autre, ressemblait fort à un coup de main entre agents immobiliers pour faire aboutir une transaction. Avant d'expliquer ce qui justifiait notre présence à ses côtés, cette deuxième entremetteuse inventait diverses raisons selon son humeur du moment, toujours pleine d'ardeur et d'enthousiasme, et nous présentait à la maisonnée en grossissant le trait. Dans toutes ces maisons anciennes et étriquées, il y avait toujours une foule de femmes curieuses et inquisitrices, constituée de mères, de tantes, de parentes, de sœurs, d'amies et de grands-mères. L'entremetteuse disait que nous étions de la famille des Aktaş, l'une des familles les plus importantes de Konya, que nous réussissions très bien dans le secteur du bâtiment, que nous venions saluer en passant, que Süleyman dirigeait pas mal d'affaires. Süleyman, qui dirigeait seulement le volant de sa camionnette, était le seul à y croire un peu.

Personne n'était dupe du mensonge mais personne ne nous demandait : « Puisque vous ne faisiez qu'un saut en passant, comment se fait-il que Süleyman se soit rasé de près, aspergé de parfum pour homme à l'odeur lourde et sirupeuse, qu'il porte une cravate et sa veste de fête ? » De notre côté non plus nous ne leur disions pas : « Puisque vous ne saviez pas que nous passerions, pourquoi avez-vous aussi bien rangé la maison, sorti le plus beau service et les housses neuves pour les fauteuils ? » C'étaient des mensonges émis pour le cérémonial : dire des mensonges ne signifiait pas que nous n'étions pas sincères. Nous étions compréhensifs de ce qui était personnel, et respectueux de ce qui était officiel. De toute façon, toutes ces paroles en l'air étaient destinées à la cérémonie essentielle qui se déroulerait peu après. Peu après, la fille et le garçon se croiseraient. Voyons, est-ce qu'ils se plairaient ? Plus important encore, cette assemblée jugerait-elle qu'ils étaient faits l'un pour l'autre ? Naturellement, tout le monde se rappelait avoir vécu quelque chose de similaire dans sa vie.

Bientôt arrivait la jeune fille, vêtue de ses plus beaux vêtements et portant pour certaines leur plus joli foulard. Tâchant de ne pas attirer l'attention et de se faire le plus discrète possible, toute gênée, elle filait s'asseoir dans un coin de la pièce au milieu des autres. Parfois, il se trouvait dans cette foule tellement de filles du même âge venues par curiosité que, pour nous éviter de poser les yeux sur la mauvaise personne, les mères et les tantes pleines d'expérience nous avertissaient subtilement de l'arrivée de la timide jeune fille qui était l'objet de notre visite.

« Ma chérie, tu travaillais tes cours ? Où étais-tu passée, regarde, nous avons des invités. »

« Fille travaillant ses cours » étaient des mots détestés de Süleyman. En effet, lors de ces visites qui s'étaient poursuivies pendant
quatre ou cinq ans au rythme de maintes hésitations et déceptions, Süleyman avait éprouvé de l'intérêt pour cinq lycéennes.
Mais deux d'entre elles nous avaient opposé leur refus à cause
de l'école, parce qu'elles voulaient terminer le lycée.

Il y avait aussi des filles qui déconcertaient leurs mères, quand
ces dernières s'écriaient : « Regarde, nous avons des invités ! » et
qu'elles leur répondaient : « Je sais maman, tu es en pleins préparatifs depuis ce matin. » Leur vivacité et leur franchise nous plaisaient, à Süleyman et à moi, mais comme au bout d'un moment
il finissait par ne plus m'en parler, j'en déduisais qu'il craignait
leur langue acérée.

Nous cachions le motif de notre visite à certaines, sachant
qu'elles refuseraient à coup sûr de paraître. Une fois, une fille
très malpolie et désagréable nous a vraiment pris pour des gens
qui venaient déposer un cadeau pour son père (qui était serveur)
et ne s'occupa même pas de nous. Pour une autre, nous étions
devenus amis du médecin de sa mère. Un jour de printemps, à
Edirnekapı, nous nous sommes rendus dans une ancienne maison en bois près des remparts. Ignorant que sa mère recevait la
visite d'une marieuse et d'un prétendant, la fille jouait dans la
rue au ballon prisonnier avec ses camarades. Sa tante se mit à la
fenêtre et l'appela en disant : « Viens ma douce, je t'ai apporté
des gâteaux au sésame ! » pour qu'elle monte nous rejoindre. Elle
arriva aussitôt, elle était d'une envoûtante beauté. Mais elle ne
s'occupa absolument pas de nous. Après avoir rapidement avalé
deux gâteaux devant la télévision, elle s'apprêtait à sortir de la
pièce pour reprendre le jeu qu'elle avait abandonné en cours de
route quand sa mère l'arrêta : « Attends, il y a des invités, regarde,
assieds-toi un peu. »

La fille s'assit aussitôt, mécaniquement. Ensuite, elle lança un
coup d'œil vers moi et vers Süleyman en cravate et s'écria avec
colère : « Encore des gens venus pour me voir ! Maman, je t'ai
bien dit que je ne voulais pas d'entrevue avec une marieuse,
non ?

— Parle sur un autre ton à ta mère...

— Ils ne sont pas là pour ce genre de visite ? C'est qui cet homme ?

— Ne sois pas irrespectueuse... Ils t'ont vue, tu leur as plu, ils sont venus de l'autre bout de la ville pour parler. Tu sais quelle circulation il y a. Reste et assieds-toi.

— De quoi pourrais-je leur parler ? Tu t'imagines que je vais me marier avec ce gros ? »

Elle sortit en claquant la porte.

La dernière de nos visites qui allaient en se raréfiant, ce fut cette visite-là, au printemps 1989. Süleyman a bien continué à venir me voir de temps à autre pour me dire : « Belle-sœur, marie-moi », mais nous étions tous au courant de l'existence de Mahinur Meryem désormais, et je ne croyais plus en sa sincérité. Et comme il parlait encore de se venger de Samiha et Ferhat, j'étais de plus en plus en colère contre lui.

Mahinur Meryem. Ceux qui fréquentent les lieux de distraction nocturnes où l'on joue de la musique ont dû entendre mon nom une fois, même s'ils ne s'en souviennent pas. Je suis la fille d'un modeste fonctionnaire, un homme honnête, travailleur mais colérique. Alors que j'étais bonne élève au lycée pour filles de Taksim, notre équipe est arrivée première au concours de musique pop interlycées organisé par le quotidien *Milliyet* en 1973, et mon nom a circulé dans la presse. « Il y a chez elle la voix de velours d'une étoile », avait écrit Celâl Salik dans le *Milliyet*. Dans ma carrière musicale, c'est la plus grande phrase qu'on ait dite à mon sujet. Je remercie notre défunt Celâl Bey et ceux qui m'ont permis de prendre place dans ce livre avec mon nom de chanteuse.

Mon vrai nom, c'est Melahat. Malgré l'envie que j'en avais, ma carrière musicale n'a malheureusement pas continué sur cette même lancée. Mon père ne comprenait pas mes aspirations. Voyant que je n'avais pas réussi à intégrer l'université, il a voulu me marier et, comme il me battait souvent, à dix-neuf ans j'ai fugué de chez moi et je me suis mariée avec la personne de mon choix. Mon premier mari était comme moi : son père était employé de bureau à la mairie de Şişli mais lui, il s'intéressait à la musique. Malheureusement, ni ce premier mariage, ni le deuxième, ni les relations que j'ai eues par la suite n'ont été un succès, à cause de mes ambitions musicales, du manque d'argent et des hommes qui ne tiennent jamais leurs promesses. Si je parlais de tous les hommes que j'ai connus, il y aurait de quoi en faire un roman et je serais aussitôt jugée pour insulte à l'identité turque. J'ai raconté très peu de choses à Süleyman. Et je ne voudrais pas abuser de votre temps.

Il y a deux ans, je m'entêtais à continuer à chanter de la pop turque dans un bouge d'une petite rue de Beyoğlu, mais il ne venait personne et j'étais tout au bas de l'affiche. Prêtant foi aux propos d'un patron de boîte qui me disait que si je passais à la musique traditionnelle turque ou à la chanson populaire ça marcherait du tonnerre, j'ai changé d'endroit, mais à vrai dire j'étais toujours au bas de l'affiche. C'est là-bas, au Paris, que j'ai fait la rencontre de Süleyman, parmi ces hommes insistants qui voulaient me voir pendant les intermèdes entre les chansons. Viennent au Paris des hommes qui ont subi des déceptions amoureuses, qui n'acceptent pas le malheur qui les accable et qui aiment la musique *alla turca*, comme cette enseigne ne l'indique pas. Au début, je ne lui ai pas prêté attention. Mais le fait qu'il soit seul, qu'il vienne tous les soirs, qu'il m'envoie des bouquets et des bouquets de fleurs, sa persévérance et sa naïveté… j'ai été touchée.

Aujourd'hui, c'est Süleyman qui paie le loyer de mon appartement au quatrième étage de la rue Sormagir à Cihangir. Le soir, après deux verres, il me dit : « Allez viens, je vais te promener en camionnette. » Il ne comprend pas que la camionnette n'a rien de romantique, et moi je m'en fiche. Depuis un an, j'ai arrêté la musique traditionnelle turque et la chanson dans les petits music-halls. Si Süleyman me soutient, j'aimerais bien revenir à la variété turque. Mais ce n'est pas très important.

J'aime beaucoup me promener la nuit à bord de la camionnette de Süleyman. Je descends comme lui deux verres de raki et, une fois pompettes, nous devenons très bons amis et nous parlons de tout ce qui nous vient à l'esprit. Dès qu'il s'éloigne de sa famille et de la peur de son frère, Süleyman devient quelqu'un de drôle et de charmant.

Il me fait passer par les rues en pente qui descendent vers le Bosphore, par les ruelles étroites, il conduit en zigzaguant. Je lui dis : « Ne fais pas ça, Süleyman, un jour les flics vont t'arrêter ! » Il répond : « Ne t'inquiète pas, ce sont tous nos hommes. »

Parfois il cherche visiblement à m'effrayer et je m'écrie : « Ah, arrête Süleyman, nous allons tomber et mourir. » À une période, nous répétions ce dialogue tous les soirs.

« De quoi as-tu peur, Melahat, tu crois vraiment qu'on va tomber en contrebas ?

— Süleyman, un nouveau pont sur le Bosphore est en construction, tu le crois ?

— Qu'y a-t-il d'incroyable à cela ? répondait-il en s'enflammant. Quand nous sommes arrivés du village, les gens disaient qu'on ne savait rien faire, qu'on n'était que de pauvres marchands de yaourt, disait-il en proie à l'émotion. Mais maintenant, les mêmes nous supplient de leur vendre tel ou tel terrain, ils envoient des négociateurs influents pour voir si on peut faire affaire. Tu veux que je te dise comment j'ai su, aussi sûr que deux et deux font quatre, que ce deuxième pont finirait par être construit et mis en service comme le premier ?

— Raconte, Süleyman.

— Après avoir acheté tous les terrains de Kültepe et de Duttepe, les Vural achètent maintenant les terrains autour du tracé de l'autoroute qui mènera à ce pont... Les expropriations pour la construction de ces routes n'ont même pas encore commencé. Mais les terrains des Vural derrière Ümraniye, dans les quartiers de Saray et de Çakmak, leur sont déjà dédiés. Maintenant, je vais te faire voler dans la pente. N'aie pas peur Melahat, d'accord ? »

C'est moi qui ai aidé Süleyman à oublier la fille du marchand de yaourt dont il était amoureux. Lorsque nous nous sommes rencontrés, il n'arrivait pas à penser à autre chose. Il n'éprouvait aucune honte à me raconter comment sa belle-sœur Vediha et lui sillonnaient la ville quartier par quartier à la recherche d'une fille à marier, je l'écoutais en riant : les premiers temps, parce que mes amies se moquaient de lui et que je me disais vivement qu'il soit marié et que je sois débarrassée. À présent, honnêtement, cela me ferait de la peine que Süleyman se marie. Malgré tout, je ne me vexe pas qu'il aille voir des filles et continue à chercher la perle rare. Une nuit où il était passablement ivre, Süleyman m'a lui-même avoué qu'il n'éprouvait pas d'envie folle pour les filles portant le foulard.

« Ne t'inquiète pas, c'est une situation très courante, surtout chez les hommes mariés, l'ai-je consolé. Sous l'influence des femmes étrangères qu'on voit à la télévision et en photo dans les revues et les journaux, c'est une maladie de plus en plus répandue, ne prends pas ça pour une hantise personnelle, Süleyman. »

Quant à mes hantises à moi, il ne les comprenait pas.

« Süleyman, je n'aime pas que tu me parles comme si tu me donnais des ordres, lui disais-je parfois.

— Je pensais que tu aimais ça, répondait Süleyman.

— J'aime bien jouer avec ton arme mais je n'aime pas que tu me parles aussi durement et grossièrement.

— Je suis grossier ? Je suis dur, Melahat ?

— Tu as des sentiments mais, comme tous les hommes turcs, tu ne sais pas les exprimer, Süleyman. Par exemple, tu ne sais pas me dire ce que j'aimerais le plus entendre.

— C'est le mariage que tu veux ? Tu porterais le foulard ?

— Non, ce n'est pas le sujet pour l'instant. Cette autre chose que tu n'arrives pas à dire, dis-la.

— Ah, j'ai compris !

— Si tu as compris, alors dis-le Süleyman… Ce n'est un secret pour personne… Regarde, tout le monde est au courant maintenant… Süleyman, moi aussi je sais que tu m'aimes beaucoup.

— Si tu le sais, pourquoi tu me demandes de le dire ?

— Je ne demande rien. Je *veux* juste que tu le dises une fois, voilà tout… "Melahat, je t'aime beaucoup", pourquoi n'arrives-tu pas à le dire ? Ça t'écorcherait la langue, tu as peur d'avoir une dette ?

— Melahat, plus tu fais ça, et moins je suis capable de le dire. »

12

À Tarlabaşı

L'homme le plus heureux du monde

La nuit, Mevlut, Rayiha et leurs deux filles, Fatma et Fevziye, dormaient tous ensemble dans le même lit. La maison était froide et il faisait chaud sous l'édredon. Parfois, les fillettes étaient déjà endormies lorsque Mevlut sortait vendre la boza. Quand il rentrait tard dans la nuit, il trouvait ses filles endormies dans la même position. Comme elle avait baissé le poêle, Rayiha était à moitié couverte dans le lit et elle regardait la télévision.

Près de la fenêtre se trouvait un petit lit pour les enfants, mais dès qu'on les y déposait elles se mettaient à pleurer, par peur d'être seules. Mevlut respectait leurs protestations. « À leur âge, elles ont peur de la solitude, tu vois ? » disait-il à Rayiha. Ils prenaient les enfants avec eux ; une fois qu'elles s'étaient endormies dans le grand lit, même un tir de canon ne les aurait pas réveillées. Mais dans leur petit lit, elles étaient gênées par le moindre bruissement, elles se réveillaient, commençaient à pleurer, elles réveillaient Mevlut et Rayiha, et elles ne se taisaient que lorsqu'elles atterrissaient dans le grand lit. Mevlut et Rayiha finirent par décréter que dormir tous dans le même lit était beaucoup mieux pour tout le monde.

Mevlut avait acheté un vieux poêle à gaz Arçelik. Il était capable de rendre la pièce aussi chaude qu'un hammam mais, s'il chauffait beaucoup, cela coûterait cher en gaz. (Rayiha y posait la casserole pour faire chauffer le repas.) Rayiha achetait le gaz trois rues plus bas, dans le magasin d'un Kurde, à Dolapdere. Pendant les années où la guerre à l'est éclata et s'amplifia, Mevlut vit Tarlabaşı se remplir rue par rue, famille par famille, de migrants kurdes. C'étaient des gens durs, pas des modérés comme Ferhat. Leurs villages avaient été dévastés et brûlés pendant la guerre. Comme ces nouveaux habitants étaient pauvres et n'achetaient jamais de boza, Mevlut n'allait plus beaucoup dans ces quartiers. Par la suite, comme ces rues grouillaient de vendeurs d'herbe, de cachets et de drogue, de gamins sans abri et sniffeurs de colle, il s'en éloigna.

Après que Ferhat eut enlevé Samiha en taxi au début de 1984, Mevlut ne le revit plus pendant des années. Ce qui était étrange après avoir été si proches amis dans leur enfance et leur jeunesse. Il murmurait parfois à Rayiha, pour expliquer cet état de fait : « Ils sont partis très loin. » Mevlut ne percevait pas clairement que la raison essentielle de cet éloignement, c'étaient les lettres qu'il avait écrites en pensant à Samiha, la femme de Ferhat.

Par ailleurs, il est vrai que la croissance incessante d'Istanbul s'était immiscée entre eux. Prendre le bus, se voir et revenir leur prendrait une demi-journée. Ferhat lui manquait et, en même temps, la raison principale de sa bouderie envers lui changeait constamment. « Pourquoi Ferhat ne me cherche-t-il pas ? » se demandait-il. C'était donc la preuve que Mevlut était coupable de quelque chose. En apprenant que les jeunes mariés étaient heureux dans le quartier Gazi et surtout que Ferhat travaillait comme serveur dans un restaurant de Gaziosmanpaşa, il fut envahi par la jalousie.

Certains soirs, après avoir vendu de la boza pendant deux heures, Mevlut se représentait le bonheur qui l'attendait à la maison pour pouvoir travailler encore un peu dans les rues désertes. Lorsqu'il pensait à l'odeur du lit et de la pièce, aux petits bruits qu'émettaient ses filles Fatma et Fevziye sous l'édredon, à leur façon de se toucher avec Rayiha en dormant, à la fièvre qui le prenait au contact de leur peau, il sentait les larmes lui monter aux yeux. En rentrant à la maison, il avait hâte de se mettre en pyjama et de se glisser dans le grand lit chaud. Alors qu'ils étaient tous deux devant la télévision, il parlait de ce qu'il avait vendu, de l'ambiance des rues, des choses qu'il avait vues dans les maisons où il livrait de la boza, il ne pouvait finir la soirée sans rendre compte de sa journée à Rayiha, sans s'abandonner à ses regards attentifs et aimants.

« Ils disent qu'elle est trop sucrée », disait tout bas Mevlut en parlant de la boza tandis qu'ils regardaient la télévision. « Que veux-tu que j'y fasse, la boza qui restait d'hier était très amère », répondait comme toujours Rayiha, en défendant le mélange qu'elle avait préparé. Ou bien Mevlut racontait qu'il avait l'esprit occupé par une drôle de chose qu'on lui avait demandée dans un appartement où on l'avait fait entrer jusque dans la cuisine. « C'est toi qui l'as acheté ? » avait demandé une nuit une vieille dame en montrant son tablier. De quoi voulait-elle parler ? De la couleur du tablier ? Ou du fait que c'était un accessoire pour femme ?

De même que les ombres de la ville qu'il voyait la nuit dans les rues, et que les rues retirées semblables à de sauvages falaises rocheuses, le monde entier se transformait à partir d'une certaine heure en un lieu mystérieux constitué d'ombres : à la télévision, ces voitures qui se poursuivaient étaient aussi bizarres que les petites rues sombres ; ces lointaines et noires montagnes dans le coin gauche de l'écran, dans quel endroit du monde se trouvaient-elles ? Pourquoi ce chien courait-il ? Pourquoi un chien qui court passait-il à la télévision, pourquoi cette femme-ci pleurait-elle toute seule dans son coin ?

Rayiha. Parfois, au milieu de la nuit, Mevlut se levait, il allait chercher son paquet de cigarettes sur la table au bout de la pièce, il en allumait une, il entrouvrait les rideaux et il la fumait en regardant dehors. De l'endroit où j'étais allongée, je le voyais dans la lumière du réverbère, je me demandais ce qu'il pensait, je souhaitais qu'il revienne se coucher. Si Mevlut était plongé dans ses pensées et ne regagnait pas le lit, je me levais, j'allais me servir un verre d'eau et je recouvrais les filles. Mevlut revenait alors dans le lit, comme s'il avait honte de ses pensées. « Il n'y a rien, disait-il quelquefois. Je réfléchis, c'est tout. »

L'été, comme Mevlut était avec nous le soir, sa vie le satisfaisait. Cependant, il ne le dira pas mais moi je me le permets, nous gagnions moins d'argent en été qu'en hiver. Sans se soucier des mouches, du bruit (« c'est plus calme dehors », disait-il) et de la poussière provenant des démolitions en cours pour le chantier de la route qui serait percée plus haut, Mevlut laissait les fenêtres ouvertes toute la journée. Il gardait une oreille tendue à la fois vers le son de la télévision et vers le babil des filles qui jouaient au pied de l'arbre dans la cour de l'immeuble et dans la rue, prêt à intervenir si jamais elles se disputaient. Certains soirs, il se mettait en pétard contre on ne sait quoi. Si la colère le prenait, il sortait en claquant la porte (les filles s'y étaient habituées, mais elles avaient quand même un peu peur chaque fois). Il partait jouer aux cartes au café ou bien fumer une cigarette sur les trois marches du perron de notre immeuble. Parfois, je descendais aussi le rejoindre et je m'asseyais à son côté. D'autres fois, nous sortions tous ensemble avec les enfants. Pendant que les filles jouaient dans la rue, dans la cour, avec leurs camarades surgissant soudain de nulle part, je m'installais sur les marches et, à la lueur du réverbère qui était juste au-dessus, je triais le riz pour le pilaf que Mevlut irait vendre à Kabataş.

C'est comme ça, à force de nous asseoir sur le perron, qu'a grandi une amitié entre Reyhan Abla et moi. Elle habitait sur le trottoir d'en face, deux immeubles plus bas. Un soir, Reyhan Abla a passé la tête par sa fenêtre à encorbellement, elle a dit : « Ah, le réverbère au-dessus de toi éclaire beaucoup mieux que notre lampe chez nous », elle a pris son ouvrage et est descendue s'asseoir avec moi sur les marches. Reyhan Abla disait : « Je suis de l'Est, mais je ne suis pas kurde », mais elle ne révélait pas plus son lieu exact d'origine que son âge. Elle devait avoir au moins dix ou quinze ans de plus que moi. Pendant que je triais les grains de riz, elle contemplait parfois mes mains d'un air admiratif, et elle disait : « Rayiha, tu as des mains d'enfant, tu n'as pas une ride, grâce à Dieu. Et comme elles sont vives, comme des ailes de tourterelle... Si tu faisais des travaux d'aiguille, crois-moi, aujourd'hui tu gagnerais bien plus que moi, tu gagnerais même plus que ton ange de mari... Le mien est d'ailleurs terriblement vexé que je gagne plus d'argent avec ces travaux de bonne femme que lui avec son salaire de policier... »

L'année de ses quinze ans, sans consulter qui que ce soit, son père l'avait donnée en mariage à un fabricant de feutre, elle était partie avec son baluchon et s'était installée avec cet homme à Malatya, et depuis elle n'avait plus jamais revu ses parents ni le reste de sa famille. Reyhan Abla leur en voulait de l'avoir vendue de la sorte, qu'ils aient eu sept enfants et qu'ils fussent très pauvres ne constituait pas à ses yeux une excuse acceptable, et elle leur rouspétait dessus comme s'ils se tenaient en face d'elle. « Il y a tant de bons papas, de bonnes mamans qui refusent de marier leurs filles à un homme dont elles ne veulent pas, et surtout qu'elles n'ont jamais vu une seule fois, même de loin », disait-elle en hochant la tête mais sans lever les yeux de son délicat ouvrage. Elle reprochait de surcroît à son père de l'avoir vendue à son premier mari sans exiger le mariage civil comme condition. C'est elle-même qui avait réussi à imposer au deuxième homme, avec lequel elle s'était sauvée, d'officialiser leur union par un mariage civil. « Si seulement j'avais pensé à exiger de ne pas être battue, ajoutait-elle en riant. Sache apprécier la valeur de Mevlut. »

Parfois, Reyhan Abla semblait incapable de croire qu'un homme qui ne frappe pas sa femme, comme Mevlut, puisse exister. Et elle se disait que cela devait venir d'elle, qu'elle devait avoir sa part de responsabilité. Elle me demandait souvent de lui raconter comment j'avais trouvé mon « ange de mari » – comment nous nous étions aperçus de loin une fois dans un mariage et nous étions plu, comment Mevlut m'écrivait des lettres du service militaire qu'il me faisait passer par des intermédiaires… Comme son deuxième mari lui tapait dessus dès qu'il buvait, les soirs où il dressait une tablée de raki elle attendait qu'il termine son premier verre. Quand apparaissaient les premiers signes annonciateurs des coups, scènes d'interrogatoires policiers, reproches et accusations, paroles blessantes et infamantes, elle quittait la table, prenait son ouvrage et venait s'asseoir avec moi. Parfois, j'étais chez moi, et aux paroles de son mari (Necati Ağabey) qui lui disait gentiment « Reyhan, ma rose, rentre à la maison, je t'en prie, je ne boirai pas, promis », je comprenais qu'elle était assise sur les marches du perron. Parfois, j'emmenais les filles et je descendais m'asseoir avec elle. « C'est bien que tu sois venue, asseyons-nous ensemble, il va bientôt piquer du nez », disait Reyhan Abla. Les soirs d'hiver où Mevlut vendait de la boza, elle s'asseyait avec nous devant la télévision et, tout en grignotant des graines grillées, elle racontait des histoires aux filles, elle les distrayait et les faisait rire. Quand Mevlut rentrait à une heure tardive, chaque fois, elle lui souriait en disant : « Félicitations, que Dieu protège votre famille et votre bonheur. »

Mevlut sentait bien quelquefois que c'étaient les années les plus heureuses de son existence mais, cette informa-tion, il se contentait de la garder dans un coin de sa tête. Car le bonheur risquait de le fuir s'il se disait qu'il était heureux. Il y avait d'ailleurs tant de choses dans la vie qui pouvaient vous faire râler et vous mettre en colère, et vous faire oublier votre bonheur présent : cela l'énervait que Reyhan Abla reste jusqu'à point d'heure et se mêle de tout. Il s'énervait aussi quand Fatma et Fevziye regardaient la télévision et se mettaient soudain à se disputer, et que cela dégénérait en cris puis en pleurs. Mevlut se mettait en colère contre les gredins qui lui disaient « Demain soir, nous avons des invités, tu nous livreras une dizaine de verres de boza » et qui se claquemuraient dans le silence le lendemain, qui le laissaient sonner dans le froid sans daigner lui ouvrir. Cela le mettait en colère de voir à la télévision la mère éplorée d'un jeune de Kütahya tué dans une attaque de la guérilla kurde contre des camions militaires à Hakkari. Il s'énervait contre les poltrons qui avaient peur d'acheter du pilaf ou de boire de la boza dans les rues en disant que, suite à l'explosion dans la cen-trale nucléaire de Tchernobyl, le vent poussait des nuages can-cérigènes au-dessus de la ville. Il s'énervait en voyant que ses filles avaient de nouveau cassé le bras de la poupée qu'il avait réparée avec le mince fil de cuivre qu'il avait retiré d'un câble électrique en le débarrassant de sa gangue de plastique. Quand l'antenne bougeait dans le vent et que de la neige apparaissait sur l'écran, il patientait, mais quand toutes les images étaient ombrées et en bouillie, il s'énervait. Cela le mettait en colère qu'une coupure d'électricité survienne dans le quartier juste au moment où on se mettait à chanter. Il s'énervait quand une publicité pour le yaourt Hayat interrompait en plein milieu une information sur l'attentat contre le Premier ministre Özal, alors que les auteurs de l'attentat, sur qui la police faisait s'abattre une pluie de balles, se tortillaient par terre avec tremblements et secousses (Mevlut avait vu cette scène au moins vingt fois à l'écran), et, se tournant vers Rayiha assise à côté de lui, il disait : « Ces salauds ont achevé les marchands ambulants avec leurs yaourts chimiques. »

Si Rayiha disait « Demain matin, emmène les filles avec toi dans les rues, que je puisse tranquillement faire le ménage », Mevlut oubliait toutes ces contrariétés. Car lorsqu'il marchait dans les rues avec Fevziye dans ses bras et la petite main de Fatma dans sa paume calleuse, il se sentait le plus heureux des hommes. S'assoupir légèrement de retour de la vente de pilaf en écoutant les bavardages des enfants, jouer avec les filles au réveil à des jeux de mains (« À qui appartiennent ces mains ? », « Tape dans les mains », etc.), ou être hélé le soir dans la rue par un nouveau client lui disant « Bozacı, sers-nous donc un verre de boza » alors qu'il se remémorait ces moments de bonheur partagés avec ses filles... tout cela rendait Mevlut heureux.

Durant cette période bénie où il acceptait avec gratitude et sans questionner les bienfaits que la vie lui offrait d'elle-même, Mevlut percevait à peine le lent écoulement du temps, le dessèchement de certains arbres, la soudaine disparition de certaines maisons en bois, le surgissement d'immeubles de six ou sept étages sur les terrains vagues où les enfants venaient jouer au ballon et où les vendeurs et les chômeurs s'allongeaient à l'heure de la sieste, la taille croissante des panneaux d'affichage dans les rues, le changement des saisons, le jaunissement et la chute des feuilles. Pareillement, ce n'est qu'au dernier moment qu'il remarquait que la saison de la boza ou de la ligue de football touchait à sa fin, ce n'est que la dernière semaine, le dimanche soir, qu'il comprit qu'Antalyaspor serait relégué en 1987. Idem pour les passages piétons en hauteur qui, après le coup d'État de 1980, commençaient peu à peu à enjamber les avenues de la ville, ainsi que les grilles et rambardes métalliques érigées le long des trottoirs pour diriger le flux des piétons vers ces passages. Il s'en était rendu compte le jour où il lui avait été impossible de traverser l'avenue Halaskargazi. À travers les conversations de café et les débats télévisés, Mevlut avait entendu parler de la large avenue que le maire ferait percer de Taksim jusqu'à Tepebaşı. Cette grande artère relierait Taksim à Şişhane en longeant Tarlabaşı, cinq rues au-dessus de la leur, mais cela ne lui était pas apparu comme quelque chose de réel. La plupart des informations que Rayiha tenait des anciens et des commères du quartier, Mevlut les avait déjà eues par les rumeurs circulant dans les rues et les cafés, par les vieilles Grecques vivant dans les sombres immeubles vieux de cent ans et attaqués par la moisissure, situés entre le Çiçek Pasajı, le marché aux poissons et le consulat de Grande-Bretagne.

Personne ne voulait se le rappeler ou en parler, mais autrefois Tarlabaşı était un quartier grec, arménien, juif et syriaque. Soixante ans plus tôt, au début des années 1920, seuls des Grecs et des Arméniens vivaient sur les flancs de Kurtuluş, de Feriköy, sur cette partie de la vallée descendant vers la Corne d'Or depuis l'arrière de Taksim et traversée en son milieu par un ruisseau qui changeait d'appellation dans chaque quartier (Dolapdere, Bilecikdere, Papazköprü, Kasımpaşa Deresi) mais dont la présence comme les différents noms avaient été oubliés quand il fut recouvert de béton. Après la fondation de la République, le premier coup porté aux non-musulmans de Beyoğlu s'abattit en 1942 avec le *Varlık Vergisi*. Pendant la Seconde Guerre mondiale, le gouvernement, très perméable à l'influence de l'Allemagne, imposa cet impôt sur la fortune qui s'élevait à un montant tel qu'il était clair que la majorité de la population chrétienne de Tarlabaşı ne serait pas en mesure de le payer. Les hommes arméniens, grecs, syriaques et juifs qui ne pouvaient s'en acquitter furent arrêtés et envoyés aux travaux forcés à Aşkale. Mevlut avait entendu beaucoup d'histoires de pharmaciens, de menuisiers, de Grecs implantés là depuis des siècles qui, dans l'incapacité de régler cet impôt faramineux, avaient dû céder leur boutique à leur apprenti turc et partir en camp de travail, ou qui n'avaient plus mis le nez hors de chez eux pendant des mois, de peur d'être raflés lors d'un contrôle dans la rue. Après les journées des 6 et 7 septembre 1955, à l'époque du conflit chypriote, après que les

églises, les magasins eurent été saccagés et pillés, les prêtres pourchassés et les femmes violées par des hordes armées de bâtons et
de drapeaux, les Grecs d'Istanbul partirent en Grèce ; en 1964,
ceux qui n'avaient pu le faire furent contraints par un décret
de l'État d'abandonner leur maison et le pays dans un délai de
vingt-quatre heures.

Ces histoires se racontaient entre anciens habitants du quartier
en fin de soirée après avoir bien bu dans les tavernes, ou se chu-
chotaient entre ceux qui se plaignaient des nouveaux venus dans
ces immeubles vacants. « Les anciens Grecs étaient mieux que les
Kurdes », avait entendu dire Mevlut. Vu que le gouvernement ne
faisait rien, Kurdes, Africains, pauvres et démunis… Tarlabaşı
voyait toujours affluer de nouveaux occupants.

Mais lorsque certains des Grecs expulsés revenaient à Istanbul
pour voir les logements dont ils étaient toujours officiellement
propriétaires, ils n'étaient pas très bien reçus à leur arrivée dans
les rues de Tarlabaşı. Personne ne voulait avoir à leur dire : « Ce
sont des pauvres gens de Bitlis, d'Adana, venus d'Anatolie, qui
se sont installés dans vos maisons », si bien que même les gens
les mieux intentionnés fuyaient honteusement leurs anciennes
connaissances. Désireux d'encaisser les loyers que d'autres touchaient sur leur bien, certains se mettaient en colère, adoptaient
une attitude d'hostilité. D'autres se tombaient mutuellement
dans les bras au café et, des larmes dans les yeux, ils se rappelaient le bon vieux temps où ils vivaient ensemble. Mais ces
moments d'émotion duraient peu. Les diverses bandes mafieuses
organisées, de mèche avec l'État et la police pour contrôler les
logements laissés par les Grecs et les donner en location aux
migrants pauvres d'Anatolie, incitaient les gosses des rues à huer
les Grecs qui venaient revoir leur ancienne maison et à leur lancer des pierres. Cela aussi Mevlut en avait été témoin. Sa première
réaction dans de telles situations, c'était de dire comme tout le
monde : « Arrêtez, les enfants, ce n'est pas bien de faire ça »,
mais à l'idée qu'il ne parviendrait pas à les tenir en respect et que
son propre propriétaire figurait dans les rangs des provocateurs,
il était gagné par la confusion. Avec à l'esprit le vague souvenir
d'une injustice imputable aux Grecs – « Ils ont d'ailleurs voulu

s'emparer de l'île de Chypre » –, il quittait les lieux en proie à un sentiment de honte et de colère.

Les démolitions furent annoncées pour des raisons hygiénistes et modernistes qui parurent justifiées aux yeux du plus grand nombre. On allait dégager les truands, les Kurdes, les Gitans, les voleurs qui s'installaient dans ces appartements en déshérence, démolir les masures délabrées qui servaient de repaires pour le trafic de drogue, d'entrepôts de produits de contrebande, qui abritaient des maisons de passe, des garçonnières et qui faisaient le lit de toutes les activités illégales, et à la place on construirait une route à six voies permettant de se rendre en cinq minutes de Tepebaşı à Taksim.

Les avocats des Grecs qui déposaient des recours contre les ordonnances d'expropriation, les quelques étudiants et l'association pour la protection du patrimoine architectural qui luttaient pour sauver ces bâtisses séculaires n'eurent guère voix au chapitre. Le maire d'Istanbul, qui s'était mis les médias dans la poche, s'installa au volant d'un bulldozer sur lequel flottait le drapeau turc, et sous les applaudissements, il commença à démolir à coups de pelle l'un de ces anciens immeubles sur le sort desquels le tribunal n'avait toujours pas statué. Durant tout le chantier de démolition, la poussière s'infiltrait chez Mevlut cinq rues plus bas, même par les fenêtres fermées. Et autour des bulldozers, il ne manqua pas de se former une foule de curieux, de chômeurs, de gens travaillant dans les commerces environnants, de passants et d'enfants, ainsi que de petits vendeurs leur proposant *ayran*, *simit* et épis de maïs.

Mevlut veillait à protéger sa carriole à pilaf de la poussière. Pendant toutes les années que durèrent les travaux, il évita les endroits bruyants et populeux. Ce qui l'affecta le plus, ce fut la démolition des grands immeubles de soixante ou soixante-dix ans du côté de Taksim où devait passer le boulevard à six voies. C'est sur ces immeubles, sur leur haute façade de six ou sept étages donnant sur la place que s'affichait l'image géante d'une femme châtain au teint blanc offrant du ketchup Tamek et des savons Lux. Quand il était arrivé à Istanbul, Mevlut aimait beaucoup contempler cette femme qui lui souriait en silence mais avec une insistante affection, cela lui plaisait de croiser son regard chaque fois qu'il montait vers la place Taksim.

La fameuse sandwicherie Kristal au rez-de-chaussée de l'immeuble qui arborait cette image publicitaire fut également démolie et Mevlut en éprouva de la tristesse. Le Kristal était la buvette qui vendait le plus d'*ayran* à Istanbul. Deux fois, Mevlut y avait mangé un hamburger de leur invention (dont un offert par la maison), boulettes de viande épicées cuites au gril et sauce tomate, accompagné de leur *ayran*. Le yaourt pour l'*ayran* était livré par deux frères originaires d'Imrenler, un village voisin de Cennetpınar, des gars taillés comme des armoires et à qui on avait donné le sobriquet de « Béton ». Les frères Béton, Abdullah et Nurullah de leur prénom, avaient comme clients attitrés non seulement le Kristal mais une ribambelle de restaurants et de grands snacks de Taksim, d'Osmanbey et de Beyoğlu, gros consommateurs de yaourt. Jusqu'au milieu des années 1970, avant que les entreprises laitières ne commencent à livrer par camions le yaourt conditionné dans des pots en verre rangés dans des cagettes en bois, ils avaient gagné beaucoup d'argent, ils s'étaient accaparé des terrains à Kültepe, à Duttepe et sur la rive asiatique, puis, en l'espace de deux ans, avec la disparition progressive des marchands de yaourt ambulants, on ne les avait plus vus dans les rues ni sur le marché. Mevlut se rendit compte qu'il jalousait les frères Béton, beaucoup plus riches et doués que lui, et qui n'avaient nullement besoin de vendre en plus de la boza le soir, aussi la démolition du Kristal lui apparut-elle comme une punition contre eux.

Mevlut était depuis vingt ans à Istanbul. À mesure que les nouvelles routes, les démolitions, les immeubles, les grandes affiches publicitaires, les magasins, les passages souterrains, les passages aériens modifiaient et détruisaient la physionomie familière de cette ville à laquelle il s'était habitué en vingt ans, il éprouvait de la tristesse, mais le sentiment qu'on œuvrait également pour lui dans la ville lui procurait une grande joie. Il ne voyait pas la ville comme une entité qui lui préexistait, un univers clos dans lequel il s'était immiscé de l'extérieur. Il se plaisait à penser Istanbul comme un lieu en phase de formation, en constante évolution, pendant que lui-même y menait son existence, et qui deviendrait à l'avenir encore plus beau, plus propre et plus moderne. Il aimait les habitants de ces anciens immeubles à haut plafond, équipés d'ascenseurs et de radiateurs, construits il y a un demi-siècle alors qu'il était encore au village, voire avant sa naissance ; et il n'oubliait pas que ces gens étaient ceux qui se comportaient le mieux envers lui. Mais ces anciennes bâtisses stambouliotes lui rappelaient toujours qu'il était étranger à la ville. Comme, involontairement ou non, les concierges de ces vieux immeubles le traitaient avec le plus grand mépris, il craignait constamment de commettre un impair. D'un autre côté, il aimait les choses anciennes : l'atmosphère des cimetières qu'il découvrait au détour de ses déambulations dans les faubourgs lorsqu'il vendait de la boza, les murs de mosquée couverts de mousse, les indéchiffrables inscriptions ottomanes sur les fontaines publiques aux becs en laiton définitivement asséchées et hors d'usage.

Parfois, il trouvait insensé de travailler autant pour tout juste gagner de quoi manger alors que tous ceux qui déboulaient en ville s'enrichissaient, acquéraient des biens, des maisons et des terrains, il se disait que la vente de pilaf ne rapportait rien en réalité, mais que ne pas savoir se satisfaire du bonheur que Dieu lui accordait serait de l'ingratitude. Il en avait rarement l'occasion mais, parfois, il comprenait au vol des cigognes que les saisons avaient passé, que l'hiver était terminé, et il sentait que, tout doucement, il vieillissait.

13

Süleyman sème la zizanie

Une telle chose s'est-elle produite, oui ou non ?

Rayiha. Je ne peux plus emmener mes filles Fatma et Fevziye en autobus à Duttepe (un billet pour les deux), histoire qu'elles voient leur tante Vediha, qu'elles jouent, qu'elles courent et mangent des mûres dans les rues et les jardins. La dernière fois que j'y suis allée, c'était il y a deux mois. À un moment, Süleyman m'a serrée dans un coin, il m'a demandé des nouvelles de Mevlut, j'ai dit qu'il allait bien. Et puis, le prenant comme d'habitude sur le ton de la plaisanterie, il a amené la conversation sur Ferhat et Samiha.

Et je lui ai servi le mensonge habituel : « Depuis qu'ils se sont enfuis nous non plus on ne les voit pas, crois-moi Süleyman Ağbi.

— En fait, je te crois, répondit Süleyman. Mevlut n'a plus vraiment envie de voir Ferhat et Samiha. Tu sais pourquoi ?

— Pourquoi ?

— Toi aussi tu le sais, Rayiha. Les lettres que Mevlut envoyait du service militaire, eh bien en réalité, c'est à Samiha qu'il les écrivait.

— Comment ?

— Quand je les donnais à Vediha pour qu'elle te les fasse passer, j'en ai lu certaines. Les yeux dont Mevlut parlait dans ces lettres, ce ne sont pas les tiens, Rayiha. »

En disant cela, il ricanait comme si nous étions en train de nous amuser et de plaisanter ensemble. Je me mis à rire moi aussi, comme si c'était une blague. De plus Dieu m'a aidée à ne pas être en reste et à avoir le dernier mot :

« Si Mevlut écrivait ces lettres à Samiha, pourquoi est-ce à moi que tu les apportais ? »

Süleyman. Je ne voulais pas rendre cette pauvre Rayiha malheureuse. Mais connaître la vérité, n'est-ce pas au final plus important que tout ? Ce jour-là, Rayiha ne m'a plus adressé la parole, elle a pris congé de sa sœur Vediha, récupéré ses filles et filé. Lorsqu'elles venaient chez nous, pour éviter qu'elles soient en retard et que Mevlut se mette en colère en ne trouvant personne le soir à la maison, je les conduisais vite fait en camionnette à l'arrêt de bus de Mecidiyeköy. Les filles de Mevlut adoraient se balader en camionnette. Mais Rayiha ne m'a même pas dit au revoir ce jour-là. Je ne pense pas du tout qu'en arrivant chez elle elle dira à Mevlut : « Ces lettres, c'est à Samiha que tu les as écrites ? » Elle va d'abord verser quelques larmes. Mais après, en réfléchissant un peu, elle en viendra à la conclusion que ce qu'elle a appris de ma bouche est vrai.

Rayiha. Sur le chemin du retour, dans le bus Mecidiyeköy-Taksim, j'ai pris Fevziye sur mes genoux et installé Fatma à côté de moi. Même si je ne dis rien, elles comprennent tout de suite quand leur mère est triste et malheureuse. Comme nous marchions vers la maison, j'ai froncé les sourcils : « Ne dites pas à votre père que nous sommes allées chez votre tante Vediha, d'accord ? » J'ai pensé que c'était peut-être pour me maintenir à l'écart des mensonges de Süleyman que Mevlut ne voulait pas que j'aille à Duttepe. À la maison, dès que j'ai vu le bon visage enfantin de Mevlut, j'ai compris que Süleyman mentait. Le lendemain matin, quand les filles sont descendues jouer dans la cour, j'ai repensé à la façon dont Mevlut m'avait regardée dans la gare d'Akşehir la nuit où il m'avait enlevée et je me suis sentie mal… Et celui qui conduisait la camionnette ce soir-là, c'était Süleyman.

Mais en sortant les lettres de l'endroit où je les rangeais et en commençant à les lire, j'ai été rassurée : parce que lorsque nous étions seuls chez nous, mon cher Mevlut me parlait exactement comme il écrivait dans ces lettres. Je me suis alors sentie coupable d'avoir cru au mensonge de Süleyman. Mais ensuite, en pensant que c'était Süleyman qui m'apportait les lettres, que c'était lui qui m'avait convaincue de fuir en en faisant endosser la responsabilité à Vediha, mes idées se sont embrouillées à nouveau. Et je me suis juré de ne plus jamais retourner à Duttepe.

Vediha. Un jour, peu après l'heure à laquelle Mevlut sort vendre son pilaf, vers midi, je suis sortie sans rien dire à personne, j'ai pris l'autobus et me suis rendue en courant à Tarlabaşı chez Rayiha. En me voyant, ma sœur était tellement contente qu'elle en a eu les larmes aux yeux. La tête enturbannée comme un cuisinier, une grosse fourchette à la main, elle faisait griller du poulet dans les odeurs et les vapeurs tout en criant sur ses filles qui mettaient du désordre. Après que j'ai embrassé et cajolé les filles, elle les a envoyées dans la cour.

« Les enfants sont tombées malades l'une après l'autre, c'est pour cela que nous n'avons pas pu venir. Mevlut n'est pas au courant de mes visites.

— Eh, Rayiha, Korkut non plus ne me laisse pas sortir, surtout à Beyoğlu. Comment allons-nous faire pour nous voir ?

— Tes fils, Bozkurt et Turan, ont un jour fait beaucoup de misères à mes filles, dit Rayiha. Quand ils avaient attaché Fatma à un arbre, qu'ils lui avaient lancé des flèches et fendu l'arcade sourcilière... Mes filles ont peur de tes garçons maintenant.

— Ne t'inquiète plus, Rayiha ; je leur ai donné une bonne raclée et je leur ai fait jurer qu'ils ne toucheraient plus à tes filles. De toute façon Bozkurt et Turan vont maintenant à l'école jusqu'à quatre heures de l'après-midi. Dis-moi la vérité Rayiha, c'est à cause de cela que tu ne viens plus chez nous ou c'est Mevlut qui te l'interdit ?

— Mevlut n'y est pour rien. Regarde plutôt la zizanie que sème ce conspirateur de Süleyman. Selon lui, Mevlut aurait écrit les lettres du service militaire non pas à moi mais à Samiha.

— Ma chère Rayiha, laisse tomber les idioties de Süleyman... »

Rayiha retira d'un geste la liasse de lettres de la corbeille à couture en osier, elle en prit une au hasard et la sortit de son enveloppe fanée. Elle la lut : « Ma chérie, mon cœur, mon unique Rayiha Hanım aux beaux yeux », et elle se mit à pleurer.

Süleyman. Mahinur me rend dingue, surtout quand elle balance des trucs sur ma famille, quand elle dit que nous vivions encore au village il n'y a pas si longtemps. Elle qui n'est qu'une fille de petit fonctionnaire, une entraîneuse, elle se prend pour une fille de pacha, pour une femme de médecin ou quoi ? Après deux verres de raki, elle s'arrête sur un truc que j'ai dit, elle me demande : « Tu étais berger, tu gardais les bêtes au village ? » et, l'air très sérieux, elle hausse les sourcils avec curiosité. Je dis : « Tu as encore trop bu.

— Moi ? Tu me bats comme plâtre, et dès que tu bois tu ne maîtrises plus tes gestes. Si tu me tapes encore, moi aussi je vais te frapper avec le tisonnier. »

Je suis rentré à la maison. Ma mère et Vediha étaient devant la télévision, elles regardaient Gorbatchev et Bush en train de s'embrasser. Korkut n'était pas là, je me proposais de boire un dernier verre quand Vediha m'a retenu dans la cuisine.

« Écoute-moi bien Süleyman, dit-elle. Si tu empêches Rayiha de venir dans cette maison, je ne te le pardonnerai pas. La pauvre Rayiha prend tes mensonges et tes blagues stupides pour argent comptant, elle pleure.

— D'accord Vediha. Je ne parlerai plus à Rayiha. Mais avant toute chose, rappelons-nous d'abord la vérité, et ensuite racontons des mensonges pour ne briser le cœur de personne.

— Süleyman, imaginons que Mevlut ait véritablement vu Samiha, qu'il en soit tombé amoureux, mais que, comme il croyait qu'elle s'appelait Rayiha, il ait écrit "Rayiha" en tête des lettres.

— Oui, c'est exactement ça...

— Non, il est fort probable que c'est toi qui l'as volontairement trompé...

— Moi, j'ai simplement aidé Mevlut à se marier.

— Quel intérêt y a-t-il à rappeler cela à présent ? Ce n'est d'aucune utilité pour personne. À quoi ça sert, sinon à faire de la peine à Rayiha ?

— Vediha, tu t'es donné tant de peine pour trouver une fille qui puisse me convenir. Tu dois admettre la vérité maintenant.

— Rien n'est vrai dans ce que tu dis, répliqua sèchement

Vediha. Je le dirai aussi à ton frère. Restons-en là, le sujet est clos. Vu ? »

Comme vous l'aurez remarqué, quand elle veut me faire peur, Vediha parle de son mari en disant « ton frère », pas « Korkut ».

Rayiha. À un moment, au milieu de la journée, alors que je pré-pare un linge chaud pour l'appliquer sur l'oreille douloureuse de Fatma en pensant que ça pourrait la soulager, j'oublie soudain ce que je suis en train de faire, je cours vers la boîte à couture, j'en sors une des lettres rangées au fond et je lis ce que Mevlut disait de mes yeux : « Aussi tristes que les montagnes de Kars. » Certains soirs, alors que j'attends le retour de Mevlut, que j'écoute d'une oreille la conversation avec Reyhan Abla et de l'autre la respira-tion encombrée entrecoupée de quintes de toux des filles dans le lit, tout à coup, comme dans un rêve, je me lève et je lis ce que Mevlut disait à mon sujet : « Désormais, je ne veux pas d'autres yeux ni d'autre soleil. » Le matin, au marché aux poissons, quand je regarde avec Fatma et Fevziye Hamdi le volailler tuer les pou-lets, les plumer, les faire griller dans des odeurs désagréables, je me rassérène en pensant que Mevlut m'avait écrit que je sentais « si bon la rose, aux senteurs aussi exquises que ton prénom ». Les jours où le lodos empuantit toute la ville avec des odeurs d'égouts et de varech et que le ciel prend des couleurs d'œuf pourri, si jamais j'ai le moral en berne, je lis ce que Mevlut disait de mes yeux : « Aussi sombres que le mystère de la nuit et aussi limpides que des sources d'eau vive. »

Abdurrahman Éfendi. Comme la vie au village n'a plus de saveur depuis que mes filles sont mariées, je me rends à Istanbul dès que le moment s'y prête. Dans les autocars qui tremblent aussi fort que des bidons métalliques, entre veille et sommeil, avec un pincement au cœur, je me demande comment je serai accueilli, et je crains ne pas être le bienvenu. À Istanbul, je loge chez Vediha, j'essaie dans la mesure du possible de me tenir loin de Korkut à la mine fermée et de leur père, Hasan l'épicier, qui ressemble de plus en plus à un fantôme à mesure qu'il vieillit. Je suis un pauvre vieillard sans le sou et fatigué, jamais de ma vie je n'ai logé à l'hôtel. Donner de l'argent pour passer une nuit roulé dans un coin, je trouve cela inconvenant.

Il n'est pas vrai que Süleyman et Korkut m'ont fait des cadeaux et donné de l'argent en échange du mariage de Samiha avec Süleyman, et que j'ai voulu les gruger, comme ils l'ont pensé quand Samiha s'est sauvée. Oui, c'est Korkut qui m'a payé mon dentier, en effet, mais, cette largesse, je l'ai vue comme un cadeau du mari de ma fille Vediha, pas comme de l'argent versé en dot pour ma plus jeune et jolie fille. Croire que la somme que coûte un dentier puisse tenir lieu de dot pour une beauté comme Samiha, c'est de l'impudence.

Lors de mes allées et venues chez les Aktaş, je faisais bien attention d'éviter ce pauvre Süleyman toujours prêt à rabâcher ces sujets quand, une nuit, il m'a surpris dans la cuisine en train de grignoter quelque chose. Nous nous sommes serrés et embrassés presque comme père et fils. Comme son père s'était depuis longtemps endormi, on a été tout contents de dénicher la demi-bouteille de raki qu'il cachait dans un coin, derrière le seau de pommes de terre. À un moment, je ne me rappelle pas comment ça s'est passé, mais peu avant la première prière du matin, j'ai remarqué que Süleyman entonnait toujours le même refrain. « Mon petit père, disait-il. Toi qui es un homme honnête et droit, sincèrement, dis-le-moi, une telle chose s'est-elle produite, oui ou non ? En réalité, Mevlut a écrit ses lettres d'amour à Samiha.

— Mon cher Süleyman, mon enfant, l'important n'est pas de savoir qui au départ est amoureux de qui. L'important dans le mariage, c'est d'être heureux une fois qu'on s'est mariés. C'est d'ailleurs pour cela que notre Prophète a interdit que la fille et le garçon se connaissent avant le mariage, fassent l'amour et gaspillent leur enthousiasme, et que le Coran interdit aux femmes adultes de circuler la tête découverte…

— Très juste », dit Süleyman. À mon avis non parce qu'il me donnait raison, mais parce qu'il ne contestait jamais une parole où l'on prononçait les noms du Saint Prophète et du Saint Coran.

« Et dans notre monde, continuai-je, cela n'a pas d'importance de savoir à qui étaient initialement adressées des lettres d'amour vu que le garçon et la fille ne se connaissaient pas avant le mariage. La lettre est une forme, l'important, au fond, c'est le cœur.

— Ce qui veut dire que le fait que Mevlut les ait écrites en pensant les adresser à Samiha et qu'elles soient tombées dans l'escarcelle de Rayiha, ça ne fait aucune différence ?

— Non.

— Aux yeux de Dieu, l'intention de son serviteur compte beaucoup, dit Süleyman en fronçant les sourcils. Le Très-Haut agrée le jeûne de quelqu'un qui a l'intention de jeûner, non de celui qui n'a pas trouvé de pain. Parce que l'un aura manifesté une intention et pas l'autre.

— Aux yeux de Dieu, Mevlut et Rayiha sont de bonnes créatures. Ne t'inquiète pas, ai-je dit. Il les bénit. Dieu aime les créatures heureuses, capables de se contenter de peu, frugales. D'ailleurs, c'est parce qu'Il les aime qu'ils sont heureux, n'est-ce pas ? S'ils sont heureux, il ne nous appartient pas de critiquer, n'est-ce pas Süleyman, mon enfant ? »

Süleyman. Si Rayiha croit vraiment que ces lettres lui étaient adressées, pourquoi n'a-t-elle pas exhorté Mevlut à demander sa main à son père ? Ils auraient pu se marier sans même qu'il ait besoin de l'enlever. Parce qu'il n'y avait pas d'autre prétendant. On dit que, en contrepartie, Abdurrahman au cou tordu aurait demandé beaucoup d'argent… Dès lors, Rayiha serait restée vieille fille et il n'aurait pas pu vendre Samiha, sa plus jeune fille et la plus belle. C'est aussi simple que cela. (Par la suite, il apparut que, de toute façon, même la cadette ne rapporterait rien, mais c'est un autre sujet.)

Abdurrahman Éfendi. Quelque temps plus tard, je suis allé rejoindre ma plus jeune fille, à l'autre bout de la ville, dans le quartier Gazi. Vu que Süleyman était toujours aussi obsédé, j'ai caché que j'allais chez Samiha et Ferhat, et j'ai fait comme si je repartais au village. Vediha et moi sommes tombés dans les bras l'un de l'autre, et nous avons pleuré à chaudes larmes, comme si c'était la dernière fois que nous nous voyions avant mon départ dans l'autre monde. À Mecidiyeköy, ma valise à la main, je suis monté dans un bus pour Taksim. Dans ce bus bondé qui n'avançait pas dans les bouchons, les passagers étouffaient et demandaient au fil du trajet à descendre, mais quand ils criaient « Chauffeur, la porte ! » le conducteur n'ouvrait pas sous prétexte que nous n'étions pas à l'arrêt. J'ai observé sans m'en mêler ces altercations répétées. Dans l'autre autobus que j'ai pris ensuite et où nous étions serrés comme des sardines, j'étais à nouveau tellement écrasé que, lorsque je suis descendu à Gaziosmanpaşa, j'en étais réduit à l'épaisseur d'une feuille de papier. De là, j'ai pris un minibus bleu et je suis arrivé au quartier Gazi à la tombée du soir.

On eût dit que cette extrémité de la ville était plus froide, plus sombre. Les nuages ici paraissaient plus bas et effrayants. J'ai gravi la côte à la hâte, tout le quartier était escarpé de toute façon. Il n'y avait pas un chat dans les environs, l'odeur de la forêt et du lac à la lisière de la ville était perceptible. Entre les maisons fantomatiques s'immisçait le silence des montagnes pelées.

Ma fille m'a ouvert la porte et nous nous sommes mutuellement serrés dans les bras et, je ne sais pourquoi, les larmes me sont montées aux yeux. J'ai aussitôt compris que je pleurais parce que ma fille Samiha était seule et malheureuse. Même ce soir-là, son mari Ferhat n'a réussi à revenir que vers minuit et mort de fatigue, il s'est écroulé sur son lit et s'est endormi. Mari et femme travaillent tellement qu'à la fin de la journée ils n'ont ni la force ni le cœur de refaire le trajet en bus et se retrouver dans cette maison au pied des montagnes. Ferhat avait enfin pu terminer l'université par correspondance. Il a sorti son diplôme de l'université d'Anatolie et me l'a montré. Espérons qu'ils seront heureux plus tard. Mais dès le premier soir, j'avais perdu le sommeil. Ce Ferhat est incapable de rendre heureuse ma pauvre Samiha, ma belle et intelligente fille. Comprenez-moi bien, ce n'est pas parce qu'il a enlevé ma fille que je blâme cet homme, mais parce qu'il la fait travailler comme femme de ménage.

Cependant, Samiha refuse de convenir que c'est cela qui la rend malheureuse. Le matin, une fois que son mari était parti au travail (allez savoir ce qu'il faisait), Samiha se comportait comme si elle était très contente de sa vie. Elle avait pris des congés pour rester avec moi. Elle m'a préparé des œufs au plat. Par la fenêtre, elle m'a montré le terrain que son mari avait délimité avec des pierres phosphorescentes. Nous sommes sortis dans le petit jardin de cette bicoque posée au sommet d'une montagne ; nous étions entourés de collines, couvertes de maisons ressemblant à des boîtes blanches. À l'horizon, on distinguait à peine les lignes de la ville dans le brouillard et les fumées d'usine, telle une créature camouflant sa présence dans la boue. « Tu vois ces collines en face, papa », dit Samiha, en me montrant les environs envahis par les bidonvilles. Elle eut un frisson, comme si elle avait froid. « Lorsque nous sommes arrivés ici il y a cinq ans, toutes ces collines étaient désertes. » Elle se mit à pleurer.

Rayiha. « Ce soir, vous direz à papa que votre grand-père Abdurrahman et votre tante Vediha sont venus vous voir à la maison, mais vous ne direz pas que Tante Samiha était là, d'accord ? » ai-je dit à mes filles. « Pourquoi ? » a demandé Fatma avec son air Madame-je-me-mêle-de-tout. En me voyant froncer les sourcils et doucement osciller la tête de droite à gauche comme je le faisais pour avertir que je perdais patience et que la gifle allait tomber, Fatma et Fevziye se sont tues.

Lorsque mon père et Samiha sont arrivés, l'une a sauté au cou de son grand-père et l'autre s'est assise sur les genoux de sa tante. Mon père s'est aussitôt mis à jouer à des jeux de mains avec Fatma, à sortir de sa poche un miroir, une montre à gousset, un briquet qui ne fonctionnait pas, et à poser des devinettes. Quant à Samiha, elle a serré Fevziye tellement fort, elle l'a tellement embrassée que j'ai tout de suite compris qu'il lui faudrait vivre dans une maisonnée nombreuse et faire trois ou quatre enfants pour surmonter la douleur de la solitude. Elle couvrait mes filles de baisers et, de temps à autre, elle s'exclamait : « Mon Dieu, quelles drôles de mains ! C'est quoi ce grain de beauté ? » Du coup, prise de curiosité, je regardais les mains de Fevziye et le grain de beauté dans le cou de Fatma.

Vediha. J'ai dit : « Allez, demandez à votre tante Samiha de vous emmener voir l'arbre qui parle, dans la cour aux fées de l'église syriaque », et elles sont sorties. Je m'apprêtais à dire à Rayiha de ne plus craindre Süleyman ni les bêtises de Bozkurt et Turan qui s'étaient assagis et de venir nous voir avec les filles, mais mon père a abordé un tout autre sujet et nous nous sommes beaucoup fâchées contre lui.

Abdurrahman Éfendi. Je ne comprends pas pourquoi elles se fâchent contre moi. Quoi de plus naturel qu'un père qui s'inquiète du bonheur de ses filles ? Dès que Samiha est sortie dans la cour avec les petites, j'ai dit à Rayiha et Vediha que leur sœur était terriblement seule et malheureuse à l'autre bout de la ville, que dans leur baraque d'une pièce il ne rentrait rien d'autre que le froid, la tristesse et les fantômes, et qu'au bout de cinq jours là-bas, n'y tenant plus, j'ai décidé de rentrer au village.

« Ne dites pas que c'est moi qui vous en ai parlé mais il faut à votre sœur un vrai mari capable de la rendre heureuse. »

Rayiha. Je ne sais pas ce qui m'a pris tout à coup, mais je me suis mise tellement en colère que des paroles affreusement blessantes ont franchi mes lèvres, j'en étais moi-même stupéfaite. « Papa, ne brise pas le mariage de ta fille. AUCUNE DE NOUS N'EST À VENDRE. » D'un autre côté, je voyais bien que mon père avait raison, que cette pauvre Samiha n'avait même plus la force de faire bonne figure. Et une autre idée tournait dans ma tête malgré moi : tout le monde dans notre enfance et notre jeunesse avait toujours dit que Samiha était la plus jolie d'entre nous, la plus séduisante, la plus belle du monde, mais à présent elle était sans argent, sans enfant et malheureuse, contrairement à moi qui étais heureuse avec Mevlut. Fallait-il voir cela comme une épreuve envoyée par Dieu pour tester notre foi ou n'était-ce que justice de sa part en ce monde ?

Abdurrahman Éfendi. « QUEL GENRE DE PÈRE ES-TU ? est même allée jusqu'à dire Vediha. A-t-on jamais vu un père briser un foyer, vendre sa fille pour prendre l'argent de la dot ? » La charge était tellement violente que j'ai pensé qu'il valait peut-être mieux faire comme si je n'avais pas entendu. Je n'ai pas pu. « Honte à vous ! La souffrance que j'ai endurée toutes ces années, le mépris dont j'ai été l'objet, est-ce que j'ai supporté tout cela pour vous vendre et gagner de l'argent ? Si je l'ai fait, c'est pour vous trouver un bon mari, capable de vous faire vivre correctement. Le père qui réclame de l'argent à l'homme qui veut épouser sa fille veut juste récupérer les frais qu'il a engagés pour l'élever, l'envoyer à l'école, la vêtir et faire qu'elle devienne une bonne mère. Cette somme, elle montre quelle valeur le prétendant accorde à sa future épouse et, en même temps, c'est le seul argent qu'on verse dans la société pour l'éducation des filles. Vous avez compris maintenant ? Dans ce pays, pour avoir un garçon et non une fille, tous les pères, même les plus modernes, vont sacrifier des moutons, consulter des cheikhs pour qu'ils leur fassent des rituels magiques, supplier Dieu de mosquée en mosquée. Mais qu'ai-je fait, moi ? Contrairement à ces hommes à l'âme mauvaise, n'ai-je pas exulté de joie à la naissance de chacune de mes filles ? Ai-je une seule fois donné la moindre pichenette à n'importe laquelle d'entre vous ? Vous ai-je même jamais crié dessus, vous ai-je lancé de méchantes paroles qui vous brisent le cœur, ai-je jamais haussé la voix au risque de froisser votre teint de rose ? N'aimez-vous plus votre père à présent ? Dans ce cas, je n'ai plus qu'à mourir ! »

Rayiha. Dans la cour, mes filles montraient à leur tante Samiha la poubelle enchantée, le pot de fleurs ébréché que traversait un convoi de vers de terre, le château en boîtes de conserve de la princesse en fer-blanc aux yeux larmoyants qui répondait par deux tremblements et des pleurs si on la heurtait une fois. « Si je suis un méchant homme qui enferme et cache ses filles derrière un grillage, comment font-elles donc pour échanger des lettres avec des gredins sous mon nez sans même que je m'en rende compte ? » dit mon père.

Abdurrahman Éfendi. Évidemment, toutes ces horreurs pesaient lourd sur le cœur d'un père aussi honorable que moi. Avant même qu'on n'entende l'appel à la prière de l'après-midi, j'ai eu envie d'un raki. Je me suis levé pour regarder dans le réfrigérateur mais, dès que j'ai entrouvert la porte, Rayiha l'a retenue et m'a dit : « Mevlut ne boit pas de raki, mon cher papa. Je vais aller te chercher une bouteille de Yeni Rakı, si tu veux », et puis elle l'a refermée.

« Tu n'as pas à avoir honte de ce qu'il y a dans ton frigo, ma fille... Celui de Samiha est encore plus vide.

— La plupart des choses qui se trouvent dans notre réfrigérateur, ce sont les restes de pilaf au poulet et aux pois chiches que Mevlut n'a pas vendu, dit Rayiha. Et comme la boza tourne vite, le soir on la met aussi au frais désormais. »

Je me suis laissé tomber dans le fauteuil au coin de la pièce, comme si, l'esprit obnubilé par un étrange souvenir, mes yeux ne voyaient plus rien. Je me suis assoupi un moment. Je rêvais que je passais au milieu d'un troupeau de moutons juché sur mon cheval blanc et, à l'instant où je me rendais compte que les moutons étaient en réalité des nuages, j'ai senti mon nez qui commençait à s'agrandir douloureusement aux dimensions des naseaux de ma monture, et je me suis réveillé. Fatma était collée à mon nez et tirait dessus.

« Qu'est-ce que vous faites ?! s'écria Rayiha.

— Mon petit papa, viens avec moi acheter une bouteille de raki chez l'épicier, dit Vediha, ma fille chérie.

— Fatma et Fevziye n'ont qu'à venir avec nous, elles montreront le chemin de l'épicerie à leur grand-père. »

Samiha. Mon père s'est voûté, il s'est affaissé avec l'âge. Rayiha et moi nous le regardions de dos, tandis qu'il se dirigeait vers l'épicerie en tenant ses petites-filles par la main. Au moment où ils s'engageaient dans la côte, à l'angle de l'étroite ruelle, ils ont senti notre présence à la fenêtre, ils se sont retournés, nous ont fait un signe de la main et ils ont poursuivi leur chemin. Comme lorsque nous étions petites, Rayiha et moi nous sommes assises l'une en face de l'autre, sans rien dire, mais avec le sentiment de communiquer et de nous comprendre. Dans notre enfance, nous nous moquions quelquefois de Vediha, et nous la faisions bisquer. En entendant les réprimandes, nous gardions le silence et communiquions uniquement par des mouvements des yeux, des sourcils, mais j'ai compris que nous ne pourrions plus le faire à présent, que cela appartenait au passé.

Rayiha. Pour la première fois de sa vie, Samiha a allumé une cigarette en ma présence. Elle a précisé que cette habitude, elle la tenait non pas de Ferhat mais des riches maisons où elle travaillait.

« Ne vous en faites pas pour Ferhat, a-t-elle dit. Il a un diplôme universitaire, il connaît des gens à l'Administration de l'électricité, et il a commencé à y travailler, on sera bientôt plus à l'aise, ne vous inquiétez pas pour nous. Que papa ne retourne surtout pas voir Süleyman. Je vais bien. C'est tout.

— Tu sais ce que ce dingue de Süleyman m'a dit la dernière fois ? »

J'ai sorti la liasse d'enveloppes entourées d'un ruban de la boîte à couture où elles étaient rangées. « Tu sais, ces lettres que Mevlut m'envoyait du service militaire… Soi-disant que Mevlut les aurait écrites non pas à moi mais à toi, Samiha. »

Sans lui laisser le temps de répondre quoi que ce soit, j'ai ouvert les enveloppes que je tirais du paquet et j'ai commencé à lire au hasard les feuilles que j'en sortais. Quand j'étais au village et que mon père n'était pas à la maison, je lisais parfois une ou deux lignes de ces lettres à Samiha. Nous échangions des sourires. Mais cette fois, après avoir lu quelques instants, j'ai remarqué que ni moi ni Samiha n'étions en mesure d'esquisser le moindre sourire. Au contraire, en lisant « le soleil triste de tes yeux noirs », j'ai cru que j'allais me mettre à pleurer, j'avais la gorge nouée et j'ai compris que j'aurais mieux fait de m'abstenir de répéter à Samiha le mensonge propagé par Süleyman.

Tout en me disant « Ne raconte pas n'importe quoi, Rayiha, c'est impossible », Samiha me regardait d'un air laissant entendre que mes propos pouvaient être crédibles. Pendant que je lisais les autres, je la sentais s'enorgueillir, comme si c'était d'elle que Mevlut parlait. J'ai stoppé net ma lecture. Mon Mevlut me manquait. J'ai compris que là-bas, dans sa lointaine banlieue, Samiha était en colère contre nous tous, et plus particulièrement contre moi. Prétextant que Mevlut n'allait pas tarder à rentrer, j'ai changé de sujet.

Samiha. Rayiha qui ramène la conversation sur son mari en disant qu'il n'allait pas tarder à arriver… Vediha qui me regarde en lançant « Nous aussi, avec papa, nous y allons de toute façon »… Tout cela m'a fait de la peine, et m'a même rendue très malheureuse… Je suis assise près de la fenêtre dans le bus pour Gaziosmanpaşa, je suis triste. J'essuie les larmes qui perlent au coin de mes yeux avec le bord de mon foulard. J'ai bien senti qu'on voulait que je parte avant le retour de Mevlut. Car ces lettres, c'est à moi que Mevlut les avait écrites en réalité ! En quoi suis-je fautive ? Si jamais je le disais, tous s'écrieraient en chœur : « Mais pas du tout ! » et, avec une sincère tristesse, ils diraient : « Comment peux-tu penser des choses pareilles, nous t'aimons beaucoup ! » Ils mettraient ma susceptibilité sur le compte des faibles revenus de Ferhat, de mon obligation de travailler comme femme de ménage et du fait que nous n'avons pas d'enfant. Je ne le prends pas mal, je les aime tous. Reste que je n'ai pas été sans penser que Mevlut pouvait avoir réellement écrit ces lettres pour moi. Même que je me suis dit : « Samiha, arrête avec ça, c'est honteux. » Mais j'y ai quand même pensé, et plus d'une fois. Les pensées, c'est comme les rêves, ça ne se commande pas. Les miennes s'agitent en tous sens dans ma tête, comme un voleur entré dans une maison sans lumière et totalement désorienté dans la nuit noire.

Le soir, dans la petite chambre de service de la riche maison de Şişli, alors que j'entendais doucement roucouler les pigeons qui nichaient dans l'obscurité de l'immeuble, je me suis demandé ce que dirait Ferhat s'il l'apprenait. L'idée que c'était peut-être pour m'aider à me sentir bien que ma chère Rayiha m'avait dit cela m'avait également traversé l'esprit. Un soir, en rentrant à une heure tardive à la maison, totalement éreintée après un trajet en bus épuisant, en découvrant Ferhat affalé devant la télé, j'ai eu envie de le secouer un peu avant qu'il ne se mette à roupiller pour de bon.

« Tu sais ce qu'a dit Rayiha dernièrement ? Tu sais, ces lettres que Mevlut a envoyées à Rayiha… En réalité, il paraît que Mevlut aurait écrit ces lettres en pensant à moi.

— Depuis le début ? a demandé Ferhat en détournant les yeux de la télévision pour les poser sur moi.

— Oui, depuis le début.

— Les premières lettres à Rayiha, ce n'est pas Mevlut, c'est moi qui les ai écrites.

— Quoi ?

— Comment Mevlut s'y connaîtrait-il en lettres d'amour... Avant de partir au service militaire, il est venu me voir, il m'a dit qu'il était tombé amoureux, et moi, j'ai rédigé ces lettres.

— C'est à moi que tu les as adressées ?

— Non. Mevlut m'a évidemment demandé de les écrire à Rayiha. Il m'a longuement raconté qu'il était amoureux d'elle. »

14

Mevlut trouve un autre coin

J'irai la récupérer de bonne heure
demain matin

Pendant l'hiver 1989, au cours de sa septième année de vente de pilaf, Mevlut commença à remarquer davantage qu'il apparaissait comme étrange aux yeux de la jeune génération. « Si vous n'aimez pas mon pilaf, je vous rembourse », leur disait-il parfois. Mais personne parmi ces jeunes gens qui travaillaient ne réclama son argent. Les clients plus pauvres et plus rentre-dedans, les gens en colère, les solitaires se fichant totalement de ce qu'on pourrait penser d'eux exigeaient de ne régler que la moitié du prix de l'assiette qu'ils laissaient à moitié vide. Mevlut y consentait. Discrètement et presque en se cachant de lui-même, il reversait d'un geste le riz et les morceaux de poulet restés intacts à leur place dans la vitrine. Quant aux restes devenus inutilisables, il les gardait dans une boîte et, avant de rentrer, il les donnait aux chats ou les jetait dans une poubelle. Le soir, à la maison, il ne disait pas à sa femme que certaines personnes lui retournaient leurs assiettes sans les terminer. Comme Rayiha mettait toujours le même soin et la même attention à cuisiner le riz et le poulet depuis plus de six ans, Mevlut ne pensait pas que c'était à elle que la faute incombait. Il cherchait à comprendre pourquoi ces gens d'un genre nouveau ne consommaient plus leur pilaf avec le même élan que les anciens, et plusieurs raisons lui venaient à l'esprit.

La conviction erronée selon laquelle l'hygiène laissait à désirer chez les marchands ambulants se répandait hélas à grande

vitesse parmi les nouvelles générations, via les journaux et la
télévision notamment. Dans les publicités, on répétait tellement
que les entreprises laitières, les fabricants de yaourt, de saucisse,
de sauce tomate et de conserves conditionnaient leurs produits à
l'aide de machines automatiques d'une propreté irréprochable,
sans manipulations manuelles que, certains soirs, en réponse à
ce qu'il entendait à la télévision, Mevlut s'écriait : « Ben voyons,
à d'autres ! », ce qui effrayait Fatma et Fevziye, parce que cela
leur donnait l'impression que la télévision était vivante. Avant
de lui acheter du pilaf, certains clients contrôlaient du regard la
propreté des assiettes, des verres et des couverts. Mevlut savait très
bien que ces clients suspicieux, méprisants et maniaques de la
propreté étaient parfaitement capables de tous piocher dans un
même plat posé au milieu de la table quand ils étaient chez eux,
entre soi. Dès lors qu'il s'agissait de leurs proches et d'intimes,
ils n'étaient nullement à cheval sur la propreté. Ce qui signifiait
qu'ils ne considéraient pas Mevlut comme l'un des leurs et qu'ils
ne lui faisaient pas confiance.

Ces deux dernières années, il avait aussi compris que cette
façon d'expédier le repas de midi en prenant sur le pouce une
assiette de riz pilaf avait aussi l'inconvénient de « faire pauvre ».
Par ailleurs, même si le pilaf aux pois chiches avait toutes les
caractéristiques d'un plat principal et qu'il n'entrait pas dans la
catégorie des aliments à grignoter entre les repas, comme les *simit*
ou les gâteaux briochés, ce n'était pas un plat très roboratif. Et
il n'offrait pas de saveurs inédites et exotiques, à l'exemple des
moules farcies aux raisins secs et à la cannelle. Jusqu'à il y a deux
ou trois ans, les moules farcies étaient un mets onéreux auquel
Mevlut n'avait même pas eu la chance de goûter une seule fois,
et qu'on trouvait uniquement dans certains restaurants ou chez
des traiteurs vendant des mezzés. Mais grâce aux gens de Mardin, c'était devenu une cuisine de rue à la portée de toutes les
bourses. Fini l'époque où bureaux et entreprises passaient commande aux vendeurs de rue. À cause de ces nouveaux employés
adeptes des couverts en plastique jetables, l'âge d'or des marchands ambulants, de ceux qui vendaient des plats hérités des
Ottomans comme le foie à l'albanaise, la tête de mouton rôtie,

les *köfte* au gril était désormais révolue. Autrefois, un commerçant ambulant qui vendait des *köfte* devant la porte d'une grande
entreprise pouvait finalement devenir un jour patron d'un petit
restaurant de *köfte* dans le même coin qui serait fréquenté par
son ancienne clientèle à l'heure du déjeuner.

Chaque année, avant le début de la saison de la boza, quand
le temps se refroidissait, Mevlut achetait auprès des grossistes de
Sirkeci un grand sac de pois chiches qui lui permettait de tenir
un an. Cette année-là, il n'avait pas les fonds pour en acheter une
aussi grande quantité. Les revenus de la vente de pilaf n'avaient
peut-être pas baissé, mais ils ne suffisaient plus à couvrir les frais
d'alimentation et d'habillement pour ses fillettes. Chewing-gums
TipiTip, chocolats Golden, glaces en pots Super, bonbons en
forme de fleurs et toutes ces choses dont le nom à connota-
tion européenne lui tapait sur les nerfs dès qu'il l'entendait à la
télévision, ours en peluche à piles, barrettes à cheveux multicolores, montres-jouets et miroirs qu'on achetait en découpant des
coupons dans les journaux... toutes ces menues dépenses que
Mevlut engageait avec un émoi sincère ou avec un sentiment de
culpabilité et d'insuffisance ne faisaient qu'augmenter. Sans les
loyers de la maison de son défunt père à Kültepe et l'argent que
Rayiha réussissait à mettre de côté avec ses travaux d'aiguille pour
les boutiques vendant des articles de trousseau que lui trouvait
Reyhan Abla, ce que Mevlut gagnait le soir pendant la saison
de la boza n'aurait pas suffi à payer leur loyer et le gaz pour le
poêle qu'il remplissait avec un bidon et un entonnoir les froides
journées d'hiver.

Après l'heure du déjeuner, la foule de Kabataş se clairsemait.
Mevlut se mit à la recherche d'un autre emplacement où faire
des ventes entre quatorze et dix-sept heures. Après la percée du
boulevard Tarlabaşı, censé les rapprocher de l'avenue Istiklal
et de Beyoğlu, on eût dit qu'ils en étaient encore plus éloignés.
Et leur appartement avait baissé de standing. Les rues des quartiers de Tarlabaşı situées au-dessus de la nouvelle route s'étaient
subitement emplies de boîtes de nuit, de bars, de lieux où l'on
chantait des chansons traditionnelles turques et où l'on buvait
de l'alcool ; les familles, les pauvres gens s'étaient éloignés de

ces rues qui constituaient désormais le plus grand centre de distraction d'Istanbul, et où les prix de l'immobilier grimpaient en
flèche. Quant aux rues en contrebas, elles n'avaient pas profité
de cet enrichissement. Au contraire, les barrières métalliques et
les murets en béton qui se dressaient au bord des trottoirs et au
milieu de la chaussée pour empêcher les piétons de traverser la
route à six voies n'avaient fait que repousser davantage le quartier où Mevlut et sa famille habitaient vers le bas, vers Kasımpaşa,
vers les secteurs ouvriers disséminés entre les derniers vestiges de
l'ancien chantier naval.

Quand Mevlut rentrait le soir de Kabataş, vu qu'il ne pouvait
pas plus franchir ces murets en béton et ces barrières métalliques érigés sur la route à six voies que gravir et descendre les
marches des passages piétons aériens avec sa carriole, il était
désormais obligé de passer par la foule de l'avenue Istiklal, sans
possibilité de prendre de raccourci, et de prolonger sa route
jusqu'à Talimhane. L'interdiction de circuler sur l'avenue Istiklal
(les travaux n'en finissaient pas, la rue était pleine de trous)
– à l'exception d'un tramway que les journaux qualifiaient de
« nostalgique » (un mot que Mevlut n'aimait pas) – ainsi que
l'ouverture de grandes enseignes étrangères avaient bien compliqué les choses aux vendeurs ambulants. Les policiers municipaux
de la mairie de Beyoğlu en uniforme bleu et lunettes noires ne
laissaient aucun répit aux marchands de *simit*, de cassettes de
musique, de moules farcies, de *köfte*, d'amandes fraîches, aux
réparateurs de briquets, aux marchands de sandwichs et de *sucuk*,
non seulement dans l'artère principale mais aussi dans les petites
rues adjacentes. Un marchand de foie à l'albanaise qui ne cachait
pas ses relations avec le commissariat de Beyoğlu avait dit une
fois à Mevlut que tous les vendeurs ambulants qui réussissaient à
se maintenir dans le secteur étaient soit des flics en civil, soit des
informateurs réguliers de la police.

Les foules dont le flux opiniâtre s'écoulait dans les rues de
Beyoğlu tels les bras d'un fleuve inextinguible avaient encore,
comme tant de fois, modifié leur itinéraire, leur direction et
leur vitesse. Et à l'image des affluents d'un fleuve qui changerait de lit, les gens avaient commencé à se masser dans d'autres

endroits, à d'autres carrefours. Ces nouveaux lieux de rassemblement voyaient d'abord arriver les vendeurs ambulants puis,
lorsqu'ils en étaient chassés par la police municipale, s'installer
des points de vente de sandwichs et de kebabs, suivis de restaurants de *döner* et de tabacs-presse. Les épiceries des petites rues
voisines commençaient à vendre des sandwichs *döner* et des glaces
devant leur porte, les marchands des quatre saisons à travailler
tard dans la nuit, et dans de nombreux établissements on entendait désormais constamment de la musique pop locale. Mevlut
constatait que toutes ces transformations, petites et grandes, faisaient ressortir dans les rues certains endroits très propices qu'il
n'avait pas remarqués jusque-là.

Dans une rue de Talimhane, entre un entassement de madriers
de chantier et un ancien immeuble grec à l'abandon, il découvrit
un recoin où installer sa carriole. Il commença à se garer là et à
attendre. Les gens qui faisaient la queue à l'entrée des bureaux
de l'Administration de l'électricité pour régler leur facture,
faire réactiver leur ligne électrique ou demander l'installation
d'un compteur ne furent pas longs à remarquer la présence du
marchand de pilaf. Mevlut était en train de penser qu'il ferait
beaucoup plus de ventes s'il se postait ici les midis et non plus à
Kabataş quand le gardien du chantier, qui avait mangé gratis les
premiers jours en échange de son silence, lui dit que ses patrons
ne voulaient pas qu'il reste et qu'il devait partir.

Il se déporta deux cents mètres plus loin, à côté des vestiges du
Şan Tiyatrosu qui avait brûlé deux ans plus tôt. Quand, par une
froide nuit d'hiver en 1987, le séculaire théâtre en bois, propriété
d'une fondation arménienne qui abritait le cinéma Şan, s'était
mis à brûler, Mevlut qui vendait alors de la boza avait aperçu les
flammes depuis Taksim et il avait accouru, comme toute la ville,
à ce spectacle. La rumeur disait que ce bâtiment cossu, où l'on
donnait autrefois des concerts de musique occidentale, avait été
incendié parce qu'une pièce raillant les islamistes y était mise en
scène, mais cela n'avait pas été prouvé. C'était la première fois
que Mevlut entendait ce terme « les islamistes ». Une pièce irrespectueuse envers l'islam était sans doute difficilement tolérable,
mais brûler une bâtisse d'une telle dimension était exagéré aux

yeux de Mevlut. Tandis qu'il attendait les clients en grelottant de froid, il pensait parfois à l'âme du gardien qui avait brûlé à l'intérieur, aux histoires funestes disant que tous les gens qui avaient été heureux dans ce théâtre mourraient bientôt, au fait que toute la place Taksim et ses alentours étaient autrefois occupés par un cimetière arménien, et il trouvait logique que personne ne vienne manger du pilaf au poulet dans ce recoin à peine visible. Il patienta cinq jours. Ensuite, il décida de chercher un autre endroit où garer sa carriole blanche.

Un long moment durant il se mit en quête d'un coin à l'écart pour son restaurant ambulant dans Talimhane, derrière Elmadağ, dans les rues descendant vers Dolapdere, et dans les environs de Harbiye. C'étaient des rues dans lesquelles Mevlut avait encore de fidèles clients le soir pour la boza ; mais de jour ces lieux lui semblaient complètement différents. Pour circuler plus commodément au milieu des vendeurs de pièces détachées de voiture, des épiceries, des gargotes, des agences immobilières, des tapissiers, des magasins d'électricité, il confiait parfois sa carriole au coiffeur-barbier à proximité du théâtre incendié. À Kabataş, quand il voulait aller aux toilettes et faire quelques pas, il la laissait à un ami vendeur de moules farcies ou à quelqu'un de sa connaissance, mais il se dépêchait de revenir pour ne pas rater de ventes. Ici, pourtant, Mevlut s'éloignait de sa carriole comme s'il la fuyait. Une sensation qui avait quelque chose d'irréel, d'impalpable, comme dans les rêves. Il avait l'impression de vouloir oublier sa carriole et il en éprouvait de la culpabilité.

Un jour, sur un trottoir de Harbiye, il vit Neriman. Son cœur se mit à battre plus vite et il en fut surpris. C'était un sentiment étonnant, celui de croiser sa propre jeunesse dans la rue. Lorsque la femme se tourna pour regarder une vitrine, Mevlut se rendit compte que ce n'était pas Neriman. Au même moment, il prit conscience que, ces derniers jours, tandis qu'il marchait en face des agences de voyage dans Harbiye et dans le brouillard de ses souvenirs, Neriman occupait un coin de son esprit. L'image de l'époque, quinze ans plus tôt, où il n'avait pas encore perdu tout espoir d'obtenir son diplôme de lycée flotta un instant devant ses yeux : les rues d'Istanbul qui étaient beaucoup plus vides en ce temps-là ; le plaisir qu'il avait à se masturber seul à la maison ; le sentiment de profondeur venant de la solitude qui habitait son cœur ; les avenues qui se remplissaient de feuilles mortes de marronniers et de platanes à l'automne, ces anciens clients qui témoignaient de l'affection au petit vendeur de yaourt bien intentionné qu'était alors Mevlut… Comme il n'avait plus aucun souvenir de la solitude et de la tristesse qu'il éprouvait au plus profond de lui-même quand il vivait toutes ces choses-là, il pensa sincèrement au bonheur qui était le sien quinze ans plus tôt. Il ressentit un étrange remords, comme s'il avait vécu sa vie pour rien. Or, il était très heureux avec Rayiha.

Lorsqu'il retourna à l'endroit où il avait laissé sa carriole près du théâtre incendié, elle n'y était plus. Mevlut n'en crut pas ses yeux. Par ce temps hivernal et nuageux, la nuit tombait plus tôt que d'habitude. Il entra dans l'échoppe du barbier-coiffeur dont les lampes étaient déjà allumées.

« Ta carriole, c'est la police municipale qui l'a embarquée, dit le barbier. J'ai eu beau leur dire que tu arrivais, ils n'ont rien voulu entendre. »

C'était la première fois de toute sa carrière de vendeur qu'une telle mésaventure lui arrivait.

Ferhat. À l'époque où Mevlut s'est fait confisquer sa carriole de pilaf par les agents municipaux, j'avais déjà commencé, en tant que receveur, à aller et venir à l'Administration de l'électricité de Taksim, située dans un bâtiment du même modèle que l'hôtel Hilton. Mais Mevlut et moi ne nous sommes jamais rencontrés. Est-ce que j'aurais cherché à le voir si j'avais su qu'il garait sa carriole dans les rues du coin ? Je ne sais pas. La supposition, même hypothétique, que Mevlut ait pu destiner ses lettres d'amour non pas à *sa* femme mais à *la mienne* m'a aussitôt fait sentir qu'il fallait que je clarifie ma pensée officielle et personnelle sur cette question.

Étant donné que Mevlut n'avait vu que rapidement et de loin les filles d'Abdurrahman Éfendi au mariage de Korkut, savoir à qui Mevlut destinait réellement ses lettres d'amour n'avait aucune importance pour moi. Ce que j'ignorais, c'est qu'en enlevant

Rayiha Mevlut rêvait en réalité de Samiha. Et si je l'ignorais, c'est parce que Mevlut, honteux, me l'avait caché. En d'autres termes, sur le plan personnel, il n'y a rien qui doive m'inquiéter. Mais concernant notre point de vue officiel, nous sommes tous deux dans une situation difficile pour être amis… Mevlut, parce qu'il a écrit des lettres d'amour à celle qui est ensuite devenue ma femme… Moi, parce que j'ai séduit et enlevé la fille dont il était amoureux et qu'il n'a pu obtenir. Dans notre pays, au-delà même de pouvoir rester amis et échanger une poignée de main, deux hommes dans une situation « officielle » de ce genre, et quel que soit leur point de vue sur ladite situation, auraient beaucoup de mal à se croiser dans la rue sans se voler dans les plumes.

Le jour où les agents municipaux avaient confisqué et emporté sa carriole à pilaf, Mevlut rentra à l'heure habituelle à la maison. Tout d'abord, Rayiha n'avait pas remarqué qu'il n'avait pas reconduit sa carriole dans la cour et qu'il ne l'avait pas attachée à l'amandier. Mais en voyant le visage de son mari, elle comprit qu'il leur était arrivé une catastrophe.

« Ce n'est rien, dit Mevlut, j'irai la récupérer de bonne heure demain matin. »

À ses filles qui ne comprenaient rien de ce qui se disait mais qui percevaient tout sans qu'il soit nécessaire de dire quoi que ce soit, il expliqua qu'il avait laissé sa carriole à un ami réparateur du quartier d'en bas parce que sa roue avait perdu un boulon. Il donna à chacune un chewing-gum avec une image. Rayiha servit ainsi le poulet et le riz qu'elle avait cuisinés pour le lendemain et ils en mangèrent à volonté pour le dîner.

« Je vais quand même garder ça pour la clientèle d'après-demain », dit Rayiha. Elle remit les morceaux de poulet auxquels ils n'avaient pas touché dans la casserole qu'elle rangea au réfrigérateur.

Ce soir-là, sur le seuil de la cuisine, un client de longue date lui dit :

« Ce soir, on boit du raki, nous ne comptions pas acheter de boza, Mevlut Éfendi, mais ta voix était si rauque et si lourde de tristesse que nous n'avons pas résisté.

— C'est la voix qui fait vendre de la boza, répondit Mevlut, répétant la phrase dite des milliers de fois à ses clients.

— Tu vas bien ? C'est laquelle de tes filles qui doit entrer à l'école ?

— Grâce à Dieu, tout va bien. C'est l'aînée qui fait sa rentrée en primaire à l'automne.

— Bravo. Tu ne les marieras pas avant qu'elles aient fini le lycée, n'est-ce pas ? lui dit une vieille cliente en poussant légèrement la porte.

— Je les enverrai toutes les deux à l'université », répondit Mevlut vers la porte qui se refermait doucement.

Mais ni ces douces conversations ni la gentillesse que lui témoignèrent par hasard ce soir-là d'autres anciens clients ne réussirent à faire oublier un seul instant à Mevlut le dépit de s'être fait confisquer sa carriole. Il se demandait où elle pouvait bien être, inquiet qu'elle s'abîme si jamais elle tombait entre des mains peu soigneuses et brutales, qu'elle risque de rester sous la pluie ou qu'on puisse voler son réchaud à gaz. Il était incapable d'imaginer sa carriole sans lui à côté.

Le lendemain, il alla à la Direction de la police municipale. Dans la vieille bâtisse datant de l'époque ottomane, imposante mais vétuste, il y avait plusieurs vendeurs qui s'étaient vu, comme lui, confisquer leur carriole ou leur étal : un brocanteur rencontré une ou deux fois dans les rues de Tarlabaşı s'étonna que Mevlut se soit fait prendre sa voiture. On ne saisissait pas facilement les véhicules des marchands de pilaf, de *köfte*, de maïs ou de marrons grillés utilisant des réchauds à gaz ou à charbon et pourvus d'une devanture sophistiquée parce que c'est grâce aux cadeaux, aux repas gratuits qu'ils distribuaient aux agents municipaux qu'ils pouvaient se maintenir à l'endroit où ils se postaient continuellement, comme c'était le cas pour Mevlut.

Ce jour-là, ni lui ni les autres vendeurs ne purent récupérer la carriole ou l'étal qui leur avait été saisi. « Ils les ont réduits en pièces de toute façon », dit un vieux vendeur de *lahmacun*, exprimant tout haut la probabilité à laquelle Mevlut se refusait à croire.

Comme la législation municipale reposant sur des motifs hygiénistes et les amendes devenues dérisoires au vu de l'inflation ne suffisaient pas à dissuader les vendeurs ambulants, les municipalités détruisaient, pour l'exemple, les étals et comptoirs qu'elles saisissaient aux vendeurs indociles et jetaient leurs marchandises en les décrétant avariées. C'est pourquoi il éclatait parfois des heurts, qui pouvaient dégénérer en coups de poing voire en coups de couteau ; certains vendeurs tentaient même de s'immoler par le feu devant la mairie ou entamaient des grèves de la faim, mais cela restait rare. Le matériel confisqué n'était rendu à un vendeur qu'au moment d'un scrutin électoral, pour ne pas perdre de voix, ou seulement grâce à des relations personnelles. En ressortant de la mairie le premier jour, l'expérimenté vendeur de *lahmacun* déclara qu'il achèterait une nouvelle carriole le lendemain.

Mevlut éprouvait du ressentiment envers ce vendeur qui n'essayait pas de chercher de l'aide auprès d'une connaissance dans l'administration et acceptait d'emblée avec réalisme qu'il ne pourrait récupérer sa carriole et son bien. Lui-même n'avait pas les moyens de se racheter une carriole à trois roues et d'y installer un réchaud. Même s'il se débrouillait pour trouver l'argent, il ne croyait plus que l'affaire puisse être encore rentable. Mais il pensait quand même qu'il pourrait reprendre son ancienne vie s'il récupérait sa carriole et, comme ces femmes infortunées qui se refusaient à imaginer que leur mari ne revenant pas de la guerre est mort depuis longtemps, il refusait d'admettre que sa carriole blanche puisse avoir été détruite. Au contraire, avec la netteté d'une photographie, il visualisait sa carriole qui l'attendait dans une fourrière municipale, sur un parking entouré de barbelés.

Le surlendemain aussi il retourna à la mairie de Beyoğlu. Lorsque le fonctionnaire qui demandait à quel endroit sa voiture avait été saisie lui dit que le théâtre incendié dépendait de la mairie de Şişli et non de celle de Beyoğlu, le cœur de Mevlut s'emplit d'espoir. Avec l'aide du clan Vural et de Korkut, il pourrait trouver une connaissance à la mairie de Şişli. La nuit, il rêva de sa voiture.

15

Son Excellence

J'ai subi une grande injustice

Rayiha. Deux semaines se sont écoulées et toujours aucune nouvelle de la voiture à pilaf. Mevlut vendait de la boza jusqu'à minuit passé. Le lendemain, il faisait la grasse matinée, il traînait en pyjama et jouait jusqu'à midi à cache-cache et à chat perché avec ses filles. Désormais, on ne préparait plus de pilaf et de poulet à la maison, la voiture blanche à trois roues qu'elles aimaient tant et qu'on attachait chaque soir à l'amandier n'était plus là, si bien que Fatma, âgée de six ans, et Fevziye, qui en avait cinq, se rendaient compte que quelque chose clochait. On eût dit qu'elles aussi se jetaient à corps perdu dans le jeu pour s'occulter à elles-mêmes le chômage de leur père ; quelquefois, les cris et le chahut devenaient tels que je criais à Mevlut :

« Emmène-les donc au parc à Kasımpaşa pour qu'elles prennent l'air.

— Téléphone à Vediha, disait doucement Mevlut. Il y a peut-être du nouveau. »

« Il faut que Mevlut aille à la mairie de Şişli, dit Korkut un soir. Au deuxième étage, il y a un homme du clan Vural, il est de Rize, il lui donnera un coup de main. »

 De joie, Mevlut ne put fermer l'œil de la nuit. Le lendemain, il se leva de bon matin, se rasa, mit ses habits de fête et partit à pied pour Şişli. Lorsqu'il retrouverait sa carriole, il la repeindrait, la décorerait et ne la laisserait plus jamais seule sans surveillance.

L'homme originaire de Rize au deuxième étage de la mairie était quelqu'un d'important et de très occupé qui houspillait les citoyens faisant la queue. Après avoir fait attendre Mevlut une demi-heure dans un coin, il l'appela d'un signe du doigt. Mevlut lui emboîta le pas et ils descendirent de sombres escaliers. Après avoir traversé d'étroits couloirs qui sentaient le savon noir, des bureaux sans air emplis de fonctionnaires lisant le journal et un réfectoire qui empestait tout le sous-sol d'odeurs de graisse et de vaisselle, ils sortirent dans une cour.

À la vue des carrioles de vendeur entreposées dans un coin sombre de la cour coincée entre de sombres immeubles, Mevlut s'anima. Il avançait dans cette direction quand, à l'autre bout de la cour, il aperçut deux employés municipaux en train d'en débiter une à coups de hache tandis qu'un troisième en récupérait les roues, les planches de bois, le réchaud ou la vitrine.

« Alors ? Tu as choisi ? demanda l'homme de Rize en le rejoignant.

— Ma voiture n'est pas là, dit Mevlut.

— Cela ne fait pas un mois qu'on te l'a prise ? Ici, on démolit les voitures le lendemain de leur arrivée. Désolé, mais la tienne aussi a été détruite. Celles-là, ce sont les carrioles qui ont été enlevées hier dans la rue par les camions des agents municipaux. Si on les enlevait tous les jours, ce serait l'émeute en ville. Mais si on ne les ramasse pas, toute l'Anatolie viendra à Taksim vendre des patates. Il ne restera plus rien de Beyoğlu, plus une seule rue propre. Si on rendait sa carriole à tout le monde, on les retrouverait tous en plein Taksim le lendemain... Si tu vois une voiture qui te plaît, prends-la avant qu'elle soit démolie... »

Mevlut regarda les voitures avec l'œil de l'acquéreur. L'une d'elles avait une vitrine comme la sienne, elle était en bon bois et pourvue de roues épaisses et solides. Elle n'avait pas de réchaud à gaz, il avait dû être volé. Mais elle était en meilleur état et plus neuve que la sienne. Un instant, il éprouva un sentiment de culpabilité.

« Je veux ma voiture.

— Eh l'ami, tu vendais sans autorisation dans un endroit où tu n'avais pas le droit de le faire. Ta voiture a été embarquée, et malheureusement réduite en morceaux. Maintenant, parce que tu as un piston, je t'en propose une autre gratis. Cette carriole, c'est ton gagne-pain, prends-la donc que tes gosses et ta femme ne meurent pas de faim.

— Je n'en veux pas », répondit Mevlut.

Outre des cartes postales avec le drapeau turc et l'effigie d'Atatürk, le propriétaire de la voiture bien entretenue avait aussi coincé au coin de la vitrine une photo de la célèbre danseuse Seher Şeniz. Cette dernière image n'avait pas plu à Mevlut.

« Tu es bien sûr que tu n'en veux pas ? demanda l'homme de Rize.

— J'en suis certain, dit Mevlut en marchant à reculons.

— T'es un sacré numéro, toi... Et Hadji Hamit Vural, tu le connais d'où ?

— Nous le connaissons, répondit Mevlut d'un ton qui se voulait énigmatique.

— Puisque tu es un proche de Hadji Hamit et que tu es pistonné, laisse tomber la vente ambulante et demande-lui donc un boulot. Si tu étais chef d'équipe sur un de ses chantiers, tu te ferais en un mois ce que tu n'arriveras jamais à gagner en un an avec la vente ambulante. »

Dehors, sur la place, la vie suivait son cours ordinaire. Mevlut vit des bus bruyants, des femmes faisant des courses, des gens qui donnaient leur briquet à recharger, des vendeurs de billets de loterie, des élèves chahuteurs tous vêtus de la même veste d'uniforme, un marchand de sandwichs et de thé devant sa carriole à trois roues, des policiers, des messieurs en cravate. Il éprouva envers eux la même colère que celui qui ne supporte pas que les autres puissent continuer à suivre le cours normal de leur vie après le décès de la fille qu'il aimait. Le fonctionnaire de Rize aussi lui avait manqué de respect, il l'avait franchement pris de haut.

Comme à l'époque où il était au lycée, il erra sans but dans les rues, fâché. Dans un quartier de Kurtuluş qu'il ne connaissait pas du tout, il sentit le froid le gagner, il entra dans un café et resta trois heures à regarder la télévision. Il avait acheté un paquet de Maltepe, il fumait comme un pompier et faisait les comptes dans sa tête. Il fallait que Rayiha mette le paquet sur les travaux d'aiguille.

Il rentra chez lui plus tard que d'habitude. Rayiha et les filles comprirent à sa tête qu'on ne lui avait pas redonné la voiture, et même qu'elle avait disparu – qu'elle était morte. Mevlut ne leur dit rien. La maison se drapa dans une atmosphère de deuil. Rayiha avait fait du pilaf et du poulet, pensant que Mevlut sortirait en vendre le lendemain ; ils mangèrent en silence. « Si seulement j'avais pris la voiture bien entretenue qu'on me donnait gratuitement ! » pensa Mevlut. Son propriétaire devait être en train de broyer du noir en ce moment quelque part dans la ville.

Il se sentait déprimé. Il avait l'impression qu'une grande et sombre vague se rapprochait inévitablement et allait l'avaler. Il saisit sa perche et ses bidons de boza et sortit tôt dans les rues, avant la tombée complète de la nuit, avant d'être englouti par cette vague noire. Parce que marcher d'un bon pas le détendait, et parce que, à mesure qu'il avançait en criant « Boo-zaa ! » dans l'obscurité, il se sentait de mieux en mieux.

Depuis que, on avait saisi sa carriole, il sortait d'ailleurs plus tôt le soir, bien avant le début des informations. Il descendait directement par l'avenue récemment percée en direction du pont Atatürk, cherchait de nouveaux quartiers de l'autre côté de la Corne d'Or pour augmenter sa recette, et marchait d'un pas vif, parfois inquiet, parfois inspiré ou furieux.

Ces rues, il les avait déjà arpentées les premières années de son arrivée à Istanbul, quand son père et lui venaient acheter de la boza le matin chez Vefa Bozacısı. À l'époque, ils n'entraient pas dans le réseau des petites rues et, le soir, ils ne venaient jamais dans ces quartiers. Dans les maisons de bois à deux étages, les rideaux des fenêtres à encorbellement étaient bien tirés, on éteignait tôt les lumières, personne ne buvait de boza et après dix heures du soir, depuis l'ancienne époque ottomane, les rues devenaient le territoire des chiens qui régnaient en meutes dans ces quartiers.

Après avoir traversé le pont Atatürk, Mevlut débouchait sur

Zeyrek et, par les petites rues, il marchait d'un pas vif jusqu'aux environs de Fatih, Çarşamba, Karagümrük. Il se sentait bien à mesure qu'il criait « Boo-zaa ! ». La plupart des anciennes maisons en bois d'il y a vingt-cinq ans avaient disparu et cédé la place à des immeubles en béton de quatre ou cinq étages semblables à ceux qui avaient été construits à Feriköy, Kasımpaşa ou Dolapdere. Rarement, les rideaux et les fenêtres de ces immeubles s'entrouvraient et Mevlut était accueilli avec intérêt, comme un étrange messager venant du passé.

« Vefa Bozacısı est tout près de chez nous mais il ne nous vient pas à l'esprit de passer acheter de la boza. Mais en entendant ta voix si touchante, nous n'avons pas résisté. Un verre, tu le fais à combien ? Tu viens de quelle région ? »

Les terrains vagues avaient beau se couvrir d'immeubles en béton, les cimetières disparaître d'une étrange façon du paysage, et les quartiers, même les plus retirés, disposer désormais de grands containers en lieu et place des petites montagnes d'ordures qu'on jetait et entassait au coin des rues, Mevlut constata que la nuit les bandes de chiens y régnaient encore en maîtres.

Mais il ne comprenait pas que, dans certaines rues sombres, les chiens se montrent hostiles voire belliqueux envers lui. S'ils étaient postés quelque part ou en train de fouiller dans les ordures, ils se redressaient dès qu'ils entendaient son cri de marchand de boza et le bruit de ses pas, ils se rapprochaient les uns des autres comme les soldats d'une armée se mettant en ordre de bataille, ils l'épiaient et lui montraient parfois les crocs en grognant. Mevlut fit le lien entre ce comportement agressif et le fait qu'il ne passait habituellement aucun marchand de boza dans ces rues.

Un soir, il se souvint que la maison du cheikh au sol couvert de linoléum où son père l'avait amené dans son enfance afin qu'il prie pour lui et le libère de la peur des chiens qui l'avait tétanisé une nuit où ils vendaient ensemble de la boza devait se trouver quelque part dans le secteur. Son père l'avait conduit chez ce cheikh comme il l'aurait amené chez le médecin. Mevlut avait écouté les conseils du vieux cheikh, qui devait maintenant être mort depuis longtemps, il avait tressailli lorsqu'il avait prié et soufflé sur lui, et à présent, grâce à cet homme à la longue barbe dont il ne se rappelait plus exactement l'adresse, il avait libéré son cœur de la peur des chiens.

Mevlut comprenait que dans ces anciens quartiers, pour faire apprécier la boza à ces familles qui marchandaient le prix, qui posaient d'inutiles questions pour savoir si c'était alcoolisé et qui considéraient Mevlut comme une créature suspecte, il fallait qu'il consacre de façon exclusive une ou deux soirées par semaine à cette autre rive de la Corne d'Or.

L'image de sa carriole blanche lui revenait souvent à l'esprit. La sienne avait beaucoup plus d'allure et de personnalité que celle des autres vendeurs qu'il croisait dans les rues. Il n'arrivait pas à croire qu'elle ait pu être impitoyablement détruite à coups de hache. Peut-être l'avait-on donnée à un autre marchand de pilaf recommandé par quelqu'un et dont le sort avait attendri. Ce parasite était certainement originaire de Rize ; les gens de Rize se soutenaient mutuellement.

Ce soir-là, personne n'avait acheté de boza, personne ne l'avait appelé. La ville dans ces coins-là était comme un souvenir : maisons en bois, rues embrumées par les fumées de poêle, murs éboulés... Mevlut ne savait plus comment il était arrivé jusque-là ni où il était exactement.

Une fenêtre d'un immeuble de trois étages s'ouvrit, et un jeune homme apparut. « Bozacı, bozacı, viens par ici. »

En haut, on l'invita à entrer dans l'appartement. Tandis qu'il retirait ses chaussures, il sentit qu'il y avait du monde à l'intérieur. La lumière avait un bel aspect jaune doré. Mais l'endroit ressemblait à un bureau dans une administration : Mevlut vit six ou sept personnes assises autour de deux tables.

Ces personnes étaient très occupées par le travail d'écriture qui se trouvait devant elles, mais dans un bon état d'esprit. Elles se retournèrent pour regarder Mevlut et, comme la plupart des gens n'ayant pas vu de marchand de boza depuis longtemps, elles sourirent.

« Cela nous réjouit de voir notre frère bozacı », lui dit en souriant un vieil homme aux cheveux argentés et au visage bon.

Les autres semblaient être ses élèves. Respectueux, sérieux, mais joyeux. L'homme aux cheveux argentés était assis à la même table que ses étudiants. « Nous sommes sept, dit-il. Sers un verre à chacun. »

Quelqu'un conduisit Mevlut dans une petite cuisine. Il remplit soigneusement sept verres de boza. « Y en a-t-il parmi vous qui ne veulent pas de cannelle et de pois chiches ? » lança-t-il en direction de la pièce.

Dans le réfrigérateur que l'étudiant ouvrait et refermait il n'y avait aucune boisson alcoolisée. Mevlut comprit aussi qu'il n'y avait pas de femme ni de famille dans cet appartement. L'homme aux cheveux argentés arriva dans la cuisine. « On vous doit combien ? » demanda-t-il, et, sans attendre la réponse de Mevlut, il le regarda au fond des yeux.

« Ta voix était très triste, bozacı, cela nous a touchés.

— J'ai subi une grande injustice, dit Mevlut, désireux d'une discussion à cœur ouvert. On m'a saisi ma carriole à pilaf, on l'a probablement détruite, ou peut-être donnée à quelqu'un d'autre. À la mairie de Şişli, un fonctionnaire originaire de Rize m'a manqué de respect, mais je ne vais pas vous embêter avec mes problèmes à cette heure-ci de la soirée.

— Raconte, raconte », dit l'homme aux cheveux argentés.

« Je suis triste pour toi et je t'écoute avec intérêt », lui disait son regard franc. Mevlut lui dit que sa malheureuse carriole s'affligeait en ville dans d'autres mains. Il n'eut pas besoin de parler de ses soucis d'argent pour sentir que cela aussi, l'homme l'avait compris. Mais sa plus grande peine, c'était que le fonctionnaire municipal originaire de Rize, que des gens importants (« des personnages reconnus », ironisa l'homme aux cheveux argentés) le tiennent en mépris, qu'ils le déconsidèrent et ne le traitent pas comme un être humain. Ils s'étaient assis sur deux petites chaises l'un en face de l'autre dans la cuisine.

« L'être humain est le fruit le plus précieux de l'arbre de l'Univers », dit le vieil homme aux cheveux argentés en écoutant Mevlut avec attention. Le vieillard ne parlait pas comme ces religieux qui marmonnent des prières. Sa façon de le regarder au fond des yeux comme un vieil ami et de parler avec la sagesse d'un savant plut à Mevlut.

« L'être humain est la plus digne des créatures. Personne ne peut anéantir le joyau de ton cœur. Que le Très-Haut t'aide à retrouver ta voiture, espérons que tu la retrouveras... »

Mevlut éprouva quelque contentement qu'un homme d'une telle intelligence et d'une telle importance lui accorde de son temps et fasse attendre ses élèves à l'intérieur, mais, d'un autre côté, il était gêné à l'idée que l'intérêt qu'il lui témoignait puisse être motivé par la pitié.

« Vos étudiants vous attendent, maître, dit-il. Je ne voudrais pas abuser davantage de votre temps.

— Qu'ils attendent », dit le vieillard aux cheveux argentés. Il prononça encore quelques paroles qui touchèrent son cœur : les nœuds qu'on ne pouvait défaire se dénouaient avec la volonté de Dieu. Chaque problème pouvait se résoudre par sa puissance. Peut-être souhaitait-il lui dire encore de belles paroles mais, voyant que Mevlut était mal à l'aise et remuait sur sa chaise (Mevlut regretta aussitôt ces gestes de nervosité), il se leva et mit la main à sa poche.

« Maître, je ne vous prendrai pas d'argent. Non, cela déplairait à Dieu et moi non plus je ne peux accepter. »

Sur le seuil de la porte, ils se firent les mêmes civilités que des messieurs se priant mutuellement de passer le premier.

« Bozacı, pour aujourd'hui, accepte cet argent s'il te plaît, dit l'homme. La prochaine fois que tu viendras, je ne te proposerai pas de payer, je te le promets. Nous nous réunissons chaque jeudi soir pour discuter.

— Que Dieu te bénisse », dit Mevlut en se disant que ce n'était pas exactement cela qu'il fallait répondre. Sur le coup d'une inspiration, Mevlut embrassa la grande main ridée de l'homme, elle était tavelée de taches rousses.

En rentrant à une heure tardive à la maison, il comprit qu'il ne pourrait pas raconter cette rencontre à Rayiha. Les jours suivants, il eut envie de lui dire que les paroles de l'homme au visage lumineux ne lui sortaient pas de l'esprit, que c'était grâce à lui qu'il avait pu surmonter la douleur provoquée par la perte de sa voiture, mais il se retint. Rayiha risquait de lui briser le cœur en répondant par des propos ironiques.

L'esprit de Mevlut était resté fixé sur la lumière jaune qu'il avait vue dans l'appartement de l'homme aux cheveux argentés à Çarşamba. Qu'avait-il vu d'autre dans cette maison ? Il y avait de belles inscriptions anciennes sur les murs. Mevlut avait aussi aimé l'atmosphère respectueuse des étudiants assis avec sérieux autour d'une table.

Un jeudi soir, quand on l'appela alors qu'il passait devant la maison de Çarşamba en criant « Boo-zaa ! », il monta aussitôt. Au cours de cette brève visite, il apprit ceci : les élèves du vieil homme aux cheveux argentés lui disaient « Hodja », ceux qui allaient et venaient ici « Son Excellence » ; les étudiants équipés de plumes de roseau et d'encriers traçaient des inscriptions en grandes lettres comme s'ils dessinaient ; c'étaient les lettres arabes dans lesquelles le Saint Coran avait été révélé à notre Prophète. Il y avait dans cette maison d'autres vieux objets sacrés qui plaisaient à Mevlut : une cafetière à l'ancienne ; sur les murs, sur la table, des calligraphies représentant des lettres et des mots ; une étagère à turbans incrustée de nacre ; une énorme horloge de hammam dont le tictac supplantait tous les chuchotements ; des photographies encadrées d'Atatürk et d'autres importantes personnalités, à l'air sérieux et aux sourcils froncés comme lui, mais portant la barbe.

Durant leur brève discussion qui eut lieu à la même table de cuisine, sur une question de Son Excellence, Mevlut déclara qu'il n'avait pas retrouvé sa voiture, qu'il était toujours sérieusement à sa recherche et que, en ce moment, il n'avait pas de travail le matin. (Un sujet qu'il avait interrompu là pour ne pas qu'on aille croire qu'il cherchait du travail et demandait de l'aide.) Il ne trouva le temps d'aborder qu'une seule des nombreuses questions sur lesquelles il pensait depuis quinze jours s'ouvrir et le questionner : marcher longuement dans les rues la nuit était désormais davantage un besoin qu'une habitude professionnelle. La nuit, s'il ne sortait pas marcher très longtemps dans les rues, sa tête, son imagination, ses réflexions s'affaiblissaient.

Son Excellence rappela que travailler était un acte de dévotion. Ce désir de marcher jusqu'à la fin du monde qui animait Mevlut était le signe et la conséquence du fait que toute aide provenait uniquement de Dieu et que l'on ne pouvait se tourner que vers Lui. Mevlut comprendrait cela comme le fait que les pensées étranges qui lui traversaient l'esprit pendant qu'il marchait provenaient de Lui, et il en concevrait un certain malaise.

Lorsque Son Excellence mit la main dans sa poche pour lui donner l'argent de la boza (ce jeudi-là, il y avait neuf étudiants), Mevlut rappela que, comme ils en avaient convenu la fois précédente, elle était offerte.

« Quel est ton nom ? demanda Son Excellence, avec l'air d'apprécier le geste.

— Mevlut.

— Quel nom béni ! »

Ils marchaient de la cuisine vers la porte d'entrée quand Son Excellence demanda, de sorte à être entendu de ses étudiants : « Tu es *mevlidhan* ? »

Comme il ne savait pas ce que signifiait ce mot, Mevlut arbora une expression montrant que, malheureusement, il serait incapable de répondre. Les étudiants assis autour de la table saluèrent l'humble honnêteté de Mevlut par un sourire.

Son Excellence dit que personne n'était sans savoir que les *mevlit* étaient les longs poèmes célébrant la naissance du Prophète. Quant à *mevlidhan*, c'était le nom très beau et très peu connu donné à ceux qui exécutent la musique jouée pour accompagner ces odes. Un jour, s'il naissait à Mevlut un garçon et qu'il l'appelait Mevlidhan, cet enfant aurait un beau destin. Par ailleurs, ils attendaient désormais Mevlut sans faute chaque jeudi, et il n'avait même plus besoin de crier « Boza ! » dans la rue.

Süleyman. Vediha m'a raconté que Mevlut, qui avait perdu sa voiture et qui n'avait pas su profiter du piston des Vural, demandait un loyer plus élevé au locataire que j'avais installé dans sa maison d'une pièce à Kültepe, ou du moins un peu d'argent d'avance. Ensuite, Mevlut a téléphoné.

« Eh fils, je lui ai dit, ton locataire est un pauvre diable de Rize, c'est un gars à Vural et on peut dire aussi qu'il est des nôtres ; dès l'instant où on lui demandera de partir, il le fera sans demander son reste. Tu le sais très bien toi aussi. Il a très peur de Hamit

Bey. Le loyer qu'il verse n'est pas négligeable non plus. Il le règle chaque mois en temps et en heure, de la main à la main, on te le fait passer par Vediha, tu ne paies pas d'impôts dessus, il paie rubis sur l'ongle, tu crois que tu pourras trouver mieux ?

— En ce moment, j'ai du mal à faire confiance aux gens de Rize, Süleyman, excuse-moi mais il va devoir partir.

— Quel propriétaire impitoyable tu fais ! Le type s'est marié, il vient d'avoir un enfant, et maintenant on va les jeter à la rue ?

— Est-ce que quelqu'un a eu pitié de moi à Istanbul ? demanda Mevlut. Ne le prends pas mal. Bon d'accord, ne jette personne à la rue pour le moment.

— Bien sûr que oui, nous avons toujours eu de la pitié et de l'affection pour toi », ai-je pris soin de répondre.

Les loyers mensuels que Vediha leur apportait de la part de Süleyman suffisaient tout juste à couvrir les dépenses domestiques de la famille de Mevlut pour une semaine. Après la conversation téléphonique que Mevlut avait eue avec Süleyman, le montant du loyer du mois de mars, ainsi que celui des mois d'avril et de mai payés d'avance, que Vediha vint leur remettre était supérieur à ce qu'il aurait dû être. Mevlut ne s'appesantit pas sur la facilité avec laquelle on avait imposé une augmentation de loyer au locataire – autrement dit sur le coup de pouce des Aktaş, de Süleyman et de Korkut. Avec cet argent, il s'acheta une carriole de glacier d'occasion, un bac à glace, un seau métallique et une machine à brasser la glace, et il prit la décision de passer l'été 1989 à vendre de la glace.

Fatma et Fevziye accompagnèrent Mevlut pour acheter la voiture de glacier dans le quartier bas ; ils la ramenèrent chez eux en la poussant, en riant et s'amusant. Prenant part à leur joie, leur voisine Reyhan Abla sortit à la fenêtre et personne ne voulut la détromper dans son excès d'enthousiasme quand elle crut que c'était la voiture à pilaf que l'on avait retrouvée. Pendant que Mevlut et ses filles réparaient et repeignaient la voiture dans la cour, les journaux télévisés du soir montraient la place Tian'anmen noire de manifestants à Pékin. Au début du mois de juin, Mevlut resta admiratif devant le courage du vendeur qui stoppa les chars sur la place en se dressant tout seul face à eux. Que pouvait donc vendre cet homme qui arrêtait les chars avec un sac dans chaque main ? Probablement du riz, comme moi, pensa Mevlut. Mais les Chinois ne préparaient pas le riz de la même façon que Rayiha. Comme Mevlut l'avait vu à la télévision, ils le faisaient cuire à l'étuvée, et ils n'y ajoutaient ni pois chiches ni poulet. Mevlut souhaitait que les manifestants obtiennent gain de cause mais il avait ajouté qu'il ne fallait pas trop se révolter contre l'État. S'il n'y avait pas d'État, surtout dans les pays pauvres, il ne resterait personne pour protéger les pauvres et les petits vendeurs. En Chine, les pauvres et les vendeurs vivaient bien, leur seul problème, c'étaient les communistes sans Dieu.

Au cours des sept dernières années, depuis l'été où Mevlut avait enlevé Rayiha jusqu'alors, les grandes sociétés productrices de lait, de chocolat et de sucre concurrentes entre elles avaient commencé à distribuer gratuitement des congélateurs à toutes les épiceries, pâtisseries, snacks et bureaux de tabac d'Istanbul. Les propriétaires de ces armoires réfrigérantes les sortaient au début du mois de mai devant leurs magasins, et plus personne n'achetait auprès des marchands de glace ambulants. Les agents de la police municipale, qui menaçaient de saisir sa carriole et de la mettre en pièces dès qu'il restait cinq minutes au même endroit sous prétexte qu'il gênait, ne trouvaient rien à redire contre ces réfrigérateurs fournis par de grandes sociétés qui compliquaient la circulation sur les trottoirs. On n'arrêtait pas de parler à la télévision de ces glaces aux drôles de noms produites par ces firmes. En passant par les petites rues avec sa voiture de glacier, les enfants lui demandaient : « Il y a des Flinta monsieur le glacier ? Il y a des Rocket ? »

Lorsqu'il était de bonne humeur, Mevlut leur répondait : « Cette glace-là vole beaucoup mieux que toutes vos Rocket. » Grâce à cette réponse, il arrivait à faire quelques ventes. Mais la plupart du temps il rentrait de bonne heure et de mauvaise humeur. Quand Rayiha descendait l'aider comme elle le faisait sept ans auparavant, il l'accueillait avec ces reproches : « Que font les filles à traîner encore dans la rue à une heure pareille ? » Pendant que Rayiha allait les chercher, il laissait sa voiture de glacier en plan, il montait et, avant de se coucher, il regardait la télévision, l'air triste et préoccupé. Dans un de ces instants de cafard, il avait vu les vagues immenses d'une mer faite de ses sombres pensées remuer sur l'écran. Il s'affolait à l'idée que s'il ne trouvait pas un bon boulot pour l'automne il n'aurait pas assez d'argent pour les livres, les cahiers et les vêtements des enfants, pour acheter de la nourriture et du gaz pour le poêle.

16

Le Binbom

Fais bien attention de ne pas te faire avoir

À la fin du mois d'août, Rayiha dit à son mari qu'un ancien restaurateur originaire de Trébizonde et proche du clan Vural recherchait quelqu'un comme Mevlut pour lui confier une affaire. Ce dernier comprit avec honte que leurs problèmes d'argent avaient une nouvelle fois été au menu des discussions à la table des Aktaş.

Rayiha. « Ils recherchent quelqu'un comme toi, qui s'y entende en cuisine, en restauration et qui soit aussi quelqu'un d'honnête et droit. En ce moment, ça ne se trouve plus beaucoup dans Istanbul, ai-je dit à Mevlut. Fais bien attention de ne pas te faire avoir en négociant ton salaire. Sinon, ces gamines aussi en pâtiraient. » J'ai ajouté cette phrase parce que, à l'époque où Mevlut a commencé à travailler comme gérant, Fatma entrait à l'école primaire. Mevlut et moi sommes allés à la cérémonie qui marque la rentrée des classes. On nous a demandé de nous aligner le long du mur de la cour de l'école primaire Piyale Paşa de Kasımpaşa. Le directeur nous a expliqué que, quatre cent cinquante ans auparavant, ces bâtiments scolaires étaient ceux du konak du pacha qui avait conquis des îles en Méditerranée sur les Français et les Italiens, qu'on l'avait perdu de vue alors qu'il attaquait seul un navire ennemi, et qu'il s'était finalement rendu maître de ce bateau alors que tout le monde le croyait prisonnier. Mais les élèves ne l'écoutaient pas, ils parlaient entre eux ou se collaient contre leurs parents, effrayés de ce qui allait leur arriver. Lorsqu'ils sont entrés dans l'école en se tenant par la main, Fatma a pris peur et s'est mise à pleurer. Nous lui avons fait signe jusqu'à ce qu'elle disparaisse à l'intérieur du bâtiment. C'était un jour frais et nuageux. Sur le chemin du retour, dans la côte, j'ai aperçu des larmes et des nuages gris de plomb dans les yeux de Mevlut. Sans repasser par la maison, il est parti directement au restaurant faire le « gérant ». Je suis redescendue dans l'après-midi à Kasımpaşa pour récupérer Fatma devant le portail de l'école, uniquement ce jour-là. Ce qui l'avait le plus marquée, c'était la moustache de son instituteur et la fenêtre de la classe. Les jours suivants, avec les autres filles du quartier, elle est allée et est revenue de l'école toute seule.

Le mot « gérant » que Rayiha utilisait mi-affectueusement, mi-ironiquement, c'est non pas Mevlut mais Tahsin, le patron originaire de Trébizonde et propriétaire du restaurant, qui l'avait prononcé le premier. En réalité, il aurait souhaité que les trois personnes qu'il faisait travailler dans son snack, et qu'il appelait son « personnel » (parce que « employés », ce n'était pas joli comme mot), l'appellent « capitaine » au lieu de « patron », ce qui convenait beaucoup mieux à quelqu'un originaire de la mer Noire. Mais ce souhait n'aboutit à rien d'autre qu'au fait que les employés du snack l'appellent encore plus « patron ».

Mevlut comprit rapidement que la proposition de travail qui lui avait été faite découlait de la méfiance que le patron éprouvait envers ses employés. Chaque soir, après avoir dîné avec sa famille, le patron Tahsin venait au restaurant pour remplacer à la caisse celui qu'il appelait « mon gérant ». Durant les deux dernières heures, c'est lui qui s'occupait de la caisse et qui faisait la fermeture. Aux heures tardives de la soirée, contrairement aux restaurants animés et bondés de l'avenue Istiklal qui restaient ouverts vingt-quatre heures sur vingt-quatre, le Binbom, renfoncé dans une rue adjacente, voyait passer seulement des gens égarés, ivres, à la recherche d'alcool et de cigarettes.

Le travail de Mevlut consistait à arriver chaque matin à dix heures, à s'installer à la caisse ; à s'occuper de l'argent et des comptes le soir de dix-neuf heures trente à vingt heures et à superviser la bonne marche de l'ensemble du restaurant. Bien que le Binbom fût petit, étroit et éloigné de l'artère principale, il ne travaillait pas si mal. Sa clientèle était principalement constituée du personnel des bureaux, des entreprises, des laboratoires photo et des agences publicitaires avoisinants, du personnel des cabarets musicaux et des restaurants bas de gamme des petites rues d'à côté, et de tous ceux qui s'y arrêtaient en passant. Mais l'anxieux patron soupçonnait ses employés de le gruger d'une façon ou d'une autre.

Mevlut ne fut pas long à deviner qu'il y avait dans l'inquiétude de son patron un aspect plus concret que le présupposé selon lequel les pauvres grugeaient constamment les riches qui les prenaient à leur service. La tricherie la plus courante du « personnel », et à laquelle le patron avait exhorté Mevlut à faire attention, consistait à préparer davantage de sandwichs que le nombre prévu par le patron et autorisé par la mairie, avec la même quantité de pain, de fromage, de viande hachée, de pickles, de saucisse, de sauce tomate, et à empocher la différence. Face à cette ruse, le Capitaine Tahsin avait développé une mesure qu'il expliqua fièrement à Mevlut : le propriétaire originaire de Rize de la boulangerie Tayfun qui livrait au Binbom le pain pour les sandwichs et les hamburgers téléphonait chaque jour au Capitaine pour lui dire le nombre de pains qu'il avait livrés ce jour-là, et de la sorte il empêchait ses employés de faire plus de toasts en volant du fromage *kaşar* ou plus de hamburgers en volant de la viande hachée. Les employés pouvaient faire la même chose avec les jus d'orange, les jus de grenade, les jus de pomme et, comme sur ce point il n'avait pas d'ami jus-de-fruitier pouvant fixer le nombre de verres, il fallait que Mevlut le Gérant ouvre grand les yeux.

La chose essentielle à laquelle Mevlut devait faire attention, c'était qu'aucun achat ne soit effectué sans qu'un ticket soit émis par la caisse enregistreuse, une grande nouveauté qui avait commencé à être utilisée dans toute la ville cinq ans plus tôt. Ils pourraient voler autant de fromage qu'ils voulaient, ajouter autant d'eau sucrée qu'ils voulaient dans les jus d'orange sous le comptoir, le Capitaine pensait que tant qu'il y avait émission de tickets de caisse, jamais il ne pourrait être grugé. Comme mesure contre les achats sans ticket, le Capitaine envoyait de temps à autre dans la boutique un ami que personne ne connaissait. Après avoir mangé quelque chose, le secret inspecteur disait qu'il ne voulait pas de ticket et demandait une ristourne à la caisse, comme le faisait constamment tout le monde à Istanbul. Si le gérant qui tenait la caisse n'éditait pas de facture, il apparaissait alors qu'il mettait l'argent dans sa poche et il était aussitôt viré, ce qui fut effectivement le cas pour le précédent gérant.

Mevlut ne considéra pas son « personnel » comme des opportunistes sautant sur n'importe quelle occasion de gruger leur patron de Trébizonde : il les vit comme des gens qui s'employaient en toute bonne foi à faire avancer au mieux le navire dans lequel ils ramaient tous ensemble pour gagner leur pain. Il leur souriait tout le temps, prenait plaisir à reconnaître la réussite de ses collègues dans leur travail, à les féliciter sincèrement en disant : « Tu as grillé ce toast à point, bravo » ou bien : « Félicitations, ton *döner* est super croustillant ». Si les affaires avaient été bonnes ce jour-là et qu'il avait fait les comptes, en donnant le chiffre d'affaires le soir au patron, comme un soldat faisant son rapport à son capitaine, Mevlut éprouvait une sincère fierté.

Chaque soir, après avoir rendu la boutique à son patron, il rentrait en courant à la maison, où il mangeait l'assiette de lentilles ou la soupe de *tarhana* que Rayiha avait posée devant lui en regardant distraitement la télévision qu'il avait déjà regardée du coin de l'œil toute la journée au restaurant. Comme tout le monde pouvait y manger des toasts ou des sandwichs *döner*, Mevlut ne rentrait pas le ventre vide à la maison, il ne faisait pas toute une histoire pour le dîner et, en mangeant sa soupe, il prenait grand plaisir à lire les livres scolaires de Fatma ainsi que les lettres, les chiffres, les phrases qu'elle avait écrits sur les pages blanches de ses cahiers (quand Mevlut allait à l'école, les cahiers étaient en papier jaune paille) de son écriture petite mais très belle. Chaque soir après la fin des informations, il sortait comme à l'accoutumée et vendait de la boza dans les rues jusqu'à onze heures, onze heures et demie.

Maintenant qu'il avait un revenu de gérant, il ne se forçait pas à vendre plus de boza, ni à s'aventurer dans les rues en retrait, où les chiens grognaient en lui montrant les crocs, dans le but de trouver de nouveaux clients dans les anciens quartiers de l'autre rive de la Corne d'Or. Un soir d'été, avec sa voiture de glacier, il était allé voir Son Excellence et ses étudiants. Il avait rempli de glace les verres à thé en forme de tulipe posés sur le plateau qu'il leur avait emprunté, et après ce jour il était retourné sonner à leur porte, poussé par le besoin de la conversation, utilisant la boza comme prétexte pour poursuivre ses visites avec l'arrivée des froids hivernaux. Pour bien souligner qu'il venait ici pour la conversation et non pour le commerce, il leur avait fait accepter que, une fois sur trois, il ne prendrait pas d'argent pour les glaces ou la boza. Ce qu'un autre visiteur présent avait qualifié d'« offrande à la Loge derviche ». Les entretiens de Son Excellence s'appelaient des « conversations ».

Presque un an après sa première visite, Mevlut comprit que l'appartement où Son Excellence donnait des cours particuliers pour enseigner l'écriture ancienne et l'art de la calligraphie à ses élèves était en même temps une loge soufie où se réunissait une petite foule de fidèles enthousiastes. La raison pour laquelle il l'avait appris si tardivement tenait autant au silence et au secret cultivés par ceux qui fréquentaient cette loge – un simple appartement – qu'à sa réticence à approfondir ces sujets. Il était si content d'être là et que, chaque jeudi, Son Excellence lui accorde un peu de temps, ne serait-ce que cinq ou six minutes, pour prêter l'oreille à ses soucis et bavarder avec lui, que Mevlut craignait tout ce qui pourrait ternir ce bonheur : un des visiteurs l'avait invité aux conversations du mardi où Son Excellence parlait à quiconque frappait à sa porte et où une trentaine de personnes se rendaient de façon régulière, mais Mevlut n'y était pas allé.

Lorsque la peur d'être embarqué dans quelque chose d'illégal l'assaillait, il se consolait parfois en se disant : « Si c'étaient de mauvaises gens se livrant à des actes répréhensibles, ils n'auraient pas affiché un immense portrait d'Atatürk ! » Mais il ne fut pas long à comprendre que le portrait d'Atatürk qui trônait sur le mur servait en réalité à pouvoir dire : « Il y a erreur, nous aimons beaucoup Atatürk » au cas où il y aurait un jour une descente de police, comme la photo d'Atatürk en colback dans l'entrée de la cellule communiste où Ferhat et lui étaient entrés une fois à Kültepe pendant leurs années de lycée. La seule différence, c'était que les communistes qui croyaient totalement en Atatürk déblatéraient constamment contre lui (ce qui déplaisait fortement à Mevlut) alors que les religieux qui ne croyaient absolument pas en Atatürk ne disaient jamais rien contre lui. Mevlut préférait cette deuxième attitude et n'abondait pas dans le sens de certains étudiants d'université, un peu bruts de décoffrage, dont les propos visaient à dire : « Notre bel art de la calligraphie vieux de cinq cents ans a été ruiné par la réforme de l'alphabet d'Atatürk, cet imitateur de l'Occident. »

Mevlut ne trouvait pas suffisamment sérieux les étudiants qui se livraient à toutes sortes de flatteries pour attirer l'attention de Son Excellence et entrer dans ses bonnes grâces, mais qui se mettaient aussitôt à cancaner et à parler des programmes télévisés une fois sortis de la pièce. L'absence de télévision dans chacune des pièces qu'il avait pu voir dans la loge lui apparaissait parfois comme la preuve qu'il se faisait ici des choses dangereuses déplaisant à l'État et il prenait peur. Si jamais survenait un nouveau coup d'État militaire et que les communistes, les Kurdes et les religieux étaient arrêtés, les habitués de cette loge soufie risquaient d'avoir des problèmes. D'un autre côté, Son Excellence n'avait jamais une seule fois tenu le moindre propos pouvant passer pour une insinuation politique ou pour de la propagande.

Rayiha. Le poste de gérant pris par Mevlut ainsi que l'entrée de Fatma à l'école primaire m'ont laissé plus de temps pour les travaux d'aiguille. Désormais, je m'y consacrais non pas avec l'inquiétude de savoir comment boucler les fins de mois mais parce que j'en avais envie, et que cela me plaisait de gagner quelques sous. Parfois, on me donnait une page de revue, une image montrant quel motif broder et à quel endroit du rideau... D'autres fois, on me disait simplement : « C'est vous qui voyez. » Cependant, il y a des fois où je ne voyais pas grand-chose et, tout en me demandant : « Qu'est-ce que je vais faire, qu'est-ce que je vais broder ? », je restais à contempler le coin du rideau d'un regard vide. Parfois des broderies, des symboles, des fleurs, des nuages à six lobes et des biches s'échappant à travers champs surgissaient dans mon esprit : j'exécutais ces motifs sur des rideaux, des taies d'oreillers, des housses de couette, des nappes, des serviettes et sur tout ce que je trouvais.

« Arrête, Rayiha, prends une pause, te voilà de nouveau abîmée dans ton travail », disait parfois Reyhan Abla.

Deux ou trois fois par semaine, vers deux ou trois heures de l'après-midi, Rayiha prenait Fatma et Fevziye par la main et les emmenait au restaurant où leur père travaillait comme gérant. En dehors de l'heure pendant laquelle Mevlut venait à la maison avaler une soupe en guise de dîner, ses filles ne le voyaient quasiment pas de la journée. Quand Fatma allait à l'école le matin, Mevlut n'était pas encore réveillé et, le soir, lorsqu'il rentrait entre onze heures et minuit, les filles dormaient. Fatma et Fevziye auraient aimé le rejoindre beaucoup plus souvent au restaurant, mais leur père leur avait strictement interdit de venir seules et, accompagnées de leur mère, il avait mis comme condition qu'elles ne lui lâchent pas la main un instant. Il avait interdit à Rayiha de sortir à Beyoğlu, et plus particulièrement sur l'avenue Istklal : et lorsqu'elles passaient d'un côté à l'autre de l'avenue en courant, elles sentaient qu'elles fuyaient autant la circulation que la foule des hommes.

Rayiha. Puisque l'occasion m'est donnée de le dire, sachez que pendant les cinq ans durant lesquels Mevlut a travaillé comme gérant de restaurant, je ne lui ai pas donné que de la soupe au dîner. Je lui faisais souvent des *menemen* avec beaucoup de persil et de piment, des pommes de terre frites, des *börek* longs fourrés au fromage, des haricots blancs aux carottes. Mevlut aime les pommes de terre au four avec du poulet, vous le savez vous aussi. Maintenant qu'il ne vendait plus de pilaf, une fois par mois, j'achetais pour Mevlut et pour les filles un poulet chez Hamdi le volailler, qui nous faisait des prix.

La raison essentielle pour laquelle Rayiha et les filles venaient deux ou trois fois par semaine au Binbom, raison qu'on n'évoquait que rarement en famille, c'étaient les toasts au fromage, au *sucuk*, les sandwichs *döner*, les *ayran* et les jus d'orange qu'elles y consommaient.

Les premiers mois de la gérance de Mevlut, quand elle lui rendait ainsi visite, Rayiha éprouvait le besoin de dire en arrivant : « Nous faisons juste un saut en passant. » « Vous avez bien fait », disait parfois l'un des employés. Après leurs premières visites, sans qu'elles demandent rien, on préparait et on posait devant elles ce que les filles aimaient. Rayiha ne mangeait jamais rien ; lorsque les employés lui préparaient et lui offraient en souriant gentiment un sandwich *döner* ou un toast au fromage, elle les refusait toujours en disant qu'elle sortait tout juste de table. Mevlut était fier de cette position de principe et il ne lui disait pas « Manges-en un ma chérie », comme les employés s'y attendaient de sa part.

Les mois suivants, quand Mevlut commença à découvrir que les employés du Binbom grugeaient leur patron le Capitaine Tahsin de Trébizonde, les sandwichs *döner* que ses filles mangeaient gratuitement commencèrent à tourmenter sa conscience.

17

Le complot des employés

Ne t'en mêle pas

Malgré toutes les précautions de son patron de Trébizonde, en 1990, en tout début d'année, Mevlut découvrit que les employés du Binbom avaient développé une ruse reposant sur une logique très simple : chaque jour, avec l'argent d'une cagnotte qu'ils avaient constituée entre eux – autrement dit avec leur propre argent –, ils achetaient du pain dans une autre boulangerie, ils le remplissaient soigneusement avec les ingrédients achetés dans d'autres magasins et ils préparaient leurs propres produits qu'ils vendaient eux-mêmes en cachette du patron. Chaque midi, ces hamburgers et ces sandwichs *döner* étaient envoyés dans les entreprises environnantes, bien empaquetés, en secret, comme si c'était de la drogue. L'argent ne transitait pas par la caisse dont Mevlut avait la charge, il était récupéré par Vahit, qui visitait une à une ces entreprises le carnet à la main et prenait les commandes. Il avait fallu beaucoup d'acuité à Mevlut pour découvrir cette organisation bien huilée et un long hiver pour que les employés comprennent que Mevlut n'était pas dupe de ces manœuvres, mais qu'il continuait à rester sagement assis à sa caisse sans les dénoncer au patron.

Les premiers mois, Mevlut pensa que s'il se tramait quelque chose, le plus à même d'être à l'origine de cela serait sans doute Microbe, le plus jeune élément du Capitaine. Microbe (que personne n'appelait par son vrai nom) venait de finir son service militaire, et c'est lui qui dirigeait la cuisine et l'entrepôt au sous-sol. Dans cette grotte effrayante et sale de deux mètres et demi sur deux, il préparait la viande hachée des hamburgers, la sauce tomate, l'*ayran*, etc., il faisait cuire les frites, lavait les plats en aluminium et les verres – il les passait sous l'eau, plus exactement – et, quand il y avait foule à l'étage, il venait en renfort et se chargeait de tout, depuis le toast qu'il mettait dans la machine jusqu'à l'*ayran* qu'il se hâtait de servir au client pressé. La première fois que Mevlut avait remarqué les surplus de pain en provenance de la deuxième boulangerie, c'était dans la cuisine infestée de souris et de cafards de Microbe.

Mevlut n'aimait pas Vahit, il n'aimait pas sa façon de couver des yeux chaque femme qui avait un joli minois et de jolies mains. Mais il se tissait entre eux un lien qui se renforçait au fil du temps et qui mettait Mevlut mal à l'aise. La télévision qu'ils regardaient ensemble pour tuer le temps lorsqu'il n'y avait pas de clients, les brefs échanges de regards dans les séquences émotion (ce qui se produisait cinq ou six fois par jour) les avaient rapprochés. Mevlut, en peu de temps, eut l'impression de connaître Vahit depuis des années. Comme ce dernier était le trésorier de la triche organisée, Mevlut était gêné par cette proximité qui découlait du fait qu'ils partageaient les mêmes émotions en provenance de la télévision. Quelquefois, il pensait que ce truqueur de Vahit serait incapable de saisir la subtilité de ces sentiments. D'autres fois, adoptant un raisonnement de gérant, il se disait que l'employé coupable profitait peut-être de ce compagnonnage de sentimentalité télévisuelle pour le rouler dans la farine.

Les jours où il repéra les premiers indices de la triche, Mevlut commença à avoir la sensation que l'œil (étrangement ce n'était pas les deux) avec lequel il observait Vahit et les autres employés se détachait de lui et le surveillait lui-même (Mevlut) de façon totalement indépendante. Il se sentait parfois coincé et trop à l'étroit parmi les personnes de ce restaurant. L'œil se mettait alors à observer Mevlut. Il se jugeait parfois factice. Certains clients du Binbom mangeaient leur sandwich *döner* en se regardant dans le miroir.

Quand il vendait du pilaf, il se plaignait du froid et d'avoir à rester debout toute la journée ; quand il vendait des glaces, il se plaignait de ne pas assez travailler, certes, mais il était libre. Libre de rêver à sa guise, de bouder le monde entier si cela lui chantait, on eût dit que son corps était dominé par ses émotions. Mais à présent, c'est comme s'il était enchaîné à cet endroit. Toute la journée, dans les moments de déprime où il détournait les yeux de la télévision et tâchait de s'évader dans la rêverie, il se consolait en pensant que le soir il retrouverait ses filles et sortirait vendre de la boza. Et pendant qu'il vendait de la boza, il y avait tous ces clients qu'il appréciait de voir, tous les gens de la ville. Pendant qu'il marchait, les images s'animaient dans sa tête, et à mesure qu'il criait « Boo-zaa ! », les gens de la ville aussi s'animaient et prenaient corps dans son esprit, et c'est pour cela qu'ils lui demandaient de monter chez eux et achetaient de la boza, Mevlut le comprenait désormais.

Durant les années où il travailla comme gérant, Mevlut devint un vendeur de boza plus vaillant et plus passionné le soir. Tandis qu'il poussait son cri « Boo-zaa ! » en direction des rues plongées dans une semi-obscurité, il avait le sentiment de s'adresser non seulement aux fenêtres occultées par des rideaux, aux murs nus, aux chiens diaboliques qu'il sentait tapis dans les coins et aux familles derrière les fenêtres, mais aussi au monde intérieur qui l'habitait. Parce que lorsqu'il criait « Boo-zaa ! », il avait l'impression que les images colorées qu'il avait dans la tête sortaient de sa bouche comme des bulles de bande dessinée et se fondaient tels des nuages dans les rues tristes. Parce que les mots étaient des objets, et chacun de ces objets une image. Il sentait que le monde intérieur qui l'habitait et la rue qu'il arpentait la nuit en vendant de la boza formaient désormais un tout. Cette connaissance étonnante lui apparaissait parfois comme sa propre découverte ou bien comme une lueur, une lumière que Dieu lui avait accordée à lui seul. Les soirs où Mevlut sortait du restaurant l'esprit confus et embrouillé, quand il déambulait pour vendre de la boza, il découvrait son monde intérieur dans les ombres de la ville.

Un soir, dans la foulée d'une de ces banales journées où il ne savait que décider pour contrer les escroqueries organisées au

Binbom, il criait « Boo-zaa ! » quand une fenêtre s'ouvrit dans l'obscurité, répandant à l'extérieur une belle lumière orangée. Une sombre et imposante silhouette lui demanda de monter.

C'était un ancien immeuble grec dans une rue reculée de Feriköy. Mevlut se rappela être venu dans cet immeuble quand il vendait du yaourt avec son père, un après-midi juste après son arrivée à Istanbul (comme beaucoup de vendeurs il avait la mémoire des immeubles et de leur plaque), et avoir livré du yaourt au dernier étage. Le nom de cet immeuble était Savanora. La même odeur de poussière, d'humidité et d'huile de friture régnait dans l'allée. Au deuxième étage, une porte s'ouvrit et il entra dans une pièce vaste et très éclairée : cet ancien appartement avait été transformé en atelier de confection. Il vit une douzaine de filles assises devant des machines. Certaines n'étaient encore que des enfants mais la plupart avaient l'âge de Rayiha et, depuis le nœud lâche de leur foulard jusqu'à l'expression de sérieux et de concentration peinte sur leur visage, toutes lui paraissaient familières, à un point tel que c'en était effrayant. L'homme au visage bon qui s'était montré à la fenêtre était leur patron : « Bozacı, ces filles travailleuses sont comme mes enfants ; pour traiter à temps la commande pour l'Angleterre, elles travailleront héroïquement jusqu'à ce que le minibus les ramène chez elles au matin, dit-il. Tu vas leur servir la meilleure boza, les pois chiches grillés les plus frais, n'est-ce pas ? Dis voir un peu, d'où es-tu ? » Bien que Mevlut regardât avec attention les bas-reliefs en plâtre, un grand miroir dans un cadre doré et un lustre imitation cristal hérités des familles grecques qui avaient habité ici, chaque fois qu'il se remémorerait cette pièce par la suite – des années durant –, il penserait qu'en réalité il n'y avait vu aucun lustre ni aucun miroir, et que c'était un tour que lui jouait sa mémoire. Car les années suivantes, les filles qui travaillaient derrière leur machine à coudre prendraient dans son souvenir les traits de ses propres filles, Fatma et Fevziye.

Désormais, chaque matin, l'aînée et la cadette enfilaient ensemble leur tablier noir d'écolière, elles passaient l'une derrière l'autre pour s'aider à mettre leur col blanc moitié synthétique et moitié coton, à la tenue aussi impeccable que s'il était constamment passé à l'amidon, et à l'attacher sur le bouton au dos de leur tablier. Elles prenaient leurs cartables, que Mevlut avait achetés en solde dans une boutique de Sultanahmet (et qu'il connaissait de l'époque où Ferhat et lui s'occupaient des boîtes de bonne fortune), elles se mettaient des barrettes dans les cheveux, et à sept heures quarante-cinq, alors que Mevlut se levait tout juste et était encore en pyjama, elles sortaient de la maison.

Une fois les filles parties à l'école, Mevlut et Rayiha faisaient longuement l'amour, jusqu'à satiété. Après que leur deuxième fille, Fevziye, eut un peu grandi, il ne leur était quasiment plus arrivé de se retrouver en tête à tête dans une chambre à eux et de faire l'amour. Pour qu'ils puissent rester seuls à la maison, il fallait que les filles aillent chez une voisine comme Reyhan Abla ou que Vediha ou bien Samiha passent les prendre un matin de bonne heure pour les emmener se promener. Cela pouvait également se produire les journées d'été, quand les filles disparaissaient pendant des heures pour jouer avec leurs camarades dans un des jardins voisins. Au printemps et en été, quand une telle occasion se présentait à eux et qu'ils se retrouvaient seuls à la maison, ils se lançaient un regard, Mevlut demandait : « Elles sont où ? », Rayiha répondait : « Elles jouent dans le jardin d'à côté », Mevlut disait : « Tu vas voir que quelqu'un va débarquer maintenant », et ils n'arrivaient pas à retrouver les jours heureux du début de leur mariage.

Depuis six ou sept ans, le seul moment où Mevlut et Rayiha pouvaient régulièrement faire l'amour dans leur appartement d'une pièce, c'était au milieu de la nuit, lorsque les filles dormaient d'un sommeil profond dans leur lit à l'autre bout de la pièce. Quand Mevlut rentrait tard après la vente de boza, si Rayiha l'attendait encore et lui glissait des mots doux au lieu de regarder la télévision, Mevlut le prenait comme une invitation à faire l'amour et, après s'être assuré que les filles dormaient vraiment, il éteignait soigneusement toutes les lumières. Sous l'édredon, mari et femme faisaient doucement l'amour, en silence, et sans trop faire durer – car Mevlut était réellement fatigué. D'autres fois, après avoir dormi quelques heures, leurs corps, en chemise de nuit et en pyjama, venaient s'enlacer d'eux-mêmes et ils faisaient l'amour sans bruit, de façon imparfaite mais avec une profonde sincérité. Du fait de toutes ces difficultés, ils faisaient de moins en moins l'amour, et ils voyaient cela comme une conséquence naturelle du mariage.

Comme ils avaient désormais davantage de temps et que Mevlut était moins fatigué grâce à son travail de gérant, ils faisaient l'amour avec le même enthousiasme qu'aux premiers jours de leur mariage. Comme ils se connaissaient, se faisaient confiance et avaient moins honte l'un en face de l'autre, ils étaient plus décontractés. Le fait de se retrouver seuls tous les deux à la maison les avait fait se rapprocher l'un de l'autre, ils avaient de nouveau commencé à éprouver cette confiance incomparable, le sentiment que c'était vraiment une chance immense qu'ils se soient trouvés dans la vie.

Même si ce bonheur ne parvenait pas totalement à dissiper chez Rayiha le trouble créé par les racontars de Süleyman, il l'avait grandement amoindri. Elle cédait encore au doute de temps à autre, elle sortait alors la liasse de lettres et en lisait une ou deux. Se fiant à la force des belles paroles de Mevlut, elle était rassurée.

Ce bonheur vécu par le couple après le départ des filles à l'école, en comptant le temps passé à boire du thé et du café sur l'unique table de la pièce (comme petit-déjeuner, Mevlut prenait un toast au fromage et à la tomate au Binbom), n'excédait pas une heure et demie parce que Mevlut devait être à dix heures au restaurant. C'est justement pendant ces heures de bonheur et d'intimité que Mevlut commença à raconter à Rayiha les supercheries qui se tramaient au Binbom.

Rayiha. J'ai commencé par dire : « Ne t'en mêle pas. Ne sois pas dupe, mais fais comme si tu ne voyais rien, à quoi bon.

— Mais le patron m'a placé là pour que je voie et que je le lui dise, répondait Mevlut à juste titre. Le patron est un homme du clan Vural... Qu'on n'aille pas dire ensuite que je n'ai rien vu des escroqueries qui se commettaient sous mon nez...

— Tu vois, Mevlut, ils sont tous de mèche. Si tu en dénonces un au patron, ils diront tous en chœur que le fraudeur principal, c'est toi, et le patron les croira sur-le-champ. Et du coup, c'est toi qu'il jettera dehors. Et tu seras mal vu par les Vural. »

Chaque fois que je lui tenais ce langage, je voyais que Mevlut avait peur, cela m'attristait.

18

Derniers jours au Binbom

Vingt mille moutons

Dans la nuit du 14 novembre 1991, à l'endroit le plus étroit du Bosphore, devant la forteresse Anadoluhisarı, un bateau libanais qui faisait route vers le sud sombra, après avoir heurté un navire philippin chargé de maïs qui se dirigeait vers la mer Noire. Cinq membres de l'équipage moururent noyés. Le lendemain, un vendredi matin, en regardant la télévision au Binbom avec les autres employés, Mevlut apprit que le bateau libanais naufragé avait à son bord vingt mille moutons.

Les Stambouliotes eurent vent de la catastrophe à cause des moutons qui échouèrent le matin sur les rives du Bosphore, à Rumelihisarı, à Kandilli, à l'école militaire de Kuleli, à Bebek, à Vaniköy, à Arnavutköy... Certains de ces malheureux moutons arrivèrent encore vivants sur le rivage, ils pénétrèrent dans les garages à bateaux des anciens manoirs qui n'avaient pas encore disparu dans des incendies, sur les embarcadères des restaurants modernes qui ouvraient en lieu et place des cafés de pêcheurs et dans les jardins des demeures où l'on entreposait les barques pour l'hiver, et de là ils passèrent dans les rues de la ville. Ils étaient épuisés et en colère. Leur toison crème devenue comme de la boue était maculée de taches de pétrole verdâtres, leurs pattes frêles et fatiguées remuant avec peine étaient couvertes d'une couche de rouille liquide à la consistance proche de la boza et leurs yeux étaient empreints d'une profonde désolation. Comme fasciné, Mevlut regarda un instant les yeux des moutons qui couvraient quasiment tout l'écran de la télévision du Binbom, et cette désolation, il l'éprouva dans son âme.

Certains moutons furent sauvés par des Stambouliotes qui avaient appris l'accident dans la nuit et sauté dans des barques pour accourir à la rescousse. Alors que quelques-uns trouvaient ainsi de nouveaux foyers, la plupart moururent sans voir le matin. Les routes côtières du Bosphore, les débarcadères des manoirs, les jardins et les maisons de thé étaient emplis de cadavres de moutons noyés, de ces moutons qui suscitaient chez Mevlut et tant de Stambouliotes l'envie de leur porter secours.

Mevlut entendit nombre d'informations et de rumeurs absurdes selon lesquelles certains moutons ayant réussi à atteindre les rues de la ville avaient attaqué des gens, étaient morts sur pied, étaient entrés dans les cours des mosquées, les mausolées, les cimetières, qu'ils étaient les signes annonciateurs de la fin du monde qui devait survenir en l'an 2000, que les prophéties de Celâl Salik, le célèbre chroniqueur abattu à cause de ses écrits, s'étaient avérées et par la suite, quand il regardait la télé au Binbom, Mevlut se rappela souvent le sort de ces moutons. Les pêcheurs, qui trouvaient chaque jour un nouveau cadavre de mouton dans leurs filets, voyaient des présages de malheur dans ces créatures atteignant des dimensions gigantesques, gonflées comme des ballons de baudruche, et comme eux Mevlut considéra les moutons comme le signe de quelque chose de plus profond.

Ce qui faisait enfler le sujet et l'amenait à hanter les rêves de toute la ville, c'était l'affirmation que la majorité des vingt mille moutons étaient restés enfermés dans les soutes du navire naufragé, qu'ils étaient encore en vie et attendaient de l'aide. Mevlut regarda avec attention les reportages réalisés par les hommes-grenouilles qui plongeaient dans le navire mais il lui fut parfaitement impossible de se représenter comment les moutons pouvaient rester dans les entrailles du bateau. Est-ce qu'il faisait noir, est-ce que cela sentait mauvais ou bien était-ce un univers semblable à celui du sommeil ? La situation de ces moutons lui faisait penser à l'histoire de Jonas dans le ventre de la baleine. Les moutons qui se retrouvaient dans cet antre obscur étaient-ils chargés de quelque péché ? Ce lieu était-il plus proche du paradis ou de l'enfer ? Dieu le Tout-Puissant avait envoyé un bélier à Abraham pour l'empêcher de sacrifier son fils. Pour quelle raison avait-il donc envoyé vingt mille moutons à Istanbul ?

Chez Mevlut et les siens, il n'entrait que rarement de la viande de bœuf et de la viande de mouton. Mevlut ne mangea pas de sandwich *döner* pendant quelque temps. Mais ce rejet de la viande ne s'éleva pas à un niveau moral et resta en lui comme un secret avant d'être oublié un jour où un *döner* bien doré et croustillant du Binbom était resté invendu et avait été partagé entre les employés.

Mevlut sentait le temps filer à toute vitesse, il sentait qu'il vieillissait tandis qu'il essayait de surveiller les tricheries en cours au Binbom, et qu'il était tout doucement en train de se transformer en quelqu'un d'autre. Durant l'hiver 1993, trois ans après sa prise de poste de gérant, Mevlut avait compris qu'il serait incapable de dénoncer au patron les magouilles des employés. Il avait essayé une ou deux fois de s'ouvrir à Son Excellence de sa responsabilité morale à ce sujet, mais il n'en avait pas obtenu de réponse susceptible de le rasséréner.

Le départ de certains employés pour diverses raisons, telles que service militaire, meilleur salaire proposé par un autre restaurant ou incompatibilité d'humeur, avait semé le trouble dans son esprit. Cependant, malgré ces changements, les manigances continuaient avec la même détermination et la même audace, blessant la conscience de Mevlut.

La personne que Mevlut devait dénoncer au patron, celui qui organisait la triche, qui veillait à son application et que les autres appelaient entre eux « le Gros », c'était Muharrem. Le Gros était en fait la vitrine et le visage du Binbom, il en était la mascotte. Une version pauvre et « bas quartiers » du héros collectivement créé et développé par les snacks de sandwichs et de *döner* de l'avenue Istiklal. Il s'occupait de la broche de kebab qui tournait dans la vitrine (il découpait et faisait tourner la viande à mesure qu'elle cuisait pour ne pas qu'elle brûle), et pour attirer l'attention des passants, et notamment des touristes, il faisait des gestes amples et exagérés avec son grand couteau à *döner*, comme les vendeurs de glaces de Maraş avec leur cuiller. Mevlut n'aimait pas du tout ça. D'autant plus qu'il ne passait jamais aucun touriste dans cette petite rue.

Cet effort disproportionné pour si peu de profit, Mevlut l'interprétait comme un besoin qu'éprouvait le gros Muharrem de se cacher à soi-même et à tous qu'il était chef de bande. Mais dans sa carrière de vendeur, il avait rencontré très peu de gens torturés par des problèmes de conscience après avoir fraudé, du coup il pensait parfois exactement l'inverse. C'est-à-dire que le gros Muharrem grugeait le patron avec habileté et sans rien laisser paraître, mais il ne pensait pas que c'était une faute morale ou quelque chose de honteux. Quand, en cette période de forte tension politique où le journaliste Uğur Mumcu fut tué par l'explosion d'une bombe, le Gros appris que Mevlut n'était pas dupe de la situation, il déclara qu'il considérait cette triche organisée comme une façon pour les employés sous-payés, exploités et non assurés de ce snack de récupérer leur dû sans déranger le patron. Mevlut fut impressionné par cette puissante revendication politique de gauche et il ressentit du respect pour le Gros. Même si c'était un tricheur, Mevlut ne pouvait pas le dénoncer au patron, à la police, à l'État.

Au mois de juillet, quand des islamistes attaquèrent les alévis à Sivas et mirent le feu à l'hôtel Madımak où périrent trente-cinq personnes parmi lesquelles des poètes et des écrivains, Mevlut eut de nouveau la nostalgie de son ami de jeunesse, il avait envie de parler politique avec lui, d'injurier les hommes mauvais comme ils le faisaient lorsqu'ils étaient au lycée. Par Rayiha, Mevlut avait su que Ferhat était entré à la mairie, qu'il travaillait comme receveur à l'Administration de l'électricité, qu'il avait réussi à se faire embaucher par l'entreprise privée qui avait repris la gestion de l'électricité au moment de la privatisation du secteur, et que depuis qu'il n'avait plus le statut de fonctionnaire municipal il s'était soudain mis à gagner beaucoup d'argent. D'un côté, il refusait d'y croire, et lorsqu'il convenait que Ferhat gagnait peut-être effectivement beaucoup d'argent, il était envahi par la jalousie. Et comme il savait que la seule façon de gagner d'un seul coup autant d'argent, c'était de tricher de façon éhontée (comme au Binbom), il avait du mépris pour Ferhat. Mevlut en avait vu beaucoup qui affectaient dans leur jeunesse d'être communistes et qui, une fois mariés, devenaient capitalistes. La plupart de ces derniers étaient les communistes les plus pédants.

À l'automne, Vahit commença à se rapprocher de Mevlut et à lui raconter pas mal de choses, avec un air à mi-chemin entre la plainte et la menace. Il était innocent. Mevlut ne devait pas le dénoncer au patron. Sinon, lui aussi en ferait autant. Une fois ceci ouvertement exprimé, Vahit coula vers Mevlut un regard qui semblait dire : « Eh, c'est la vie ! », comme il le faisait aux moments les plus émouvants de la destruction du pont de Mostar en Bosnie dont les images passaient en boucle à la télévision. Vahit voulait se marier, et pour cela il avait besoin d'argent. De plus, il était exploité non seulement par le patron trébizondais mais aussi par le Gros et les autres. Parce qu'il touchait très peu de bénéfices de la fraude organisée. De plus, le Gros, qui était en fait le vrai patron, était un homme encore pire que le Capitaine. Si jamais ils ne lui donnaient pas ce qui lui revenait de droit, Vahit irait voir le patron pour lui raconter les magouilles tramées par le Gros.

Ces dernières révélations laissèrent Mevlut stupéfait. En réalité, Vahit attaquait Mevlut par son point faible, à savoir le clan Vural. L'exagération dont le patron avait usé pour faire comprendre à ses employés que son nouveau gérant était quelqu'un d'incorruptible et pour leur faire peur se retournait maintenant contre Mevlut. Certains soirs, en récupérant la caisse, le patron faisait l'éloge de Mevlut devant les autres employés : Mevlut de Konya était une personne honnête, intègre et d'une grande droiture morale. Il avait en lui la pureté et l'authenticité de l'Anatolien. Le patron parlait des Anatoliens comme si c'était lui-même qui les avait découverts à Istanbul. Dès lors qu'ils vous avaient donné leur affection et leur confiance, ils donnaient leur vie pour vous.

Les Vural aussi étaient des personnes très honorables. C'est

précisément pour cela, parce qu'il était un homme de Vural, que
Mevlut ne ferait rien de tordu et que, si quelqu'un se comportait
mal, les Vural et lui le puniraient très sévèrement, c'est ainsi qu'il
l'exposait à ses employés. À sa façon de présenter les choses,
on déduisait que Vahit croyait que le vrai patron du Binbom
était le clan Vural originaire de la mer Noire, et que non seulement Mevlut mais aussi le patron de Trébizonde étaient leurs
instruments. Comme Mevlut avait pu le constater tout au long
de sa carrière de vendeur, la majorité des dizaines de milliers de
personnes qu'il avait rencontrées à Istanbul étaient persuadées
que derrière chaque affaire, chaque querelle, il y avait toujours
quelqu'un d'autre. Sachant cela, il n'avait rien trouvé d'étrange
à ce point de vue.

Par une froide matinée de février, alors que Mevlut avait fait
une longue grasse matinée après que les filles furent parties à
l'école, il arriva au travail avec vingt minutes de retard sur son
horaire habituel. Il vit que la porte du Binbom était fermée.
Même la serrure avait été changée, et il ne put entrer. Le marchand de fruits secs deux boutiques plus bas lui dit que la veille
une bagarre avait éclaté dans le snack et qu'une brigade du
commissariat de Beyoğlu était intervenue. Le patron de Trébizonde et les hommes qu'il avait amenés s'étaient battus avec les
employés du snack et ils avaient fini au poste. Tard dans la nuit,
au commissariat, les belligérants avaient peu ou prou fini par se
réconcilier sur les instances des policiers. Le Trébizondais était
retourné à sa boutique accompagné par un serrurier trouvé on
ne sait comment, il avait fait changer les serrures et affiché un
papier disant : FERMÉ POUR TRAVAUX.

« Ça, c'est la version officielle », se dit Mevlut. L'idée qu'il
allait être viré de son poste de gérant parce qu'il était en retard
ce matin lui trottait dans la tête. Peut-être que le patron avait
découvert l'organisation secrète de ses employés, mais ce pouvait
être une fausse piste. Il avait envie de retourner immédiatement
chez lui pour parler de tout cela avec Rayiha, pour partager sa
douleur d'être à nouveau au chômage, mais il n'en fit rien.

Toute la matinée, il erra dans les rues, entra s'installer dans
des cafés qu'il ne connaissait pas et fit des ardoises. Il était habité

par un sentiment de catastrophe et de culpabilité et, en même temps, par une joie qu'il ne put se cacher très longtemps. Il ressentait la même liberté et la même colère que lorsqu'il séchait le lycée. Voilà longtemps qu'il n'avait pas flâné en ville l'après-midi. Avec la sérénité de pouvoir être libre de ses mouvements, il descendit à Kabataş. À l'endroit où, des années durant, il avait vendu du pilaf aux pois chiches, était garée la voiture à pilaf d'un autre. Il aperçut son propriétaire près de la vieille et grande fontaine mais il n'eut pas envie d'approcher davantage. L'espace d'un instant, il eut l'impression de regarder de loin sa propre vie. Ce vendeur de pilaf gagnait-il de l'argent ? L'homme était mince comme lui.

Le parc derrière la fontaine était enfin terminé et ouvert au public. Mevlut s'assit sur un banc et sentit le poids de la situation peser sur ses épaules. L'ombre de Topkapı, l'immense silhouette spectrale et grise des mosquées au loin dans la brume, les grands bateaux aux couleurs blanches et métalliques filant en silence, les mouettes criaillant sans cesse occupaient son regard. Il sentait doucement approcher une profonde mélancolie, avec l'impla-cable détermination de ces vagues océaniques géantes qu'il avait vues à la télévision. Il n'y avait que Rayiha qui puisse le consoler. Mevlut ne pouvait pas vivre sans Rayiha.

Vingt minutes plus tard, il était chez lui, à Tarlabaşı. Rayiha ne lui demanda même pas ce qu'il faisait à la maison à cette heure. Mevlut fit comme s'il s'était échappé du restaurant sous quelque prétexte et était rentré pour faire l'amour. (Ils l'avaient fait plusieurs fois.) Pendant quarante minutes, ils oublièrent le monde entier et même les enfants.

Sans même aborder le sujet, Mevlut constata que Rayiha avait été informée de la situation par Vediha qui était passée dans la matinée : après avoir fait une remarque sur le fait qu'ils n'avaient toujours pas le téléphone, Vediha avait raconté qu'un des employés du restaurant avait dénoncé au patron la grande truanderie qui se faisait à ses dépens. Le Capitaine Tahsin avait rassemblé les hommes de sa bande et ses amis trébizondais, ils avaient fait une descente dans le restaurant pour reprendre le contrôle de son bien. Pendant ce coup de force, une altercation avait éclaté entre le patron et le Gros à cause d'un échange verbal musclé, c'est pour cela qu'ils s'étaient retrouvés au commissariat, mais ils avaient finalement fait la paix. Le délateur avait avancé que Mevlut était au courant des escroqueries de ces malotrus et qu'il se faisait payer son silence. Tahsin le Trébizondais l'avait cru et s'était plaint de Mevlut à Hadji Hamit Vural.

Korkut et Süleyman avaient bien sûr expliqué aux fils de Hadji Hamit Vural que Mevlut était quelqu'un d'honnête qui ne s'abaisserait jamais à faire des choses pareilles, et ils avaient réfuté ces déclarations diffamatoires qui jetaient l'opprobre sur la famille. Mais les Aktaş s'étaient fâchés contre Mevlut à cause de cette affaire susceptible de briser leur bonne entente avec Hadji Hamit. Quant à Mevlut, qui ne cherchait nullement à atténuer ces mauvaises nouvelles et qui semblait même les accréditer, il se fâchait à présent contre Rayiha qui lui relatait tout cela comme si elle le disputait.

Rayiha s'en rendit compte aussitôt. « Ne t'inquiète pas, on se débrouillera, dit-elle. Il y a beaucoup de marchands de rideaux et de merceries qui demandent des travaux de couture. »

Ce qui attrista le plus Mevlut, ce fut que Fatma et Fevziye ne puissent plus manger au snack des toasts au *sucuk* et au fromage ou des sandwichs *döner*. Les employés les aimaient beaucoup et leur disaient des mots gentils. Le Gros faisait toujours des imitations avec la broche du *döner* qui les faisait rire. La semaine suivante, Mevlut apprit par les colporteurs de ragots que le Gros et Vahit étaient très remontés contre lui, qu'ils en parlaient comme d'un opportuniste qui se servait au passage sur les gains illicites et qui dénonçait même les employés au patron, mais il ne répondit pas à ces calomnies.

Il se surprit à plusieurs reprises à échafauder des rêves d'amitié avec Ferhat. Il se voyait lui poser une question et Ferhat lui répondre de façon éclairante, même si la réponse le heurtait. Ferhat était le mieux à même de le conseiller sur les moyens de se préserver des manigances des petits malins du snack. Mais c'était là une vision de l'amitié beaucoup trop optimiste. Une fois passée la trentaine, Mevlut avait appris de la rue que l'homme est aussi seul qu'un loup dans la vie. S'il avait de la chance, il trouvait une louve du nom de Rayiha. Pour soigner la solitude que généraient les rues, c'était encore les rues le principal remède. Et comme il était resté loin des rues de la ville durant les cinq ans qu'il avait passés au Binbom, Mevlut était devenu quelqu'un de triste et de mélancolique.

Le matin, après avoir envoyé les filles à l'école, il faisait l'amour avec Rayiha, ensuite il cherchait du travail en faisant le tour des maisons de thé et, le soir, il sortait de bonne heure vendre de la boza. Il se rendit deux fois à la loge soufie de Çarşamba. Son Excellence avait pas mal vieilli ces cinq dernières années, il s'asseyait de moins en moins à sa place autour de la table et de plus en plus dans le fauteuil près de la fenêtre. À côté du fauteuil, il y avait un bouton qui actionnait l'ouverture automatique de la porte de l'allée. Pour que Son Excellence puisse voir qui sonnait à la porte sans se lever de son siège, de gros rétroviseurs de camion avaient été fixés au mur de l'immeuble de trois étages. À chacune de ses deux visites, Mevlut n'avait même pas encore crié « Boo-zaa ! » que Son Excellence, qui l'avait vu dans le rétroviseur, lui avait déjà ouvert la porte. Il y avait de nouveaux étudiants, de nouveaux visiteurs. Ils n'avaient pas parlé de grand-chose. Les deux fois, Mevlut ne s'était pas fait payer la boza, chose que personne, y compris Son Excellence, n'avait remarquée, et il n'avait dit à personne qu'il avait quitté son poste de gérant de restaurant.

Pourquoi avait-il envie certaines nuits d'entrer dans les cimetières isolés des quartiers périphériques et de s'asseoir au clair de lune entre les cyprès ? Pourquoi une masse d'eau noire, semblable à la vague gigantesque dont il avait vu une image à la télévision, le pourchassait-elle parfois et pourquoi Mevlut, qui, la plupart du temps, n'arrivait pas à la fuir, se noyait-il sous cette tristesse qui s'abattait sur lui ? Désormais, c'est non seulement dans les quartiers de l'autre rive de la Corne d'Or mais aussi à Kurtuluş, à Şişli ou à Cihangir que les petites meutes de chiens lui montraient les crocs, grognaient et aboyaient. Pourquoi Mevlut avait-il commencé à avoir peur des chiens, et pourquoi ces derniers qui le sentaient s'étaient-ils mis à lui grogner dessus ? Ou plutôt, pourquoi les chiens avaient-ils d'abord commencé à grogner contre Mevlut, et pourquoi Mevlut s'était-il mis à avoir peur en remarquant que ces grognements se faisaient de plus en plus forts ?

Il y avait de nouveau des élections. La ville était couverte de drapeaux des partis, la circulation bouchée par les convois de voitures équipées de haut-parleurs diffusant des chants et des marches qui faisaient un vacarme éreintant. Quand il habitait Kültepe, tout le monde votait pour le parti qui amènerait l'eau, l'électricité, les routes et les transports dans le quartier. Quant à savoir de quel parti il s'agissait, c'est Hadji Hamit Vural qui en décidait pour les habitants du quartier, vu que c'est lui qui se chargeait des marchandages dans ce genre d'affaires.

Sous l'effet des rumeurs selon lesquelles ceux qui s'inscrivaient sur les listes électorales voyaient débarquer chez eux un inspecteur des impôts, Mevlut avait gardé ses distances avec les élections. De toute façon, hormis le souhait que les marchands ambulants soient bien traités, il n'avait ni aversion ni attentes envers un parti ou un autre. Mais lors des avant-dernières élections, comme la junte militaire au pouvoir avait décrété le couvre-feu, passé le pays au peigne fin pour recenser toute la population, et semé la terreur en menaçant d'emprisonner tous ceux qui ne voteraient pas, il prit les papiers d'identité de Rayiha et les siens, et il les inscrivit tous deux sur les listes électorales.

Lors des élections municipales de 1994, comme leur lieu de vote était l'école primaire Piyale Paşa, fréquentée par leurs filles, Mevlut emmena avec lui femme et enfants, et il alla voter tout guilleret. Dans la salle de classe de Fatma se trouvaient une urne et une nombreuse foule. Quant à la salle de classe de Fevziye, elle était vide. Tous les quatre y entrèrent et s'assirent sur les bancs. Ils rirent en voyant Fevziye imiter son professeur, et ils admirèrent le dessin qu'elle avait fait en classe, intitulé *Notre maison*, et que le professeur avait affiché au mur parce qu'il le trouvait beau : Fevziye avait mis deux cheminées et un drapeau turc sur le toit rouge de la maison, elle avait dessiné l'amandier dans la cour, ainsi que la voiture à pilaf disparue. Les chaînes avec lesquelles la carriole était attachée à l'arbre ne figuraient pas sur le dessin.

Le lendemain, quand les journaux publièrent que le parti islamiste avait remporté le scrutin à Istanbul, Mevlut se dit que, puisque c'étaient des religieux, les tablées d'ivrognes envahissant les trottoirs de Beyoğlu seraient supprimées, que les vendeurs pourraient circuler tranquillement et que les gens achèteraient plus de boza. Deux jours plus tard, un soir où il vendait de la boza, comme il s'était fait attaquer par les chiens et dépouiller de son argent et de sa montre suisse, Mevlut prit la décision de mettre un terme à son activité de bozacı.

PARTIE V

Mars 1994 – Septembre 2002

Au Paradis, l'intention de ton cœur
et celle de ta langue n'en font qu'une.

Ibni ZERHANI,
Les Sagesses du Mystère perdu

1

La Boza des Beaux-Frères

Un travail honorable et patriotique

Notre histoire revenant à son point de départ, je conseillerais à mes lecteurs de relire la deuxième partie du roman. La nuit du mercredi 30 mars 1994, le fait d'être attaqué par des chiens et dépouillé de la montre que Hadji Hamit Vural lui avait offerte douze ans plus tôt en cadeau de mariage avait fortement ébranlé Mevlut. Le lendemain matin, en en parlant avec Rayiha après le départ de Fatma et Fevziye à l'école, Mevlut pensa une nouvelle fois que sa décision d'arrêter la vente de boza était justifiée. Il ne pouvait marcher dans les rues obscures avec en lui une telle peur des chiens.

D'un autre côté, il se demandait si le fait de s'être fait attaquer à la fois par des voleurs et par des chiens le même soir était un hasard. S'il avait d'abord subi l'attaque des voleurs et ensuite celle des chiens, il aurait logiquement pu se dire : « J'ai eu peur quand j'ai été agressé par les voleurs, les chiens ont senti l'odeur de ma peur et ils m'ont attaqué. » Or, c'étaient les chiens qui l'avaient attaqué en premier, et c'est deux heures plus tard qu'il s'était fait détrousser. Tandis qu'il essayait d'établir un lien entre ces deux événements, Mevlut se rappelait un article qu'il avait lu à la bibliothèque de l'école. Ce texte d'un vieux numéro de la revue *L'Âme et la Matière* traitait de la capacité des chiens à lire dans les pensées des humains. Mais au souvenir de ce texte, Mevlut comprit très vite qu'il aurait bien du mal à s'en rappeler les tenants et les aboutissants.

Rayiha. Lorsque Mevlut a arrêté de vendre de la boza à cause de sa peur des chiens, à la première occasion je suis allée voir Vediha à Duttepe.

« Après ce qui s'est passé au Binbom, les nôtres en veulent à Mevlut, ils ne lui trouveront plus de travail maintenant, et ils ne lèveront pas le petit doigt pour lui », a dit Vediha.

J'ai répondu : « Mevlut aussi leur en veut. De toute façon, ce n'est pas à eux que je pense mais à Ferhat. Il paraît qu'il gagne beaucoup d'argent à l'Administration de l'électricité. Il trouvera bien un travail à Mevlut. Mais tant que ça ne vient pas de lui et qu'il ne le rappelle pas, Mevlut ne s'abaissera jamais à lui demander quoi que ce soit.

— Et pourquoi donc ?

— Tu sais très bien pourquoi... »

Vediha eut un regard qui semblait laisser entendre qu'elle comprenait.

« S'il te plaît Vediha, c'est toi qui pourras le mieux préparer Samiha et Ferhat. Ferhat et Mevlut étaient de très bons amis. Puisque Ferhat est si désireux de montrer tout ce qu'il gagne, il n'a qu'à aider son ancien ami.

— Autrefois, Samiha et toi, vous faisiez bloc toutes les deux contre moi, répondit Vediha. Mais maintenant, c'est à moi de vous rabibocher.

— Il n'y a aucun problème entre Samiha et moi. Le problème, c'est l'orgueil des hommes.

— Ils n'appellent pas cela de l'orgueil, mais de l'honneur, dit Vediha. Et alors les choses empirent. »

 Une semaine plus tard, Rayiha annonça à son mari qu'ils étaient invités, que dimanche prochain ils emmèneraient les filles et partiraient tous ensemble chez Ferhat et Samiha, et que cette dernière ferait du kebab à la mode de Beyşehir.

« Ce que tu appelles le kebab de Beyşehir, c'est une *pide* à la viande et aux noix, dit Mevlut. La dernière fois que j'en ai mangé, c'était il y a vingt ans. C'est en quel honneur ?

— La dernière fois que tu as vu Ferhat, ça remonte à dix ans ! » dit Rayiha.

Mevlut était désœuvré. Après s'être fait voler, il s'était enfermé dans la bouderie et était devenu plus susceptible. Le soir, il ne sortait plus vendre de boza. Le matin, il cherchait un travail qui lui convienne dans les restaurants et les snacks de Tarlabaşı et de Beyoğlu, mais il le faisait avec indolence et colère.

Un dimanche matin ensoleillé, ils prirent à Taksim un bus municipal dans lequel il n'y avait pas grand monde, hormis la poignée de personnes allant voir comme eux des parents à l'autre bout de la ville. En entendant Mevlut raconter à Fatma et Fevziye combien son ami d'enfance Tonton Ferhat était quelqu'un de drôle, Rayiha se détendit.

Et grâce à leurs filles, ce moment des retrouvailles avec Samiha et Ferhat auquel Mevlut se dérobait depuis dix ans se passa sans encombre et sans la moindre gêne. Après que les deux amis se furent donné l'accolade, Ferhat prit Fevziye dans les bras et tous sortirent ensemble pour voir le terrain qu'il avait délimité quinze ans plus tôt avec des pierres blanches, comme s'ils visitaient un terrain à bâtir.

Les fillettes furent enchantées par la forêt à la lisière de la ville, la silhouette d'Istanbul perdue au loin dans la brume, les jardins où caquetaient des poules, où se promenaient des poussins et des chiens ; elles n'arrêtaient pas de courir en tous sens. Mevlut se fit la réflexion que Fatma et Fevziye, qui étaient nées et avaient grandi à Tarlabaşı, n'avaient jamais vu de leur vie de champs sentant le fumier, de maison villageoise ni même de vergers. Il était heureux que ses filles regardent chaque chose avec curiosité, les arbres, le treuil du puits, le tuyau d'arrosage, un vieil âne fatigué, ou encore les plaques de tôle arrachées aux vieilles maisons d'Istanbul et réutilisées pour clôturer les cours, et même qu'elles admirent les grilles en fer forgé ornementées.

Il comprenait que la raison essentielle de son bonheur, c'était de pouvoir poursuivre son amitié avec Ferhat sans blessure d'amour-propre et venir ici sans tourmenter Rayiha. Il s'en voulut de s'être exagéré cette histoire concernant la vraie destinataire des lettres et de s'être inutilement inquiété pendant des années. Parallèlement, il veillait à ne pas se retrouver seul avec Samiha.

Quand Samiha posa le kebab de Beyşehir sur la table, Mevlut

s'assit à la place la plus éloignée d'elle. Il était habité par une joie qui allégeait ses angoisses de chômage et de manque d'argent. À mesure qu'il sirotait le raki que Ferhat avait servi en riant et plaisantant, il sentait la détente le gagner mais il restait tout de même prudent : comme il redoutait de commettre un impair, il parlait peu.

Lorsque la tête commença à lui tourner, il décida de ne plus rien dire du tout. Il se contenta d'écouter la conversation des convives autour de la table (les filles parlaient du jeu télévisé sur le petit écran qu'elles venaient d'allumer), il satisfaisait son besoin de s'épancher en se parlant intérieurement à lui-même.

« Oui, j'ai toujours écrit mes lettres à l'attention de Samiha, évidemment que ses yeux me faisaient de l'effet ! » pensa-t-il à un moment. Il ne regardait pas dans sa direction mais oui, Samiha était très belle ; et ses yeux étaient d'une beauté qui justifiait toutes les louanges que Mevlut avait écrites.

Mais heureusement que Süleyman l'avait trompé et que Mevlut avait adressé ses lettres à Rayiha, même s'il pensait à Samiha. Car ce n'est qu'avec Rayiha que Mevlut pouvait être heureux. Dieu les avait créés l'un pour l'autre. Il l'aimait beaucoup ; Mevlut serait mort sans Rayiha. Les filles belles comme Samiha sont très dures et exigeantes, elles pouvaient rendre les gens malheureux pour des raisons incompréhensibles. Ce n'est qu'en se mariant avec un homme riche que les jolies filles trouvaient le repos. Or, quelqu'un d'aussi bon que l'était Rayiha aimait son mari même s'il n'était pas riche. Après des années à s'être employée comme femme de ménage, Samiha était tranquille maintenant que Ferhat était devenu agent de recouvrement de l'Administration de l'électricité et qu'il gagnait un peu d'argent.

« Que se serait-il passé si j'avais écrit le nom de Samiha et non pas celui de Rayiha sur ces lettres ? » se demanda Mevlut. Samiha se serait-elle enfuie avec lui ?

Avec réalisme, jalousie et un peu sous l'effet de l'ivresse, Mevlut s'avoua qu'elle ne serait pas partie avec lui.

« Ça suffit, arrête de boire, lui dit doucement Rayiha à l'oreille.

— Je ne bois pas », murmura Mevlut, agacé.

Samiha et Ferhat pourraient mal interpréter de tels propos superflus de la part de Rayiha.

« Laisse-le, Rayiha, dit Ferhat. Qu'il boive donc autant qu'il veut. Maintenant qu'il a enfin arrêté de vendre sa boza, il fête ça…

— Dans la rue, les marchands de boza se font détrousser maintenant. Ce n'est pas de bon cœur que j'ai arrêté. » Il se doutait que Rayiha leur avait touché deux mots de sa situation et que c'était pour lui trouver du travail qu'ils étaient venus, et il en avait honte.

« J'aurais aimé pouvoir vendre de la boza jusqu'à la fin de ma vie.

— D'accord Mevlut, vendons de la boza jusqu'à nos derniers jours ! dit Ferhat. Il y a une petite boutique dans la rue Imam-Adnan. Je pensais y ouvrir un *döner*. Mais ouvrir un débit de boza est une bien meilleure idée. Comme il n'arrivait pas à payer ses dettes, le patron du magasin a mis la clef sous la porte.

— Mevlut est un très bon dirigeant de snack-restaurant, dit Rayiha. Il a de l'expérience désormais. »

Mevlut n'apprécia guère le côté sociable et entreprenant de Rayiha qui s'occupait de lui dégoter un travail. Mais pour l'heure il n'était pas en état de relever les défauts chez les autres et de s'en agacer. Il ne souffla mot. Il sentait que Rayiha, Samiha et Ferhat avaient déjà décidé d'un plan entre eux. En réalité, cela lui convenait. Il serait de nouveau gérant. Quant à savoir par quel miracle Ferhat gagnait assez d'argent pour ouvrir un magasin à Beyoğlu, il sentait à travers les brumes de l'alcool que ce n'était pas une chose à demander.

Ferhat. Dès que j'ai eu mon diplôme en poche, je suis entré à l'Administration de l'électricité par le biais d'un parent alévi de Bingöl qui y est employé. Avec la loi sur la privatisation de l'électricité en 1991, la chance a tourné en faveur des personnes travailleuses et entreprenantes. Certains ont tout de suite accepté les conditions de départ à la retraite. Ils ont pris leur argent et ils sont partis. D'autres sont restés des fonctionnaires ancien style et ont très vite été remerciés. Quant aux personnes énergiques dans mon genre, elles ont su bien manœuvrer.

Pendant des années, l'État avait tiré des lignes électriques pour raccorder chaque coin d'Istanbul au réseau, même les bidonvilles les plus pauvres et les plus reculés, jusqu'aux bouges contrôlés par les plus vils truands. Et pendant des années les citoyens avaient usé de toutes les ruses pour utiliser l'électricité sans payer.

Comme l'État ne parvenait pas à récupérer d'argent de la part des administrés fraudeurs, il a privatisé la vente de l'électricité et transféré la gestion des impayés à l'entreprise privée où je suis employé. De plus, une loi a été promulguée pour infliger chaque mois de fortes amendes sur toute facture impayée afin que ceux qui n'ont pas peur des agents de recouvrement, qui se montrent même assez impudents pour se payer leur tête, se tiennent à carreau et règlent leurs dettes.

Le propriétaire du magasin de la rue Imam-Adnan, un homme originaire de Samsun qui vendait des journaux, des cigarettes et des sandwichs, était un malin mais pas un maître dans l'art de la tricherie. La boutique appartenait en fait à un vieux Grec renvoyé à Athènes. L'homme de Samsun s'était installé dans ce local abandonné sans titre de propriété ni contrat de location, mais quelqu'un de la mairie lui avait arrangé l'affaire et avait fait poser un compteur. Ensuite, il avait tiré une ligne hors du compteur et y avait raccordé sa machine à toasts ainsi que deux gros radiateurs électriques qui chauffaient la boutique comme un hammam. Au moment où je lui ai mis la main dessus, s'il avait dû régler ses amendes pour usage frauduleux d'électricité et toutes ses factures en souffrance, majorées des intérêts indexés sur l'inflation comme l'ordonnait la nouvelle réglementation, il lui aurait fallu vendre son appartement de Kasımpaşa. Au lieu de cela, ce petit commerçant de Samsun avait préféré tout abandonner et disparaître.

Le local vide était encore plus petit que la moitié du Binbom et il y avait tout juste la place d'y installer une table de deux couverts. Après avoir envoyé les filles à l'école, Rayiha sucrait comme autrefois la boza à la maison, elle nettoyait les bidons et faisait des achats pour le magasin dont elle prenait grand soin. Chaque matin, Mevlut allait faire l'ouverture à onze heures. Comme personne ne buvait de boza à cette heure de la matinée, il s'appliquait à ranger la boutique et à mettre de l'ordre. Il prenait plaisir à aligner les verres, les carafes, les flacons verseurs de cannelle sur les étagères donnant sur la rue, comme il l'avait vu chez Vefa Bozacısı.

Lorsqu'ils prirent la décision de transformer le magasin en débit de boza, la saison touchait à sa fin, mais le froid perdura encore une longue période, et cinq jours plus tard, au moment de l'inauguration, leur magasin suscita un grand engouement. En conséquence de ce premier succès commercial, Ferhat fit des investissements dans le magasin, il renouvela leur vitrine réfrigérée, fit repeindre la façade et la porte (sur l'insistance de Mevlut, en jaune crémeux comme la boza), installa une lampe au-dessus de l'entrée pour attirer l'œil des clients le soir, et rapporta un miroir de chez lui.

Ils se rappelèrent aussi qu'il fallait donner un nom à leur boutique. Si cela n'avait tenu qu'à Mevlut, il aurait suffi d'écrire BOZACI en grosses lettres. Mais un intelligent fabricant d'enseigne, qui offrait ses services aux magasins modernes de Beyoğlu, leur expliqua que, commercialement parlant, une telle dénomination ne marcherait pas. Il leur posa des questions sur leur parcours, ouvrit la discussion et, en apprenant qu'ils s'étaient mariés avec des femmes qui étaient sœurs, il trouva aussitôt le nom du magasin :

LA BOZA DES BEAUX-FRÈRES

Au fil du temps, ce nom se mua simplement en « Les Beaux-Frères ». Conformément à ce dont ils étaient convenus lors d'un long déjeuner arrosé au raki dans le quartier Gazi, Ferhat mettait dans l'affaire son capital (un magasin vide dans Beyoğlu sans frais de loyer ni d'électricité), Mevlut son capital d'exploitation (la boza qu'il achetait deux fois par semaine, le sucre, les pois chiches grillés et la cannelle), son travail et celui de Rayiha. Les bénéfices seraient partagés à parts égales entre les deux anciens amis.

Samiha. Après toutes ces années où je m'étais employée comme domestique, Ferhat refusait que je travaille à présent dans le magasin de Mevlut. « Laisse tomber, pas dans un débit de boza », disait-il parfois, ce qui me vexait. Les premiers mois cependant, poussée par la curiosité, je suis allée plusieurs soirs rejoindre Mevlut dans la boutique, et je rentrais très tard à la maison. Moi aussi je voulais voir, et j'y allais en cachette de Ferhat. Mais personne ne voulait rien acheter à deux femmes portant le foulard. C'est ainsi que très rapidement la boutique se transforma en l'un des innombrables commerces d'Istanbul où les hommes tiennent le comptoir et s'occupent des clients tandis que les femmes coiffées d'un foulard s'occupent des réchauds et de la vaisselle. Sauf que nous, nous vendions de la boza.

Dix jours après l'ouverture des Beaux-Frères, nous avons finalement quitté le quartier Gazi et emménagé dans l'appartement équipé de radiateurs que Ferhat avait loué dans Çukurcuma. Il y avait aux alentours des brocanteurs, des tapissiers, un hôpital et des pharmacies. En regardant par la fenêtre, je voyais une partie de l'avenue Sıraselviler, la foule qui allait vers Taksim et en revenait. L'après-midi, je m'ennuyais à la maison et j'allais à la boutique des Beaux-Frères. Dès cinq heures, Rayiha rentrait pour ne pas laisser les filles seules une fois la nuit tombée et pour préparer le dîner. Et pour ne pas rester seule avec Mevlut, je partais également. Plusieurs fois il est arrivé que je reste au magasin après le départ de Rayiha, mais Mevlut me tournait le dos. Il regardait seulement le miroir de temps à autre. Moi aussi je regardais le miroir, et je n'échangeais pas un mot avec Mevlut. Ensuite, sachant que j'étais là, Ferhat arrivait ; au bout de quelque temps, il s'était habitué à ce que je vienne au magasin. J'aimais beaucoup lorsque Ferhat et moi y restions seuls et que nous nous occupions ensemble de la clientèle. C'était la première fois que nous travaillions ensemble comme mari et femme. Ferhat avait toujours quelque chose à dire sur chaque client qui venait boire un verre de boza : cet imbécile avait soufflé sur son verre parce qu'il pensait que la boza était une boisson chaude comme le salep. Cet autre était vendeur dans un magasin de chaussures de l'avenue ; c'est Ferhat qui avait fait leur raccordement au réseau électrique. Après avoir servi gratuitement à un troisième un autre verre de boza pour la simple raison qu'il avait bu le sien avec avidité, il entamait la conversation avec lui et lui racontait ses souvenirs du service militaire.

 Deux mois après l'ouverture des Beaux-Frères, tout le monde avait compris que l'affaire n'était pas rentable, mais ils n'en parlèrent pas entre eux. En une journée, le magasin des Beaux-Frères gagnait tout au plus trois fois ce que Mevlut réussissait à vendre dans ses bons jours les froides nuits d'hiver. Les bénéfices nets couvraient tout juste la moitié des dépenses mensuelles d'une famille sans enfant. Sans compter que grâce aux relations de Ferhat il s'agissait d'une affaire sans loyer à payer ni pots-de-vin à verser à des instances comme la mairie ou les impôts. Dans un endroit aussi fréquenté, une rue au-dessous de l'avenue Istiklal, il était possible de vendre tout ce qu'on voulait.

Mevlut ne perdit nullement espoir. Beaucoup de ceux qui passaient par cette rue s'arrêtaient boire un verre en voyant l'enseigne, et la plupart déclaraient ouvertement à Mevlut qu'il avait très bien fait d'ouvrir une telle boutique. Des mères de famille faisant goûter pour la première fois de la boza à leurs enfants jusqu'aux soûlards, en passant par les pédants donneurs de leçons et les maniaques se méfiant de tout, Mevlut aimait beaucoup bavarder avec toutes sortes de clients.

« La boza, ça se boit le soir, bozacı, que faites-vous là le matin ? » « Vous préparez ça à domicile ? » « Vos prix sont élevés, vos verres sont petits, il faut mettre plus de pois chiches aussi. » (Mevlut avait rapidement appris que la critique ravalée envers le pauvre marchand de boza ambulant s'exprimait sans retenue contre le patron de magasin.) « Chapeau bas, vous faites un travail honorable, voire patriotique. » « Je viens de m'envoyer un petit Kulüp Rakı, qu'est-ce que ça peut faire que je boive une boza ou pas ? » « Excusez-moi, est-ce que je dois boire la boza avant ou après le repas, en guise de dessert ? » « Bozacı, mon frère, tu sais que le mot "boza" vient de *booze,* en anglais ? » « Est-ce que vous livrez à domicile ? » « Ne serais-tu pas le fils de Mustafa Éfendi, le marchand de yaourt ? Tu travaillais comme apprenti auprès de ton père. Félicitations ! » « Dans notre quartier, il y avait un marchand de boza ambulant mais on ne le voit plus », « Que vont devenir les vendeurs des rues si la boza se vend en magasin ? » « Bozacı, crie "Boo-zaa !", que les enfants l'entendent et apprennent. »

S'il était de bonne humeur, Mevlut lançait en riant son cri de « Boo-zaa ! » pour ne pas décevoir le client curieux, et plus particulièrement les familles avec des enfants. La plupart de ceux qui disaient « Ce que vous faites est grand » et qui tenaient de grands discours sur la tradition et les Ottomans ne revenaient pas. Mevlut était stupéfait par le nombre de clients suspicieux voulant vérifier de leurs propres yeux si les verres étaient bien lavés ou pas, et de clients agressifs demandant si les produits utilisés étaient bons pour la santé. En revanche, il ne s'étonnait pas de voir quelqu'un qui buvait de la boza pour la première fois de sa vie faire la grimace après avoir avalé la première gorgée, ou d'autres abandonner leur verre à moitié plein en disant que c'était « trop amer » ou « trop sucré ». Certains tordaient le nez en disant que la boza qu'ils avaient achetée la veille auprès d'un vendeur des rues était beaucoup plus authentique. D'autres encore partaient sans terminer leur verre en expliquant qu'ils pensaient que ça se buvait chaud.

Un mois après l'inauguration, Ferhat passait un soir sur deux au magasin pour s'en occuper un peu. Au moment de la guerre entre l'armée turque et la guérilla kurde à l'Est, le village de son père avait été évacué, et sa grand-mère paternelle qui ne parlait pas le turc était venue à Istanbul. Ferhat racontait à Mevlut comment il baragouinait le kurde avec elle. Les Kurdes qui avaient émigré à Istanbul après la destruction par le feu de leurs villages s'installaient peu à peu dans certaines rues et s'organisaient en bandes. On disait que le nouveau maire islamiste décréterait la fermeture des tavernes avec des tables en terrasse et des débits d'alcool. À l'approche de l'été, ils commencèrent à vendre des glaces.

Rayiha. Nous avions également apporté un miroir de chez nous au magasin, de même que Ferhat et Samiha. J'ai remarqué que certains après-midi Mevlut regardait non pas à l'extérieur du magasin mais dans notre miroir près de la fenêtre. J'ai été prise d'un doute. Profitant que Mevlut était dans la rue, je suis allée à l'endroit où il était habituellement assis et, en dirigeant comme lui mon regard vers le miroir, j'ai vu le visage et les yeux de Samiha, qui était juste derrière moi. En m'imaginant que, grâce aux miroirs, tous deux échangeaient des regards à mon insu, j'ai cédé à la jalousie.

Peut-être que je me trompe mais cela m'a obsédée. D'autre part, cela ne sert à rien que Samiha vienne l'après-midi alors que Mevlut et moi travaillons dans le magasin. D'ailleurs, pourquoi devrait-elle s'en occuper autant, comme s'ils avaient besoin d'argent maintenant que Ferhat se promène les poches pleines de liasses de billets, pris à ceux qui font de la fraude aux compteurs électriques ? En fin d'après-midi, quand je sors pour aller m'occuper des filles à la maison, Samiha me suit aussitôt mais parfois elle est tellement plongée dans son travail qu'elle oublie : quatre fois il est arrivé qu'après mon départ elle reste seule avec Mevlut dans le magasin.

En réalité, Samiha est moins focalisée sur le magasin que sur l'appartement qu'ils viennent de louer à Cihangir. Une fin d'après-midi, je suis passée avec les filles à l'improviste. Samiha n'était pas chez elle. N'y tenant pas, j'ai pris les filles et j'ai filé tout droit au magasin. Mevlut y était, mais pas Samiha. « Qu'est-ce que tu viens faire ici à cette heure ? Je t'ai bien dit de ne pas emmener les filles ici ! » Il a dit cela non pas comme mon Mevlut angélique d'autrefois mais comme un homme mauvais. J'étais tellement vexée que trois jours durant je n'ai pas remis les pieds au magasin. Naturellement, Samiha non plus n'a pu y retourner en mon absence et elle est tout de suite venue me rendre visite à la maison. « Comment vas-tu grande sœur ? Je me suis inquiétée », m'a-t-elle dit avec une sincérité totale. J'ai eu honte de ma jalousie et j'ai répondu que j'étais malade. « Je sais bien que tu n'as rien. Ferhat aussi se comporte mal avec moi, a-t-elle dit, non pas pour me tirer les vers du nez mais parce que mon intelligente petite sœur avait depuis longtemps compris que les maris étaient toujours à la source de nos malheurs, à nous les femmes. Dommage que cette boutique existe et que Mevlut et moi ne puissions rester seuls comme autrefois.

À la mi-octobre, ils recommencèrent à vendre de la boza. Mevlut déclara qu'il vaudrait mieux libérer le comptoir des sandwichs, gâteaux, chocolats et autres friandises pour uniquement proposer de la boza, de la cannelle et des pois chiches grillés, mais, comme il était toujours le plus optimiste d'entre eux, ils ne l'écoutèrent pas. Un ou deux soirs par semaine, Mevlut laissait le magasin à Ferhat et il allait vendre de la boza dans les coins où il avait d'anciens clients. En conséquence de la

guerre à l'Est, il y avait des explosions dans Istanbul, des mani-
festations, les journaux étaient visés par des attaques à la bombe
la nuit, mais Beyoğlu restait toujours aussi fréquenté.

À la fin du mois de novembre, le pieux serrurier d'en face fut
le premier à les avertir qu'un article sur le magasin était paru
dans le journal *Irşad*. Mevlut courut au point presse de l'avenue
Istiklal. Rayiha et lui examinèrent le journal du début à la fin.

Dans un article intitulé « Trois nouveaux magasins », on chantait d'abord les louanges de la Boza des Beaux-Frères, puis on
annonçait l'ouverture d'un marchand de *dürüm* à Nişantaşı et
d'un magasin ne vendant que du *güllaç* et de l'*aşure* à Karaköy.
Rappeler les anciennes habitudes turques que nous avions
oubliées pour imiter l'Occident était un devoir sacré au même
titre qu'invoquer nos ancêtres. Si, en tant que civilisation, nous
voulions rester fidèles à notre identité nationale, à notre pays et
à nos croyances, nous devions d'abord apprendre à rester fidèles
à nos mets et à nos boissons.

Dans l'après-midi, à peine Ferhat était-il entré dans la boutique
que Mevlut posa joyeusement le journal devant lui. Il avança
qu'après cet article il y avait eu pas mal de nouveaux clients.

« Laisse tomber, dit Ferhat. Personne ne viendra au magasin
après avoir lu l'*Irşad*. Nous n'avons même pas d'adresse. Nous
avons été instrumentalisés par cet horrible journal islamiste. »

Mevlut n'avait pas plus remarqué que l'*Irşad* était islamiste
qu'il n'avait constaté qu'il s'agissait d'un article de propagande.

Ferhat s'énerva de voir que son ami ne le comprenait pas. Il
saisit le journal : « Regarde donc ces titres, fils : "Saint Hamza et
la bataille de Uhud... L'intention, le destin et la volonté dans l'islam... Pourquoi le Pèlerinage est une obligation religieuse"... »

Ces sujets-là étaient-ils nuisibles ? Son Excellence en parlait
merveilleusement bien et Mevlut aimait ses propos. Heureusement que Mevlut avait caché à Ferhat qu'il voyait Son Excellence.
Peut-être que Ferhat aurait aussi traité Mevlut d'« affreux bigot ».

Ferhat continua à lire les pages de l'*Irşad* avec colère : « "Qu'a
fait Fahrettin Pacha contre l'espion anglais Lawrence, ce déviant
sexuel ?... Les francs-maçons, la CIA et les Rouges... L'Anglais
s'est avéré être un juif droit-de-l'hommiste !" »

Heureusement que Mevlut n'avait pas dit à Son Excellence que son associé était alévi. Son Excellence pensait que l'associé de Mevlut était un Turc sunnite, et dès que leur conversation abordait de près ou de loin des questions touchant aux alévis, aux chiites d'Iran ou à Hazreti Ali, Mevlut changeait aussitôt de sujet pour éviter que Son Excellence n'en dise du mal.

« "Une édition commentée du Coran à reliure couleur, pour seulement trente coupons avec l'*Irşad*", lut Ferhat. Si jamais ils arrivent au pouvoir, leur première priorité, ce sera d'interdire les vendeurs ambulants, comme en Iran. Et ils en pendront un ou deux de ton genre.

— Mais non, protesta Mevlut. Il y a de l'alcool dans la boza, mais est-ce qu'ils font la moindre objection ?

— Parce que le degré d'alcool de la boza est insignifiant, dit Ferhat.

— Oui, la boza, ce n'est rien à côté de ton Kulüp Rakı.

— Quoi, l'alcool te pose problème maintenant ? Si l'alcool est un péché, peu importe son degré. Et nous n'avons plus qu'à mettre la clef sous la porte. »

Mevlut sentit une menace. C'est grâce à l'argent de Ferhat qu'ils avaient ouvert ce magasin.

« Si ça se trouve, toi aussi tu as voté pour ces islamistes ?

— Non, pas du tout, mentit Mevlut.

— Vote donc pour qui tu veux », dit Ferhat d'un air supérieur et méprisant.

Leur bonne humeur s'envola. Ferhat resta quelque temps sans passer le soir au magasin. À cause de cela, Mevlut ne put aller distribuer de la boza à ses anciens habitués.

Le soir, lorsque personne ne venait, il s'ennuyait dans le magasin. Or, cela ne lui arrivait jamais les nuits où il partait vendre de la boza, même dans la plus déserte des rues où pas une fenêtre ne s'ouvrait, où nul ne lui achetait quoi que ce soit. Lorsqu'il marchait, son imagination était active, les façades des mosquées, les maisons en bois tombant en ruine, les cimetières rappelaient à Mevlut qu'il y avait en ce monde un autre monde secret.

Une image de l'Univers qui occupait son esprit fut publiée dans le journal *Irşad*. Naturellement, cette image avait été imprimée dans une autre intention, pour illustrer une série d'articles intitulée « L'Autre Monde ». Les soirs où Mevlut restait seul dans le magasin, il ouvrait le journal qui avait écrit sur les Beaux-Frères et regardait cette image.

Pourquoi les stèles étaient-elles penchées ? Quel sens cela avait-il que chaque pierre tombale soit différente des autres et que certaines s'inclinent avec tristesse ? Qu'était cette chose blanche venant du haut comme un halo lumineux ? Pourquoi les vieilles choses, les cyprès éveillaient-ils de beaux sentiments chez Mevlut ?

2

Avec les deux femmes dans le petit magasin

Autres compteurs, autres familles

Rayiha. Samiha est encore très belle. Le matin, certains hommes impudents cherchent à lui toucher les doigts en récupérant leur monnaie. C'est pourquoi nous posons l'argent non pas dans leurs mains mais sur le comptoir. La plupart du temps, c'est moi qui prépare la boza, de même que l'*ayran*, et c'est moi qui m'occupe de la caisse. Ils ne m'importunent pas. Il y a des matins où personne n'entre s'asseoir. Quelquefois, une vieille femme arrive, elle s'installe tout près du radiateur électrique et commande un thé. C'est ainsi que nous avons commencé à servir du thé. À un moment venait une jolie femme qui sortait chaque jour faire des courses dans Beyoğlu et, en souriant, elle disait : « Vous êtes sœurs, n'est-ce pas ? Vous vous ressemblez. Laquelle de vous deux a un bon mari, laquelle en a un mauvais ? »

Une fois, un homme du genre voyou était entré, la cigarette à la main, et avait commandé de la boza de bon matin. Après en avoir bu trois verres, en regardant sans arrêt Samiha, il s'était mis à dire : « Est-ce qu'il y a de l'alcool dans la boza ? Ou est-ce autre chose qui me fait tourner la tête ? » Oui, c'est difficile de tenir un magasin quand il n'y a pas d'homme. Mais cela, Samiha ne l'a pas rapporté à Ferhat, ni moi à Mevlut.

Parfois, en pleine journée, Samiha disait : « J'y vais, Rayiha. Tu t'occuperas de la cliente qui est attablée et tu enlèveras les verres vides. » À croire que c'était elle la patronne et moi la serveuse… Est-ce qu'elle avait conscience d'imiter les riches dames chez qui elle travaillait autrefois ? J'allais parfois chez eux à Firu-zağa, Ferhat partait toujours de bonne heure. « Et si on allait au cinéma, Rayiha ? » proposait Samiha. Parfois, nous regardions la télévision. D'autres fois, Samiha s'installait devant la coiffeuse qu'elle venait d'acheter, elle se maquillait et je la regardais faire. « Viens, mets-en aussi Rayiha », me disait-elle en me souriant dans le miroir. « Ne t'inquiète pas, je ne dirai rien à Mevlut. » Qu'en-tendait-elle par là ? Que Mevlut et elle bavardaient entre eux au magasin lorsque je n'étais pas là ? Ou même qu'ils parlaient de moi ? Je prenais tout mal, j'étais jalouse, je pleurais.

Süleyman. Je redescendais la rue Imam-Adnan en fin d'après-midi quand une boutique sur la gauche a accroché mon regard. Je n'en ai pas cru mes yeux.

Certains soirs, Ferhat venait faire un tour au magasin alors qu'il avait bu et il disait à Mevlut : « C'était autre chose dans le temps, n'est-ce pas ? On en a collé des affiches toi et moi, on en a livré des combats ! » Mevlut trouvait ces propos exagérés ; ce qu'il aimait se rappeler, c'était moins les batailles politiques que la vente de boîtes de bonne fortune. Mais pour l'instant, comme il était plus gratifiant d'occuper une place de choix dans les souvenirs de jeunesse que son ami se plaisait déjà à idéaliser que de s'entendre accuser d'avoir voté pour les isla-mistes, Mevlut ne rectifiait pas ce que disait Ferhat.

Il leur arrivait souvent de parler des heures durant de la guerre en Bosnie qui attirait les djihadistes, de la Première ministre Tansu Çiller, de la bombe qui avait éclaté près du sapin de Noël dans la pâtisserie de l'hôtel Marmara (la police en accusait un jour les islamistes, le lendemain les Kurdes). Parfois, au moment le plus animé de la soirée, à la faveur d'un creux de trente ou quarante minutes pendant lesquelles ne venait aucun client, ils passaient leur temps à débattre d'un sujet absurde dont ils ne connaissaient rien (les speakers à la télévision récitaient-ils tout par cœur ou trichaient-ils comme les chanteurs chantant en play-back ?) ou d'une simple supposition (les armes à la ceinture des policiers qui s'en prenaient aux manifestants défilant sur la place Taksim étaient-elles chargées ou étaient-ce des armes factices ?).

Comme cela se faisait dans les autres commerces de Beyoğlu, Mevlut avait fait encadrer l'article sur la boutique publié dans le journal (ainsi que le dessin de « L'Autre Monde » paru dans le même journal), et il l'avait accroché au mur. (Comme dans les snacks de *döner* sur l'avenue principale, il rêvait d'encadrer et d'orner les murs de billets de banque étrangers reçus des touristes mais, malheureusement, pas un seul touriste n'était encore venu.) Ferhat avait vu qu'il avait affiché au mur l'article de l'*Irşad*. Était-ce parce que ce texte le froissait que Ferhat venait peu au magasin ? Comprenant qu'il considérait Ferhat comme un patron, il était en colère contre lui et contre sa propre faiblesse.

L'idée que Ferhat avait ouvert ce magasin pour lui faire plaisir lui traversait parfois l'esprit. Dans ses moments de faiblesse, il se disait : « Ferhat a ouvert ce magasin parce qu'il culpabilise d'avoir enlevé la fille avec qui je voulais me marier. » Mais lorsqu'il se fâchait contre Ferhat, il s'exclamait : « Tu parles d'une bonté ! Il est devenu capitaliste, il a de l'argent à placer. C'est de moi qu'il a appris que la boza est un investissement intéressant. »

Fin janvier 1995, pendant deux semaines de neige et de vent, Ferhat ne mit pas les pieds au magasin. Il s'arrêta juste comme ça un soir en passant. Il écouta à peine Mevlut lui dire : « Les ventes sont bonnes en ce moment. »

« Mon cher Mevlut, il m'est impossible de passer certains soirs, tu le sais. Ne dis pas à ma belle-sœur que je viens peu, tu comprends, quoi...

— Comment ? Assieds-toi donc, bon sang.

— Je n'ai pas le temps. Il vaut mieux que tu ne dises rien à Rayiha... Les sœurs n'ont aucun secret l'une pour l'autre... » Ferhat saisit la sacoche qu'il utilisait au service de recouvrement de l'Administration de l'électricité et il sortit.

« À vos ordres ! » s'écria Mevlut derrière lui.

Ferhat n'avait même pas pris le temps de s'asseoir pour échanger quelques mots avec son vieux copain. Il n'avait même pas relevé l'ironie qu'il y avait dans le « à vos ordres » que Mevlut lui avait lancé. Ces mots, le père de Mevlut les disait uniquement à ses clients les plus prestigieux et les plus riches. Mais Mevlut n'avait jamais dit de toute sa vie « à vos ordres » à un client. Et il pensait que vu le temps que Ferhat passait à fricoter avec les tricheurs, les mafieux et les femmes, il ne lui en restait pas beaucoup pour réfléchir à ces subtilités.

De retour à la maison, en voyant Rayiha qui regardait la télévision avec le son baissé et leurs filles dormir à poings fermés, il comprit ce qui le mettait le plus en colère contre Ferhat : c'est qu'il coure la nuit on ne sait où alors qu'il avait chez lui une femme belle et de bonne moralité. Le raki et le vin devaient aussi avoir leur influence, comme disait Son Excellence. Les Ukrainiennes faisant du « commerce à la valise », les migrants venus d'Afrique, les parasites de tout poil, l'immoralité et la corruption avaient assiégé Istanbul, et le gouvernement restait spectateur.

C'est ainsi que Mevlut comprit d'un seul coup pourquoi Samiha avait le cœur si lourd malgré tout l'argent que gagnait son mari. Il avait observé Samiha à son insu dans les miroirs, et il avait vu combien elle était triste.

Ferhat. Mevlut, en bon lecteur de l'*Irşad*, pense sans doute que je vais voir ailleurs alors que j'ai une femme intelligente et belle comme Samiha à la maison, autrement dit que je suis un type sans morale et sans cervelle. Mais ce n'est pas vrai. Parce que je ne suis pas un coureur de jupons.

Je suis seulement tombé amoureux. Quant à celle dont je me suis épris, elle a disparu. Un jour, sûrement, je la retrouverai dans Istanbul. Mais laissez-moi d'abord vous expliquer ce qu'est devenu le travail des agents de recouvrement depuis la privatisation de l'électricité ainsi que les occasions qui leur échoient, afin que mes choix et mon histoire d'amour vous soient plus compréhensibles.

Süleyman. Je me rends encore très souvent à Beyoğlu, pas pour boire et noyer mes idées noires dans l'alcool, mais pour le travail. Je me suis remis de mon chagrin d'amour. Je vais bien, et voilà longtemps que j'ai oublié cette femme de ménage ; maintenant, je goûte au bonheur d'être amoureux d'une femme mûre, une chanteuse, une artiste.

Ferhat. Quand le recouvrement des factures d'électricité a été confié à des sociétés et des receveurs du secteur privé, je n'ai pas fondu sur les malheureux qui fraudaient au compteur. Au contraire, j'ai ciblé les riches impudents. Je suis resté autant que faire se peut loin des quartiers de bidonvilles. J'ai évité les rues transversales, les coins retirés et en ruine, habités par de pauvres gens qui seraient morts de froid sans l'usage clandestin de l'électricité ; j'ai appris à détourner la tête en voyant que le radiateur électrique raccordé clandestinement au réseau était le seul appareil de chauffage dont disposait un pauvre homme au chômage, avec sa femme et leurs trois enfants qui ne survivaient qu'au pain et à l'eau.

Mais celui qui vivait dans une maison de huit pièces donnant sur le Bosphore, avec domestiques, cuisinier et chauffeur et qui ne payait pas ses factures, je lui coupais l'électricité. Envers le fraudeur qui enfermait une soixantaine de pauvres filles, entassées comme des sardines dans l'appartement d'un vieil immeuble de quatre-vingts ans habité autrefois par de riches familles pour leur faire coudre des fermetures éclair jusqu'au matin, j'étais impitoyable. Quand je voyais que les fourneaux d'un restaurant de luxe surplombant tout Istanbul, les machines textiles d'un fabriquant de tissus pour rideaux battant des records d'exportation ou les grues d'un entrepreneur laze se vantant d'arriver du village et de construire des immeubles de quatorze étages étaient alimentés par de l'électricité volée, ma main ne tremblait pas. Je leur ai coupé l'électricité, je les ai fait payer. À la Société d'électricité des Sept Collines, il y avait pas mal de jeunes idéalistes comme moi, disposés à prendre aux riches et à fermer les yeux sur la fraude des pauvres. Ils m'ont beaucoup appris.

Süleyman. Pour faire reconnaître le talent de Mahinur, je m'entretiens avec des patrons de clubs de nuit qui prennent la musique au sérieux. Le mieux, c'est le club Soleil. Parfois, je ne peux m'empêcher de passer devant le magasin de nos camarades marchands de boza. N'allez pas vous méprendre… Pas pour pleurer de dépit amoureux, mais pour rigoler, naturellement…

Ferhat. Le riche pourri gâté néglige de régler sa facture soit parce qu'il l'oublie dans un coin, soit parce qu'elle n'a pas été distribuée par la poste, soit parce qu'elle disparaît purement et simplement. Avec l'amende indexée sur l'inflation, la dette ne fait donc que s'accroître et s'accroître encore. Le plus court chemin pour les ramener à la raison, c'est de leur couper directement l'électricité, sans avertissement préalable. Quand la distribution de l'électricité et le recouvrement des factures étaient aux mains de l'État et qu'on les menaçait de leur couper l'électricité, les riches et les puissants répondaient simplement : « Ah, j'avais oublié », et ils s'en souciaient comme d'une guigne. Lorsqu'un receveur honnête parvenait finalement, après maints efforts, à leur couper l'électricité, ne serait-ce qu'une fois sur mille, la première chose que s'empressaient de faire ces infâmes, c'était de courir dans nos bureaux à Taksim non pas pour régler leurs dettes mais pour faire licencier cet employé sur un simple coup de fil à des hommes politiques de leur connaissance. Après la privatisation, comprenant que ce n'était plus l'État mais des capitalistes aussi impitoyables que pouvaient l'être les maris de ces dames qui se chargeraient d'encaisser leurs factures, ils commencèrent à avoir peur de nous. En effet, nos patrons originaires de Kayseri se fichent éperdument de la courtoisie et des larmes de riches et capricieux Stambouliotes. Avant cette nouvelle loi de privatisation, les receveurs n'avaient même pas le pouvoir de couper le courant. Je l'ai maintenant. Le meilleur moyen de fixer des limites aux mauvais payeurs, c'est de leur couper le courant le vendredi en fin de journée, juste avant des congés. Après avoir passé deux jours sans électricité, ils comprennent mieux ce qu'est la loi, le règlement, et ils apprennent à s'y conformer. L'an passé, comme les fêtes de fin d'année et la fête du Sacrifice s'étaient enchaînées pour former une longue période de dix jours de vacance, j'ai décidé d'en profiter pour régler son compte à quelqu'un.

À quatre heures, je me suis rendu à l'entresol d'un riche

immeuble de Gümüşsuyu. Dans le recoin le plus sombre d'un couloir étroit et poussiéreux, les compteurs électriques rouillés de douze appartements tournaient bien rond comme de vieilles machines à laver.

« Les occupants du numéro 11 sont chez eux ? ai-je demandé au concierge.

— Madame est à la maison… Eh, qu'est-ce que tu fais, tu ne vas tout de même pas leur couper l'électricité ! »

Je n'ai pas écouté. Le temps de sortir le tournevis, la pince et une clef spéciale de ma trousse à outils et en moins de deux minutes, je vous ai coupé le courant. Le compteur du numéro 11 s'est arrêté.

« Tu monteras dans dix minutes, ai-je dit au concierge. Tu diras que je suis encore dans le quartier et qu'elle peut venir me chercher si elle veut. Je serai dans le café en bas de la côte. »

Quinze minutes plus tard, le concierge est arrivé au café et il m'a dit que Madame était vraiment désolée et qu'elle m'attendait à son domicile. J'ai répondu : « Dis-lui que je suis occupé avec d'autres compteurs et d'autres familles et que je passerai si je trouve le temps. »

Je me suis demandé si je devais attendre jusqu'à la tombée du soir. En hiver, comme il fait nuit très tôt, ils se représentent mieux ce que ça veut dire de rester quinze jours dans le noir sans électricité. Certains vont à l'hôtel. Vous aimeriez entendre l'histoire comique du type radin et de sa femme à chapeau qui s'obstinaient à chercher des pistons et qui, ce faisant, étaient restés pendant des mois à l'hôtel Hilton avec leurs quatre enfants ?

« Ağbi, Madame est en panique. Elle donne une réception ce soir. »

Tous ceux qui se font couper l'électricité sont pris de panique. Les femmes appellent leur mari, certains deviennent agressifs, d'autres le prennent un ton en dessous, d'autres encore ne tardent pas à proposer des pots-de-vin, et il y en a que cette idée n'effleure même pas. « Monsieur le fonctionnaire, disent la plupart sans savoir que nous avons été obligés de démissionner de notre emploi de fonctionnaire après la privatisation. Si je vous payais maintenant cette amende de la main à la main, est-ce que vous remettriez notre compteur en marche ? » Dans notre pays, même le plus stupide des citoyens finit par apprendre à donner des bakchichs. Si tu refuses, certains augmentent le montant, d'autres se mettent à te menacer en disant : « Est-ce que tu sais qui je suis ! » ; la majorité des gens se trouble et ne sait plus quoi faire. La facture de la dame du numéro 11, qui a atteint vingt fois son montant initial avec l'inflation, était très élevée. Elle n'avait pas une telle somme à disposition dans la maison. Et si dans l'heure qui suivait elle n'arrivait pas à me convaincre, elle, son mari et ses enfants allaient passer les dix jours les plus froids de l'hiver sans électricité.

Si ce qu'on raconte est vrai, il paraît que dans certaines banlieues défavorisées des femmes couchaient avec les receveurs qui venaient taper à leur porte pour leur couper l'électricité. Mais cela ne m'est jamais arrivé, ne croyez pas à ces bêtises.

Dans les quartiers pauvres, on reconnaît aussitôt un receveur à sa sacoche et à sa façon de marcher dans les rues poussiéreuses. On lâche sur lui les enfants prompts à tomber sur le dos des étrangers et des voleurs, ils lui crient de partir et lui balancent des cailloux pour l'effrayer un peu. Sur ce, le fou du quartier le menace de mort. Un autre, un soûlard, le fait déguerpir en lui demandant ce qu'il fout là. Si le receveur se dirige vers les fils tirés clandestinement depuis les lignes à haute tension, les voyous et les chiens du quartier lui barrent la route et le remettent sur la bonne voie. Les groupes politiques l'assomment de discours ; les gens du quartier ne le lâchent pas d'une semelle et le mettent au pas. Et si, après tout ça, un receveur parvient finalement à se retrouver seul en présence d'une femme pauvre dans l'incapacité de régler sa facture, sachez qu'aucune porte de jardin ou de maison n'est jamais fermée. De toute façon, le jardin grouille d'enfants qui courent illico rapporter au café tout ce qui se passe. Qu'un receveur resté seul avec une femme gardant la porte de sa maison fermée puisse ressortir vivant du quartier, ce serait un miracle.

Si je vous raconte cela alors que vous vous apprêtez à écouter une histoire d'amour, c'est pour vous éviter de fausses attentes. Par chez nous, l'amour est le plus souvent à sens unique. Autrefois, une dame habitant un appartement cossu de Gümüşsuyu avec vue sur le Bosphore n'aurait jamais prêté attention à un agent de l'Administration de l'électricité. Aujourd'hui, s'il lui coupe l'électricité, elle le remarquera.

J'ai quitté le café et je suis arrivé. J'ai pris l'ascenseur avec une porte en bois. Tandis que le vieil ascenseur montait vers l'appartement numéro 11 en geignant dans sa cage dorée, j'étais ému.

Süleyman. À la fin du mois de février, par un après-midi glacial, je suis enfin passé chez les Beaux-Frères, comme un client ordinaire.

« Bozacı, ta boza est-elle sucrée ou amère ? »

Mevlut m'a tout de suite reconnu. Il s'est écrié : « Oh, Süleyman ! Entre donc.

— Bon courage les filles », ai-je dit, avec la tranquillité d'un vieil ami de passage. Samiha portait un foulard à fleurs roses.

« Sois le bienvenu, Süleyman, a dit Rayiha, quelque peu inquiète que je ne provoque un incident.

— Samiha, félicitations, tu t'es mariée à ce qu'il paraît, tous mes vœux de bonheur.

— Merci Süleyman Ağbi.

— Cela fait dix ans, fils, est intervenu Mevlut, prenant Samiha sous sa protection. C'est maintenant que tu penses à la féliciter ? »

Mevlut Éfendi était heureux avec les deux femmes dans le petit magasin. J'ai failli lui lancer : « Fais bien attention cette fois, veille bien sur ton magasin, qu'il n'aille pas non plus faire faillite comme le Binbom », mais je me suis retenu et je l'ai jouée humble.

« Il y a dix ans, nous étions tous des blancs-becs. Lorsqu'on est jeune et qu'on est obsédé par quelque chose, dix ans plus tard, on ne se rappelle même plus pourquoi ni comment. En réalité, j'aurais aimé venir avec un cadeau pour présenter mes vœux mais Vediha ne m'a pas donné votre adresse, elle m'a dit : "Ils habitent très loin, dans le quartier Gazi."

— Ils ont déménagé à Cihangir maintenant », répondit cet écervelé de Mevlut. « Pas à Cihangir, fils, ai-je failli dire mais dans le quartier pauvre de Çukurcuma. » Je ne l'ai pas dit, sinon j'aurais éventé que je faisais suivre Ferhat par nos gars. « Merci à vous, votre boza est vraiment délicieuse, ai-je dit en goûtant le verre qu'ils avaient déposé devant moi. Je vais en apporter un peu à des amis. » Je leur ai demandé de m'en préparer un litre dans une bouteille. Avec cette visite, je montrais à ces amis-là et même à l'ancien objet de mon amour que j'étais désormais libéré de mon obsession amoureuse passée. Quant à mon but principal, c'était de mettre Mevlut en garde. Lorsqu'il sortit sur le seuil pour me raccompagner, je l'ai serré contre moi et embrassé. « Dis-lui qu'il fasse gaffe, lui ai-je soufflé à l'intention de son cher ami.

— Gaffe à quoi ? demanda Mevlut.

— Il comprendra. »

3

L'amour électrique de Ferhat

Partons, sauvons-nous d'ici

Korkut. Sur le terrain que mon père et lui avaient délimité en 1965 à Kültepe, mon défunt oncle Mustafa est seulement parvenu à construire une maison d'une pièce. Même s'il a fait venir son fils Mevlut du village pour l'aider, ils n'ont pas réussi à aller beaucoup plus loin, le souffle leur a manqué. De notre côté, nous avons commencé par construire une maison de deux pièces sur le terrain de Duttepe. Mon père a planté des peupliers dans son jardin, comme au village, et maintenant tu peux presque les voir de Şişli. Quand ma mère a migré du village à Duttepe, en 1969, nous avons ajouté en une nuit une belle pièce à la maison, puis encore une autre, là où plus tard j'écouterais les courses hippiques à la radio. En 1978, après mon mariage avec Vediha, nous avons ajouté une grande chambre avec salle de bains, ainsi qu'une chambre d'amis et ainsi, à force de s'étendre, la maison est devenue un vrai palais. Dans notre jardin palatial, deux mûriers et un figuier ont poussé spontanément. Nous avons aussi rehaussé le mur du jardin et posé un portail métallique.

Il y a six ans, voyant que nos affaires marchaient bien, gloire à Dieu, et que tout le monde faisait de même sur ces collines, confiants également dans notre titre de propriété (nous en avions un désormais), nous avons surélevé la maison d'un étage, sur toute sa superficie. L'escalier qui mène à ce deuxième étage, nous l'avons fait passer à l'extérieur, pour que ma mère ne s'inquiète pas du matin au soir de savoir où allait Vediha, ou si les enfants étaient bien rentrés. Ma mère, mon père et Süleyman se sont empressés de déménager à l'étage du dessus, tout neuf et disposant d'une vue. Mais mes parents n'ont pas tardé à trouver que les escaliers étaient trop fatigants, que l'étage du haut était trop grand, trop froid, qu'ils s'y sentaient trop seuls, et ils se sont réinstallés en bas. Du coup, comme le voulait Vediha, j'ai posé la salle de bains dernier cri et la plus chère, j'ai fait mettre de la faïence bleue, ce qui ne m'a pas épargné pour autant ses demandes répétées qu'on déménage « en ville ». J'avais beau lui dire que, désormais, ici aussi c'était la ville, que là aussi c'était Istanbul, Vediha ne voulait rien entendre. Au lycée de Şişli, de fichus gosses de riches s'étaient moqués de Bozkurt et de Turan en disant qu'ils habitaient dans un *gecekondu*. « Mes parents ne viendront jamais à Şişli. Ils ne laisseront jamais leur jardin, le grand air, leur épicerie, leurs poules et leurs arbres, ai-je répondu. Allons-nous les laisser tout seuls ici ? »

Vediha me reprochait de tout le temps rentrer tard à la maison, de ne pas rentrer du tout parfois, d'être parti pendant dix jours pour affaires, elle se montait le bourrichon pour des bêtises, comme la blonde qui louchait dans les bureaux de Şişli.

Il m'arrive en effet de devoir m'absenter dix ou quinze jours de temps à autre. Mais pas pour des chantiers. J'ai été en Azerbaïdjan. Tarık et d'autres nationalistes de notre ancien mouvement, des amis panturquistes, ont dit : « L'État nous a confié ce devoir sacré, mais il n'y a pas d'argent. » Ankara leur aurait enjoint de chercher des soutiens dans le secteur privé. Comment dire non à des panturquistes qui demandaient mon aide ? C'était la fin du communisme en Russie, mais le président Aliyev était membre du KGB et du Politburo du Parti communiste d'Union soviétique. Un Turc soi-disant, mais qui essaie encore de mettre les Turcs à la remorque des Russes. Nous avons eu des réunions secrètes avec les milices à Bakou. Eltchibeï, le premier président démocratiquement élu avec la majorité des voix du noble peuple azéri (tous turcs en réalité, mais des Russes et des Iraniens se sont mêlés à eux), s'est fait renverser par un coup d'État à la façon du KGB qui l'a contraint à s'exiler dans sa région natale. Il s'est fait avoir par les traîtres et les incapables qui cédaient le terrain à l'ennemi avec la guerre en Arménie, par les agents russes qui ont tramé un coup d'État pour l'évincer. Comme il nous prenait pour des agents russes, il refusait de nous rencontrer. Du coup, Tarık et moi, nous tuions le temps dans les hôtels et les bars de Bakou. Avant même d'avoir pu aller voir Eltchibeï dans son village, de baiser la main de ce saint homme et de lui dire « L'Amérique nous assure de son soutien, l'avenir de l'Azerbaïdjan est en Occident », nous avons été informés que notre coup d'État à la turque avait échoué. Certains s'étaient méfiés d'Ankara et avaient rapporté à Aliyev que nous étions venus fomenter un putsch. Nous avons appris qu'Eltchibeï était assigné à résidence. Il lui était déjà impossible de mettre le nez dans son jardin. Alors participer à un putsch, vous pensez ! On a filé tout droit à l'aéroport, et on est rentrés à Istanbul.

Cette aventure m'aura appris ceci : oui, le monde entier est ennemi des Turcs, mais le plus grand ennemi des Turcs, ce sont les Turcs eux-mêmes. Les filles de Bakou avaient en fait appris toutes sortes de libertés de ces Russes honnis. Mais leurs préférences allaient finalement aux hommes azéris. Dans ce cas, chère Madame, me mettre en danger pour vous n'a aucun sens. D'ailleurs, le fait que je m'étais tout de suite porté volontaire dans cette affaire sur la foi d'une seule parole me facilitait les choses dans le gouvernement, dans le parti. Ce dont Süleyman profitait sans vergogne.

Tante Safiye. Ni moi ni Vediha n'avons réussi à trouver une fille qui convienne à Süleyman, alors il s'est trouvé quelqu'un par lui-même. Il ne rentre plus à la maison désormais. J'ai terriblement honte, et j'ai peur qu'il arrive quelque chose de mal.

Rayiha. Durant les froides fins de journée d'hiver, quand les affaires marchaient bien au magasin, Ferhat venait également. Je partais alors avec les filles chez Samiha. Elles adoraient les papotages de leur tante, l'écouter raconter les derniers potins sur les stars de la télé qu'elle connaissait toutes, parler mode et cinéma, leur donner des conseils pour se coiffer, « Tiens, peigne tes cheveux comme ci, et toi, mets ta barrette comme ça », et parfois s'exclamer : « Ah, j'ai travaillé au domicile de cet homme, sa femme passait son temps à pleurer. » À la maison, elles faisaient tout pour lui ressembler, elles imitaient sa façon de parler. Une fois, je me suis franchement énervée, au point que j'ai même failli leur dire : « N'allez pas devenir comme votre tante », mais je me suis retenue de justesse, pour ne pas céder à la jalousie. Est-ce que Samiha et Mevlut se regardaient dans les yeux quand ils étaient seuls au magasin, ou faisaient-ils comme si leurs regards se croisaient par hasard dans le miroir ? Cette question me brûlait les lèvres, mais je ne pouvais la poser. Si bien que chaque fois que la jalousie venait m'empoisonner l'âme, j'ai commencé à ouvrir et à relire les lettres que Mevlut m'écrivait du service militaire.

Dès qu'un doute insidieux commence à me ronger – hier, en sortant du magasin de boza, est-ce à moi que Mevlut a si gentiment souri ou à ma sœur ? –, je décachette tout de suite une de ses lettres et je la lis : « D'autres yeux que les tiens où plonger mon regard, un autre visage que le tien auquel sourire, d'autre porte à laquelle supplier, il n'y en a pas ! » Mevlut m'avait également écrit ceci : « Tes yeux m'ont aimanté à toi, je suis devenu ton esclave Rayiha, je ne vois que toi. Un seul de tes regards a fait de moi ton esclave dédaignant tout affranchissement »…

Parfois, tel un patron interpellant ses apprentis, Mevlut lançait à l'une de nous deux : « Débarrasse ces verres sales. » S'il s'adressait à moi, je me mettais en colère en me disant : « Pourquoi moi ? pour éviter les tâches pénibles à Samiha ? » S'il s'adressait à Samiha, je m'énervais parce que c'était à elle qu'il avait pensé en premier.

Mevlut se rendait compte de ma jalousie. C'est la raison pour laquelle il veillait à ne pas rester seul avec ma sœur dans le magasin et à ne pas lui accorder la moindre attention. Ce qui ne faisait qu'attiser ma jalousie en m'amenant à penser que toutes ces précautions étaient bien le signe qu'il y avait effectivement quelque chose. Un jour, Samiha entra chez le marchand de jouets, et elle acheta des pistolets à eau à mes filles, comme si c'étaient des garçons. De retour à la maison, Mevlut s'est mis à jouer avec elles. Le lendemain matin, une fois les filles à l'école et Mevlut au magasin, j'ai voulu jeter les pistolets à eau à la poubelle mais je ne les ai pas trouvés. Apparemment, Fatma les avait rangés dans son cartable pour les emporter à l'école. Le soir, quand tout le monde dormait, je les ai récupérés et cachés dans un coin. Une autre fois, Samiha est arrivée chez nous avec une poupée qui chantait, ouvrait et fermait les yeux. Fatma va sur ses treize ans, elle n'a plus l'âge de jouer à la poupée, non ? Mais j'ai gardé cette remarque pour moi. Les enfants d'ailleurs ne s'y sont pas intéressées, et la poupée a disparu je ne sais où.

Mais ce qui me fait le plus souffrir, c'est de me demander : « Est-ce que Samiha est seule au magasin avec Mevlut en ce moment ? », tout en sachant parfaitement que non. Je n'arrive pas à m'enlever cette mauvaise pensée de la tête, parce que Ferhat rentre à point d'heure le soir à la maison, qu'il picole et part en vrille à l'image des hommes qui souffrent d'un chagrin d'amour dans les films. Süleyman qui est au courant de tous les cancans de Beyoğlu l'a raconté à Vediha.

Ferhat. Le vieil ascenseur avec un miroir, semblable à une cage dorée, s'arrêta. Cela se passait il y a très longtemps, dans un temps aussi ancien que les rêves, mais l'amour donne toujours l'impression de dater de la veille. Plutôt que de m'annoncer en sonnant à la porte des logements où je coupais l'électricité, il m'est plus agréable de frapper trois petits coups, comme dans ces vieux films où des tueurs toquent à la porte de ceux dont ils viennent prendre la vie.

C'est la domestique qui ouvrit. La fille de Madame était malade avec de la fièvre (c'était là le mensonge le plus fréquent), et Madame n'allait pas tarder à venir. Je me suis assis sur la chaise que m'indiquait la domestique et j'ai regardé le Bosphore. Je pensais que la profondeur et le bonheur que j'éprouvais soudain dans mon âme provenaient de cette vue animée et triste, quand la raison réelle de cette émotion entra tel un rayon de lumière dans la pièce : elle était vêtue d'un jean noir et d'une chemise blanche.

« Bonjour, monsieur le fonctionnaire. Ercan le concierge m'a dit que vous désiriez me voir, dit-elle.

— Nous ne sommes plus fonctionnaires à présent, ai-je répondu.

— Vous ne venez pas de l'Administration de l'électricité ?

— Le secteur de l'électricité a été privatisé, madame.

— Je comprends...

— Nous aurions souhaité qu'il en aille autrement, ai-je poursuivi en cherchant mes mots. Mais je vous ai coupé l'électricité. Vous avez une facture impayée.

— Que vos mains soient bénies. Ne vous inquiétez pas. Ce n'est pas votre faute. Que le patron soit l'État ou une société privée, vous n'êtes que de simples exécutants, vous êtes soumis aux ordres. »

Je ne sus que répondre à cette repartie aussi vénéneuse que pertinente. Parce que au moment où je me faisais la remarque que j'étais en train de tomber sous son charme, j'étais déjà complètement fou amoureux d'elle. J'ai rassemblé mon courage et menti :

« C'est regrettable, mais j'ai déjà mis les scellés sur le compteur en bas. Si j'avais su que votre fille était malade, jamais je ne vous aurais coupé l'électricité.

— Que voulez-vous ? Ce qui est fait est fait, monsieur le fonctionnaire... » Elle prit un air grave et inflexible comme les femmes juges dans les films turcs. « Ne vous souciez pas de cela. Faites ce que vous avez à faire. »

Nous nous sommes tus un instant. Comme elle ne prononçait aucune des paroles que, dans l'ascenseur, j'imaginais que j'entendrais une fois dans l'appartement, aucune des réponses toutes prêtes que je m'apprêtais à prononcer comme un perroquet ne me venait à l'esprit. Je regardai ma montre : « La longue période de dix jours fériés commencera officiellement dans vingt minutes.

— Monsieur le fonctionnaire, dit-elle en s'obstinant dans cette appellation, de toute ma vie je n'ai jamais pu donner de bakchich à personne ni supporter ceux qui le font. Je souhaite être un bon exemple pour ma fille.

— Soit, madame, mais il est important que vous compreniez combien ceux que vous qualifiez de fonctionnaires en tordant la bouche sont des gens dignes. »

En me dirigeant vers la porte, sachant que la femme dont j'étais amoureux ne me dirait jamais « Attendez, restez », j'étais en colère.

Elle fit deux pas dans ma direction. Je sentis que tout était possible entre nous. Or, je savais dès cet instant que c'était un amour impossible.

Mais ce qui conserve l'amour vivant, c'est justement qu'il soit impossible.

« Monsieur le fonctionnaire, regardez ces gens. » De la main, elle montra la ville par la fenêtre. « Ce qui rassemble ces dix millions de personnes à Istanbul, c'est le travail, les bénéfices, les factures, les taux d'intérêt, vous êtes mieux placé que moi pour le savoir. Mais dans cette marée humaine, il n'y a qu'une chose qui permette à l'individu de tenir debout, et cette chose, c'est l'amour. »

Sans me laisser l'occasion de répondre, elle tourna les talons et s'en alla. Dans les immeubles anciens, il est interdit aux colporteurs et aux employés d'emprunter l'ascenseur pour descendre. J'ai réfléchi tout au long de l'escalier.

Je suis descendu jusqu'à l'entresol mal aéré, j'ai marché jusqu'au bout du couloir. J'ai tendu les mains vers le compteur électrique pour poser les scellés. Mais mes doigts habiles ont fait tout le contraire ; en un instant, ils ont rebranché les câbles coupés, et le compteur du numéro 11 s'est remis à tourner bien rond.

« Ağbi, tu as bien fait de leur remettre l'électricité, dit Ercan le concierge.

— Pourquoi ?

— Le mari de Madame, Sami de Sürmene, est quelqu'un de très influent dans Beyoğlu. Il connaît des gens partout... Il t'aurait créé des problèmes. Les gens de la mer Noire, ce sont tous des mafieux.

— Évidemment, il n'y a pas de fille malade, n'est-ce pas ?

— Quelle fille, Ağbi... Ils ne sont même pas encore mariés. En plus, l'homme de Sürmene a une femme au village, et des fils déjà adultes. Ses fils sont au courant pour Madame, mais ils ne disent rien. »

Rayiha. Un soir, Ferhat est arrivé tandis que les filles, leur tante Samiha et moi, nous regardions la télévision après le repas, et il s'est réjoui de nous voir toutes ensemble. « Félicitations, tes filles grandissent chaque mois à vue d'œil. Fatma, te voilà devenue une vraie jeune fille », a-t-il dit. Au moment où je m'écriais « Oh là là ! Les filles, nous sommes en retard, il est temps de rentrer », Ferhat m'a dit : « Attends Rayiha, assieds-toi, reste encore un peu. Mevlut va rester très tard au magasin, dans l'espoir qu'il y ait encore un ou deux soûlards qui passent prendre une boza. »

Cela ne m'a pas plu qu'il se moque de Mevlut devant mes filles. J'ai dit : « Tu as raison, Ferhat. Notre gagne-pain est vraiment devenu une distraction pour les autres. Allez les filles, on y va. »

Les voyant rentrer en retard, Mevlut s'est mis en colère. « Dorénavant, interdiction aux filles de sortir sur l'avenue Istiklal. Et dès la tombée de la nuit, toi non plus tu ne sortiras plus dans la rue. »

J'ai aussitôt répliqué : « Tu sais que chez leur tante les filles mangent des *köfte*, des côtelettes et des poulets rôtis ? » En réalité, j'ai peur de la colère de Mevlut, et je ne voulais pas dire une chose pareille, mais voilà, Dieu m'a poussée à le faire.

Mevlut a boudé, et il ne m'a pas adressé la parole pendant trois jours. De notre côté, les filles et moi, nous ne sommes pas retournées chez leur tante Samiha, nous sommes sagement restées à la maison. Dans mes moments de jalousie, sur les pièces de trousseau, j'ai commencé à broder non pas les motifs d'oiseaux que je découpais dans les pages des revues mais ce que j'avais appris par cœur à force de le lire dans les lettres de Mevlut, ces yeux cruels qui, l'espace d'un regard, tenaient leur proie en esclavage, lui coupaient la route comme des voleurs. Les yeux pendaient des arbres comme de gros fruits, des oiseaux jaloux voletaient entre eux. Sur les branches, je plaçais des yeux noirs tournés sur eux-mêmes comme des narcisses. Sur un grand édredon, j'ai brodé un arbre légendaire où, derrière chaque feuille, s'ouvraient des centaines d'yeux semblables à ceux qu'on voit peints sur des perles de verre. J'ai ouvert des chemins dans les méandres de mon cœur. J'ai brodé des yeux comme des soleils : l'empreinte des rayons noirs qui dardaient telles des flèches de chaque cil, leur parcours sinueux entre les branches tordues des figuiers, je les ai façonnés de ma main dans des rouleaux et des rouleaux de tissu. Mais rien de cela n'a pu apaiser ma colère !

Un soir, j'ai dit : « Mevlut ne nous laisse pas aller chez toi, Samiha… Tu n'as qu'à venir, toi, pendant que Mevlut est au magasin. »

C'est ainsi que ma sœur a commencé à venir chez nous le soir avec des sacs de *köfte* et de *lahmacun* à la main. Au bout de quelque temps, j'ai commencé à me dire que Samiha venait voir non seulement mes filles, mais aussi Mevlut.

Ferhat. Quand je me suis retrouvé dans la rue, ma confiance en moi avait été ébranlée. En l'espace de vingt minutes, j'étais tombé amoureux et j'avais été abusé. Je regrettais de ne pas avoir coupé l'électricité à Madame. C'est ainsi que l'appelait le gardien. Il n'employait pas le prénom qui figurait sur la facture, Selvihan.

Je m'imaginais souvent Selvihan aux mains d'un mafieux, genre gros balèze. Je me devais de la protéger. Pour qu'un homme comme Süleyman tombe amoureux d'une femme, il fallait d'abord qu'il la voie en photo dans les pages aguichantes de la revue *Pazar*, qu'il couche plusieurs fois avec elle grâce au pouvoir de son argent et se lie ensuite d'affection. Mevlut n'avait quant à lui nul besoin de la connaître, il lui suffisait de l'entrapercevoir pour qu'elle devienne la fille de ses rêves. Pour qu'un homme comme moi puisse tomber amoureux, il fallait qu'il sente qu'il était assis avec elle pour une partie d'échecs. J'ai fait preuve d'amateurisme dans mes ouvertures. Mais si Selvihan avait joué un coup, je l'aurais pourchassée. Au service de la comptabilité et du traitement des factures, avec l'aide d'un aîné expérimenté amateur de raki et de conversation, j'ai commencé à regarder les dernières factures, les virements bancaires et les documents archivés pour son compte.

Le soir, à la maison, en voyant la beauté suprême et la fraîcheur de rose de Samiha, je me souviens d'avoir pensé de nombreuses fois : « Pourquoi quelqu'un qui a une telle épouse est-il obsédé par une femme entretenue cloîtrée dans un immeuble avec vue ? » Certains soirs où nous buvions ensemble du raki à la maison, je rappelais à Samiha que nous avions tous deux beaucoup souffert, mais que nous avions finalement réussi à revenir en centre-ville comme nous le désirions.

« Et nous avons de l'argent à présent, disais-je. On peut faire ce qu'on veut. Qu'est-ce qu'on fait ?

— Partons, sauvons-nous d'ici, disait Samiha. Allons quelque part où personne ne nous retrouvera, où personne ne nous connaîtra. »

À ces mots, je comprenais que Samiha était heureuse de notre solitude et de notre complet isolement les premiers temps où nous vivions ensemble dans le quartier Gazi. J'avais d'anciens amis gauchistes, qui maoïstes, qui prosoviétiques, éreintés comme nous par la ville. S'ils avaient eux aussi trouvé le moyen de gagner quelques sous après avoir subi de longs tourments, ils disaient : « On attend d'économiser encore un peu, et après on laisse Istanbul pour le Sud. » Eux qui, comme moi, n'étaient jamais allés dans une région méditerranéenne, ils échafaudaient des projets de ferme au milieu des oliviers, des vignes et des vergers. Nous aussi nous nous prenions à rêver. Si nous avions une ferme dans le Sud, Samiha finirait par tomber enceinte, nous aurions des enfants.

« Nous avons patienté, nous gagnons de l'argent, serrons encore un peu les dents le temps de rassembler des fonds. Nous achèterons un grand terrain agricole dans le Sud, disais-je au matin.

— Je m'ennuie le soir à la maison, disait Samiha. Emmène-moi au cinéma un jour. »

Un soir au magasin, j'étais las de la conversation avec Mevlut, j'ai bu du raki et, l'esprit embrumé par l'alcool, je me suis rendu à l'immeuble de Gümüşsuyu. Comme la police faisait une descente, j'ai d'abord sonné à la porte du gardien.

« Qu'y a-t-il Ağbi, j'ai cru que c'était le marchand de boza, quelque chose ne va pas ? demanda le gardien Ercan en me voyant posté devant les compteurs. Ah, Ağbi, les locataires du numéro 11 ont déménagé. »

Le compteur du numéro 11 affichait une parfaite immobilité. L'espace d'un instant, j'eus l'impression que le monde s'était arrêté.

Je suis allé voir le comptable expérimenté et amateur de raki des bureaux de Taksim : il m'a présenté deux vieux secrétaires en charge des vieux documents remplis à la main qui constituaient les archives de l'entreprise qui avait distribué pendant quatre-vingts ans l'électricité à Istanbul. Après avoir touché leurs primes et leurs indemnités de retraite – l'un était âgé de soixante-douze ans et l'autre de soixante-cinq –, ces deux sages fonctionnaires avaient réintégré sous contrat de droit privé leur ancien bureau, et ils s'étaient arrogé l'initiative d'expliquer à la nouvelle géné-ration de préposés toutes les ruses que les Stambouliotes avaient développées ces quatre-vingts dernières années, en faisant preuve de beaucoup de créativité, pour gruger les receveurs et l'Admi-nistration de l'électricité. Ils ont partagé ce qu'ils savaient avec le jeune receveur bûcheur que j'étais, avec plaisir et sans ménager leur temps. Ils se souvenaient de toutes les histoires, des quartiers, des femmes et même des rumeurs d'histoires d'amour qui se cachaient derrière chaque fraude. Il fallait évidemment que je tra-vaille non seulement dans les archives mais aussi avec les derniers documents enregistrés. Je savais que, un jour, je retrouverai Sel-vihan dans un appartement d'Istanbul, derrière une porte. Parce que dans cette ville tout le monde a un cœur, et un compteur.

Rayiha. Je suis de nouveau enceinte, je ne sais pas ce que je vais faire. À mon âge, j'ai trop honte devant les filles.

4

Un enfant, c'est sacré

Que je meure, et toi, épouse Samiha

Un soir, à l'époque où ils géraient la Boza des Beaux-Frères, Ferhat avait raconté une histoire que Mevlut n'avait plus jamais oubliée :

« Aux plus mauvais moments du régime militaire, après le putsch, alors que les habitants de Diyarbakır étaient laminés par les cris de torture émanant des prisons, un homme en tenue d'inspecteur était venu dans la ville, en provenance d'Ankara. Le mystérieux visiteur avait demandé au chauffeur de taxi kurde qui le conduisait de l'aéroport à son hôtel comment était la vie à Diyarbakır. Le chauffeur avait répondu que tous les Kurdes étaient très contents du nouveau régime militaire, qu'ils ne croyaient pas en d'autre drapeau que le drapeau turc, que la population de la ville était très heureuse depuis que les terroristes séparatistes avaient été jetés en prison. "Je suis avocat, avait dit le visiteur en provenance d'Ankara. Je suis venu défendre ceux qu'on torture en prison, ceux qu'on fait bouffer par les chiens sous prétexte qu'ils parlent kurde." Sur ce, le chauffeur se mit dans des dispositions qui prenaient totalement le contre-pied de son attitude précédente. Il égrena le chapelet des tortures infligées aux Kurdes en prison, des innombrables cas de gens jetés vivants dans les égouts, battus à mort. N'y tenant plus, l'avocat venu d'Ankara l'avait interrompu : "Mais tu disais exactement le contraire tout à l'heure. — Monsieur l'avocat, vous avez raison, avait répondu le chauffeur de Diyarbakır. Ce que j'ai dit en premier, c'est la version officielle. Ce que j'ai dit en deuxième, c'est mon opinion personnelle." »

Un soir où Ferhat et lui s'occupaient ensemble des clients, Mevlut eut envie de reparler de cette histoire qui le faisait toujours rire comme s'il l'entendait pour la première fois, mais Ferhat était constamment occupé et il avait l'esprit ailleurs. C'est peut-être aussi parce que les propos moralisants de Mevlut le hérissaient que Ferhat venait moins au magasin. Quelquefois, après un verre de vin ou de raki, Mevlut laissait échapper des remarques au sujet du libertinage et des responsabilités d'un homme marié qui déplaisaient à Ferhat, et ce dernier rétorquait vertement : « Quoi ? C'est l'*Irşad* qui écrit ça ? » Mevlut eut beau expliquer qu'il ne lisait pas du tout ce journal, qu'il l'avait acheté uniquement parce qu'un bon article sur leur magasin y avait été publié, Ferhat ne l'avait pas écouté, il s'était contenté de hocher la tête avec mépris. Une fois, Ferhat s'était moqué de l'image de « L'Autre Monde », avec les cyprès, les stèles funéraires et le halo de lumière, que Mevlut avait accrochée au mur. Pourquoi Mevlut aimait-il autant les cimetières, les vieilles choses, ces choses qu'affectionnent les vieillards ?

À mesure que les partis islamistes obtenaient plus de voix et comptaient toujours plus de partisans, Mevlut voyait croître un malaise, voire de la peur chez Ferhat, comme chez nombre de gauchistes et d'alévis. « En fin de compte, c'est avant tout l'alcool qu'ils interdisent, ce qui ne fait que rehausser l'importance de la boza », disait Mevlut, selon une logique à mi-chemin entre sérieux et humour. Dans les maisons de thé, si certains amenaient la conversation sur le sujet, il n'entrait pas dans le débat, et si vraiment il y était contraint il lançait cette formule qui indignait les kémalistes inquiets.

Mevlut commença à penser que l'une des raisons pour lesquelles Ferhat se faisait rare au magasin était peut-être ces lettres écrites du service militaire. « Si quelqu'un avait écrit pendant trois ans des lettres d'amour à ma femme, se disait-il, moi non plus je n'aurais aucune envie de voir cet homme au quotidien. » Lorsqu'il finissait par comprendre que Ferhat ne viendrait pas de la soirée, il se rappelait que, de toute façon, Ferhat ne rentrait même pas à son domicile. C'est pour cela que Samiha, souvent bien esseulée, venait chez eux pour être en compagnie de Rayiha et des filles.

Un soir, voyant que Ferhat ne passerait décidément pas, même tard dans la soirée, Mevlut s'énerva et, à bout de patience, il ferma la boutique de bonne heure. Samiha était repartie peu avant que Mevlut ne revienne. Elle se mettait du parfum désormais, ou alors les effluves qu'il humait provenaient d'un parfum que Samiha avait apporté en cadeau aux enfants.

En voyant Mevlut paraître de bonne heure devant elle, Rayiha ne se réjouit pas comme il l'aurait espéré. Au contraire, elle lui fit une crise de jalousie. Elle demanda deux fois à son mari pour quelle raison il rentrait si tôt. Mevlut ne le savait pas lui-même et il était incapable de répondre de but en blanc à cette question, il trouvait la crise de jalousie de sa femme parfaitement irrationnelle. Mevlut avait agi avec beaucoup de tact aux Beaux-Frères pour qu'aucun des trois (c'est-à-dire également Samiha) ne soit contrarié : il avait veillé à ne pas rester seul avec Samiha dans le magasin ; à se montrer gentil avec Rayiha quand il s'adressait à elle pour les besoins du travail ; à prendre un ton distant et officiel quand il adressait la parole à Samiha, comme il l'eût fait avec un employé du Binbom. Mais apparemment, ces précautions n'avaient pas suffi. Mevlut ne pouvait que constater qu'ils étaient pris dans un cercle vicieux : s'il faisait comme s'il n'y avait aucun motif de jalousie, il se retrouvait dans la posture de celui qui cache quelque chose et trame un coup en douce, ce qui rendait sa femme encore plus jalouse. S'il faisait comme si la jalousie de sa femme était justifiée, cela revenait pour Mevlut à endosser une faute qui n'existait pas. Comme les filles n'étaient pas encore couchées, Rayiha se contint et sut gérer cette soirée où Mevlut était rentré plus tôt sans que la dispute n'enfle davantage.

Rayiha. Un midi, alors que Reyhan Abla, la voisine, et moi travaillions à une commande de pièces de trousseau, bien qu'un peu honteuse, je me suis ouverte à elle de ma jalousie. Elle m'a donné raison. Elle a dit que n'importe quelle femme serait jalouse avec une beauté comme Samiha dans les parages de son mari, et que ce n'était pas ma faute. Des paroles qui n'ont bien sûr fait qu'attiser ma jalousie. Reyhan Abla m'a dit que le mieux, c'était non pas de refouler mes sentiments et de me torturer mais d'en parler à Mevlut, et de lui demander d'être plus vigilant. Je me suis proposé d'aborder le sujet avec lui quand les filles seraient à l'école. Mais nous nous sommes disputés. « Quoi, s'est insurgé Mevlut, je ne peux plus rentrer chez moi à l'heure qui me plaît ? »

Je ne prends pas tout ce que dit Reyhan Abla pour argent comptant. Évidemment, je ne pense pas que l'idée selon laquelle les femmes belles et sans enfant sont un danger pour tout le monde s'applique à ma chère sœur Samiha. Reyhan Abla a dit qu'en jouant avec Fatma et Fevziye, en leur racontant des histoires, Samiha compensait son manque d'enfant, et qu'elle aussi goûtait à la souffrance et au plaisir de la jalousie. « Méfie-toi des femmes infécondes, Rayiha, parce que leur silence cache une grande colère. En achetant à tes filles des boulettes de viande chez les marchands de *köfte*, elle n'est pas si naïve que ça. » Ces différentes choses que j'avais apprises de Reyhan Abla, je les ai répétées à Mevlut en criant de colère. Ce à quoi il m'a répondu : « Ce n'est pas bien de parler de ta sœur ainsi. »

Est-ce à dire que Samiha avait amadoué mon imbécile de Mevlut pour qu'il prenne aussitôt sa défense, hein ? Du coup, j'ai crié encore plus fort et j'ai lancé : « Elle est stérile ! C'est le fait que tu sois de son côté qui déclenche ma hargne. » Mevlut fit un geste de la main comme pour dire : « Tu es affreuse. Pfeuh, lamentable ! » Puis il fit une moue de dédain, comme si j'étais un vulgaire insecte.

Espèce de maniaque ! C'est à elle qu'il écrit des lettres et ensuite c'est avec moi qu'il se marie ! Non, ça, je ne l'ai pas dit. Je ne sais pas comment c'est arrivé, mais tandis que je lui criais dessus un paquet de thé Filiz m'est tombé sous la main et je le lui ai balancé à la tête comme une pierre. « QUE JE MEURE, ET TOI, ÉPOUSE SAMIHA, D'ACCORD ? » ai-je hurlé. Mais je ne laisserai jamais mes filles à leur belle-mère. Elle les amadoue déjà avec ses cadeaux, ses histoires, sa beauté et son argent, je le vois aussi bien que vous. Mais si j'en parle, ce serait tout de suite un tollé général. Tout le monde, et vous en tête, me répondrait en chœur : « Ah, mais qu'est-ce qui te fait dire ça, Rayiha ? Tes filles ont bien le droit de rire et s'amuser un peu avec leur tante, non ? »

Mevlut a alors essayé de prendre le dessus : « ÇA SUFFIT MAIN-TENANT, CONTRÔLE-TOI UN PEU !

— C'est justement parce que je sais me contrôler que je ne viens plus au magasin. Ça sent mauvais là-bas.

— Où ça ?

— À la Boza des Beaux-Frères... ÇA SENT MAUVAIS. Ça me colle la nausée.

— C'est la boza qui te donne la nausée ?

— J'en ai ras le bol de ta boza... »

J'ai vu apparaître sur le visage de Mevlut une telle expression que j'ai pris peur, et tout à coup je me suis écriée : « JE SUIS ENCEINTE ! » En réalité, je ne voulais surtout pas lui en parler, je comptais faire comme Vediha, racler par moi-même ce truc au fond de moi et m'en débarrasser, mais ces mots s'étaient échappés tout seuls, alors j'ai continué :

« J'ai un enfant de toi dans le ventre, Mevlut. À notre âge, j'ai trop honte devant Fatma et Fevziye. Tu n'as pas du tout fait attention », l'ai-je accusé. À peine avais-je prononcé ces paroles que, déjà, je les regrettais mais j'étais contente de voir Mevlut se radoucir.

Eh bien, Mevlut Éfendi. Au magasin, tu fantasmes sur ta belle-sœur, tu te pavanes en exhibant le sourire figé d'une tête de mouton grillée mais regarde, ce que tu fais à la maison avec ta femme dès que les enfants sont parties à l'école va apparaître au grand jour. Tout le monde dira : « Mevlut ne se laisse pas abattre, chapeau ! », et Samiha qui n'arrive pas à tomber enceinte sera en plus jalouse de ce troisième bébé.

Mevlut s'est assis près de moi au bord du lit, il a posé sa main sur mon épaule et m'a attirée contre lui.

« À ton avis, c'est un garçon ou une fille ? Dans ton état, ne viens plus à la boutique, a-t-il dit d'un air tendre et affectueux. Moi non plus je n'y retournerai pas. Regarde, on se dispute à cause de ce magasin. Il vaut mieux vendre de la boza le soir dans les rues, c'est bien mieux, et beaucoup plus rentable, Rayiha. »

Pendant un moment, on a échangé des phrases du genre : « Mais non, vas-y… Si, si, vas-y, toi… Moi je n'irai pas… N'y va pas… Tu iras… Tu as certainement mal interprété mes propos… Je me suis mal exprimé… Ce n'est la faute de personne. »

« En fait, Samiha a un comportement inadapté, dit Mevlut, qu'elle ne vienne plus dans ce magasin. Ferhat et elle ne sont plus comme nous, maintenant. Il n'y a qu'à voir ce qu'elle met comme parfum…

— Quel parfum ?

— Je ne sais pas ce qu'elle porte, mais quand je suis rentré hier soir, ça sentait dans toute la maison, a-t-il ajouté en riant.

— C'est donc pour sentir son parfum que tu es rentré de bonne heure ! »

J'ai recommencé à pleurer.

Vediha. Cette pauvre Rayiha est tombée enceinte. Elle est venue à Duttepe un matin, elle m'a dit : « Oh mon Dieu, j'ai trop honte devant les enfants, aide-moi, emmène-moi à l'hôpital.

— Alors que vos filles sont bientôt en âge de se marier, Rayiha. Tu arrives à la trentaine, Mevlut approche la quarantaine. Qu'est-ce qui vous prend, ma bichette ? Vous n'avez pas encore appris ce qu'il faut faire ou ne pas faire ? »

Rayiha raconta un tas de choses intimes dont elle n'avait jamais vu jusque-là la nécessité de parler, elle amena la conversation sur Samiha et trouva prétexte pour se plaindre d'elle. À cet instant, j'en ai déduit que ce bébé était apparu non pas à cause de l'inattention de Mevlut mais d'une ruse de Rayiha, ce que je me suis bien gardée de lui dire, évidemment.

« Ma chère Rayiha, les enfants sont la joie de la famille, la consolation de la femme, le plus grand bonheur dans la vie, où est le problème ? Laisse-le donc venir au monde. Bozkurt et Turan m'exaspèrent parfois avec leurs effronteries. Regarde ce qu'ils ont fait subir à tes filles. Je suis fatiguée de toutes ces années passées à coller des gifles à mes fils pour tâcher de les éduquer, crois-moi, mais ils sont ma seule raison de vivre, l'essence de mon âme. Que Dieu les protège, s'il leur arrivait quelque chose, j'en mourrais. Maintenant, ils se rasent, ils triturent leurs boutons d'acné, et sous prétexte qu'ils pensent être devenus des hommes, ils ne laissent plus leur mère les approcher, ils ne se laissent même pas embrasser... Si j'en avais fait deux de plus, aujourd'hui je prendrais les petits dans mes bras, je les caresserais et les cajolerais, je serais bien plus heureuse, je me ficherais pas mal des méchancetés de Korkut. Je regrette maintenant les nombreux avortements que j'ai subis toutes ces années. Des femmes folles de remords d'avoir avorté, il y en a beaucoup, mais tu ne trouveras pas dans l'histoire du monde des femmes qui regrettent d'avoir eu beaucoup d'enfants. Rayiha, est-ce que tu regrettes d'avoir eu Fatma ? Tu regrettes d'avoir eu Fevziye ? »

Elle s'est mise à pleurer. Elle a dit que Mevlut ne gagnait rien, qu'il n'avait pas réussi comme gérant de restaurant, qu'ils étaient terrorisés à présent que la boutique de boza ne marche pas non plus, qu'ils n'arriveraient pas à boucler les fins de mois sans les travaux de broderie pour les magasins d'articles de trousseau de Beyoğlu, qu'elle ne mettrait pas cet enfant au monde en disant « Dieu y pourvoira », et que sa décision était prise. De toute façon, dans l'appartement d'une pièce où ils vivaient à quatre, entassés les uns sur les autres toute la journée, il n'y avait absolument pas de place pour une autre personne.

« Ma chère petite Rayiha, ai-je dit. Ta grande sœur Vediha sera toujours là pour t'aider comme tu le souhaites dans les moments difficiles. Mais un enfant, c'est sacré, tu en as la responsabilité. Rentre chez toi et réfléchis encore. La semaine prochaine, appelons aussi Samiha et nous discuterons.

— N'appelle pas Samiha, elle me tape sur les nerfs. Ne lui dis surtout pas que je suis enceinte, il ne faut pas qu'elle le sache. Elle est stérile, elle sera jalouse. Et ma décision est prise. C'est tout réfléchi. »

J'ai expliqué à Rayiha que, trois ans après le coup d'État militaire de 1980, notre général Kenan Evren avait fait une bonne œuvre en octroyant aux femmes célibataires le droit d'avorter dans un délai maximal de dix semaines. Ce droit avait surtout profité aux célibataires citadines qui avaient l'audace d'avoir des relations sexuelles avant le mariage. Quant aux femmes mariées, pour pouvoir user de ce droit, il fallait qu'elles convainquent leur mari d'apposer leur signature sur un document attestant qu'ils consentaient à cet avortement. À Duttepe, beaucoup de maris n'avaient pas accordé leur signature, opposant que ce n'était pas la peine, que c'était un péché, qu'à l'avenir cet enfant s'occuperait d'eux, et c'est ainsi qu'après de longues disputes entre époux ces femmes accouchaient d'un quatrième, ou d'un cinquième enfant. Certaines interrompaient leur grossesse avec les moyens rudimentaires appris les unes des autres. « Si jamais Mevlut ne signe pas le papier, ne va pas t'en remettre aux femmes du quartier et faire des choses pareilles, tu entends Rayiha, tu le regretterais », ai-je dit à ma sœur.

Et puis il y a des hommes comme Korkut qui signent ces papiers sans aucun problème, j'en ai également parlé à Rayiha. Comme c'est plus confortable pour eux de signer un papier plutôt que de se protéger, il y a beaucoup d'hommes qui mettent leur femme enceinte en disant : « De toute façon, il y a l'avortement ! » Après la nouvelle loi, Korkut m'a engrossée trois fois pour rien. Trois fois je me suis fait avorter à l'hôpital Etfal et, quand on a été plus à l'aise financièrement, je m'en suis évidemment mordu les doigts. C'est comme ça que j'ai appris ce qu'il fallait dire au docteur de l'hôpital et auprès de qui il fallait récupérer quel papier.

« Rayiha, on va d'abord aller chez le maire prendre un document attestant que Mevlut et toi vous êtes mariés. Après, on ira à l'hôpital pour obtenir une attestation de grossesse, un document en double exemplaire avec un cachet du médecin et un formulaire vierge qu'on apportera à Mevlut pour qu'il le signe, d'accord ? »

La querelle entre Mevlut et Rayiha se poursuivit, avec la même émotivité et la même colère, mais de façon moins manifeste, non plus sur le terrain de la jalousie mais sur celui de savoir si Rayiha devait garder le bébé ou pas. Comme ils ne pouvaient pas parler dans le magasin ni devant les filles, ils en débattaient une fois qu'elles étaient à l'école. Il s'agissait moins de disputes que d'une succession de mimiques de désac-

cord : moues boudeuses, masques de dédain, grimaces, fronce-
ments de nez, de sourcils, regards de haine… plus lourds de sens
que les mots, c'est pourquoi ils prêtaient moins d'attention aux
paroles qu'ils prononçaient qu'aux expressions qui se peignaient
sur leurs traits. Peu de temps après, Mevlut comprit avec tristesse
que cette hésitation, cette oscillation entre deux pôles était per-
çue comme un atermoiement par Rayiha, dont l'impatience et
l'irritabilité ne faisaient qu'augmenter.

D'un autre côté, Mevlut palpitait à l'idée que ce soit un garçon,
il se prenait à rêver. Son nom serait Mevlidhan. Il se rappelait que
Babur avait conquis l'Inde parce qu'il avait trois fils forts comme
des lions, et que, grâce à ses quatre fils fidèles, Gengis Khan avait
été le padichah le plus craint au monde. Mevlut avait raconté
des centaines de fois à Rayiha que si son père n'était parvenu
à rien ses premières années à Istanbul, c'est parce qu'il n'avait
pas de fils à ses côtés, et que lorsque Mevlut était venu du village
pour l'aider il était trop tard. Ces derniers mots, « trop tard »,
n'avaient d'autre effet que de rappeler à Rayiha que le délai légal
pour avorter était de dix semaines.

Autrefois, lorsque les filles étaient parties à l'école à cette
heure de la matinée, ils faisaient l'amour et étaient très heureux. Mais maintenant, ils n'arrêtaient pas de discuter et de se
disputer. Ce n'est que lorsque Rayiha se mettait à pleurer que
Mevlut, envahi par la culpabilité, serrait sa femme contre lui et
la consolait. « Il y a une solution à tout », disait-il. Rayiha, qui ne
savait plus quoi faire, disait que le mieux serait peut-être de donner naissance à ce bébé, des mots qu'elle regrettait sur-le-champ
d'avoir prononcés.

Mevlut avait le sentiment que cette détermination de Rayiha
à avorter était sous-tendue par une réaction face à son manque
d'argent, à son incapacité à réussir dans la vie, voire par un désir
de le punir. Et il s'en offusquait. On eût dit que s'il parvenait
à convaincre Rayiha de garder cet enfant, cela lui permettrait
de prouver ouvertement qu'il n'y avait aucun manque, aucune
défaillance dans leur vie. Il apparaîtrait même qu'ils étaient plus
heureux que les Aktaş. Parce que Korkut et Vediha n'avaient eux-
mêmes que deux enfants. La malheureuse Samiha n'arrivait pas à

en avoir. Les gens heureux sont ceux qui ont beaucoup d'enfants. Les gens riches et malheureux, à l'instar des Européens voulant inciter la Turquie à instaurer un contrôle des naissances, jalousaient les pauvres pour leurs enfants.

Mais un matin, l'insistance et les larmes de Rayiha venant à bout de sa résistance, Mevlut se rendit chez le maire du quartier pour demander un acte de mariage. Le maire, dont le travail principal était courtier en immobilier, n'était pas dans son bureau. Comme Mevlut ne voulait pas revenir vers Rayiha les mains vides, il erra sans but dans les rues de Tarlabaşı : avec l'habitude acquise dans les périodes où il était sans travail, ses yeux furetaient à la recherche d'une voiture de marchand ambulant à vendre, d'un ami boutiquier auprès de qui il pourrait éventuellement travailler, ou de quelque objet à acquérir au rabais. Ces dix dernières années, les rues de Tarlabaşı s'étaient emplies de carrioles de marchands ambulants, pour moitié inemployées et attachées toute la journée avec des chaînes. Comme il ne sortait plus le soir vendre de la boza, un rétrécissement s'était opéré dans l'âme de Mevlut, sa propension à sentir l'alchimie des rues s'était émoussée.

En buvant le thé offert par le ferrailleur kurde qui avait procédé treize ans plus tôt à leur mariage religieux et qui lui donnait des conseils sur ce qui est licite et ce qui est interdit pendant les rapports sexuels en période de ramadan, il bavarda quelques instants avec lui de religion et du nouveau maire de la ville. Le nombre de tavernes qui installaient des tables en terrasse dans les rues de Beyoğlu avait augmenté. Mevlut aborda aussi la question de l'avortement. « On en parle dans le Coran, l'avortement est un grand péché », expliqua longuement le ferrailleur. Mais Mevlut ne le prit pas trop au sérieux. Y aurait-il autant de personnes pour le faire, si c'était un si grand péché ?

Une chose que lui avait racontée le ferrailleur continua pourtant à hanter son esprit : au paradis, l'âme des enfants arrachés au sein de leur mère avant la naissance sautaient fébrilement d'une branche à l'autre comme des oisillons orphelins dans les arbres, ils sautillaient et changeaient sans cesse de place, tels de minuscules moineaux blancs. Mais il ne dit rien à Rayiha de cette image obsédante, sinon sa femme risquait de ne pas le croire lorsqu'il lui dirait que le maire n'était pas dans son bureau.

Quatre jours plus tard, lorsqu'il y retourna pour la seconde fois, le maire lui expliqua que les papiers d'identité de sa femme n'étaient plus valides ; que si Rayiha attendait un service de l'État (Mevlut n'avait pas dit que ce service était l'avortement), il fallait qu'elle fasse comme tout le monde une demande de renouvellement de ses papiers. Ces sujets-là effrayaient Mevlut. Se tenir loin des registres officiels était le plus grand conseil que lui avait donné son défunt père. Mevlut n'avait jamais payé d'impôts. Et les représentants de l'État lui avaient saisi sa carriole blanche, ils l'avaient mise en pièces.

Au début du mois d'avril, désormais convaincue qu'il finirait par apposer sa signature sur les documents nécessaires pour l'avortement et s'inquiétant que son mari soit tout seul à tenir la boutique, Rayiha commença à aller et venir à la Boza des Beaux-Frères. Un après-midi, elle vomit dans le magasin. Elle essaya de le cacher à Mevlut, mais en vain. Mevlut nettoya discrètement, sans rien laisser paraître aux clients. En ces jours qui étaient les derniers de sa vie, Rayiha ne remit plus une fois les pieds au magasin.

Mari et femme décidèrent conjointement qu'il serait bien que Fatma et Fevziye passent aux Beaux-Frères l'après-midi en rentrant de l'école, pour laver les verres et mettre un peu d'ordre. L'inquiétude de Rayiha était qu'elle ne savait pas comment expliquer à ses filles qu'elle-même n'était pas en état d'aller aider leur père au magasin. Elle avait le sentiment que moins il y aurait de personnes au courant de sa grossesse, à commencer par ses filles, plus il lui serait facile d'en être délivrée.

Dans le magasin, Mevlut missionna ses filles comme des cuistots et des infirmières arrivés en renfort sur le front. Un jour, c'est Fatma qui venait, un autre, c'était Fevziye. Il leur donnait les verres à laver, il leur faisait remettre les choses en ordre, mais sa jalousie de père l'amenait à les écarter d'autres tâches nécessitant plus de contact avec la clientèle, comme le service ou l'encaissement, et même des échanges verbaux. Il se montrait amical et loquace avec elles, il leur demandait ce qu'elles avaient fait à l'école, quels imitateurs et quels comiques du petit écran elles aimaient, quelles séries et quels films elles regardaient, et quelles étaient leurs scènes préférées.

Fatma était plus intelligente, plus sérieuse et plus posée. Elle était capable de réfléchir au prix des choses, des denrées alimentaires, des vêtements, aux articles et produits qui se vendaient dans les magasins, aux gens qui entraient à la Boza des Beaux-Frères et qui en sortaient, à l'ambiance de la rue, au mendiant du coin et au concierge vendant des choses illégales sous le manteau, à l'avenir du magasin, à sa mère restée à la maison, et elle éprouvait pour son père une affection protectrice que Mevlut sentait au plus profond de lui-même. Comme il l'avait fièrement dit une fois à Rayiha à la maison, si un jour il avait un magasin qui marche bien, il pourrait sans problème le confier à sa fille de douze ans (si Fatma avait été un garçon, naturellement).

À onze ans, Fevziye n'était quant à elle encore qu'une enfant : elle n'aimait aucune tâche qui requérait un effort, comme le ménage, le dépoussiérage, l'essuyage… Elle aimait escamoter, et elle se débrouillait toujours pour faire les choses par-dessus la jambe et les expédier. Mevlut était sans cesse tenté de la gronder mais, comme il se mettait à rire au lieu de s'énerver, il savait qu'elle ne l'écouterait pas. Mevlut prenait plaisir à parler avec Fevziye des clients qui fréquentaient leur magasin.

Parfois, un client venait, il n'aimait pas la boza et, après en avoir pris deux gorgées, il abandonnait son verre, se répandait en grossièretés, tentait de rogner sur ce qu'il devait, un incident sur lequel Mevlut revenait pendant deux ou trois jours avec ses filles. D'autres fois, ils prêtaient l'oreille à la conversation entre deux hommes se demandant comment agir envers le salaud qui leur avait refilé un chèque en bois ; à d'autres moments encore, ils prêtaient l'oreille à la conversation entre deux amis jouant aux courses de chevaux dans le bureau de paris sportifs situé deux rues plus loin, ou entre trois copains que la pluie avait poussés dans le magasin et qui parlaient du film qu'ils venaient de voir. Ce que Mevlut aimait par-dessus tout, c'était tendre à celle de ses filles qui était présente ce jour-là le journal oublié ou abandonné par un client pour qu'elle fasse la lecture à son père, comme s'il était analphabète (comme l'était leur grand-père Mustafa qu'elles n'avaient jamais connu), et, tandis qu'elle piochait dans les pages au hasard, il écoutait en regardant dehors par la vitrine. Mevlut les interrompait quelquefois pour attirer leur attention sur un point en disant : « Tiens, tu vois », et à partir du journal il dispensait à ses filles de petites leçons sur la vie, la morale et la responsabilité.

Il arrivait que l'une d'elles, confuse et honteuse, lui confie un de ses problèmes (le professeur de géographie l'avait dans le collimateur ; il fallait acheter de nouvelles chaussures pour remplacer celles dont la semelle s'était décollée ; elle ne voulait plus mettre ce vieux manteau parce que les autres se moquaient d'elle). Lorsqu'il comprenait qu'il ne pourrait trouver de solution, Mevlut disait : « Ne t'en fais pas, un jour, cela aussi passera », et il concluait avec cet aphorisme : « Dès lors que tu gardes ton cœur pur, tout ce que tu souhaites finit par se réaliser. » Un soir, il avait surpris ses filles en train de se gausser en chœur de ces paroles, mais au lieu de se fâcher qu'elles tournent leur père en dérision il avait souri, heureux de constater une fois de plus que ses filles étaient dotées d'une vive intelligence et du sens de l'humour.

Chaque jour avant la tombée du soir, Mevlut prenait le risque de laisser cinq ou six minutes la boutique sans surveillance et, tenant par la main celle de ses filles qui était venue ce jour-là, il l'aidait à traverser d'une traite du secteur de l'avenue Istiklal à celui de Tarlabaşı. Après lui avoir enjoint de rentrer sans traîner, il la regardait s'éloigner jusqu'à ce qu'il la perde de vue, puis il revenait en courant aux Beaux-Frères.

De retour au magasin un soir après avoir quitté Fatma, il y trouva Ferhat en train de fumer une cigarette.

« Ceux qui nous ont cédé ce magasin grec sont passés sur la rive en face, dit Ferhat. Le prix des loyers augmente dans le quartier, mon petit Mevlut. On gagnerait dix fois plus à vendre des chaussettes, du kebab, des caleçons, des pommes, des chaussures ou ce que tu veux d'autre dans ce magasin.

— D'ailleurs, nous ne gagnons rien…

— Exact. Moi, j'arrête les frais.

— Comment cela ?

— Il faut que nous fermions le magasin.

— Et si moi je reste, qu'est-ce qui se passe ? demanda timide-
ment Mevlut.

— Un jour, la bande qui loue les biens des anciens Grecs
va débouler. Et ils te fixeront le montant du loyer qui leur
chante… Si tu ne peux pas payer, ils te larderont de coups de
couteau.

— Pour quelle raison est-ce qu'ils ne te demandaient pas de
loyer ?

— Parce que je m'occupais de leur compteur électrique. Je
raccordais les endroits laissés à l'abandon au réseau, et je savais
valoriser ces anciens lieux vacants. Si vous déménagez ce qu'il y
a dans le magasin, vous pourrez sauver les biens et les marchandises. Commencez par tout débarrasser, vendez, faites comme
vous voudrez. »

Mevlut ferma aussitôt le magasin, il acheta une petite bouteille
de raki chez l'épicier et dîna avec Rayiha et les filles. Cela faisait
des années qu'ils n'avaient pas mangé ensemble, tous les quatre
à table, le soir à la maison. Mevlut rit et plaisanta en regardant
la télévision, et, l'air d'annoncer une bonne nouvelle, il déclara
qu'il avait pris la décision de reprendre la vente nocturne de
boza dans les rues, que Ferhat et lui avaient fermé la boutique,
que ce soir il était en vacances et que c'est pour cette raison qu'il
buvait du raki. Si Rayiha n'avait pas dit « Que Dieu nous vienne
en aide », personne n'aurait eu l'impression d'avoir entendu une
mauvaise nouvelle. C'est pourquoi Mevlut lui en voulut.

« Quand je bois du raki, ne mêle pas Dieu à cela… Tout va
très bien pour nous. »

Le lendemain matin, aidé par Fatma et Fevziye, il rapporta tous
les ustensiles de cuisine à la maison. Voyant le peu d'argent que
lui donnait un brocanteur de Çukurcuma pour le plan de travail,
les tables et les chaises, Mevlut se fâcha. Il trouva un menuisier
de sa connaissance mais le prix qu'il proposait pour le bois de
ces vieux trucs bons pour le rebut était encore plus bas. Mevlut
rapporta chez lui le plus petit des deux miroirs. Quant au lourd

miroir au cadre argenté qui avait été acheté par Ferhat, Fatma et Fevziye le rapportèrent chez leur tante en le tenant chacune par un bout. L'article découpé dans le journal *Irşad* qu'il avait encadré ainsi que l'image du cimetière nimbé de lumière, avec ses stèles et ses cyprès, Mevlut les accrocha côte à côte sur le mur juste derrière la télévision. Contempler l'image de « L'Autre Monde » le rendait heureux.

5

Mevlut gardien de parking

Mi-coupable, mi-étonné

Mevlut savait qu'après son échec au Binbom il ne pourrait décemment pas retourner voir les Aktaş pour leur demander un nouveau travail. Il avait du ressentiment à l'égard de Ferhat. En réalité, il aurait rapidement pu passer outre. Ferhat les ayant obligés à mettre la clef sous la porte, Mevlut aurait pu jouer sur sa culpabilité et réclamer qu'il lui trouve un autre travail mais cela, il ne pouvait pas le faire à cause de Rayiha. Elle accusait Ferhat d'être responsable de la fermeture du magasin, se répandait en reproches et n'arrêtait pas de répéter que c'était une mauvaise personne.

Le soir, Mevlut vendait de la boza. Le matin, il cherchait du travail en écumant les rues et en passant voir les gens de sa connaissance. Il faisait mine d'étudier très sérieusement les propositions de chef de rang et de caissier que lui faisaient les maîtres d'hôtel et les patrons de restaurant qu'il connaissait depuis des années, mais il fallait que ce soit un travail moins éreintant (comme Ferhat), qui gagne mieux et qui lui laisse du temps et de l'énergie pour vendre de la boza le soir. À la mi-avril, Mohini, qui s'était gentiment proposé, suite à la fermeture des Beaux-Frères, de chercher quelque chose à Mevlut, lui annonça que Damat, leur copain de collège, l'attendait dans le bureau de sa société de publicité à Pangaltı.

Dans le bureau où s'était rendu Mevlut, qui avait mis sa veste habillée pour la circonstance, les deux anciens amis ne s'embrassèrent pas et ne se prirent pas dans les bras, car, en lui serrant la main, Damat était resté formel et distant. Cependant, il dit à la jolie secrétaire qui les regardait en souriant (« Sans doute sa maîtresse », avait pensé Mevlut) qu'au-delà d'être « quelqu'un de très intelligent, de très bien et de spécial », c'était de plus un très bon ami. À la vue de ces deux hommes que tout dans l'apparence semblait opposer – le riche patron bourgeois et le pauvre type ayant tout d'un raté –, la secrétaire se mit à rire, comme si le fait qu'ils puissent être amis était une plaisanterie. Étant donné qu'il souhaitait instinctivement garder ses distances avec Damat et qu'il n'avait nulle envie de servir des gens en costume-cravate travaillant dans un bureau, Mevlut refusa d'emblée de tenir les réchauds à thé situés sous l'escalier du quatrième étage. Il accepta tout aussi rapidement de gérer le parking dans la cour arrière du bureau que Damat lui montra par la fenêtre.

Le travail consistait à surveiller le parking situé dans la cour de l'immeuble et donnant sur la rue, et à le préserver de ceux qui voulaient s'y garer sans y être autorisés ainsi que des bandes connues sous le nom de « mafia des parkings ».

Ces bandes, qui avaient envahi la ville comme du chiendent particulièrement ces quinze dernières années, se composaient d'équipes de cinq ou six personnes, amis et compatriotes, mi-voyous, mi-mafieux, ayant des liens avec la police. Une de ces équipes s'emparait par la force (poings, couteau ou revolver) d'un recoin, d'un terrain vague, d'une rue où le stationnement était autorisé dans le centre d'Istanbul et, comme si elle en détenait la propriété, elle réclamait de l'argent aux particuliers qui s'y garaient. Quiconque refusait de payer retrouvait sa voiture avec la glace de custode brisée, les pneus crevés ou, pour les véhicules neufs et chers d'importation européenne, avec une rayure sur la portière. Durant les six semaines où il travailla comme gardien de parking, Mevlut fut témoin de maintes prises de bec, de disputes dans lesquelles on en venait aux insultes et aux mains, parce que des propriétaires de voiture trouvaient le tarif des places très élevé, ou que d'autres s'insurgeaient en disant : « Pourquoi devrais-je te donner de l'argent pour me garer devant chez moi

alors que j'ai toujours habité là, tu es qui, toi ? Tu viens d'où ? »,
ou parce que certains autres refusaient de payer sous prétexte
qu'il n'y avait ni ticket ni facture. Mais vu que Mevlut avait dès
le départ réussi à tracer une frontière entre la cour derrière
l'agence de publicité et la rue où la mafia des parkings prélevait
des taxes, en jouant la carte de l'humilité et en usant d'une diplo-
matie consommée, il n'avait jamais été impliqué dans aucune
bagarre.

Malgré leur violence, leur côté bravache, leur impudence et
leur façon de vandaliser ostensiblement les véhicules, les innombrables gangs des parkings d'Istanbul offraient un sérieux service
aux riches de la ville qui se fichaient complètement des règles.
Dans les endroits où la circulation était bouchée et où il était
très difficile de trouver une place pour se garer, les « voituriers »
des gangs s'occupaient des voitures laissées sur le trottoir ou au
milieu de la chaussée, ils en prenaient soin, et pour quelques
kuruş de plus, pendant leur délai de stationnement, ils lavaient
les vitres, nettoyaient complètement le véhicule qu'ils rendaient
brillant comme un sou neuf. Certains membres du gang, jeunes
et insolents, laissaient sciemment les voitures pour lesquelles
ils avaient reçu de l'argent dans la cour sous la surveillance de
Mevlut, mais, comme Damat avait dit qu'il ne voulait pas de
bagarre, Mevlut ne rentrait pas dans le débat avec eux. De ce
point de vue là, le travail n'était pas compliqué. Quand Damat
ou d'autres publicitaires de l'agence arrivaient au travail en voiture le matin et quand ils en repartaient le soir, Mevlut, avec
l'assurance d'un agent de la circulation, stoppait le trafic de la
rue de derrière, guidait soigneusement le conducteur qui sortait
du parking ou celui qui y entrait en disant : « Viens, viens, viens,
à gauche, à gauche, à gauche », tenait la portière aux personnes
importantes lorsqu'elles descendaient de voiture (avec Damat,
c'était toujours dans un esprit de camaraderie), et répondait
aux questions de ceux qui lui demandaient si M. untel ou untel
était parti ou arrivé. Grâce au piston de Damat, il avait installé
une chaise à la croisée de la cour et du trottoir – «le portail du
parking », disaient certains, même s'il n'y avait pas de porte.
Mevlut passait le plus clair de son temps assis sur cette chaise

en bois, à regarder passer les rares voitures circulant dans la rue de derrière, les deux gardiens qui surveillaient la rue devant leur porte, le mendiant qui apparaissait de temps à autre sur l'avenue en exhibant sa jambe estropiée, le commis d'un épicier originaire de Samsun qui ne cessait d'aller et venir, les piétons marchant sur le trottoir, les fenêtres des immeubles, les chats, les chiens ; et à bavarder avec le membre le plus jeune du gang des parkings (que les autres appelaient de façon condescendante « le voiturier »).

Ce voiturier, qui s'appelait Kemal et venait de Zonguldak, avait quelque chose de fascinant : bien qu'il parlât sans cesse et ne fût pas très intelligent, Mevlut trouvait tout ce qu'il disait intéressant : le secret de cela, c'était l'aisance qu'avait ce jeune homme à raconter à quiconque surgissait devant lui jusqu'aux aspects les plus intimes de sa vie : de ses pratiques sexuelles jusqu'aux œufs au *sucuk* qu'il avait mangés la veille au dîner, de sa mère qui travaillait comme lavandière au village ou de son conflit avec son père jusqu'aux sentiments qu'il avait éprouvés devant la scène d'amour qu'il avait vue hier soir à la télévision. Ces histoires personnelles et sentimentales s'accompagnaient de grandes fantasmagories à propos de l'entreprise, de l'État et de la politique : les hommes travaillant dans l'agence de publicité étaient pour moitié homosexuels et la moitié des femmes lesbiennes ; tout le quartier de Pangaltı appartenait autrefois aux Arméniens, un jour ils enverraient les Américains nous demander qu'on leur rende leurs biens ; le maire d'Istanbul était un actionnaire secret de l'entreprise qui fabrique les « chenilles » (appellation populaire des nouveaux bus à soufflet) achetées en Hongrie.

Dans les moments où le jeune voiturier vantait les talents et le brio de la bande des parkings qu'il évoquait en disant « nous », Mevlut sentait planer une menace : s'ils voulaient, sans que personne ne puisse rien dire, ils pouvaient détruire la voiture du riche homosexuel qui garait sa Mercedes de luxe sur le trottoir sous leur surveillance et qui ne donnait même pas de quoi se payer une soupe au pauvre type qui la gardait. Les radins qui demandaient : « C'est à vous cet endroit ? Je vais appeler la police ! » pour ne pas payer les frais de parking qui n'excédaient pas le prix d'un paquet de Marlboro savaient-ils que la moitié des sommes qu'ils touchaient allait à la police ? Certains du genre irascible savaient très bien jouer les pédants et réprimander le voiturier mais ils n'imaginaient nullement que l'accu, la boîte de vitesses haut de gamme et le système de climatisation de la BMW flambant neuve qu'ils lui avaient confiée avec les clefs pouvaient être changés en l'espace de trois heures. Un gang des parkings originaire d'Ünye qui faisait affaire avec un réparateur automobile de Dolapdere à moitié clandestin avait remplacé en une demi-journée le moteur de 1995 d'une Mercedes dont on leur avait laissé la clef par un vieux moteur usé de la même marque, avec une telle vitesse et une telle perfection que, le soir, le propriétaire de la voiture avait même donné un pourboire au voiturier en lui disant : « Vous avez très bien lavé ma voiture. » Mais Mevlut ne devait pas s'inquiéter, le gang n'avait aucune intention de s'en prendre à lui ni aux voitures garées ici. Si des emplacements du parking de l'agence de publicité étaient libres, Mevlut ne s'opposait pas à ce que le jeune Kemal vienne garer quelques voitures de l'extérieur, mais en attendant, il faisait remonter ces détails à Damat.

Quelquefois, la cour, le parking, les trottoirs, la rue déserte s'enveloppaient d'un profond silence et se figeaient dans l'immobilité (autant que faire se pouvait à Istanbul). Mevlut comprenait que ce qu'il aimait le plus dans la vie après la proximité avec Rayiha et ses filles, c'était regarder les gens qui allaient et venaient dans la rue, rêver à partir de ce qu'il voyait (de même que lorsqu'il regardait la télévision) et discuter de cela avec quelqu'un. Damat ne lui donnait pas beaucoup d'argent mais, comme son travail était non pas dans un bureau mais proche de la rue, il ne fallait pas se plaindre. De plus, après que les bureaux avaient fermé à six heures et que les voitures étaient parties, il pouvait rentrer chez lui (le soir, le parking restait au gang) et consacrer du temps à la vente de la boza.

Un mois après avoir commencé comme gardien de parking, un midi, alors qu'il regardait un cireur de chaussures qui faisait du porte-à-porte dans la rue vide et qui cirait les chaussures qu'on lui faisait descendre depuis les étages, Mevlut se rappela subitement que le délai légal de dix semaines pour que Rayiha puisse se faire avorter était dépassé. Il était sincèrement convaincu que la raison pour laquelle ils n'avaient pas avancé sur cette question tenait autant à sa propre réticence qu'au désarroi et à la confusion de sa femme. Et même s'il était pratiqué dans un hôpital public, l'avortement était quelque chose de dangereux. Or, un enfant à naître est la joie de la maison, et en même temps il lie davantage les membres de la famille entre eux. Rayiha n'avait pas encore annoncé à Fatma et à Fevziye qu'elle était enceinte. Si elle le faisait, elle verrait que ses grandes filles accueilleraient l'arrivée de ce bébé avec joie.

C'est ainsi que Mevlut pensa longuement à sa femme qui l'attendait à la maison. Il se rappela presque avec des larmes dans les yeux combien il tenait à Rayiha et combien il l'aimait. Il était deux heures de l'après-midi, les filles n'étaient pas encore rentrées de l'école. Mevlut se sentit aussi libre que lorsqu'il était lycéen. Il confia le parking au jeune Kemal de Zonguldak et retourna au pas de course à son domicile de Tarlabaşı. Il désirait se retrouver en tête à tête avec Rayiha à la maison, revenir à la belle époque de leurs premières années de mariage où jamais ils ne se disputaient. Il éprouvait dans son cœur la même culpabilité que s'il avait oublié quelque chose de très important. Peut-être était-ce pour cela qu'il se dépêchait.

En franchissant la porte, il comprit que c'était Dieu qui l'avait incité à revenir précipitamment à la maison. Rayiha avait entrepris de se débarrasser du fœtus par ses propres moyens, d'une façon rudimentaire. Cela s'était mal passé, l'hémorragie et la douleur lui avaient fait perdre connaissance.

Mevlut releva sa femme, il la prit dans ses bras et descendit au pas de course la mettre dans un taxi. Ce faisant, il savait que chacun de ces instants resterait gravé en lui jusqu'à la fin de sa vie. Il pria beaucoup pour que leur vie heureuse ne soit pas détruite, pour que Rayiha n'ait pas mal. Il caressa ses cheveux trempés de sueur ; il eut peur en voyant son visage devenu blanc comme du papier mâché. Tandis qu'ils roulaient vers le service des urgences qui était à cinq minutes, il perçut dans les yeux de Rayiha le regard mi-coupable, mi-étonné qu'il lui avait vu le soir où il l'avait enlevée.

Alors qu'ils franchissaient la porte de l'hôpital, Rayiha mourut des suites de l'hémorragie. Elle avait trente ans.

6

Après Rayiha

Si tu pleures,
personne ne peut se fâcher contre toi

Abdurrahman Éfendi. Dans la maison d'hôtes de notre village, il y a le téléphone maintenant. On m'a dit : « Cours, ta fille appelle d'Istanbul ! » Je suis arrivé à temps : c'était Vediha. Ma petite Rayiha avait été hospitalisée à cause d'une fausse couche. À Beyşehir, en avalant deux verres à jeun avant de prendre l'autocar, j'ai senti le mauvais présage dans mon cœur et j'ai cru que j'allais étouffer de chagrin : c'est ce qui était arrivé à la mère de mes petites orphelines. Pleurer soulage la douleur.

Vediha. Mon cher ange, ma sœur Rayiha. Que ta place soit au paradis. Elle nous a doublement menti, à moi et à Mevlut, c'est maintenant que je l'ai compris. À moi, elle avait dit que Mevlut voulait qu'elle avorte du bébé, ce n'était pas vrai. À Mevlut, elle avait dit que ce serait une fille, alors qu'il était encore évidemment trop tôt pour le dire. Mais notre souffrance est si grande que je ne pense pas que quiconque soit en mesure de parler et de raconter quoi que ce soit.

Süleyman. J'avais peur qu'en me voyant Mevlut pense que je n'étais pas assez affligé. C'est exactement l'inverse qui s'est passé. Devant l'état d'hébétude et d'abattement de Mevlut, je me suis mis à pleurer. Du coup, Mevlut aussi a commencé à pleurer, ma mère également. Ensuite, on aurait dit que c'étaient les larmes des autres qui provoquaient les miennes, et non le décès de Rayiha. Korkut, que dans notre enfance j'avais toujours entendu fustiger les gens qui pleuraient en disant : « Ne chiale pas comme une bonne femme », ne disait rien à personne cette fois. Je regardais tout seul la télévision dans la chambre d'amis quand Korkut est entré : « Fils, tu pleures tant et plus, mais tu verras qu'à la fin Mevlut trouvera quand même un moyen d'être heureux. »

Korkut. Süleyman et moi sommes allés ensemble chercher la dépouille de Rayiha au service des urgences de l'hôpital. On nous a dit : « La meilleure laveuse de morts d'Istanbul se trouve dans la salle de lavage mortuaire de la mosquée Barbaros de Beşiktaş. Son éponge, son eau savonneuse, le tissu du linceul et des serviettes et son eau de rose sont de la meilleure qualité. Si tu lui donnes un bakchich d'entrée de jeu, c'est encore mieux. » On a fait comme on nous avait dit. En attendant qu'on procède au lavage du corps de Rayiha, Süleyman et moi avons fumé une cigarette ensemble dans la cour. Mevlut nous a accompagnés à l'administration du cimetière de Sanayi. Il avait oublié sa carte d'identité, nous sommes repartis tous les trois à Tarlabaşı. Chez lui, Mevlut ne retrouvait pas ses documents d'identité. Il s'est effondré sur le lit et il a pleuré. Il s'est relevé, il a cherché ses papiers, et il les a trouvés. Nous sommes revenus. Il y avait beaucoup de circulation.

Tante Safiye. En préparant le halva, mes larmes gouttaient dans la casserole. Je regardais chacune de ces larmes disparaître entre les grumeaux de halva : on eût dit que chaque fois qu'une larme disparaissait, moi aussi j'oubliais quelque chose. Est-ce que la bouteille de gaz tiendrait ? Devais-je encore ajouter un peu de viande au plat de légumes ? En effet, toutes celles qui étaient fatiguées de pleurer venaient dans la cuisine, elles soulevaient le couvercle et regardaient longuement à l'intérieur sans rien dire. À croire que si tu pleurais un long moment, cela te donnait le droit de venir à la cuisine et de regarder ce qui mijotait dans la casserole.

Samiha. Les pauvres Fatma et Fevziye sont restées chez moi cette nuit-là. Vediha aussi était venue, elle m'a dit : « Amène-les chez nous. » C'est ainsi que, pour la première fois depuis onze ans, je suis retournée à Duttepe, dans la maison des Aktaş d'où je m'étais enfuie pour ne pas épouser Süleyman. Ferhat m'avait dit : « Fais attention à Süleyman », mais il n'était pas dans les parages. Onze ans plus tôt, tout le monde croyait que je me marierais avec lui, moi y compris ! J'ai regardé la maison avec curiosité : la chambre dans laquelle mon père et moi dormions m'a paru plus petite mais il y régnait la même odeur de cire d'abeille. On avait ajouté deux étages à la maison : la situation était compliquée pour moi, mais nous avions tous l'esprit occupé par Rayiha. De nouveau, j'ai fondu en larmes. Si tu pleures, personne ne peut se fâcher contre toi, ni poser de question.

Tante Safiye. Fatiguées de pleurer, elles sont entrées dans la cuisine : Fatma et Fevziye, les filles de Mevlut, d'abord, Vediha ensuite. Elles se sont postées devant les casseroles et le réfrigérateur, et sont restées là, à les fixer comme si elles regardaient la télévision. Puis Samiha est arrivée. J'ai beaucoup d'affection pour cette fille. Qu'elle ait suscité du désir chez Süleyman, qu'elle lui ait fait tourner la tête avec sa beauté et qu'ensuite elle soit partie et l'ait laissé… eh bien, je ne lui en veux pas.

Vediha. Dieu merci, les femmes n'ont pas le droit d'assister aux obsèques. Je n'aurais pas supporté. Pendant que les hommes étaient à la mosquée, nous sommes restées à la maison entre femmes, avec les filles de Mevlut, et nous avons pleuré ensemble. Les sanglots démarraient dans un coin de la pièce, ils s'arrêtaient, et ça reprenait d'un autre côté. Je n'ai pas attendu le retour de ceux qui étaient allés à l'enterrement, ni même la tombée du soir ; je suis allée chercher le halva à la cuisine et j'en ai distribué à toutes. Les pleurs ont stoppé assitôt. Tandis que Fatma et Fevziye mangeaient leur gâteau en regardant par la fenêtre, nous avons aperçu le ballon de foot noir et blanc de Turan et Bozkurt dans le jardin de derrière. Le halva une fois terminé, les larmes ont repris mais à force de pleurer on finit par se fatiguer.

Hadji Hamit Vural. La femme du neveu des Aktaş est morte jeune. La cour de la mosquée était pleine de vieux marchands de yaourt originaires de Konya. La majorité d'entre eux m'avait vendu les terrains qu'ils avaient délimités dans les années 1960-1970. Ils l'ont tous regretté ensuite, en disant qu'ils auraient mieux fait de vendre plus tard et d'en tirer davantage. Ils disent : « Hadji Hamit m'a acheté mon terrain pour une bouchée de pain. » Aucun d'eux ne dit : « Béni soit ce Hadji Hamit qui nous a quand même donné des paquets de billets pour ce lopin qu'on avait délimité sur un terrain public au diable vauvert, et pour lequel on n'avait même pas de titre de propriété. » S'ils avaient versé un pour cent de cette somme à l'association de protection de la mosquée, aujourd'hui je n'aurais pas besoin de payer de ma poche la réparation des gouttières défectueuses, le remplacement des revêtements en plomb et la porte de la salle des cours de Coran, mais je me suis désormais habitué à ces gens, je souris affectueusement à chacun d'eux et s'ils veulent m'embrasser la main, je la leur tends. Le mari de la défunte était effondré. Qu'avait donc fait ce Mevlut après avoir été marchand de yaourt, qu'était-il devenu dans la vie après avoir été marchand de yaourt ? On m'a raconté, cela m'a attristé. Les cinq doigts de la main ne sont pas tous égaux. Certains deviennent riches, d'autres deviennent sages ; il y en a qui méritent l'enfer et d'autres, le paradis. Des années plus tôt, j'étais venu à leur mariage et j'avais mis une montre au poignet du marié ; ils me l'ont rappelé, ça m'est revenu. Des cartons vides étaient entassés au bord des marches menant à la cour de la mosquée. J'ai dit : « Vous prenez la mosquée pour un dépotoir ou quoi ? » Ils vont les enlever. L'imam est arrivé, la foule s'est rassemblée. « Se tenir au dernier rang pendant la cérémonie funéraire est la meilleure place », prescrit notre Prophète. Effectivement, j'aime beaucoup regarder les gens de la communauté, tandis qu'ils saluent à droite à gauche, c'est pourquoi je ne rate jamais un enterrement. J'ai imploré le Très-Haut d'envoyer cette femme au paradis si c'était une bonne personne, et de la pardonner si c'était une pécheresse – c'était quoi son nom déjà ? l'imam

Éfendi venait pourtant de le dire. Feu Rayiha était plutôt petite et légère, moi aussi j'ai porté son cercueil sur mon dos, il était comme une plume.

Süleyman. Comme Korkut m'avait demandé de veiller sur le pauvre Mevlut, je ne l'ai pas lâché d'une semelle. Tandis qu'il jetait des pelletées de terre dans la fosse, peu s'en est fallu qu'il tombe dedans, je l'ai retenu par-derrière. Il était à bout de forces, il ne tenait plus sur ses jambes. Je l'ai fait asseoir sur le bord d'une autre tombe. Mevlut n'a plus bougé de sa place jusqu'à ce que Rayiha soit ensevelie et que la foule se disperse.

Mevlut avait voulu rester dans le cimetière, là où Süleyman l'avait fait asseoir. Il sentait que Rayiha attendait du secours de sa part. Une fois seul, les prières qu'il n'arrivait pas à se rappeler en présence de la foule lui reviendraient aisément à l'esprit, et il pourrait aider Rayiha. Mevlut savait que réciter des prières sur la tombe d'un défunt était d'un grand réconfort au moment où le cadavre était recouvert de terre et où l'âme s'élevait au-dessus du tombeau. De plus, avec ses stèles funéraires diverses, ses cyprès mêlés à d'autres espèces d'arbres et de végétation en arrière-plan, et avec son nimbe de lumière, ce cimetière ressemblait en tout point à l'image qu'il avait découpée dans l'*Irşad* et affichée sur le mur de la Boza des Beaux-Frères. Ce qui éveilla chez Mevlut le sentiment d'avoir déjà vécu cet instant. Les nuits où il vendait de la boza, il lui arrivait d'être parfois assailli par cette impression de déjà-vu. Et il mettait cette plaisante illusion sur le compte d'un tour que lui jouait son cerveau.

Les réactions de Mevlut au décès de Rayiha, réactions qu'il éprouvait tantôt comme une illusion, tantôt comme la réalité, étaient fondamentalement de trois sortes :

La première réaction de son esprit, et la plus tenace, c'était le refus d'accepter la mort de Rayiha. Bien que sa femme ait expiré dans ses bras, Mevlut avait souvent la tête pleine de rêveries qui niaient la survenue d'un tel événement : Rayiha était dans la chambre du fond, elle venait juste de dire quelque chose que

Mevlut n'avait pas entendu. Bientôt, elle entrerait, et la vie poursuivrait son cours habituel.

La deuxième, c'était la colère qu'il éprouvait contre tout le monde et contre tout. Mevlut était furieux contre le chauffeur de taxi qui avait transporté Rayiha trop tard à l'hôpital, contre les fonctionnaires infichus de lui délivrer de nouveaux papiers d'identité, contre le maire, les médecins, contre ceux qui le laissaient tout seul, contre ceux qui décidaient de la hausse des prix, contre les terroristes et les politiciens. Et il en voulait encore plus à Rayiha : parce qu'elle l'avait laissé seul. Parce qu'elle n'avait pas mis au monde de garçon du nom de Mevlidhan, et qu'elle avait manqué à son rôle de mère.

Quant à la troisième réaction de son esprit, c'était d'aider Rayiha dans son voyage post-mortem. Il souhaitait au moins lui être utile dans l'au-delà. Rayiha était très seule à présent dans son tombeau. Si Mevlut emmenait ses filles au cimetière pour dire avec lui la Fatiha, les souffrances de Rayiha seraient adoucies. Quelques instants après avoir commencé la récitation de cette prière devant la sépulture, Mevlut confondait les mots, dont il ne connaissait d'ailleurs pas précisément le sens, il en sautait certains, et il se consolait avec l'idée que l'essentiel, c'était l'intention de prier.

Les premiers mois, quand Mevlut et ses filles se rendaient sur la tombe de Rayiha au cimetière de Sanayi, ils allaient ensuite à Duttepe chez les Aktaş. Tante Safiye et Vediha faisaient manger les deux orphelines, elles leur donnaient du chocolat et des biscuits qu'elles veillaient à toujours avoir en réserve ces jours-là, elles allumaient la télévision et la regardaient ensemble toutes les quatre.

Lors de ces visites après le cimetière, ils avaient croisé par deux fois Samiha. Mevlut voyait bien pour quelle raison, maintenant qu'elle n'avait plus peur de Süleyman, Samiha osait à nouveau remettre les pieds dans cette maison qu'elle avait abandonnée des années plus tôt pour fuir avec Ferhat : c'était pour voir ses nièces, pour les consoler et trouver consolation auprès d'elles que Samiha supportait cette difficulté.

À l'occasion d'une de ces visites à Duttepe, Vediha déclara que si Mevlut et les filles allaient au village de Beyşehir pendant l'été, elle aussi se joindrait à eux. Elle raconta que l'ancienne école de Cennetpınar avait été convertie en maison d'hôtes, que Korkut aidait activement l'association du village. C'était la première fois que Mevlut entendit aborder le sujet de cette association vouée à prendre de l'ampleur. Il pensa aussi qu'il ne pourrait pas faire trop de frais au village.

En montant dans l'autocar de Beyşehir avec Fatma et Fevziye, Mevlut se dit qu'il pourrait peut-être passer le restant de sa vie au village et ne plus revenir à Istanbul. Mais après les trois premiers jours au village, il comprit que c'était un fantasme provoqué par la douleur de la perte de Rayiha. Il n'y avait pas de pain ici, ils étaient tout juste des invités de passage. Il voulait retourner à Istanbul. Son centre de gravité, sa colère, son bonheur, Rayiha… toute sa vie était là-bas.

Grâce à l'attention que leur grand-mère et leurs tantes leur témoignèrent les premiers temps, ses filles oublièrent un peu la souffrance de la disparition de leur mère, mais elles eurent tôt fait d'épuiser les possibilités de distraction qu'offrait la vie campagnarde. Le village était encore pauvre. Fatma et Fevziye n'apprécièrent guère non plus les plaisanteries des garçons de leur âge et l'attention dont elles étaient l'objet. Le soir elles dormaient dans la même chambre que leur grand-mère ; elles parlaient avec elle et écoutaient les légendes du village, les vieilles querelles, qui était en procès contre qui, qui était l'ennemi de qui ; elles s'en amusaient et prenaient peur, elles se rappelaient qu'elles n'avaient plus de maman. C'est ici, au village, que Mevlut prit clairement conscience qu'il en voulait profondément à sa mère de n'être pas venue à Istanbul, de les avoir ainsi laissés, lui et son père, seuls à Istanbul. Si sa mère avait migré avec ses sœurs en ville, peut-être que Rayiha ne serait pas tombée dans la situation désespérée qui l'avait menée à s'avorter elle-même.

Le fait que sa mère l'embrasse et le cajole comme un enfant en lui disant : « Ah, mon Mevlut ! » n'était pas pour lui déplaire. Après ces moments de tendresse, il avait envie de se terrer dans un coin, de s'enfuir au loin, mais il trouvait toujours un dernier prétexte pour revenir auprès de sa mère. L'affection qu'elle lui

témoignait semblait empreinte de tristesse, en lien non seulement avec la mort de Rayiha mais aussi avec l'insuccès de Mevlut,
qui avait toujours besoin du soutien de ses cousins paternels. Et
voilà vingt-cinq ans que, contrairement à son père, Mevlut n'avait
pas pu envoyer d'argent au village et à sa mère, et cela lui faisait
honte.

Pendant son séjour au village, Mevlut prit davantage plaisir à
la compagnie de son beau-père au cou tordu – ses filles et lui se
rendaient à pied trois fois par semaine à son village de Gümüşdere – qu'à celle de sa mère et de ses sœurs. À chacune de ses
venues, à l'heure du déjeuner, Abdurrahman Éfendi tendait à
Mevlut un raki dans un verre incassable sans que Fatma et Fevziye ne le voient, et pendant que ses petites-filles jouaient dans
les jardins du village, il racontait des histoires allégoriques, de
façon allusive. Chacun d'eux avait eu une épouse qui était morte
jeune, avant d'avoir pu donner naissance à un nouvel enfant
(un garçon). Tous deux consacreraient le restant de leurs jours
à leurs filles. Et en les regardant l'une ou l'autre, le souvenir de
leur mère se ravivait douloureusement en eux.

Vers les derniers jours de leur séjour, Mevlut emmena encore
plus souvent ses filles au village de leur mère. En marchant tous
trois sur la route plantée d'arbres au milieu des collines chauves,
ils aimaient s'arrêter pour regarder le paysage qui s'étirait en
contrebas, la silhouette des petits villages et des frêles minarets
des mosquées qui se découpaient sur le ciel dans le lointain. De
longs silences s'installaient entre eux pendant qu'ils se perdaient
dans la contemplation de la végétation rase poussant sur le terrain caillouteux, des champs jaunes que le soleil éclairait à travers
les nuages, du lac qui apparaissait comme un trait à l'horizon,
des cimetières ombragés de cyprès. Les chiens aboyaient au loin.
Dans l'autocar du retour, Mevlut comprit que les paysages cam-
pagnards lui évoqueraient toujours Rayiha.

7

La mémoire
de la consommation d'électricité

Süleyman est dans le pétrin

Ferhat. J'ai passé l'été 1995 à rechercher la trace de mon amour électrique Selvihan, dans les rues et dans les archives de la Société d'électricité des Sept Collines. Entouré de dossiers alignés sur les étagères, serrés dans des chemises en carton, des classeurs à levier et des armoires métalliques fermées à clef, au milieu des registres et d'enveloppes jaunes d'où sortaient des monceaux de papiers poussiéreux datant de soixante-dix ou quatre-vingts ans, installé entre les deux greffiers à la retraite de l'entreprise, j'ai fumé un nombre incalculable de cigarettes et bu autant de verres de thé. Les poussiéreuses archives de la Société des Sept Collines, qui avait changé d'appellation plusieurs fois, constituaient toute la mémoire de la consommation et de la vente d'électricité, dont les débuts remontaient à 1914 avec la centrale électrique Silahtar d'Istanbul. Sans s'approprier cette mémoire, sans apprendre les ruses développées ces quatre-vingts dernières années par les Stambouliotes pour gruger l'État, sans comprendre l'état d'esprit dans lequel le citoyen consommait et réglait son électricité, toute tentative de récupérer l'argent des factures d'électricité dans la ville serait, selon les vieux greffiers, une vaine entreprise.

Au milieu de l'été, nous avons appris que les nouveaux patrons de la Société des Sept Collines risquaient bien ne pas être du même avis. Ces hommes originaires d'Anatolie voulaient vendre les archives à des brocanteurs au prix du kilo de papier, voire les brûler. « Ils n'ont qu'à nous brûler, nous aussi ! » avait réagi le plus vieux des deux greffiers en entendant ces rumeurs ; quant à l'autre, dans un mouvement de colère, il déclara que la pire des choses était non pas le capitalisme, mais ces provinciaux parvenus qui s'étaient arrachés à leur Anatolie natale pour migrer à Istanbul. Par la suite, ils ont changé leur manière de faire : peut-être que si moi, j'expliquais aux nouveaux patrons de Kayseri combien les archives étaient utiles et indispensables pour le service de recouvrement de l'électricité, ce grand patrimoine humain et technique pourrait être sauvé.

C'est ainsi que nous nous sommes attelés à la tâche, en commençant par les registres les plus anciens, d'avant la République et la révolution de l'alphabet, en épais papier blanc, agréablement odorants et tenus à la main, en ottoman pour certains et en français pour d'autres. Ils ont poursuivi le travail en montrant, tels des historiens, dans quels quartiers l'électricité était distribuée dans les années 1930, dans quels endroits on en consommait le plus et que, à cette époque, les non-musulmans étaient encore fortement présents dans Istanbul. En s'appuyant sur les registres aux pages jaunies composés de cent, de cinq cents ou de neuf cents fiches sur lesquelles les agents de recouvrement consignaient tous les détails et les tricheries, les greffiers expliquèrent que, grâce au système mis en place dans les années 1950, chaque agent de recouvrement, à l'instar d'un collecteur d'impôt ottoman, était envoyé dans une série de quartiers déterminés, et qu'ainsi ils connaissaient avec une précision policière tous les citoyens du secteur.

Parmi ces fiches usées et maculées, les blanches étaient dédiées aux logements, les violettes aux commerces, les rouges aux implantations industrielles. Les plus gros fraudeurs étaient les abonnés violets et rouges, mais, en lisant attentivement les annotations dans la partie « observations » et en s'inscrivant dans le droit-fil des efforts héroïques déployés par ses prédécesseurs, « le jeune agent de recouvrement Ferhat Bey » verrait que, après les années 1970, les quartiers de bidonvilles comme Zeytinburnu, Taşlıtarla, Duttepe et ses environs étaient devenus un paradis de la fraude au compteur électrique. Dans la partie « observations » – qui prendrait ensuite le nom de « commentaires » dans les fiches imprimées ultérieurement –, les employés de l'entreprise d'électricité avaient noté au crayon violet, qui n'écrivait que si l'on crachait dessus pour l'humidifier, ou au stylo à bille, d'une écriture petite, grande ou irrégulière, leurs remarques à propos des abonnés, des compteurs et des fraudes. Je sentais que toutes ces informations me rapprochaient de Selvihan.

Des annotations comme « Ils ont acheté un réfrigérateur », « Il a un deuxième radiateur électrique » avaient été écrites pour aider l'employé en charge du relevé des compteurs à évaluer la consommation prévisionnelle d'électricité. À en croire les greffiers, les archives nous donnaient une trace enregistrée très nette de la date à laquelle réfrigérateur, fer à repasser, machine à laver, radiateur électrique et maints autres appareils avaient fait leur entrée dans tel ou tel foyer à Istanbul. D'autres notes du genre « Ils sont retournés au village... », « Absents depuis deux mois pour cause de mariage », « Partis en villégiature », « Hébergent deux personnes de leur région natale » avaient permis de déterminer, au vu de la consommation électrique, les flux de population dans la ville. Parfois je tombais sur les relevés de compteur de la boîte de nuit, du restaurant de kebab, du cabaret dirigés par Sami de Sürmene. Je m'y arrêtais, j'oubliais les observations. À ce moment-là, les vieux greffiers poussaient des notes plus amusantes et plus instructives devant moi : « Mettre la fiche sur le clou au-dessus de la poignée de la porte », « Suivre le mur qui longe la fontaine du quartier, on trouvera le compteur derrière le figuier », « Le grand type à lunettes est dingue, ne pas lui parler », « Il y a un chien dans le jardin. Il s'appelle Comte. Si on l'appelle par son nom, il n'attaque pas », « Les câbles de raccordement des lampes à l'étage au-dessus de la boîte de nuit viennent et de l'intérieur, et de l'extérieur ».

Selon les vieux greffiers, l'employé qui avait rédigé la dernière note était un héros audacieux et très dévoué. En effet, quand des agents de recouvrement mettaient le doigt sur une grande fraude savamment organisée dans des lieux comme des boîtes de nuit ou des tripots clandestins (j'avais entendu dire que Sami de Sürmene tenait aussi des tripots), la plupart d'entre eux n'en prenaient pas note, de sorte qu'ils n'étaient pas obligés de partager avec qui que ce soit les pots-de-vin qu'ils touchaient pour couvrir la fraude. Quand je tombais sur une telle information, je rêvais de porter un coup à ce Sami de Sürmene qui tenait Selvihan captive et, m'imaginant que j'étais sur le point de retrouver mon amoureuse, j'allais faire une incursion dans les snacks, les restaurants, les boîtes de nuit dont j'avais relevé le numéro de compteur.

Mahinur Meryem. À l'approche de la quarantaine, je suis tombée enceinte de Süleyman. À mon âge, une femme seule est bien obligée de réfléchir à sa vie, et de trouver par elle-même une solution pour son avenir. Nous sommes ensemble depuis dix ans. Même si je me laissais naïvement embobiner par les blablas et les mensonges de Süleyman, mon corps a su mieux que moi ce qu'il fallait faire.

J'étais certaine que Süleyman accueillerait mal la nouvelle. Il a d'abord cru que j'exerçais un chantage pour me faire épouser. Dans l'appartement de Cihangir, au fur et à mesure que le nombre de verres augmentait et que le ton montait entre nous, il a peu à peu compris que je portais réellement un enfant de lui, et il a pris peur. Il a beaucoup bu, il est parti en vrille et il m'a brisé le cœur. Mais j'ai vu qu'il était content également. À chacune de ses venues, une dispute éclatait entre nous. Je me montrais douce et gentille. De son côté, il multipliait les menaces et consommait de plus en plus de raki. Le soutien financier qu'il m'apportait pour que je chante de la pop turque, il m'a dit qu'il comptait l'arrêter.

« Süleyman, arrêter la musique, ce n'est rien, lui disais-je parfois. Mais je me battrai jusqu'à la mort pour mon bébé. »

Alors il s'émouvait, il se calmait. Et même s'il ne s'était pas radouci, nous faisions l'amour après chaque dispute.

« Faire ainsi l'amour avec une femme et la laisser tomber après, c'est si simple que cela ? » disais-je.

Confus, Süleyman regardait devant lui. Parfois, en sortant de la maison, il disait que si je continuais sur cette voie, c'était la dernière fois que je le voyais.

« Dans ce cas, adieu Süleyman », répondais-je et, les yeux baignés de larmes, je refermais la porte. Désormais, il venait chaque jour de la semaine, le bébé grandissait doucement dans mon ventre. Il tenta à plusieurs reprises de me frapper.

« Frappe, Süleyman. Frappe. Peut-être que comme ça vous vous serez facilement débarrassés de moi, comme de Rayiha. »

Parfois, il était dans un tel désarroi que j'avais pitié de lui. Tandis qu'il restait SAGEMENT ET POLIMENT assis devant son raki qu'il descendait comme si c'était de l'eau, tout en se tortillant de douleur comme un négociant dont les navires auraient sombré en mer Noire, je lui disais que nous serions très heureux ensemble, que j'avais vu le bijou qui était dans son cœur, qu'il était rare dans la vie de trouver une telle proximité et une telle entente avec quelqu'un.

« Ton frère aîné t'a toujours écrasé. Si tu restes loin de lui, crois-moi, tu deviendras quelqu'un de complètement différent, Süleyman. Tu n'as pas à avoir peur de qui que ce soit. »

C'est ainsi que la question du port du foulard s'est posée peu à peu.

« Je ferai de mon mieux. Mais il y a des choses qui me seront possibles, et d'autres pas.

— Pareil pour moi, répondait ce pauvre Süleyman. Dis ce que tu pourras faire.

— Certaines femmes font ajouter le mariage religieux au mariage civil, dans le seul but d'épargner des problèmes à l'homme bien intentionné qu'elles épousent. Je peux le faire également. Mais avant cela, il faut que les tiens viennent à Üsküdar demander officiellement ma main à mes parents. »

À l'automne 1995, après que ses filles et lui furent rentrées à Istanbul, Mevlut reprit son travail de gardien de parking pour l'agence publicitaire de Damat. Ce dernier avait trouvé tout naturel que son ancien camarade de classe se rende au village en raison du décès de sa femme et, à son retour, il lui avait rendu les fonctions qu'il avait confiées au concierge en son absence. Mevlut constata que durant ce laps de temps de trois mois Kemal de Zonguldak avait agrandi la surface de parking dévolue à sa bande, qu'il en avait modifié la limite avec deux pots de fleurs et quelques pavés et, pire encore, qu'il avait adopté à son égard une façon de parler beaucoup plus brutale (« Eh, on t'a dit de dégager cette BMW ! »), mais il n'en fit pas un problème. Après la mort de Rayiha, il était en colère contre tout le monde et contre tout et pour n'importe quel motif, mais, pour quelque étrange raison, il ne se fâchait pas contre le garçon de Zonguldak qui arborait à présent une veste neuve bleu marine.

Le soir, il vendait à nouveau de la boza et le temps qui lui restait, il le consacrait à ses filles. Cependant il ne poussait pas l'intérêt au-delà de questions comme : « Tu as fait tes devoirs ? », « Tu n'as plus faim ? », « Tu vas bien ? » Il ne se rendait que trop compte que ses filles allaient encore plus souvent chez leur tante Samiha depuis le décès de leur mère, mais qu'elles ne voulaient pas lui parler de ces visites. C'est pourquoi, quand il entendit sonner à sa porte un matin après qu'elles furent parties à l'école et qu'il découvrit Ferhat devant lui, il crut que c'était au sujet de ses filles.

« On ne peut plus entrer dans ce quartier sans être armé, dit Ferhat. Trafiquants de drogue, prostituées, travestis, bandes en tout genre… Va falloir vous chercher un logement ailleurs, pour toi et les filles…

— On est bien ici, c'est la maison de Rayiha. »

Ferhat dit qu'il avait un sujet très important à aborder et il emmena Mevlut dans une des cafétérias donnant sur la place Taksim. Ils bavardèrent longtemps en regardant la foule qui s'écoulait vers Beyoğlu. Mevlut comprit très bien ce que son ami lui proposait : une sorte d'apprentissage du métier d'agent de recouvrement.

« Bon, et toi, personnellement, tu penses quoi de tout cela ?

— Mon opinion personnelle et mon opinion officielle sont parfaitement convergentes sur le sujet, répondit Ferhat. Ce travail est une aubaine. Pour toi, pour les filles et même pour Rayiha qui s'inquiète pour vous dans l'au-delà. Tu gagneras beaucoup d'argent. »

En réalité, le salaire qu'il toucherait officiellement à la Société des Sept Collines ne serait pas très élevé mais si, avec le titre d'assistant de Ferhat, il se lançait dans la chasse aux factures impayées, Mevlut gagnerait davantage qu'en travaillant comme gardien de parking dans l'entreprise de Damat. Et il sentait que la possibilité de faire « beaucoup d'argent », comme disait Ferhat, ne serait réalisable qu'en empochant une partie des règlements des abonnés, en guise de bakchich.

« Qui touche au miel se lèche les doigts, les patrons de Kayseri le savent aussi, dit Ferhat. Tu pourras commencer trois jours après avoir apporté ton diplôme du collège, ton certificat de résidence, ta carte d'identité et six photos d'identité. Les premiers temps, nous ferons les tournées ensemble, je t'apprendrai tout. Mevlut, c'est parce que tu es honnête et que tu ne léseras personne que nous tenons tant à t'embaucher.

— Que Dieu te bénisse », dit Mevlut, et, tandis qu'il marchait en direction du parking, il se dit qu'il y avait dans cette phrase une ironie que Ferhat n'avait même pas remarquée. Trois jours plus tard, il téléphona au numéro que Ferhat lui avait donné.

« Tu prends une excellente décision pour une fois », dit Ferhat.

Deux jours après, ils se retrouvèrent à l'arrêt de bus de Kurtuluş. Mevlut était vêtu d'une belle veste, d'un pantalon propre, sans taches. Ferhat tenait à la main une de ces sacoches que les vieux greffiers portaient dans leurs années de jeunesse. « À toi aussi, je te trouverai une ancienne sacoche d'agent de recouvrement. Ça fait peur aux abonnés. »

Ils entrèrent dans une rue reculée de Kurtuluş. Mevlut venait encore dans ce quartier la nuit pour vendre de la boza. Grâce aux néons et aux lueurs des télévisions, la rue semblait plus moderne la nuit mais ce matin, dans son modeste état, elle semblait appartenir aux années de collège de Mevlut, à une époque datant de vingt-cinq ans. Ils restèrent jusqu'à midi dans ce quartier, où ils passèrent en revue près de deux cent cinquante compteurs, tous répertoriés dans le même registre.

Ils entraient dans les immeubles, et commençaient par regarder les compteurs électriques du rez-de-chaussée, au niveau de la loge du concierge. « Le numéro 7 a beaucoup de factures impayées. On lui a envoyé deux rappels ces cinq derniers mois, il n'a toujours pas réglé ses dettes mais tu vois, son compteur tourne constamment », disait Ferhat d'un ton professoral. Il tournait les pages blanches du fichier qu'il avait sorti de sa sacoche, et lisait certains numéros en plissant les yeux. « L'année dernière, le numéro 6 avait contesté deux grosses factures portant sur cette période. Nous ne lui avions pas coupé l'électricité. Mais regarde, son compteur est parfaitement immobile. Voyons. »

Ils montaient l'escalier sentant la moisissure, l'oignon et l'huile de friture, ils s'arrêtaient d'abord au troisième étage, au numéro 7, et sonnaient à la porte. Et aussitôt, avant même qu'on ne vienne ouvrir, Ferhat hélait les occupants en disant : « Électricité ! », sur le ton explicatif et néanmoins accusateur du procureur sûr de son fait.

La présence d'agents de recouvrement de l'électricité derrière la porte affolait les occupants de l'appartement. D'autant plus que dans cette façon moderne et autoritaire de s'annoncer adoptée par Ferhat, il y avait quelque chose qui faisait à la fois sommation et irruption dans la sphère privée et familiale. Mevlut était rompu à ces subtilités, apprises à l'époque où il vendait du yaourt au porte-à-porte. Et il pensait que si Ferhat requérait son aide à présent, c'était autant pour son honnêteté que pour son expérience de vente à domicile, notamment pour sa capacité à parler correctement avec la gent féminine, autrement dit sans se montrer importun.

Les personnes qui avaient des impayés d'électricité ouvraient parfois leur porte, parfois non. Dans ce cas, Mevlut imitait Ferhat et tendait l'oreille vers les sons provenant de l'intérieur. Si les bruits de pas qui approchaient après qu'ils avaient sonné s'arrêtaient net dès qu'ils prononçaient le mot « Électricité », cela signifiait qu'il y avait quelqu'un à la maison mais qu'on préférait garder porte close sachant que ces agents venaient leur réclamer de l'argent. La plupart du temps cependant, la porte s'ouvrait. Sur le seuil apparaissait une ménagère, une mère ou une vieille dame nouant son foulard autour de la tête ; ou encore une femme avec un enfant dans les bras ; un vieux grand-père fantomatique, un homme en colère et désœuvré ; une femme avec des gants en caoutchouc roses, ou une grand-mère dont les yeux ne voyaient plus très bien.

« Électricité ! lançait à nouveau Ferhat en franchissant le

seuil, avec l'air d'un fonctionnaire d'État. Vous avez des factures impayées. »

« Électricien, reviens demain, je n'ai pas de liquide sur moi », ou bien « Nous n'avons pas d'argent, ni aujourd'hui ni demain ! » s'écriaient aussitôt certains. D'autres s'exclamaient « Quelle facture mon enfant ? Nous allons chaque mois à la banque régler ce qu'on doit par virement. » Il y en avait encore beaucoup d'autres qui disaient : « Eh, on a fait le paiement tout juste hier » ou alors : « On remet l'argent avec la facture au concierge chaque début de mois. »

« La seule chose que je peux dire, c'est qu'au vu des éléments du dossier vous avez des factures impayées, répondait Ferhat. Tout est automatisé maintenant, ça se voit sur l'ordinateur. Notre travail à nous, c'est de vous couper l'électricité pour impayés. »

Ferhat lançait à son binôme un coup d'œil dans lequel se lisait son plaisir à enseigner le métier et à en faire sentir les infinies variantes, autant que sa fierté de faire montre de son pouvoir. S'il repartait sans rien dire, l'air mystérieux, ceux qu'il laissait plantés là tournaient alors vers Mevlut, qui lui emboîtait le pas, ces regards angoissés et repérables entre mille qui semblaient demander : « Que va-t-il se passer maintenant, est-ce qu'il va nous couper l'électricité ? »

Généralement, c'est Ferhat lui-même qui annonçait une décision favorable à l'usager fautif : « Cette fois-ci, je ne coupe pas jusqu'à ce que je revienne, mais avec la privatisation de la fourniture de l'électricité, sache qu'il n'y aura pas de troisième fois ! Si je coupe le courant, tu devras ensuite payer la réouverture du compteur, réfléchis bien. » Ou il assenait des phrases comme : « Puisqu'il y a une femme enceinte dans la maison, je ne fais rien pour cette fois, mais c'est la dernière ! » Ou alors : « Puisque tu ne paies pas ton électricité, sers-t'en avec parcimonie. » Comprenant par là qu'il ne couperait pas l'électricité, la personne debout sur le seuil répondait « Que Dieu te bénisse ! ». Parfois, en montrant le petit morveux qui était devant la porte, il disait : « C'est pour lui que je ne coupe pas. Mais la prochaine fois, hein, je ne me soucierai ni de tes larmes ni de tes enfants ! »

Un jeune garçon qui nous avait déjà ouvert à plusieurs reprises nous dit qu'il n'y avait personne à la maison. Certains enfants étaient troublés à l'excès en disant cela, d'autres parlaient comme un adulte semblant assumer que l'usage du mensonge était une forme d'intelligence. Comme Ferhat avait écouté ce qui se disait à l'intérieur avant de frapper à la porte, il savait que l'enfant mentait mais il faisait comme si de rien n'était pour ne pas le vexer.

« Très bien mon enfant, disait-il du ton d'un oncle affectueux. Ce soir, tu diras à tes parents qu'ils ont des factures d'électricité à payer, d'accord ? Mais dis-moi, comment t'appelles-tu ?

— Talat !

— Bravo Talat ! Allez, ferme la porte que les loups ne viennent pas te manger. »

Mais c'était là un air que Ferhat affecta le premier jour pour montrer à Mevlut que c'était un boulot tranquille. Jamais il ne répliqua durement aux alcooliques qui disaient « Électricien, nous n'avons aucune dette envers personne, sauf envers Dieu », aux gens en colère qui leur disaient « L'État est devenu un usurier, on n'y arrive plus à force de vous en donner, bande de crapules ! », aux grands-pères avec un dentier qui leur claquaient la porte au nez en les maudissant : « Vous irez griller à petit feu en enfer à force de vous gaver de pots-de-vin », aux chômeurs, aux désœuvrés qui jouaient les raisonneurs et le prenaient de haut : « Qu'est-ce qui me prouve que tu es un agent de l'électricité ? » Les premiers temps, il fit mine de gober les sornettes de ceux qui lui mentaient ouvertement : « Ma mère est sur son lit de mort », « Notre père est à l'armée », « On vient d'emménager, c'est la dette de l'ancien locataire »... En ressortant de l'immeuble, il repassait soigneusement en revue toutes ces données et expliquait à Mevlut quelle était la part du vrai et du faux : celui qui disait « On n'y arrive plus à force de vous en donner » prétendait mensongèrement qu'il versait des bakchichs à une équipe d'agents chaque fois différente. Le grand-père avec le dentier n'avait rien d'un homme pieux en réalité, Ferhat le voyait souvent à la taverne de Kurtuluş, etc.

« Le but, c'est de récupérer l'argent qu'ils doivent pour leur consommation d'électricité, pas de les persécuter, dit Ferhat un peu plus tard, alors qu'ils étaient assis dans un café. On n'est pas dans une logique visant à punir le pauvre homme qui ne peut pas payer en lui coupant l'électricité, à lui et à sa famille. Quant à savoir lequel est réellement dans l'incapacité de payer, si l'incapacité est totale ou partielle, lequel raconte des bobards alors qu'il est en mesure de s'acquitter de sa dette, lequel est un fraudeur, lequel est sincère... eh bien, c'est justement la tâche qui t'incombe. Les patrons m'ont habilité à faire ces évaluations tel un expert judiciaire. L'estimation, c'est cela mon travail. Et donc le tien... Tu comprends ?

— Je comprends, répondit Mevlut.

— Mon petit Mevlut, il y a deux grands interdits dans ce boulot : ne jamais noter de numéros au petit bonheur, comme si tu les avais vus, alors que tu n'es pas allé relever le compteur. Si on le découvre, tu es fichu. Et puis, c'est superflu de te le préciser, mais envers la gent féminine, je ne tolérerai pas la moindre remarque, le moindre regard ou la moindre parole déplacée. Il y va de l'honneur de l'entreprise, et il sera trop tard pour pleurer. Ce soir, je t'emmène au club Printemps, pour fêter le début de notre collaboration ?

— Ce soir, je vais sortir vendre de la boza.

— Ce soir aussi ? Mais désormais, tu vas gagner beaucoup d'argent.

— Je sortirai chaque soir vendre de la boza », répondit Mevlut.

Ferhat sourit en se penchant vers l'avant, en un geste signifiant qu'il comprenait.

8

Mevlut dans les quartiers les plus éloignés

Les chiens aboient
contre ceux qui ne sont pas des nôtres

Oncle Hasan. Je n'ai rien dit en entendant que Süleyman avait engrossé une chanteuse plus âgée que lui et qu'il allait l'épouser. Et pour Mevlut, j'ai eu beaucoup de peine. Devant ces catastrophes, je dis à Safiye que j'ai bien fait de me contenter de mon travail à l'épicerie et de ne pas forcer davantage. J'aime bien être chaque jour dans mon magasin, et même plier des journaux pour en faire des sachets en papier me plaît.

Vediha. J'ai pensé que c'était peut-être une bonne chose pour Süleyman. Parce que, à ce rythme, il n'était pas près de se marier. Korkut et moi l'avons accompagné à Üsküdar pour demander la main de Melahat Hanım à son père. Süleyman avait mis un costume et une cravate. Jamais pour aucune des filles que nous étions allés voir auparavant je ne l'avais vu si soigneux de sa mise, cela m'a attendrie. Il a très respectueusement embrassé la main de son beau-père, fonctionnaire à la retraite. Süleyman aime cette Melahat, c'est évident. Je ne comprends pas pourquoi, je serais curieuse d'en connaître la raison. Elle a fini par paraître et entrer dans la pièce. Elle était digne, élégante et bien soignée. Cette quadragénaire a servi le café comme une jeune fille de quinze ans se montrant devant la marieuse. J'ai aimé qu'elle ne tourne pas les choses à la plaisanterie, qu'elle se montre pondérée et respectueuse. Elle a pris elle aussi une tasse de café. Elle a sorti un paquet de Samsun. Elle a tendu une cigarette à son père, avec qui elle venait récemment de se réconcilier, elle en a allumé une et, avec un « pfouh », elle a soufflé la fumée au centre de la petite pièce. Nous gardions tous le silence. C'est à ce moment-là que j'ai senti que, loin d'être honteux de devoir épouser cette femme parce qu'il l'avait mise enceinte, Süleyman éprouvait de la fierté, parce qu'il l'aimait. Tandis que Melahat Hanım rejetait un nuage de fumée bleue dans la pièce, j'ai eu le sentiment que Süleyman était aussi gonflé d'orgueil que s'il pouvait lui-même souffler la fumée de sa cigarette à la tête de Korkut, et mon esprit s'est troublé.

Korkut. Ils n'étaient pas en position de dire on veut ceci, on veut cela, ou d'avoir des exigences particulières. C'étaient de pauvres gens, modestes et de bonne foi. Il était clair qu'ils n'avaient reçu aucune éducation religieuse. Le peuple de Duttepe est friand de ragots. On s'est proposé de célébrer le mariage non pas à Mecidiyeköy mais quelque part loin de tout le monde. Süleyman et moi, on a réservé une salle des fêtes à Aksaray, petite mais offrant un cadre de qualité. Après, j'ai proposé à Süleyman d'aller prendre un verre entre frères, entre hommes. On s'est assis dans une taverne de Kumkapı. « Süleyman, lui ai-je dit après le deuxième raki, en tant que frère aîné je vais te poser une question très sérieuse : cette femme nous a plu. Mais l'honneur d'un homme compte plus que tout. Melahat Hanım saura-t-elle se conformer à notre mode de vie, tu en es certain ?

— Ne t'inquiète pas pour ça, Ağbi », a-t-il d'abord répondu. Puis il a demandé : « Mais par honneur, qu'entends-tu exactement ? »

Ferhat. Pendant qu'ils mariaient Süleyman, je suis allé comme un client lambda au club Soleil, afin de mener une enquête de terrain. Le métier d'agent de recouvrement a un aspect plaisant : tu bois deux verres de raki et tu scrutes en même temps les lieux, comme ça tu fais un peu connaissance avec les fraudes à l'électricité, les possibles triches et les patrons imbus d'eux-mêmes que tu grilleras bientôt. Les dames aussi se postaient à leur place dans les coins et nous sommes restés un bon moment ce soir-là. À notre table, il y avait aussi Demir Ağbi de Dersim, deux promoteurs, un ancien gauchiste et un agent de recouvrement de l'électricité, jeune et bosseur comme moi.

Les clubs et boîtes de nuit de ce genre ont chacun une odeur particulière. Une odeur constituée d'un mélange d'effluves de viande grillée, de raki, de moisissure, de parfum et d'haleine, qui imprègne les tapis et les rideaux au fil des ans vu qu'on n'y ouvre jamais une fenêtre et qui se bonifie avec le temps, comme le vin. Une odeur à laquelle tu t'accoutumes tellement qu'au bout d'un moment tu y deviens accro et si un jour, après une longue absence, tu la humes à nouveau, ton cœur s'emballe comme si tu étais amoureux. Ce soir-là, nous avons écouté avec respect Muhterem Mavi, la voix de velours de la musique traditionnelle turque. Nous avons regardé les imitations d'hommes politiques et des dernières publicités du duo comique Ali et Veli, ainsi que la célèbre danseuse orientale Mesrure, connue jusqu'en Europe. Il y avait beaucoup de morceaux de musique turque, l'ambiance était à la mélancolie dans le club Soleil, et derrière la musique et les mots il y avait toujours Selvihan.

Deux jours plus tard à midi, Mevlut et moi nous sommes retrouvés pour sa formation, à Beşiktaş cette fois-ci. « Notre première leçon d'aujourd'hui sera théorique, lui ai-je dit. Je suis venu dans ce restaurant il y a quelque temps, viens, asseyons-nous. Ne t'inquiète pas, nous ne boirons pas de raki, nous sommes en service. Comme ça, tes amis du journal l'*Irşad* ne se fâcheront pas contre toi.

— Je ne lis pas l'*Irşad*, m'a répondu Mevlut pendant que nous nous installions dans l'établissement à moitié vide. J'ai juste découpé une image et ce fameux article sur la Boza des Beaux-Frères.

— Bon, écoute-moi maintenant, ai-je dit en m'énervant je ne sais pourquoi de la naïveté de mon ami. La première qualité dans ce métier, c'est d'être un fin limier… Tu devras toujours faire preuve de flair et de perspicacité. Tu sais, ces gens qui se mettent à t'implorer, "Par pitié, monsieur l'électricien", dès qu'ils te voient à la porte… C'est du cinéma, ils font ça pour te tester… Tu le comprendras. S'il le faut, tu te contiendras et tu joueras les gentils. Et si nécessaire, tu exploseras de colère et tu couperas brusquement l'électricité à la veuve sans le sou… Si la situation l'exige, tu adopteras le comportement de l'honorable fonctionnaire de l'État turc refusant tout pot-de-vin. Je dis ça mais attention… je ne suis pas fonctionnaire… et toi non plus tu ne le seras pas. L'argent que tu prends, ce n'est pas un bakchich mais ce qui te revient de droit, à toi et à la Société des Sept Collines. Je t'expliquerai encore beaucoup d'autres points cruciaux du métier. Le type fait fructifier des millions à la banque, il dort avec des dollars sous son oreiller, mais il se met à pleurer dès qu'il voit un malheureux agent de recouvrement pointer son nez. Au bout d'un moment, il croit lui-même dur comme fer à son manque d'argent et il pleure avec une telle sincérité que même toi, je t'assure, tu n'as sûrement pas versé autant de larmes à la mort de Rayiha. Ils finissent par convaincre leur interlocuteur et par l'épuiser. Pendant que tu t'emploies à décrypter ce qui passe dans leurs yeux, dans leurs mouvements de sourcils, sur le visage de leurs enfants pour démêler le vrai du faux, ils essaient de leur côté de lire dans ton âme à travers ton attitude, ton comportement, et ils se livrent à de savants calculs pour savoir s'ils ont intérêt à régler maintenant ou pas – si oui à hauteur de combien, et si non, au prix de quels nouveaux mensonges. Dans ces rues retirées, les immeubles de deux ou trois niveaux habités par de petits employés, des marchands ambulants, des serveurs, des vendeurs et des étudiants n'ont plus de concierge à demeure comme dans les grands immeubles. Vu les conflits entre les propriétaires et les locataires à propos des dépenses de charbon, de fuel et du réglage des radiateurs, le système de chauffage central est la plupart du temps hors service. Chacun se chauffe par ses propres moyens, et pour alimenter leurs radiateurs et autres appareils, la plupart des gens essaient de se raccorder clandestinement au réseau électrique. Il te faut d'abord récolter ces informations et saisir l'essence du problème. Ensuite, tu ne dois rien en laisser paraître. S'ils comprennent à ton visage enfantin que tu es quelqu'un de doux, de charitable, et que tu n'auras jamais le cœur de leur couper l'électricité, les gens ne te donneront rien. Ou alors, ils se disent qu'avec ce taux d'inflation mieux vaut laisser leur argent fructifier à la banque et que plus ils régleront leur dette tard, plus ils feront de bénéfice. S'ils pensent que tu es quelqu'un de hautain et d'assez riche pour dédaigner les cinq malheureuses pièces de monnaie glissées dans ta main par une vieille grand-mère, ce n'est pas bon. De même qu'il n'est pas bon qu'ils t'imaginent comme un opportuniste avide de chaque centime et qui rafle tous les pourboires. Tu comprends ? Dis voir un peu, comment est chauffé ce restaurant ?

— C'est bien chauffé, dit Mevlut.

— D'accord, mais il est chauffé avec quoi ? Avec un poêle, des radiateurs ?

— Des radiateurs !

— Voyons si c'est bien cela. »

Mevlut posa la main sur les alvéoles du radiateur qui se trouvait juste à côté de lui et remarqua qu'il n'était pas assez chaud : « Ce qui veut dire qu'il y a un poêle, dit-il.

— Il est où, ce poêle ? Tu le vois ? Tu ne peux pas le voir. Parce qu'ils ont des poêles électriques. Comme ils sont branchés clandestinement sur le réseau électrique, ils ne les mettent pas dans un endroit visible. Ils allument un peu le radiateur pour qu'on ne le remarque pas immédiatement. J'ai jeté un coup d'œil à leurs compteurs en entrant, ils tournent lentement. Je suis certain qu'à l'intérieur d'autres pièces, les fourneaux, les réfrigérateurs fonctionnent avec de l'électricité volée.

— Qu'est-ce qu'on va faire ? » demanda Mevlut, avec la fébrilité d'un gosse témoin d'un cambriolage.

Après avoir trouvé le numéro du compteur du restaurant dans les pages violettes, je l'ai montré à Mevlut.

« Lis le commentaire.

— Le compteur est près de la porte, lut Mevlut. Le raccordement de la machine à glace...

— C'est-à-dire qu'on vend des glaces ici en été. L'été, à Istanbul, plus de la moitié des machines à faire des glaces fonctionnent à l'électricité clandestine. Tu vois, l'honnête employé s'en était douté, mais les équipes techniques n'ont pas réussi à trouver la fraude. Ou alors, ils l'avaient repérée mais le jeune costaud assis à la caisse leur a filé un billet de mille à chacun. Dans certains lieux, les gens se branchent sur le réseau via des endroits tellement secrets et inimaginables qu'ils pensent ne jamais se faire attraper, que personne n'aura vent de l'affaire, et ils ne donnent même pas un pourboire pour le déplacement. Garçon ! Tu peux venir voir ? Regarde, le radiateur ne marche pas bien, on a froid.

— Je vais demander au patron, répondit le serveur.

— Le serveur peut lui aussi être dans la boucle et connaître cette tricherie ou au contraire parfaitement l'ignorer, ai-je expliqué à Mevlut. Mets-toi à la place du patron. Si le serveur est au courant, il peut le dénoncer. Ça devient difficile de le virer, de lui reprocher de fainéanter, de garder pour lui les pourboires de ses collègues. Le mieux, c'est de confier tout le système du restaurant, ou de l'usine, à un électricien spécialiste de la fraude une nuit où il n'y a personne. Parfois, ils camouflent la chose avec un tel art que tu en restes admiratif. Notre boulot ressemble à une grande partie d'échecs. Eux ils dissimulent, et toi, tu détectes.

— Ne vous inquiétez pas, j'ai fait allumer les appareils chauffants, lança du fond le patron corpulent.

— Tu as vu, murmura Mevlut, il n'a même pas dit les radiateurs. Qu'est-ce qu'on fait ? On leur coupe l'électricité ? Non, fils. Leçon numéro 2 : tu repères la fraude, tu la notes dans un coin de ton esprit. Mais pour récupérer l'argent, tu guettes le meilleur moment. Aujourd'hui, ici, rien ne presse.

— Ferhat, tu es devenu un loup.

— Mais j'ai besoin d'un agneau comme toi, de quelqu'un de ta dimension et de ton honnêteté, ai-je dit pour le motiver. Ta sincérité, ta candeur sont un trésor pour l'entreprise, pour le monde.

— Oui, d'accord, mais je ne saurai pas faire face à ces grands patrons, à ces fraudeurs, dit Mevlut. C'est surtout dans les *gecekondu*, dans les quartiers pauvres que j'irai. »

Durant tout l'hiver et le printemps 1996, de registre en registre, de quartier en quartier, Mevlut fut formé par Ferhat au métier d'agent de recouvrement. Deux à trois jours par semaine, il partait tout seul à la chasse aux fraudeurs, muni des livres où étaient répertoriés les compteurs des anciens quartiers de bidonvilles ou des rues pauvres au cœur de la ville.

Ces anciens centres urbains se dégradaient. Les vieux immeubles délabrés sans propriétaire, où il logeait vingt ans plus tôt quand il travaillait comme serveur à Beyoğlu, étaient devenus des paradis de la fraude à l'électricité. Ferhat avait conseillé à Mevlut de se tenir loin de ces lieux, autant pour le protéger que parce qu'il le savait incapable de récupérer l'argent qu'il y avait à soutirer par ici. C'est ainsi que les quartiers de Kurtuluş, de Feriköy, Beşiktaş, Şişli, Mecidiyeköy, et parfois ceux de l'autre rive de la Corne d'Or, le secteur de Son Excellence, les rues de Çarşamba, Karagümrük ou d'Edirnekapı échurent à Mevlut et il y collecta l'argent des factures auprès des familles et des femmes au foyer comme les aimables fonctionnaires ancien style.

En vendant de la boza, il avait d'ailleurs déjà acquis l'habitude d'accepter un cadeau en sus, une paire de chaussettes en laine, un pourboire, ou l'argent qu'on lui donnait en disant « Gardez la monnaie ! » sans que cela ne froisse sa conscience ni sa fierté. Le bakchich qu'on lui donnait parce qu'il n'avait pas coupé l'électricité, il le voyait comme une rétribution pour le service rendu, et mettre cet argent dans sa poche ne lui posait aucun problème. Ces quartiers, ces gens, il les connaissait. (Mais l'inverse n'était pas vrai. Les gens ne faisaient pas le lien entre l'agent de recouvrement qui venait sonner à la porte pour réclamer le règlement d'une facture d'électricité impayée et le marchand de boza qui passait une fois par semaine ou tous les quinze jours dans la rue les soirs d'hiver. Peut-être parce que les bons qui achetaient de la boza le soir et les mauvais qui volaient l'électricité étaient des gens totalement différents les uns des autres.) Dans ces quartiers proches du centre-ville, Mevlut sentait les chiens grogner contre lui. Et désormais, il abrégeait ses tournées nocturnes de vente de boza.

Vu qu'il était connu à Kültepe et Duttepe, il ne pouvait évidemment pas s'y rendre en tant qu'agent de recouvrement mais, les répertoires des compteurs sous le bras, il alla vers d'autres collines, à Kuştepe, Harmantepe, Gültepe, Oktepe et autres anciens quartiers de *gecekondu* connaissant la même évolution. On ne les qualifiait plus de bidonvilles à présent. En vingt-cinq ans, les premières constructions, les bâtisses de plain-pied en parpaings

avaient toutes été démolies et ces endroits, comme Zeytinburnu,
Gaziosmanpaşa, Ümraniye, étaient devenus partie intégrante de
la ville. Il suffisait d'élever une mosquée, une statue d'Atatürk
ou d'aménager un parc boueux à proximité pour que l'arrêt de
bus d'où partaient les premières lignes régulières en direction
de la ville vingt-cinq ans plus tôt devienne au fil du temps le
centre du quartier. C'est là que commençait l'artère principale
qui s'étirait jusqu'au bout du monde. Cette avenue était bordée de chaque côté de sombres immeubles en béton de cinq ou
six étages. Il y avait des restaurants de kebab, des épiceries, des
banques au rez-de-chaussée. Ici, la façon de se comporter des
familles voleuses d'électricité (pas à l'excès, trouvait Mevlut), des
mères, des enfants, des grands-pères et des épiciers ne différait
guère de celle observée dans les endroits de standing moyen en
centre-ville. Mêmes tricheries, mêmes mensonges, mêmes naïve-
tés... Peut-être que leur peur de l'agent de recouvrement était
plus grande par ici, mais ils s'intéressaient davantage à lui et avec
plus de sincérité.

Contrairement aux quartiers anciens, on ne trouvait pas dans
ces coins-là de vieux cimetières emplis de stèles funéraires délabrées surmontées de coiffes, de turbans divers, à l'aspect étrange
et mystérieux. Ces nouveaux cimetières modernes – sans arbres,
sans cyprès, entourés de hauts murs en béton comme les grandes
usines, les casernes militaires et les hôpitaux – étaient tous situés
à l'extérieur de ces quartiers. Les chiens qui suivaient l'agent de
recouvrement Mevlut en tapinois le matin dans les rues passaient
la nuit dans le parc boueux en face de la statue d'Atatürk.

C'est surtout dans les nouveaux quartiers de bidonvilles où il se
rendait avec de bonnes intentions que les chiens se montrèrent
les plus agressifs. Mevlut passa de mauvais moments dans les rues
où les compteurs venaient d'être récemment raccordés au réseau
et répertoriés dans les dossiers. Il fallait compter deux heures
de transport depuis le centre-ville pour rallier, par des autobus
roulant en dessous de bretelles d'autoroute, ces endroits dont
Mevlut n'avait jamais seulement entendu le nom. À sa descente,
Mevlut faisait mine de ne pas remarquer les lignes clandestines
tirées au grand jour depuis les câbles à haute tension, ou bien

les grossiers dispositifs de fraude du marchand de *döner* juste en face de l'arrêt de bus. Il sentait qu'il y avait des grands frères, des chefs dans ces quartiers, et qu'il était observé. À travers son air déterminé, honnête et respectueux des principes, Mevlut cherchait à leur dire : « Je ne m'occupe que des compteurs officiels, vous n'avez rien à craindre de moi. » Mais les chiens l'attaquèrent et Mevlut eut peur.

Ces maisons neuves avec jardin dans les banlieues de la ville étaient de meilleure qualité que les *gecekondu* de l'enfance de Mevlut. On avait employé de bonnes briques à la place de parpaings, du PVC à la place de la tôle, des matériaux neufs pour les gouttières et les canalisations. Comme ces habitations s'agrandissaient sans arrêt de nouvelles chambres, les compteurs se retrouvaient toujours à l'intérieur, dans une pièce. Pour les relever ou couper l'électricité, il fallait donc sonner à la porte. Et là, les chiens méchants faisaient leur affaire des agents de recouvrement.

Dans certains quartiers récents, l'électricité était transportée vers un poteau, un coffrage en béton, un mur, voire un grand chêne sur la petite place, et c'est ce point, et non pas le logement, qui était relié aux compteurs. Ces centres de distribution électrique, qui rappelaient les fontaines ottomanes desservant le quartier en eau, étaient sous la garde d'une bande de deux ou trois chiens.

Une fois, il se fit attaquer par un chien noir sur les dalles de pierre d'une maison. Mevlut regarda la note rédigée par son prédécesseur et prononça le nom de l'animal indiqué, mais, loin de l'écouter, Karabaş le fit reculer par ses aboiements. Un mois plus tard, Mevlut réchappa de justesse à la fureur d'un chien enragé d'être gardé à l'attache, ne devant son salut qu'à la longueur insuffisante de la chaîne. Rayiha lui venait à l'esprit pendant ces attaques. C'est parce qu'elle n'était plus là que tout cela se produisait.

Dans le même quartier, alors que, sa sacoche sous le bras, Mevlut cherchait une place où s'asseoir dans le parc avant de reprendre l'autobus, un chien l'approcha en aboyant. Un deuxième et un troisième chien arrivèrent également derrière lui. Leur pelage était d'une teinte boueuse. Plus loin, Mevlut aperçut encore un chien noir aux contours aussi imprécis qu'un souvenir. Tous se mirent à aboyer en même temps. Pouvait-il les faire reculer avec sa sacoche ? Jamais une meute de chiens ne lui avait fait aussi peur.

Un mardi soir, Mevlut se rendit à la loge de Çarşamba. Il laissa la boza dans la cuisine. Contrairement à d'habitude, Son Excellence était vif et animé, et il n'y avait pas cette foule de gens agglutinés autour de lui. Voyant qu'il était écouté, Mevlut raconta brièvement comment il avait été pour la première fois assailli par la peur des chiens vingt-sept ans plus tôt. En 1969, à l'époque où Mevlut avait commencé dans la vente, son père l'avait emmené chez un cheikh, dans une maison en bois de Kasımpaşa, pour traiter sa peur des chiens. Ce premier cheikh ventru et à la barbe blanche était beaucoup plus vieille école que Son Excellence, c'était un paysan. Il avait donné un bonbon berlingot à Mevlut et il lui avait déclaré que les chiens étaient des créatures sourdes, muettes et aveugles. Dans la petite pièce chauffée par un poêle, il avait ouvert les mains en position de prière et fait répéter par neuf fois à Mevlut les paroles qu'il lui avait dites et expliquées : « SOURDS, MUETS ET AVEUGLES, ILS NE REVIENNENT PAS. »

Ce que Mevlut devait faire s'il était à nouveau victime d'une attaque de chiens, c'était oublier sa peur et aussitôt réciter trois fois cette sourate. Celui qui avait la phobie des chiens, de même que celui qui craignait le diable ou les djinns, devait d'abord s'enlever sa peur de la tête. À l'époque où ils vendaient ensemble de la boza, en remarquant que son fils avait peur dès qu'il apercevait la silhouette de chiens dans une rue sombre, il commençait par lui dire : « N'aie pas peur, n'aie pas peur, fais comme si tu ne les avais pas vus, n'aie pas peur », puis il lui murmurait dans la foulée : « Récite le verset, vite ! » Mevlut s'employait à faire au mieux ce que lui disait son père, mais il n'arrivait pas à se remémorer le verset. Son père s'énervait et le disputait.

Après avoir raconté ces souvenirs, il demanda prudemment à Son Excellence s'il était possible, par un acte de volonté, de s'enlever une peur, une pensée de la tête. Mevlut savait d'expérience que plus il essayait d'oublier quelque chose, plus cette chose prenait de place dans son esprit. (Par exemple, dans sa jeunesse, plus il voulait oublier Neriman, plus il avait envie de la suivre ; il se garda bien d'en parler à Son Excellence, évidemment.) Dans ce cas, vouloir oublier quelque chose, AVOIR L'INTENTION D'OUBLIER, n'était pas une bonne façon d'y arriver. Surtout, la chose que l'on avait l'intention d'oublier ne faisait que s'imposer davantage à notre esprit. Ces questions qu'il n'avait pas pu poser au cheikh de Kasımpaşa, il était heureux d'avoir trouvé le courage de les poser vingt-sept ans plus tard à Son Excellence de la loge de Çarşamba, qui était un cheikh plus moderne.

« La faculté d'oublier dépend de la PURETÉ DE CŒUR DU CROYANT, DE LA SINCÉRITÉ DE SON INTENTION ET DE SA VOLONTÉ », dit Son Excellence. Il avait apprécié la question de Mevlut et lui avait apporté une réponse importante, digne de ses « conversations ».

Mevlut s'enhardit et, pétri de sentiments de culpabilité, il lui raconta comment, dans son enfance, par une nuit de neige au clair de lune, alors que les rues éclataient de blancheur comme un écran de cinéma, une bande de chiens avait subitement coincé un chat sous une voiture. Mevlut et son défunt père étaient passés en silence comme s'ils n'avaient rien vu, et ils avaient fait la sourde oreille au cri d'agonie du chat. Durant les années qui s'étaient écoulées entre-temps, la population de la ville s'était peut-être multipliée par dix. Bien que Mevlut eût oublié les prières et les versets appropriés, les chiens ne lui avaient plus fait peur depuis vingt-cinq ans. Mais ces deux dernières années, Mevlut avait recommencé à avoir peur d'eux. Ces derniers aussi le remarquaient, ils aboyaient contre lui, ils le traquaient. Que devait-il faire ?

« CE N'EST PAS TANT LES PRIÈRES OU LES VERSETS QUI COMPTENT, C'EST L'INTENTION, dit Son Excellence. Bozacı, as-tu commis des actes susceptibles de troubler la tranquillité des gens ces derniers temps ?

— Non, répondit Mevlut, sans souffler mot du travail d'agent de recouvrement de l'électricité dans lequel il s'était lancé.

— Peut-être que tu l'as fait sans t'en rendre compte, dit Son Excellence. Les chiens sentent quand quelqu'un n'est pas des nôtres, ils le devinent. Ce flair est inné chez eux. C'est la raison pour laquelle ceux qui veulent imiter les Européens ont peur des chiens. En massacrant les janissaires, qui étaient l'épine dorsale des Ottomans, Mahmoud II nous a fait fouler aux pieds par les Occidentaux. Il a aussi massacré les chiens d'Istanbul, et il a ordonné la déportation de ceux qui en avaient réchappé à Hayırsızada, l'île funeste. Les Stambouliotes signèrent des pétitions pour réclamer le retour des chiens dans les rues. À l'époque de l'armistice de Moudros et de l'occupation d'Istanbul par les troupes étrangères, les chiens furent à nouveau massacrés, pour le confort des Français et des Anglais. Le bon peuple d'Istanbul demanda une nouvelle fois à récupérer ses chiens. Forts de toutes ces expériences, les chiens sentent profondément désormais qui est un ami ou un ennemi pour eux. »

9

Couler des boîtes de nuit

Est-ce juste ?

Ferhat. Six mois plus tard, durant l'hiver 1997, Mevlut s'était habitué au métier d'agent de recouvrement, ne vous inquiétez pas pour lui. Et il gagnait de l'argent. Combien ? Il l'ignorait lui-même. Mais il me rendait régulièrement des comptes, de même qu'il le faisait chaque soir auprès de son père sur les ventes de yaourt dans son enfance. Le soir, il vendait sa boza et ne faisait rien dont il eût à rougir.

C'est moi qui côtoyais le plus l'infamie. Ce que j'entendais dire à droite à gauche ne faisait que confirmer que Selvihan était encore avec Sami de Sürmene. Je n'arrivais pas à y croire. Et cette incrédulité faisait de Selvihan un rêve encore plus lointain et inatteignable. Je la recherchais dans les archives, dans la ville, et le soir je rentrais très tard à la maison. Mais chaque nuit, même si c'était à la pointe de l'aube, j'étais chez moi.

Un soir où j'étais au club Clair de Lune avec des collègues, l'un des propriétaires du lieu est venu s'asseoir à notre table. Vu les quantités d'électricité consommée dans les boîtes de nuit, cafés-concerts et autres clubs, les patrons étaient désireux de faire ami-ami avec les agents de recouvrement. On bénéficiait de ristournes spéciales, on voyait notre table se garnir d'assiettes de mezzés, de fruits ou de crevettes offertes par la maison. Ce qu'on attendait des écornifleurs, des bureaucrates ou des mafieux qui se réunissaient de temps à autre dans chacun de ces clubs au luxe pompeux, c'est qu'ils restent gentiment attablés sans attirer l'attention des autres « invités », sans lancer de fleurs aux artistes ni leur demander de chansons, mais ce soir-là notre tablée se fit beaucoup remarquer. Car celui qu'on disait être le bras droit du patron et qu'on appelait Monsieur Moustache (il avait une fine moustache au-dessus de sa lèvre supérieure charnue) invitait les chanteuses à notre table, et nous incitait à leur réclamer des titres.

Un matin, Monsieur Moustache et moi nous sommes retrouvés dans un café à Taksim : je pensais qu'il voulait me demander quelque chose de banal comme de camoufler des raccordements au réseau clandestin et d'autres bricoles non autorisées pour le club Clair de Lune. Or, il a abordé un sujet beaucoup plus profond et beaucoup plus vaste : il voulait couler le club Soleil.

Faire couler des clubs, des boîtes de nuit et même des restaurants de luxe était la méthode à la mode chez des truands d'un nouveau genre. Cette méthode reposait sur une utilisation malveillante de la nouvelle donne apparue avec la privatisation de l'électricité après quatre-vingts ans de fraude coutumière à Istanbul, ainsi que des pénalités que multipliait par deux une inflation galopante. Par exemple, le patron d'une boîte de nuit en concurrence avec une autre s'entendait avec les agents de recouvrement de la société privée d'électricité, il faisait en sorte qu'on coupe l'électricité à son rival, qui se voyait dans le même temps réclamer d'énormes factures auxquelles s'ajoutaient encore des frais et des pénalités. Fermé pour deux semaines, dans l'incapacité de régler ses factures et ses amendes, le club visé faisait faillite et disparaissait du marché. J'ai entendu dire qu'au cours de ces six derniers mois des bars et des boîtes de Beyoğlu, deux hôtels à Aksaray et Taksim (les petits hôtels sont le paradis de la fraude électrique) et un grand restaurant de *döner* de l'avenue Istiklal avaient été coulés.

Je savais que faire couler de grands établissements uniquement à coups de pénalités pour factures impayées était une chose impossible, du fait de leurs relations très proches avec la police, les procureurs et les mafias qui les rackettaient en échange de leur « protection ». Même si les agents de recouvrement agissaient individuellement en toute honnêteté, s'ils

pointaient une à une toutes les fraudes et les sommes restant
à payer, s'ils coupaient l'électricité et mettaient des scellés sur
les compteurs, les patrons soutenus par la mafia n'en avaient
cure, ils rebranchaient l'électricité de leurs propres mains et
continuaient à vaquer à leurs affaires. Par la suite, naturellement, rien ne les empêchait de se mettre une nuit en travers du
chemin de ces téméraires agents et de les faire tabasser. C'est la
raison pour laquelle tous ceux qui organisaient ces opérations
de mise en faillite travaillaient en coordination avec le parquet,
la police (ou du moins une partie) et une bande mafieuse, afin
que la boîte de nuit objet de l'incursion ne puisse plus jamais
s'en relever. Monsieur Moustache me déclara ouvertement
qu'en voulant faire couler le club Soleil les Kurdes de Cizre
qui contrôlaient le club Clair de Lune déclaraient la guerre à
Sami de Sürmene.

Je lui ai demandé pour quelle raison ils me voyaient comme
l'homme de la situation pour cette dangereuse affaire.

« Aux conversations, à table, les copains ont compris que tu
avais une dent contre Sami de Sürmene, dit Monsieur Moustache.
Par ailleurs, ils ont constaté que tu allais au club Soleil pour tenter de percer à jour les petits trucs de l'établissement…

— Bravo, Cezmi de Cizre a des yeux partout. Mais cela présente des risques. Je vais un peu examiner ça, je dois y réfléchir.

— Ces dix dernières années, il n'y a pas que les hommes politiques qui se sont civilisés, les gangs de Beyoğlu aussi. On ne se
tire plus dessus comme autrefois dans la rue sous prétexte qu'on
n'est pas du même avis, ne t'en fais pas. »

Samiha. Dernièrement, j'ai dit à Ferhat que ça ne pouvait pas
continuer comme ça. « Tous les jours tu rentres à l'aube, et tu
cuves ton vin. À ce rythme, je vais finir par te quitter.

— Ne t'avise pas de faire ça ! a-t-il répondu. Je mourrais sans
toi ! C'est uniquement pour toi que je vis. Tous les deux, on a
ramé, on a vraiment galéré, et on y est finalement arrivés. Maintenant, je suis sur un dernier gros coup. Et je te donnerai la
part qui te revient. C'est non pas une mais deux fermes qu'on
achètera dans le Sud. »

J'y ai cru en partie, et j'ai fait en partie comme si j'y croyais. Comme ils sont passés vite, ces deux ans, depuis la mort de Rayiha. J'ai maintenant un an de plus qu'elle. Je n'ai pas d'enfant ni de mari digne de ce nom. Un jour, n'y tenant plus, j'en ai parlé à Vediha.

« Ferhat est un bon mari, Samiha, je te le dis d'entrée de jeu ! s'est-elle exclamée. La plupart des hommes sont bourrus, irascibles et butés. Ferhat n'est pas comme ça. La plupart des hommes sont radins, surtout avec leur femme. Mais moi, je vois des billets de banque traîner de partout dans ton bel appartement. La plupart des hommes battent leur femme. Tu ne parles jamais d'un tel comportement de la part de Ferhat. Il t'aime, je le sais. Ne va surtout pas faire de bêtise. En réalité, Ferhat est quelqu'un de bien. On n'abandonne pas ainsi son foyer, son mari sur un coup de tête. Viens, allons donc ensemble au cinéma. Et où irais-tu si tu quittais Ferhat ? »

Ma sœur a beau comprendre beaucoup de choses, elle ne comprend pas pourquoi les gens s'entêtent.

Un soir, j'ai de nouveau menacé Ferhat de le quitter pour de bon.

« Nous sommes en train de mettre un terme à l'empire de Sami de Sürmene, qu'est-ce que tu racontes ! » a-t-il répondu avec une moue de désapprobation.

Mais ce qui m'a brisé le cœur et dégoûtée, au fond, de cet appartement de Çukurcuma, ça a été la pression que Mevlut exerçait sur ses filles en disant : « Mais pourquoi êtes-vous toujours fourrées chez votre tante ? » Laquelle, de Fatma ou de Fevziye, a dénoncé son père, je ne le dirai pas. Mais ce que je sais, c'est que cela dérangeait Mevlut de savoir que chez leur tante, ses filles apprenaient à se maquiller, à mettre du rouge à lèvres et à s'habiller correctement.

« Oh, ce Mevlut, la honte sur lui ! » s'exclama ma grande sœur Vediha. Il en est encore à s'occuper de savoir qui a écrit les lettres à qui. Va donc voir Ferhat et plains-toi de lui. Ferhat est bien le chef de Mevlut, non ? »

Je n'ai rien dit à Ferhat. Après avoir pris ma décision, j'ai tout bien pesé, soupesé et tout repassé maintes fois en détail.

Puis j'ai commencé à attendre le jour qui serait le plus favorable.

Ferhat. Il y a deux façons de faire couler une grande boîte de nuit, un restaurant de luxe ou un petit hôtel :

1. Tu tisses des liens d'amitié avec le personnel de l'établissement, tu apprends où sont les fraudes, tu donnes des conseils pour tirer de nouvelles lignes à raccorder clandestinement au réseau électrique, tu donnes des trucs encore plus malins. Ensuite, tu t'entends avec la partie adverse, tu organises l'incursion dans les lieux.

2. Tu trouves les anciens artisans électriciens avec lesquels avait travaillé l'établissement pour organiser la fraude ; tu les amadoues, tu te les mets dans la poche. De leur côté, ils t'expliquent quelle ligne passe dans quel mur, quelle ligne est authentique, laquelle a été tirée pour gruger l'État, laquelle est officielle, ils te racontent tout. Évidemment, c'est là une option dangereuse : parce que les types (des fonctionnaires de l'État en majorité) qui ont enseigné toutes ces méthodes de fraude au gérant de l'établissement ne seront pas chauds pour te livrer leurs secrets. Au contraire, ils s'empresseront même d'avertir les patrons qu'une taupe s'est introduite dans telle usine ou tel club et se montre bien curieuse de leur installation. Saviez-vous que l'énergie électrique constitue un des éléments essentiels du prix de revient du ciment et de la porcelaine ? Qui a beaucoup perd beaucoup.

C'est ainsi que les vieux greffiers des archives de la Société d'électricité des Sept Collines m'ont averti des dangers. Je leur ai raconté que, même après la privatisation, le club Soleil continuait à fonctionner avec ses anciennes habitudes de fraudes à l'électricité. Le dossier contenant les fiches de ce club et de certains snacks, bureaux et logements des environs était en la possession d'un fonctionnaire de l'ancienne génération, un homme dont la rudesse lui avait valu le surnom de Militaire. Comme il redoublait de zèle après de nouvelles amendes, il attira aussitôt l'attention des vieux greffiers. Ces derniers et moi-même nous sommes retrouvés aux archives un week-end. Nous avons récupéré la fiche du club Soleil que tenait alors le Militaire dans le bureau des agents de recouvrement. S'appuyant également sur les anciens dossiers des archives, les vieux greffiers essayèrent de deviner quels moyens le club Soleil employait pour frauder. Dans quelle partie de l'établissement il pouvait y avoir des lignes secrètes, quel était le nombre de dérivations électriques depuis la ligne principale, quelle était la fiabilité des anciens agents de recouvrement dont nous lisions les notes actuellement... Tandis qu'ils discutaient de ce genre de choses, je les écoutais de toutes mes oreilles.

« Que Dieu nous en préserve, mais on a largement de quoi les faire couler », dit l'un d'eux. Ils ne cherchaient pas à me tirer les vers du nez. Ils m'avaient oublié. La concurrence entre les lieux de vie nocturne était particulièrement sévère : autrefois, lorsque patrons de casino et bandes mafieuses se déclaraient la guerre, ils s'arrachaient mutuellement chanteuses et danseuses du ventre, ils les enlevaient, les retenaient, leur tiraient dans les jambes sous un prétexte ou un autre. Parfois, une bande faisait incursion dans le pavillon d'un gang adverse et déclenchait la bagarre, leurs hommes de main démolissaient et renversaient tout. Une méthode courante consistait à se présenter comme un client lambda, à réclamer une chanson et à provoquer une querelle en demandant pourquoi l'artiste ne la chantait pas. Et si la nouvelle qu'une bagarre ou qu'un meurtre avait eu lieu était relayée dans la presse grâce à une intervention amie, la clientèle de l'établissement désertait aussitôt les lieux. Du coup, par mesure de rétorsion, les hommes de la boîte visée faisaient alors une descente dans la boîte rivale, les armes se mettaient à parler et le sang coulait à nouveau. J'aimais bien écouter les vieux greffiers.

Après avoir travaillé encore une semaine sur la question, j'ai revu les propriétaires du club Clair de Lune. Je leur ai dit que je pourrais leur présenter la carte technique nécessaire, les zones de fraude supposées et l'emplacement des raccordements.

« Ne parle de cela à personne d'autre que nous, dit Monsieur Moustache. Nous aussi, nous avons un plan. Où habites-tu ? Nos gars n'auront qu'à venir chez toi pour t'expliquer. Bon, ça ne pose pas vraiment de problème mais il vaut mieux se voir à la maison. »

« À la maison. » À ces mots, mes pensées sont allées non pas à Selvihan mais à Samiha. J'avais envie de lui dire que nous arrivions au terme de notre long voyage, et de rentrer dare-dare pour le lui expliquer. Ce soir, je reviendrais en courant à la maison et je dirais : « Nous sommes en train de couler le club Soleil. » Samiha se réjouirait, à la fois parce que nous allions enfin devenir riches et parce que nous donnerions une sévère leçon à ces gros poissons merdiques. Bien qu'à une heure très tardive, j'ai réussi à regagner mes pénates, mais je me suis juste allongé sur le canapé du salon. Le matin, à mon réveil, j'ai vu que Samiha avait quitté la maison.

Quand Mevlut se plaignit des chiens, Son Excellence ne lui enseigna pas de prière magique capable de les chasser à la façon d'une pulvérisation d'insecticide... Était-ce juste d'avancer, en guise d'explication, que les gens qui s'attiraient l'animosité des chiens et provoquaient leurs aboiements n'étaient pas d'ici, qu'ils n'appartenaient pas à ce pays ? Si telle était la raison, alors rien ne justifiait que les chiens s'en prennent à Mevlut, car même dans les banlieues nouvelles et très lointaines, il ne se sentait absolument pas étranger dans cet environnement constitué d'immeubles en béton, d'épiceries, de linge étendu à l'extérieur, d'affiches publicitaires pour des banques et des cours privés, d'arrêts d'autobus, de papys désireux d'ajourner le règlement de leurs dettes et de morveux turbulents. En outre, après sa dernière visite à Son Excellence en février 1997, Mevlut avait constaté que les grognements des chiens avaient commencé à devenir plus rares. Il voyait deux raisons à cette belle évolution :

La première, c'est que les groupes de chiens avaient perdu de leur force dans ces quartiers. En l'absence de cimetières de style ancien comme celui dont Mevlut avait découpé l'image dans l'*Irşad*, les chiens ne trouvaient pas d'endroit où se réfugier la journée et attendre la nuit tranquillement, et il leur était impossible de se constituer en meutes. Par ailleurs, les municipalités avaient équipé ces quartiers de grandes et lourdes bennes à ordures, fermées, avec des roues, semblables à des wagons métalliques, et aussi imprenables que des forteresses. Dans l'incapacité de renverser et de fouiller ces grands containers métalliques, les chiens ne trouvaient plus de quoi se nourrir.

La seconde raison pour laquelle Mevlut avait moins peur des chiens désormais, c'est qu'il se montrait tolérant envers les pauvres gens qui n'arrivaient pas à payer leurs factures. Dans ces miséreux quartiers de banlieue, Mevlut ne se livrait pas à une chasse aux fraudes effrénée comme l'eût fait un agent de recouvrement aux dents longues. S'il repérait dans une habitation de banlieue une ligne électrique clandestine reliée directement à un câble à haute tension passant à proximité, Mevlut faisait ouvertement comprendre (par des regards ou par des questions parfois) au grand-père à la retraite, à la tante kurde ayant fui la guerre, au père au chômage et à cran, à la mère en colère que cette fraude ne lui avait pas échappé. Mais ensuite il adoptait un comportement laissant croire aux occupants du foyer qu'il tenait pour parfaitement véridiques leurs discours officiels visant à nier l'existence de ce raccordement. Sur ces entrefaites, les habitants qui se pensaient très intelligents se mettaient à réfuter les autres fraudes constatées par Mevlut : le petit câble entre le compteur électrique et la maison n'existait pas, pas plus que la pellicule glissée dans le compteur, et il n'y avait personne dans cette maison qui cherchait à trafiquer et à ralentir le compteur… Ce genre d'allégations, Mevlut montrait clairement qu'il n'y croyait pas. Avec cette méthode, il pouvait s'immiscer dans les rues les plus désertes et inhospitalières, identifier et notifier les fraudes les plus téméraires sans s'attirer la colère des habitants du quartier ni des chiens flairant l'ennemi étranger, et il pouvait aussi remettre plus d'argent à Ferhat lorsqu'ils se retrouvaient pour faire le point.

« Toi, tu as dépassé la différence entre opinion personnelle et version officielle, lui dit une fois Ferhat, alors que Mevlut lui racontait que sa relation avec les chiens s'était arrangée. Tu as percé le secret de ces gens. Quant à ce que je vais te demander maintenant, cela concerne moins ma vie officielle que personnelle. »

Ferhat expliqua que sa femme était partie, qu'elle était allée rejoindre Vediha, chez les Aktaş à Duttepe, et qu'elle n'était pas revenue. Mevlut savait d'autres choses encore : en apprenant que Samiha avait quitté son mari, avec une joie non dissimulée, Abdurrahman Éfendi au cou tordu, leur beau-père à tous deux, avait aussitôt pris un autocar pour venir rejoindre sa fille à qui il apportait son plein soutien et il s'était installé à Duttepe. Cela, Mevlut n'en parla pas à Ferhat.

« J'ai mes torts, moi aussi, dit Ferhat. Je ne recommencerai plus, je l'emmènerai au cinéma. Qu'elle revienne à la maison. Mais pas question que tu ailles trouver Samiha et que tu lui parles directement. C'est à Vediha de le faire. »

Pour quelle raison ne pourrait-il pas directement parler à Samiha ? Cette question préoccuperait beaucoup Mevlut les jours suivants, mais il eut beau y réfléchir, il ne vit rien qui le lui interdisait.

« Vediha est une femme intelligente, dit Ferhat. Des Aktaş et des Karataş c'est Vediha la plus intelligente. Elle seule peut convaincre Samiha. Va la voir, et dis-lui que... »

Ferhat expliqua longuement et en détail qu'il était sur une grosse affaire. Il taisait prudemment les noms de l'endroit, de la bande et des personnes, mais il voulait que Mevlut répète tout cela à Vediha, et que Vediha le répète à son tour à Samiha. À cause de son travail, il avait négligé sa femme, c'est vrai, il le reconnaissait.

« Samiha s'est plainte d'autre chose. À ce qu'il paraît, tu interdirais à Fatma et Fevziye de venir chez nous l'après-midi pour passer du temps avec leur tante, est-ce que c'est vrai ?

— C'est totalement faux, mentit Mevlut.

— Quoi qu'il en soit, dites à Samiha que je ne peux pas vivre sans elle », souffla Ferhat.

Mevlut ne trouva pas ces paroles convaincantes et, tout au long de leur conversation, ce jour-là, il pensa avec tristesse qu'ils n'échangeaient que des points de vue officiels. Vingt-six ans plus tôt pourtant, ce qui avait initialement scellé leur amitié lorsqu'ils

vendaient des boîtes de bonne fortune, c'était la croyance optimiste qu'ils pourraient se confier mutuellement leurs visions
personnelles.

Les deux amis se quittèrent comme deux agents de recouvrement après un banal échange concernant le travail. Ce serait la
dernière fois qu'ils se voyaient.

Vediha. En dépit de tous mes efforts pour apaiser les conflits,
pour camoufler les défauts et réparer les fissures de cette famille
où je suis entrée comme jeune mariée il y a vingt ans, est-ce juste
que je sois la seule à être accusée de tous les maux ? Après avoir
fait des pieds et des mains pour rabibocher Ferhat et Samiha,
après tous les conseils et les avertissements que j'ai distribués
pour lui enjoindre de ne pas quitter son mari et son foyer, est-ce
juste qu'on me tienne pour responsable du fait que ma sœur ait
débarqué avec sa valise et se soit installée avec nous à Duttepe ?
Après quatre années passées à fouiller tout Istanbul pour lui
dénicher la perle rare, est-ce juste de me reprocher que Süleyman se soit marié avec une chanteuse plus âgée ? Est-ce juste que
mon beau-père et mon mari me fassent sans arrêt la tête parce
que mon pauvre père est venu voir ses filles à Istanbul et est
resté plus d'un mois au troisième étage où il loge avec Samiha ?
Est-ce juste que Süleyman nous mette en mauvaise posture, ma
pauvre sœur et moi, en prétextant que s'il ne peut plus du tout
passer à Duttepe, même pas pour voir ses parents, c'est parce que
« Samiha est là » ? Après que j'ai passé des années à seriner en
vain à Korkut « Nous avons de l'argent, déménageons à Şişli »,
est-ce juste que, comme un fait exprès, Süleyman et sa femme
s'installent justement dans ce quartier-là ? Est-ce juste qu'ils ne
nous aient pas invités une seule fois chez eux, Korkut et moi ?
Est-ce juste que Melahat nous parle d'un air méprisant, comme si
les routes de Duttepe étaient couvertes non pas d'asphalte mais
de poussière et qu'il n'y avait pas de coiffeur dans notre quartier ?
En lisant dans le marc de café, est-ce juste que Melahat me lance
d'un ton suffisant « Évidemment, ces hommes t'ont épuisée, écra-
sée... » ? Est-ce juste que, sous prétexte qu'elle a une domestique,
une jeune maman bavarde pendant trois heures avec ses invités,

qu'une fois ivre elle se mette à chanter et oublie totalement son petit dans la pièce du fond ? Est-ce juste que je n'aie même pas le droit d'aller au cinéma à Şişli avec ma pauvre sœur Samiha ? Est-ce juste que Korkut m'interdise avec véhémence sinon de sortir dans la rue, du moins de franchir les limites de Duttepe ? Est-ce juste que depuis vingt ans ce soit toujours moi qui doive chaque midi apporter à mon beau-père son repas à l'épicerie ? Que je lui serve un plat qu'il aime comme les haricots à la viande ou un sauté de gombos cuisiné avec soin pour changer un peu du quotidien, est-ce juste qu'il accueille systématiquement avec un « Encore ? » ou bien un « Mais qu'est-ce que c'est que ça ? » ces plats que j'ai réussi à déposer devant lui encore tout chauds ? Est-ce juste que Korkut impose des interdictions et donne des ordres à Samiha comme si c'était sa femme, pour la simple raison qu'elle vit avec nous ? Est-ce juste que Korkut me dispute devant ses parents ? Est-ce juste qu'il me parle avec mépris devant les enfants ? Est-ce juste qu'il passe son temps à me demander des choses et à me dire en même temps « Tu ne comprends rien » ? Le soir, lorsqu'on est tous ensemble devant la télévision, est-ce juste qu'on ne me passe jamais la télécommande ? Est-ce juste que Bozkurt et Turan me manquent de respect par mimétisme avec leur père ? Est-ce juste qu'ils profèrent les injures les plus ordurières en présence de leur mère ? Est-ce juste que leur père en fasse des gamins pourris gâtés ? Lorsqu'on regarde ensemble la télévision, est-ce juste que toutes les deux secondes, sans même m'adresser un regard, ils demandent « Maman, du thé » ? Est-ce juste qu'ils ne disent jamais un merci à leur mère qui les sert et se charge de tout pour eux ? Est-ce juste qu'ils lui répondent tout le temps « Oh maman, c'est bon ! » ou bien « T'es dingue ou quoi » ? Est-ce juste qu'ils aient ces revues impudiques dans leur chambre ? Est-ce juste que leur père rentre si tard un soir sur deux ? Est-ce juste qu'il ait embauché une blonde maquillée, grande et mince parce que « c'est important pour la vente » et qu'il lui accorde autant de valeur ? Est-ce juste que les enfants tordent le nez de dégoût devant chacun des repas que je leur prépare ? Est-ce juste qu'avec tous les boutons d'acné qu'ils ont sur la figure ils réclament chaque jour des pommes frites ? Est-ce

juste qu'ils fassent leurs devoirs en regardant la télévision ? Est-ce
juste qu'ils terminent tout le plat de *mantı* que j'ai mitonné pour
eux avec amour et qu'ils se plaignent en même temps que « ça
manquait de viande » ? Est-ce juste qu'ils versent du Coca-Cola
dans l'oreille de leur grand-père qui s'est assoupi devant la télé ?
Est-ce juste de faire comme leur père et de traiter tous ceux qu'ils
n'aiment pas de « juif » ou de « pédé » ? Chaque fois que je leur
demande d'aller prendre du pain à l'épicerie de leur grand-père,
est-ce juste qu'ils se battent entre eux en disant « Turan n'a qu'à y
aller », « Que Bozkurt le fasse » ? Quand je leur demande de faire
quelque chose, est-ce juste qu'ils répondent « J'ai des devoirs »
alors qu'ils n'en ont pas ? Est-ce juste qu'à chacun de mes avertissements ils répliquent « Quoi, c'est ma chambre ici ! » ? Est-ce
juste que, la rare fois où nous devons nous rendre tous ensemble
en famille quelque part en voiture, ils disent « Il y a un match
dans le quartier » ? Est-ce juste qu'ils rabaissent leur oncle Mevlut
en l'appelant « bozacı » chaque fois qu'ils parlent de lui ? Est-ce
juste qu'ils balancent autant de méchancetés aux filles de Mevlut
alors même qu'ils sont en admiration devant elles ? Est-ce juste
qu'ils me parlent de la même façon que leur père en disant « Tu
es au régime du matin au soir et tu manges des *börek* toute la journée » ? Est-ce juste qu'ils méprisent comme leur père les séries
féminines que je regarde l'après-midi ? Est-ce juste qu'ils disent
« Nous allons au cours préparatoire pour les examens d'entrée à
l'université » et qu'ils aillent au cinéma ? Quand ils sont recalés
et obligés de redoubler, est-ce juste qu'ils traitent leur prof de
maniaque au lieu de s'en prendre à eux-mêmes ? Est-ce juste
qu'ils prennent la voiture alors qu'ils n'ont pas le permis ? S'ils
aperçoivent leur tante Samiha toute seule dans Şişli, est-ce juste
qu'ils en avertissent aussitôt leur père le soir ? Est-ce juste que
Korkut me dise devant eux « Essaie un peu pour voir » ? Est-ce
juste que Korkut me serre le poignet jusqu'à me faire mal et
me laisse des bleus ? Est-ce juste de tirer sur les pigeons et les
mouettes avec un fusil à pompe ? Est-ce juste que pas une seule
fois ils ne m'aident à débarrasser la table ? Est-ce juste que leur
père leur raconte encore et toujours comment il a frappé le prof
de chimie à tête d'âne devant toute la classe à l'école ? Est-ce

juste qu'ils préparent des antisèches pour les examens au lieu de travailler ? Est-ce juste que chaque fois que je tente un peu de me plaindre, ma belle-mère Safiye me dise « Toi aussi tu as des torts » ? Alors qu'ils ne jurent que par Allah, la patrie, la morale, est-ce juste qu'ils ne pensent à rien d'autre que gagner de l'argent ?

10

Mevlut au poste de police

J'ai passé toute ma vie dans ces rues

Ferhat. Comme nombre de restaurants, snacks et hôtels qui fraudaient l'électricité, le club Soleil avait lui aussi son lot de « fraudes officielles ». Il s'agissait de petites fraudes ne nécessitant pas de grandes dépenses, destinées à être épinglées par les agents de recouvrement lors des perquisitions (perquisitions arrangées pour la plupart), mais dont la présence permettait de masquer l'essentiel des gros raccordements clandestins. Pendant notre travail, constatant que, dans mon désir de dénicher les fraudes « authentiques », j'avais l'envie de visiter les coulisses, les couloirs de l'étage du dessous qui hébergeaient les hôtesses et les chanteuses, Monsieur Moustache m'a mis en garde : même si l'on parvenait à se mettre les procureurs et la police dans la poche et à faire aboutir cette mise en faillite, il n'était guère difficile de deviner que Sami de Sürmene entreprendrait une violente action de représailles pour sauver son honneur. Cela risquait d'être sanglant, plusieurs personnes pouvaient être abattues. Il n'était pas judicieux qu'on me voie autant dans les parages, qu'on connaisse mon visage. Il fallait aussi que je me méfie du Militaire, qui était un agent expert en la matière. C'est lui qui avait le registre du club Soleil en sa possession, et il jouait évidemment double jeu.

Du coup, j'ai cessé de mettre les pieds au club Soleil. Mais comme Samiha n'était plus là pour m'attendre à la maison et que j'étais incapable de me passer de l'odeur de ces lieux de vie nocturne, j'ai commencé à en fréquenter d'autres. C'est ainsi qu'un beau soir le Militaire et moi nous sommes croisés au club Aurore. On nous a donné une des tables réservées. Avec ses décors fantomatiques, ses toilettes émettant de drôles de bruits, ses gorilles au regard hostile, ce lieu était franchement effrayant, mais l'émérite agent Militaire se comporta très gentiment et très amicalement envers le jeune collègue que j'étais. Il entama la conversation d'une façon inattendue. Il me parla de Sami de Sürmene, me disant combien c'était un homme bon et brave.

« Si tu savais qui est cet homme, si tu connaissais sa vie de famille, les idées qu'il a pour Beyoğlu et le pays, tu ne prêterais pas l'oreille aux médisances qui courent sur lui, tu ne pourrais pas en penser le moindre mal, dit le Militaire.

— Je ne pense pas de mal de Sami Bey ni de personne. »

J'ai eu le sentiment que, d'une manière ou d'une autre, mes propos remonteraient jusqu'à Selvihan. Je buvais beaucoup, parce que les mots « sa vie de famille » m'avaient troublé l'esprit. Pourquoi Samiha avait-elle perdu espoir en notre vie de famille ? Avait-elle reçu le message que je lui avais transmis par l'intermédiaire de Mevlut pour lui demander de revenir ? « Dans la vie, c'est un TORT de laisser transparaître ses intentions, dit le Militaire. NE VA SURTOUT PAS FOURRER TON NEZ DANS CES HISTOIRES DE CLUBS, DE GUERRES DES GANGS ET DE COULAGES DE BOÎTES. » Je ne sais pas pourquoi, j'ai pensé : « Mevlut, lui, ne se mêle de rien. » Je me disais des choses comme : « Mevlut est un très bon ami, pourquoi Samiha ne revient-elle pas ? »… J'ai vu que l'agent Militaire connaissait très bien les serveurs du club Aurore. Ils se parlaient en chuchotant. Ne me cachez rien s'il vous plaît, comme ça moi non plus, je ne vous cacherai rien. EN VILLE, LA VIE PUISE SA PROFONDEUR DANS LES TRÉFONDS DE CE QUE NOUS CACHONS. Je suis né dans cette ville, j'ai passé toute ma vie dans ces rues.

À un moment, j'ai vu que l'agent Militaire était parti. Est-ce qu'on se serait embrouillés au sujet de Fenerbahçe en se demandant pourquoi le titre de champion leur échappait cette année ? À une certaine heure, le club se vide ; on met une cassette en musique de fond. Tu sens que, dans cette ville de dix millions d'habitants, tu fais partie des quelques privilégiés qui ne dorment pas et qui s'enorgueillissent de leur solitude. En sortant, tu agrippes un semblable devant la porte, tu lui dis parlons encore un peu, j'ai beaucoup de choses à raconter. T'as du feu, frère ? Tiens, prends-en une toi aussi. Tu ne fumes pas des Samsun ? Pourquoi ? Moi, je ne fume pas de cigarettes américaines, ça fait tousser, ça donne le cancer. Voilà que je déambule dans les rues vides en compagnie de cet homme que je serais incapable de reconnaître si je le croisais le lendemain. Le matin, les trottoirs sont jonchés de bris de bouteilles, de déchets et d'autres saletés, les commerçants qui balaient devant leur magasin, leur snack ou leur restaurant pour enlever les détritus qu'on a balancés se répandent en injures contre nous. On veut juste faire un brin de causette, mon frère, tout ce qu'on demande c'est un pote à qui parler à cœur ouvert, quelqu'un à qui tout dire, tu vois ? J'ai beaucoup ramé dans la vie, j'ai tellement bossé que, malheureusement, j'ai négligé mon foyer. Qu'est-ce que tu dis ? Je parle de mon FOYER. C'est important. Je te raconte d'abord... T'as raison, mon frère, mais il n'y a plus de débit d'alcool encore ouvert à cette heure, même dans le coin. Là-bas, c'est fermé mais si tu y tiens, d'accord, allons voir. La ville est plus belle la nuit. Tu sais, les gens de la nuit parlent vrai. Hein ? N'aie pas peur, les chiens ne feront rien. Tu n'es pas d'Istanbul ? Selvihan, tu dis ? Non, je n'ai jamais entendu le nom de cette boîte. Là, ce doit être le dernier cabaret ouvert jusqu'à la prière du matin : entrons si tu veux, nous chanterons les chansons de nos régions. T'es originaire d'où ? Tiens, tu vois, ici aussi c'est fermé. J'ai passé toute ma vie dans ces rues. Vu l'heure, maintenant, à Cihangir non plus tu ne trouveras nulle part où acheter de l'alcool. Ils vont encore nettoyer le secteur, ils vont dégager tous les bordels, les travestis et... Non, là aussi c'est fermé. Ce type me regarde vraiment d'un sale œil par moments. Si mes copains me voyaient, ils me diraient : « Ferhat, où vas-tu chercher des types pareils ? » Excuse-moi, tu es marié ? Ne le prends pas mal, mon frère... À chacun sa vie privée... Tu dis que tu viens de la mer Noire, tu dois avoir des bateaux dans ce cas, non ? Passé une certaine heure, on commence chaque phrase par « Excusez-moi », « Qu'il n'y ait pas de malentendu »… Alors pourquoi est-ce que tu dis sans arrêt des trucs faux ? Et pourquoi tu préfères ces cigarettes américaines à nos bonnes vieilles Samsun ? Nous voilà arrivés en ma modeste demeure, deuxième étage. Ma femme m'a quitté. Et tant qu'elle ne sera pas revenue, moi, je dors sur ce canapé. J'ai un fond de raki au frigo, buvons un dernier verre pour clôturer la soirée : demain, tu sais, de bonne heure, je vais retourner m'installer avec les vieux greffiers et fouiller dans notre passé à tous. Comprends bien ce que je dis, je suis heureux en fin de compte. J'ai passé ma vie dans cette ville, je n'ai jamais pu la quitter.

Maintenant que son salaire lui permettait de joindre les deux bouts, Mevlut sortait de chez lui bien après les informations du soir et il rentrait avant vingt-trois heures. Grâce à l'argent qui lui restait en poche de par son métier d'agent de recouvrement, il se sentait pour la première fois de sa vie un tant soit peu libéré de cette peur du lendemain qui le tenaillait depuis vingt-cinq ans. Le nombre des anciens clients auxquels il livrait régulièrement de la boza deux ou trois fois par semaine avait diminué. Mevlut prenait avec ses filles le dîner qu'elles avaient préparé, tout en regardant la télévision et en plaisantant avec elles ; certains soirs, il arrivait à rentrer avant que ses filles ne soient couchées et il s'asseyait de nouveau avec elles devant la télé.

Mevlut rendait scrupuleusement compte à Ferhat des sommes qu'il collectait, jusqu'au dernier centime. Une fois, Ferhat, qui adoptait ces derniers temps une attitude ironique envers lui, avait posé la question suivante :

« Mevlut, qu'est-ce que tu ferais si tu décrochais le gros lot du loto ?

— Je resterais à la maison pour regarder la télé avec les filles, je ne ferais rien d'autre », avait-il répondu en souriant.

Ferhat l'avait toisé avec une expression à mi-chemin entre l'étonnement et le mépris, l'air de dire : « Franchement Mevlut, tu es d'une naïveté ! » Toute sa vie, les petits malins, les embobineurs et tous ceux qui se croyaient très intelligents l'avaient regardé avec cette tête-là. Mais Ferhat n'était pas comme eux, il comprenait Mevlut, et il éprouvait depuis des années un profond respect pour son honnêteté. Mais voir que Ferhat lui jetait à présent le même regard lui brisa le cœur.

Certains soirs, pendant qu'il vendait de la boza dans les rues en retrait, il pensait à Ferhat et sentait que le fait qu'il persiste à vendre de la boza était à ses yeux, comme aux yeux de beaucoup d'autres d'ailleurs, le signe d'une « fêlure ». Peut-être que Samiha aussi pensait de même. Mais au final, elle avait quitté Ferhat. Quant à Mevlut, aucune femme ne l'avait jamais quitté.

Un soir, au début du mois de novembre, Mevlut approchait de chez lui quand il aperçut une voiture de police dans la rue et, aussitôt, il pensa à Ferhat. L'idée que la police puisse venir jusqu'ici pour sa propre personne ne lui effleura même pas l'esprit. Il entra dans son immeuble et, à la vue des policiers dans la cage d'escalier, de sa porte de palier ouverte et de la mine apeurée de ses filles, il eut d'emblée l'intuition que leur intervention avait à voir avec les combines d'agent de recouvrement de Ferhat. Fatma et Fevziye étaient en panique.

« Ce soir, nous allons simplement prendre la déposition de votre père », dit l'agent pour rassurer les filles debout sur le seuil, les yeux baignés de larmes tandis qu'elles disaient au revoir à leur père.

Qu'il s'agisse d'une affaire de drogue, de politique ou de crime, Mevlut savait que les paroles de l'agent étaient trompeuses. Il arrivait parfois qu'une personne embarquée pour faire une déposition ne réapparaisse que bien des années après. D'ailleurs, s'il ne s'agissait que d'une simple déposition, à quoi bon envoyer une voiture depuis le commissariat qui n'était qu'à cinq minutes de là ?

Tandis que le véhicule de police roulait dans l'obscurité de la nuit, Mevlut se répéta maintes fois qu'il n'avait aucun délit à se reprocher. Mais Ferhat pouvait en avoir commis un, naturellement. Et il avait un lien de collaboration avec lui. Ce qui pouvait le mettre au rang des suspects. Sinon dans les faits, du moins dans l'intention. Un sentiment de culpabilité commença à lui tordre les boyaux.

Dans les locaux du commissariat, Mevlut comprit qu'on ne prendrait pas tout de suite sa déposition. Il s'était douté que cela se passerait ainsi, mais il en conçut pourtant du dépit. On le poussa dans une vaste cellule. La lueur falote d'un réverbère y pénétrait de l'extérieur, mais le fond de la cellule était plongé dans l'obscurité. Deux hommes s'y trouvaient déjà. Le premier dormait. Le second était ivre et récriminait tout bas. Imitant le premier, Mevlut s'allongea sur le sol froid dans un recoin de la cellule et se recroquevilla sur lui-même, en pressant l'oreille contre son épaule pour ne pas entendre marmonner le deuxième.

Il s'attrista au souvenir des pleurs de Fatma et Fevziye, des regards apeurés qu'elles lui avaient lancés au moment où il partait. Le mieux était de s'endormir en ravalant sa tristesse, comme dans son enfance. Qu'aurait dit Rayiha si elle avait vu son mari dans cet état ? « Je te l'avais bien dit de prendre tes distances avec Ferhat ! » se serait-elle exclamée. Il se repassa mentalement l'image de Rayiha en train d'arranger sa coiffure avec des gestes de petite fille, ses moments de colère et sa façon de rire avec un regard espiègle lorsqu'elle parvenait à inventer de petites astuces qui lui facilitaient la vie dans la cuisine. Ils plaisantaient et riaient tellement parfois. Si Rayiha avait encore été en vie, Mevlut aurait eu moins peur de ce qui allait s'abattre sur lui. Lorsqu'il serait interrogé le lendemain matin, on le passerait sûrement à tabac, on le soumettrait peut-être à la falaka ou on le torturerait à l'électricité. Ferhat lui avait beaucoup parlé des mauvais traitements infligés par la police. Et voilà que maintenant Mevlut était entre leurs mains. « Ce n'est rien », se consola-t-il. Avant d'aller au service militaire aussi il redoutait les coups, et finalement il avait réussi à tenir. Il ne ferma pas l'œil de la nuit. En entendant l'appel à la prière du matin, il comprit que circuler dans les rues, se mêler à la vie urbaine était un immense don du ciel.

Quand on l'emmena en salle d'interrogatoire, le manque de sommeil et l'angoisse lui tordaient le ventre. Que devait-il faire s'ils le frappaient, s'ils lui faisaient subir la falaka pour lui arracher des aveux ? Mevlut avait entendu beaucoup d'histoires par ses amis gauchistes sur ces hommes d'honneur morts sous la torture en résistant héroïquement. Il aurait aimé être comme eux, mais qu'avait-il à cacher ? Il était certain que Ferhat avait utilisé son nom pour trafiquer des mauvais coups à son insu. C'était une grosse erreur de s'être aventuré dans ce travail d'agent de recouvrement.

« Tu te crois chez toi ici ! lui dit un homme en civil. Ne t'assois pas tant qu'on ne t'y a pas autorisé.

— Excusez-moi… N'allez pas croire que…

— Ici, on ne croit rien, mais voyons si toi, tu diras la vérité ?

— Je dirai la vérité », dit Mevlut avec hardiesse et sincérité. Il vit que ces mots avaient fait mouche.

Ils lui demandèrent ce qu'il avait fait l'avant-veille. Mevlut déclara que ce soir-là il était sorti comme chaque soir vendre de la boza, et il leur détailla dans quel quartier, dans quelles rues il était entré, et approximativement vers quelle heure il arrivait au niveau de quels immeubles.

À un moment donné, l'interrogatoire se ralentit. Par la porte ouverte, Mevlut vit Süleyman passer dans le couloir, en présence d'un policier qui le tenait par le bras. Que faisait-il là ? Avant que Mevlut n'ait le temps de reprendre ses esprits, on lui apprit que Ferhat avait été assassiné chez lui deux soirs plus tôt. Les policiers scrutèrent avec attention sa réaction et l'expression qui apparaissait sur ses traits. Ils l'interrogèrent sur le travail d'agent de recouvrement de Ferhat. Sonné, comme ivre, Mevlut raconta tout ce qu'il savait. Il ne dit rien qui fût de nature à accuser Ferhat ou Süleyman. Son ami était mort.

« Y avait-il de l'animosité entre Süleyman et Ferhat ? » demandèrent-ils avec insistance. Mevlut dit que c'étaient de vieilles histoires, que Süleyman venait de se marier, qu'il avait un enfant, qu'il était heureux, et que jamais il ne ferait une chose pareille. Ils rappelèrent que la femme de Ferhat l'avait quitté et qu'elle était allée se réfugier dans la maison de Süleyman. Mevlut précisa que Süleyman n'y était absolument pour rien et que, de toute façon, il ne mettait plus les pieds dans cette maison. Ces informations, c'est de Vediha qu'il les tenait. Mevlut ne renonça pas à plaider l'innocence de leur ami. Qui pouvait avoir tué Ferhat ? Y avait-il un suspect ? Il n'y en avait pas. Mevlut nourrissait-il une animosité quelconque envers Ferhat ? Y avait-il entre eux un problème d'argent, de femme, ou de fille ? Non. S'attendait-il à ce qu'il soit tué ? Il ne s'y attendait pas.

Parfois, les policiers l'oubliaient, ils parlaient d'autre chose, ils échangeaient quelques mots avec une personne qui ouvrait la porte, ils plaisantaient entre eux, ils discutaient football. Mevlut en déduisait qu'il n'était pas en si mauvaise posture.

À un moment, il crut entendre une phrase comme : « Les trois étaient tombés amoureux de la même fille. » Puis, comme si cela ne concernait pas Mevlut, ils rirent entre eux. Süleyman avait-il raconté l'histoire des lettres à la police ? Mevlut fut pris de désespoir.

Quand il fut renvoyé en cellule de garde à vue après l'interrogatoire, le sentiment de culpabilité qui l'habitait vira à la panique : maintenant, c'est en lui tapant dessus qu'on lui ferait parler de cette histoire de lettres et raconter de quelle façon Süleyman s'était joué de lui. Cela lui apparut comme une telle honte que Mevlut en eut envie de mourir. Mais ensuite il trouva ces peurs exagérées. En effet, tous trois étaient tombés amoureux de Samiha, c'est vrai. Mevlut comprit que lorsqu'il dirait : « En fait, ces lettres, c'est à Rayiha que je les ai écrites », la police passerait là-dessus en riant.

Alors que Mevlut s'apprêtait à rendre des comptes sur cette question, ils le relâchèrent dans l'après-midi. Une fois dans la rue, il s'attrista au sujet de Ferhat. On eût dit que sa propre vie et une part importante de ses souvenirs avaient été effacées, balayées. Mais l'envie de courir chez lui serrer ses filles dans ses bras était tellement forte qu'il était tout ému en montant dans l'autobus de Taksim.

Ses filles n'étaient pas à la maison, le vide qui y régnait était horriblement déprimant. Fatma et Fevziye étaient parties sans faire la vaisselle : les ustensiles à boza vieux d'une trentaine d'années, le pot de basilic de Rayiha devant la fenêtre, les gros cafards qui, en l'espace de deux jours, s'étaient enhardis et se baladaient tranquillement partout éveillèrent chez Mevlut un sentiment de nostalgie, voire une peur étrange. C'est comme si, du jour au lendemain, la pièce s'était transformée en un tout autre lieu, que les objets avaient légèrement changé de forme.

Il se précipita dans la rue : il ne doutait pas que ses filles étaient chez leur tante à Duttepe. Maintenant, du fait de sa proximité avec Ferhat, tout le monde là-bas le tiendrait pour coupable. Que fallait-il qu'il dise à Samiha en lui présentant ses condoléances pour la mort de Ferhat ? À bord du bus pour Mecidiyeköy, il réfléchit à tout cela en regardant par les vitres.

Chez les Aktaş à Duttepe, il y avait la même foule qu'après la prière les jours de la fête du Sacrifice. Süleyman avait également été relâché vers la même heure que lui. Sa femme, Melahat, était là. À un moment, Mevlut se retrouva assis en face d'elle. Ils regardèrent la télévision sans échanger une parole. Mevlut se dit qu'ils étaient tous injustes envers cette femme simple et modeste. Pour l'heure, il désirait récupérer ses filles et rentrer au plus vite à Tarlabaşı, sans avoir à essuyer d'accusations ni de remontrances. Même la joie que Süleyman ait été remis en liberté, il la percevait comme une incrimination dirigée contre lui. Heureusement, il y avait désormais quatre niveaux dans la maison, qui disposait également de trois postes de télévision toujours allumés. Mevlut ne bougea pas du rez-de-chaussée ; c'est ainsi qu'il ne vit pas Samiha en train de pleurer et qu'il ne put lui présenter ses condoléances. La voilà qui se retrouvait veuve à présent. Peut-être avait-elle pressenti que tout cela arriverait à Ferhat, et elle avait pris la sage décision de s'enfuir.

Samiha ne vint pas aux funérailles auxquelles assistèrent des parents alévis de Ferhat, des collègues du service de recouvrement et quelques anciens amis de Beyoğlu. À la sortie du cimetière, Mevlut et Mohini ne savaient pas quoi faire. Un ciel couleur de cendre s'étirait au-dessus d'Istanbul. Aucun des deux n'était vraiment porté sur la boisson. Ils décidèrent donc d'aller au cinéma. Ensuite, Mevlut rentra rapidement chez lui et il attendit ses filles.

Mevlut ne leur toucha pas un mot de l'enterrement du mari de leur tante Samiha. Fatma et Fevziye agissaient comme si leur amusant Tonton Ferhat avait fait quelque chose de mal et que c'était à cause de cela qu'on l'avait tué, elles ne posaient aucune question à ce sujet. Que pouvait bien leur raconter Samiha, qu'est-ce qu'elle leur inculquait ? À regarder évoluer ses filles, il s'inquiétait pour leur avenir et, quel que fût l'avis des Aktaş concernant Ferhat, il souhaitait qu'elles pensent de même. Il savait que cette volonté ne plairait pas à sa défunte épouse, il avait honte. Mais dès qu'il s'agissait de l'avenir de ses filles, ses pensées personnelles sur le sujet n'avaient aucune importance. Avec la disparition de Ferhat, il comprenait que, dans la lutte pour la vie, il n'avait désormais plus d'autre soutien dans cette ville que Korkut et Süleyman.

Dès le premier jour, Mevlut avait répété à Korkut ce qu'il avait déclaré à la police : il ignorait tout des magouilles de Ferhat. De plus, ce n'était pas un travail pour lui ; il allait démissionner. Il avait un petit pécule de côté. Lorsqu'il se rendit dans le grand bâtiment de la Société des Sept Collines à Taksim pour faire part de sa décision, il vit qu'on lui avait déjà préparé son solde de tout compte. Les nouveaux patrons de la société redoutaient les critiques, les rumeurs de corruption provoquées par les malversations commises après la privatisation du secteur de l'électricité. Mevlut fut peiné d'entendre que les agents du recouvrement de sa connaissance parlaient d'ores et déjà de Ferhat comme de quelqu'un qui avait sali la profession. Alors que parfois c'est comme de héros incarnant le visage honorable du métier que ces mêmes personnes parlaient d'autres collègues qui s'étaient fait casser la figure ou tuer comme Ferhat dans l'accomplissement de leur mission consistant à chasser les fraudes.

Pendant des mois on n'eut aucune certitude sur la façon dont Ferhat avait été tué ni sur les mobiles du meurtre. Au tout début, la police avait envisagé la piste d'un meurtre homosexuel. Une supposition contre laquelle même Korkut et Süleyman s'étaient insurgés. Ce qui alimentait ce soupçon, c'était que le meurtrier était entré chez lui sans effraction, que Ferhat à l'évidence le connaissait et qu'ils avaient même bu du raki ensemble. La police avait également pris la déposition de Samiha ; une fois admis qu'elle était effectivement en conflit avec son mari et qu'elle vivait chez sa sœur et son beau-frère, elle avait été mise hors de cause ; une liste des objets emportés et volés avait été établie. Deux des voleurs ayant l'habitude d'opérer sur Çukurcuma et

Cihangir avaient été placés en garde à vue et passés à tabac par la police. Ces détails qui évoluaient chaque jour, Mevlut les tenait de Korkut, qui lui-même les obtenait par le biais de ses relations politiques.

La population d'Istanbul étant désormais de neuf millions d'habitants, les journaux ne faisaient plus d'article sur les meurtres ordinaires, motivés par la jalousie, l'alcoolisme ou la colère, à moins qu'il y ait une photo de femme célèbre ou à moitié nue. L'assassinat de Ferhat ne donna pas lieu au moindre entrefilet dans la presse. Les patrons des grands groupes de presse qui tiraient des dividendes de la privatisation de l'électricité ne pouvaient autoriser la publication de papiers jetant de l'ombre sur ces questions. Six mois plus tard, un mensuel d'opposition de gauche, dans lequel écrivaient d'anciens amis de Ferhat, cita le nom de Ferhat Yılmaz parmi beaucoup d'autres dans un article que personne ne lut sur les malversations et la corruption dans le secteur de l'électricité. Selon son auteur, Ferhat Yılmaz était un receveur de bonne foi, victime de la guerre que se livraient entre elles des bandes mafieuses pour la mainmise sur les bénéfices.

Ce journal dont Mevlut n'avait jamais entendu parler, c'est Süleyman qui le lui apporta deux mois après sa parution. Il vit que Mevlut avait lu l'article mais il n'amena pas du tout la conversation vers ce sujet. Süleyman venait d'avoir un deuxième fils, ses entreprises de bâtiment marchaient bien, il était content de sa vie.

« Tu sais combien nous t'aimons, n'est-ce pas ? dit Süleyman. Nous apprenons par Fatma et Fevziye que tu n'arrives pas à trouver un bon travail comme tu le mérites.

— Nous sommes satisfaits, grâce à Dieu, dit Mevlut. De quoi se plaignent mes filles, je ne comprends pas. »

Durant les huit mois qui avaient suivi le décès de Ferhat, on avait procédé au partage de ses biens. Grâce à l'aide d'un avocat trouvé par les Aktaş, Samiha était désormais propriétaire des deux petits appartements du quartier de Çukurcuma et de Tophane que son mari avait achetés, précipitamment mais bon marché, avec l'argent qu'il avait gagné en travaillant comme agent de recouvrement. Ces petits appartements, anciens et de guingois, avaient été repeints et rénovés par les entreprises des Vural puis donnés en location. Fatma et Fevziye allaient chaque fin de semaine voir leur tante à Duttepe, elles restaient dormir le samedi soir, et par leur intermédiaire Mevlut était informé par le menu de tous les détails de la vie à Duttepe, de la composition des repas aux films qu'elles allaient voir au cinéma, depuis les jeux auxquels elles jouaient avec leur tante jusqu'aux disputes entre Korkut et Vediha. Fatma et Fevziye rentraient chaque fois à Tarlabaşı avec de nouveaux pulls, de nouveaux jeans, des sacs et autres cadeaux, et elles montraient avec enthousiasme ces vêtements neufs à leur père. C'est leur tante Samiha qui payait d'ores et déjà à Fatma le cours préparatoire aux examens d'entrée à l'université, et elle leur donnait plus d'argent de poche qu'il n'en fallait. Fatma voulait faire des études de tourisme. Devant la détermination de sa fille, les yeux de Mevlut s'embuaient de larmes.

« Tu connais l'intérêt qu'a Korkut pour la politique, lui dit Süleyman. Moi aussi je suis certain qu'un jour mon frère sera rétribué pour les services qu'il aura rendus au pays. Nous avons coupé les liens avec le village mais nous sommes en train de fonder une nouvelle association pour obtenir le soutien de nos compatriotes de Beyşehir, à la fois de ceux qui vivent à Istanbul et de ceux qui sont restés là-bas. Il y a aussi des riches de Duttepe, de Kültepe, de Nohut et de Yören.

— Je n'y entends rien, en politique.

— Mevlut, on a atteint la quarantaine, on connaît la chanson maintenant, dit Süleyman. En fait, il n'y a aucun aspect politique dans l'affaire. Ça consistera à organiser des soirées, des excursions, des dîners... Et puis, on disposera aussi d'un local. De même que si tu gérais un snack-bar, tu t'occuperas du thé et de papoter avec les natifs de notre région. On a collecté de l'argent et on a loué un appartement dans Mecidiyeköy. Tu te chargeras de faire l'ouverture et la fermeture du local. Tu toucheras au minimum trois fois plus que ce que gagne un pauvre vendeur de rue. Korkut s'en porte garant. Le soir, tu finiras à six heures, et la nuit tu pourras vendre de la boza. Cela aussi, nous l'avons arrangé.

— Laisse-moi deux jours pour réfléchir.

— Non, décide-toi maintenant », dit Süleyman, mais, voyant sa perplexité, il n'insista pas.

En réalité, Mevlut aurait préféré un travail plus en contact avec les rues, les foules et Beyoğlu. Plaisanter avec les clients, sonner aux portes, déambuler sur les trottoirs irréguliers et sans fin : c'était cela qu'il connaissait et qu'il aimait ; pas un travail de bureau. Mais désormais il n'était que trop conscient que toute son existence reposait sur le soutien de Korkut et de Süleyman. L'épargne qu'il avait pu se constituer avec les pourboires de son travail d'agent de recouvrement avait fondu. Et vu qu'à l'époque où il exerçait ce métier il travaillait peu la nuit à la vente de boza, il avait également perdu des clients. Certains soirs, il avait l'impression qu'aucun rideau ne s'ouvrirait, qu'aucun client ne l'appellerait. Et la nuit, il éprouvait avec plus d'acuité le béton, la dureté, l'effroi de la ville. Les chiens ne se montraient plus menaçants. Les bennes à ordures métalliques à roulettes des quartiers périphériques s'étaient généralisées jusqu'au centre-ville, jusqu'à Beyoğlu, Şişli, Cihangir, dans tous ces endroits que Mevlut aimait tant. Une nouvelle classe de miséreux avait fait son apparition, celle des fouilleurs de poubelles. Les rues, que Mevlut avait amalgamées à son âme à force de les arpenter depuis vingt-neuf ans, se transformaient à une vitesse fulgurante. Trop d'inscriptions, trop de gens, trop de bruit. Mevlut constatait un intérêt croissant pour le passé mais il sentait que la boza n'en tirerait aucune retombée. Une nouvelle génération de vendeurs, plus durs, plus agressifs, avait émergé dans les rues. Criant, hurlant, empressés d'escroquer, cassant sans arrêt les prix… Ces nouveaux venus étaient rapaces mais rustauds. L'ancienne classe des vendeurs ambulants était en train de disparaître dans l'imbroglio de la ville…

C'est ainsi que Mevlut se laissa séduire par l'idée d'un rapprochement amical avec les compatriotes de sa région natale. Et le soir, il pourrait continuer à sa guise à vendre de la boza. Il accepta ce travail. L'association était installée dans un petit appartement au rez-de-chaussée. Et devant, il y avait un marchand de marrons. Les premiers mois, Mevlut l'observa par la fenêtre et apprit toutes les subtilités du métier, et il découvrit par lui-même les points que l'homme pourrait améliorer. Parfois, il trouvait un prétexte pour sortir (« Le concierge est là ? », « Où est le vitrier le plus proche ? ») et il bavardait avec lui. Plusieurs fois, il l'autorisa à ranger son étal de châtaignes à l'intérieur du bâtiment (ce qu'on finirait par lui interdire) et ils allèrent ensemble à la prière du vendredi.

11

L'intention du cœur
et l'intention de la langue

Fatma n'a pas encore terminé ses études

Entre son travail à l'association qui n'était nullement fatigant et la vente de boza, Mevlut trouva un équilibre qui lui plut. La plupart du temps, peu avant dix-huit heures, il laissait le local aux personnes qui organisaient l'activité de la soirée. Il y en avait sept ou huit dans l'association qui avaient également une clef. Parfois, toute la population d'un village comme Göçük ou Nohut réservait le lieu pour un soir, Mevlut s'empressait alors de retourner chez lui (le lendemain matin, il trouvait la salle et la cuisine dans un désordre et un état de saleté indescriptibles). Il dînait de bonne heure avec ses filles et, après avoir vérifié que Fatma – qui était en avant-dernière année de lycée – travaillait vraiment sérieusement ses cours en vue d'entrer plus tard à l'université (elle travaillait pour de bon en effet), il sortait dans les rues pour faire sa tournée de boza, et il se sentait bien.

Au printemps 1998, il passa plusieurs fois chez Son Excellence. La loge s'était emplie d'une nouvelle foule de gens pressants, insistants. Mevlut ne les appréciait guère. Eux non plus ne l'aimaient pas, et ils lui faisaient bien sentir qu'il était de trop. Les islamistes qui étaient de plus en plus nombreux à porter la barbe, les habitants des quartiers de banlieue sans cravate, les admirateurs et les disciples n'étaient pas prêts à céder leur tour à Mevlut. De toute façon, en raison de l'état de santé défaillant de Son Excellence et de sa fatigue chronique, les cours de calligraphie n'étaient plus assurés et les élèves cancaniers mais du moins pétillants de vie ne venaient plus. Pendant que Son Excellence était assis dans son fauteuil devant la fenêtre, la majorité des personnes qui attendaient dans l'assemblée hochaient tristement la tête, l'air de déplorer quelque malheur (sa maladie ? les récents événements politiques, une chose que Mevlut ignorait ?). Chaque fois qu'il entrait dans la loge, Mevlut aussi arborait la même mine triste et désolée, il parlait comme les autres en chuchotant. Pourtant, lorsqu'il venait ici au début, tout le monde s'exclamait : « Oh, voilà le marchand de boza au visage d'enfant ! », on le taquinait gentiment en l'appelant « directeur Mevlut », il y avait toujours quelqu'un pour dire combien sa voix était rauque et poignante quand il passait dans la rue. Alors que maintenant, il y en avait qui buvaient la boza que Mevlut leur offrait sans même se rendre compte qu'il était marchand de boza.

Mais un beau soir, finalement, Mevlut réussit à attirer l'attention de Son Excellence et à avoir le bonheur d'échanger dix minutes avec lui. Ce n'était pas une conversation très heureuse en réalité, comme il le comprit dès qu'il sortit de la loge. Mais il ressentit avec une telle acuité l'envie et la jalousie avec lesquelles tout le monde le regardait pendant qu'il s'entretenait avec Son Excellence qu'il en fut rempli de bonheur. La conversation qu'il noua ce soir-là fut à la fois la plus profonde et la plus cuisante qu'ils aient jamais eue.

Mevlut en était à se dire que ce soir non plus cette visite à la loge ne déboucherait sur rien quand, tout à coup, Son Excellence, qui conversait constamment à voix basse avec son entourage, se tourna vers la foule réunie dans la grande salle et, tel un enseignant interrogeant sa classe, il demanda : « Qui porte un bracelet de montre en cuir, qui en porte un en plastique ? » Son Excellence aimait à lancer à la ronde des questions, des problèmes religieux, des devinettes. Alors que chacun répondait en attendant sagement son tour, il finit par remarquer Mevlut : « Ah, mais qui voilà, c'est notre marchand de boza au nom béni ! »

Tout en le complimentant, Son Excellence l'invita aussitôt à le rejoindre et, tandis que Mevlut baisait sa main encore plus tavelée de taches qu'elle ne l'était les dernières fois qu'il l'avait vu, le monsieur précédemment assis se leva pour lui céder sa place. Regardant Mevlut au fond des yeux, de plus près encore qu'il ne s'y attendait, Son Excellence lui demanda de ses nouvelles avec des mots anciens. Et ce qu'il disait était aussi beau que les calligraphies ornant les murs.

Les propos de Mevlut portèrent aussitôt sur Samiha, et Mevlut se fâcha contre le diable qui semait la confusion dans son esprit alors que tout le monde le regardait. En réalité, Mevlut avait souvent pensé à aborder avec Son Excellence, en termes choisis, ce sujet des lettres qu'il avait écrites à Rayiha en pensant à Samiha. Et c'est à la façon dont il se rappela jusqu'au moindre détail la logique qu'il avait peaufinée durant des années qu'il mesura à quel point il y avait réfléchi. Mevlut entreprendrait d'abord Son Excellence sur le concept d'intention dans l'islam. Ensuite, il l'interrogerait sur les nuances et les différences entre l'intention personnelle et l'intention officielle. Ainsi, qui plus est à travers les yeux de cette personne au visage nimbé de lumière, il verrait l'étrangeté consubstantielle à son existence. Qui sait, peut-être que grâce à ce qu'il entendrait il pourrait se libérer des angoisses qui l'étreignaient.

Mais la discussion prit un tour tout autre. Avant que Mevlut n'ait eu le temps de dire quoi que ce soit, Son Excellence lui posa une deuxième question.

« Appliquez-vous les préceptes de la religion ? »

Cette question, Son Excellence la posait aux personnes encore vertes et désireuses de se mettre en avant, à ceux qui parlaient sans cesse, aux novices. Il ne l'avait jamais posée à Mevlut. Peut-être parce qu'il savait qu'il n'était qu'un pauvre marchand de boza.

Mevlut avait souvent assisté à des scènes montrant quelle était la bonne façon de répondre à la question : le visiteur de la loge devait expliquer en toute franchise combien il priait, combien il pratiquait la charité ces derniers temps et humblement reconnaître que, malheureusement, côté respect des préceptes, ça péchait un peu. Son Excellence ne s'appesantissait pas sur la faute et rassurait son interlocuteur en mettant plutôt l'accent sur la sincérité de son intention. Mais comme le diable était venu mettre son grain de sel, ou comme il était peu probable qu'une réponse d'une totale sincérité soit bien accueillie, Mevlut se mit à bafouiller. Puis il déclara que l'essentiel aux yeux de Dieu, c'était l'intention du cœur. Une formule qu'employait très souvent Son Excellence. Si bien que Mevlut sentit à l'instant combien reprendre cette formule à son compte était déplacé et du plus mauvais effet.

« L'essentiel, c'est moins la velléité d'appliquer les préceptes que les préceptes eux-mêmes. »

Son Excellence avait prononcé ces mots d'une voix douce, mais ceux qui le connaissaient comprirent d'emblée que c'était une remise en place.

Le beau visage de Mevlut devint tout rouge.

« Assurément, on peut juger d'une chose à l'aune de son intention, continua Son Excellence. L'IMPORTANT DANS LES CIRCONSTANCES, CE SONT LES INTENTIONS ET LES SIGNIFI-CATIONS. »

Mevlut gardait les yeux rivés devant lui, sans bouger.

« L'ESSENTIEL, C'EST LE FOND, PAS LA FORME. »

Son Excellence se moquait-il de la posture figée de Mevlut ? Une ou deux personnes avaient ri.

Mevlut dit que cette semaine il était allé chaque jour à la prière du midi. Ce n'était pas vrai. Et il sentit que tout le monde avait compris que ce n'était pas vrai.

Ayant sans doute vu que Mevlut avait honte, Son Excellence changea de sujet. Il amena la conversation vers un plus haut niveau. « L'intention est de deux sortes. » Ce que dit ensuite Son Excellence, Mevlut l'entendit très distinctement et le mémorisa aussitôt : L'INTENTION DU CŒUR ET L'INTENTION DE LA LANGUE. L'intention du cœur était primordiale. C'est sur cela qu'était fondé tout l'islam. Son Excellence le répétait sans cesse d'ailleurs. (Si donc l'intention du cœur était fondamentale, le fait que Mevlut ait écrit ses lettres à l'intention de Samiha était-il fondamental ?) Quant à l'intention de la langue, elle correspondait à la sunna. Autrement dit, notre Saint Prophète avait eu l'intention de s'exprimer par le biais de la langue. Tandis que, dans l'école hanafite, l'intention du cœur se suffit à elle-même, dans la vie urbaine, L'INTENTION DE LA LANGUE ET L'INTEN-

TION DU CŒUR N'EN FONT QU'UNE, comme l'avait spécifié Son Excellence Ibni Zerhani (un nom que Mevlut n'était pas sûr de se rappeler correctement).

À moins que Son Excellence Ibni Zerhani ait dit « ne devraient en faire qu'une » ? C'était là un point que Mevlut n'avait pas très bien compris. Parce que, au même moment, une voiture s'était mise à klaxonner avec insistance. Son Excellence interrompit là la conversation. Ensuite, il regarda Mevlut un instant et lut en lui comme dans un livre ouvert : il vit qu'il avait honte, qu'il éprouvait envers lui un grand respect et qu'il désirait s'éclipser au plus vite. CELUI QUI DÉTOURNE LES YEUX DE LA PRIÈRE RESTE SOURD À L'APPEL DU MUEZZIN. Il avait parlé à la cantonade, sans un froncement de sourcils, et quelques personnes avaient ri à nouveau.

Les jours suivants, Mevlut avait beaucoup réfléchi à cette phrase, le cœur brisé. Par ces mots, « Celui qui détourne les yeux de la prière », à qui Son Excellence faisait-il référence ? À Mevlut qui ne priait pas assez et qui mentait ? Au bruyant nanti qui avait klaxonné au milieu de la nuit ? Ou généralement à ces personnes faibles et mauvaises qui passaient leur vie à agir à l'inverse de leurs intentions ? De qui avaient ri les personnes présentes dans la pièce ?

L'intention du cœur et l'intention de la langue lui occupèrent beaucoup l'esprit. Cette distinction correspondait à celle qu'établissait Ferhat entre opinion personnelle et version officielle, mais le terme d'« intention » était plus humain. Mevlut trouvait le couple « cœur et langue » plus significatif que le tandem « personnel et officiel ». Parce qu'il faisait plus sérieux peut-être.

« C'est le destin », avait dit un des anciens marchands de yaourt qui fréquentaient l'association, un vieil homme qui possédait du terrain, un après-midi où ils discutaient ensemble de tout et de rien en regardant le vendeur de marrons à l'extérieur. Ce mot s'était fixé dans son esprit à la manière de ces slogans publicitaires couvrant les murs.

Ce « c'est le destin », qu'il reléguait avec les souvenirs de Ferhat dans les lointains recoins de sa mémoire, accompagna Mevlut dans ses déambulations nocturnes. Les feuilles des arbres s'agitaient en susurrant des mots. Ce qui faisait la passerelle entre l'intention du cœur et l'intention de la langue, ce devait être le destin : un être pouvait avoir une certaine intention et exprimer tout autre chose ; le destin se chargeait d'unifier les deux. Même cette mouette qui tentait de se poser sur les détritus était mue par une intention, qu'elle s'exprimait à elle-même par des cris, mais c'est seulement grâce au vent, au hasard, au temps et autres éléments relevant de la bonne fortune que l'intention de son cœur et l'intention de sa langue se réalisaient. Le bonheur que Mevlut avait connu avec Rayiha était la grande destinée de sa vie, et il devait la considérer avec respect. Il était un peu fâché contre Son Excellence ; mais c'était une bonne chose d'être allé à la loge.

Au cours des deux années suivantes, Mevlut se fit du souci pour sa fille aînée, au sujet du lycée qu'elle devait terminer avec succès pour pouvoir entrer à l'université. Il n'était pas en mesure d'aider Fatma pour ses devoirs ni de contrôler si elle travaillait bien ou pas. Mais il était de tout cœur avec elle. Dans les silences de sa fille, dans son peu d'enthousiasme à ouvrir ses cahiers, dans sa mauvaise volonté, ses humeurs colériques et sa façon de regarder par la fenêtre en s'enfermant dans le mutisme, il revoyait le lycéen qu'il avait été, avec son inquiétude et son stress d'alors. Mais sa fille était plus intégrée dans la ville et elle avait beaucoup plus les pieds sur terre. Mevlut trouvait qu'elle était réfléchie, et qu'elle était belle.

Quand sa cadette n'était pas là, il aimait acheter des livres et des cahiers à Fatma, l'emmener déguster un blanc-manger chez le célèbre pâtissier-traiteur Konak à Şişli, et discuter avec elle dans un endroit animé. Fatma ne se montrait pas irrespectueuse envers son père, râleuse ou irresponsable comme pouvaient l'être d'autres filles. Mevlut ne se fâchait pas facilement contre elle, et elle ne lui fournissait guère d'occasions de le faire. Il percevait parfois de la colère dans la détermination et la confiance en soi que manifestait Fatma. Mevlut plaisantait avec elle, il la taquinait sur sa façon de froncer les yeux en lisant, de se laver les mains pour un oui ou pour un non et de jeter tout en désordre dans son sac, mais ça n'allait jamais au-delà. Il avait pour sa fille un profond respect.

Lorsqu'il lançait un coup d'œil dans ce sac en fouillis, il comprenait que Fatma avait une relation à la ville, aux autres, aux institutions bien plus enracinée et équilibrée que celle qu'il était lui-même parvenu à établir ; qu'elle parlait de beaucoup de choses avec beaucoup de gens qu'il ne connaissait qu'à travers son regard de vendeur. Ce sac contenait un mélange de documents d'identité, de papiers, de pinces à cheveux, de petites pochettes, de livres, de cahiers, de passes, de chewing-gums, de chocolats... Il en émanait parfois une odeur que Mevlut n'avait jamais sentie auparavant. Cette odeur ne venait pas des livres que Mevlut humait mi-sérieux, mi-moqueur devant sa fille, mais elle était livresque. Cette odeur de biscuit, mêlée à l'odeur des chewing-gums qu'elle mâchait lorsqu'elle n'était pas en présence de son père, ainsi que cette espèce d'arôme artificiel de vanille dont il n'arrivait pas à savoir d'où il provenait éveillaient chez Mevlut le sentiment que sa fille n'aurait aucun mal à basculer dans une autre vie. Mevlut désirait ardemment qu'elle termine le lycée et intègre l'université, mais il se surprenait parfois à se demander avec qui elle se marierait. Ce sujet lui déplaisait ; il sentait que sa fille quitterait le nid, qu'elle voudrait reléguer dans le passé l'existence qu'elle avait vécue ici.

Début 1999, plusieurs fois il avait dit à sa fille : « Je passe te prendre à la sortie de ton cours. » Il arrivait parfois que l'heure de sortie de Fatma du cours de préparation aux examens d'entrée à l'université à Şişli corresponde à celle à laquelle Mevlut sortait de l'association de Mecidiyeköy. Mais Fatma n'avait pas voulu. Non, elle ne rentrait pas tard à la maison. Mevlut connaissait son emploi du temps et il savait à quelle heure elle sortait. Chaque soir, Fatma et Fevziye préparaient un dîner à Mevlut, dans les jattes et les casseroles dont leur mère s'était toujours servie.

Cette année-là, Fatma et Fevziye avaient insisté auprès de leur père pour qu'il fasse installer le téléphone à la maison. C'était devenu beaucoup moins cher ; désormais, tout le monde faisait installer une ligne chez soi ; trois mois après en avoir fait la demande, le téléphone était raccordé au réseau. Par peur d'augmenter les dépenses et de voir toute la journée ses filles pendues au téléphone, Mevlut fit traîner en longueur. Il se méfiait surtout de Samiha, il craignait qu'elle en profite pour régenter ses nièces en les appelant matin et soir. Mevlut savait que Fatma et Fevziye lui disaient « On va à Duttepe » mais que certains jours elles allaient seulement à Şişli et passaient leur temps au cinéma, dans les pâtisseries et les centres commerciaux avec leur tante Samiha. Quelquefois, leur tante Vediha se joignait à elles à l'insu de Korkut.

Pendant l'été 1999, Mevlut ne vendit pas de glaces. Un marchand de glace à l'ancienne avec une carriole à trois roues ne pourrait même plus circuler dans Şişli et en centre-ville, alors pour ce qui était des ventes... Ils pouvaient juste espérer en faire quelques-unes les après-midi d'été dans les anciens quartiers, auprès des gamins jouant au football dans les rues, mais le travail de Mevlut à l'association, qui lui prenait de plus en plus de temps, ne convenait pas à ces horaires.

Un soir de juin, après que Fatma eut réussi à passer en terminale, Süleyman vint seul le voir à l'association. Il emmena Mevlut dans un endroit qui venait d'ouvrir à Osmanbey et lui fit une requête qui mit notre héros très mal à l'aise.

Süleyman. Bozkurt a eu toutes les peines du monde à terminer le lycée et s'il a quand même décroché son diplôme à dix-neuf ans, c'est simplement parce que son père l'a inscrit dans une école privée où il suffit d'allonger la monnaie pour avoir le papier. Quand il s'est fait recaler aux examens d'entrée à l'université, l'année dernière et aussi cette année, il s'est retrouvé sur une très mauvaise pente. Deux fois, il a embouti la voiture, une fois il s'est mêlé à une bagarre de soûlards et il a fini au commissariat. Il a vingt ans et son père a décidé qu'il était temps de l'envoyer faire son service militaire. Le gamin est entré en totale rébellion et, en même temps, il est tombé dans la dépression, il a cessé de s'alimenter. Il est allé voir sa mère et il lui a dit qu'il était amoureux de Fatma. Mais il n'a pas réclamé qu'on aille demander sa main ou quoi que ce soit. Quand Fatma et Fevziye étaient venues à Duttepe au printemps, il y a eu une nouvelle dispute entre Bozkurt et Turan. Les filles avaient pris la mouche et elles ne sont plus revenues à Duttepe depuis. (Mevlut n'était pas au courant.) Ne plus voir Fatma a viré à la souffrance passionnelle chez Bozkurt. Son père a dit : « Envoyons-le à l'armée une fois qu'on l'aura fiancé, sinon il va disparaître dans Istanbul. » Il en a simplement convaincu Vediha. Nous n'avons rien dit à Samiha. Korkut et moi, nous avons parlé à Bozkurt. « Je me marierai avec elle », a-t-il approuvé en détournant les yeux. Et c'est à moi qu'incombe la médiation.

« Fatma n'a pas fini ses études, dit Mevlut. D'ailleurs, est-ce que ma fille sera d'accord ? Est-ce qu'elle m'écoutera ?

— Mevlut, une fois dans ma vie je me suis fait taper dessus par les flics. Et ce grâce à toi. » Je n'ai rien ajouté.

Mevlut fut touché que Süleyman n'amène pas la discussion sur les différentes aides que les Aktaş lui avaient apportées depuis tant d'années. Au lieu de cela, il avait parlé des coups qu'il s'était pris lors de son interrogatoire après le meurtre de Ferhat. Pour quelque obscure raison, la police avait tabassé Süleyman, mais n'avait pas touché à Mevlut. Cela le faisait sourire chaque fois qu'il y pensait. Les pistons de Korkut n'avaient pas empêché Süleyman de se faire taper dessus.

Jusqu'à quel point Mevlut était-il redevable aux Aktaş ? Il se rappela les vieilles histoires de terrain et de titre de propriété. Il resta longtemps sans aborder le sujet avec Fatma. Mais il y réfléchit très longuement : il était surpris que sa fille soit déjà en âge de se marier, que Korkut et Süleyman aient osé faire cette proposition. Son père et son oncle avaient épousé deux sœurs. Les fils de son oncle avaient fait de même à la génération suivante, eux aussi avaient épousé deux sœurs. Si la troisième génération continuait à son tour dans cette voie des mariages consanguins, les enfants à naître seraient soit bigleux, soit bègues, soit débiles.

Sa principale préoccupation, cependant, c'était la solitude qui se profilait. Les soirs d'été, après avoir passé plusieurs heures devant la télévision avec ses filles et que ces dernières s'étaient endormies, Mevlut sortait parfois faire de longues marches dans les rues. L'ombre des feuillages sous la lumière des réverbères, les murs sans fin, les vitrines éclairées au néon et les mots sur les affiches publicitaires dialoguaient avec lui.

Un soir, alors que Fevziye était allée à l'épicerie et que Fatma et lui regardaient la télévision, la conversation se porta d'elle-même sur la maisonnée de Duttepe.

« Pourquoi est-ce que vous n'allez plus chez vos tantes ? demanda Mevlut.

— Nous les voyons toutes les deux, répondit Fatma, mais nous allons très peu à Duttepe, seulement quand Bozkurt et Turan n'y sont pas. Je ne peux pas les supporter.

— Qu'est-ce qu'ils t'ont dit ?

— Des enfantillages... Bozkurt est stupide.

— Il paraît que Bozkurt est très malheureux que vous vous soyez disputés. Il ne mange plus, il dépérit, il dit que...

— Il est dingue, papa », l'interrompit gentiment Fatma pour que son père ne s'étale pas sur le sujet.

Mevlut vit la colère se peindre sur le visage de sa fille.

« Ne mettez plus les pieds à Duttepe, dans ce cas », lui dit-il, heureux de l'épauler.

La question ne fut plus jamais abordée. Comme il ne savait pas comment annoncer diplomatiquement cette fin de non-recevoir, Mevlut n'appela pas Süleyman. Mais au milieu du mois d'août, par une fin d'après-midi très chaude, alors qu'il servait la glace industrielle qu'il avait achetée à l'épicerie à trois personnes du village d'Imrenler qui discutaient de l'organisation d'une excursion sur le Bosphore, il vit Süleyman arriver à l'association.

« Fatma n'y est nullement disposée, elle ne veut pas », dit Mevlut lorsqu'ils furent seuls. Il fut pris par une soudaine envie de moucher Süleyman et Korkut. « En plus, elle veut faire des études, je ne vais pas la retirer de l'école. Elle est meilleure élève que Bozkurt.

— De toute façon, Bozkurt part au service militaire, on se l'était déjà dit, répondit Süleyman. Bon, peu importe... Tu aurais au moins pu donner une réponse... Si je n'étais pas venu demander, tu n'en aurais même pas reparlé.

— J'ai préféré patienter au cas où Fatma changerait d'avis. »

Mevlut constata que Süleyman ne se formalisait pas de ce refus, et qu'il semblait même lui donner raison. C'est surtout la réaction de son frère Korkut qui le tracassait. Lui aussi s'en était inquiété un moment, mais il ne voulait pas que Fatma se marie avant d'avoir terminé l'université. Père et fille avaient encore cinq ou six belles années de partage et d'amicale cohabitation devant eux. Quand Mevlut parlait avec Fatma, il ressentait la même confiance que celle qu'il éprouvait lorsqu'il devisait en toute amitié avec Rayiha, cette confiance que confère le fait de parler avec quelqu'un d'intelligent.

Cinq jours plus tard, Mevlut fut réveillé au milieu de la nuit. Son lit, sa chambre, tout tremblait. Des bruits effrayants sortaient de terre, on entendait les verres, les cendriers se casser dans leur chute, le cliquetis des bris de vitres du voisin et des hurlements. Ses deux filles accoururent vers son lit et se blottirent contre lui. Le séisme dura plus longtemps que Mevlut ne le supposait. Lorsque cela s'arrêta, l'électricité était coupée et Fevziye pleurait.

« Mettez quelque chose sur vous, on sort », dit Mevlut.

Tout le monde s'était réveillé et jeté dans les rues plongées dans l'obscurité. Tout Tarlabaşı parlait dans le noir d'une même voix. Les ivrognes ronchonnaient, certains pleuraient, d'autres vociféraient. Mevlut et ses filles étaient habillés, mais au moment de la secousse beaucoup de familles étaient sorties en caleçon et en maillot, pieds nus ou en pantoufles dans la rue. Au moment où certaines d'entre elles retournaient dans leurs immeubles pour aller y chercher des vêtements, de l'argent, et verrouiller la porte, les répliques commençaient et elles bondissaient à nouveau dehors en poussant des cris.

À la foule dense et bruyante qui se massait sur les trottoirs et la chaussée, Mevlut et ses filles prirent conscience du nombre incroyable de personnes qui logeaient dans certains immeubles de deux ou trois étages de Tarlabaşı. Ils déambulèrent pendant une heure dans le quartier, au milieu des grands-pères en pyjama, des tantes en tunique longue, des enfants en culotte, en maillot, en savates, en proie à l'émotion suscitée par la catastrophe. Au petit matin, voyant que les répliques, qui se faisaient moins nombreuses et diminuaient d'intensité, ne démoliraient pas leur maison, ils regagnèrent leur logement et dormirent. Une semaine après, quand la rumeur et toutes les chaînes de télévision annoncèrent à la population que la ville serait entièrement détruite par un nouveau tremblement de terre, beaucoup de gens préférèrent passer la nuit à Taksim, dans les rues et dans les parcs. Mevlut et ses filles sortirent dans les rues pour observer ces personnes apeurées et aventureuses, mais, tard dans la soirée, ils étaient de retour chez eux et ils dormirent à poings fermés.

Süleyman. Au moment du tremblement de terre, nous étions à Şişli, dans notre appartement, au septième étage d'une tour neuve. On a été fortement secoués. Le placard de la cuisine s'est décroché du mur et est tombé d'un bloc. J'ai pris Melahat et les enfants et nous avons descendu l'escalier à la lueur des allumettes que j'avais emportées avec moi. Les enfants dans les bras, nous avons traversé une foule monstre, et nous avons marché pendant une heure jusqu'à notre maison, à Duttepe.

Korkut. La maison s'est tordue de droite à gauche comme du caoutchouc. Après la secousse, Bozkurt a filé dans le noir vers l'intérieur de la maison, et tout le monde a sorti son lit ou son matelas. Dans la cour, ceux qui avaient voulu rester dehors s'étaient installés à leur guise… quand Süleyman est arrivé avec sa femme et ses gosses. « Ton immeuble neuf en béton de Şişli est beaucoup plus sûr que notre maison vieille de trente ans et construite au départ comme une bicoque de bidonville. Pourquoi est-ce que vous êtes venus ici ? — Je ne sais pas », m'a dit Süleyman. Au matin, on a vu que notre maison était toute vrillée, que les troisième et quatrième étages avaient avancé au-dessus de la rue, comme les vieilles maisons en bois à encorbellement.

Vediha. C'était deux jours après le séisme ; j'étais juste en train de servir le dîner quand la table s'est de nouveau mise à trembler, les enfants ont commencé à crier : « Tremblement de terre ! » J'ai dévalé l'escalier et, comme si j'avais les jambes en coton, je me suis précipitée dans la cour. Ensuite, j'ai compris que ça n'avait rien à voir avec un tremblement de terre. Bozkurt et Turan avaient fait une blague, c'étaient eux qui avaient fait bouger la table par-dessous. Ils me regardaient par la fenêtre et riaient. J'ai ri moi aussi. Je suis remontée. « Écoutez bien, si je vous reprends à faire ce genre de blague, je vous mettrai une raclée aussi forte que si c'était votre père, sans égard pour votre âge. » Trois jours plus tard, Bozkurt a recommencé. Je me suis encore laissé avoir. Mais cette fois, je lui ai collé une bonne claque. Maintenant, il ne parle plus à sa mère. Mon enfant souffre d'amour passion, et il va partir au service militaire, je me fais du souci pour lui.

Samiha. Quand Süleyman a débarqué au petit matin avec sa femme et ses enfants la nuit du tremblement de terre, j'ai compris que je le haïssais à mort. Je suis montée dans ma chambre, au troisième étage, déformé par la secousse, et je n'en suis plus redescendue jusqu'à ce que Süleyman et sa bruyante famille regagnent leurs pénates. Ils sont restés deux nuits dans la cour, à dormir et à faire du boucan, et puis ils sont rentrés à Şişli. Plus tard, les soirs de septembre où toute la famille venait dormir dans la cour en disant que la nuit il y aurait un autre tremblement de terre, je n'ai pas quitté mon troisième étage.

Tout récemment, je me suis encore fâchée contre Süleyman quand j'ai appris qu'il avait cédé aux instances de Korkut et demandé la main de Fatma pour Bozkurt. Ils se sont bien gardés de m'en parler, par peur que je leur mette des bâtons dans les roues. La bêtise ne saurait excuser la méchanceté. Ce qui m'a mis la puce à l'oreille, c'est que Fatma et Fevziye ne venaient plus à Duttepe qu'en l'absence de Bozkurt. C'est ainsi que j'ai compris qu'ils avaient commis une telle ineptie. Vediha n'a pas pu garder longtemps le secret. Bien sûr que j'ai été fière que Fatma dise non. Chaque week-end, je déposais les filles au cours privé et, en fin d'après-midi, Vediha et moi les emmenions au cinéma.

Cet hiver, j'ai beaucoup bataillé pour que Fatma réussisse ses examens d'entrée à l'université. Comme Fatma avait dit non à son fils qui s'apprêtait à partir au service militaire, Vediha lui en voulait forcément un peu. Plus elle essayait de le masquer, et plus ça crevait les yeux. De mon côté, je retrouvais les filles chez les marchands de *muhallebi*, dans les pâtisseries ou les McDonald's. Je les emmenais dans les centres commerciaux : nous nous promenions un moment de magasin en magasin en nous contentant de regarder sans rien acheter ; pendant que nous marchions sous les lumières nous cédions au sentiment que quelque chose de neuf allait se produire dans nos vies et, lorsque nous étions fatiguées, nous disions : « On fait encore un étage, et puis on descendra manger quelque chose dans un *döner*. »

Le soir du Nouvel An qui marquait le passage à l'an 2000, Fatma et Fevziye étaient restées à la maison, elles avaient regardé la télévision et attendu que leur père rentre de sa tournée de boza. Mevlut était revenu à vingt-trois heures ; il avait regardé la télévision avec elles ; ils avaient mangé du poulet et des pommes de terre. Elles ne me parlaient jamais de leur père, mais Fatma m'avait décrit cette soirée.

Au début du mois de juin, Fatma est allée à Taşkışla pour passer ses examens d'entrée à l'université. J'ai attendu devant la porte. En face de la colonnade, sur la façade de cette ancienne bâtisse, s'étirait un muret où s'asseyaient toutes les mères, tous les pères et les grands frères. J'ai fumé une cigarette en regardant du côté de Dolmabahçe. Fatma est sortie de l'examen avec tous les autres. Fatiguée, mais plus optimiste que tous.

Mevlut fut fier que sa fille termine le lycée sans rattrapage et que, à l'issue de son examen d'entrée à l'université, elle réussisse à décrocher le département tourisme comme elle l'avait souhaité. Certains pères exposaient des photos de la cérémonie de remise des diplômes de leurs enfants sur le panneau d'affichage de l'association. Mevlut aussi avait rêvé de le faire. Mais naturellement, aucun père n'affichait de photos de remise des diplômes des lycées de jeunes filles. N'empêche que la nouvelle de la réussite de la fille de Mevlut se diffusa parmi les vieux marchands de yaourt et les compatriotes de leur région qui allaient et venaient à l'association. Süleyman y passa exprès pour féliciter Mevlut ; il lui dit que, en ville, avoir un enfant instruit était la meilleure assurance-vie.

Le jour de la rentrée des classes, fin septembre, Mevlut accompagna sa fille jusqu'à la porte de l'université. C'était la première grande école publique de tourisme à Istanbul. On y étudiait aussi bien la gestion et l'économie que les métiers de l'hôtellerie et de la restauration. Les bâtiments d'un ancien khan de Laleli avaient été convertis en établissement d'enseignement rattaché à l'université. Mevlut s'imagina en train de vendre de la boza dans ces vieux et plaisants quartiers. Un soir, en sortant de chez Son Excellence, il marcha de Çarşamba jusqu'à l'école de sa fille, une distance qu'il parcourut en une heure. C'étaient des coins encore calmes.

Quatre mois après avoir commencé l'école, en janvier 2001, Fatma commença à parler à son père d'un garçon qu'elle voyait. Il était dans le même établissement qu'elle, mais deux classes au-dessus. C'était quelqu'un de très sérieux. Il était originaire d'Izmir. (Le cœur de Mevlut eut alors un sursaut.) Tous deux avaient pour but d'obtenir leur diplôme et de travailler dans le secteur du tourisme.

Mevlut était surpris que sa fille en soit arrivée si vite à cette étape. En même temps, Fatma serait la première dans la famille à se marier si tardivement. « Tes tantes et toutes les filles du côté de ta mère avaient déjà deux enfants à ton âge, tu es à la traîne ! la taquina Mevlut, avec une pointe d'amertume.

— C'est bien pour cela que je veux tout de suite me marier », répondit Fatma. Mevlut perçut dans sa repartie une volonté farouche de s'éloigner le plus vite possible de cette maison.

Au mois de février, la famille du garçon vint d'Izmir à Istanbul pour demander la main de Fatma. Pour la fête des fiançailles, Mevlut s'organisa afin de disposer de la salle de l'association un soir où elle était libre et il emprunta des chaises au café d'en face. Y assistèrent des connaissances de Duttepe, mais pas Korkut et ses fils. Mevlut savait que personne, même pas Samiha, ne viendrait au mariage qui serait célébré à Izmir au début de l'été. Ce fut la première fois qu'il vit Samiha à l'association : son pardessus et son foulard n'étaient pas gris ni fanés comme ceux des autres femmes. Ils étaient neufs, bleu nuit, et son foulard était noué de manière lâche. Peut-être qu'elle ne veut plus le porter, pensa Mevlut. Fatma, qui le mettait par intermittence, avait été contrainte de le retirer à son entrée à l'université. Mevlut n'aurait su dire si sa fille en était heureuse ou pas. C'était là une question dont Fatma débattait davantage avec ses amies étudiantes qu'avec Mevlut.

Dans la famille smyrniote, personne ne portait le foulard. Durant la période des fiançailles, Mevlut put mesurer combien sa fille était désireuse d'entrer dans cette famille. À la maison, Fatma se blottissait parfois dans les bras de son père, elle l'embrassait, elle versait des larmes à l'idée qu'elle quitterait prochainement le nid, mais cinq minutes après Mevlut la surprenait à s'enthousiasmer, à rêver tout haut aux détails de la nouvelle vie qu'elle mènerait bientôt avec son mari. C'est ainsi que Mevlut apprit que sa fille et son gendre avaient postulé pour obtenir des équivalences avec le département tourisme de l'université d'Izmir. Deux mois plus tard, ils furent informés que leur demande avait été acceptée. Si bien qu'en l'espace de trois mois, dans la foulée de leur mariage célébré à Izmir au début de l'été, il devint inéluctable que Fatma et Burhan (c'était en effet le vilain prénom du gendre, un grand maigre à la mine inexpressive, aussi raide que s'il avait avalé un bâton) resteraient dans cette ville, qu'ils s'installeraient dans un appartement appartenant à la famille du gendre et deviendraient smyrniotes.

Les seules personnes de la famille à venir d'Istanbul pour le mariage de Fatma à Izmir furent Mevlut et Fevziye. Mevlut aima bien Izmir, qui lui apparut comme une Istanbul miniature, au climat plus chaud et agrémentée de palmiers. Les bidonvilles étaient entre deux rives, juste au milieu. Pendant le mariage, alors que Fatma dansait avec son mari en se serrant contre lui comme dans les films, Mevlut était à la fois gêné et ému au point que les larmes lui montaient aux yeux. Sur la route du retour, Mevlut et Fevziye n'échangèrent pas un mot. Dans le bus de nuit qui les ramenait à Istanbul, sa fille cadette s'était endormie dans son fauteuil. Mevlut fut heureux de sentir reposer sa tête contre son épaule et l'agréable odeur de ses cheveux épars. En six mois, sa fille aînée, sur laquelle il avait veillé avec sollicitude depuis des années, au côté de laquelle il rêvait de rester jusqu'à son dernier souffle, s'était définitivement éloignée de son père.

12

Fevziye se sauve

Que tous deux me baisent la main

Le 11 septembre, Fevziye et lui regardèrent en boucle à la télévision les images des avions qui s'encastraient dans des gratte-ciel aux États-Unis, et les tours qui s'effondraient dans un tourbillon de flammes et de fumées digne des meilleurs films catastrophe. Hormis une phrase du genre « L'Amérique va crier vengeance maintenant » que Mevlut avait prononcée sans même hausser la voix, ils ne parlèrent pas du tout de l'événement.

Après le mariage et le départ de Fatma, ils étaient pourtant devenus bons amis. Fevziye aimait bien parler, faire des blagues et des imitations, inventer des histoires absurdes et faire rire son père. Elle avait tiré de sa mère le talent de découvrir l'aspect étrange, amusant ou dérisoire de chaque chose. Fevziye imitait très bien le zozotement d'une voisine, le bruit d'une porte qui s'ouvrait en grinçant, le dandinement de son père poussant des « ah », des « ouh », des « pouf » en gravissant l'escalier, et, en dormant, elle se blottissait en S dans son lit, exactement comme sa mère.

Cinq jours après l'effondrement des tours jumelles, un soir en rentrant de l'association, Mevlut vit que la télévision n'était pas allumée, que la table n'était pas mise et que Fevziye n'était pas à la maison. Comme il n'avait pas envisagé d'emblée l'éventualité qu'elle ait fugué, il s'énerva que Fevziye, qui n'avait que dix-sept ans, traîne dans les rues après la tombée de la nuit. Elle n'avait pas eu tous ses examens de fin d'année et devait repasser les maths et l'anglais au rattrapage, mais Mevlut ne l'avait pas vue s'asseoir pour travailler de tout l'été. Alors que Mevlut attendait sa fille en regardant la rue sombre par la fenêtre, sa colère tourna peu à peu à la panique.

Il constata avec douleur que le sac de Fevziye ainsi que pas mal d'affaires et de vêtements n'étaient pas à leur place. Il s'apprêtait à se rendre à Duttepe, chez les Aktaş, quand on sonna à la porte. Il espérait que c'était Fevziye.

Mais c'était Süleyman. Süleyman annonça d'emblée que Fevziye s'était sauvée chez un garçon, que ce garçon était « valable », que la famille était une famille bien, que le père du garçon gérait une petite entreprise de taxis, qu'il était propriétaire de trois voitures. Cet après-midi, le père du garçon avait téléphoné, Süleyman y était allé. Si Mevlut avait eu le téléphone, ils l'auraient peut-être appelé lui en premier. Fevziye allait bien.

« Pourquoi s'est-elle sauvée si elle va bien ? demanda Mevlut. Pour faire honte à son père, pour se faire conspuer ?

— Et toi, pourquoi avais-tu enlevé Rayiha ? Si tu l'avais demandée, Abdurrahman au cou tordu te l'aurait accordée. »

Mevlut comprit à travers ces paroles que la fuite de Fevziye était une imitation. Sa fille rejouait ce qui s'était passé entre son père et sa mère.

« Abdurrahman au cou tordu ne m'aurait pas donné sa fille en mariage, dit-il, en se rappelant fièrement l'enlèvement de Rayiha. Et moi non plus je ne suis pas d'accord pour ce chauffeur de taxi qui a enlevé ma fille. Fevziye m'avait promis qu'elle terminerait le lycée et qu'elle irait à l'université.

— Elle a raté ses deux épreuves de rattrapage, dit Süleyman. Elle redouble. Elle n'a pas réussi à te le dire, par peur sans doute. Mais j'ai insisté auprès d'elle, je lui ai dit que si elle n'obtenait pas son bac, je ne la lâcherais pas et qu'elle irait comme sa grande sœur à l'université, Vediha peut en témoigner. »

Sentant que l'intimité père-fille était livrée en pâture à la table des Aktaş, qu'elle figurait aussi au menu des discussions chez un chauffeur de taxi qu'il ne connaissait ni d'Ève ni d'Adam et qu'on lui taillait en plus un costume de père dur et irascible, Mevlut sortit de ses gonds.

« Je n'ai plus de fille du nom de Fevziye », coupa-t-il.

Des mots qu'il regretta aussitôt. Parce que, avant même que Süleyman ne fût reparti, il commençait déjà à ressentir le désespérant dilemme que connaissait tout père dont la fille avait fui : s'il ne pardonnait pas rapidement à sa fille, s'il ne faisait pas mine d'apprécier et d'accepter son futur gendre (un chauffeur, il n'avait jamais pensé à cela !), la nouvelle que sa fille s'était sauvée et vivait avec un homme sans être mariée se répandrait comme une traînée de poudre et salirait son honneur. S'il prenait l'option inverse et pardonnait incontinent le salaud irresponsable qui avait enlevé sa jolie fille, cette fois tout le monde penserait que Mevlut avait sa part dans cette affaire, ou qu'il avait touché une grosse somme d'argent pour consentir à ce mariage. Mevlut ne fut pas long à comprendre que s'il ne voulait pas finir seul et acariâtre comme son père, il devrait rapidement opter pour la deuxième voie.

« Süleyman, je suis incapable de vivre sans mes filles. Je pardonnerai à Fevziye. Mais qu'elle vienne me voir avec celui qui sera son mari, que tous deux me baisent la main. Après avoir enlevé Rayiha, moi au moins, j'étais allé au village, jusqu'à la maison d'Abdurrahman au cou tordu, et je lui avais respectueusement baisé la main.

— Je suis certain que ton gendre chauffeur se montrera aussi respectueux envers toi que tu l'as été envers Cou tordu », ricana Süleyman.

Mevlut ne perçut pas l'ironie qu'il y avait dans ces propos. Il était en proie à la confusion, il avait peur de la solitude, il avait besoin de réconfort.

« Autrefois, il y avait du respect », laissa-t-il échapper.

Cela aussi fit rire Süleyman.

Le deuxième gendre s'appelait Erhan. En le voyant le lendemain, Mevlut ne comprit vraiment pas ce que sa fille – sa petite fleur sur laquelle il avait soigneusement veillé des années durant, pour laquelle il avait échafaudé des rêves d'avenir – pouvait trouver à cet homme à l'apparence banale (petit, le front bas). C'était sûrement un homme très rusé, très malin, pensa-t-il, et il en voulut à sa fille écervelée.

Mais la façon dont Erhan lui baisa la main en se courbant jusqu'au sol avec l'air de vouloir se faire pardonner lui plut.

« Je veux surtout que Fevziye termine le lycée, il ne faut surtout pas qu'elle abandonne ses études, sinon je ne renoncerai pas à mes droits légitimes.

— Nous sommes du même avis », dit Erhan. Mais au bout de quelques instants de discussion il apparut clairement qu'il serait impossible à Fevziye de continuer l'école en cachant qu'elle était mariée.

Mevlut se rendait compte que ce qui l'effrayait, c'était moins l'éventualité que sa fille n'ait pas son diplôme de lycée et n'aille pas à l'université que le fait de se retrouver tout seul à la maison, et dans la vie. La cause essentielle de sa souffrance, c'était la peur d'être abandonné, plus que celle d'avoir mal su éduquer sa fille.

« Pourquoi t'es-tu sauvée ? demanda-t-il à Fevziye lorsqu'il se retrouva seul avec elle. S'ils étaient venus demander ta main comme des gens civilisés, est-ce que je la leur aurais refusée ? »

Fevziye détourna les yeux, d'une façon telle que Mevlut comprit aussitôt ce qu'elle pensait : « Évidemment que tu aurais refusé. »

« Nous étions si bien ensemble, entre père et fille, dit Mevlut. Maintenant, me voilà tout seul dans la vie. »

Fevziye se blottit contre lui. Mevlut retint difficilement ses larmes. Lorsqu'il rentrerait le soir de sa tournée de boza, il n'y aurait personne pour l'attendre à la maison. Lorsqu'il se réveillerait en sueur d'un rêve où il était poursuivi par des chiens dans un sombre bois de cyprès, il ne pourrait plus se consoler en écoutant le bruit de la respiration de sa fille dormant à côté.

Mevlut fit bon usage de sa peur de la solitude pour négocier. Dans un moment d'émoi, il fit jurer à l'homme qui deviendrait son gendre que Fevziye devrait finir non seulement le lycée mais aussi l'université. Ce soir-là, Fevziye resta à la maison avec Mevlut. Ce dernier se réjouit que sa fille revienne à la raison et ne fasse pas un drame, mais il ne se priva pas de lui dire plusieurs fois qu'elle lui avait brisé le cœur en se sauvant.

« Toi aussi tu as épousé ma mère en l'enlevant, dit Fevziye.

— Ta mère n'aurait jamais fait ce que tu as fait aujourd'hui.

— Si, elle aurait fait exactement pareil », dit Fevziye.

Cette réponse têtue et révélatrice d'une personnalité affir-
mée apporta à Mevlut à la fois de la fierté et la confirmation
que sa fille s'était sauvée pour imiter sa mère. À l'occasion des
fêtes du Sacrifice, Mevlut et Fevziye se rendaient au cimetière de
Feriköy pour se recueillir sur la tombe de Rayiha, Fatma et son
mari dégingandé se joignaient à eux lorsqu'ils venaient d'Izmir.
Malgré la tristesse dont étaient empreintes ces visites, lorsqu'ils
s'en revenaient à pied à la maison Mevlut racontait par le menu
et en enjolivant comment il avait enlevé Rayiha, comment ils
avaient planifié toutes les étapes de l'enlèvement jusque dans les
moindres détails, comment leurs regards s'étaient croisés lorsqu'ils s'étaient rencontrés pour la première fois dans un mariage
et comment il lui avait été dès lors impossible d'oublier les yeux
de leur mère.

Le lendemain, Erhan le chauffeur et son père chauffeur à la
retraite rapportèrent la valise de Fevziye. Dès qu'il vit cet homme
âgé de dix ans de plus que lui, Mevlut comprit que son affection irait non pas à Erhan, son gendre, mais à Sadullah Bey, le
père de ce dernier. Lui aussi était veuf, sa femme était décédée
trois ans plus tôt d'une crise cardiaque (pour bien raconter ce
moment à Mevlut, Sadullah Bey s'était assis à l'unique table de
la maison et il avait mimé avec réalisme la scène de la mort de
sa femme en imitant la façon dont elle avait soudainement lâché
sa cuiller alors qu'elle mangeait sa soupe et laissé tomber sa tête
sur la table).

Sadullah Bey était originaire de Düzce. Son père était arrivé
à Istanbul durant la Seconde Guerre mondiale, il avait travaillé
chez un cordonnier arménien à Gedikpaşa, comme apprenti
d'abord, et plus tard en tant qu'associé. Quand, dans le sillage
des événements des 6 et 7 septembre 1955, son patron arménien quitta Istanbul et lui confia son magasin qui avait été pillé
et saccagé, son père avait continué tout seul à faire tourner la
boutique. Plus tard, il eut beau insister et rouer de coups « son
fainéant de fils à l'âme de vagabond », ce dernier lui avait tenu
tête, et il était devenu non pas cordonnier mais « le meilleur
chauffeur d'Istanbul ». À cette époque, quand les taxis et les
dolmuş d'Istanbul étaient des véhicules américains, les chauffeurs

étaient incroyablement flambeurs et m'as-tu-vu. En expliquant cela, Sadullah Bey adressa un clin d'œil complice et théâtral à Mevlut, et ce dernier comprit que c'était de lui que son fils court sur pattes et à grosse tête tirait son côté bon vivant.

Pour discuter des détails du mariage, Mevlut se rendit à leur maison en pierres sur trois niveaux de Kadırga ; en peu de temps, il noua avec Sadullah Bey une amitié qui ne ferait que se renforcer après l'union de leurs enfants et, passé la quarantaine, même s'il ne buvait pas beaucoup, Mevlut apprit à apprécier la conversation autour d'un verre de raki.

Sadullah Bey était propriétaire de trois taxis ; il les confiait tous les jours à six chauffeurs qui travaillaient douze heures chacun. Plus que de l'âge et de la marque de ses voitures (deux Murat, l'une modèle 96 et l'autre 98, et une Dodge 58 qu'il utilisait parfois pour son agrément et dont il prenait particulièrement soin), Sadullah Bey aimait parler de la constante augmentation du prix des licences de taxi accordées à un nombre limité de véhicules dans Istanbul. Son fils Erhan aussi conduisait l'un des taxis ; par ailleurs, c'est lui qui s'occupait de relever les chiffres des taximètres, des compteurs kilométriques des autres chauffeurs et de tenir les comptes pour son père. Sadullah Bey disait en riant que ces chauffeurs sous le contrôle tout relatif de son fils à qui il avait confié la gestion de ses voitures étaient soit des voleurs (ils dissimulaient une partie de la recette), soit des guignards (ils avaient sans arrêt des accidents), soit des insolents (ils étaient retardataires et répondaient mal), ou encore de complets idiots. Mais il ne s'embêtait pas à se disputer avec eux pour gagner quelques sous de plus, il laissait son fils gérer. On fit visiter à Mevlut l'appartement sous les combles où Erhan et Fevziye habiteraient après s'être mariés, on lui montra jusqu'aux armoires neuves, aux pièces de trousseau, au grand lit (« Le soir où ta fille est restée chez nous, Erhan n'est pas monté ici », avait précisé Sadullah Bey, inspirant ainsi confiance à Mevlut), et il exprima son contentement.

Mevlut adorait que Sadullah Bey lui montre tous les endroits où il avait passé sa vie, qu'il lui raconte des souvenirs et des histoires, en une langue agréable et qui se faisait de plus en plus suave dès lors qu'il n'était pas interrompu. Mevlut apprit très vite où se trouvaient l'école primaire qu'il avait fréquentée dans le vieux quartier stambouliote de Cankurtaran, la fameuse école de la Vallée (une bâtisse ottomane beaucoup plus ancienne que le lycée de garçons Atatürk) où les gros durs de l'internat tapaient sur les externes comme lui ; le magasin de chausseur-cordonnier que son père avait mené en dix ans à la faillite (c'était désormais un snack dans le genre du Binbom) ainsi que le sympathique salon de thé en face du parc. Il eut du mal à croire que, trois siècles auparavant, il y avait la mer à la place du parc, et que des centaines de navires ottomans stationnaient là en attendant le moment d'entrer en guerre. (Des images de ces navires étaient affichées sur les murs du salon de thé.) S'il avait passé son enfance et sa jeunesse dans un environnement constitué de vieilles fontaines aveugles, de hammams désaffectés, d'anciens tekkés pleins de poussière, de saleté, de fantômes et d'araignées construits sur la demande de pachas ottomans, d'hommes portant la barbe et le *kavuk* ; autrement dit, si au lieu de s'installer à Kültepe à son arrivée, son père venu de Cennetpınar s'était directement implanté dans ces quartiers du vieil Istanbul sur l'autre rive de la Corne d'Or, comme tant d'autres migrants venus de leurs campagnes d'Anatolie pour la ville avaient eu l'heur de le faire, Mevlut et ses filles auraient été des personnes bien différentes. Il alla même jusqu'à en éprouver du remords, comme si ce choix initial de Kültepe avait relevé de sa propre décision. Mais parmi ceux qui avaient quitté leur village de Cennetpınar pour la ville dans les années 1960-1970, Mevlut n'en connaissait aucun qui s'était établi dans ces coins-là. C'est à cet instant que Mevlut se fit pour la première fois la réflexion qu'Istanbul s'était enrichie, et que dans les rues transversales de ces anciens quartiers il pourrait vendre davantage de boza.

Vers la même période, Sadullah Bey invita une nouvelle fois Mevlut à dîner. Pour laisser un peu de place à l'amitié dans l'emploi du temps de Mevlut très serré entre l'association des compatriotes régionaux et la vente de boza en soirée, il proposa de passer le chercher à l'association avec sa Dodge, de mettre sa perche et ses bidons de boza dans le coffre, puis de le déposer après le dîner dans les rues où il irait faire sa tournée. De cette façon, les pères des futurs mariés devinrent bons amis et discutèrent longuement des préparatifs du mariage.

Bien entendu, les frais en seraient assumés par la famille du garçon. C'est pourquoi Mevlut n'émit aucune objection en apprenant que le mariage serait célébré non pas dans une salle des mariages mais dans le salon en sous-sol d'un hôtel d'Aksaray. Mais la nouvelle qu'on servirait de l'alcool aux convives le dérangea. Il ne voulait pas que ce soit un mariage où les gens de Duttepe, et plus particulièrement les Aktaş, se sentent trop décalés.

Sadullah Bey le rassura : les bouteilles de raki qu'ils apporteraient de la maison resteraient dans la cuisine ; les serveurs prépareraient les verres à l'étage du dessus et les apporteraient discrètement à ceux qui leur en feraient la demande individuellement. Parmi les amis chauffeurs de son fils, les gens du quartier, l'équipe de football de Kadırga et leurs dirigeants, nul ne s'offusquerait évidemment de l'absence de raki au repas, mais s'il y en avait tout ce beau monde en boirait volontiers et serait beaucoup plus heureux. La plupart était d'ailleurs pour le Parti républicain du peuple.

« C'est comme moi », dit Mevlut dans un élan solidaire, mais sans vraiment croire à ce qu'il disait.

Cet hôtel d'Aksaray était de construction récente. Au moment d'en creuser les fondations, on était tombé sur les vestiges d'une petite église byzantine. Sachant que cette découverte donnerait un coup d'arrêt aux travaux, l'entrepreneur avait distribué de généreux pots-de-vin à la municipalité, pour étouffer l'affaire avant que quiconque n'ait vent de la présence de ces vestiges. Une douloureuse dépense qu'il avait compensée en creusant un niveau supplémentaire en sous-sol. Mevlut compta vingt-deux tables dans le salon qui fut rapidement plein à craquer le soir du mariage, et envahi par un épais nuage de fumée bleue vu que tout le monde fumait. Six de ces tables étaient exclusivement masculines. Ce côté du salon était occupé par des amis du marié, des copains du quartier et des collègues chauffeurs. Ces jeunes chauffeurs de taxi étaient pour la plupart célibataires. Cependant, comme ces tablées de célibataires étaient beaucoup plus amusantes, même ceux qui étaient mariés avaient dès le début de la fête laissé femmes et enfants du côté des tables « familiales » pour rejoindre ces assemblées uniquement composées d'hommes. Mevlut constatait que l'on y buvait d'ores et déjà beaucoup, vu le nombre des serveurs qui s'activaient autour de ces tables, les bras chargés de verres de raki et de glaçons sur un plateau, et qui peinaient visiblement à suivre la cadence. Mais il y en avait aussi qui buvaient ouvertement aux tablées mixtes et familiales, et qui, telles de vieilles personnes atrabilaires, en venaient même à se fâcher contre le serveur qui ne leur apportait pas assez vite leur raki et à monter à l'étage du dessus pour se servir eux-mêmes dans les cuisines.

Mevlut et Fevziye avaient longuement réfléchi à la façon dont les Aktaş risquaient de se comporter au mariage. Bozkurt était au service militaire : c'est pourquoi personne ne se saoulerait et ne créerait de problème. Mais du fait que Fatma n'avait pas voulu de son fils, Korkut pourrait trouver un prétexte pour ne pas venir, ou bien ternir l'ambiance en disant par exemple qu'on consommait beaucoup d'alcool et que cela le dérangeait. Mais d'après Fevziye, qui avait des nouvelles des Aktaş via sa tante Samiha, l'humeur à Duttepe n'était pas si négative. Sans compter que le danger essentiel, c'était moins Bozkurt ou Korkut que Samiha elle-même, en conflit ouvert avec Korkut et Süleyman.

Par chance, Abdurrahman Éfendi au cou tordu était venu du village, et Fatma et son mari aussi raide que s'il avait avalé un bâton avaient fait le voyage depuis Izmir. Fevziye avait organisé les choses pour que tous les trois et Samiha soient conduits au mariage à bord du même taxi. Au début du mariage, Mevlut s'inquiéta beaucoup de ne pas voir ce fameux taxi ni les Aktaş. Toutes leurs autres connaissances de Duttepe étaient là avec un cadeau. Quatre des cinq tables réservées pour la famille et les proches de la mariée (Reyhan Abla et son mari étaient très chics) étaient au complet. Mevlut monta chercher un raki dans la cuisine à l'étage du dessus, il le but sans que personne ne le voie, et il lanterna devant l'entrée de l'hôtel, en se demandant où ils étaient passés.

Quand il revint dans la salle du mariage, il vit que tous les sièges autour de la cinquième table étaient occupés. À quel moment étaient-ils entrés ? Après avoir gagné sa chaise au côté de Sadullah Bey à la table du marié, Mevlut regarda longuement vers la table des Aktaş. Süleyman avait amené ses deux fils, âgés l'un de cinq ans et l'autre de trois. Melahat était très chic ; avec sa cravate, Abdurrahman Éfendi au cou tordu ressemblait de loin à un fonctionnaire à la retraite, poli et bien rangé. Dès que son regard s'attardait sur la tache mauve au milieu de cette assemblée, un frisson le parcourait et il détournait les yeux.

Samiha. Ma chère petite Fevziye était assise dans sa belle robe de mariée avec son époux au milieu du salon. Je sentais dans mon cœur son émoi et son bonheur, et je gardais les yeux rivés dans cette direction. Quelle belle chose que la jeunesse conjuguée au bonheur. Ma petite Fatma était assise à côté de moi, et cela m'a fort réjouie d'entendre qu'elle était heureuse à Izmir avec son mari, que sa belle-famille les aidait, que leurs études marchaient très bien dans leur école de tourisme, qu'ils avaient fait un stage ensemble pendant les vacances d'été dans un hôtel de Kuşadası et qu'ils avaient beaucoup progressé en anglais. J'étais contente de les voir constamment sourire. Quand ma chère Rayiha est décédée, j'ai pleuré pendant des jours. Non seulement parce que j'avais perdu ma grande sœur, mais aussi parce que ces deux adorables fillettes restaient orphelines de mère alors qu'elles n'étaient que des enfants. Ensuite, je me suis occupée d'elles comme si c'étaient mes propres filles, je m'intéressais à tout ce qui les concernait, de leur alimentation jusqu'à leurs devoirs, de leur façon de s'habiller jusqu'à leurs copines de quartier ; j'ai veillé comme une mère sur ces pauvres petites. J'ai été très blessée que ce trouillard de Mevlut ne veuille pas me voir chez eux, par peur du qu'en-dira-t-on, que Ferhat l'interprète mal. Cela m'a un peu démotivée, mais je ne me suis pas découragée. Quand j'ai de nouveau détaché mon regard de Fevziye pour le ramener sur Fatma, à côté de moi, elle m'a dit : « Ma chère tante, ta robe violette est très belle », et j'ai cru que j'allais pleurer. Je me suis levée et je suis partie non pas en direction de la table où Mevlut était installé, mais à l'opposé. Je suis montée à l'étage et, depuis le seuil de la cuisine, j'ai lancé à un serveur : « Mon père attend toujours son raki. » Ils m'ont aussitôt donné un verre de raki avec des glaçons. Je me suis retirée à l'écart, devant la fenêtre, j'ai vidé le verre d'un trait et je suis rapidement redescendue. J'ai regagné notre table et me suis assise à côté de mon père.

Abdurrahman Éfendi. À un moment, Vediha est venue à notre table. Voyant que son beau-père Hasan l'épicier ne décrochait pas un mot, elle lui a dit : « Vous vous ennuyez, mon petit papa », et, lui prenant le bras, elle l'a emmené à la table de ses fils. Comprenez-moi bien, la seule chose qui m'a fait mal au cœur, c'est que ma petite Vediha dise toutes les deux secondes devant son propre père « mon petit papa » à cet homme terne et taciturne, au simple prétexte qu'elle est mariée avec son fils à l'âme mauvaise. Ensuite, je me suis assis à la table du père du marié. « Savez-vous quel est le point commun entre Sadullah Bey, Mevlut Bey et votre serviteur ? » ai-je lancé comme une devinette aux convives. Ils répondaient des choses comme la vente de yaourt, la jeunesse, l'amour du raki… alors j'ai dit : « La compagne de chacun de nous trois est morte jeune et nous a laissés seuls très tôt », et je n'ai pu retenir mes larmes.

Samiha. Pendant que Vediha et Süleyman passaient chacun un bras sous ceux de mon père pour le ramener à notre table, Mevlut s'est simplement contenté de regarder. Pourquoi avait-il été incapable de prendre le père de sa défunte épouse par le bras, de lui dire quelques gentillesses ? Il devait avoir peur que les gens fassent des ragots s'il venait à ma table, qu'ils se rappellent et proclament que c'est en réalité à moi qu'il avait écrit ces lettres. Ah, trouillard de Mevlut, ah. Il me regarde, et en même temps il fait comme s'il ne me regardait pas. Du coup, je l'ai regardé de mes yeux ensorceleurs comme si je voulais le « retenir captif », de même que je l'avais fait vingt-trois ans plus tôt lorsque nous nous étions croisés au mariage de Korkut, et conformément à ce qu'il avait écrit dans ses lettres. Je l'ai regardé pour lui « barrer la route et voler son cœur tel un brigand », pour que mon regard dilate son cœur et y sème l'abondance. Ensuite, je l'ai regardé pour qu'il se voie dans le miroir de mon cœur.

« Samiha, ma chérie, tu regardes de ce côté pour rien, dit mon père passablement ivre. Un homme qui envoie des lettres à une fille et qui en épouse une autre n'apporte rien de bon à personne.

— Ce n'est pas là-bas que je regarde de toute façon. »

Mais j'ai persisté à regarder de son côté et, vers la fin du mariage, j'ai vu que de temps à autre Mevlut me regardait.

13

Mevlut est seul

*On ne peut pas trouver
deux personnes mieux assorties*

En se retrouvant seul dans l'appartement où il avait vécu avec sa femme et ses filles dans une grande promiscuité durant des années, Mevlut fut comme atteint d'asthénie, au point qu'il lui devint difficile de sortir du lit le matin. Mevlut n'était pas sans penser que sa plus grande force dans la vie, même dans ses plus mauvais jours, c'était son optimisme – un optimisme que d'aucuns taxaient de « naïveté » –, sa capacité à tout prendre à la légère, à voir les choses du bon côté. C'est pourquoi il voyait son mal-être comme le symptôme de quelque chose de plus grave et, bien qu'il n'eût que quarante-cinq ans, il avait peur de la mort.

Son angoisse de la solitude ne l'assaillait pas lorsqu'il était à l'association le matin ou qu'il discutait au café du quartier avec une ou deux connaissances. (Depuis qu'il vivait seul chez lui, il parlait à tous ceux qu'il rencontrait sur un ton encore plus doux et plus aimable.) Mais quand il déambulait la nuit dans les rues, il avait peur.

Après la mort de Rayiha et le mariage de ses filles, les rues d'Istanbul semblaient s'être étirées en longueur, s'être métamorphosées en d'obscurs puits sans fond. Quelquefois, alors qu'il avançait à une heure très tardive dans un quartier lointain et qu'il criait « Boza ! » en agitant sa clochette, il se faisait la réflexion qu'il n'avait jamais mis les pieds auparavant dans cette rue, dans ce quartier ; ce qui ravivait en lui un effrayant souvenir, cette sensation qu'il éprouvait dans son enfance et sa jeunesse quand il s'aventurait dans un endroit interdit (et que les chiens aboyaient), cette crainte d'être pris sur le fait, d'être puni, et donc d'être quelqu'un de mauvais. Certains soirs, la ville se transformait en un lieu plus mystérieux, plus menaçant, et Mevlut n'arrivait pas à savoir s'il devait relier cela au fait qu'à cette heure il n'y avait personne à la maison pour l'attendre, ou bien à ce que ces rues toutes récentes fourmillaient de signes qu'il ne connaissait pas : le silence des murs neufs en béton, l'étrange persistance des affiches innombrables et constamment changeantes, la légère incurvation d'une rue qui s'étirait comme par malice à l'infini alors qu'il se croyait arrivé au bout... tout cela faisait croître ses peurs. Parfois, alors qu'il marchait dans une rue calme où pas un rideau ne bougeait, où pas une fenêtre ne s'ouvrait, même s'il savait en toute logique qu'il transitait par ici pour la première fois, il avait la nette sensation d'être déjà passé par cette rue en un temps immémorial, il se plaisait à savourer cet instant comme s'il revivait un souvenir et, en criant « Boo-zaa ! », il lui semblait convoquer ses propres réminiscences. Parfois, la peur des chiens qui l'habitait se réactivait sous l'aiguillon de son imagination ou des aboiements d'un vrai chien à l'angle du mur de la mosquée, et il réalisait soudain qu'il était désormais seul au monde. (En de tels instants, cela lui faisait du bien de penser à Samiha et à sa robe violette.) Quelquefois, après avoir pressenti que les mots prononcés par deux grands types minces qui passaient dans une rue déserte sans lui prêter la moindre attention constituaient un message qui lui était adressé (« verrou », « clef », « responsable »), deux soirs plus tard il retrouvait avec un sursaut ces mêmes mots dans la bouche de deux hommes (deux petits gros vêtus de noir) arpentant une étroite ruelle dans un tout autre quartier.

On eût dit que les vieux murs envahis par le lichen, les anciennes fontaines couvertes de belles inscriptions, les maisons en bois vermoulues et penchées les unes contre les autres pour se soutenir étaient partis en fumée, en ruine et en poussière et qu'à leur place on avait érigé de nouvelles rues, des bâtiments en béton, des magasins éclairés au néon à l'aspect encore plus vieux, plus effrayant et plus embrouillé. Comme si la ville n'avait plus rien d'un endroit familier, d'une vaste maisonnée, et qu'elle s'était muée en un lieu sans dieu où tout un chacun venait indéfiniment ajouter son lot de béton, de rues, de cours, de murs, de trottoirs et de magasins.

Conséquemment à cette impression que la ville en pleine croissance s'éloignait de lui, avec, à la clef, la solitude qui l'attendait chez lui au bout de ces rues sombres, Mevlut eut davantage besoin de Dieu. Avant de se rendre à l'association, non seulement les vendredis mais aussi d'autres jours à son gré, il faisait la prière de midi dans la mosquée de Şişli, dans celle de Duttepe en rallongeant son chemin ou dans d'autres mosquées croisées à l'improviste. Il prenait plaisir au silence des mosquées, au bourdonnement de la ville qui ne filtrait à l'intérieur que de façon assourdie, à l'image de la lumière ruisselant le long de la voûte découpée en guipure ; au calme de ces lieux qu'il partageait pendant une demi-heure avec des vieillards détachés de la vie et des hommes seuls comme lui ; il sentait qu'il trouvait remède à sa solitude. Le soir, habité par le même sentiment, il pénétrait dans les cours désertes des mosquées, dans les cimetières au cœur des quartiers où il n'aurait pas souhaité mettre un pied dans ses heureux temps d'autrefois, et il fumait sa cigarette sur le bord des pierres tombales. Il déchiffrait les inscriptions funéraires sur la tombe des défunts et, à la vue des anciennes stèles coiffées d'un turban de pierre et ornées de lettres arabes, il ressentait de la dévotion. De plus en plus, il prononçait à part soi le nom d'Allah, il le priait parfois de le délivrer de cette vie de solitude.

Il pensait de temps en temps à ces hommes qui s'étaient eux aussi retrouvés veufs à l'âge de quarante-cinq ans et qui s'étaient remariés avec l'aide de leur famille et de leurs amis : quand Vahap, qu'il connaissait par l'association et qui avait un magasin de plomberie à Şişli, avait perdu son épouse et leur fils unique dans un accident d'autocar alors qu'ils allaient à un mariage au village d'Imrenler d'où il était originaire, sa parentèle l'avait tout de suite poussé à se remarier avec quelqu'un du même village. Lorsque sa femme était morte en accouchant de son premier enfant, Hamdi de Gümüşdere s'était retrouvé dévasté ; mais son oncle et d'autres membres de la famille lui avaient fait épouser une femme optimiste et bavarde qui lui fit reprendre goût à la vie.

Mais personne n'approchait Mevlut pour lui suggérer une telle aide, personne ne lui parlait incidemment d'une femme convenable devenue veuve comme lui à un jeune âge (et sans enfant). Parce que toute sa famille pensait que l'épouse qu'il lui fallait, c'était Samiha. « Elle est seule, comme toi », avait dit Korkut une fois. Ou peut-être était-ce Mevlut lui-même – il s'en rendait compte – qui supposait que tout le monde pensait ainsi. Lui aussi admettait que Samiha était le choix le plus judicieux. En se rappelant que de loin, dans sa robe violette, Samiha l'avait délibérément regardé dans les yeux au mariage de Fevziye, il se prenait souvent à rêver ; mais le remariage, il s'était interdit d'y penser : sans même aller jusque-là, la simple évocation d'un rapprochement avec Samiha, voire d'un échange de regards comme cela s'était produit au mariage de sa fille, apparaissait à Mevlut comme un grand manque de respect envers Rayiha. Vu que c'était là un point dont tout le monde convenait, Mevlut sentait combien les gens étaient gênés, contraints, lorsqu'ils lui parlaient de Samiha.

Il en vint à penser que le mieux serait de s'enlever Samiha de la tête (« Je ne pense pas énormément à elle de toute façon », se disait-il) et de se mettre à rêver d'une autre femme. Pour éviter que l'association ne finisse par se transformer comme tant d'autres associations du même type en un banal café où les femmes ne pourraient plus entrer même accompagnées de leur mari, le fondateur, les dirigeants de l'association et Korkut avaient interdit qu'on y joue aux cartes et au okey. L'un des moyens pour attirer les femmes et les familles, c'était d'organiser des soirées *mantı*. Les femmes, qui préparaient les *mantı* en groupe à la maison, venaient à ces soirées avec leur mari, leurs grands frères, leurs enfants. Lors de certains repas, Mevlut fut encore plus occupé avec les réchauds à thé qu'à l'accoutumée : il y avait une veuve, originaire du village d'Erenler ; elle était venue à la soirée *mantı* avec sa sœur aînée et son beau-frère ; elle était grande, très droite, saine et vigoureuse. À plusieurs reprises, Mevlut l'avait attentivement regardée depuis son poste,

vers le coin des réchauds à thé. Son attention avait également été
attirée par la fille âgée d'une trentaine d'années d'une famille
du village d'Imrenler, de retour à Istanbul après avoir quitté
son mari en Allemagne : des mèches de son épaisse chevelure
brune s'échappaient de son foulard. En prenant du thé, elle avait
planté sans détour son regard noir dans celui de Mevlut. Était-ce
en Allemagne qu'elle avait appris à regarder de la sorte ? Les
femmes fixaient le beau visage enfantin de Mevlut d'une manière
bien plus directe et assurée que Samiha ne l'avait fait des années
plus tôt au mariage de Korkut ou dernièrement au mariage de
Fevziye. Lors d'une soirée *mantı* mais aussi lors d'un pique-nique
organisé par l'association, une veuve de Gümüşdere, joviale et
replète, avait fait un brin de causette avec lui en prenant son thé.
Mevlut avait apprécié sa manière de rester sur son quant-à-soi, le
sourire aux lèvres, tandis que vers la fin de nombreux convives
faisaient la danse du ventre.

Ces soirées *mantı* et ces pique-niques finissaient dans la liesse et
bien que personne ne bût de raki, même sous la table, les gens
étaient comme pris d'ivresse, ils entonnaient les chansons de
Beyşehir que tout le monde aimait, et chaque fois il y en avait qui
dansaient entre hommes et femmes. D'après Süleyman, c'était la
raison pour laquelle Korkut refusait que Vediha se rende à ces
invitations. Et vu que Vediha ne venait pas, Samiha, qui restait
auprès d'elle à Duttepe pour lui tenir compagnie, ne venait pas
non plus.

Les questions portant sur des sujets tels que la hausse de la
fréquentation de l'association par les femmes et les familles, les
chanteurs à inviter, les jeux de cartes auxquels s'adonnaient les
hommes au chômage, l'organisation de soirées consacrées à la
lecture du Coran ou l'octroi de bourses aux brillants élèves issus
des villages environnants qui avaient réussi à entrer à l'université
divisaient peu à peu l'association entre conservateurs et tenants
du Parti républicain du peuple. Les frictions politiques et les
railleries continuaient parfois après les réunions, les matchs de
football et les excursions, certains hommes friands de débats
allaient poursuivre autour d'un verre dans une taverne à proximité de l'association. Un soir, Süleyman apparut dans la foule

des adhérents qui se dispersait et, posant la main sur l'épaule de Mevlut, il lui dit : « Allez, on y va, nous aussi. »

Mevlut comprit que c'était dans cette taverne de Mecidiyeköy que, des années plus tôt, Süleyman qui se consumait d'amour et Abdurrahman au cou tordu étaient venus boire un verre. Alors qu'ils sirotaient leur raki en mangeant du fromage, du melon et des cassolettes de foies marinés, ils commencèrent tous ensemble à parler des gens qu'ils connaissaient de l'association, du village. (Untel ne sortait plus de chez lui ; un autre s'adonnait au jeu ; un troisième était dévasté à force de courir les hôpitaux pour son fils infirme.)

Ensuite, ils parlèrent politique. Ces buveurs de raki pouvaient tout aussi bien accuser Mevlut d'être un islamiste caché qu'au contraire, allez savoir, lui faire le reproche que personne ne le voyait à la prière du vendredi. Mevlut s'abstint d'entrer dans les débats politiques. Il se réjouit d'entendre annoncer par Süleyman que les députés et les candidats à l'élection viendraient à l'association, mais il ne s'enquit pas comme les autres de leur nom ou de leur parti. Par quelque étrange détour, on en vint à parler de l'éventualité que les islamistes, qui récoltaient toujours plus de suffrages, s'emparent du pays ou bien du fait qu'il n'y avait aucune raison de s'inquiéter. Certains disaient même que l'armée préparait un coup d'État visant à renverser le gouvernement actuel. C'étaient là des sujets sans cesse débattus à la télévision.

Tandis que le repas touchait à sa fin, Mevlut avait la tête ailleurs. Assis jusque-là en face de lui, Süleyman passa sur la chaise qui venait de se libérer à son côté et il se mit à lui parler de ses fils à voix basse, de sorte à ne pas être entendu par les autres. Hasan, son aîné âgé de six ans, était entré à l'école cette année. Le petit de quatre ans, Kâzım, avait appris à lire à la maison avec l'aide de son grand frère, et il lisait Lucky Luke. Mais cette façon qu'avait Süleyman de parler, l'air de confier des secrets en excluant les autres, était dérangeante. Certes, Süleyman susurrait pour préserver l'intimité du bonheur familial, mais, dans l'esprit de beaucoup de gens, la question de savoir qui était derrière la mort de Ferhat n'était toujours pas résolue. D'expérience, Mevlut savait que même si cinq années s'étaient écoulées depuis, l'affaire n'était pas encore tombée dans l'oubli. Et voir les deux membres de la même famille chuchoter devant tout le monde risquait d'amener à croire que Mevlut était complice de Süleyman.

« Je vais t'entretenir d'un sujet important, mais je te demande de ne pas m'interrompre, dit Süleyman.

— D'accord.

— Des femmes qui se retrouvent seules à un jeune âge après avoir perdu leur mari, mort dans une rixe ou un accident de la route, et qui ensuite se remarient, j'en ai vu beaucoup. Si elles n'ont pas d'enfant et qu'elles sont encore jeunes et belles, ces femmes ont une ribambelle de prétendants. Eh bien moi, je connais justement une femme comme ça, très belle, intelligente et jeune. Pas besoin de dire son nom. Une femme volontaire, qui a du caractère. Et comme elle a déjà quelqu'un en tête, elle n'a d'yeux pour aucun de ses prétendants. »

Cela lui plut d'entendre que Samiha l'attendait – d'écouter l'histoire de Süleyman du moins. Désormais, il n'y avait plus qu'eux deux autour de la table. Mevlut commanda un autre raki.

« L'homme à qui elle pense s'est lui aussi retrouvé veuf très jeune, après la mort tragique de son épouse, continua Süleyman. Cet homme est connu pour être honnête, fiable, doux et de bonne composition. (Mevlut apprécia les compliments.) Il a deux filles de sa première union mais comme elles se sont mariées et ont quitté le nid, l'homme s'est retrouvé tout seul. »

Comme Mevlut ne savait pas à quel moment l'interrompre et lui dire « J'ai compris, tu parles de moi et de Samiha ! », Süleyman tirait profit de la situation :

« En plus, il paraît que lui aussi est amoureux d'elle. En fait, il lui aurait écrit des lettres des années durant...

— Pourquoi ne se sont-ils pas mariés dans ce cas ? demanda Mevlut.

— Peu importe... Il y a eu un malentendu. Mais maintenant, vingt ans après, ils sont faits l'un pour l'autre.

— Pourquoi ne se marient-ils pas *maintenant* dans ce cas ? s'obstina à demander Mevlut.

— Eh oui, tout le monde se pose la même question… Puisqu'ils se connaissent depuis des années, puisque l'homme a écrit tant de lettres enamourées à cette fille…

— Je vais t'expliquer le fond de l'affaire, et tu comprendras vraiment pourquoi ils ne se marient pas, dit Mevlut. Ce n'est pas à celle dont tu parles que l'homme a écrit des lettres d'amour, mais à sa grande sœur. Une sœur qu'il a ensuite enlevée dans les règles de l'art, qu'il a épousée et avec qui il a eu une vie très heureuse.

— Pourquoi tu fais ça, Mevlut ?

— Je fais quoi ?

— Dans la famille, à Duttepe, tout le monde sait bien maintenant que ces lettres, c'est à Samiha que tu les as écrites, et pas à Rayiha.

— Tuuh, dit Mevlut en faisant mine de cracher. Pendant des années tu as répandu ce mensonge pour semer la zizanie entre Ferhat et moi. Ce mensonge a rendu Rayiha très malheureuse. La pauvre Rayiha y a cru…

— C'est quoi, la vérité ?

— La vérité… » L'esprit de Mevlut remonta le temps jusqu'au mariage de Korkut, en 1978. « La vérité, reprit-il, la voici : j'ai vu cette fille au mariage. J'ai eu le coup de foudre, j'ai succombé à ses yeux. Pendant trois ans, je lui ai écrit des lettres. Et chaque fois, j'ai marqué son prénom en haut de la lettre.

— Oui, tu as vu une fille avec de beaux yeux… Mais tu ne savais même pas encore comment elle s'appelait, s'énerva Süleyman. Et moi, je t'ai donné un nom qui n'était pas le sien.

— Toi, tu es mon cousin, mon ami le plus cher… Pourquoi m'aurais-tu fait une telle méchanceté ?

— Je ne voyais pas cela comme une méchanceté. De toute façon, dans notre jeunesse, on se jouait des tours pendables…

— Autrement dit, tu m'as juste fait une mauvaise plaisanterie…

— Non, dit Süleyman. Pour être tout à fait franc, j'avais par ailleurs la conviction que Rayiha ferait une meilleure épouse pour toi, qu'elle serait plus à même de te rendre heureux.

— Surtout, c'est que si la deuxième fille n'est pas mariée, on ne donne la troisième à personne, dit Mevlut. Et tu avais des vues sur Samiha.

— Oui, je t'ai dupé, avoua Süleyman. Je te demande pardon. Mais regarde mon petit Mevlut, vingt ans ont passé, et aujourd'hui je viens réparer mon erreur.

— Pourquoi est-ce que je devrais te croire maintenant ?

— Arrête, s'insurgea Süleyman, comme s'il était victime d'une injustice. Il n'y a pas de mensonge ou de mauvaise plaisanterie cette fois.

— Pourquoi est-ce que je devrais te faire confiance ?

— Pourquoi ? Parce qu'au moment où tu étais prêt à me donner gratuitement le papier du maire qui te sert de titre de propriété pour la maison de Duttepe afin que je t'arrange l'affaire avec cette fille, moi, je ne l'ai pas pris. Tu t'en souviens ?

— Je m'en souviens, répondit Mevlut.

— Peut-être que tu me tiens pour coupable de ce qui est arrivé à Ferhat. (Il n'avait pas pu dire "de sa mort"). Mais tu te trompes... J'étais en colère contre Ferhat, très en colère... Mais ça s'arrête là. Désirer la mort de quelqu'un, se l'imaginer, c'est une chose. Le tuer pour de bon, le faire assassiner, c'en est une autre.

— Laquelle de ces deux fautes est-elle la plus grave ? demanda Mevlut. Le jour du jugement, est-ce sur nos intentions ou sur nos actes que nous serons jugés par le Très-Haut ?

— Les deux », éluda Süleyman. Mais en voyant l'air sérieux qui se peignait sur le visage de Mevlut, il dit : « Il se peut que j'aie eu de mauvaises pensées, mais au final je n'ai commis aucun mal dans la vie. Il y a beaucoup de gens pleins de bonnes intentions qui font du mal aux autres. Mais ce soir, j'espère que tu es conscient des bonnes intentions qui m'animent. Je suis heureux avec Melahat. Et je souhaite que toi aussi tu sois heureux avec Samiha. Quand on est heureux, on désire également le bonheur des autres. Et puis il y a encore un autre élément. On ne peut pas trouver deux personnes mieux assorties. Si quelqu'un voyait de loin la situation dans laquelle vous êtes, toi et Samiha, il ne manquerait pas de s'exclamer : "Quel dommage, vraiment, mais qu'on se charge de les réunir !" Imagine, tu connais deux personnes, et tu sais que, si tu les réunis, elles seront heureuses jusqu'à la fin de leur vie. Ne pas le faire est un péché. Ce que je fais est une bonne œuvre.

— Ces lettres, je les ai écrites à Rayiha, dit Mevlut avec détermination.

— Comme tu voudras », répondit Süleyman.

14

Nouveaux quartiers,
anciennes connaissances

Est-ce la même chose ?

Depuis le mariage de Fevziye jusqu'à ce jour, une fois par semaine, Sadullah Bey emmenait Mevlut à bord de son taxi Dodge dans l'un de ces nouveaux et lointains quartiers d'Istanbul en plein développement qui suscitaient leur curiosité à tous deux. Mevlut récupérait sa perche et ses bidons dans le coffre et, pendant qu'il vendait de la boza dans des rues où il n'avait jamais exercé de sa vie, Sadullah Bey se promenait un peu dans le quartier, puis il attendait Mevlut dans un café en fumant des cigarettes pour tuer le temps. Parfois, il allait chercher Mevlut chez lui à Tarlabaşı ou au local de l'association à Mecidiyeköy et, le soir, dans la maison de Kadırga, ils mangeaient tous ensemble en famille le repas qu'avait préparé Fevziye. (Désormais, Mevlut aussi prenait un verre de raki de temps en temps.) Vers la fin du journal télévisé, Mevlut sortait faire sa tournée dans les alentours, à Kadırga, Sultanahmet, Kumkapı, Aksaray – dans le vieil Istanbul. Sadullah Bey l'avait emmené non seulement au-delà des remparts mais aussi plusieurs fois vers d'anciens quartiers d'Istanbul comme Edirnekapı, Balat, Fatih, Karagümrük. Mevlut avait mis trois de ces soirées à profit pour se rendre à la loge de Çarşamba, il y avait déposé gratuitement de la boza, puis, comprenant qu'il lui serait impossible d'approcher Son Excellence, il était rapidement sorti pour retrouver Sadullah Bey au café, mais il ne lui avait pas soufflé mot de Son Excellence et de la loge.

Sadullah Bey était un amateur de raki qui faisait dresser une table garnie de mezzés au moins deux ou trois fois par semaine ; il n'avait aucune animosité contre les choses anciennes et sacrées ou contre la religion. Mais si Mevlut lui apprenait qu'il fréquentait un tekké et voyait régulièrement un cheikh soufi, Sadullah Bey pouvait prendre ses distances en se disant que c'était un « bigot » ou, pire, en avoir peur. Par ailleurs, de même que cela s'était produit avec Ferhat, Sadullah Bey pouvait être blessé de voir que, malgré leur amitié qui ne faisait que grandir et qui les amenait peu à peu à parler de tout, Mevlut avait besoin de quelqu'un d'autre pour s'ouvrir de son monde intérieur et de ses problèmes spirituels.

Mevlut trouvait que son amitié avec Sadullah Bey ressemblait à celle qui le liait à Ferhat dans sa jeunesse. Il aimait bien discuter avec lui des choses qui s'étaient passées la journée à l'association, des informations, de ce qu'il avait vu à la télévision. Les soirs où il allait dîner chez lui et où Sadullah Bey le conduisait ensuite avec sa Dodge dans les quartiers excentrés, Mevlut était conscient que cela n'était motivé par rien d'autre que l'amitié, la curiosité et le sens de l'entraide.

Les quartiers à l'extérieur des remparts, qu'on disait « hors de la ville » à l'époque où Mevlut arriva à Istanbul pour la première fois voici trente-trois ans, se ressemblaient tous désormais : mauvais immeubles de huit ou dix étages avec de grandes fenêtres et construits très près les uns des autres ; rues tordues, sinueuses ; chantiers, panneaux publicitaires géants surpassant la taille des espaces d'affichage en centre-ville ; cafés remplis d'hommes les yeux rivés sur la télévision ; bennes à ordures métalliques inaccessibles aux chiens et qui contribuaient, par leur aspect de wagonnets, à l'uniformisation des quartiers ; passages aériens avec des rambardes métalliques, places et cimetières sans arbres, grandes avenues toutes pareilles d'un quartier à l'autre et où personne n'achetait de boza. On trouvait toujours une statue d'Atatürk et une mosquée donnant sur une esplanade ; une agence bancaire de l'Akbank, de l'İş Bankası, une ou deux boutiques de prêt-à-porter, une enseigne Arçelik, un marchand de fruits secs, un supermarché Migros, un magasin de meubles, une pâtisserie, une pharmacie, un marchand de journaux, un restaurant le long de l'artère principale et un passage couvert abritant bijouteries, miroiteries, papeteries, bonneteries, bureaux de change, magasins de photocopie-reprographie... Mevlut aimait bien découvrir la personnalité de ces nouveaux quartiers à travers les yeux de Sadullah Bey. En voiture sur le chemin du retour, il disait : « C'est plein de gens de Sivas et d'Elazığ par ici. » Il disait : « Ce malheureux endroit s'est fait bouffer par la ceinture périphérique, nous ne reviendrons plus. » Il disait : « Tu as vu, dans la rue de derrière, le vieux platane avec le salon de thé en face ? C'est très beau. » Il disait : « Les jeunes m'ont barré la route et m'ont demandé qui j'étais, nous ne reviendrons pas. » Il disait : « Il ont transformé l'ancien corps de ferme en restaurant de kebab. » Il disait : « Ici, les piétons n'ont plus de place à cause des voitures. » Il disait : « Cet endroit est passé aux mains d'une congrégation religieuse mais laquelle, je ne sais. Ils t'ont acheté de la boza ? »

Les gens n'achetaient pas beaucoup de boza. Même s'ils en achetaient, les habitants de ces nouveaux quartiers de banlieue appelaient Mevlut essentiellement parce qu'ils étaient étonnés qu'il existe un vendeur pour cette chose dont ils n'avaient jamais entendu parler ou seulement de loin, parce que les enfants étaient curieux et avaient demandé d'y goûter. Une semaine plus tard, lorsqu'il repassait dans la même rue, on ne le rappelait pas. Mais la ville s'accroissait à une telle vitesse, elle s'étalait et s'enrichissait avec une telle opiniâtreté que même ces maigres gains suffisaient à Mevlut, qui n'avait désormais à pourvoir qu'à ses propres besoins.

Un soir, sur une proposition de Mevlut, Sadullah Bey roula vers le quartier Gazi. Mevlut se rendit à la maison où Ferhat et Samiha avaient habité les dix premières années de leur mariage et où Rayiha, les filles et lui étaient venus en visite huit ans auparavant. Le terrain que Ferhat avait délimité avec des pierres phosphorescentes était toujours vide. Après le décès de Ferhat, ces endroits étaient désormais devenus la propriété de Samiha. Les environs étaient silencieux. Mevlut ne lança pas son cri de « Bo-zaa ! ». Personne n'en achetait par ici.

Un soir où ils s'étaient rendus dans un autre quartier éloigné, on l'appela depuis les étages inférieurs d'un très haut immeuble (quatorze étages) pour lui demander de monter. Pendant que Mevlut leur servait quatre verres de boza dans la cuisine, le mari, la femme et leurs deux petits garçons à lunettes le scrutèrent avec attention. Ils observèrent la façon dont il versait les pois chiches et la cannelle dans les verres. Les enfants y goûtèrent aussitôt.

Mevlut s'apprêtait à sortir quand la maîtresse de maison ouvrit le réfrigérateur et en sortit une bouteille en plastique. « Est-ce la même chose ? » demanda-t-elle.

C'est ainsi que Mevlut découvrit pour la première fois de sa vie de la boza mise en bouteille et vendue par le biais d'une société. Six mois plus tôt, un vieux vendeur ayant pris sa retraite lui avait raconté qu'une ancienne fabrique de boza au bord de la faillite avait été rachetée par une biscuiterie qui avait l'intention de conditionner la boza en bouteilles et de la distribuer dans les épiceries, mais Mevlut n'y avait pas cru. « Personne n'achètera de boza dans une épicerie », s'était-il exclamé en riant, de même que trente ans auparavant son père avait ri en disant : « Personne n'achètera de yaourt à l'épicerie », avant de rapidement perdre son boulot. Mevlut ne put réfréner sa curiosité : « Je peux goûter ? »

La femme versa deux doigts du breuvage blanchâtre dans un verre. Tandis que toute la famille restait à le dévisager, Mevlut goûta la boza en bouteille et fit la grimace.

« On est loin du compte, lança-t-il ensuite avec un sourire. C'est déjà devenu aigre, elle a tourné. Surtout n'en prenez pas.

— Mais cette boza a été produite en machine, sans intervention manuelle, dit l'aîné des petits binoclards. La tienne, c'est toi qui la prépares chez toi de tes propres mains ? »

Mevlut ne répondit pas. Mais cela l'attrista, et sur le chemin du retour il n'évoqua même pas le sujet.

« Qu'est-ce qu'il y a, maître ? » demanda Sadullah Bey. Ce dernier gratifiait Mevlut du titre de « maître » soit par ironie (Mevlut en était conscient), soit par respect envers son talent et sa persistance dans le métier de la boza (Mevlut faisait mine de ne pas remarquer).

« Bah, ce sont des gens à l'esprit étroit, de toute façon, il devrait pleuvoir demain », dit Mevlut pour changer de sujet.

Sadullah Bey savait également parler des questions météo-
rologiques d'une manière agréable et instructive. Assis sur le
siège avant de la Dodge, Mevlut aimait l'écouter et rêvasser en
regardant les lumières des voitures, des fenêtres qui scintillaient
par centaines, par milliers ; la profondeur veloutée de la nuit
stambouliote, les minarets couleur fluo. Maintenant, les voilà qui
filaient à travers les rues où, à une époque, il marchait en peinant
sous la pluie et dans la boue. Et la vie humaine filait de même à
toute allure sur la route du temps.

Mevlut savait que les heures qu'il passait chez Sadullah Bey
étaient les moments les plus heureux de la semaine. Il ne voulait
pas que la maison de Kadırga soit contaminée par les défauts et les
failles de son autre vie. Après le mariage de Fevziye, il vit de semaine
en semaine s'arrondir le ventre de sa fille, de même qu'il avait vu
croître les bébés dans le ventre de la mère de celle-ci, Rayiha. Quand
il s'avéra que c'était un garçon, Mevlut fut très surpris. On avait
beau le savoir d'avance grâce aux échographies, Mevlut s'était persuadé que ce serait une fille et se demandait si Rayiha conviendrait
comme prénom. Après la naissance de l'enfant, en mai, et durant
l'été 2002, il joua beaucoup avec Ibrahim (ils lui avaient donné
le prénom de son grand-père paternel chausseur-cordonnier) et
donna un coup de main à Fevziye, requise par les couches à changer (Mevlut regardait avec fierté le zizi de son petit-fils) et les purées
à préparer.

Parfois, il aurait aimé voir plus clairement que sa fille, qui
lui rappelait Rayiha, était heureuse. Cela le gênait grandement
qu'ils demandent à Fevziye, qui venait d'accoucher d'un petit
garçon, de préparer la table de raki et qu'elle fasse le service
sans rechigner, l'air content, en gardant une oreille tendue vers
la pièce où dormait le bébé. Mais Rayiha aussi s'occupait de tout
et s'activait ainsi dans la maison. Finalement, Fevziye avait quitté
le foyer paternel pour s'installer chez Sadullah Bey et son fils, et
elle y faisait la même chose. Mais ici, c'était aussi chez Mevlut.
Sadullah Bey le lui répétait tout le temps, d'ailleurs.

Un jour, alors que Fevziye et lui étaient seuls et qu'elle regardait distraitement le prunier du jardin derrière la maison d'à
côté, Mevlut lui demanda : « Ce sont de bonnes gens... Tu es
heureuse, ma fille ? »

La vieille pendule tictaquait au mur. Fevziye se contenta de sourire, comme s'il s'agissait non pas d'une question mais d'une simple approbation.

Lors de sa visite suivante à la maison de Kadırga, Mevlut éprouva un instant le même sentiment de sincère proximité. Au moment où il s'apprêtait à poser une nouvelle question à Fevziye sur son bonheur, des mots tout différents franchirent ses lèvres.

« Je suis très seul, très seul.

— Ma tante Samiha aussi est seule », répondit Fevziye.

Mevlut lui relata la visite de Süleyman et la longue conversation qu'ils avaient eue entre eux. Jamais il n'avait ouvertement parlé à Fevziye de l'histoire des lettres (avaient-elles été écrites à sa mère ? À sa tante ?) mais, pour lui, il ne faisait pas l'ombre d'un doute que Samiha avait évoqué le sujet avec chacune de ses deux filles. (Qu'avaient-elles bien pu penser en apprenant qu'en réalité leur père avait initialement des visées sur leur tante ?) Mevlut fut soulagé de voir que Fevziye ne s'appesantissait pas sur les détails concernant la façon dont Süleyman l'avait trahi des années plus tôt. Et comme elle devait parfois s'éclipser dans la pièce d'à côté pour s'occuper du bébé, il fallut beaucoup de temps à Mevlut pour faire son récit.

« Qu'as-tu dit à Süleyman finalement ? demanda Fevziye.

— J'ai dit que j'avais écrit ces lettres à Rayiha. Mais après coup, je me suis demandé si je n'avais pas blessé ta tante Samiha à cause de ces paroles.

— Non papa, jamais ma tante ne se fâcherait contre toi parce que tu dis la vérité. Elle te comprend.

— Si tu la vois, dis-lui quand même ceci : "Mon père s'excuse."

— Ce sera fait », répondit Fevziye, avec un regard laissant entendre qu'elle voyait bien que ce n'était pas une simple question d'excuses.

Samiha avait pardonné à Fevziye qu'elle se sauve avec quelqu'un sans même lui demander conseil. Mevlut savait qu'elle venait de temps à autre à Kadırga pour voir le bébé. Ce sujet ne fut plus abordé ni ce jour ni lors de la nouvelle visite de Mevlut trois jours plus tard. Le constat que Fevziye était dans de bonnes dispositions d'esprit et encline à jouer les intermédiaires lui avait redonné espoir, mais il ne voulait pas se faire insistant et commettre d'impair.

Il était content aussi de sa vie à l'association. Le nombre de ceux qui demandaient à disposer du local certains jours et à certaines heures pour des activités aussi variées que soirées du henné, modestes fêtes de fiançailles (l'appartement étant trop petit pour les mariages), soirées *mantı*, soirées lectures du Coran ou repas de rupture du jeûne, avait augmenté. Du fait de la prééminence des riches villageois de Göçük, les gens issus de tous les autres villages de la circonscription s'étaient mis à fréquenter l'association de façon plus assidue, et à payer leurs cotisations. Les personnes originaires de villages plus pauvres dont le nom ne lui disait pas grand-chose (Nohut, Yören, Çiftekavaklar) et situés à huit ou dix kilomètres de Cennetpınar venaient aussi à l'association désormais ; avec zèle, ils faisaient construire un panneau d'affichage concernant leur village et demandaient à Mevlut l'autorisation de l'accrocher quelque part. Mevlut y ordonnait les publicités et dépliants de compagnies d'autocars, les annonces pour les fêtes de mariage, de circoncision, et les photos de villages. Cela lui plaisait de retrouver des marchands de yaourt, des vendeurs ambulants de sa génération, ou d'anciens camarades de classe.

Les plus riches, c'étaient les légendaires frères Béton, Abdullah et Nurullah, du village d'Imrenler : ils venaient peu à l'association mais donnaient beaucoup d'argent. Korkut avait dit qu'ils faisaient étudier leurs fils en Amérique. On racontait que comme ils avaient employé la majeure partie de ce qu'ils gagnaient en tant que seuls marchands de yaourt auprès des grands restaurants et des snacks de Beyoğlu dans l'achat de terrains, ils étaient maintenant pleins aux as.

Parmi ceux qui investissaient dans des terrains ce que leur rapportait la vente de yaourt, deux familles de Çiftekavaklar avaient appris le métier du bâtiment à force de construire leurs propres maisons et d'ajouter des étages à ces maisons, et s'étaient enrichies en réalisant des constructions pour des connaissances venant du village sur les terrains qu'ils avaient délimités à Duttepe, à Kültepe et sur d'autres collines. Il y avait beaucoup de personnes venues à Istanbul des villages environnants, qui avaient commencé à travailler comme ouvriers sur ces chantiers, comme maçons, commis, concierges ou gardiens. Dans l'enfance de Mevlut, certains des élèves que du jour au lendemain on ne voyait plus dans la classe parce qu'ils avaient commencé à travailler comme apprentis étaient aujourd'hui devenus réparateurs, carrossiers et chaudronniers. Ils n'étaient pas riches mais leur situation était meilleure que celle de Mevlut. Leur souci était de faire faire de bonnes études à leurs enfants.

Comme les nombreuses personnes qu'il connaissait depuis ses années d'enfance avaient pour plus de la moitié déménagé de Duttepe vers d'autres quartiers éloignés, elles ne venaient pas à l'association mais parfois, lorsqu'elles trouvaient quelqu'un qui avait une voiture, elles venaient aux matchs de foot ou aux pique-niques. Le garçon de son âge que Mevlut avait vu dans son enfance dans les rues avec son père brocanteur et leur voiture à cheval était du village de Höyük, il était toujours passablement pauvre et Mevlut ne connaissait toujours pas son nom. Certains avaient tellement changé au cours de ces trente-cinq dernières années, soit prématurément usés, en grossissant et prenant du volume, en se voûtant, perdant leurs cheveux, tandis que leur visage prenait de tout autres expressions (affaissement du bas du visage, yeux rétrécis, grossissement du nez et des oreilles), que Mevlut n'arrivait pas à les reconnaître et qu'ils se présentaient humblement. Mevlut constatait que la majorité de cette foule n'était pas plus riche que lui mais il sentait que, du fait que leur femme était toujours de ce monde, ils étaient plus heureux que lui. S'il se remariait, Mevlut pourrait même être plus heureux qu'eux.

Lorsqu'il se rendit à Kadırga la fois suivante, Mevlut comprit aussitôt au visage de sa fille qu'elle avait du nouveau. Fevziye avait vu sa tante. Samiha n'avait pas été informée de la visite que Süleyman avait rendue à Mevlut trois semaines plus tôt. C'est la raison pour laquelle Samiha n'avait même pas compris de quoi il était question quand Fevziye lui dit que son père s'excusait. En comprenant, elle se fâcha à la fois contre Mevlut et contre Fevziye. De même que Samiha ne demanderait jamais d'aide à Süleyman, elle n'avait pas pensé une seule fois à une telle chose.

Mevlut voyait les regards attentifs et peinés de sa fille jouant les intermédiaires.

« Nous n'aurions pas dû, dit-il tristement.

— Oui », approuva sa fille.

Le sujet ne fut plus abordé une longue période durant entre le père et la fille. Alors que Mevlut essayait de comprendre ce qu'il fallait faire dorénavant, il s'avoua qu'il y avait aussi un problème de maison. Il se sentait aussi étranger dans le quartier de Tarlabaşı qu'il se sentait seul chez lui. Il voyait que ces rues dans lesquelles il vivait depuis vingt-quatre ans se transformeraient bientôt inévitablement en un autre pays et il savait que le futur n'aurait pas sa place à Tarlabaşı.

Quand Mevlut avait entendu dire pour la première fois, dans les années 1980, au moment où l'on perçait le boulevard Tarlabaşı, que ce quartier fait de rues tortueuses et d'immeubles centenaires en voie de délabrement pourrait devenir un secteur historique avec de la valeur, il n'y avait pas cru. À cette époque, seule une poignée d'étudiants et d'architectes de gauche contestant la percée d'un boulevard à six voies tenaient de tels propos. Par la suite, hommes politiques et entrepreneurs du bâtiment commencèrent aussi à le dire : Tarlabaşı était un joyau de grande valeur qu'il fallait préserver. Il courait beaucoup de rumeurs selon lesquelles on y ferait des hôtels, des centres commerciaux, des lieux de distraction, des gratte-ciel.

Mevlut n'avait jamais eu l'impression en réalité que cet endroit lui appartenait, mais ces dernières années les rues avaient changé et ce sentiment s'était accru. Après que ses filles se furent mariées, Mevlut s'était coupé de la fréquentation des femmes du quartier. Les anciens artisans menuisiers, ferronniers, garagistes formés au métier par les Grecs et les Arméniens ; les patrons d'échoppe, les familles prêtes à faire n'importe quel boulot pour se maintenir en ville, et pour finir les syriaques, tous étaient partis, cédant la place aux vendeurs de drogue, aux migrants qui squattaient des immeubles à l'abandon, aux sans-abri, aux brigands et aux souteneurs. « Ils sont surtout dans les quartiers du haut, du côté de Beyoğlu », répondait Mevlut à ceux qui, dans un autre coin de la ville, lui demandaient comment il supportait encore de vivre dans ces rues. Une nuit, un jeune garçon bien habillé avait soudain surgi devant Mevlut, et il lui avait demandé avec insistance : « Tonton, t'as du sucre ? » Le sucre était un des noms bien connus pour la drogue. Les dealers qui descendaient vers le bas du quartier, jusque dans sa rue, lors des descentes de police, les revendeurs qui cachaient leurs paquets de came derrière les jantes des voitures en stationnement, les travestis baraqués à perruque qui travaillaient dans les bordels à proximité de Beyoğlu, Mevlut les reconnaissait au premier coup d'œil, même lorsqu'il faisait nuit noire.

À Beyoğlu et à Tarlabaşı, il y avait toujours eu des bandes pour protéger ce genre de sombres et lucratifs micmacs. Mais à présent, les bandes originaires de Mardin et de Diyarbakır se tiraient dessus dans les rues pour préserver leur part du marché. Mevlut pensait que Ferhat avait été victime d'une guerre entre deux bandes rivales. Une fois, il avait vu les lieutenants de Cezmi de Cizre, le plus célèbre de tous ces caïds et de ces gangsters, traverser le quartier avec une foule de gamins excités et enthousiastes dans son sillage, tel un cortège de fête.

Ces nouveaux venus qui étendaient leurs chemises et leurs caleçons d'immeuble en immeuble et qui transformaient les rues du quartier en une immense laverie à ciel ouvert donnaient à Mevlut le sentiment de ne plus appartenir à ces lieux. Autrefois, il n'y avait pas autant de carrioles de vendeur à Tarlabaşı. Mevlut n'aimait pas ces nouveaux vendeurs. Il sentait que les types à moitié délinquants qu'il appelait ses « propriétaires » (et qui changeaient tous les cinq ou six ans) pourraient tout à coup se retirer de l'affaire comme cela s'était déjà produit ces deux dernières années, et céder l'immeuble où il habitait à des agents immobiliers, à des spéculateurs, des investisseurs désireux de faire des hôtels ou bien à d'autres gangs. Ou alors, il voyait qu'il n'arriverait plus à payer son loyer qui augmentait constamment. Ce quartier dont personne ne s'était soucié de longues années durant était devenu un point où se focalisaient tout le mal-être de la ville et un profond désir de destruction. Deux immeubles plus bas, une famille iranienne occupait le deuxième étage d'une maison. Un logement qu'ils louaient de façon temporaire, le temps d'obtenir leurs visas du consulat et d'émigrer aux États-Unis. La nuit du tremblement de terre survenu trois ans plus tôt, alors que tout le monde bondissait avec effroi hors de chez soi pour se précipiter dans les rues, Mevlut avait été stupéfait de voir que le gourbi des Iraniens abritait bien une vingtaine de personnes. Désormais, il s'habituait à l'idée que Tarlabaşı était un lieu de séjour temporaire pour des gens transitant d'un endroit à un autre.

Où irait-il dorénavant ? Il y pensait beaucoup, parfois de façon claire et rationnelle, parfois en rêve et en imagination. S'il louait un appartement à Kadırga dans le quartier de Sadullah Bey, il se rapprocherait de Fevziye et se sentirait moins seul. Mais Samiha voudrait-elle habiter dans ce secteur-là ? De plus, même là-bas, les loyers étaient élevés ; personne ne l'invitait à y aller et c'était loin de l'association dont il s'occupait à Mecidiyeköy.

Pour être à proximité de l'association, il fallait qu'il trouve quelque chose dans les parages de Mecidiyeköy. Naturellement, le meilleur endroit, c'était la maison où il avait passé son enfance avec son père, à Kültepe. C'est ainsi que lui vint pour la première fois l'idée qu'il pourrait s'installer dans sa propre maison après en avoir fait sortir, avec l'aide de Süleyman, le locataire qui l'occupait. À plusieurs reprises, il s'imagina y vivre avec Samiha.

À cette période, à l'occasion d'un match entre villages qu'organisait et auquel participait l'association, Mevlut vécut quelque chose qui le rendit très heureux et qui lui donna du courage pour chercher à nouveau Samiha.

Dans son enfance au village, Mevlut n'avait pas vraiment joué au football, autant par manque de goût que par manque de talent. En effet, le ballon partait rarement dans la direction où Mevlut pensait tirer et les autres ne voulaient pas de lui dans leur équipe. Pendant ses premières années à Istanbul, comme il n'avait ni le temps, ni l'envie ni même une deuxième paire de chaussures, il n'avait pas rejoint les jeunes qui jouaient dans les terrains vagues, et s'il regardait le foot à la télé, c'est parce que tout le monde le faisait. Et c'est parce que tout le monde assistait aux derniers matchs du tournoi organisé par l'association, un tournoi visant à rassembler les ressortissants de leur région et d'une grande importance pour Korkut, que Mevlut aussi y était.

C'est en voyant la foule que Mevlut prit conscience qu'il y avait des tribunes de chaque côté du stade entouré d'un grillage. Il éprouva le même émoi que s'il arrivait juste à temps pour un mariage auquel étaient conviés tous les gens qu'il connaisssait, mais il s'assit sans rien dire dans un coin.

La rencontre opposait Gümüşdere et Çiftekavaklar. Les jeunes de Çiftekavaklar prenaient le match au sérieux et, même si certains étaient en pantalon, ils portaient tous un maillot de la même couleur. Quant aux joueurs de Gümüşdere, c'était pour la plupart des adultes, et ils étaient venus en tenue décontractée. Mevlut reconnut parmi eux un marchand de yaourt à la retraite de la génération de son père, bossu et ventru (chaque fois qu'il tapait dans le ballon, la moitié des tribunes l'applaudissait en riant) et son fils apparemment très désireux de se donner en spectacle. Deux personnes que Mevlut croisait dans les rues où ils vendaient ensemble du yaourt, à Duttepe mais aussi dans les mariages (celui de Korkut, le sien, celui de Süleyman, et celui de beaucoup d'autres gens et de leurs rejetons). Arrivé comme lui voilà trente-cinq ans à Istanbul pour y travailler comme marchand de yaourt et suivre sa scolarité (il était allé jusqu'au lycée), le fils avait maintenant deux camionnettes avec lesquelles il livrait olives et fromages aux épiceries, deux filles et deux garçons qui l'encourageaient de leurs applaudissements, une épouse teinte en blonde et portant le voile qui s'était levée de sa place à la mi-temps pour lui tendre des mouchoirs en papier afin qu'il éponge la sueur de son front, et, comme Mevlut le verrait plus tard en sortant du stade, une voiture Murat dernier modèle.

Mevlut comprit pourquoi les terrains de sport couverts d'un gazon synthétique et éclairés la nuit s'étaient rapidement répandus en ville, en grignotant tous les terrains vagues, les aires de parking et les friches : même si le rire était un peu forcé, le football de quartier pour adultes était très amusant. Le plus grisant pour les spectateurs, c'était d'imiter les matchs de foot vus à la télévision. La foule criait sans cesse à l'arbitre de sanctionner les fautes (« Sors-le, sors-le ! »), de donner des cartons rouges ou de siffler des penalties. Lorsqu'un but était marqué, tout le monde se mettait à hurler, à s'embrasser, les joueurs qui avaient marqué se congratulaient longuement, les spectateurs clamaient sans arrêt des slogans et, de temps en temps, certains appelaient leur joueur préféré avec des « Par ici, par ici… » pour qu'il s'approche des tribunes.

À un moment où il était passablement pris par le jeu, Mevlut entendit son nom et il eut du mal à y croire : tout le stade avait repéré le gérant-préposé aux réchauds à thé de l'association et, tous en chœur, les gens scandaient son nom en tapant des mains : « Mevlut par ici… Mevlut, Mevlut ! » Il se leva, leur adressa quelques gestes mal assurés, puis soudain il s'inclina légèrement vers l'avant pour saluer l'assemblée comme les vrais footballeurs de la télé. Un « Hourra ! » général s'éleva. On acclama encore son nom. L'ovation se termina sous une pluie d'applaudissements. Mevlut se rassit, ébahi. Il en avait presque les larmes aux yeux.

15

Mevlut et Samiha

Les lettres, c'est à toi que je les ai écrites

La démonstration générale d'affection dont il avait été l'objet au tournoi de l'association apporta à Mevlut un regain de bonheur et d'optimisme. Lorsqu'il retourna voir sa fille Fevziye, il se montra pressant et déterminé.

« Je vais aller à Duttepe, et parler directement avec ta tante. Je lui demanderai pardon de lui avoir brisé le cœur à cause de la stupidité de Süleyman. Mais ça ne peut pas se faire chez tes oncles. Ta tante Samiha ne sort-elle jamais de la maison ? »

Fevziye lui dit que sa tante Samiha descendait certains jours à midi dans le centre-ville de Duttepe.

« Cette démarche est-elle une bonne chose ? demanda Mevlut. Dois-je aller parler à ta tante, est-ce que tu le souhaites ?

— Vas-y, ce serait bien.

— Ce n'est pas manquer de respect à ta défunte mère, n'est-ce pas ?

— Papa, tu ne peux pas rester tout seul, tu n'y arriveras pas », dit Fevziye.

Mevlut commença à aller à Duttepe et à faire les prières de midi dans la mosquée de Hadji Hamit Vural. Très peu de jeunes la fréquentaient en dehors du vendredi. La foule des anciens vendeurs ambulants, artisans du bâtiment ou mécaniciens à la retraite de la génération de son père arrivaient bien avant l'heure de la prière et, lorsqu'ils en ressortaient, ils partaient tous ensemble d'un pas lent, en discutant entre eux, et ils se rendaient au café situé dans un passage en contrebas de la mosquée. Certains avaient la barbe, une calotte verte sur la tête et une canne. Comme Mevlut ne pouvait se cacher à lui-même que la raison essentielle pour laquelle il venait faire sa prière de midi, c'était en réalité l'espoir de rencontrer Samiha au marché, il laissait flâner son esprit qui se fixait sur des détails comme les chuchotis des vieillards, le silence qui régnait dans la mosquée, l'aspect déjà vieilli des tapis, et il avait l'impression de ne pas être sincère pendant l'oraison. Comment se faisait-il qu'un fidèle puisse manquer de sincérité dans la prière alors qu'il croyait tant en la force et en la tendresse de Dieu, qu'il éprouvait un tel besoin de chercher refuge auprès de Lui ? Que devait-on faire si, malgré la pureté de son cœur et de ses intentions, on ne parvenait pas à être soi-même alors qu'on était en présence de Dieu ? Il projeta de poser ces questions à Son Excellence, il s'employa même à imaginer quelle réponse il lui ferait.

« Dieu connaît ce qu'il y a dans les cœurs, dirait Son Excellence devant un auditoire attentif. Et comme vous savez qu'Il le sait, vous aspirez à l'unité entre l'intérieur et l'extérieur de vous. »

Une fois sorti de la mosquée, il tuait le temps sur la place sur laquelle donnaient les premiers cafés, la brocante, la première épicerie et l'arrêt des premières lignes de bus qui s'étaient ouvertes trente ans plus tôt à Duttepe. Il n'y avait plus de différence entre ce quartier et d'autres endroits d'Istanbul. Tout n'était plus que béton, publicités, banques et restaurants de kebab. Les trois fois où il était venu à Duttepe, Mevlut n'y avait pas croisé Samiha. Il se disait qu'il n'en dirait rien à Fevziye quand, un jour, il aperçut Samiha devant la boulangerie des Vural.

Il s'arrêta et, changeant de direction, il prit le passage audessous de la mosquée. Non, il s'était trompé. Cette femme n'était pas pour lui.

Mevlut entra dans le café situé au fond du passage, tout le monde regardait la télévision. Il ressortit aussi vite qu'il était entré. S'il remontait à l'étage du dessus, s'il passait par la porte de derrière et traversait la cour de la mosquée, il pourrait se rendre à l'association sans être vu par Samiha.

Il se sentit envahi par un profond remords. Allait-il passer le restant de sa vie tout seul ? Cependant, il ne voulait pas rebrousser chemin. Pour le trajet du retour, il gravit les escaliers jusqu'au deuxième étage.

En entrant dans la cour de la mosquée Hadji Hamit Vural, il se retrouva nez à nez avec Samiha. De même que cela s'était produit au mariage de Korkut, ils échangèrent un bref regard, à deux pas de distance. C'étaient bien les yeux qu'il avait vus à cette époque. C'est pour ces yeux noirs qu'il avait écrit les lettres, pour ces yeux qu'il s'était servi de manuels et de dictionnaires. C'est la raison pour laquelle il sentait une proximité intellectuelle avec Samiha, mais, en tant que personne, elle lui était étrangère.

« Mevlut Ağbi, tu viens jusqu'ici mais tu ne montes jamais nous voir, tu ne donnes jamais de nouvelles, lui lança-t-elle hardiment.

— D'accord, je viendrai, dit Mevlut. Mais une chose encore. Demain, pour le déjeuner, viens à midi à la pâtisserie Konak.

— Pourquoi ?

— Si nous parlons ici devant tout le monde... ça va faire jaser. Tu comprends ?

— Je comprends. »

Ils se quittèrent en se saluant maladroitement de loin, mais le contentement d'avoir pu convenir de ce rendez-vous se lisait sur leur visage. Si Mevlut ne laissait pas échapper de propos malheureux, s'il ne commettait aucune maladresse, leur rencontre chez le pâtissier-traiteur se passerait bien. Mevlut avait déjà vu beaucoup de couples discuter autour d'un repas chez Konak. Eux aussi passeraient pour mari et femme. Autrement dit, ce n'était pas la peine de s'inquiéter.

Mevlut ne parvint pourtant pas à fermer l'œil de la nuit. Oui, Samiha était encore très belle malgré ses trente-six ans, mais Mevlut sentait qu'il ne la connaissait pas. Il l'avait très peu vue en dehors de quelques visites, de quelques croisements de regards par miroir interposé à l'époque de la Boza des Beaux-Frères (Mevlut lui tournait constamment le dos), des jours de mariages et de fêtes du Sacrifice, et il savait que, jusqu'à la fin de sa vie, il ne pourrait pas être aussi proche d'une autre qu'il l'avait été de Rayiha. Il avait vécu quinze ans durant côte à côte avec elle. Même lorsqu'ils n'étaient pas ensemble toute la journée, ils étaient ensemble. Seuls l'amour et la jeunesse rendaient possible une telle proximité. Pourquoi se rendre au rendez-vous de demain dans ce cas ?

Le lendemain matin, il se rasa de près. Il mit celle de ses chemises blanches qui était la plus neuve et sa plus belle veste. À midi moins le quart, il entra dans la pâtisserie. La pâtisserie Konak était un grand établissement sur la place de Şişli, à quelques pas des arrêts de bus et de minibus, dans le prolongement de la mairie de Şişli et du palais de justice. Outre les blancs-mangers, les gâteaux, les petits-déjeuners et les œufs au plat, on y servait de la soupe de lentilles, des *börek* au fromage, du riz à la tomate et, plus important encore, du *döner*. Quand les gens de Kültepe, Duttepe et d'autres collines descendaient pour prendre leurs bus, leur minibus en correspondance ou bien vaquaient à leurs affaires à Şişli, hommes, femmes et enfants aimaient s'arrêter chez Konak et faire un brin de causette, en contemplant le portrait d'Atatürk et les miroirs qui couvraient les murs. Comme la grosse affluence du midi n'avait pas encore commencé, Mevlut trouva comme espéré un coin à l'abri du bruit et des regards. De là où il était assis, il prenait plaisir à observer le ballet empressé des serveurs, les gestes rapides du caissier et à l'idée que, bientôt, il verrait entrer et approcher Samiha, il fut gagné par le trac.

Tout à coup, il découvrit Samiha devant lui. Il devint tout rouge et eut un geste maladroit. La bouteille d'eau en plastique qu'il avait renversée n'avait laissé échapper qu'un tout petit peu d'eau et la situation fut vite rattrapée. Cela les fit rire. Ils commandèrent deux assiettes de riz pilaf au *döner*.

Jamais il ne leur était arrivé d'être assis sérieusement de la sorte l'un en face de l'autre. Mevlut regarda pour la première fois de près, très longuement, les yeux noirs de Samiha. Elle sortit une cigarette de son sac, l'alluma avec son briquet et souffla la fumée à droite de Mevlut. Qu'elle fume, ou même qu'elle boive de l'alcool, toute seule dans sa chambre, Mevlut pouvait s'en douter. Mais là, en public, alors qu'elle était assise en compagnie d'un homme dans un restaurant bondé, c'était autre chose. Mevlut eut l'esprit à la fois troublé par un léger vertige et traversé par une remarque qui risquait d'envenimer la relation : Rayiha n'aurait jamais fait ça.

Mevlut parla de son entrevue avec Süleyman, des propos que lui avait rapportés Fevziye, et il s'excusa pour la confusion. Süleyman avait de nouveau semé le trouble, avec une sottise dont il s'était fait un devoir...

« Non, pas exactement », intervint Samiha. Elle parla de Süleyman, de ses mauvaises intentions, de sa stupidité ; elle s'étendit sur le sujet, elle évoqua même l'assassinat de Ferhat. Mevlut lui dit qu'il percevait en elle une haine de Süleyman qu'il vaudrait mieux laisser derrière soi désormais.

Cette réflexion de Mevlut ne fit qu'ajouter à son agacement. Tandis qu'elle piochait dans son assiette de riz au *döner*, elle reposait de temps à autre sa fourchette, elle allumait à nouveau une cigarette. Mevlut ne l'aurait jamais imaginée si nerveuse et si inquiète. Il comprit que si leurs projets de vie commune se concrétisaient comme une chose faite contre Süleyman, Samiha en serait ravie.

« À la fin de ta soirée de mariage, tu ne m'as vraiment pas reconnue ou tu as joué la comédie ? demanda Samiha.

— J'ai fait semblant de ne pas te reconnaître pour ne pas faire de peine à Rayiha », répondit Mevlut, en se rappelant la noce qui s'était tenue vingt ans plus tôt. Il n'aurait su dire si Samiha crut à son mensonge ou non. Ils se turent un instant et mangèrent leur plat en écoutant le brouhaha du restaurant qui commençait à se remplir.

« Les lettres, tu les as écrites à moi ou à ma sœur ? demanda ensuite Samiha.

— Je te les ai écrites à toi. »

Il crut voir une expression de contentement se peindre sur le visage de Samiha. Ils restèrent un long moment sans parler. Samiha était encore tendue, mais Mevlut sentait que c'était suffisant pour ce premier rendez-vous, et qu'ils s'étaient dit l'essentiel : il aborda d'une manière élusive la question du vieillissement, de la solitude, l'importance d'un compagnon de vie.

Alors que Samiha l'écoutait attentivement, elle l'interrompit soudain :

« C'est à moi que tu écrivais les lettres mais, pendant des années, tu as prétendu les avoir écrites à Rayiha. Les autres avaient beau savoir que c'est à moi que tu les écrivais, ils ont tous fait comme s'ils y croyaient. Maintenant aussi ils feront mine de te croire quand tu diras que c'était à moi que tu les adressais.

— C'est la vérité, c'est à toi que j'écrivais, dit Mevlut. Nos regards se sont croisés au mariage de Korkut. Pendant trois ans, je t'ai envoyé des lettres qui parlaient de tes yeux. Süleyman m'a dupé, et le prénom que j'ai écrit sur ces lettres était non pas le tien mais celui de Rayiha. Ensuite, Rayiha et moi avons été heureux, tu le sais. À présent, nous pouvons aussi être heureux toi et moi.

— Je me fiche de ce que disent les autres... Mais je veux que tu me dises en toute sincérité une dernière fois que c'est à moi que tu écrivais ces lettres, dit Samiha. Sinon, je ne t'épouse pas.

— Ces lettres, je les ai écrites pour toi avec amour », dit Mevlut. Et tandis qu'il prononçait ces mots, il comprit combien il était difficile de dire en toute franchise la vérité.

16

La Maison

Nous étions très précautionneux

Samiha. La maison était un ancien *gecekondu*. Rien de neuf n'y avait été ajouté depuis l'époque où Mevlut y habitait avec son père. Mevlut m'en a longuement entretenue lors de notre deuxième rendez-vous chez Konak. Tandis qu'il me parlait de cette habitation que je n'avais jamais vue, le mot « maison » avait dans sa bouche la même coloration affectueuse que lorsqu'il était employé par son père.

C'est au cours de cette deuxième rencontre chez Konak que nous avons pris la décision de nous marier et de vivre dans la maison de Kültepe. Il serait difficile en effet de donner congé aux locataires de mon appartement de Çukurcuma et, ces loyers, nous en avions besoin. Tout semblait tourner autour d'une question d'immobilier et de logement. Mevlut me disait quelques gentilles paroles de temps en temps, mais ce sont des choses qu'il n'est pas nécessaire que vous sachiez. Moi aussi j'aimais beaucoup Rayiha. Nous étions très précautionneux et les choses avançaient lentement.

Si nous n'avions pas de loyer à payer pour notre logement, nous pouvions vivre à notre aise avec les revenus locatifs des deux appartements de Çukurcuma que j'avais hérités de Ferhat. Mevlut avait aussi des revenus de son côté. Tout cela, nous en avons discuté lors de notre deuxième rendez-vous, autour d'un riz pilaf au poulet cette fois. Mevlut était détendu, à vrai dire un peu timide et ombrageux parfois. Je ne dis pas cela comme une critique, au contraire, cela me plaisait.

Fevziye a été la première informée de nos rencontres. Son mari et Sadullah Bey le surent avant les Aktaş. Mevlut, Fevziye avec son petit Ibrahim dans les bras et moi, nous sommes allés faire un tour au bord du Bosphore dans la voiture de Sadullah Bey. Sur le chemin du retour, Mevlut riait à la vue des gens qui nous hélaient en pensant que notre taxi cherchait des clients et qui se précipitaient vers la voiture. « Vous ne voyez pas que le taxi est plein ? » leur lançait-il joyeusement depuis le siège avant.

Mevlut voulait appeler Süleyman au plus vite pour lui demander de faire partir le locataire de Kültepe, mais, comme je voulais être la première à mettre la famille de Duttepe au courant, je l'ai fait patienter. Vediha a très bien accueilli la nouvelle. Ma chère sœur m'a serrée dans ses bras et embrassée. Mais tout de suite après, elle m'a vraiment énervée quand elle m'a dit que c'était une chose que tout le monde souhaitait. Je voulais me marier avec Mevlut contre l'avis de tout le monde, sûrement pas avec l'assentiment général.

Mevlut désirait en fait aller voir les Aktaş et annoncer lui-même la nouvelle à Süleyman et Korkut. Mais je l'ai mis en garde : s'il montait la chose en épingle et transformait cette visite en cérémonie, Süleyman et Korkut pouvaient croire qu'on demandait leur autorisation pour nous marier, et cela me contrariait.

« Et alors, disait Mevlut quand je lui faisais part de mes inquiétudes. Qu'ils pensent donc ce qu'ils veulent. Et nous, occupons-nous de ce que nous avons à faire. »

Mevlut annonça la nouvelle à Süleyman par téléphone mais ce dernier avait de toute façon déjà tout entendu de la bouche de Vediha. Le type originaire de Rize qui occupait la maison de Mevlut depuis des lustres refusa de quitter les lieux sur-le-champ. L'avocat que Süleyman avait consulté leur rappela que pour déloger un locataire installé sans contrat de location dans un logement sans titre de propriété, il faudrait de longues années de bataille judiciaire. Un homme de main envoyé par l'aîné des fils Vural, un caïd connu pour sa violence et sa cruauté, avait discuté avec le locataire de Rize et réussi à en obtenir un document estampillé par un notaire par lequel il s'engageait à quitter les lieux dans les trois mois. Le mariage était donc reporté de trois mois, ce qui suscita chez Mevlut un sentiment à la fois d'impatience et de soulagement. Tout allait très vite. Mevlut pressentait qu'un événement embarrassant allait finir par se produire. Parfois, il imaginait que les gens le blâmeraient et s'exclameraient « Pauvre Rayiha ! » en apprenant qu'il allait épouser Samiha. Naturellement, les mauvaises langues ne s'en tiendraient pas aux vitupérations, elles remettraient à nouveau sur le tapis cette histoire de lettres que le décès de Rayiha tendait à faire oublier. « Ces fameuses lettres, vous savez bien, mais si... il les avait écrites à la petite sœur, et après il s'est marié avec la grande. »

À la façon dont Samiha avait tout de suite abordé la question du mariage, à son attitude rationnelle et déterminée, Mevlut avait compris que, avant la légalisation de leur union, il ne pourrait pas sortir avec elle au café, au cinéma ni même au restaurant à l'heure du déjeuner. C'est la déception qu'il en éprouva qui l'amena à se rendre compte que, quelque part en lui, il avait nourri ce genre d'espérances. D'autre part, les discussions et les négociations au sujet du mariage, les stratagèmes pour se voir en évitant que cela ne génère des commérages, le fait de ne pas exactement savoir jusqu'où pousser la courtoisie ni quelle était la limite des dépenses autorisées, quels étaient les mensonges de bon aloi... tout cela fatiguait tellement Mevlut qu'il en vint à penser que le mariage arrangé était somme toute beaucoup plus confortable.

Samiha et lui ne pouvaient se voir qu'une fois toutes les deux semaines, les après-midi où elle était en visite chez Sadullah Bey. Ils ne se disaient pas grand-chose. Et malgré tous les efforts de Fevziye pour les rapprocher, Mevlut ne pouvait que constater qu'il lui serait impossible d'avoir une relation amicale avec Samiha avant le mariage.

Quand le locataire de Kültepe libéra la maison en septembre 2002, Mevlut se réjouit de l'occasion qui lui était ainsi donnée de préparer un terrain favorable au développement d'une amitié avec Samiha. Elle monta à pied de Duttepe à Kültepe, en passant par des routes étroites et sinueuses, et visita avec Mevlut sa maison d'enfance.

Cette maison dont il lui avait parlé avec tant de détails et d'émotion lors de leurs rencontres au restaurant-traiteur était une baraque de bidonville d'une seule pièce, presque une ruine. Le sol était en terre battue, inchangé depuis trente-trois ans. Il y avait des toilettes attenantes à la pièce unique, avec un trou au milieu. Par la lucarne, on entendait le bruit des camions qui circulaient de nuit sur la route périphérique. Le poêle d'autrefois était toujours là, mais on lui avait adjoint un radiateur électrique. Mevlut ne découvrit pas de branchements électriques frauduleux mais il savait d'expérience que dans un quartier comme Kültepe, personne ne prendrait de radiateur électrique sans pirater le compteur. La table bancale à laquelle il s'installait pour faire ses devoirs le soir avec la peur des djinns était toujours à sa place, de même que le sommier. Mevlut retrouva même les casseroles avec lesquelles il préparait la soupe et le café trente-trois ans auparavant. Durant toute cette période, personne n'avait acheté quoi que ce soit de neuf pour la maison, pas plus les locataires que lui ou son père.

Or, l'environnement s'était transformé de fond en comble. La colline boueuse et chauve à son sommet s'était couverte de constructions en béton de trois ou quatre étages. Les routes en terre, dont le percement remontait pour certaines à 1969, étaient désormais toutes asphaltées. D'anciennes bâtisses de bidonvilles hébergeaient à présent cabinets d'avocats, d'architectes et d'expertise comptable sur trois ou quatre niveaux. Les antennes paraboliques et les panneaux publicitaires installés sur tous les toits avaient totalement modifié le paysage que Mevlut apercevait de sa fenêtre quand il levait la tête de ses devoirs à l'époque du collège. Seuls les minarets de la mosquée de Hadji Hamit et les peupliers étaient restés identiques à eux-mêmes.

Mevlut utilisa les derniers sous qu'il avait de côté pour faire poser un revêtement de sol, réparer le toit et changer les toilettes du *gecekondu* (un terme que lui aussi s'était mis à employer). Le camion de l'entreprise de bâtiment de Süleyman passa une ou deux fois également, un soutien dont Mevlut ne souffla mot à Samiha. Il s'évertuait à bien s'entendre avec tout le monde, il voulait que personne ne trouve à redire à son mariage.

Cependant, comme sa fille d'Izmir n'avait pas donné de nouvelles et n'était pas venue une seule fois à Istanbul de tout l'été, Mevlut se doutait de quelque chose et il préférait chasser cette question de sa tête. Mais un jour où il discutait des détails du mariage avec Fevziye, elle ne put dissimuler plus longtemps la vérité à son père : Fatma était opposée au remariage de son père après le décès de sa mère. Elle ne viendrait pas à leurs noces. Elle refusait même de parler au téléphone avec son père et sa tante Samiha.

Par une chaude journée de l'été, Abdurrahman Éfendi au cou tordu arriva à Istanbul. Mevlut se rendit à Duttepe et, au troisième étage de la maison qui s'était vrillée lors du séisme, il lui demanda officiellement la main de Samiha. Et de même qu'il l'avait fait vingt ans plus tôt en demandant Rayiha dans sa maison au village, il lui baisa la main. Abdurrahman Éfendi au cou tordu et Samiha pourraient-ils par hasard aller à Izmir convaincre Fatma de venir au mariage ? Cette dernière ayant refusé d'ouvrir la porte même à cette visite, Mevlut décida de la bouder et de l'oublier. Fatma avait tourné le dos à la famille.

Mais il ne parvint pas à en vouloir à sa fille. Parce que, quelque part, il lui donnait raison. Il voyait que Samiha aussi éprouvait le même sentiment de culpabilité. Elle qui avait fait des pieds et des mains pour que sa nièce entre à l'université, qui s'était tout particulièrement occupée d'elle après le décès de sa mère, elle eut autant de mal que Mevlut à accepter l'attitude de Fatma. Mais lorsque Mevlut émit l'idée de célébrer ce mariage en toute discrétion, Samiha proposa de faire exactement l'inverse.

« Célébrons ce mariage au vu et au su de tout le monde, à proximité de Duttepe, pour qu'ils puissent tous venir... et se répandre tout leur soûl en commérages, dit Samiha. Comme ça, on en aura fini plus vite. »

Cette décision et l'audace de s'affirmer à trente-six ans passés comme jeune mariée en portant une robe blanche laissèrent Mevlut admiratif. L'association étant proche de Duttepe et sans frais de location, c'est l'endroit qu'ils choisirent comme salle de mariage. Les locaux n'étant pas très grands, ceux qui venaient assister au mariage buvaient leur limonade (et les rakis dont Mevlut assurait le service sous la table), ils donnaient leurs cadeaux et ils repartaient, après être restés quelques instants dans la salle bondée de l'association où régnait une chaleur moite.

Samiha avait loué de ses propres deniers sa robe de mariée, choisie avec Vediha dans un magasin de Şişli. Tout au long de la fête, Mevlut la trouva sublime : tout homme croisant le regard d'une telle beauté lui écrirait forcément des lettres d'amour pendant trois ans.

Süleyman était désormais parfaitement conscient que sa présence dérangeait Samiha : autant lui que les autres Aktaş évitèrent de se faire trop pesants. En sortant de la salle, Süleyman était ivre. Il prit Mevlut à part dans un coin.

« N'oublie pas, fils, c'est moi qui ai arrangé tes deux mariages. Mais je ne sais pas si j'ai bien fait.

— Tu as très bien fait », répondit Mevlut.

Après la noce, Sadullah Bey embarqua les jeunes mariés, Fevziye, son mari et Abdurrahman Éfendi à bord de sa Dodge et ils allèrent tous dans un restaurant de Büyükdere où l'on servait de l'alcool. Mevlut et Samiha, tout heureuse dans sa robe de mariée, n'en burent pas. De retour chez eux, ils se mirent au lit, éteignirent les lumières et firent l'amour. Mevlut avait pressenti dès le départ que faire l'amour avec Samiha n'aurait rien de compliqué ni de problématique. Tous deux éprouvèrent encore plus de bonheur qu'ils ne l'auraient imaginé.

Les mois suivants, pendant que sa femme dormait au fond de la pièce et que, par la fenêtre de leur maison de bidonville, Mevlut s'abîmait dans la contemplation de Duttepe, la mosquée de Hadji Hamit et les collines environnantes couvertes d'immeubles, il eut beaucoup de mal à ne pas penser à Rayiha dont l'image s'imposait à son esprit. Les premiers temps de son mariage, il eut plusieurs fois l'impression d'avoir déjà vécu cet instant présent. Était-ce à cause de son tardif remariage qu'il cédait à cette illusion ou parce qu'il était revenu dans la maison de son enfance ? Il n'aurait su le dire.

PARTIE VI

Mercredi 15 avril 2009

> Les négociations en famille par jour
> de pluie n'apportent rien de bon.
>
> BIRON PAŞA,
> *Excuses et sarcasmes*

Un immeuble de douze étages

La rente immobilière, c'est ton droit

« Tu as promis, ne descends jamais en dessous de soixante-deux pour cent, dit Samiha sur le pas de la porte alors que son mari s'apprêtait à sortir. N'aie pas peur et ne plie pas devant eux.

— Peur de quoi ? demanda Mevlut.

— Ne crois pas aux inepties de Süleyman, ne t'énerve pas. Tu as pris le titre de propriété ?

— J'ai le papier du maire sur moi », répondit Mevlut en descendant la côte.

Le ciel était chargé de nuages d'un gris de plomb et lourds de pluie. Ils devaient tous se retrouver à Duttepe, dans l'épicerie d'Oncle Hasan, pour faire le point sur la situation et négocier une dernière fois. Profitant de la loi sur le réaménagement urbain, Vural Yapı, la grande entreprise de bâtiment des Vural, devait construire seize immeubles à Duttepe et Kültepe. Sur le terrain où se trouvait la maison d'une seule pièce que Mevlut avait héritée de son père et dans laquelle il vivait depuis sept ans avec Samiha, les plans prévoyaient l'implantation d'un immeuble de douze étages. Pour ce faire, il fallait que Mevlut s'entende comme tant d'autres avec les Vural. Mais vu qu'il retardait les négociations et traînait les pieds, Korkut et Süleyman étaient en colère contre lui.

Mevlut n'avait toujours pas signé l'accord. Samiha et lui continuaient à vivre dans la maison de son enfance. Pourtant, certains appartements de l'immeuble qui serait un jour érigé à sa place étaient d'ores et déjà vendus. Parfois, Mevlut sortait dans le jardin de sa maison et, montrant le ciel au-dessus de sa tête, il s'étonnait et raillait ces gens riches qui versaient dès maintenant de l'argent aux Vural pour ces futurs appartements dont ils seraient un jour propriétaires. Mais ses railleries ne faisaient pas du tout rire Samiha. Et le réalisme de sa seconde épouse suscitait son respect.

La maquette de l'immeuble dont le chantier n'avait pas encore commencé était exposée dans l'espace de vente ouvert par Vural Yapı dans l'avenue du Marché, à mi-chemin entre Duttepe et Kültepe. L'employée blonde juchée sur de hauts talons qui présentait aux visiteurs les différents types d'appartements, les échantillons des matériaux utilisés pour les cuisines et les salles de bains, marquait une pause au milieu de ses explications pour préciser qu'à partir du sixième étage le Bosphore serait visible depuis la façade sud. La simple idée qu'on puisse voir le Bosphore en s'élevant de six étages au-dessus du jardin de cette maison qu'il avait toujours connue là suffisait à lui donner le vertige. Avant d'entamer ses dernières négociations avec les Aktaş, il fit un détour par l'espace de vente pour jeter un nouveau coup d'œil sur la maquette.

En 2006, à l'annonce que Duttepe et Kültepe avaient été, comme nombre d'autres quartiers d'Istanbul, déclarés zones de réaménagement urbain par l'État qui y encourageait la construction de hauts immeubles, les habitants du quartier s'étaient montrés ravis. Autrefois, sur ces collines, la hauteur maximale de construction autorisée était de quatre étages. Dorénavant, Duttepe et Kültepe pouvaient légalement construire sur douze étages. Tout le monde comptait bien profiter de l'aubaine. On savait que la famille de Hadji Hamit Vural, très proche du parti AKP au pouvoir et possédant pas mal de terrains dans le secteur, était derrière ce décret édicté avec l'aval d'Ankara. C'est la raison pour laquelle le parti AKP qui avait déjà obtenu un très bon score aux législatives qui s'étaient tenues le mois précédent avait enregistré une forte poussée dans les circonscriptions de Duttepe et Kültepe. Les premiers temps, on n'entendit même pas la voix des vaincus qui récriminaient pourtant contre tout.

Par la suite, les premières plaintes émanèrent des locataires.

Lorsque les prix des terrains et des loyers se mirent soudain à grimper conséquemment à cette loi autorisant la construction sur douze étages, tous ceux qui avaient du mal à boucler les fins de mois, comme l'ancien locataire de Mevlut, commencèrent peu à peu à quitter les collines. Ces locataires étaient habités par le même sentiment que celui qu'avait éprouvé Mevlut en partant de Tarlabaşı : le sentiment qu'ils n'avaient plus d'avenir ici, que les immeubles prestigieux qui s'élèveraient ici étaient destinés à d'autres gens plus riches qu'eux.

Selon la nouvelle loi, la construction d'un immeuble de douze étages nécessitait de regrouper les terrains occupés par une soixantaine de propriétaires de *gecekondu* dans un « îlot ». En l'espace d'un an, la mairie avait établi et publié la liste de ces îlots qui divisaient Duttepe et Kültepe en sous-secteurs. Les voisins de *gecekondu* apprenant qu'ils vivraient un jour ensemble dans le même immeuble commencèrent ainsi à se réunir le soir chez les uns et chez les autres, à discuter en buvant du thé et en fumant des cigarettes, à se choisir d'habiles délégués (il y avait beaucoup de volontaires) pour mener les discussions avec l'État et les entreprises du bâtiment, et à avoir des points de friction entre eux. Poussé par Samiha, Mevlut se rendit à trois de ces réunions. Il apprit aussitôt la signification du mot « rente » et commença comme les autres hommes à l'employer. Une fois même, il avait levé la main pour raconter au prix de quels efforts, de quelles souffrances son défunt père avait construit sa maison. Mais vendre de la boza dans les rues désertes la nuit le rendait beaucoup plus heureux que toutes ces discussions sur les quotes-parts et les pourcentages qu'il avait quelque peu de mal à suivre.

Selon la nouvelle loi, pour que les propriétaires de petits terrains puissent accéder à l'achat d'un appartement en immeuble, il fallait d'abord qu'ils cèdent leurs parts aux entrepreneurs en charge de leur construction. D'autres entreprises de bâtiment très connues de Turquie avaient voulu obtenir ces marchés mais, étant donné ses très bonnes relations avec Ankara et le quartier, la société de Hadji Hamit Vural se trouvait en position dominante. C'est ainsi que les anciens propriétaires de *gecekondu* de Duttepe et Kültepe commencèrent à se rendre à l'espace d'information et de vente de l'avenue du Marché pour voir la maquette exposée dans la vitrine du bureau de Vural Yapı, et comprendre comment ils pourraient devenir propriétaires en immeuble et négocier avec le fils cadet de Hadji Hamit Vural.

Dans les autres grands immeubles qui se construisaient dans maints endroits d'Istanbul, la répartition entre l'entrepreneur et le propriétaire d'un ancien *gecekondu* était généralement du cinquante-cinquante. Quelques détenteurs de titres de propriété s'étant choisi un bon représentant et agissant de manière collective et concertée parvenaient parfois à faire monter ce taux à cinquante-cinq, voire soixante pour cent. Mais la plupart du temps les négociations n'aboutissaient pas, et des mésententes, des querelles sur des questions comme le pourcentage demandé ou la date de livraison du chantier éclataient entre anciens voisins de bidonvilles voués à devenir voisins de palier. Mevlut avait entendu dire par Süleyman, qui relatait ces histoires en riant, que des représentants de quartier touchaient des dessous-de-table de la part des entrepreneurs. De par leur statut d'anciens propriétaires de terrains à Duttepe et d'associés de l'entreprise de construction de Hadji Hamit Vural, les Aktaş étaient impliqués dans tous les racontars, conflits et marchandages.

S'ils détenaient un titre officiel de propriété, les propriétaires d'anciens *gecekondu*, devenus pour la plupart des maisons de trois ou quatre niveaux, étaient en mesure de négocier pied à pied avec l'État et les entreprises de bâtiment. Quant à ceux qui n'avaient qu'un papier établi depuis des lustres par le maire du quartier et une maison d'une seule pièce (comme Mevlut, et ils étaient très nombreux dans ce cas à Kültepe), ils cédaient à la peur et reculaient face à la menace de l'entrepreneur qui leur disait : « Méfie-toi que l'État ne trouve pas un moyen de mettre la main sur ton terrain. »

Un autre sujet de discussion concernait les locations temporaires. En vertu de dispositions légales particulières, la prise en charge du relogement des propriétaires dont la maison était détruite lors du chantier de construction de grands immeubles incombait aux entrepreneurs qui réglaient les loyers pendant la durée des travaux. À certains endroits, cette durée avait été contractuellement déterminée à deux ans, mais, comme les entrepreneurs n'avaient pas fini le chantier à temps, les gens s'étaient retrouvés à la rue. Vu que ces histoires se répandaient comme une traînée de poudre dans Istanbul, la plupart des propriétaires censés emménager dans ces immeubles neufs avaient jugé plus sûr de négocier avec les entrepreneurs une fois que ces derniers s'étaient mis d'accord avec tous les autres. Sachant qu'ils avaient tout intérêt à négocier les derniers avec l'entreprise de construction, certains propriétaires faisaient traîner en longueur et retardaient le début des travaux.

Korkut était particulièrement remonté contre ces propriétaires qu'il appelait les « obstructeurs ». Ils étaient à ses yeux d'infâmes marchandeurs qui cherchaient, en cassant le travail des autres, à obtenir plus que ce à quoi ils avaient droit et à acheter un plus grand nombre d'appartements. Mevlut avait également entendu raconter que dans ces immeubles de seize ou dix-sept étages où tout le monde n'accédait tout au plus qu'à deux petits appartements, certains de ces obstructeurs parvenaient à en acquérir six, voire sept. Ces négociateurs doués se trouvaient généralement parmi ceux qui projetaient de revendre ces appartements neufs et onéreux, et de déménager dans d'autres villes ou d'autres quartiers. Car ces empêcheurs de tourner en rond étaient sous les feux croisés de l'État et des entrepreneurs, mais aussi de leurs amis et anciens voisins qui fulminaient d'être ainsi retardés et de ne pouvoir intégrer leur nouveau logement. Mevlut avait entendu dire que dans certains hauts immeubles d'Oktepe, de Zeytinburnu et de Fikirtepe, des bagarres éclataient entre ces obstructeurs et leurs anciens voisins de quartier. Bagarres qui se terminaient parfois à coups de poing, à coups de couteau, et dont les journaux se faisaient l'écho. On disait aussi que ces rixes étaient en fait encouragées en sous-main par les entrepreneurs qui cherchaient à semer la zizanie entre les propriétaires. Mevlut connaissait bien toutes ces histoires d'obstructeurs car, lors de leurs dernières négociations, Korkut lui avait lancé : « Franchement Mevlut, entre les obstructeurs et toi, il n'y a aucune différence ! »

Le bureau de Vural Yapı sur l'avenue du Marché était désert.

Ici, Mevlut avait assisté à pas mal de réunions d'information organisées de façon distincte par les propriétaires et les entrepreneurs. Il avait contemplé avec Samiha les maquettes blanches
aux balcons bizarres et pompeux et tenté de comprendre à quoi
ressemblait le petit appartement orienté plein nord qui lui était
dévolu. Il y voyait aussi des clichés montrant d'autres grands
ensembles d'immeubles réalisés par les Vural dans Istanbul ainsi
que des photos de Hadji Hamit jeune, pelle à la main, à l'époque
de ses premiers chantiers quand il tenait son épicerie. À midi,
il n'y avait personne sur les trottoirs invariablement bondés le
week-end, quand les acquéreurs en provenance des bons quartiers de la ville y garaient leurs voitures. Mevlut flâna un moment
dans le centre-ville, regarda les vitrines des magasins en contrebas
de la mosquée Hadji Hamit Vural, puis il s'engagea dans les rues
étroites et sinueuses de Duttepe pour rejoindre l'épicerie où se
tiendrait la réunion.

Dans son enfance, la plaine qui s'étendait après les premières
maisons au bout de la côte était couverte de baraquements en
bois, puants et sombres, dans lesquels Hadji Hamit logeait ses
hommes. Mevlut apercevait parfois par l'entrebâillement de la
porte ces jeunes ouvriers fatigués, en train de dormir tels des
gisants sur leurs couchettes superposées dans la pénombre et la
moiteur de leur dortoir. Le nombre de logements restés vacants
après le départ de leurs locataires ne faisait qu'augmenter ces
trois dernières années. Sachant que tout le quartier serait démoli,
plus personne ne voulait y prendre de location, et ces masures
délaissées donnaient à Duttepe l'air vieux et mal en point. Mevlut
était soucieux. Un ciel sombre et chargé s'étirait au-dessus de sa
tête et, tandis qu'il gravissait la côte, il avait l'impression de s'en
rapprocher.

Pourquoi n'avait-il pas su dire non à Samiha qui s'obstinait sur
ces soixante-deux pour cent ! Avec un tel pourcentage, difficile
de trouver un terrain d'entente avec les Aktaş. Lors de leurs
dernières négociations, Mevlut avait réclamé cinquante-cinq pour
cent, un taux que Korkut avait déjà considéré trop élevé, mais ils
avaient pris la décision d'en reparler une prochaine fois. Pour
cette réunion, Korkut et Süleyman s'étaient déplacés au local.

Puis ils ne l'avaient plus rappelé un long moment durant. Mevlut se rongeait les sangs mais, en même temps, il était content que Korkut le considère comme un obstructeur. Il sentait que cela lui permettrait d'obtenir la quote-part la plus élevée.

Toutefois, un mois plus tôt, lorsque Duttepe et Kültepe furent déclarés zones sensibles au risque sismique, Mevlut, à l'instar de la majorité des habitants de Kültepe, perçut cette annonce comme une nouvelle manœuvre des Vural. Cette loi avait été promulguée pour qu'une décision de démolition puisse être prise à la majorité des deux tiers des propriétaires d'anciens immeubles endommagés par le tremblement de terre de 1999. Mais gouvernement et entrepreneurs du bâtiment s'en servaient pour écarter les propriétaires de maisons individuelles qui entravaient la construction de hauts immeubles. Comme il était devenu encore plus difficile depuis la promulgation de cette loi d'être un obstructeur, Mevlut se demandait comment il pourrait annoncer à Korkut ce taux de soixante-deux pour cent sur lequel Samiha insistait tant au moment où il sortait.

Ils étaient mariés depuis sept ans, et Mevlut était heureux avec elle. Ils étaient devenus bons camarades. Mais cette entente amicale reposait moins sur une réponse créative aux côtés amusants et colorés de la vie que sur la collaboration, l'entraide pour surmonter les difficultés et l'acceptation de la routine du quotidien. En la connaissant davantage, Mevlut avait découvert en Samiha une femme volontaire, opiniâtre et soucieuse de vivre bien, autant d'aspects qu'il appréciait chez elle. Mais Samiha ne savait pas trop comment gérer ce fort caractère, c'est sans doute pour cela qu'elle se montrait plus interventionniste que Mevlut ne l'eût souhaité, voire quelque peu dirigiste.

Mevlut était depuis longtemps prêt à s'entendre avec les Vural sur un taux de cinquante-cinq pour cent : avec cette quote-part, il était possible d'acquérir trois appartements sans vue sur le Bosphore dans les étages du bas de cet immeuble qui en compterait douze. Comme la mère et les sœurs de Mevlut au village étaient également héritières légales de son père, la part qui revenait à Mevlut ne couvrait même pas la valeur totale d'un appartement. La différence qui resterait à payer pour pouvoir devenir propriétaire serait payée en cinq ans par Samiha avec l'argent des loyers des appartements de Çukurcuma hérités de Ferhat. (Si Mevlut parvenait à faire accepter aux Aktaş ce taux de soixante-deux pour cent, le crédit se réduirait à trois ans.) Tous deux seraient copropriétaires de l'appartement. Ce calcul, voilà des mois qu'ils l'avaient établi et qu'ils en débattaient entre eux à la maison. Comme Mevlut n'avait pas du tout envie de renoncer à l'espoir qu'il caressait depuis quarante ans de devenir (pour moitié) propriétaire d'un appartement à Istanbul, c'est presque avec la peur au ventre qu'il entra dans l'épicerie de son oncle Hasan aux vitrines bariolées de boîtes, de journaux et de bouteilles.

La boutique était plongée dans une semi-obscurité ; il lui fallut quelques instants pour accommoder son regard.

« Mevlut, dit Süleyman, parle donc à mon père toi aussi. Il nous rend dingues. Peut-être que toi, il t'écoutera. »

Oncle Hasan était assis derrière son comptoir comme il avait coutume de le faire depuis trente-cinq ans. Il avait pas mal vieilli mais il était toujours gaillard. Mevlut fut saisi à nouveau par la ressemblance qu'il y avait entre son oncle et son père, ce dont il ne se rendait pas compte lorsqu'il était enfant. Il l'enlaça et embrassa sa joue à la barbe rare et pleine de grains de beauté.

La chose qui agaçait ainsi Süleyman et qui faisait sourire Korkut, c'était l'entêtement de leur père à continuer à emballer les marchandises des clients de l'épicerie dans des pochettes confectionnées à partir de feuilles de journal (des poches de papier, comme il disait). De même que tous les épiciers dans les années 1950 et 1960, Oncle Hasan les préparait lui-même dans ses moments libres, en pliant des feuilles de journaux qu'il avait rapportés de chez lui ou collectés à droite à gauche, et il défendait cette habitude en rétorquant à son fils qu'il ne faisait de mal à personne. Comme il le faisait chaque fois qu'il entrait dans le magasin, Mevlut s'assit sur une chaise en face d'Oncle Hasan et commença à plier des journaux.

Süleyman expliqua à son père que le quartier changeait à toute vitesse, que les clients ne viendraient plus dans une supérette qui donnait des sacs faits avec des journaux usagés et sales.

« Qu'ils ne viennent pas, dit Oncle Hasan. D'ailleurs, ici ce n'est pas une supérette mais une épicerie. » Il se tourna vers Mevlut et lui fit un clin d'œil.

Süleyman déclara que son père faisait quelque chose d'inutile et même de préjudiciable : le kilo de sacs plastique prêts à l'usage coûtait beaucoup moins cher que le kilo de vieux journaux. Mevlut était content que le débat se prolonge. Autant parce qu'il redoutait la discussion concernant sa quote-part dans l'immeuble que parce qu'une brèche s'était ouverte sur le front des Aktaş. Si bien que lorsque son oncle Hasan s'exclama « Mon fils, l'argent ne fait pas tout dans la vie ! », Mevlut le soutint et ajouta que chaque affaire rapportant de l'argent n'était pas forcément quelque chose d'utile et profitable.

« Mevlut en est encore à essayer de vendre de la boza, papa, dit Süleyman. Nous avons beaucoup de respect pour lui mais ce n'est pas avec une mentalité comme la sienne que nous faisons du commerce.

— Mevlut est plus respectueux envers moi que vous ne l'êtes, dit Oncle Hasan. Et puis tu vois, il ne reste pas comme vous sans rien faire, il fait des pochettes en papier.

— Nous allons voir maintenant quel respect il a pour nous dès qu'il nous dira quelle est sa décision finale, dit Korkut. Tu as pensé à quoi, Mevlut ? »

Mevlut se troubla mais, comme un petit garçon entrait dans l'épicerie en disant : « Oncle Hasan, du pain », tous se turent. Âgé de quatre-vingts ans et quelques, Oncle Hasan prit un pain de la panetière et le posa sur le comptoir. L'enfant de dix ans fronça le nez devant ce pain qu'il ne trouvait pas assez croustillant. « Choisis-en un autre ; avec les yeux, pas avec la main », dit Oncle Hasan, et il alla en chercher un plus cuit dans la panetière.

Mevlut sortit dans la rue ; une solution lui était venue à l'esprit. Dans sa poche, il avait un téléphone que Samiha lui avait offert six mois plus tôt. Elle était la seule à l'appeler sur ce portable ; quant à lui, il ne s'en servait jamais. Le voilà à présent qui téléphonait à sa femme pour lui dire que soixante-deux pour cent était trop élevé, qu'il fallait descendre en dessous, que sinon une dispute éclaterait.

Mais Samiha ne répondit pas. La pluie commençait à tomber et, voyant l'enfant ressortir enfin de l'épicerie avec son pain, Mevlut entra. Il s'assit près d'Oncle Hasan et continua à plier ses feuilles de journal, l'air sérieux et appliqué. Süleyman et Korkut racontaient tout par le menu à leur père, se répandant en critiques méprisantes sur les obstructeurs qui créaient des difficultés au dernier moment alors que l'accord était déjà passé, sur les petits malins qui se débrouillaient pour renégocier, sur les fumiers qui réclamaient en douce de l'argent à l'entrepreneur pour les récompenser d'avoir convaincu leurs voisins de signer... Mevlut sentait que, derrière son dos, ils parleraient aussi de lui dans les mêmes termes. Aux questions qu'il posait à Korkut et Süleyman, Mevlut fut surpris de constater qu'Oncle Hasan suivait de près toutes ces négociations et ces histoires de chantiers, et qu'il essayait toujours depuis son épicerie de diriger ses fils. Alors qu'il croyait qu'Oncle Hasan n'était au courant de rien, sorti de son magasin qu'il continuait à tenir histoire de s'occuper...

Le regard de Mevlut fut accroché par un visage connu sur le vieux journal qu'il était en train de plier. Le titre était : « Mort du maître calligraphe ». Réalisant que Son Excellence était mort, Mevlut sentit son cœur se serrer de tristesse, il fut envahi de chagrin. Une photographie de jeunesse était ainsi légendée : « Certaines œuvres du dernier grand maître turc de la calligraphie se trouvent dans des musées européens. » La dernière fois que Mevlut était passé à la loge soufie remontait à six mois. Son Excellence se tenait désormais très loin au milieu de la foule de ses admirateurs, à une distance telle qu'on ne pouvait plus l'approcher, ni même entendre ou comprendre ce qu'il disait. Ces dix dernières années, les alentours de son domicile et toutes les rues de Çarşamba s'étaient remplis d'hommes portant des vêtements aux couleurs de diverses confréries. D'anciennes tenues religieuses comme on en voit en Iran ou en Arabie saoudite. Effaré par l'aspect politique de leur religiosité, Mevlut n'était plus retourné dans ces quartiers. Et il regrettait à présent de ne pas avoir revu Son Excellence une dernière fois. Mevlut cacha derrière lui le vieux journal qu'il avait à la main, comme une relique.

« Mevlut, tu plieras plus tard des journaux avec mon père, dit Korkut. Réglons comme convenu cet accord. Nous aussi nous avons d'autres choses à faire. Tout le monde se demande pourquoi notre cousin n'a pas encore signé. Tout ce que vous demandiez, nous vous l'avons accordé, à toi et Samiha.

— Après la démolition de notre maison, nous ne voulons pas loger dans un dortoir de Hadji Hamit.

— D'accord. On note mille deux cent cinquante lires chaque début de mois pour le loyer, sur une durée de trois ans. Vous habiterez à l'endroit de votre choix. »

Cela représentait une coquette somme. Mevlut s'enhardit :

« De plus, nous voulons une part de soixante-deux pour cent.

— Soixante-deux pour cent ? Ça sort d'où ça encore ! (Mevlut se retint mais l'envie de répliquer "C'est Samiha qui l'exige !" lui brûlait les lèvres.) Cinquante-cinq nous paraissait déjà trop la dernière fois.

— On trouve cela mieux pour nous, dit Mevlut avec une assurance qui l'étonnait lui-même.

— Impossible dans ce cas, dit Korkut. Nous aussi, nous avons notre honneur. On ne va pas se laisser rouler dans la farine. La honte sur toi ! Mevlut, tu es bien conscient de ce que tu fais, n'est-ce pas ? Papa, voilà quel genre d'homme est notre Mevlut, tu vois ?

— Calme-toi mon fils, dit Oncle Hasan. Mevlut est rationnel.

— S'il l'était, il descendrait en dessous de cinquante-cinq pour cent et l'affaire serait aussitôt conclue. Évidemment, si Mevlut ne signe pas le contrat, ça va donner du grain à moudre, les gens diront partout que les Aktaş n'ont même pas réussi à convaincre leur propre cousin. Tous les soirs ils se réunissent à leur domicile pour commérer et voir comment marchander. Ce rusé de Mevlut Bey se sert de ces peurs pour nous faire du chantage. Mevlut, est-ce que c'est ton dernier mot ?

— C'est mon dernier mot !

— Entendu. Viens, Süleyman. On y va.

— Attends Ağbi, intervint Süleyman. Mon petit Mevlut, tu devrais aussi bien réfléchir à ceci : après ce décret de classement en zone sismique, une fois que l'entrepreneur aura les parts aux deux tiers, il ne se laissera attendrir par les larmes de personne. On te jettera hors de chez toi. Et pour ton terrain, on t'en donnera l'équivalent de ce que tu auras déclaré à l'État, sur ton titre de propriété et aux impôts. De toute façon, tu n'as pas de titre de propriété. Tu as juste un papier du maire. Et tu n'es pas sans savoir que, au bas de ce papier du maire, que tu voulais me donner un soir où tu avais bu à l'époque où tu écrivais des lettres d'amour à Rayiha, il y a le nom de mon père à côté de celui d'Oncle Mustafa. Si jamais l'affaire est portée devant les tribunaux, ça prendra au moins dix ans et au final tu n'obtiendras même pas la moitié de ce que nous te proposons actuellement. Tu persistes toujours ?

— Mon fils, on ne parle pas comme ça aux gens, dit Oncle Hasan.

— Je persiste, répondit Mevlut.

— Allez, Süleyman, on s'en va », dit Korkut.

L'aîné devant, le cadet derrière, ils sortirent furieux de l'épicerie et s'éloignèrent en courant sous la pluie.

« Ils ont passé la cinquantaine mais ils sont toujours hargneux et coléreux, nos garçons, dit Oncle Hasan. Mais de telles disputes sont indignes de nous. Ils vont revenir dans un petit moment. De ton côté, descends un peu… »

Mevlut fut incapable de dire « D'accord, je descends ». En réalité, si Korkut et Süleyman adoptaient une attitude plus humble, il était prêt à tout de suite s'entendre avec eux sur cinquante-cinq pour cent. C'est par pure obstination que Samiha s'accrochait à ces soixante-deux pour cent. Rien que de penser qu'il ne serait probablement propriétaire de rien au bout de dix ans de procès suffisait à l'alarmer. Il se replongea dans le vieux journal qu'il tenait à la main.

La nouvelle de la mort de Son Excellence datait de quatre mois. Mevlut relut l'entrefilet. Il n'était nullement fait mention de la loge soufie ni de son statut de cheikh de confrérie, tout aussi importants que la calligraphie dans la vie du maître.

Que devait faire Mevlut à présent ? S'il sortait et s'en allait, l'affaire tomberait à l'eau et revenir pour tenter de s'entendre serait encore plus difficile par la suite. Peut-être que c'était ce que Korkut voulait : au tribunal, ils diraient : « Le nom de notre père aussi figure sur le papier du maire et il a des droits sur le terrain » (ils cacheraient naturellement que, des années plus tôt, ils avaient mis la main sur le terrain de Duttepe et qu'ils avaient vendu celui de Kültepe), si bien qu'au bout du compte ils lui auraient tout pris. Mevlut ne savait comment raconter tout cela à Samiha en rentrant. Il pliait les feuilles de journal en silence. Des femmes entrèrent et sortirent du magasin avec du riz, du savon, des biscuits ; des enfants avec des chewing-gums et du chocolat.

Oncle Hasan tenait encore des cahiers de compte où il notait l'argent que lui devaient certains de ses clients à qui il faisait crédit. Comme il n'avait pas de bons yeux, il leur faisait écrire eux-mêmes ce qu'ils avaient pris. Après le départ d'un client, il se tourna vers Mevlut et lui demanda de vérifier si ce qui était écrit était juste ou pas. Comprenant que ses fils ne reviendraient pas régler ce conflit à l'amiable, il parla à Mevlut d'une voix consolatrice :

« Nous nous entendions bien entre frères, ton défunt père et moi, nous étions très bons camarades, dit-il. C'est ensemble que nous avons délimité les terrains de Kültepe, de Duttepe, c'est ensemble que nous avons construit les maisons de nos propres mains. Et pour ne jamais nous désolidariser, nous avons fait écrire nos deux noms par le maire en bas des papiers. À cette époque, ton père et moi nous vendions du yaourt ensemble, nous mangions ensemble, nous allions à la prière du vendredi ensemble, nous allions nous asseoir dans le parc et fumer une cigarette ensemble… Tu as le papier du maire sur toi ? »

Mevlut déposa sur le comptoir ce papier vieux de quarante ans, humide et froissé.

« Mais finalement, nos chemins ont quand même divergé. Pour quelle raison ? Parce que lui, il n'a pas ramené ta mère et tes sœurs du village. Ton père et toi, vous avez travaillé de toutes vos forces et de toute votre âme. Ces étages te reviennent de droit plus qu'à n'importe qui. Tes sœurs ne sont pas venues à Istanbul et n'y ont pas travaillé comme toi. En vérité, les trois étages qui seront accordés par l'entrepreneur devraient tous être à toi. Ces vieux documents établis par les maires, j'en ai des exemplaires vierges. Le maire était mon ami, j'ai aussi un tampon. Je les ai mis de côté il y a trente-cinq ans. Viens, nous n'avons qu'à déchirer ces anciens documents et à en refaire un neuf. Nous écrirons ton nom et nous mettrons un bon coup de tampon. Comme ça, Samiha et toi pourrez devenir propriétaires d'un étage sans avoir besoin de verser davantage d'argent aux Vural. »

Mevlut comprit que cela visait à augmenter sa part en rognant celle de sa mère et de ses sœurs restées au village.

« Non, dit-il.

— Réfléchis avant de dire non. Celui qui a travaillé et gagné son pain à la sueur de son front à Istanbul, c'est toi. La rente immobilière, c'est ton droit. »

Le téléphone sonna dans sa poche et Mevlut sortit un instant sous la pluie.

« Tu m'as appelée, que se passe-t-il ? demanda Samiha.

— Ça se présente mal.

— Ne plie surtout pas devant eux... »

Sentant la colère monter, Mevlut raccrocha et rentra dans l'épicerie.

« Bon, j'y vais Oncle Hasan ! dit-il.

— Comme tu veux mon enfant, répondit Oncle Hasan en pliant des feuilles de journal. Tout finit par se passer comme le Très-Haut l'a ordonné. »

Mevlut aurait préféré entendre son oncle lui dire : « Reste encore un peu, ils vont se radoucir maintenant. » Il éprouva du ressentiment envers lui, et envers Samiha qui le poussait à cette extrémité. Il en voulait également à Korkut, à Süleyman et aux Vural, mais il s'en voulait surtout à lui-même. Si, quelques instants plus tôt, il avait répondu oui à Oncle Hasan, il aurait finalement pu acheter l'appartement auquel il avait droit. Maintenant, il n'était sûr de rien.

Pendant qu'il redescendait sous la pluie la route asphaltée et sinueuse (un ancien terrain boueux) et dépassait le magasin d'alimentation (une brocante autrefois) devant lequel il prenait les escaliers (construits récemment) pour gagner plus bas la grande rue menant à Kültepe, il repensa à Rayiha, comme cela lui arrivait des dizaines de fois chaque jour. Il rêvait souvent d'elle ces derniers temps. Des rêves compliqués qui lui laissaient un goût amer. Il y avait toujours des rivières en crue, des incendies, des espaces ténébreux entre Mevlut et Rayiha. Puis ces éléments aussi obscurs que les affreux immeubles qui se dressaient à présent sur sa droite se transformaient en une sorte de forêt sauvage. Devinant que des chiens se cachaient entre les arbres de cette forêt qui abritait également la tombe de Rayiha, il marchait dans sa direction malgré la peur que lui inspiraient les chiens et, juste à ce moment-là, il réalisait à sa grande joie que son aimée se tenait exactement à l'opposé et qu'elle le regardait de dos, qu'elle était vivante, et il s'éveillait avec un sentiment de bonheur doublé d'une étrange douleur.

Si Rayiha avait été à la maison, elle lui aurait dit quelques mots gentils, elle l'aurait consolé et aidé à dissiper ses craintes. Quant à Samiha, dès lors qu'elle s'était mis quelque chose en tête, elle ne voyait plus rien d'autre que cet objectif, ce qui avait l'art d'attiser les inquiétudes de Mevlut. Désormais, ce n'est que le soir, quand il vendait de la boza, qu'il pouvait rester lui-même.

Des panneaux clamant « Vural Yapı est propriétaire de ce terrain » avaient été placés dans la cour de certaines maisons inoccupées. Ces coteaux où passait la principale rue en pente menant à Kültepe se résumaient à des étendues désertes la première fois que Mevlut était venu. C'est ici que son père l'envoyait ramasser du papier, des bûches et des brindilles pour alimenter le poêle. Aujourd'hui, la route était bordée de chaque côté par d'horribles immeubles de bidonvilles de six ou sept étages. Ils n'en avaient à l'origine que deux ou trois. Mais on avait tellement ajouté d'étages de construction illégale sur ces bâtisses aux fondations peu solides que tout démolir pour ériger un haut immeuble neuf à la place n'était plus rentable. Voilà pourquoi les propriétaires d'un appartement dans ces immeubles ne cherchaient pas à profiter de l'autorisation de construire sur douze étages et que les entreprises de construction ne manifestaient aucun empressement pour passer un accord avec eux. Une fois, Korkut avait expliqué que ces immeubles difformes aux étages tous construits dans un style différent enlaidissaient Duttepe et Kültepe, qu'ils faisaient baisser les prix des immeubles neufs et dégradaient l'image du quartier et que la seule solution, c'était que ces endroits soient rasés par le prochain grand séisme à venir.

Après le tremblement de terre de 1999, Mevlut se surprenait parfois à penser, comme tous les Stambouliotes, au séisme majeur qui se profilait et menaçait de détruire toute la métropole comme l'annonçaient les scientifiques. Il éprouvait alors le caractère profondément éphémère de cette ville qu'il habitait depuis quarante ans et dont il avait franchi le seuil de milliers, de dizaines de milliers de foyers, de l'existence qu'il y avait menée et de tous ses souvenirs. Il comprenait que les immeubles en hauteur nouvelle génération érigés en lieu et place des bidonvilles construits dans sa génération ainsi que toutes les personnes qui vivaient là disparaîtraient un jour. Mevlut se représentait parfois ce jour où tous les gens et les immeubles s'évanouiraient devant ses yeux ; alors, il n'avait plus envie de rien faire, et il n'attendait plus rien de la vie.

Or, durant les années heureuses ayant suivi son mariage avec Rayiha, il n'imaginait pas que la ville se transformerait autant, il pensait que, à force de travail acharné, il parviendrait à y faire son trou et à s'adapter à elle harmonieusement. C'est ce qui s'était passé en effet. Mais dix millions de personnes étaient aussi venues en ville avec lui ces quarante dernières années et, tandis que chacune d'elles s'y attaquait par un bout, la ville avait totalement changé de visage. À l'époque de l'arrivée de Mevlut, la population d'Istanbul était de trois millions d'habitants ; à présent, elle s'élevait, disait-on, à treize millions.

Des gouttes de pluie coulaient sur sa nuque et entraient sous ses vêtements. Pour éviter que les battements de son cœur ne s'accélèrent davantage, Mevlut, désormais âgé de cinquante-deux ans, chercha un coin pour s'abriter. Il n'avait aucun souci avec son cœur mais il fumait trop en ce moment. Plus loin sur la droite, il y avait un terrain vague qui servait aux fêtes de mariage et de circoncision, et où le cinéma Derya projetait des films à une époque pendant l'été. Il avait été converti en un petit terrain de football couvert d'un gazon synthétique et clôturé par un grillage. Mevlut y avait organisé les matchs de l'association. Il s'abrita sous l'auvent du bâtiment administratif. Il alluma une cigarette et la fuma en regardant tomber la pluie sur la pelouse artificielle du stade.

Les jours passaient et Mevlut était en proie à une inquiétude croissante. Pourtant, il aurait aimé, à son âge, se reposer au calme, mais la vie ne lui en laissait pas le loisir. Le sentiment d'infériorité et d'insuffisance qu'il éprouvait à son arrivée en ville s'était accru depuis la mort de Rayiha, et plus particulièrement ces cinq dernières années. Que dirait-il à Samiha ? Il aspirait désormais à avoir une maison à lui, où il serait tranquille jusqu'à la fin de ses jours, où il aurait la garantie qu'on ne le mettrait pas dehors. Vu que c'était là un rêve auquel il ne pourrait pas accéder, c'eût été à Samiha de le consoler, mais Mevlut savait qu'à la maison c'est elle qui aurait le plus besoin de consolation. Il décida de ne lui raconter que le côté positif de la négociation. Du moins, c'est ainsi qu'il devait aborder le sujet.

Le système de canalisations de Kültepe était insuffisant pour absorber les eaux qui s'écoulaient le long des rues en pente. Mevlut devina aux klaxons des voitures coincées dans les bouchons que l'eau s'accumulait en bas, dans l'avenue du Marché.

En arrivant chez lui, il était trempé.

« Tout va bien, dit-il d'un ton exagérément optimiste en voyant les regards courroucés de Samiha. Ils nous donnent mille deux cent cinquante lires par mois pour que nous puissions loger à l'endroit de notre choix.

— Mevlut, pourquoi mens-tu ? C'est mort », dit Samiha.

Vediha l'avait appelée sur son portable pour lui dire que Korkut était aussi froissé qu'il était fâché, que c'était désormais une affaire classée et qu'ils faisaient une croix sur Mevlut.

« Et toi, qu'as-tu répondu ? Tu lui as dis que tu m'avais fait jurer en sortant de ne pas descendre en dessous de soixante-deux pour cent ?

— Tu regrettes ? dit Samiha en levant un sourcil ironique. Tu crois que Korkut et Süleyman se seraient mieux comportés avec toi si tu l'avais pris un ton en dessous ?

— Toute ma vie je l'ai jouée modeste avec eux », répondit Mevlut. Comme Samiha gardait le silence, il s'enhardit : « Si je m'obstine à présent, cet appartement va nous filer sous le nez. Tu es prête à en assumer la responsabilité ? Rappelle ta sœur, règle gentiment l'affaire, ils me font peur, je regrette.

— Je ne peux pas.

— Dans ce cas, c'est moi qui vais rappeler Vediha », dit Mevlut. Mais il n'en fit rien. Il se sentait seul. Il savait que, sans le soutien de Samiha, il serait incapable de prendre une décision d'importance ce jour-là. Il ôta ses vêtements humides et se changea, les yeux rivés sur la vue qu'il regardait en faisant ses devoirs lorsqu'il était au collège. Près de l'ancien bâtiment orangé du lycée de garçons Atatürk, dans la cour où il aimait courir et où ils faisaient leur gymnastique, on avait construit un nouveau bâtiment tellement grand que, chaque fois qu'il le regardait, Mevlut avait l'impression de voir un hôpital.

Le téléphone de Samiha sonna, elle répondit : « On est là » et raccrocha.

« Vediha arrive, dit-elle à Mevlut. Elle a dit que toi aussi tu devais rester là et l'attendre. »

Persuadée que Vediha venait leur dire que Mevlut avait eu tort, et qu'il fallait qu'il descende un peu, Samiha conseilla à son mari de ne pas céder.

« Vediha est une bonne personne. Elle ne viendrait pas nous faire une proposition qui nous soit défavorable, dit Mevlut.

— Ne fais pas tant confiance à ma sœur, dit Samiha. Elle fait passer Süleyman avant, c'est d'abord lui qu'elle protège. N'est-ce pas ce qu'elle a toujours fait ? »

Cette pique était-elle une allusion aux fameuses lettres ? Si tel était le cas, c'était la première fois en sept ans de mariage que Mevlut voyait Samiha revenir sur ce sujet avec ressentiment. Ils se turent et écoutèrent la pluie.

On tambourina à la porte. « Je suis complètement trempée », grommela Vediha en entrant, mais elle tenait un immense parapluie violet et seules ses chaussures étaient mouillées. Tandis que Samiha sortait des chaussettes propres et une paire de pantoufles à elle pour sa sœur, Vediha posa un papier sur la table.

« Mevlut, signe donc ça, qu'on en finisse. Tu as été très gourmand pour ta part, j'ai dû beaucoup batailler pour que l'affaire se règle à l'amiable... »

Mevlut avait déjà vu ce même modèle de contrat chez les autres, et il savait où regarder : en voyant soixante-deux pour cent, il se réjouit mais n'en laissa rien paraître.

« Si ce n'est pas mon droit, je ne peux pas signer, dit-il.

— En ville, ce n'est pas le droit qui compte, mais le gain, tu devrais le savoir, hein, Mevlut, dit Vediha en souriant. Ce que tu auras gagné te reviendra de droit au bout de dix ans. Signe-moi ça. Tu as eu tout ce que tu voulais, ne fais pas de manières.

— On ne peut pas signer sans avoir lu », dit Samiha, mais en voyant les soixante-deux pour cent que lui indiquait Mevlut elle aussi se rasséréna. « Qu'est-ce qui s'est passé ? » demanda-t-elle à sa sœur.

Mevlut prit le stylo et signa le contrat. Vediha annonça la nouvelle à Korkut par téléphone. Ensuite, elle tendit à Samiha le paquet de *börek* qu'elle avait apporté et, tandis qu'elle buvait le thé que sa sœur avait servi tout en attendant que la pluie cesse, elle raconta en savourant son plaisir ce qui s'était passé : en fait Korkut et Süleyman étaient terriblement fâchés contre Mevlut. Malgré toutes les supplications de Vediha, l'affaire allait prendre le chemin du tribunal et conduire Mevlut à tout perdre, quand le vieux Hadji Hamit Vural, qui était au courant de la situation, avait lui-même appelé Korkut au téléphone.

« À Duttepe, vers notre maison, Hadji Hamit rêve de construire un immeuble encore plus haut, une grande tour, dit Vediha. C'est pour cela qu'il leur a demandé de donner à leur cousin ce qu'il voulait. Il n'engagera pas les accords pour cette tour avant que les ensembles de douze étages ne soient achevés.

— J'espère qu'il n'y a pas de lézard », dit Samiha.

Elle montra ultérieurement ce contrat à un avocat qui lui confirma qu'il n'y avait pas de vice caché. Ils emménagèrent dans un appartement à Mecidiyeköy, près de l'association où travaillait Mevlut. Mais ses pensées allaient toujours vers Kültepe, vers l'ancienne maison qu'ils avaient vidée. Il était allé plusieurs fois vérifier si des sans-abri ou des voleurs s'y étaient installés mais il n'y avait rien à voler. Il avait vendu tout ce qui pouvait rapporter un peu d'argent, des poignées de porte jusqu'aux robinets.

À la fin de l'été, quand les démolisseurs de Vural Yapı commencèrent à détruire les maisons de Kültepe, Mevlut vint chaque jour observer le ballet des bulldozers. Le premier jour se tint une cérémonie progouvernementale où le maire prononça un discours devant la presse qui avait été conviée. Au cours des chaudes journées d'été qui suivirent, face au spectacle des maisons s'écroulant dans un nuage de poussière, personne ne put applaudir comme à une cérémonie (même pas ceux qui avaient obtenu les meilleurs accords avec Vural Yapı). Certains pleuraient, d'autres riaient, d'autres encore détournaient la tête ou cherchaient un prétexte pour déclencher une bagarre. Quand vint le tour de la maison d'une pièce de Mevlut, son cœur se brisa. Au moment où tout fut soudain pulvérisé d'un seul coup de pelleteuse – son enfance, les repas qu'il avait pris, ses devoirs et ses leçons, les odeurs qu'il avait humées, les ronflements de son père endormi et des centaines de milliers de souvenirs –, ses yeux se mouillèrent de larmes.

PARTIE VII

Jeudi 25 octobre 2012

La forme d'une ville
Change plus vite, hélas ! que le cœur
d'un mortel.

Charles BAUDELAIRE,
Le Cygne

Je ne puis méditer qu'en marchant ;
sitôt que je m'arrête, je ne pense plus,
et ma tête ne va qu'avec mes pieds.

Jean-Jacques ROUSSEAU,
Les Confessions

La forme d'une ville

Je ne peux réfléchir qu'en marchant

Désormais, ils habitaient tous dans le même immeuble de douze étages et de soixante-huit appartements sur les hauts de Kültepe. Celui de Mevlut et de Samiha était le seul qui donnait sur la façade nord et sans vue. Il était au premier. Oncle Hasan et Tante Safiye logeaient au rez-de-chaussée. Korkut et Vediha au neuvième ; Süleyman et Melahat occupaient quant à eux le dernier étage. Ils se croisaient parfois dans l'ascenseur, dans le hall d'entrée où le concierge, toujours une cigarette au bec, grondait les enfants qui jouaient au ballon ; ils riaient et plaisantaient entre eux, ils faisaient comme si vivre tous ensemble dans un immeuble de douze étages était pour eux une chose parfaitement naturelle, mais en réalité cette situation ne coulait pas de source.

Même s'il était très heureux, Süleyman était celui qui avait le plus de mal à s'y faire. Parce que c'est non pas ici, dans ces douze étages du bloc D, qu'il avait voulu devenir propriétaire d'un appartement avec vue sur Istanbul, mais en face, à Duttepe, en haut de la tour de trente étages que Hadji Hamit Vural avait veillé à faire construire les dernières années de sa vie. Hadji Hamit, alors âgé de plus de quatre-vingt-dix ans, trouvait cette requête normale et légitime, et il encourageait Süleyman à venir habiter dans sa tour avec son père et son frère aîné. Mais après son décès, survenu subitement deux ans plus tôt (le ministre des Travaux publics et de l'Aménagement était présent à l'enterrement), les dirigeants de Vural Yapı avaient changé leur fusil d'épaule et évincé les deux frères Aktaş. Süleyman en avait été profondément meurtri. Après avoir passé l'année 2010 à en discuter avec Korkut, ils avaient trouvé deux raisons pour expliquer cet état de fait : la première tenait sans doute à la petite phrase que Korkut avait lâchée lors d'une réunion de fin d'année, alors qu'il s'élevait contre le montant faramineux des pots-de-vin à verser aux autorités pour l'obtention des permis d'aménager. Les fils de Hadji Hamit l'avaient pris personnellement, car dans la remarque de Korkut, « Est-ce qu'ils touchent vraiment autant ? », ils avaient perçu une insinuation : « Vous ne donnez pas de bakchichs aux ministres, vous vous mettez l'argent dans les poches. » Or, Korkut n'avait fait aucun sous-entendu. La seconde raison, c'était le qualificatif de « putschiste militaire » que lui avait valu son entreprise infructueuse à Bakou – ce qu'on ne s'était rappelé que bien après les faits, c'était du réchauffé. Ce qualificatif, toujours bien vu par les pouvoirs conservateurs nationalistes, contrariait en revanche le dernier pouvoir en place.

Mais la raison essentielle qu'ils ne découvriraient que plus tard, c'était que leur père avait menacé Vural Yapı de ne pas signer si toute la famille ne logeait pas ensemble dans le même immeuble. Korkut et Süleyman avaient eu toutes les peines du monde à convaincre Oncle Hasan et Tante Safiye de quitter leur maison de quatre étages vieille de quarante ans pour vivre dans un appartement en immeuble. Une réticence que l'inclinaison subie par les derniers étages de la maison pendant le séisme avait bien sûr contribué à alimenter.

Au matin de la fête du Sacrifice de 2012, Mevlut n'aperçut ni Süleyman, ni Korkut, ni leurs fils parmi la foule massée dans la mosquée Hadji Hamit Vural. Autrefois pourtant, quand ils habitaient sur des collines différentes et dans divers quartiers, ils se retrouvaient immanquablement avant les cérémonies, ils priaient ensemble puis, jouant des coudes pour se frayer un passage dans la cohue, ils avançaient ensemble sur les tapis et, ensemble, ils allaient embrasser la main de Hadji Hamit.

Maintenant, chacun avait son téléphone portable, mais personne n'avait appelé Mevlut. Et comme chaque fois depuis quelques années, il s'était senti bien seul en priant au milieu de cette multitude d'hommes qui s'étaient ensuite déversés de la cour de la mosquée, sur la place et dans les rues. Il avait échangé des salutations avec des gens dont le visage lui était familier depuis le collège ou le lycée, des têtes connues de Duttepe et Kültepe, des voisins du bloc D patrons d'un magasin ou propriétaires d'une voiture, mais cette foule hâtive, brusque et impatiente, éveilla en lui le sentiment de prier dans un quartier auquel il n'appartenait pas. Combien de personnes dans cette jeune foule savaient-elles que feu Hadji Hamit Vural, dont le prêcheur avait évoqué le souvenir dans le sillage des quatre ou cinq noms qu'il avait cités après celui d'Atatürk en égrenant la liste de « ceux qui, par leurs services, nous ont fait don de leur vie et de ce beau pays », combien étaient-ils à savoir que feu Hadji Hamit Vural était venu au mariage de Mevlut et de Rayiha, et qu'il lui avait offert une montre ?

À son retour de la mosquée, Mevlut ne trouva pas Samiha à la maison. Elle avait dû se rendre au neuvième étage, chez Vediha. Abdurrahman au cou tordu était venu à Kültepe pour les fêtes et cela faisait une semaine qu'il logeait au neuvième étage, qui disposait de plusieurs chambres sur le côté sans vue de l'appartement. Tant qu'ils n'avaient pas à se croiser, Korkut et son beau-père se toléraient. Vediha et Samiha passaient le plus clair de leurs journées devant la télévision avec leur père. Quant à Süleyman, il avait dû mettre tout le monde dans la voiture et partir de bonne heure à Üsküdar, pour rendre visite à sa belle-famille pour les fêtes. C'est ce que Mevlut avait conclu en ne voyant pas la Ford Mondeo de Süleyman garée en bas.

Son appartement au premier étage donnait en effet sur le parking de l'immeuble. Un poste d'observation qui permettait à Mevlut de faire pas mal de déductions sur la vie des habitants de cette tour de douze étages, des couples de retraités, de jeunes bourgeois qui parlaient haut et fort, des hommes et des femmes dont il ignorait quelles étaient leurs activités, des diplômés d'université dont les grands-parents étaient d'anciens marchands de yaourt et des enfants de tous âges qui jouaient constamment au football sur le parking. Les fils de Süleyman, respectivement âgés de seize ans (Hasan) et de quatorze ans (Kâzım), étaient les plus bruyants. Quand le ballon s'échappait du parking et dévalait la pente, ces jeunes et paresseux joueurs ne couraient même pas derrière pour le rattraper, ils se mettaient tous à crier en chœur : « Le ballon, le ballon, le ballon ! » pour que quelqu'un le leur rapporte d'en bas. Ce qui avait l'art d'agacer Mevlut, lui qui avait toujours gagné sa vie à la force de ses jambes.

Mais pas une seule fois depuis les huit mois qu'il habitait ici il n'avait ouvert la fenêtre pour gronder ou tenter de faire taire ces jeunes footballeurs. Six jours sur sept, il partait de chez lui à dix heures et demie du matin pour se rendre à l'association de Mecidiyeköy ; de la mi-octobre à la mi-avril, le soir, il vendait régulièrement de la boza. Pour cela, il allait dans des secteurs comme Şişli, Nişantaşı et Gümüşsuyu où se trouvaient les anciens et riches immeubles de quatre ou cinq étages de la ville. Il avait complètement coupé avec le vieux quartier de Tarlabaşı, désormais sous le coup du programme de réhabilitation urbaine visant à y construire de petits hôtels chics, de grands centres commerciaux et des résidences de tourisme, et où la plupart des immeubles grecs centenaires avaient été vidés de leurs occupants.

Tout en préparant son thé du matin, il regarda ceux qui tuaient le mouton sur le parking (il n'avait pas vu les béliers de Süleyman). Ensuite, il feuilleta le livre de Son Excellence intitulé *Les Conversations.* C'est par le journal *Irşad,* affiché dans la vitrine d'une épicerie, qu'il avait été informé six mois plus tôt de la parution de cet ouvrage. Il avait soigneusement collectionné les vingt coupons requis et acheté le livre, illustré en quatrième de couverture d'une belle photo de jeunesse de Son Excellence. Mevlut se plaisait à penser qu'il avait une part dans l'écriture du chapitre intitulé « L'intention du cœur et l'intention de la langue ». Il ouvrait quelquefois le livre à cet endroit et lisait ces pages avec attention.

Autrefois, après le prêche de la fête du Sacrifice, son père, son oncle, ses cousins et lui remontaient tous ensemble à Duttepe en devisant gaiement, ils buvaient du thé et mangeaient les *börek* que Tante Safiye avait préparés au petit-déjeuner pour toute la famille. Vu que maintenant tout le monde vivait dans des appartements distincts, il n'y avait plus de lieu attitré où l'on puisse

passer à l'improviste et tous se voir régulièrement. Pour perpé-
tuer cet ancien état d'esprit, Tante Safiye avait invité toute la
famille à déjeuner, mais comme Süleyman et les siens étaient
allés chez les parents de Melahat, les enfants qui s'ennuyaient
chez leurs grands-parents étaient repartis aussitôt après avoir reçu
leurs étrennes.

Lors de cette fête-là, Korkut n'étant pas venu dès le matin,
Tante Safiye se répandit en invectives contre les promoteurs
rapiats, les politiciens qui avaient amadoué ses fistons et qu'elle
tenait pour la source de tous les maux. « Combien de fois je lui ai
dit, mon fils, vous démolirez cette maison après notre décès, vous
construirez alors une tour aussi haute que vous voudrez, mais je
n'ai pas réussi à me faire entendre. Ils m'ont vraiment horripilée
à force de me répéter que notre maison finirait par s'écrouler
dans un séisme, que je serais plus tranquille en immeuble. Je
ne m'y suis pas laissé prendre. Mais qui voudrait mettre à ses
enfants des bâtons dans les roues ? De leur côté, ils m'ont juré
que j'aurais un jardin et des arbres devant moi, que je n'aurai
qu'à tendre le bras par la fenêtre pour cueillir des prunes et des
mûres. Quelles prunes, quelles mûres ? Ni poussins ni poules.
Ni terre ni jardin. Nous ne pouvons pas vivre sans verdure, sans
insectes, mon enfant. Ton oncle Hasan en est tombé malade.
Après tous ces travaux, il n'y a plus un chien ni un chat qui traîne
par ici. À part les enfants qui viennent chercher leurs étrennes
pour les fêtes, personne ne sonne à la porte, personne ne vient
manger avec nous. La maison que j'aimais tant et dans laquelle
j'ai passé quarante ans de ma vie sur la colline d'en face a été
démolie. Et ils nous ont fichu cette immense tour à la place. Et
moi, je suis là à regarder tout ça en pleurant. Eh, c'est comme
ça, mon petit Mevlut. Tiens, c'est pour toi que j'ai fait ce poulet,
prends donc encore une pomme de terre, tu aimes ça. »

Samiha non plus ne laissa pas échapper l'occasion de raconter
un tas d'histoires attestant que les habitants de ces hauts et laids
immeubles construits dans les anciens quartiers et sur les collines
de bidonvilles étaient terriblement malheureux. Il y avait assurément en cela le plaisir de dire à leur mère, bien en face et sans
fard, du mal de Korkut et de Süleyman, qui s'étaient empressés

de faire affaire avec les Vural et avec l'Administration du développement de l'habitat. Elle parla des problèmes des familles
qui, après avoir vécu comme les Aktaş trente ou quarante ans
durant dans une maison construite de leurs propres mains avec
jardin, avaient dû emménager dans des immeubles neufs – soit
par calcul financier, soit par défaut de titre de propriété, soit
contraints par le classement de leur quartier en zone sensible ;
elle parla des femmes au foyer tombées en sévère dépression et
sous médicaments ; des gens qui se retrouvaient à la rue parce
que leur immeuble n'était pas terminé dans les délais, de ceux
qui n'arrivaient pas à payer leurs traites au promoteur, de ceux
qui regrettaient d'avoir reçu un mauvais appartement par tirage
au sort ; de tous ces gens à qui manquaient leurs arbres et leur
jardin. Elle déplora qu'on ait démoli l'ancienne fabrique de
liqueurs de l'autre côté de la rue en pente, le stade de foot, les
bâtiments municipaux qui hébergeaient à une époque des écuries, elle se plaignit qu'on ait coupé tous les mûriers. (Mais elle
se garda bien de révéler à quiconque que trente ans plus tôt elle
et Ferhat se retrouvaient en secret sous ces mûriers.)

« Mais ma petite Samiha, les pauvres ne veulent plus vivre
dans des bidonvilles boueux, glacés, et se chauffer au poêle, ils
préfèrent un endroit propre, moderne et confortable », repartit
Vediha, prenant la défense de son mari et de Süleyman. Mevlut
n'en fut pas surpris : les deux sœurs se retrouvaient au moins deux
fois par jour dans un appartement ou un autre pour bavarder, et
Vediha répétait souvent à sa cadette combien elle était contente
d'avoir emménagé dans le bloc D. Après s'être installée avec son
mari dans un appartement séparé du reste de la famille, Vediha
s'était en même temps libérée de l'obligation de faire la cuisine
et le thé pour toute la maisonnée, de s'occuper du linge, des
pièces à recoudre, à repriser, à remplacer, de gérer les traitements
médicaux... de l'obligation, en somme, d'être « la bonniche de
tout le monde », comme elle le disait parfois avec colère. (Ce qui
expliquait, selon Mevlut, qu'elle ait rapidement pris du poids ces
dernières années.) Comme elle avait marié ses deux fils et que
Korkut rentrait tard le soir, elle pouvait parfois éprouver un peu de
solitude, mais elle n'avait pas à se plaindre de la vie en immeuble.

Quand elle n'était pas avec Samiha, elle allait voir ses petits-enfants à Şişli. Après beaucoup d'efforts, de longues recherches et maintes tentatives infructueuses pour trouver une femme à Bozkurt, elle l'avait marié à la fille d'un artisan originaire de Gümüşdere qui travaillait comme plombier à Istanbul. La bru, qui avait fréquenté l'école jusqu'au collège, aimait se montrer amicale et enjôleuse, et, quand elle devait sortir, elle laissait ses deux filles, qu'elle avait eues coup sur coup, à leur grand-mère. Quelquefois, ils se réunissaient à Şişli chez Turan dont le premier enfant était né un an plus tôt. Et lorsque Vediha allait voir ses petits-enfants dans ce quartier, il arrivait aussi à Samiha de l'accompagner.

Mevlut voyait d'un mauvais œil la bonne entente entre son beau-père Abdurrahman au cou tordu et ses deux filles. Était-ce parce qu'il était jaloux de l'amitié et de la proximité qu'il y avait entre eux ? Ou parce que Samiha lui répétait en riant les propos narquois que son beau-père tenait sur lui lorsqu'il était ivre ? (« Comment se fait-il que mes filles n'aient trouvé personne d'autre que lui à leur goût dans Istanbul ? Pour moi, c'est une énigme », avait-il dit une fois.) Ou encore parce que son éternel beau-père de quatre-vingts ans qui attaquait au raki dès l'heure du déjeuner commençait peu à peu à en faire prendre l'habitude à Vediha après l'avoir fait avec Samiha ?

En plus du traditionnel *börek* de fête, Tante Safiye avait préparé des frites pour ses petits-enfants mais ils n'étaient pas venus, et c'est Vediha qui les mangeait. Mevlut était à peu près certain qu'Abdurrahman Éfendi avait depuis longtemps avalé son raki de midi dans l'appartement du neuvième avant de descendre manger chez Tante Safiye et que Samiha avait également pris un verre avec lui pour l'accompagner. Mais à présent, il tendait à penser que Vediha pouvait en avoir bu elle aussi. Dans l'après-midi, en se rendant à l'association pour les souhaits de bonne fête, il s'imagina Samiha continuant à boire au neuvième avec son père. Pendant qu'il échangeait des vœux avec les adhérents de l'association, pendant qu'il congédiait les enfants qui sonnaient à la porte pour réclamer des étrennes en leur disant « Ici, c'est une association », il avait devant les yeux l'image de Samiha en train de l'attendre tout en sirotant son raki.

Dès leur deuxième année de mariage, Mevlut et Samiha avaient instauré un jeu entre eux. Ce qui était pour le couple un moyen de se confronter à la question qui déterminait toute leur existence : « À qui les lettres étaient-elles adressées ? » À force d'en débattre les premiers temps de leur union, ils étaient rapidement arrivés à un accord sur ce sujet : depuis leur premier rendez-vous dans le restaurant Konak, Mevlut convenait avoir effectivement écrit ces lettres à Samiha. Sa position officielle et personnelle sur la question était simple. Il avait croisé Samiha au mariage de Korkut et il avait été captivé par son regard. Mais ensuite, quelqu'un s'était joué de lui et, du coup, il avait épousé Rayiha. Ce que Mevlut ne regrettait absolument pas, car il avait été très heureux avec elle. Et il lui était impossible d'écorner l'image de ces heureuses années ou de faire preuve d'irrespect envers sa mémoire. Tout cela, Samiha l'acceptait.

Quand, après un verre de raki, Samiha ouvrait une des lettres et demandait à Mevlut ce qu'il avait voulu dire en comparant ses yeux à « des bandits de grand chemin », leurs différends ressortaient au grand jour. Selon Samiha, ce genre de questions n'altérait nullement l'esprit du contrat qu'ils avaient passé entre eux, car, Mevlut étant l'auteur de ces paroles, il était en mesure de les expliquer. Mevlut en convenait mais à l'heure actuelle il refusait de replonger dans les états d'âme qui étaient les siens à l'époque où il écrivait ces lettres.

« Je ne te demande pas de revivre ce genre d'états mais de me raconter ce que tu ressentais en m'écrivant cela », disait Samiha.

Tout en buvant son raki à petites gorgées, Mevlut essayait en toute honnêteté de décrire à sa femme les émotions qui habitaient le jeune homme de vingt-trois ans qui écrivait ces lettres, mais au bout d'un moment il n'y arrivait plus.

« Ce que tu éprouvais à ce moment-là, tu es incapable de me le redire aujourd'hui, lui lança une fois Samiha, que l'inhibition de Mevlut rendait passablement furieuse.

— C'est que je ne suis plus le même que celui qui écrivait ces lettres », avait-il répondu.

Il y eut un silence, et la raison pour laquelle Mevlut était devenu quelqu'un d'autre était apparue dans toute son évidence : cela tenait non seulement au temps qui était passé depuis, au fait que ses cheveux avaient blanchi, mais aussi à l'amour qu'il portait à Rayiha. Si bien que Samiha avait compris que ce n'était pas en le forçant de la sorte qu'elle l'entendrait lui dire des mots doux. Voyant que sa femme avait compris ce point et l'admettait, Mevlut s'était senti coupable. Ensuite avait commencé entre eux ce jeu taquin devenu une sorte de rituel amical. À un moment propice, l'un des deux, et pas uniquement Samiha, sortait le paquet de lettres jaunies de plus de trente ans et en lisait quelques phrases, puis Mevlut expliquait pourquoi et comment il les avait rédigées.

Le point crucial ici, c'était que Mevlut ne cède pas trop au sentimentalisme en se livrant à ces explications et parvienne à parler de ce jeune épistolier comme s'il s'agissait d'un autre. De cette façon, il leur était possible d'aborder un sujet qui flattait l'orgueil de Samiha et de parler un peu du grand amour que Mevlut avait éprouvé pour elle dans sa jeunesse, sans être irrespectueux envers Rayiha. Comme il apprenait de nouvelles choses sur leur passé commun, et que cela se passait dans les moments les plus denses et les plus colorés de sa vie, Mevlut n'avait aucune gêne à lire des phrases piochées dans ces anciennes lettres, dans un état d'esprit enclin à la plaisanterie et au débat.

De retour à la maison à la tombée de la nuit, il trouva un jour Samiha assise à table avec un verre de thé. Et devant elle, une des lettres que Mevlut lui avait envoyées du service militaire. Mevlut comprit que Samiha était revenue au thé parce qu'elle avait forcé sur le raki, et il s'en réjouit.

Dans une des lettres que Mevlut avait envoyées de la garnison de Kars, pourquoi Mevlut comparait-il les yeux de Samiha à un narcisse ? Mevlut confia à Samiha que, durant la période où il était sous l'aile de Turgut Pacha, un professeur de lettres de lycée qui effectuait son service militaire l'avait aidé et beaucoup instruit sur le motif du regard. Le narcisse renvoyait à l'œil dans la littérature ancienne : à cette époque, les femmes étaient encore beaucoup plus couvertes et comme les yeux étaient la seule partie de leur corps que les hommes pouvaient apercevoir, toute la littérature – aussi bien celle du divan que la littérature populaire – était fondée sur ce thème des yeux et du regard. Dans un soudain

élan d'enthousiasme, Mevlut relata longuement à sa femme ce
que le professeur lui avait appris ainsi que d'autres subtilités qui
lui venaient alors à l'esprit. Lorsqu'une personne était irrésisti-
blement attirée par la beauté d'un œil et d'un visage, elle cessait
d'être elle-même, et perdait même le sens commun.

« À cette époque, je n'étais pas moi-même, dit Mevlut.

— Mais ce que tu dis là n'apparaît pas dans la lettre », répondit
Samiha.

Pris par l'émoi de ses souvenirs de jeunesse, Mevlut se rappela
de la grande importance de cette lettre écrite à l'armée. L'image
de lui en jeune homme passionné penché sur ces lettres lui revenait à l'esprit et, avec elle, celle de la jolie fille à qui il les adressait. Lorsqu'il rédigeait ces lettres au service militaire, il n'avait
qu'un très vague souvenir du visage de Samiha. Mais à présent,
au fur et à mesure que se ravivait la mémoire de son passé, une
fillette au doux visage surgissait distinctement devant ses yeux.
Mais cette fille dont la simple image suffisait à faire accélérer les
battements de son cœur n'était pas Samiha. C'était Rayiha.

Affolé à l'idée que sa femme se rende compte qu'il pensait
toujours à Rayiha, Mevlut se mit à parler à brûle-pourpoint de
la langue du cœur, du rôle de l'intention et du destin dans la
vie. Des expressions comme « regards mystérieux », « yeux qui
retiennent captifs » lues par Samiha dans ces lettres renvoyaient
Mevlut aux motifs que Rayiha brodait en s'en inspirant sur les
rideaux et autres pièces de trousseau. Samiha, qui était au courant des conversations que Mevlut avait eues avec Son Excellence,
tentait quelquefois de lui expliquer que sa rencontre avec Mevlut
n'était pas seulement le fruit du hasard, mais aussi quelque chose
d'intentionnel. C'était un argument que Samiha brandissait souvent dans ce jeu des lettres. En cette fin de journée de fête du
Sacrifice, alors que la nuit tombait, elle ajouta à son histoire une
fin nouvelle et convaincante.

D'après elle, ce n'était pas au mariage de Korkut, à l'été 1978,
qu'ils s'étaient rencontrés pour la première fois, mais six ans plus
tôt, en 1972, quand Mevlut avait été recalé en anglais en classe
de quatrième (Mevlut ne lui avait jamais parlé de la professeure
Nazlı). L'été de cette année-là, Mevlut était venu à pied chaque

jour du village de Cennetpınar à Gümüşdere pour prendre des cours d'anglais avec le fils d'un Turc résidant en Allemagne. Alors que les deux garçons étaient penchés sur leur livre d'anglais, assis sous un chêne pour se protéger de la chaleur estivale, Rayiha et Samiha les observaient de loin, car au village quiconque lisait un livre passait pour un excentrique. Samiha avait découvert dès cette époque que sa grande sœur s'intéressait à ce garçon lisant sous le chêne. Des années plus tard, en apprenant par Vediha que Mevlut écrivait des lettres d'amour à son aînée, elle n'avait pas osé dire à Rayiha qu'en réalité ces lettres étaient inspirées par ses beaux yeux à elle, Samiha.

« Pourquoi n'as-tu pas dit la vérité à Rayiha ? » demanda Mevlut, circonspect.

Cela le mettait mal à l'aise chaque fois qu'il l'entendait dire qu'elle savait depuis le début que ces lettres lui étaient en réalité adressées. Et c'est justement parce qu'il donnait crédit à cette hypothèse que cette histoire le dérangeait tant. Car cette version des faits racontée par Samiha signifiait que si Mevlut lui avait réellement écrit ces lettres (avait inscrit son nom en haut de la page, plus exactement), Samiha n'aurait même pas répondu, parce qu'à l'époque elle n'était pas amoureuse de lui. Cette histoire brisait le cœur de Mevlut, et Samiha la ressortait dès qu'elle sentait que son mari l'aimait moins que Rayiha. La lui rappeler était pour elle une manière de lui dire : « Si tu as moins d'amour pour moi maintenant, sache que moi aussi j'en avais encore moins pour toi à cette époque. » Il y eut un long silence entre eux.

« Pourquoi je ne l'ai pas dit ? reprit finalement Samiha. Parce que moi aussi je souhaitais comme tout le monde et du fond du cœur que ma grande sœur se marie et soit heureuse avec toi.

— Tu as bien fait dans ce cas, dit Mevlut. Rayiha a vraiment eu un mariage très heureux avec moi. »

Comme la discussion arrivait sur un terrain glissant, ils se turent mais ne bougèrent pas de leur place. De là, ils pouvaient voir et entendre les voitures entrer et sortir sur le parking à la tombée de la nuit, les enfants jouer au ballon dans le coin vide près des containers à poubelles.

« Ce sera mieux à Çukurcuma, dit Samiha.

— Inch'Allah », dit Mevlut.

Le couple avait pris la décision de quitter le bloc D, de partir de Kültepe et d'emménager dans l'un des appartements dont Samiha avait hérité de Ferhat à Çukurcuma, mais ils n'en avaient encore rien dit à personne. Voilà des années que les loyers qu'ils touchaient pour ces appartements passaient dans le paiement des traites de leur logement actuel. Maintenant qu'ils s'étaient débarrassés de ce crédit et qu'ils étaient tous deux propriétaires, Samiha avait manifesté le désir de partir du bloc D. Mevlut savait que la raison qui sous-tendait cette décision était moins l'atmosphère morose de l'appartement que son envie de vivre loin des Aktaş.

Mevlut estimait qu'habiter Çukurcuma ne présentait aucune difficulté. Avec la nouvelle ligne de métro, il était désormais facile de se rendre de Taksim à Mecidiyeköy. De plus, dans les rues de Cihangir, en soirée, il pouvait encore faire de bonnes ventes. Là-bas, les habitants des immeubles anciens entendaient passer le marchand de boza dans la rue, et ils l'invitaient à monter.

Le soir était complètement tombé quand la voiture de Süleyman entra dans le parking. Mevlut l'avait reconnue à ses phares. Mari et femme regardèrent sans un mot Melahat, Süleyman et leurs deux fils descendre de voiture en discutaillant entre eux et se diriger vers l'immeuble les bras chargés de paquets.

« Il n'y a personne chez Mevlut, dit Süleyman en ne voyant pas de lumière à leurs fenêtres tandis qu'il avançait vers l'entrée.

— Ils vont arriver, ne t'inquiète pas », dit Melahat.

Süleyman avait invité la famille à venir dîner chez eux. Samiha avait tout d'abord refusé d'y aller. Mevlut avait finalement réussi à la convaincre en lui disant que de toute façon ils allaient partir d'ici et que ce n'était pas la peine de froisser qui que ce soit. Mevlut veillait à ce que sa femme ne l'amène pas chaque jour davantage à couper les ponts avec les Aktaş, Fevziye et Sadullah Bey. Car plus l'âge avançait, plus sa peur de se retrouver seul dans la ville augmentait.

Mevlut était à Istanbul depuis quarante-trois ans. Les trente-cinq premières années, il avait eu l'impression de s'attacher chaque année un peu plus à cette ville. Mais ces derniers temps, il se sentait de plus en plus étranger à Istanbul. Était-ce à cause des millions de nouveaux venus qui affluaient par vagues irrépressibles, de leurs nouveaux logements, des hauts immeubles, des centres commerciaux qui sortaient de terre ? À son arrivée à Istanbul en 1969, Mevlut voyait des chantiers de construction et de démolition, non seulement de bidonvilles mais aussi de bâtisses datant d'un demi-siècle à Taksim et à Şişli. Comme si les habitants des immeubles anciens avaient atteint le terme du délai qui leur était imparti pour vivre en ville. Tandis que cette ancienne population disparaissait en même temps que les immeubles de leur génération, une nouvelle vague de gens s'installaient dans les immeubles plus hauts, plus repoussants et tout en béton érigés à leur place. À la vue de ces bâtisses de trente ou quarante étages, Mevlut sentait bien qu'il ne faisait pas partie de cette population nouvelle.

D'un autre côté, il aimait bien contempler ces immeubles qui poussaient comme des champignons, non seulement sur les lointaines collines mais partout dans Istanbul. Contrairement à ses riches clients qui rouspétaient contre n'importe quelle nouveauté, qui tordaient le nez dès qu'ils découvraient une tour neuve et qui affichaient la même grimace de dégoût que devant la pourriture d'un fruit, Mevlut se montrait curieux et admiratif. À quoi ressemblait donc le monde vu du sommet de cet immeuble ? Mevlut avait hâte de monter chez Süleyman et de profiter du magnifique panorama qu'il avait sur la ville.

Mais Samiha traînait les pieds et ils arrivèrent après tous les autres au dernier étage. De l'endroit où il était placé à table, Mevlut voyait non pas le paysage mais le buffet à miroir de Melahat, qu'une camionnette était venue livrer trois mois plus tôt. Les enfants avaient depuis longtemps terminé de dîner et ils s'étaient éclipsés. Autour de la table, il y avait donc Korkut et Vediha, Süleyman et Melahat, Mevlut et Samiha, ainsi qu'Abdurrahman Éfendi, impassible et silencieux. Tante Safiye n'était pas venue, invoquant l'état de santé défaillant d'Oncle Hasan. Korkut et Süleyman couraient les médecins avec leur père dont on ne comprenait pas très bien de quoi il souffrait, ils multipliaient les tests et les examens. Oncle Hasan était las des médecins, il ne voulait plus les voir, plus quitter sa chambre ni son lit. Le premier endroit où il voulait se rendre quand il sortait de cet immeuble de douze étages qu'il n'aimait pas et dont il avait refusé la construction, c'était non pas les hôpitaux mais son épicerie, qui occupait constamment ses pensées et pour laquelle il se faisait du souci. Mevlut avait d'ores et déjà évalué que, derrière cette vieille épicerie qui avait su préserver son caractère d'antan (sur le grand terrain qu'Oncle Hasan avait lui-même accaparé quarante-cinq ans plus tôt), on pouvait construire un immeuble de huit étages avec cinq appartements par niveau.

Ils mangeaient sans rien dire en regardant la télévision (le président de la République avait assisté à la prière de la fête du Sacrifice à Istanbul, dans la mosquée Süleymaniye). Même si Oncle Hasan était en bas, la bouteille de raki ne trônait pas sur la table. De temps à autre, Korkut et Süleyman se levaient pour aller se servir un verre dans la cuisine.

Mevlut aussi demanda un raki. Non qu'il fût devenu comme ces vieux messieurs qui, au fil de l'âge, fréquentent de plus en plus la mosquée tout en consommant de plus en plus de raki. Mevlut buvait peu. Mais ce que Samiha lui avait dit un peu plus tôt lorsqu'ils étaient assis dans le noir lui avait brisé le cœur, et il savait qu'un raki le détendrait.

Melahat, l'air constamment préoccupé, arriva derrière Mevlut dans la cuisine. « Le raki est dans le réfrigérateur », dit-elle. Samiha parut sur ses talons et entra également, un brin timide. « Pour moi aussi, dit-elle en riant.

— Non, pas dans ce verre, prenez plutôt ceux-là, vous voulez des glaçons ? » dit Melahat avec cette gentillesse et cette courtoisie qui faisaient toujours l'admiration de Mevlut. Au centre du réfrigérateur grand ouvert, Mevlut vit des morceaux de viande dans une cuvette en plastique verte.

« Süleyman, béni soit-il, a fait tuer deux béliers aujourd'hui, dit Melahat. Nous en avons distribué aux pauvres mais il en reste encore. Ça ne tient pas dans notre frigo. Nous en avons descendu une cuvette dans celui de Vediha et dans celui de ma belle-mère mais il y en a toujours. J'en ai une pleine bassine sur le balcon, vous pouvez la garder dans votre réfrigérateur ? »

Süleyman avait amené les deux béliers trois semaines plus tôt, il les avait attachés dans un coin du parking à proximité de l'appartement de Mevlut. Les premiers jours, il s'en était occupé et avait mis de la paille devant eux, mais vers la fin il les avait oubliés, tout comme Mevlut. Parfois, le ballon dans lequel tapaient les enfants atterrissait sur l'un des moutons, les pauvres bêtes qui étaient attachées se mettaient à paniquer et à ruer de tous côtés, un nuage de poussière s'élevait, et les gamins s'esclaffaient. Une fois, Mevlut était descendu sur le parking, il avait regardé au fond des yeux l'un des béliers qui étaient désormais découpés en morceaux, conservés dans des cuvettes plastique réparties entre quatre réfrigérateurs et distribués aux pauvres. Et il s'était souvenu des vingt mille moutons qui gisaient au fond du Bosphore.

« Naturellement, tu peux en stocker dans notre réfrigérateur », dit Samiha. Mais au visage de Mevlut, qui s'était pourtant adouci maintenant qu'il avait pris quelques gorgées de raki, elle comprit qu'il n'appréciait nullement cette idée.

« La viande fraîche sent vraiment très mauvais, précisa Melahat. Süleyman va en distribuer aux employés de la société mais... y aurait-il d'autres pauvres de votre connaissance à qui en donner ? »

Mevlut eut aussitôt une pensée pour ces nouvelles et étranges personnes qui s'étaient installées sur l'autre flanc de Kültepe et d'autres collines, dans les anciens *gecekondu* restés vacants suite à cette fièvre de construction immobilière et dont les anciens propriétaires étaient tous en procès avec l'État ou entre eux à cause des titres de propriété établis par les maires. Mais désormais la foule des nouveaux pauvres vivait essentiellement dans les quartiers les plus excentrés de la ville, au-delà du deuxième périphérique. Les fouilleurs de poubelles qui sillonnaient les rues en traînant derrière eux leur carriole à bras en grosse toile provenaient de ces lointains quartiers où Mevlut n'avait jamais mis les pieds. La ville avait tellement grandi, elle s'était tellement étendue que, même en voiture, il était impossible de se rendre dans ces banlieues et d'en revenir dans la journée. Ce qui fascinait le plus Mevlut, c'étaient ces étranges gratte-ciel dont la silhouette fantomatique était visible même de l'autre rive d'Istanbul. Et il aimait beaucoup les contempler de loin.

Mais dans la salle à manger familiale, Mevlut resta un long moment sans pouvoir rassasier ses yeux de ce paysage, parce qu'il était contraint de s'intéresser à l'histoire que racontait Sü-leyman : quand les appartements revenant à la mère et aux sœurs de Mevlut furent vendus deux mois plus tôt, ses beaux-frères, tous deux âgés d'une soixantaine d'années et qui n'étaient presque jamais sortis de leur village, étaient venus à Istanbul où ils avaient logé pendant cinq jours chez Tante Safiye (qui était à la fois la tante maternelle de leur épouse et la femme de leur oncle paternel). Avec sa camionnette Ford, Süleyman leur avait fait visiter la ville et, dans leur dos, il raconta un tas d'anecdotes où il se moquait subrepticement de leur mine ébahie devant les gratte-ciel, les ponts, les anciennes mosquées et les centres com-merciaux d'Istanbul. Le summum de ces récits, c'était l'image de ses vieux beaux-frères incapables de se séparer de la valise dans laquelle ils avaient reçu l'argent de la vente – en dollars et non par voie bancaire, comme tous le faisaient pour échapper au fisc. Süleyman se leva de table et, voûtant le dos, il imita ses deux beaux-frères en train de marcher vers l'autocar du retour en tenant contre eux leur valise pleine d'argent. Puis il lança : « Ah, mon vieux Mevlut, quel homme tu fais. » Alors que tout le monde se tournait vers lui en souriant, Mevlut sentit s'envoler sa bonne humeur.

Il y avait dans leur sourire un côté condescendant face à la naïveté enfantine qu'ils percevaient autant chez Mevlut que chez ses vieux beaux-frères. Non parce qu'ils le considéraient encore comme quelqu'un de la campagne, mais parce qu'au moment où il lui aurait été possible, par un subterfuge administratif, de deve-nir propriétaire des appartements dont ses beaux-frères venaient de toucher l'argent, n'écoutant que son honnêteté, il avait refusé cette opportunité. Ses beaux-frères veillaient au grain (ils avaient apporté à Mevlut le titre de propriété d'un petit terrain au vil-lage ayant appartenu à son père et indiquant sa quote-part) ; ils ne se seraient pas laissé manger la laine sur le dos. Cependant, si trois ans plus tôt Mevlut avait modifié ce papier du maire comme Oncle Hasan jugeait bon de le lui proposer, aujourd'hui il aurait beaucoup plus de parts et même la liberté, à cinquante ans passés, de ne plus travailler, et ces réflexions le troublaient.

Mevlut se referma sur lui-même un moment. Il essaya de se persuader que même si Samiha lui avait brisé le cœur, il ne fallait pas lui en tenir rigueur : sa femme était encore belle, dynamique et très intelligente comparée à celles des autres, vieilles, grosses et usées. Sans compter que le lendemain ils devaient partir ensemble à Kadırga pour voir ses petits-enfants. Mevlut s'était réconcilié avec Fatma. Il avait une belle vie, plus enviable que beaucoup d'autres. Il se devait d'être heureux. D'ailleurs, il l'était, n'est-ce pas ? Au moment où Melahat apportait du baklava à la pistache, Mevlut bondit tout à coup sur ses pieds. « J'aimerais bien contempler un peu cette vue moi aussi, dit-il en tournant sa chaise.

— Bien sûr, à condition que tu arrives à voir autre chose que cette tour, répondit Korkut.

— Grand Dieu, on t'a fait asseoir à une mauvaise place », dit Süleyman.

Mevlut prit sa chaise et alla s'installer sur le balcon. La hauteur et l'étendue du paysage lui donna le vertige un instant. La tour mentionnée par Korkut était l'immeuble de trente étages auquel Hadji Hamit Vural avait entièrement consacré les cinq dernières années de sa vie et engagé des frais pour qu'elle soit toujours plus haute, comme il l'avait fait avec la mosquée de Duttepe. Malheureusement il n'avait pas réussi à en faire l'un des plus hauts gratte-ciel d'Istanbul comme initialement souhaité. Mais le mot « Tower » s'y affichait en lettres géantes comme sur la majorité des gratte-ciel d'Istanbul (bien qu'aucun d'eux ne fût occupé par des Anglais ou des Américains).

C'était la troisième fois que Mevlut montait chez Süleyman et contemplait la vue depuis cet étage. Les deux fois précédentes, Mevlut n'avait pas remarqué que le HADJI HAMIT VURAL TOWER occultait à ce point le paysage. Vural Yapı avait d'abord attendu de vendre tous les appartements de l'immeuble de douze étages de Kültepe pour construire ensuite cette tour Hadji Hamit de Duttepe qui leur bouchait la vue.

Mevlut se rappela que cette vue sur la ville était exactement celle qu'il avait observée du sommet de la colline où son père l'avait emmené lorsqu'il était arrivé à Kültepe. D'ici, il y a quarante ans, on apercevait les usines, les autres collines qui se couvraient rapidement de bidonvilles, du bas vers le haut. À présent, Mevlut ne voyait plus qu'une mer d'immeubles de hauteurs diverses. Les sommets que l'on distinguait autrefois grâce aux grands pylônes électriques qui coiffaient chacun d'eux avaient désormais disparu sous des milliers de tours et de bâtisses, à l'instar de ces anciennes rivières dont on avait oublié la présence et jusqu'au nom lorsque la ville s'était couverte de routes et de béton. Mevlut pouvait juste deviner leur présence : « Ici, ce doit être Oktepe. Ça, ce sont sûrement les minarets de la mosquée de Harmantepe. »

Mevlut avait désormais une sorte de muraille percée de fenêtres en face de lui. La force de la ville, son effrayante matérialité, sa sauvagerie lui faisaient encore l'effet d'un mur d'une dureté implacable. Et sur ce mur, des dizaines, des centaines de milliers de fenêtres observaient Mevlut comme autant d'yeux. Sombres le matin, les yeux changeaient de couleur tout au long de la journée. Le soir, comme Mevlut pouvait le constater en cet instant, ils s'éclairaient avec une lumière qui transformait la nuit tombant sur la ville en une sorte de clarté diurne. Dans son enfance, Mevlut aimait bien regarder les lumières de la ville au loin. Cela avait quelque chose d'envoûtant. Mais jamais encore il n'avait contemplé Istanbul de si haut. C'était à la fois beau et effrayant. Et malgré ses cinquante-cinq ans, Mevlut oscillait entre peur et désir irrépressible de plonger dans cette forêt d'immeubles grouillant d'yeux.

Mais quiconque contemple de loin un paysage urbain finit peu à peu par déceler du mouvement au pied des immeubles, une sorte de vibration sur les collines. Les fabriques de médicaments, d'ampoules et autres usines datant d'il y a quarante ans avaient été démolies et remplacées par d'horribles tours en tous genres avec des centres commerciaux au rez-de-chaussée. Passé cette première impression de rideau de béton générée par toutes ces constructions neuves en hauteur, la silhouette de l'ancien

Istanbul qui y préexistait la première fois que Mevlut était venu en ces lieux se laissait de nouveau deviner. Une ligne qui s'était hérissée de tours blanches ici ou là. Mais ce qui impressionnait le plus Mevlut, c'était la mer de gratte-ciel, de tours et de hauts édifices qui jaillissaient encore derrière ces bâtiments. Certaines de ces constructions étaient tellement loin que Mevlut était incapable de dire si elles se trouvaient sur la rive asiatique ou ici, côté européen.

La nuit, la lumière diffusée par ces hauts édifices tous éclairés comme la mosquée Süleymaniye formait un halo au-dessus de la ville, doré comme le miel ou jaune soufre. Les soirs où se formait une couverture de nuages bas et qu'un rai de lumière jaune citron les effleurait par en dessous, les nuages ressemblaient alors à d'étranges réverbères éclairant la ville en surplomb. Dans tout cet écheveau de lumières, ce n'est qu'à la faveur du clignotement des projecteurs d'un bateau passant à l'horizon (ou des lumières des avions) que l'on parvenait à distinguer le Bosphore. Mevlut sentit que la lumière et l'ombre qui l'habitaient avaient quelque chose d'un paysage urbain nocturne. C'était peut-être pour cette raison qu'il sortait depuis quarante ans la nuit dans les rues de la ville pour y vendre de la boza, malgré le peu d'argent que cela rapportait.

Mevlut saisit clairement à cet instant la vérité qu'il connaissait depuis quarante ans sans en avoir totalement conscience : déambuler la nuit dans les rues de la ville lui donnait l'impression de se promener dans sa propre tête. C'est pourquoi dialoguer avec les murs, les affiches publicitaires, les ombres, les choses étranges et mystérieuses qu'il n'arrivait pas à distinguer dans le noir revenait un peu à se parler à lui-même.

« Que se passe-t-il ? Que regardes-tu ainsi ? demanda Süleyman en le rejoignant sur le balcon. Tu cherches quelque chose ?

— Rien, je regarde juste comme ça.

— C'est beau, n'est-ce pas ? Mais il paraît que tu nous laisses et que tu pars à Çukurcuma ? »

En rentrant dans la salle à manger, Mevlut vit Samiha qui passait le bras sous celui de son père et le reconduisait vers la porte. Devenu passablement sénile ces dernières années, son beau-père n'était guère loquace et, après deux verres de raki, il restait gentiment assis à côté de ses filles comme un enfant sage. Mevlut ne laissait pas de s'étonner qu'il soit encore capable de sortir de son village et de prendre l'autocar pour Istanbul.

« Papa ne se sent pas bien, nous y allons, dit Samiha.

— Je viens aussi », dit Mevlut.

Samiha et son père étaient déjà sur le palier.

« Comment cela, Mevlut, tu nous quittes donc ? dit Korkut.

— Les gens auront envie de boire de la boza un soir de fête où il fait froid, répondit Mevlut.

— Non, je ne parle pas de ce soir. Il paraît que vous voulez déménager d'ici et vous installer à Çukurcuma. » Comme Mevlut ne répondait pas, Korkut ajouta : « Tu ne peux pas nous laisser, tu n'iras nulle part.

— Je vais partir, voilà tout », répondit Mevlut.

Dans l'ascenseur où résonnait toujours de la musique, il s'attrista de voir son beau-père dans un tel état de fatigue, si taiseux et abattu. Mais il était fâché contre Samiha ; arrivés chez eux, Mevlut prit ses ustensiles à boza et, sans un mot à sa femme, il partit avec joie et empressement à l'assaut des rues.

Une demi-heure plus tard, il était au fin fond de Feriköy et il sentait avec optimisme que ce soir les rues pourraient très bien dialoguer avec lui. Son cœur s'était brisé car Samiha lui avait rappelé qu'il avait été un temps où elle ne l'aimait pas. Dans ces moments de ressentiment, lorsque les manques, les défaillances de sa vie se mettaient à croître en lui et à l'envahir de culpabilité, le souvenir de Rayiha ressurgissait automatiquement dans sa tête.

« Boo-zaa ! », cria Mevlut en direction des rues vides.

Chaque fois qu'il rêvait de Rayiha ces derniers temps, il était toujours confronté au même problème : Rayiha attendait Mevlut dans un vieux et vaste konak en bois, mais, en dépit de toutes les rues par lesquelles il passait, de toutes les portes qu'il ouvrait, Mevlut n'arrivait pas à en trouver l'entrée. Il tournait constamment en rond dans les mêmes rues. Il comprenait alors que celles par lesquelles il venait de passer avaient changé et que, pour franchir le seuil du konak, il lui fallait s'engager dans ces rues neuves et poursuivre sa marche inexorable. Certains soirs où il arpentait des rues désertes pour vendre de la boza, Mevlut n'aurait su dire si sa présence ici en cet instant relevait du rêve ou de la réalité.

« Boo-zaa ! »

Dans son enfance et son adolescence, Mevlut croyait que les choses mystérieuses qu'il voyait et remarquait en marchant dans les rues émanaient de son propre esprit. Mais à cette époque, il les tenait sciemment pour les fruits de son imagination. Les années suivantes, il avait eu le sentiment que ces pensées et ces images lui étaient instillées par une force extérieure. Et ces dernières années, Mevlut en était arrivé à ne plus faire de distinction entre les rêveries qui l'habitaient et ce qu'il voyait dans la rue : comme si tout cela était fait de la même étoffe. Une agréable sensation que le verre de raki bu chez Süleyman contribuait à alimenter.

Autrement dit, la présence dans ces rues de Rayiha en train d'attendre Mevlut dans un konak en bois pouvait tout aussi bien être un fantasme que la réalité. Tout comme cet œil qui le suivait d'en haut depuis quarante ans lorsqu'il arpentait les rues la nuit ; il pouvait très bien exister, ou n'être qu'une chimère à laquelle Mevlut croyait depuis des années. La ressemblance que Mevlut établissait entre les gratte-ciel qu'il voyait au loin depuis le balcon de Süleyman et les stèles funéraires figurant sur l'illustration de l'*Irşad* pouvait très bien n'être qu'une rêverie de sa part. De même que son impression que le temps passait plus vite depuis que les brigands père et fils lui avaient extorqué sa montre dix-huit ans plus tôt.

Mevlut savait que lorsqu'il lançait son cri de « Boo-zaa ! » les émotions qui l'habitaient se transmettaient à ceux qui étaient chez eux, ce qui était à la fois une réalité et un doux rêve. Peut-être que c'était vrai qu'il existait un autre monde caché au sein de celui-là et que c'est seulement s'il parvenait à extérioriser la deuxième personne tapie en lui qu'il finirait, à force de marcher et de penser, par accéder à ce monde imaginaire. Mevlut refusait de faire un choix entre ces univers. Sa vision officielle était juste, et sa vision personnelle aussi. L'intention de son cœur était fondée, l'intention de sa langue également… Ce qui signifiait qu'était probablement réel ce qu'inspiraient à Mevlut les mots qui s'étalaient sur les affiches publicitaires, les journaux accrochés dans les vitrines des épiciers, et les inscriptions murales, et tous ces signes que la ville lui adressait depuis quarante ans. Mevlut éprouvait comme dans son enfance le besoin de répondre à ce que lui disait la ville. On eût dit que désormais son tour était venu de prendre la parole. Qu'aurait-il aimé dire à la ville ?

Mevlut fut bien en peine de définir ce que devait être la vision qu'il aurait voulu communiquer à la ville avec la concision d'un slogan. Peut-être était-ce son point de vue personnel qu'il devait écrire sur les murs, et non pas son point de vue officiel comme il le faisait dans sa jeunesse en collant des affiches politiques. Ou alors, il fallait que son propos reflète ce qu'il y avait de plus profond en lui, de sorte à pouvoir corroborer les deux.

« Boo-zaa…

— Bozacı, arrête-toi bozacı… »

Une fenêtre s'ouvrit, Mevlut esquissa un sourire d'étonnement. Un panier de course descendait rapidement dans le noir jusqu'à lui comme dans l'ancien temps.

« Bozacı, tu sais comment mettre la boza dans le panier ?

— Naturellement. »

En moins de temps qu'il n'en faut pour le dire, Mevlut remplit de boza le récipient en verre à l'intérieur du panier. Il empocha son argent et reprit son chemin, tout content, en réfléchissant à ce que devait être la vision des choses qu'il aimerait communiquer à la ville.

Ces dernières années, Mevlut avait peur de vieillir, de mourir, de sombrer dans l'oubli et de disparaître. Il n'avait jamais fait de mal à personne, il s'était toujours efforcé d'être une bonne personne ; et il croyait que s'il ne commettait aucun faux pas jusqu'à la fin de sa vie, il irait au paradis. Mais la peur d'avoir vécu en vain et d'être oublié, une peur qui ne l'avait jamais effleuré dans sa jeunesse, commençait à le ronger ces derniers temps, malgré les nombreuses années qui lui restaient encore à vivre avec Samiha. Et Mevlut ne savait que dire à la ville à ce sujet.

Il longea le mur du cimetière de Feriköy. Autrefois, sous l'impulsion de cette chose étrange en lui, il y entrait, malgré sa peur terrible des morts et des cimetières. Les pierres tombales et les crânes lui faisaient moins peur à présent, mais, comme tout cela l'amenait à penser à sa propre mort, il se gardait soigneusement de s'aventurer même dans les beaux cimetières anciens. Cependant, sous le coup d'un réflexe enfantin, il regarda par un décrochement du mur à l'intérieur et fut saisi de frayeur en voyant quelque chose remuer avec un bruissement.

C'était un chien noir, qui fut aussitôt rejoint par un deuxième, et tous deux disparurent dans les profondeurs obscures du cimetière. Mevlut fit demi-tour et se mit à marcher à vive allure dans la direction opposée. Il n'y avait pas de quoi avoir peur. En ce soir de fête, les rues étaient peuplées de gens bien habillés, souriants et bien intentionnés. Un homme du même âge que lui ouvrit sa fenêtre, l'appela et descendit avec une carafe dans laquelle Mevlut versa deux kilos de boza, puis, retrouvant sa bonne humeur, il oublia les chiens.

Mais dix minutes plus tard les chiens le serrèrent deux rues plus bas. Au moment où il les remarqua, Mevlut comprit que deux chiens de la bande lui avaient déjà emboîté le pas, qu'il ne pourrait pas battre en retraite et leur échapper. Il sentit les battements de son cœur s'accélérer et fut incapable de se rappeler les prières que lui avait apprises le cheikh chez qui son père l'avait emmené, ni les conseils que lui avait prodigués Son Excellence.

Mevlut passa en tremblant devant eux mais les chiens ne grognèrent pas en lui montrant les crocs, ils ne prirent nullement l'air menaçant. Aucun ne vint le renifler, et la plupart lui témoignèrent une complète indifférence. Mevlut en fut profondément soulagé. Il savait que c'était un très bon signe. Il éprouva le besoin de parler, de se lier d'amitié avec quelqu'un. Les chiens l'aimaient.

Trois rues et un quartier plus tard, après avoir servi plusieurs clients au cœur généreux et bien disposé, il constatait avec étonnement qu'un de ses bidons de boza était presque terminé quand il entendit une fenêtre s'ouvrir au troisième étage d'un immeuble et une voix d'homme l'interpeller : « Viens, monte, bozacı. »

Deux minutes après, Mevlut était sur le palier du troisième étage de cet immeuble sans ascenseur. On l'invita à entrer. Mevlut sentit une forte odeur de raki flotter dans l'atmosphère saturée d'humidité comme à l'époque où les gens se chauffaient peu et n'aéraient guère. Mais il régnait à l'intérieur une ambiance familiale, festive et conviviale, bien différente de celle des assemblées de gens ivres et querelleurs. Il vit des tantes affectueuses, des pères sages et raisonnables, des mères babillardes, des grands-pères, des grands-mères et un tas d'enfants. Les enfants n'arrêtaient pas de courir autour de la table pendant que leurs parents restaient assis à discuter, ils se cachaient en dessous, s'appelaient et poussaient des cris. Mevlut se réjouit de les voir si heureux. Les êtres humains avaient été créés pour être heureux, francs et honnêtes. Et cette chaleur humaine, Mevlut la voyait dans la lumière orangée qui arrivait en provenance du salon. Sous le regard attentif des enfants, Mevlut répartit cinq kilos de sa meilleure boza dans des verres. Sur ces entrefaites, une élégante dame de son âge se détacha de l'assemblée et vint dans la cuisine. Elle avait les lèvres maquillées, la tête découverte et de grands yeux noirs.

« Merci à toi d'être monté, bozacı, dit-elle. Cela m'a fait du bien d'entendre ta voix dans la rue. Elle m'a touchée. C'est une bonne chose que tu vendes de la boza. C'est bien de le faire sans t'inquiéter de savoir qui pourrait bien en acheter. »

Mevlut était sur le seuil. Il s'apprêtait à sortir mais il ralentit le pas.

« Je ne pense pas à ça, répondit-il. C'est parce que j'en ai envie que je vends de la boza.

— N'abandonne pas, bozacı. Ne te dis pas : "qui donc en achètera dans ces tours et toutes ces bâtisses en béton ?" Continue toujours à passer dans les rues.

— Moi, je vendrai de la boza jusqu'à la fin de mes jours », dit Mevlut.

La femme lui donna beaucoup plus d'argent que le prix de cinq kilos de boza. Elle fit un geste indiquant qu'elle ne récupérerait pas la monnaie, que c'était un pourboire de fête. Mevlut sortit sans bruit, il descendit l'escalier ; devant la porte d'entrée, il reposa sa perche sur ses épaules et y accrocha ses bidons.

« Boo-zaa ! » cria-t-il en ressortant dans la rue. Il dirigea ses pas vers la Corne d'Or et, tandis qu'il descendait une longue rue qui semblait se poursuivre jusqu'à l'infini, le paysage qu'il avait vu depuis le balcon de Süleyman prit vie devant ses yeux. Ce qu'il voulait dire à la ville, ce qu'il voulait écrire sur les murs venait de s'imposer à lui. C'était sa vision à la fois officielle et personnelle, l'intention de son cœur et de sa langue :

« Dans ce monde, c'est Rayiha que j'ai le plus aimée. »

2008-2014

© Ara Güler.
Photographie figurant sur la couverture de la première édition turque du roman.

CHRONOLOGIE

1954	Premières grandes vagues d'exode rural de la région de Beyşehir vers Istanbul, où beaucoup s'emploient dans le commerce du yaourt.
6-7 septembre 1955	Émeutes dirigées contre les minorités non musulmanes d'Istanbul, pillage et saccage de magasins, destruction d'églises.
1957	Naissance de Mevlut Karataş dans le village de Cennetpınar rattaché au département de Beyşehir dans la province de Konya.
27 mai 1960	Coup d'État militaire.
17 septembre 1961	Exécution de l'ancien Premier ministre Adnan Menderes.
1963	Les frères Hasan et Mustafa Aktaş quittent leur village pour venir travailler à Istanbul.
1964	Les événements à Chypre provoquent l'expulsion de milliers de Grecs d'Istanbul hors de Turquie. Les immeubles de Tarlabaşı se vident.
1965	Les frères Hasan et Mustafa s'installent dans la baraque de bidonville d'une seule pièce qu'ils ont construite à Kültepe. Korkut, le fils aîné de Hasan, vient rejoindre son père et son oncle à Istanbul. Hasan et Mustafa, aidés par Korkut, bornent chacun un terrain à Duttepe et à Kültepe.
1965	Début des travaux de construction de la mosquée de Duttepe.

1965	Rumeurs d'amnistie pour les infractions urbanistiques et frénésie de construction illégale, essor des bidonvilles. Le Parti de la justice, dirigé par Süleyman Demirel, sort vainqueur des législatives.
1966	Abdurrahman au cou tordu cesse son activité de marchand de yaourt et retourne définitivement au village de Gümüşdere.
1968	Süleyman, le fils cadet de Hasan Aktaş, vient rejoindre son père, son frère aîné et son oncle à Istanbul.
Décembre 1968	Hasan, Korkut et Süleyman quittent la maison où ils vivaient avec Mustafa pour s'installer dans le *gecekondu* qu'ils ont fini de construire sur le terrain qu'ils avaient délimité en 1965 à Duttepe. Safiye, la femme de Hasan, vient rejoindre le reste de la famille à Istanbul.
Été 1969	À Beyşehir, Mustafa Aktaş fait modifier son nom de famille, pour lui et les siens. Ainsi, Aktaş devient Karataş.
Été 1969	Ouverture du Derya, premier cinéma en plein air de Duttepe.
Fin de l'été 1969	Mevlut Karataş part à Istanbul avec son père, pour travailler et poursuivre sa scolarité.
12 mars 1971	Suite au mémorandum soumis par l'armée au président de la République Cevdet Sunay, le gouvernement est poussé à la démission.
Avril 1971	Mevlut fait la connaissance de Ferhat.
1972	Mevlut voit pour la première fois un film érotique au cinéma Elyazar de Beyoğlu.
30 octobre 1973	Inauguration officielle du pont du Bosphore, également appelé le Premier Pont.
Janvier 1974	Inauguration officielle de la mosquée de Duttepe pour la fête du Sacrifice.
Mars 1974	Mevlut suit pour la première fois la femme à qui il prête le nom de Neriman.
20 juillet 1974	L'armée turque débarque à Chypre et occupe l'île.
Mars 1977	Mevlut colle des affiches politiques sur les murs.
Avril 1977	Guerre droite-gauche entre Duttepe et Kültepe.

1er mai 1977	Tirs et mouvement de panique sur la place Taksim provoquent la mort de trente-quatre personnes.
Mai 1978	Hasan Aktaş vend à Hadji Hamit Vural le terrain que son frère Mustafa et lui avaient borné ensemble en 1965 à Kültepe.
Été 1978	Mevlut se laisse pousser la moustache.
Août 1978	Mariage de Korkut et de Vediha.
Octobre 1978	Mevlut quitte la maison où il vivait avec son père. Début de sa cohabitation avec Ferhat à Tarlabaşı et de son travail comme serveur au restaurant Karlıova.
19-26 décembre 1978	Massacre de Maraş, où sont tués cent cinquante alévis.
Milieu des années 1970	Généralisation des pots en verre et en plastique lancés par les entreprises productrices de yaourt.
1979	Assassinat de Celâl Salik, éditorialiste au journal *Milliyet.*
Fin 1979	Naissance de Bozkurt, le premier fils de Korkut et Vediha.
Printemps 1980	Mevlut part au service militaire.
12 septembre 1980	Alors que Mevlut est envoyé dans le régiment blindé de Kars, l'armée réalise un coup d'État.
Fin 1980	Naissance de Turan, le deuxième fils de Korkut et Vediha.
Janvier 1981	Décès de Mustafa Karataş. Mevlut revient à Istanbul pour l'enterrement de son père et met la maison de Kültepe en location.
17 mars 1982	Mevlut est libéré de son service militaire, il revient à Istanbul et s'installe dans l'appartement qu'il a loué à Tarlabaşı.
2 avril-14 juin 1982	Guerre des Malouines entre l'Argentine et le Royaume-Uni.
17 juin 1982	Mevlut enlève Rayiha, la fille d'Abdurrahman Éfendi au cou tordu du village de Gümüşdere.
Été 1982	Mevlut travaille pour la première fois comme glacier.
Septembre 1982	Mariage de Mevlut et de Rayiha.
Octobre 1982	Mevlut se lance dans la vente de pilaf.

Novembre 1982	La Constitution de 1982 est adoptée par référendum et le militaire putschiste Kenan Evren est désigné président de la République.
Avril 1983	Naissance de Fatma, première fille de Mevlut et de Rayiha.
Avril 1983	Légalisation de l'avortement jusqu'à dix semaines de grossesse avec, pour les femmes mariées, l'autorisation de leur mari.
Début 1984	Samiha se sauve avec Ferhat.
Août 1984	Naissance de Fevziye, deuxième fille de Mevlut et de Rayiha.
26 avril 1986	Accident nucléaire de la centrale de Tchernobyl.
1986-1988	Percée du boulevard Tarlabaşı.
Février 1987	Incendie du théâtre Şan.
18 juin 1988	Tentative d'attentat contre le Premier ministre Turgut Özal.
3 juillet 1988	Mise en service du pont Fatih Sultan Mehmet.
Début 1989	Mevlut se fait confisquer sa carriole à pilaf par les agents municipaux. À la même période, il rencontre Son Excellence. Ferhat devient agent de recouvrement de l'Administration de l'électricité.
4 juin 1989	Événements de la place Tian'anmen à Pékin.
Septembre 1989	Mevlut commence à travailler comme gérant au restaurant Binbom à Taksim.
9 novembre 1989	Chute du mur de Berlin.
1990-1995	Période de guerre civile qui aboutit à l'éclatement de la Yougoslavie.
1991	Privatisation des organismes publics de production et de distribution de l'électricité.
17 janvier-28 février 1991	Première guerre du Golfe.
14 novembre 1991	Un navire libanais entré en collision avec un bateau philippin sombre dans le Bosphore avec vingt mille moutons à son bord.
25 décembre 1991	Dislocation de l'URSS.
24 janvier 1993	Uğur Mumcu est tué par l'explosion d'une bombe placée dans sa voiture.

2 juillet 1993	L'hôtel Madımak à Sivas est incendié par des militants de l'islam politique, trente-cinq personnes sont tuées.
1994-1995	Guerre entre le PKK et l'armée turque. Villages brûlés et migration des Kurdes à Istanbul.
Début 1994	Ferhat fait la rencontre de Selvihan.
Février 1994	Mevlut perd son travail au restaurant Binbom.
27 mars 1994	Recep Tayyip Erdoğan est élu maire d'Istanbul aux municipales.
30 mars 1994	Mevlut se fait dépouiller par deux hommes, père et fils, pendant sa tournée nocturne de boza.
Avril 1994	Mevlut et Ferhat inaugurent la Boza des Beaux-Frères.
Février 1995	Rayiha tombe enceinte d'un troisième enfant.
Mars 1995	Korkut s'implique dans la tentative de renversement du président Heydar Aliyev en Azerbaïdjan.
12-16 mars 1995	Mort de douze personnes dans les émeutes du quartier Gazi à Istanbul, et de cinq autres lors de rassemblements à Ümraniye.
Début avril 1995	Fermeture de la Boza des Beaux-Frères.
Mi-avril 1995	Mevlut devient gardien de parking.
Mai 1995	Rayiha meurt en tentant de s'avorter.
Fin 1995	Sur la proposition de Ferhat, Mevlut commence à travailler comme agent de recouvrement de l'électricité.
Début 1996	Süleyman se marie avec Mahinur Meryem. Naissance de leur premier enfant, Hasan.
Novembre 1997	Ferhat se fait assassiner.
1998	Naissance du deuxième fils de Süleyman, Kâzım.
Juin 1998	Mevlut commence à travailler à l'Association des compatriotes de Beyşehir.
Février 1999	Arrestation du chef kurde Öcalan, en lutte depuis quinze ans contre l'État turc et caché depuis plusieurs années en Syrie.
Été 1999	Süleyman demande à Mevlut la main de Fatma pour Bozkurt.
17 août 1999	Tremblement de terre de Marmara, qui fait 17 480 morts.

Fin septembre 2000	Fatma, la fille aînée de Mevlut, entre à l'université.
Juin 2001	Fatma se marie avec Burhan, qu'elle a rencontré à l'université, et s'installe avec lui à Izmir.
11 septembre 2001	Effondrement des tours jumelles de New York dans les attaques perpétrées par Al-Qaïda.
Septembre 2001	La fille cadette de Mevlut, Fevziye, fugue chez Erhan, un chauffeur de taxi du quartier de Kadırga.
Fin 2001	Le mariage de Fevziye et d'Erhan est célébré dans un hôtel d'Aksaray.
2002	Mevlut découvre la boza en bouteille.
Mai 2002	Naissance d'Ibrahim, le fils de Fevziye et petit-fils de Mevlut.
Automne 2002	Mevlut épouse Samiha.
3 novembre 2002	Les élections législatives portent l'AKP seul au pouvoir.
Mars 2003	Recep Tayyip Erdoğan fait lever son inéligibilité et est élu Premier ministre.
20 mars 2003	Occupation de l'Irak.
28 mars 2004	L'AKP sort vainqueur des élections municipales en Turquie.
7 juillet 2005	Cinquante-six morts dans les attentats revendiqués par Al-Qaïda dans des stations de métro et des bus de Londres.
19 janvier 2007	Le journaliste d'origine arménienne Hrant Dink meurt dans une attaque armée.
22 juillet 2007	Les élections législatives portent l'AKP seul au pouvoir.
29 mars 2009	L'AKP remporte à nouveau les municipales (en multipliant les incidents dans les secteurs de Duttepe et de Kültepe).
Avril 2009	Mevlut vend la maison de son père en échange d'un appartement.
17 décembre 2010	Début des contestations et des révolutions dites du Printemps arabe suite à la mort d'un vendeur ambulant tunisien qui s'était immolé par le feu.
2011, mars et après	Des centaines de milliers de migrants syriens se réfugient en Turquie.

12 juin 2011	Les élections législatives portent l'AKP seul au pouvoir.
Mars 2012	Les Karataş et les Aktaş s'installent dans leurs nouveaux appartements.

INDEX DES PERSONNAGES

Les numéros de page en gras désignent les passages narrés à la première personne.

Table 681

PARTIE IV
Juin 1982 – Mars 1994

Table 683

PARTIE VI

Mercredi 15 avril 2009

PARTIE VII

Jeudi 25 octobre 2012

Composition Nord Compo
Achevé d'imprimer
par Normandie Roto Impression s.a.s.
61250 Lonrai, en juillet 2017
Dépôt légal : juillet 2017
Numéro d'imprimeur : 1702123

ISBN 978-2-07-011368-2 / Imprimé en France

291919